玫瑰花蕾 与 通灵宝玉

THE MAGIC JADE / ROSEBUD

导演课 《红楼梦》中的

徐皓峰 著

人民文学出版社

图书在版编目（CIP）数据

通灵宝玉与玫瑰花蕾：《红楼梦》中的导演课 / 徐皓峰著 . —— 北京：人民文学出版社，2025（2025.10重印）.
ISBN 978-7-02-019093-5

Ⅰ . Ⅰ207.411

中国国家版本馆 CIP 数据核字第 202530G7N7 号

选题策划　刘　稚
责任编辑　周　贝
装帧设计　陶　雷
责任校对　孟天阳
责任印制　苏文强

出版发行　人民文学出版社
社　　址　北京市朝内大街166号
邮政编码　100705

印　　刷　河北环京美印刷有限公司
经　　销　全国新华书店等

字　　数　398千字
开　　本　880毫米×1230毫米　1/32
印　　张　19.25　插页1
印　　数　10001—13000
版　　次　2025年7月北京第1版
印　　次　2025年10月第2次印刷

书　　号　978-7-02-019093-5
定　　价　68.00元

如有印装质量问题，请与本社图书销售中心调换。电话：010-59905336

目 录

第二部分　十九回至四十六回

第四部分　六十四回至七十九回

第七部分　百二十回

前述

《国术馆》是我2010年的长篇小说，幸得出版。2020年重写，分筋错骨之变，是在里面评了《红楼梦》。

九十年代初，因周星驰电影，大众熟悉的韦小宝被称为是"韦爵爷"，见《鹿鼎记》前段，韦小宝受赐"云骑尉"，不是职位，是爵位。自此开始，入了贵族。

爵位在家里留不住，下一代次一等，降完了又是平民。清朝将汉代的"骑都尉、云骑尉"等武官职称，补进爵位，在公侯伯子男之外，多出了尉。多了可降的空间，算是优惠。

公侯伯子男尉，各有分级，清朝贵族共二十七级。如第一代封国公，降级的空间大，会事先讲好，最多在你家传五代啊！

有的是一代也不传，本人受封，本人结束。计算复杂，天恩不定。

爵位之家，风险多。老辈的事不让小辈知道，为保护小辈。小辈问家史，老辈拿《红楼梦》挡驾，说大差不差，全在里面。

京津地区，拿《红楼梦》当家史看的人家不少。有的人家，上一代传话模糊，忘了是替代，宣称《红楼梦》写的是自己家，闹出笑话。

1987年春节，电视剧版《红楼梦》首播，家有电视的都在看，走在胡同里，是回响效果。小孩玩耍，爱模仿影视剧表演，比如86年首播的《西游记》，学孙猴八戒，大人们不管。学《红楼梦》剧集，爷爷奶奶要管，说那是本道书，开不得玩笑，乱学会折福。

以为老人们说怪话，为防小孩早恋。

我们这拨男孩很难早恋，幼儿园、小学制度，都是女生管理男生，她们是半个校方、半个家长。

多年后才知，老人们说的道书之"道"，不是老庄、炼丹、儒家道统，指"真相"。老人们也是口口相传，听更老的人说的 —— 人世是假象，《红楼梦》是真相。

不单北方，南方也这么说。曾追随一位浙江老者，他1914年生人，父母早逝，断学当童工。童工是半年结账，拿到钱，即买《红楼梦》。小孩性子，非要精装版，一把花光了还不够，书店扣下小半，让他补钱再取。不吝惜血汗钱，是受此说法影响。

尝了人生孤苦，急需了解真相。

他识字不够，一时看不了，但心里踏实，起码握手里了。后来识够字，八十余岁时，跟我聊了聊。重写版《国术馆》小说里评《红楼梦》，大致如下：

曹雪芹、贾雨村、贾宝玉、甄宝玉、空空道人是同一人。

贾雨村是此人中年，一身官场权谋，玩惨了自己。曹雪芹是此人晚年，讨厌中年的自己，喜欢少年的自己，觉得保持下来该多好，写成了贾宝玉。假我，是理想之我。

事实上，他保持得太短，活到青年即变质，为混进主流圈子，学糟了自己，即是甄宝玉。真实之我，如此不堪。

清朝初立，以修明史名义，设馆招揽前朝中等的旧臣名士，对顶级人物另有安抚手段。曹雪芹去了，清廷假意修史，实为养人，发工资，并不提供大内史料与编书资金，没条件修史，闲待着，写起《红楼梦》。

小说里写，空空道人是《红楼梦》首位读者，看后开悟，做了和尚。首位读者，只会是作者本人，空空道人即是曹雪芹。自己所写，最能刺激自己，作品让作者开了悟。

天下渐稳，明史馆完成历史任务，停发了工资。曹雪芹知趣，转去佛寺栖身。不真当僧人，那时佛寺同时是养老机构，交上笔钱，大差不差，可以终老，丧葬寺里管。

曹雪芹心知，穿僧装火化，是自己终局，所以写空空道人由道转佛，改名情僧，《红楼梦》又名《情僧录》。

断情，为僧。

　　薛宝钗早达道，她开悟早，彻底无情，假装有情。林黛玉也是开悟者，道理明白，而情绪未断。能否嫁给宝玉？此事折腾坏她，听到不成，急出病，听到成，病又好。总是心随事变，让她觉得自己好没意思，一怒而断情，忘了宝玉。

　　薛宝钗眼中，黛玉是同道，可讲真话，宝玉差得远，不必对牛弹琴。等宝玉终于开悟，她还是懒得理他，并不以真面目相对，依旧演戏，决定此生活法，是一路假到底……

　　《国术馆》写过的，这里不做复制粘贴。《国术馆》里，是打散《红楼梦》回目的串述，本文也有串述，尽量一回回逐评。

　　索隐历史，比较文学 —— 非我专业，评不下去时，就拿部电影来说事吧。见谅，见谅。

第一部分　一回至十八回

1 ⊙ 戚蓼生的高论

戚蓼生是《红楼梦》作序者，脂砚斋是评点者。两人观点一致，认为后四十回不必看，不是作者真笔。

脂砚斋是人证，自称是作者熟人。戚蓼生是从艺术角度，写道："彼沾沾焉刻楮叶以求之者，其与开卷而寤者几希！"即便是玉雕的叶子，再值钱再逼真，也不是真叶子。后四十回是假货，看它，不如睡觉。

《红楼梦》最大悬念是看贾府怎么落败，前八十回写的万般好，全为后面"一下坏掉"。这一下，等于游乐园里的过山车，行到高处，是为跌下去刺激。前八十回只有盛，没有写到衰，不跌，不过瘾啊。

戚蓼生写道："乃或者以未窥全豹为恨，不知盛衰本是回环，万缘无非幻泡，作者慧眼婆心，正不必再作转语，而万千领悟，便具无数慈航矣。"

看不全，没遗憾！

盛里就有衰，想看衰，不用看后四十回，重看前八十回就行，人间的事有反复，《红楼梦》也有回环读法。

人间的事，像热气里的幻象、雨地里的水泡，哪儿会是固定一个样呢？作者真写出一个完整故事，就狭隘了。让你自己去尽情想象，想多了也烦，最后断了想象，从故事层面跳出，看到人生真相。

戚蓼生形容作者"慧眼婆心"，这是形容大禅师的词。"不必再作转语，便具无数慈航矣"好似艺术教学的诱导法，老师不说透，让学生自悟，分析得详细，弟子反而学不会了。

《红楼梦》烂尾，烂得好！

但它是部小说，小说的创新还是要在小说的范围里，篮球技术进步，不能是用脚踢，那是足球了。禅法毕竟不是文法，说烂尾是创新……戚蓼生不太讲理。

序中言："一手也而二牍，此万万不能有之事，不可得之奇，而竟得之《石头记》一书。"

左手写楷书，右手写草书，难是难，经过训练，还是可以做到的。一个字写出两种字体，是绝不可能的，《红楼梦》却做到了。

戚蓼生没说对，书法经典多如此。

《麻姑山仙坛记》既是楷书也是篆书，楷书字形，篆书审美；《石门颂》称为草隶，隶书字形，草书意境；清朝书法第一的邓石如，成名之举，是拿隶书技巧写篆书。

岂止一手二牍？

宋元明清的书法，自成一家者，均号称融合多人。米芾融了王献之、李北海、颜真卿，黄庭坚融了《瘗鹤铭》、张旭、周越，苏东坡宣称黄庭坚还融了自己的字，黄庭坚否认。

苏东坡说自己的字，完全自创，所谓"自出新意，不践古人"。后代书论，认为苏东坡融了杨凝式、徐浩、王僧虔、唐人写经……

民国张大千之字，来自不同的法帖名碑，汇集之多，号称"百纳"——僧人的袈裟，碎布缀成。本该高度不和谐，因他是大画家，东一笔西一笔，梅兰竹菊般，搭配得尚且美观。

这是明清以来，文人阶层普遍艺术品位，张大千玩得过分，仍被接受，不承认他是书法家，夸他内行。

曹雪芹也是不止二牍。

此书名《石头记》，石头自述经历，自传写法；又名《金陵十二钗》，写一众女子，群像写法；又名《红楼梦》，昆曲曲牌，写小说的人才少，昆曲时有杰作，曹雪芹偷师，采用昆曲写法；还名《风月宝鉴》——迷幻之镜，里面尽是没见过的东西，唐朝典故，指大都市，《伟大的盖茨比》一类大都市猎奇小说的写法；还名《情僧录》，拿禅门学理"因空现色、由色生情、传情入色、自色悟空"的四个层次设计故事，是《西游记》《绿野仙踪》一类修真小说的写法。

一手二牍的艺术理论，书法、文章里早有，只是文人不看小说，高招不往小说里使。书法是贵族文士玩的，有钱有闲，品味刁，不易满足，必须创新。明清两朝，小说是市民阶层看的，活得累，不得闲，给点刺激就够了。

小说粗糙，曹雪芹难得。他之前还有施耐庵……金圣叹认为，数不出人来，《三国》和《西游》都不太行。

序文："嘻！异矣。夫敷华揽藻、立意遣词无一落前人窠臼，此固有目共赏，姑不具论；第观其蕴于心而抒于手也，注彼而写此，目送而手挥，似谲而正，似则而淫，如春秋之有微词、史家之多曲笔。"

作者奇特，不玩俗套。他心里这么想，手上不这么写，犹如送别，眼神不舍得你走，手势是跟你告辞。眼和手都送，就没人情味了。

用谈奇说怪的方式，跟你讲正经事。听他的正经话，却听出了叛逆。到底几个意思啊？一下看不出来，要读者猜测——这才是小说该有的艺术，如《春秋》的微词、《左传》的曲笔。序文中的"史家"，以司马迁、班固为代表，受《左传》影响的一批史官。

《春秋》是孔子写的，《左传》是孔子讲的。一个是微词，一个是曲笔。微词，不是不敢说，而是太敢说了，一字定性，将王君公卿钉在荣辱榜上，所谓"微言大义"。

微，不是微小、微弱，是不必多说。干净利索，铁口直断——就这样！没别的解释，没讨论余地。

皇帝的庙号，也是微言大义，同一系统。比如光绪的庙号是德宗，日常用语里"德"是好词啊，微言大义里是"好事未成"，说的是遗憾。再如，"顺"在生活里是好词，顺帝指亡国之君。

因为是专业术语，跟生活用词距离远，外行人看不懂，需要查字典。戚蓼生借此说明，《红楼梦》也是需要查的，市民阶层的日常生活经验不够用了，得有读过史书的底子，否则难看懂。

《春秋》和《左传》对同一段历史，一个是记下事件的起因结果，就够了，一个是讲课，因果之外，还要交代发展过程，于是多出了人物性格、悬念、情节逆转——孔子在《春秋》里不会这么写，在课堂上这么讲，学生们爱听。

曲笔——容易望文生义，理解成"不敢写"，要婉转、旁敲侧击地表达。曲，不是委屈，是情节曲折。曲笔，就是讲故事。

对课堂上讲的故事，孔子嘱咐学生，哪儿说哪儿止，不要出去讲，外人听了不好。战国至汉初的所谓"家学"，家里光有孔子的书是不够的，秘传孔子讲的故事，称为家学。

战国或汉初的一位盲人，觉得这些故事太好听，憋在自己家可惜了，违背祖训，成书《左传》，广播于世，拿家学做了公益。

另有考证，《左传》作者是孔子的老哥们左丘明，是位正经史官，年轻时两人一起旅行考察别国史学。孔子不是史官子弟，他读史、写史是犯法，心里较劲，更要写得专业，所以作《春秋》。

这位老哥们生来是史官，不爱专业，爱上讲故事，为跟孔子相映成趣，写了《左传》。

司马迁《史记》、班固《汉书》都讲起了故事。到司马光著《资治通鉴》，觉得他俩讲故事讲得都显得假了，于是削减性格、悬念、情节，可读性降低，也还是故事。

微词，是判词。曲笔，是通过讲故事，让读者自己定义。

序文："噫！异矣。其殆稗官野史中之盲左、腐迁乎？然吾谓作者有两意，读者当具一心。譬之绘事，石有三面，佳处不过一峰；路看两蹊，幽处不逾一树。必得是意，以读是书，乃能得作者微旨。"

戚蓼生感慨，在讲故事的技巧上，写小说的人比不过写史书的人啊，唯有曹雪芹能跟左丘明、司马迁比一比。

但，又不一样。左、迁是连用微、曲。

讲完故事后，左丘明会讲解微词，司马迁借他父亲之口"太史公曰"，来下定义。读者通过故事感受到的立意，和作者最后下的结论一致。曲笔为说明微词，微词为总结曲笔。

《红楼梦》奇迹，曹雪芹混乱微、曲。

《红楼梦》第一回，先下定义，本书"大旨谈情""毫不干涉时世"，之后讲故事，写闺阁写出了朝廷。没按定义来。

甄士隐的故事为 —— 助人为乐、诚恳待人的结果，却丢了女儿、毁了家业、被亲戚骗钱、灰心得要死 —— 为何好人没好报，因果不兑现？ 读者感受到的立意是现实主义走向，要批判社会制度。

不料，曹雪芹写出来的立意走向哲学，说"了就是好"，彻底失败，正可解脱。

犹如画石头，得画出三面，视觉上才立体。但不需要把三个面都画详细，那样费劲，把三面交会的这根线画好，就出效果了。表现一条路"越来越远"，画路两边的线条渐缩渐小、渐淡渐弱 —— 这太累了，画棵树立在路尽头，树是小的，路就远了。

艺术，要取巧。微词和曲笔对不上，各说各话，这份矛盾是曹雪芹的巧，产生弦外之音。

戚蓼生头头是道，似曹雪芹知己，只是劝人不读后四十回，毁了人设。前文分析，《红楼梦》有五个书名，立体多面，同时是五部小说。单以《情僧录》名下的修真小说而论，前八十回是谜面，后四十回是谜底。

谜底揭得足斤足两。

民国出家人不看好莱坞电影，因为女星乱心，却可看《红楼梦》，全因后四十回。

戚蓼生认定曹雪芹"慧眼婆心"，以文为禅，却又否定后四十回的详解。南宋典故，大慧宗杲把他老师圆悟克勤的著作毁版，认为写多了，前人不详说，后人才有活路。

愿戚蓼生也如此想。

或许，世道不对，《红楼梦》真是写多了。

2 ⊙ 脂砚斋的妙法

脂砚斋批《红楼梦》，批不出时，会着急："假使圣叹见之，正不知批出多少妙处。"（甲辰本三十回批语）

金圣叹批《水浒》，告知天下学子，是为传授司马迁的文法，《史记》有的，《水浒》都有，看我批《水浒》，你们就拿下《史记》啦。岂止《史记》？天下文章自此都能读通！

不看小说的文人阶层，奋而看《水浒》。客人进店了，金圣叹大碗给。他吆喝得响，交货老实，就是讲文法，不跑题。

开篇，脂砚斋下批语，将《红楼梦》文法提前告知读者：草蛇灰线、空谷传声、一击两鸣、明修栈道、暗度陈仓、云龙雾雨、两山对峙、烘云托月、背面敷粉、千皴万染……都是金圣叹《水浒》批语里搬来的。

他给出一份讲文法的声明，声明过后，就不管了，能躲便躲。

第一回第一句："列位看官，你道此书从何而来？说起根由虽近荒唐"——脂砚斋侧批："自占地步，自首荒唐，妙！"

怎么就妙了？

金圣叹也爱称妙，但他会把文法讲清楚，遇上情节符合文法处，再称妙，读者能懂，口服心服。脂砚斋直接称妙，莫名其妙。

是让读者先起疑情，之后再解释？

没解释。虚晃一枪，接着往下批了。

正文第二段"原来女娲氏炼石补天之时，于大荒山"批的是"荒唐也"，对之后正文写的"无稽崖"，批为"无稽也"，重复了下发音。

往下正文写女娲补天，炼出三万六千五百零一块石头，三万六千五百块都用上了，剩下一块。批为："剩了这一块便生出这许多故事，使当日虽不以此补天，就该去补地之坑陷，使地平坦，而不有此一部鬼话。"

批不出，开始打岔，小说讲补天，他扯出个"补地"，以开玩笑的方式混过去。

往下正文"便弃在此山青埂峰下……"青埂，谐音情根。

批为："妙！"

谐音，他会。起劲多批出一句"自谓落堕情根，故无补天之用"。——批错了，违反小说本义。不是堕落了，才失去补天资格，而是补天不成，方才堕落。

竟没看懂。

往下正文，写一僧一道到来，石头说话。其中说道"大师，弟子蠢物""弟子质虽粗蠢"，脂砚斋两次批为"岂敢，岂敢"。

明清文人见面爱自贬，逢上他人自贬，听者要说"岂敢，岂敢"，表示我也差劲，咱俩平等。石头是作者化身，见他自贬，隔着书页，脂砚斋习惯性还礼，显示跟作者是熟人。

废话呀。

往下正文，写一僧一道安排石头下凡，要"携你到那昌明隆盛之邦（批：伏长安大都）、诗礼簪缨之族（批：伏荣国府）、花柳繁华地（批：伏大观园）、温柔富贵乡（批：伏紫云轩），去安身乐业"。

不如不批，不是唯一的对应关系。这么批，让读者不服。"诗礼簪缨之族"也可以是四大家族，"花柳繁华地、温柔富贵乡"都可以指荣国府。

把小说后面的种种，拿到前面说一说，就叫评点了？

他觉得拿后面说前面，万无一失，于是起劲多批出一句——何不再添一句："择个绝世情痴作主人？"——又批错了，没法添。第二回，曹雨村和冷子兴长篇大论分析贾宝玉，评为"痴"，提前露了这词，第二回就没法写了。

最初批语已证明，脂砚斋不通文法。

他也清楚自己短板，批不出，就表演情绪。如："余亦恨不能随此石去也。""壬午除夕，书未完，芹为泪尽而逝，余尝哭芹，泪亦待尽。"

又恨又哭，还爆料作者死讯。读者完全跳戏，注意力不在小说上了，他又混了过去。

注释次要细节、显得很有共鸣的感叹、酒席逗趣档次的玩笑话、自称作者熟人而提供内幕消息，是他的四大批法。

妙！

明清人批小说都有主旨，对应一门学问，以招揽文人学子屈尊一看。金圣叹批《水浒》批出文法，刘一明批《西游》批出丹法，毛宗岗父子批《三国》动静大，号称司马光的法统观念不对，要批出个对的。

脂砚斋批《红楼梦》主旨不明，随机零碎，非要说他也有主旨，便是"《红楼梦》有内幕，我是知情人"。

到底什么内幕？

脂砚斋善用"草蛇灰线"之法，批得满页，废话居多，读者却不敢轻视，以为藏有重大线索。

草蛇灰线：草丛里一束枯死的草，在周边绿草映衬下，像条蛇。被吹到墙根的灰，形成蜿蜒线条，也像蛇。两者都能不经意间吓人一跳，比喻死物起了活用。

这词来自金圣叹批《水浒》，武松上山，写他带着哨棒，喝酒时随手放、出酒馆随手拎，读者重复看到，当一般性交代，不在意，等下文遇上老虎，读者大惊，第一反应是："哨棒呢？还在不在手里？"

哨棒便是草蛇灰线，被忽略的东西，突然起大用，造成阅读惊诧。

脂砚斋的"草蛇灰线"，没能活起来，死在那儿。

直到1940年，突然有了盘活的可能。

郭则沄自八十回开始，续写《红楼梦》，自序第一句话为："《红楼梦》杰作，传有窜编；脂砚轶闻，颇参岐论。"——《红楼梦》是杰作，流传中混进了假货，脂砚斋提供的内幕消息里，也有乱讲的。

拣出批语中的真言，换掉正文中的假货，不就可以得到原本《红楼梦》了吗？想法不错，难做到。需要学识、阅历、悟性、文笔功夫都高到顶，当今世上，这样的人哪里有？

他发现他就是。

他在清朝，22岁中进士，在民国，35岁任北洋政府国务院秘书长，55岁开写。高才、高官、高龄，是续写《红楼梦》的最佳人选。

他的自序，典故密集，文采华丽，科举考试的炫耀写法，在白热化竞争中，把所有才华都抖出来，吓唬住考官，才有希望。戚蓼生是乾隆年间的进士，拿两人的序相比，戚蓼生的进士像是假的。

郭则沄将自己的续写，命名为《红楼真梦》。红学家俞平伯评价："不失作者之旨，且大快人之心目也夫。"符合曹雪芹本意，还可读性超强。

郭则沄过世时，大收藏家张伯驹作挽联，上联为："真梦续红楼，雪芹眼泪梅村恨"，评价此续书，等于原著。曹雪芹是笔名，吴梅村是猜出来的作者本名，当然还有许多猜测，张伯驹朋友圈认可这个。

郭则沄序文结尾，自信写道："林黛玉会笑我，说写这些干吗，关你何事？我回答，贾宝玉愿意活在我的书里。（文言翻译）"

脂砚斋的草蛇灰线，终于要起作用吓人了。有俞平伯、张伯驹两位大师站台，不会错。

盘活的故事为：

黛玉死后入仙界，贾宝玉开悟后，追到仙界求婚。黛玉不愿重复人间旧事，拒绝。宝玉找到黛玉父亲林如海的亡灵来劝她，黛玉无奈，遵父命嫁了。宝钗得知宝玉重婚，反应平静，全心养育她跟宝玉生的孩子。

宝玉于心不忍，下凡探望，一见之后，觉得要负起责任，从此在仙界人间两地往返。他还用法力，将王熙凤从地狱救到仙界，仙界众人知道她是管理型人才，要她管大家。王熙凤表示，再也不敢了。

贾家复兴的重任，落在贾珍身上，不顾年老，出征海疆，立下战功。贾琏成了正人君子，爱讲贾家以前劣迹，以警告晚辈。宝玉和宝钗的儿子贾蕙考中进士，当了官。

宝玉无忧啦！

喜上加喜，黛玉告诉他，仙界也有考试，咱俩去考吧。考场上，通灵宝玉当了压试卷的镇尺，果然是吉祥物，他俩双双通过，当了仙官。

进士文章，不等于小说。才华横溢，挡不住俗不可耐。明朝的王宠也如此，功力很大，审美很差。

王宠是与文徵明、祝枝山齐名的书法家，因过世早，物以稀为贵，一度书法价格超过文祝。他一生勤修苦练，清朝人冯班评他："楷书学虞永兴，全无永兴法；行草学孙过庭，全失过庭意。"楷书学虞世南，草书学孙过庭，这辈子白忙了，全没学对。

1989年，林黛玉的扮演者陈晓旭在一档电视节目中，宣告："林黛玉受封建制度压迫、只哭不笑的时代，已经一去不复返了。"她满屏满眼地给出个笑容，之后演唱邓丽君原唱的《我一见你就笑》，港台范儿十足，结束于"我永远没烦恼"的反复咏唱中。

看到林黛玉活泼成这样，确有改天换日的震撼。

忽然理解了郭则沄，他超越了他的时代五十年。翻到《红楼真梦》末页，结尾诗是"强持真作梦，莫谓梦为痴"。

原来"真梦"二字不是指曹雪芹原意，是"真作梦"。不管曹雪芹了，他要在一个悲催的年月（1937年北平沦陷，他困于此），强造个好梦，让自己开心。

别怨写得俗。人的基本快乐，都是俗的。

只是，连他都玩闹了。谁来盘活脂砚斋？

3 ⊙ 特吕弗的活儿

在我这一代人上大学的二十世纪九十年代，还普遍认为好莱坞"没有剧作"。所谓没有，指水平低，没有讨论价值。

好莱坞一部电影的大部分时间是视觉刺激的大场面，哪有时间好好讲故事？

其事件的层次、人物心理都是盖浇饭一般，是管饱的"吃"，不是"用餐"。餐的标准，要色香味俱足，满足眼鼻舌，不单满足胃。

那么《克莱默夫妇》《猎鹿人》呢？

是受新现实主义影响的美国独立电影，所谓独立，就是跟好莱坞大制片厂无关。《教父2》是大制片厂特例，《教父》赚了大钱，老板激动，放任导演，不单是新现实主义，还是左翼电影，跟我们的《万家灯火》《乌鸦与麻雀》一样，以一个远离革命的人群，讲述革命的必要。

《教父3》时，导演被管得动弹不得。纪录片里，导演开会时接老板电话，避免在剧组成员面前尴尬，躲入厨房。关门前，摄像师拍到，导演在说请放心，剧本改得符合要求。

　　结果剧作残缺，为串联几个暴力场面，草草搭了个事件。

　　《教父》已用新现实主义手法，细节多，给观众留出观察、反应时间，跟好莱坞常规商业片比，显得节奏拖沓、情绪低迷。老板要剪短片子，导演那时年轻，斗志、口才都是巅峰，说得老板不太自信，将长短版本分别试映，不料短版让观众不耐烦，看长版反而津津有味。

　　观众不关心，节奏再快也没用。老板开悟，觉得电影真好玩，还有这道理？顺了导演意。

　　老板们在大部分时间里并不认为电影好玩，是门生意。生意要批量生产，像制作沙丁鱼罐头般。固执理念是，剧作不能赚钱，赚钱的是动作和时髦场面。

　　《教父》靠剧作赚到钱，但老板们事后总结——险胜，幸好有暴力场面。《洛奇》《异形》《碟中谍》靠剧作赚到钱，续集都糙化剧作，升级场面。例子太多，老板铁腕，所以《教父2》是奇迹。

　　在英国，能拍狄更斯名作的导演大卫·里恩，到好莱坞发展，剧作水准直线下降。《桂河大桥》是半部杰作，日本俘虏营戏份精彩，另一条情节线，将美军军营描述得如迪斯尼游乐园一般，观众会笑场。

　　他在《阿拉伯的劳伦斯》全力一搏，总算剧作完整，成此生代表作。之后筋疲力尽，《日瓦戈医生》只注意原著里显眼的场面，大孔渔网筛书，筛出个剧情线。

　　他都扛不住，观众也就原谅了《教父3》的残次。

在一个蔑视剧作的地方，哪来的剧作法？谈好莱坞剧作，犹如讨论五十米短跑算不算"阶段性马拉松"。

　　二十世纪九十年代，好莱坞还很少出专业书，美其名曰"职业保守"，不让外人学走。其实自知是匠人技术，入行就都知道了，写出来丢人，不如藏拙。

　　三十年过去，活久见，今日好莱坞流行办剧作班，出了很多书。有的作者在前言坦白，办剧作班，是拍不上电影的电影人的谋生方式。

　　十九世纪美国淘金热，淘到黄金的毕竟是少数，矿区小卖部都发了财。放弃淘金，在淘金者身上赚钱，是聪明人。放弃电影，借一波波向往电影的热血青年而活，一样聪明。

　　书需要页数的量，办班需要课程的量。对外行，要给足量。因为他们只会用厚度衡量，一个知识点，兑水成三四个点，书页和课时才能拉长。作者做贼不心虚，会在书的前言，宣告"创作是教不会的"，然后教出很多。

　　学起来带劲，为什么没用？

　　因为没教创作，教的是评论方法。

　　评论家讲得多，可以照搬过来，伪装成创作原则，扩充书页和课时。比如，划分出"发生、发展、高潮""关系谱""命运线"，确定了"事件背景""心灵前史"，想出"主题、性格、阶段性目标"，还是无法开始创作。

　　千辛万苦写出字数，结果是事件，不是故事。激烈到海啸、战争、谋杀，复杂到一个大家族半个世纪的悲欢离合，也还是事件。

2007年，香港办公场所禁烟。一位导演在走廊碰上老板，想躲没躲开，被询问正做的项目。导演还没有剧本，说了个方向：一栋商务楼里有许多公司，不同公司的员工不交往。禁烟后，只能在楼外指定地点吸烟，这样，一对以前不可能认识的男女认识了。

老板问："后来呢？"

没的可说，导演："他俩…… 在一起了。"

老板："很感动，拍吧。"

批钱，成一代名片。

导演讲的，完全没有人物、主题、情节，老板则听到了很棒的故事。

学习讲故事，先要忘掉"事件"。依靠事件本身的重大 ——是看新闻的思维。故事，是吸引人的讲法，不是事件分析。

晚清民国的评书界，事件叫作"料"，讲法叫作"活儿"。料大料足，艺人也会饿死，留不住观众。活儿，能结观众缘，养活自己。

二十世纪八十年代，陈佩斯、朱时茂的小品冠绝天下，他俩管在排练场编戏叫"攒活儿"，不是京城土话，是评书术语。不谈活儿，只讲料，剧作书多如此。

希区柯克是个评书艺人，不知谁教的他…… 该是二十世纪初，犹太艺人发明的夜总会脱口秀，跟评书技巧相通，卓别林、比利·怀德、加里·格兰特都出身于此。特吕弗没这份童子功，他们混夜场的年龄，他在泡图书馆。

电影，很难自学。

特吕弗这一代法国人看美国电影长大，希区柯克是他们偶像。欧美公论，希区柯克是商人、匠人，作品无文学价值。这一代孩子长大，要完美偶像，花十八年在杂志讨论，终于逆转舆论，让欧美知识分子承认希区柯克是艺术家。

《希区柯克论电影》一书，是特吕弗跟希区柯克对谈。特吕弗在谈料，希区柯克在谈活儿，很多时候，两人对不上。

有时，希区柯克会不耐烦，打断他，说大事和危险，能引起观众"缺乏激情的好奇"——这种低质量的好奇，不值得让人看电影，我的本领是，小事上也能玩出激情。

希区柯克的影片，特吕弗从小看，为采访，又重看数遍，为何对活儿视而不见？

他是文艺片大导，之前是评论家，思维习惯要寻找意义。活儿在意义之外，被吸引，却意识不到被什么吸引，不知不觉中被下套，欲罢不能，才是活儿。

评书界的规矩，同行来听，不能收钱，因为同行总来。谁火了，同行就都来了，要看你怎么"使活儿"。活儿，当面难察觉，过耳不留痕，职业评书艺人也得多听几次才能听出来。常人被电影吸引，都会以为是事件本身，特吕弗已经比常人强百倍了，认为吸引人的是希区柯克独特的视觉设计。

人对当面谈的，反而没印象，对亲手整理的文字，反而不敏感。对谈成书后，特吕弗觉得掌握了，拍了希区柯克风格的《黑衣新娘》。他是顶级影评人，自评不对劲，不好意思说"不知差在哪儿"，胡乱总结为差在服装、灯光上。

1973年，纽约林肯中心给希区柯克办表彰晚会，席间按"爱情、追逐、凶杀、悬念"等标题，播放集锦。特吕弗在现场，感到那些精彩镜头拣出来后，大大贬值。他写道："我觉得所有的爱情拍得像凶杀，凶杀拍得像爱情。银幕上尽是冲动、性交、喘息、尖叫、流血、眼泪、搏斗……"言外之意，没什么劲。

难道希区柯克的秘诀不是视觉？

不知特吕弗怎么想通的，1980年拍出《最后一班地铁》，突然就会了"使活儿"。各种活儿，成为法国年度卖座片第一。

文艺片大导讲起了评书——老辈国人还听戏听书，当然能看出来。大学上课，郑洞天老师嘱咐我们一班学生："艺术与商业相结合，你们以此片为底线。"

最差的中国电影，也是《最后一班地铁》——此种景观，多么美好。

太难了。特吕弗一生也仅此一部。

我们被吓住，郑老师说你们没有幽默感。他预计，我们这代人和电影市场都会很差。

1995年之前，老师们是不谈好莱坞的。教了一流的，对三流货色，学生自己看能看穿，不必在课上教。那年，各电影制片厂转型，自主盈利，走向市场。学院开始办商业片讲座，郑老师也开始幽默。

《最后一班地铁》的主题是：战争时期，每一个人都曾经不道德，战争结束，为生活延续，最好放弃清算，选择宽容。

事件是：剧院导演是犹太人，躲避纳粹迫害而外逃。为维持剧院，其夫人排练新剧，喜欢上一位男演员。其实导演没有外逃，躲在剧院地窖，见证了夫人的变心。

战争结束后，男演员还在剧院演戏，导演和夫人维持婚姻。

—— 这些是料，宽容主题、偷情事件、历史厚度，都不足以让人看这部电影。特吕弗使出第一个活儿，不谈纳粹迫害，说"法国亡国了，话剧空前繁荣"。

犹如"香港禁烟，造就了爱情"。不靠谱，这都哪儿跟哪儿呀！但你因此，想听下去。

脂砚斋总结出的《红楼梦》第二个写作技巧 —— 空谷传声。一声空响，造成连续不断的效果。一个莫名其妙的说法，刺激出观众看下去的欲望。

对现实，观众可选择不看。"我知道纳粹什么样""又是偷情啊""剧院的事，我不关心"—— 个人生活经验，都可以造成不看。

讲故事，先要破了观众的生活经验，听故事，是非现实的冒险。《红楼梦》第一回，讲的是甄士隐资助贾雨村赶考 —— 现实了。曹雪芹使活儿，将这事后置，谈起女娲补天遗落的一块石头。

一块石头，跟你的生活全无关系，所以你有想了解的兴致。顺着这块石头，你读到了甄士隐资助贾雨村赶考的现实事件，会觉得大有深意。

至于什么深意？

深意是种感觉，看不明白才是深意。

4 ⊙ 玫瑰花蕾

晚清民国的茶馆里说书，忌讳说《红楼梦》，因为曹雪芹已把活儿攒完了，不留余地。再攒，只能往低俗里攒，那就不像《红楼梦》了，座儿（客人）会反感。

《东汉》这类事件大、叙述不佳的书，才好攒活儿，能成独一份，非得来茶馆，寻这位艺人，才能过瘾。说书的周期为两个月，听书一次二角钱，六十天，要破费十二元，八角可以买全册《红楼梦》，当然不来了。

《红楼梦》开篇的茫茫大士和渺渺真人，相当于两位评书艺人。对于被弃的补天石，茫茫大士评说："形体倒也是个宝物了！还只是没有实在的好处。"将石头变成佩玉，又在上刻了行字，以便"使人一见便知是奇物方妙"。

此处脂砚斋批为："世上原宜假，不宜真也。"谚云："一日卖了三千假，三日卖不出一个真。"指古董市场上，假货好卖，真品无人识——顺着书上话，写些生活经验，这么批是容易的。引申得不够，总算没批错。

评书、电影跟古董行一样，真事卖不动。主题深刻、题材重大都没用，吸引不了世人。得将事件，配上叙事——荒唐离奇的说法，才有人缘。

石头降生为贾宝玉，如果院子里砸下一块陨石，贾府肯定不能接受这孩子，会视为灾星而溺死。石头缩小，变成带字的一块玉，口含着出生，便成了传奇，人人珍爱他。

剧本欠佳，因为只是素材，还不是剧本。

太虚幻境的对联："假作真时真亦假，无为有处有还无。"便是剧作原理，拿假话说真事，真事就像假话般动听了，空话引出事实，事实就被画龙点睛，有了魅力。

此处的脂砚斋批语，可以不用管它，批为："叠用真假有无字，妙！"——废话。重复用字就是妙了？许多时候，想将此君从书页里揪出，问他妙在哪儿，如答不出，请不要再用这个字。

空话——希区柯克发明了一个电影术语叫"麦格芬"，他举例说明：一列火车上，有个爱刨根问底的乘客，他见对面乘客带着个形状奇特的包袱，问是什么。对面乘客回答："麦格芬。"

"什么是麦格芬？"

"是去苏格兰高地捉狮子用的。"

"可是苏格兰高地没有狮子啊！"

对面乘客："啊！这么说，也就没有麦格芬了。"

1941年，现代电影之祖《公民凯恩》面世，讲某报业大亨的一生。人一生事太多，诡谲的继承权、天才的发迹史、友谊的破裂、无聊的婚姻、进军歌剧业……从何讲起呢？

从哪个事讲起，都妨碍其他事，势必崩盘。实事撬不动，便要空谷传声，说空话。导演用了麦格芬，写大亨临死前，说了句"玫瑰花蕾"。

没有人知道什么意思。一位记者为探究玫瑰花蕾，寻访大亨亲友，得知了他人生的不同切面。影片结束，也没交代"玫瑰花蕾"是什么，但故事讲下来了。这便是"假作真时真亦假，无为有处有还无"。

对玫瑰花蕾，欧洲影评人会往心理学上分析，认为是童年阴影，导演不置可否，乐观其成。导演不当导演许多年后，去欧洲玩，仍被采访《公民凯恩》，终于失口，说是麦格芬，值两毛钱 —— 不值钱，是个花招。

其实花招才值钱，看电影便是中花招。希区柯克的电影是花招大全，没有人物性格、哲学含量、历史反思、社会分析…… 如此空洞，却吸引人。

这种空洞，就值得思考了。是不在知识分子视野里的底层艺人的老手艺。

5 ⊙ 回风舞雪、倒峡逆波

回风舞雪 —— 是《红楼梦》第二回，脂砚斋总结的曹雪芹技法，词是好词，总结错了。等讲到第二回，再批他。

"回风舞雪"的技巧，在第一回已用上。将后面的事放到前面说，将前面的事放到后面说，犹如回旋风里的雪花，忽前忽后。

单一叙述线的讲述，称为"平铺直叙"，难听点，称为"单调"。这样说书，听众会不耐烦。但是，刚开始讲故事，听众还没投入，心理空间未打开，接受能力弱，玩多条叙述线，听众会乱。此时，要在单一线索上玩花样，将前后颠倒下。

《红楼梦》开篇，说女娲补天时弃用的一块石头，有了知觉，哀求茫茫大士、渺渺真人带自己去人间享乐 —— 奇事一桩，引读者好奇。

奇事，经不起直讲。

介绍石头投胎到何人家，怎么长大的 —— 就没趣了，在茶馆里这么说书，会"掉座儿"，失去听众。曹雪芹回风舞雪，茫茫大士、渺渺真人带石头下山后，不顺序往下写，而是"后来，又不知过了几世几劫"，石头被发现，上面写满生平事迹，经历完了。

犹如做圈套，绳子首尾相系，中间空过。

西方电影也会，1997年美法合拍片《洛丽塔》便是把结尾放到篇首，男主已成杀人犯，开车逛游，之后再开始讲故事，影片结尾重复开头，回到了男主在开车逛游的场景。2000年的香港电影《爱与诚》致敬了此片技巧。

回风舞雪——还可以解释为，讲话兜圈子，保留关键信息不说。

讲石头投生为人，常人讲故事，先要交代"投在谁家"。曹雪芹绕圈，就是不交代，写石头主动问，茫茫大士说："你且莫问，日后自然明白的。"

之后，写甄士隐作梦，梦见带石头投胎的茫茫大士、渺渺真人，他俩亮了亮石头，依旧不说石头投胎的地点，说了个设计——有一群风流鬼要投胎，我俩将石头安排在里面。

顺着读者的兴致讲故事，能把兴致讲没了。不满足读者，是讲故事的技巧。曹雪芹将投胎事放下，另起炉灶，写甄士隐资助贾雨村赶考——这事讲的现实，容易无趣，但有"石头去哪儿了"的悬念在，读者要找信息，能耐心看。

第二回，贾雨村和冷子兴聊天，聊到贾家，读者自己起疑，会不会是"石头去处"，面对繁琐的家族介绍，能注意听。注意力将散时，曹雪芹抛出——贾家有位少年，能跟石头投胎时的

细节对上 —— 读者再次精神。

又不讲了。

还绕圈，写林黛玉寄养贾府，从她的眼见到贾府和贾宝玉（投胎之地、出胎之形）。用了三回书，才将"石头去处"交代出来，曹雪芹太会玩了。

讲故事的技巧，就是不好好说事。正经讲，每个疑问都被立即破解，即问即答，读者便不爱看了。越满足读者，读者越烦 —— 明摆的事，我明白呀，还用你说？

读者心理，要刁难自己。作者得给出点难度。

先把麻将牌混乱了，才能开始打牌。作者混乱讲，读者半明白不明白地听，方有阅读快感。曹雪芹借一个"去处"，绕出了多少事？

第一回，是甄士隐的故事。他是个闲下来的人，享受读书之乐、无意于当官。《红楼梦》正文，从他的梦开始。一日看书看累了，梦见茫茫大士、渺渺真人。

"书房闲坐，至手倦抛书，伏几少憩" —— 这十三个字，便是人生最高享乐，闲来无事，看书看到倦，想休息便休息。没人约束他，没有必须要做的，无所事事、无所用心，真自由。

读书为了有用，大可当官，小可应事。读书读到什么都不想做了，唯我独尊，方是读通了书 —— 苏东坡、黄庭坚的认识，他俩爱讲"于无佛处称尊"，读书读到只剩下自己，自己跟自己相见，比跟谁见都好，见佛不如见己。

甄士隐有福，活到了此境界，却认识不清，自己闲，见不得他人闲，见到贾雨村闲着，便资助他赶考求官。贾雨村得钱后，不以为然，当夜就走了，没面辞。

如此失礼，因为得人帮助，深以为耻。不感恩，是承受不起。先写薄恩寡义，之后再写报恩，两相对比，显出贾雨村性格。

《红楼梦》结尾，写贾雨村在做梦，他赶考后，活成了奸诈小人，而他本该是甄士隐同类，空空道人要将《红楼梦》书稿找个人托付，一眼选中贾雨村，因为看他"必是闲人"。

甄士隐资助贾雨村，期许他能有作为，说明自己心里还有一份"闲不住"，此念一起，自己的"闲"便保不住了。先是失乐，他最大的闲中之乐，是逗女儿，于是女儿丢了。保障"闲"的，是财力，于是财破，一场莫名大火，毁了家舍。

他携妻投奔岳父，余财还被岳父骗走，之后作为"没出息的女婿"，总受岳父奚落。好没意思啊，他颓废将死。如此这般，说明他的"闲"，并未通透，似乎是"无佛处称尊"，而一旦忧患，便没了自我。

一位又疯又跛的道人，点化了他。甄士隐作《好了歌》，否了世上的一切，清空了作为之心，随道人走了。

读至此，为他夫人悲哀，男人超脱了，女人怎么办？不管老婆，一走了之，大彻大悟就意味着逃责吗？

大脑简单，世事复杂。

有位老哥，早早名利双收，我们的理解，皆是他苦心谋划，这人精明得可怕。老哥老了后，有同学去看他，他传授成功之道，快成功时就不要再努力了，努力一定搞砸，大祸临头，也不要努力，试图挽救，会加速灭亡。

老哥的秘诀是，消失吧，找个地方藏起来，看看大学时代没来得及看的文艺理论书。十天半个月后再出门，发现一切变好，该成的成了，该坏的没坏。

　　等于《好了歌》的"了就是好"——你放弃这事，这事就变好了。不敢相信，他的别墅是看《给初学画者的信》《电影是什么》看得的。老哥真诚，不像是逗学弟们玩。

　　公元五世纪，南朝刘宋时期，韦提希王后的故事从印度传来。王子篡位，囚禁父王，要饿死他。王后探监，身上涂蜂蜜给国王吃。王子得知，又囚禁了王后。丈夫将饿死，她毫无办法，怎么会生下如此可恶的儿子？

　　完全想不通。她觉得这个世界没劲透了，放弃管不了，祈祷换世界，去一个"不闻恶声、不见恶人"的地方，她去了阿弥陀佛的西方极乐世界。谁想，她走了，她丈夫也就好了，国王断绝烦恼，成了圣人，子杀父的因缘消失了。

　　甄士隐抛妻，也如此。他走了，他妻子就好了，贾雨村发迹，来报恩了。他不走，报恩也不来——现代人理解不了，古人会这么想。

　　贾宝玉的结局也是抛妻弃子，他逃之夭夭，他办不好的事就都变好了，贾家迎来复兴。道理上讲不通，但现实多这样的事。

　　世事如梦，没有道理——要不要告诉年轻人这个能让他们崩溃的消息？

　　我犹豫了很久，后来想通，曹雪芹早就告诉了呀。另外，新一代青年习惯了二次元生活，很难崩溃，说不定会欣喜。

　　甄士隐对贾雨村的资助，是五十两白银、两套冬衣，贾雨村对甄夫人的报恩第一次是两封银子、四匹锦缎。封，按官制，是存银库的箱子，五百两一箱，两封是一千两。

这也太多了。

民间的封是一包，包无一定，一百两、三十两、五两都可以是一封。多年不见，第一次给钱，是见面礼，不会太重，给一百两已到顶。

第二次给，贾雨村交给甄夫人父亲一百两和许多物品，令其好好抚养甄夫人。这位爹回家后，没跟甄夫人说，当爹的贪了女儿的钱。

滴水之恩，当以涌泉相报——贾雨村未做到，但双倍奉还、四倍奉还，还是做到了。报恩有无标准？

古时农民交租多是年收成的十分之一，成了报恩的参考，将一年盈利的十分之一作为谢礼，送给帮了大忙的人。我们这代人还有此习俗，参加工作后第一个月工资全额送给爷爷奶奶。

写成"一报还一报"，会犯平铺直叙的弊病。说书，不要说应该的，要说不该的。施恩—报恩，是高风亮节。高风亮节属于应该，听着乏味，曹雪芹于是插入私情。

"回风舞雪"还可解释为——风是无形的，没法画，画风的方法是画被风卷起的雪花。风中夹雪，风在视觉上才成立。高风亮节中夹带私情，是写高风亮节的方法，直接写高风亮节，很难写。

贾雨村当官后寻甄士隐一家，既为报恩，也为求爱。早年在甄家做客，一个丫鬟曾特别注目过他，他暗叹她是"巨眼英雄"，记下了这份情，当上官后，要续上。

巨眼英雄——是书画鉴定的词，形容鉴定者水平高。贾雨村自诩是埋没民间的名画，丫鬟不为落魄相蒙蔽，看透他是人才。穷困时得到的异性激励，最动心，贾雨村报恩夹带求爱，报恩的事就生动了。

我们几代学电影的，对"回风舞雪"太熟悉了，苏联电影总这样，写英雄人物，一定要夹带私情，显得目的不纯，最后发现他是大公无私，大公无私就不是说教了，能让观众佩服。

我的老师们属于第四代导演，大学学《夏伯阳》，以一个土匪习气的苏军将领，表现苏军的正确。第五代导演大学学《这里的黎明静悄悄》，以一个老兵油子表现苏军的纯洁。

这是苏联电影的惯用技巧，我上幼儿园高班，看过一部内部参考片。时隔多年，已查不到片名，写斯大林微服私访，遇上几个持刀小流氓，斯大林空手夺刀，吓跑小流氓，他向随行干部感慨，自己也曾是个爱打架的迷茫青年，布置任务："青年的教育问题，一定要重视起来。"

还是这招，没使好，给幼儿园的我们留下不可信的印象。后查到，斯大林特工出身，具备夺刀技能，那就是局面设计不对，随行干部在干吗？怎么也轮不到他夺刀。

丫鬟如果真是巨眼英雄，多年后贾雨村娶她，是有情人终成眷属——这事应该，就不好看了。在小说电影里，"一厢情愿"永远强过"两情相悦"。

曹雪芹写成，丫鬟纯是好奇，之前听甄士隐闲谈，说有个穷书生，日后必飞黄腾达。她见贾雨村容貌雄强、衣服寒酸，寻思是不是老爷说的那人，不禁多看两眼。

丫鬟无心，贾雨村有心，凑成了故事。

合情合理，不是艺术。一错再错，方是说书。

曹雪芹评丫鬟"偶因一着错，便为人上人"。主观愿望与现实不一致，人与人不一致，错了，就对了——学说书开窍，是会用了错、误，从此技高一筹，能挣钱了。

错认，丫鬟成知府夫人。误解，一株草成林黛玉。全书第一个梦，是甄士隐梦见茫茫大士、渺渺真人说仙界中有一株草，受神瑛侍者浇灌，当神瑛侍者下凡，草也生而为人，要以一生眼泪偿还之前受的浇灌之水。

泪和水，不是同一个东西。神瑛侍者灌溉花草，是自得其乐，并不需要偿还。天大误会，草想错了，但读者就是要看她一路错下去。

对的，读者知道怎么收场。错的，读者不知道怎么收场，那才刺激。希区柯克的《美人计》获誉高，写一个男人自作聪明，结果把热恋情人送进他人怀抱，他自酿苦果，还故作潇洒，显得自己在考量人性、一切尽在掌握中……道德和情节都没法收场，刺激到顶。

《捉贼记》获誉低，最终无非是捉了个贼，全片没几个演员，贼不是他就是她，是谁都可以，观众看希区柯克怎么圆。看电影看成这样，还能有多大兴致？

故事到了发展段落，要有崩溃感，导演颠覆生活常识和发生段落的原始设定，颠覆得观众失去预知能力，不知道主角下一步要干吗。

发展段落，不是事情越来越重大，而是越来越迷惘，夜航失联一般。看电影过瘾，是看到一半，突然发现不是原来那件事了，认知崩溃，大脑如遭捶击。

最笨的方法，是雷德利·斯科特2021年新拍的《最后的决斗》。一个事做不成故事，就把这事拍三遍，细节不同，下一遍颠覆上一遍的性质。笨法子管用，观众认知错乱，过上瘾，火遍欧美。

《红楼梦》第二回，写贾雨村当官不得法，被免职，跑去豪门林家当私教，学生是林黛玉。黛玉患病，一时开不了课，他于是游山玩水，走到一座老庙，见门口对联"身后有馀忘缩手，眼前无路想回头"，觉得里面住着高人。

不料，是个昏庸老僧。贾雨村问不出什么，扫兴而归。

脂砚斋批语，认为老僧是成就者，贾雨村眼拙，能看出王熙凤、宝玉、黛玉的灵气，看不出真正的证道者。

嗯……脂砚斋又乱说了。曹雪芹该没这意思，他只是不想解释门联，门联含义让读者自悟，才把老僧写得昏庸。

门联的意思不大，没什么好说的——贪得无厌，必自取灭亡。这么简单的道理，写成贾雨村觉得高深，是触动心弦，怀疑是自己命运的谶言，所以想聊聊。

脂砚斋批为"一部书之总批"，认为是《红楼梦》宗旨——批错了吧？要是这宗旨，《红楼梦》就意思不大了。

还批道：未写贾府繁华，先写一破庙，未写世中迷人，先写一醒者，此技巧为"回风舞雪、倒峡逆波"，是《红楼梦》独有的文法，别的小说没有。

嗯……《水浒》就有吧？

回风舞雪——颠倒前后，后面的事拿到前面来写，《水浒》技高，甚至未来控制了现在。鲁智深出家，在山上胡闹，众和尚要赶他走，方丈说出鲁智深结局——他日后开悟，比你们成就都高。

鲁智深的俗欲强，越闹越恶，却被视为是高僧的特立独行。读者看着心惊，不单是看胡闹了，不知他闹到哪一出会突然开悟，吓读者一大跳。

"倒峡逆波"跟"回风舞雪"不是同一个技法，回风舞雪是颠倒叙述线，倒峡逆波是先写一个计划，之后用现实打破。

倒峡——上游的水冲下来，劲太大。倒，不是前后颠倒，是"翻盆倒水"的倒。

逆波——把下游河面打乱了。

《水浒》三十九回，问斩宋江，梁山好汉去劫法场，是军师吴用谋划，一定周到。按吴用的写，就是苏联电影《莫斯科保卫战》了，步骤分明，介绍专业，军迷喜欢，普通观众坐不住。

施耐庵避免这样，用一个人打乱一切。李逵也来了，他不知道梁山会来人，也没想过自己能把宋江救出去，只想多杀官兵，跟宋江一块死在这儿。

因为是求死，李逵没安排挽扶宋江出逃的帮手，也没有逃跑路线，看哪儿人多就往哪儿杀。梁山带队的是老大晁盖，是个勇士，不适合当老大，见李逵这么勇，激起自己的勇，只想跟他并肩作战，放弃原计划，架着宋江，带梁山人追随李逵而去。

结果被李逵带偏，大伙儿走上条绝路。

1973年的美国骗术片经典《骗中骗》也这么做，一个即兴的冲动打乱原计划，观众丧失了预判能力，只能入戏。

1989年的港片《赌神》亦如此。人在牌桌前坐着，没有动作性，大多数观众不懂牌理，不知是 A 大还是 2 大，但看到亮出红 A，就无比激动。牌没作用，是剧作的魔术。

2018 年首播的日本系列剧集《行骗天下》，两集一个故事，几乎每个故事都用"倒峡逆波"这一招。看多了烦，可供学习。

拿"回风舞雪、倒峡逆波"点评破庙昏僧，可惜了这两词。写巨府豪宅之前，先写个残破小庙，写纨绔子弟之前先写个昏僧 —— 在写法上，最多算是个铺垫，没那么高深。

况且，破庙 —— 贾府，昏僧 —— 纨绔子弟，彼此离得太远，中间还夹着贾雨村和冷子兴的长篇大论，连贯阅读时，感受不到是铺垫。

这是脂砚斋不顾阅读感受，跳跃章回，硬总结出来的对应关系。

评论的思维无法用于创作，因为创作是要做出一个连贯的东西，评论则是无视连贯，挑三拣四地说。

导演的创作谈和影评是两回事。西班牙导演布努埃尔的自传《我最后的叹息》，事先声明是假的，他用导演思维，把自己一生改写了一遍。看完，就知道如何写故事大纲了。

特吕弗的《我生命中的电影》，看完，你从此能优雅地谈电影了，但还是不知该如何拍。是大导演的同时，他也是法国影评的代表人物。两种身份，他分得很开，滴水不漏。

6 ☉ 正邪两赋、一击两鸣

贾雨村跟老僧对不上话，访高人不得，继续游玩，奇遇老友冷子兴。两人交换新闻，冷子兴讲京城贵族贾家有位男童贾宝玉，说"女人是水、男人是泥，女人清爽、男人污浊"，宝玉父亲很生气，认为他长大了必是色鬼。

贾雨村说贾父没见识，引出一篇"正邪两赋"的长论：

天地间有正邪二气，禀赋正气的为圣贤君子，搞建设，禀赋邪气的为奸诈恶徒，搞破坏。还有兼得正邪二气的，为艺术家。贾父人傻，不知自己生了什么。艺术家对治世提不起兴致，也无乱世的能力，从这个角度上讲，是无用的。

贾雨村是奸诈小人，奸诈必庸俗，哪来的高见？

晚明禅宗、道门都衰了，人才少，禅宗道门的学问由儒生研究了。贾宝玉父亲贾政属于保守儒生，还认为禅道是偏门，自己不看也不让宝玉看。顶级的儒生则以禅道为时髦。

明朝灭亡后，江南文人都等着钱谦益大作，认为他会私修《明史》，这是顶级儒生该做的事，他没干，注释佛经《楞严经》，作为此生收场。仇兆鳌是次钱谦益一代的大儒，中晚年耗在注释道经《参同契》上。

贾雨村讲话"翻过筋斗来的""来历不小"，是禅宗语录上常用语，熟得不得了，才会张口就来。贾雨村访破庙，本是要谈禅的，可惜未遇高人——脂砚斋说庙里昏僧是证道者，实在不知道从哪儿看出来的，上下文皆无这信息。

儒生的禅学，是"假作真时真亦假"。《指月录》是明朝作品，为了让禅学入儒家，不惜将历代禅师事迹稍稍篡改，便于儒生理解——这是"真亦假"。真的成了假的，但假的有效果，比真实史料的禅门语录传播广，儒生们看了就能谈禅了。

　　《续指月录》是清朝作品，明清禅师传记有作假风气，参考唐宋语录，创造名言、事迹。《续》编著者为聂先，据说是开悟者，将假材料删改得有道理——这是"假亦真"，假货成了真知。

　　从用词上看，脂砚斋也是个看《指月录》的，自信词熟，所以敢指鹿为马，硬说破庙昏僧是证道者。《指月录》的弊端，就是写得顺畅，没懂的人也觉得自己看懂了，模仿两句，很容易。

　　贾雨村的正邪两赋论，初看有道理，细思没意思。划分好人坏人，好坏之间再搞个艺术类，这样总结世事，太表面了吧？

　　虽然博学多才、心有城府，贾雨村遇上大事，就是一个只看表面的人，他最终落败，全因此。

　　"正邪两赋论"先说正，后说邪，再说正邪的异变。说得顺理成章，因而无趣。贾雨村也就这水平，快掉座儿了（听众听不下去），曹雪芹连忙"一击两鸣"。

　　一击两鸣——写一个人，等于写了两个人，写此处，等于写了他方。写过贾宝玉"女人水清，男人土浊"的名言后，再往下写他的事迹，因为是由冷子兴这个旁人讲的，不见真人，还一件接一件地说，听众会觉得啰嗦。

　　于是暂停贾宝玉，写起了甄宝玉。也改换了讲述者，由贾雨村讲。叙述，就是变花样呀，把俗套当新事讲，把一件事当作两件事讲，骗得人能听下去。

　　甄宝玉是南京孩子，跟女生相处，是个又聪明又文雅的人，跟男的相处，他变得智商低、容易暴躁——接应贾宝玉的"女清男浊"的话。

　　描写人，只用形容词，是不够的，听众需要一个大违常识的细节，才能认可人物性格是真实的——这点很怪，写得越离谱，超出生活经验，听众越觉得真实。做剧本的经验，写人物立不起来，不是细节罗列得不够，而是细节没有反常。

　　曹雪芹写的是，甄宝玉的行径激怒其父，多次遭痛打。甄宝玉边挨打边喊"姐姐、妹妹"，当做佛号咒语，竟然就不疼了。奇哉，有此一笔，甄宝玉活了。

　　质地相同的乐器之间有共鸣，敲手里这面锣，架上悬挂的那面锣也响了。写了甄宝玉的事，待第三回正式写贾宝玉，听众已把甄宝玉的事算在他身上，当成他的底色。

　　第二回结尾，朝廷下了新政令，之前免职的官员可以复用。贾雨村要去京城申请，而学生林黛玉要寄养在京城姥姥家，于是二人同行。

　　一道政令，让贾雨村再上仕途，序幕完成。让林黛玉进贾府，故事进入主线。一击两鸣，一笔交代了两件事，令叙述简便。

　　可以"缩编"，也可以用来闹大事，等于是一举两得。电影史上，发生过一桩著名的一击两鸣。

　　1941年，《公民凯恩》在美国本土公映。1945年，法国哲学家萨特写文批评，认为导演奥逊·威尔斯不是艺术家，爱的是政治。

　　威尔斯因票房不佳，被好莱坞制片厂排斥，天才的导演干不上导演，实在悲情。萨特讲，别同情，是威尔斯主动放弃了电影，他是个自由主义者，自由主义要用一切媒体左右大众判断。跟广播、报纸相比，电影显得低效，当然被抛弃。他现在是某报主笔，干上了社评，乐得其所。

　　至于这部电影，萨特评为："在美国是独一无二的作品，但在欧洲不是"，"（情节、表演）一切都是死的"，"我们能理解，但根本不相信"，"完全失去艺术的精妙。没有社会意图，也没有文化意图，想拍成娱乐大众的爽片，大众却不爽"。

　　总结："由于导演没有扎根大众，不能感受到大众忧虑，于是导出了一部抽象的、玩想法的、不接地气的电影。此片具备风格（个人形式感），风格在美国还是美德，在法国，我们对此已腻了。"

　　以萨特的地位，话说到这份上，《公民凯恩》肯定完蛋。

　　1946年，此片在法国公映，29岁的巴赞挺身而出，在萨特认为不值得讨论的"风格"问题上辩论，大众不信了萨特，《公民凯恩》成现代主义电影鼻祖，巴赞成法国影评界领袖。

　　一鸣惊人，造成法国影评界改朝换代，不料还有一鸣。因为讨论"风格"，《公民凯恩》出现的长镜头成为热门话题，令苏联的蒙太奇理论不再时髦，长镜头理论成为世界先锋。

　　反了萨特，世俗地位和学术高度就都有了。

　　苏联电影无辜受损，蒙太奇大师爱森斯坦该多恨萨特。想象中，爱森斯坦和萨特见面："太不明智！年轻人不好惹，你惹他干吗？"萨特："我没惹他！是他要灭我。"

7 ⊙ 高官窍门

　　第二回结尾，贾雨村再一次他乡遇故知，又碰上一个人，是旧日同僚张如圭，跟他一起被免职的。碰上冷子兴，已是巧遇，再碰上一位，巧上加巧，不可信。

放在今日，导演调整剧本，会让编剧改为：冷子兴在酒楼等客人，高处瞥见贾雨村路过，于是邀上楼来，两人谈完新闻，张如圭正好赶到，他是冷子兴等的客人。

或者张如圭不是贾雨村旧日同僚，两人不认识，也不用让他露面。冷子兴等不来客人，跟贾雨村说，那客人近期在忙着复职，或许在办理，所以来不成。能透露出新政令的消息，就行了。

无关大旨，是把事磨圆了的小技巧。多生硬、多不可能的事，补点生活常识，读者觉得常识对，整件事就觉得全对了，人就是这么好骗。

曹雪芹是心细如发之人，为何此处不圆一下？

也圆了，说张如圭是本地人。或许觉得有这一笔足够了，本地人总待在街上，当年人口少，人跟人容易碰上，十分惬意……我在帮着圆，可能没圆上。

张如圭告诉贾雨村，朝廷开恩，你赶快找门路。想兑现政策，还得靠个人争取。贾雨村有现成人脉，他当老师，可求学生家长。

他学生是林黛玉，黛玉父亲为林如海，祖上是侯爵，承袭六世，他这一代恢复为平民，参加科举当的官。他退出了贵族圈，亲戚们还在圈里，妻子来自贾家，贾家祖上为国公——顶级贵族。

贵族制度，逐代降级。妻子贾敏是第三世，其长兄袭一等将军，次兄贾政未经科举，直接在中央核心部门任职，现为工部高官。林如海托贾政给贾雨村帮忙。

贾雨村之前不会做官，刚当知府，急于做政绩，压制同僚、顶撞上司，上司诬告他私通土匪而被免职。新鲜一年，就玩完了。

他没来得及大额腐败，未实现财务自由，所以当教书先生。

林如海是地方高官，他向贾雨村示范高官窍门。谁能想到，高层是另一个玩法，中下层才玩官场规则，高层是校友会。

贾雨村求林如海，林如海则说自己早想这么做，推荐信都写好了，我的妻兄能帮上你。二十世纪九十年代，北方还是这样的人情，被求者会说："不是你求我，是我要用你，不知怎么跟您提。您能上门，太好了，省得我跑一趟。"

林如海说，你教了我女儿，正愁不知如何回报你，这道复职政令，真帮了我忙，让我能回报了。

求人帮忙，要称人为兄。称兄道弟，是文人间的互助关系。林如海不顾年龄、官位都居长，反而自称为弟，称贾雨村为兄。颠倒帮忙、被帮的关系，照顾贾雨村面子，这种礼貌是读书人之间特有的温暖。

贾雨村还是在底层待得久了，对这种温暖不能领受，耍心眼，询问"您妻兄是谁"，以显得自己质朴。林如海笑了，心里想的是，此人不上道呀，装什么呢？你不打听好贾家跟我是亲戚，又怎么会求我？

既然要培养他，就不跟他计较了，容他成长吧。林如海笑过后，好像贾雨村真的一点不知道似的，介绍贾家和贾政。

那封推荐信肯定还未写，林如海打腹稿，先谈出来：第一，不用你花钱，托贾政在京城运作，是我出钱，我会跟贾政说明白；第二，你到京城见了贾政，千万别玩底层官场那套，当他是你同学，平等交往，才不会玩砸。

——以上意思，林如海说得婉转，批评你，却显得是在恭维你。

贾雨村确实需要成长，没听懂。把林如海当成甄士隐了，认为种种安排，都是自己才华品相赢得的，是白来的便宜。曹雪芹写他"十分得意"。

进了京，果然贾政没官腔，以"我最喜欢读书人"的态度优待贾雨村。贾政办事技巧高，看不出徇私，合理操作，两个月办成，贾雨村重当上官。

林如海、贾政的双重示范，有没有刺激到贾雨村，让他改了世界观？从第四回《薄命女偏逢薄命郎，葫芦僧乱判葫芦案》看，没有。

8 ⊙ 贵族空间

沟口健二的早期作品，受制于摄影器材笨重、灯光调动不便，空间基本是一个朝向，在180度内解决，如观舞台。

1941年公映的《元禄忠臣藏》，军部特别批款，耗得起胶片和人工，他的摄影机拐弯了，超出180度的局限。有钱后，表现将军府的奢华，别的导演在美术置景上花钱，沟口健二是延长摄影机运动，增加空间层次。

层层叠叠的房屋布局，点缀着急行的侍从，显出是一国首邸。

曹雪芹的时代，电影远未发明，而曹公已有电影思维。写林黛玉进贾府，黛玉的这双眼，如沟口健二的长镜头般，不留意具体景物的奢华，而是写一层层的空间、一茬茬的下人。当不知道有没有尽头，还要走到哪儿去时，黛玉被一位白发老太太搂住——贾母出场。

贾母没人介绍，搂住黛玉便哭。脂砚斋评为："千斤之力写此一笔。"——评对了。空间带来的力量。

胡金铨1979年公映的《空山灵雨》，表现"古刹名寺"的华丽，也是不在意建筑的材质造型，而是拍空间层次。随着两个贼的行进，空间越来越多，几乎对观众达到催眠效果时，突然观众眼中一醒，一僧现身拦住两贼——贾母的出场方式一般。

两个贼要偷的是镇寺之宝——唐朝高僧的书法。一沓纸，没什么可拍的，显不出贵重。拍接近书法过程的层层空间，空间的恢弘感让书法贵重了。

贾府的层层空间，改了林黛玉的世界观——空间变了，以后的日子，跟以前的不同了。对于读者，人景双新，贾府是新见，黛玉也是新的，她不是在林家的那个小姑娘了，曹雪芹没交代她的本来性格，读者第一眼看到的她，是一个应变的女孩。

读者以为她敏感计较，之后发现她时不时地豪迈一下，说话幽默、办事痛快——这是她本色。

但要顺序地写成：一个地方官的大小姐，活泼爽朗，被京都贵族生活震慑，失去底气，变得敏感多疑——交代清楚她原来什么样，进贾府变了样——就是一般写作水平了。

曹雪芹不交代前史，让读者在之后章回发现她有另一面，造成阅读惊诧，猜出她原本个性。这样有趣，读者无法预知她命运了。

性格即命运——知道性格，就知道命运了，因为命运转折时，会按性格来。但她有两个性格，命运转折点，到底是豪迈起作用，还是敏感作祟？

无法预知的人物，才是叙事的主角。

性格固定的，是配角。文学批评里的"性格鲜明"一词，容易误导导演，在导演专业上，应该改为"性格叵测"，如此人物才有魅力，情节生出悬念。

希区柯克1964年电影《艳贼》，特吕弗喜欢其片段，觉得剧作整体上有欠缺，跟希区柯克直言，希区柯克强调，这部电影可是赚了钱的！

特吕弗认为男主角是败笔，一心拯救当贼的女主，行为绅士，性格单一。希区柯克说不单一，男主对女主有兽欲和控制欲，特吕弗婉转地说，你只是在选演员时，挑了一张性欲旺盛的脸，一张脸肯定是不够的，还得做情节呀。

希区柯克说，他的原始构思里有，男主兴奋地等待女主新一轮犯罪，不为抓捕归案，为抓把柄，从此可以要挟她。他的追查，起因是为失窃的朋友出头，动力是和一个女贼做爱的遐想。

特吕弗认为太棒了，为什么不这么拍？希区柯克说美国有审查制度，那种遐想触犯道德，通不过……是不想在口头上输给特吕弗吧？

所谓的原始构思，应是对谈时即兴想到的。那种不良遐想，他之前的电影里很多。

特吕弗介绍，希区柯克是一个善于自我批评的导演，但他不在影片刚失败时做自我批评，等他拍出一部大获成功的电影后，他才会跟像我这样的朋友，谈论上一部电影的败因，绝对真诚。

感慨，英国人的口才已经很厉害了，但还是没有法国人会说呀。

将本书的副标题写成"《红楼梦》中的导演课"，因我在二十世纪九十年代初学电影，便听到如下说法：

《红楼梦》是导演手法大全；

拍戏拍不动了（没好主意），就查《红楼梦》吧；

《红楼梦》本是剧本写法，不需要改编；

《安娜·卡列尼娜》（82年版英国剧集）没拍好，拍贵族，还是得按曹雪芹的来，才像样啊……那是俄国贵族，怎么会有这种话？

我只是把当年听到的，如实记录下来。

二十世纪八十年代末，电影界声势最大的事件，是北影厂拍了《红楼梦》六部曲，汇集两三代行业高手。耳濡目染，一时间，场工也在聊《红楼梦》。

七十年代末，港台文化传入大陆，代表叛逆与时髦。八十年代初，艺术院校排斥港台文化，认为俗和山寨，转向列侬和《坏血》。宿舍里，不好意思看古龙小说、周润发录像，但可以看金庸，因为有一种说法，其《笑傲江湖》写令狐冲学琴一段文笔，得《红楼梦》真传。

拿《红楼梦》扛事，清朝已开始，《儿女英雄传》便说是文笔得《红楼梦》真传。八十年代中，情色侦探小说《昙花梦》畅销南北，也说是……是，就能看了。

香港导演李翰祥1977年拍了戏曲片《金玉良缘红楼梦》后，1983年来大陆拍清宫题材的《火烧圆明园》《垂帘听政》。拍过《红楼梦》的资历，格外受尊重。

《火烧圆明园》有国人跟洋人战斗到最后一卒的热血场面，学校组织集体观摩。之后的《垂帘听政》可能缺乏教育意义，学校没组织。拍的是京城老事，老人们会掏钱带孙子辈去看。

　　银幕上，妃子跳舞，皇帝说："手柔、腿软、身段美！"顾命大臣背后说政敌："他一翘屁股，我就知道他拉什么屎！"两宫皇后平日要干活，趴在大炕上，一边一个缝被子面似的绣龙袍，召见大臣，手里的活儿不停，一边舔线头一边问话。

　　太接地气啦！

　　影片中段，看出是香港导演拍的，来自武打片盛行的地方，出现了"顾命大臣暗中聘用江湖上的四大高手，要在皇帝遗体回京途中，将慈禧劫下来"的情节。

　　四大高手十分尴尬，皇家回京的队伍人数太多，是军队。他们四个站在山上，傻了。顾命大臣向上望，责怪的眼神，潜台词："还等什么，为什么不冲下来？"

　　看这架势，导演应该真拍了冲下来打斗的场面，可能后来自己也觉得过分，没剪进成片。成片用画外音来圆这事，说这四人早被慈禧一派收买，所以没冲下来。

　　皇帝遗体回京，要按照皇帝还活着的礼仪，乐器是摆设，不演奏，抬着走。影片中是按出殡拍的，披麻戴孝，一路哀乐，大把大把地撒纸钱。

　　李导在香港成名，青少年在北京上学，当年推崇的时尚人物是高尔基、列宾，文艺青年要深入底层生活，采集俗话俚语。拍此片用上不少，是青春纪念吧？《红楼梦》人物对话是北京腔，有大量下人俚语、骂人粗话，那年此片也被称为"得了《红楼梦》真传"。

　　遍地真传，《红楼梦》太扛事了。

看李翰祥文集，清宫研究文章占大篇幅，他是内行。拍电影，为何不按研究的来？

脂砚斋批语里，有个笑话，一人自称见了皇帝，皇帝左手金元宝、右手银元宝，人参不离口，以缎子当厕纸，掏厕工发了财。

外行的想象，高昂而快乐。或许李导认为，电影毕竟是大众娱乐，内行的知识无效，外行的想象等于票房。

9 ⊙《红楼梦》本是儿童文学

我们这代人，错过了动画片《米老鼠和唐老鸭》，小时候看不到。八十年代初，迎来了《猫和老鼠》，六一儿童节，在劳动人民文化宫立多台大电视，循环播放，居委会组织去的，看得我们青筋暴起，觉得受到人格侮辱。

什么意思呀，真把我们当小孩啦？

很羡慕80后，能享受各种动画片。我常想，全世界都找不出70后这么奇怪的小孩了吧？

我们从小把自己当大人，幼儿园高班，已不愿在父母面前装嫩，小学三年级，班干部开会，那种成熟的气场，足可以解决国际纠纷。我们是有病吧？

直到看了北大学者金克木的《书读完了》，才释然，老先生揭示《易》《诗》《书》《左传》《礼记》《论语》《孟子》《荀子》《老子》《庄子》这十本书，不要认为是博士后看的，汉代算起，两千年来，它们是儿童文学！

要在十岁前学完，一大半书目要能全篇背诵。

　　两千年不是小数，或许改变了基因。我们的父母是40后，他们一代才彻底不读这些书，我们是不读的第二代，但遗传的力量，令我们大脑异常，跟全世界儿童拉开距离。

　　我们对《匹诺曹》《海的女儿》不耐烦，四岁时，爷爷奶奶教认字，上小学前，不少孩子能半猜着看《日本帝国的衰落》、写蒋介石的《金陵春梦》、写军统内幕的《沈醉回忆录》，包括《红楼梦》，其中情色场面，大人断定小孩不爱看，会自动屏蔽，跳过去。

　　被父母带去别的大人家做客，一般情况，是先奔着书架去，翻几本。得那家大人称赞，父母有面子后，再跟那家小孩玩。

　　那家孩子的玩具，一般是装电池的塑料火车、铁皮手枪、橡胶士兵、跳棋、拼图、三十多本小人书……蹲在地上合伙玩这些，两个孩子都有耻辱感。

　　俩孩子，一个掌握蒋介石的隐私，一个掌握日军的死穴，但为了两家大人的交往，要扮幼稚。俩孩子的真正对话是："你觉得活着有意思吗？""没意思，但人这辈子，眨眼就过，忍忍吧。"

　　70后成年了，彼此试探："我从小就没觉得自己是小孩。"得到回应："我的视力、智力长到能识别父母时，觉得他俩才是小孩，我不是。"对上暗号，成为朋友。

　　《红楼梦》第二回介绍贾宝玉七八岁，第三回介绍林黛玉为六七岁，贾母问黛玉读什么书，黛玉回答刚读完四书——《论语》《孟子》《中庸》《大学》。明清时，"读完"的标准是可以全文背诵。

　　黛玉六七岁，背下了约五万四千字，这个水平，完胜贾府女孩。黛玉顺口回问,贾府女孩读什么书,贾母答:"读的是什么书,不过是认得两个字,不是睁眼的瞎子罢了!"

像是信奉"女子无才便是德"——贾母没这么低端,是没好气,感到别人家孩子灭了自家孩子,一时不快。一时间,她还是把黛玉当成"别人家孩子",黛玉也听出来了,这是她入夜后哭泣的原因。

曹雪芹先写贾母一见黛玉就搂着哭,万般地亲,但现实打脸,遇上事,还是本能地疏远。如此贾母形象立体,否则姥姥宠爱外孙女,是人之常情,一味宠爱,贾母和黛玉的关系单一,后面就没戏了。

这份生分如定时炸弹,在全书后半爆炸,黛玉病重,贾母说了狠话,任由她逝世。

曹雪芹手法多样,写贾母跟黛玉的"亲",是热水里窜冷气。写贾母与王熙凤的"亲",是破坏礼节,越不敬越亲。

好理解,京城里今日还是此风气,多年同学重见面,嘴里没好词,挖苦你现在、揭短你过去,聚的人越多,话越损。

携来的丈夫、夫人有外地人,外地没此风气,旁观会奇怪,问清楚是二十多年没见了,更奇怪:"你们不熟了呀,怎么刚见面就冲着翻脸来呀?"

他们不知,对于京城人,说损话可以弥补二十年鸿沟。脂砚斋话也损,赞美曹雪芹构思巧妙,用词是"狡猾、毒"。

黛玉对王熙凤的第一印象是"放诞无礼",贾母介绍王熙凤是"泼皮破落户儿"——流氓无赖,王熙凤不怒反喜。

凤姐初登场,有亮点,不出彩。等她谋财害命时,才大放异彩。此处不出彩，为一般人情，因为彩要留给贾宝玉出场。

　　凤姐亮相后，贾母要黛玉去两位舅舅住所拜见。

　　大舅贾赦、二舅贾政，黛玉都没见着。

　　写其居住环境，就是写其人。电影尤如此，一个人的居所造型就是他的内心实况。贾赦不正经，居所不是正式房屋，隔下一部分花园，改装成游园歇息、冬日养花养金鱼的十几间房。

　　贾赦的夫人为邢夫人，她接待黛玉，叫下人去书房请贾赦。明清习俗，书房是男人的独立空间，下人能进去打扫卫生，夫人不能进。

　　贾赦不出来，叫下人传话，怕见了黛玉，想起黛玉过世的母亲，徒增伤感。让黛玉不要生分，把这里当家，有需要就直说。

　　话是情深义重，往后看，发现贾赦不是情深义重的人，他就是懒得理黛玉，不知在书房玩什么呢。他不出来，完全在邢夫人计划外，邢夫人很没面子，不顾黛玉还要去二舅处拜见，苦留黛玉吃晚饭。

　　黛玉明白这是邢夫人一时情急，绝不能在这儿吃，给邢夫人台阶下，说下次。邢夫人急过后，恢复理智，见黛玉懂事，松口气。要真留下，不去二舅那儿拜访，倒不好办了。邢夫人把黛玉送出仪门外，等黛玉的车走远了，才回门。

　　照理，长辈送晚辈，不用出门，止步在门槛内。小辈的车一动，离了门，长辈就可以回屋了。车远了，还站门口遥送，对贵客才这样。

　　对黛玉行大礼，是邢夫人心中有愧，觉得对不起这小孩。

　　此处未写一笔心理活动，纯外观写法。很是电影剧本，剧本的写作思维是"外在等于内在"：

　　居所的异状，是此人本质。

　　出格的行为，就是心情。

　　二舅贾政人正经，住得也正经，皇帝赐的匾、祖辈国公级享用的款式，都在他这儿。贾政和儿子贾宝玉都不在家，俩舅舅都见不着，即便理解大人们事忙，而在六七岁的小女孩心里，又重了一份生分。

　　晚饭，是在贾母处。贾宝玉从小住在贾母房里，白日去庙里还愿，回来吃晚饭，见了黛玉，发狂把自己的佩玉给摔了。

　　此玉是出生时带来，衔在嘴里。迷信地看，是跟他性命同体，玉毁则人亡，急坏了贾母。饭后，贾母安排黛玉和宝玉都跟自己同住，房大，他俩分睡两个隔间。

　　入夜后，黛玉一直哭。宝玉的婢女袭人来安慰，黛玉说自己来第一天，就让宝玉摔玉，自己成了个不吉利的人，怎么住得下去？

　　黛玉没说假话，但也不是底牌，小姐对丫鬟会交心，不会彻底交心。袭人会劝人，说宝玉的混蛋事多了，没人惹，也发狂，你别往自己身上揽责。为让她停哭，袭人说起佩玉的种种神奇，以转移她注意力，还要拿过来看。

　　袭人是"拿个新鲜玩意儿哄小孩"的做法，黛玉是囚禁在儿童躯壳里的老灵魂，对玉不感兴趣，更不愿被当小孩哄，说明日吧。黛玉的眼泪，跟宝玉摔玉无关，是因贾母语言不当。

　　回述一下摔玉过程：

宝玉见黛玉，问她读什么书。被贾母甩过一次臭脸，黛玉再不敢说能背五万四千字了，说不识几个字。

借冷子兴、黛玉母亲、王夫人、贾母之口，反复交代贾宝玉"是不读书的"，真人出场，宝玉却向黛玉拽起书袋。读者惊诧，他竟是读书的！

电影剧作的常规技巧：之前介绍的信息和之后的现实，要截然相反，以形成悬念——在评书技巧里，叫"蔫包袱"。

"响包袱"是笑料，听众不耐烦要走，艺人甩出个笑料，哄堂大笑后，又能多坐一刻钟。"蔫包袱"是一个明显的前后不一致，听众警觉"不对呀"，又能多坐一刻钟。蔫，指全场突然安静了一下，听众费心，都在想。

贾宝玉出生时口里衔的玉，串上绳，挂脖上当佩玉。贾宝玉问林黛玉，你出生时有没有玉？黛玉说没有，贾宝玉一下发狂，佩玉扯下，摔地上。

因为兄弟姊妹出生都没玉，贾宝玉因此觉得这玉不是好东西，应该人人都有，人人平等——是贾宝玉的艺术家天性使然。艺术，要突破人生原有设定。生来的独特、受到的独宠，让贾宝玉不耐烦，摔玉，是他潜意识要打破这份狭隘。

贾母为劝宝玉，编了个瞎话，说黛玉也是衔玉出生，黛玉妈妈过世前，舍不得女儿，要求拿玉当陪葬，等于女儿陪着自己，黛玉尽孝心，把玉给了母亲。

宝玉听到自己不是"独一份"，心理平衡，不闹了。此处蹊跷，说到黛玉和她母亲，竟然没写黛玉的反应——这是个"蔫包袱"，读者会起疑。

　　之后安排住宿、调度下人，一直不写黛玉，经过好大一场，直到夜深，才重写黛玉——失眠，流泪不止。

　　妙笔。

　　为何伤心？不是应付袭人的那番话。曹雪芹没详写，留白处理，因为他觉得读者的生活经验够，足以看出来。

　　不可思议，脂砚斋没看出来，认为贾母编排黛玉母亲那番话没问题，哄孩子就这样，还发表感慨，从"小儿易哄"引申到"君子可欺以其方"，说成年人也好骗，只要用对方法。

　　——这都哪儿跟哪儿呀！没的可说，还要硬说，凑出批语就是胜利。真不敢相信他是曹雪芹的朋友。

　　七十年代，幼儿园体系没完全恢复，70后大多是寄养在爷爷奶奶家，爷爷奶奶生于二十世纪一十年代，清朝刚完，老理都在。耳濡目染，我们这拨孩子多少还知道些。

　　初读《红楼梦》，震惊于贾母言论，我的第一反应是"这老太太不是善茬"。贾母身为贵妇，小时候家教不好，养成霸道习气。霸道，为处理急事，可以违规僭礼。

　　为哄宝玉不闹，贾母糟践自己刚过世的女儿，拿来编瞎话。死者为大，按理是不能拿来说事的。况且黛玉就在跟前，当着黛玉，编排她妈，还是辞世场景。可想黛玉的震撼，对这位外祖母，她是怕了。

　　后面，不管这位外祖母再怎么安排、多体贴照顾，她都哑然无声。直到夜深人静，方哭泣。

　　总结一下，黛玉伤心处：

　　白日里，王熙凤对黛玉有好感，主动帮忙，说不像贾母的外孙女，像是嫡亲孙女，欢声笑语中，抹平亲疏。贾母也乐见其成，但一见黛玉才学盖过三个家里孙女，立刻怒了，毫不掩饰。外孙女和亲孙女区别大了。

两个舅舅，对自己不以为然，竟然懒得见。白日有事，起码晚上在贾母处吃饭，可以来看一眼吧？也都没有。

看来两位兄长对亡妹情义不深，父亲林如海在贾家地位不高。林家已用完了世袭，退出贵族圈，毕竟低人一等。

要仰仗的外祖母，品质粗鲁，对亡女的感情没有想象的深，并不可靠。表面是受尽照顾，其实陷入"姥姥不疼，舅舅不爱"的境地，难怪黛玉哭。

金克木先生介绍，写国君、贵族争斗的《左传》，都是儿童文学。《红楼梦》当然在儿童的阅读能力里。

中华儿童的阅读能力，也太强了吧？

金克木先生解释，就是这么强，古典书籍是有意为儿童写的，甚至成人思维难理解的，换成儿童思维便能看懂。

京城老习俗，是四岁懂事——可以教字和人情世故。我们这代人四岁，被教育"不要议论别人的父母，尤其不要提别人过世的父母"。

四岁孩子，已能看懂黛玉心思。《红楼梦》里写黛玉入贾府，入门进法、上炕坐法、用餐吃法、告辞走法，都可当范本，教育儿童。

我的小学，十岁读《红楼梦》的同学，大约五位。一班总计四十人，比例高，男生没有，都是女生。上中学，同学换了一拨，语文课本有《红楼梦》选段，为第四回《薄命女偏逢薄命郎，葫芦僧乱判葫芦案》。

老师解释"葫芦"二字，为"糊涂"之意。有女生抗议，说"葫芦"指"阴阳"，意思是"阴阳师乱判阴阳案"。生为阳间，死为阴间，此回书有"给亡灵录口供"的事，葫芦解释为阴阳，似乎也对。

女生自称五岁开始读《红楼梦》，老师表扬了她，之后明显话少，糊里糊涂了结课程。

10 ⊙ 宝玉原不能娶黛玉

京城老理，小孩四岁懂事，除了识字与世故，还要知道人伦。人伦，就是男孩要知道从小一块长大的哪个女孩能娶，女孩要知道哪个男孩能嫁。

京城人家，过年过节走亲戚，往往是二十几个小孩一起玩。新加入个男孩，女孩们不动声色，上前询问你妈和我妈是什么关系、你爸怎么称呼我爸，很快分析出是不是做丈夫的人选。

不是早恋，是必备的生活常识——表亲可婚配，亲上加亲，堂兄妹不能嫁娶。小孩从小要择清楚，交往上好有分寸。

林黛玉称贾宝玉为"表哥"，民国的小说电影里，"表哥"一词等于情郎。1989年公映的港片《古今大战秦俑情》，有民国拍电影的场面，两个明星演情侣，"表哥、表妹"的叫。

由爷爷奶奶带大的70后，四岁时要明白"堂、表"。好不容易才择清楚，小学、初中回到父母身边，发现白忙了，父母告诉，新社会的婚姻法规定，表亲也不能结婚。

一番幻灭，原来都不行。唉，被爷爷奶奶误导。

父亲一支的亲人称为"堂"，母亲一支的亲人称为"表"。林黛玉称贾宝玉为表哥，因为是妈妈这支的亲戚，宝玉父亲和黛玉妈妈是兄妹。

但婚配关系，不从女孩计算，以男孩为准。在宝玉的角度，黛玉不是他的表妹，黛玉是他父亲这支的亲戚，是堂妹。

堂兄妹不能婚配。

这点，两个小孩都知道。宝玉和黛玉语言亲近，身体上忌讳。有学者说两人"两小无猜，从小搂着睡觉"，那是看第三回不仔细。

黛玉和宝玉是"紧挨着"睡觉，一个里间一个外间。把里外间"紧挨着"，理解成了"一张床上搂着"。细看第三回，两人各自床榻旁，都有同龄丫鬟、成年女佣守着，人多眼杂，搂不上。

宝玉情不自禁，曾想摸宝钗胳膊，宝玉的母亲跟宝钗的母亲是姐妹，宝钗是"正确的表妹"，可娶，但不是正妻最佳人选。宝玉放浪，止步于钗黛前，她俩是他的禁地。

《教父2》里丰富的人际关系，拍《教父3》时，制片人不让延续。导演没招了，攒出"堂兄妹孽恋"的戏份。意大利人跟华人一样，也是大家族聚居，小辈份男女密切，容易出事。教父的女儿爱上了教父哥哥的儿子。

违背人伦的狠料，不打磨，等于废料。讲故事，跟说事不同，说事是说清楚性质和结果，讲故事不能一步到位，要切出多个层次。脂砚斋批语里有段是不错的，说写作的关键，是"留墨"，不要在一处写尽，要留着墨水，别处再写。

　　《教父3》的堂兄妹孽恋，如下：

　　堂妹爱堂兄，唯一理由是"小时候就喜欢你"，主动找堂兄，堂兄就跟她好上了。堂兄怎么这样？ 为观众能理解，导演表现堂兄一贯风流，堂妹来了就睡，是惯性使然。

　　心有顾忌，自我警告"绝不能做"，最终失控，还是做了 —— 是乱伦戏的写法。俩人都没心没肺、百无禁忌，剧本就写死了，情节上难以为继。

　　但导演是科波拉，观众赞叹，不愧是大导，敢把剧本写死，必有翻盘大招。

　　没招。

　　教父发现后，要堂兄离开女儿。堂兄不以为然，教父做交换："离开我女儿，我的教父位子给你。"堂兄爽快答应。

　　好上和停下，都是一步到位。剧作不"留墨"，观众来不及认同这对男女，会认为堂兄白得了堂妹，还拿堂妹换老大，买空卖空，真不是汉子。导演也知道这样不行，为弥补，让一个黑帮老大评说："噢，我知道了，你俩是爱情！"

　　女儿的角色不能只是好上和被喊停，还得有点作为，但编剧没想出事件，只能让她演情绪。女儿跟教父发火："你为何拆散我和堂兄？"又对堂兄发火，"你为什么不再找我？"

　　加戏，只为填充女儿戏份，导演没给教父和堂兄写词，让他俩凝视不答。对他俩的凝视，观众会读解成："姑娘，你怎么能这么理直气壮，不知道你在乱伦吗？"

　　唉，剧本写崩了，怀念七十年代的科波拉。该怎么写《教父3》？ 看黛玉和宝玉吧，能找到那些欠缺的戏。

11 ⊙ 贾雨村——宝玉日后的白手套

《红楼梦》第四回，黛玉入住第一晚后，次日清晨拜见李纨——宝玉的寡嫂。宝玉有位哥哥，十四岁中秀才，二十岁病死，留下孤儿寡母。写李纨，为了解释宝玉为何受骄纵，贾府刚失去一位优秀的继承人，刺激大，生怕宝玉也夭折。

但这句话，曹雪芹永远不会直接写出来。电影剧作技巧，不能直接写因果。要掐掉前因后果，写中间的情况。

黛玉拜见李纨，看出个情况：李纨是个被她父亲耽误的人，李家原是文化世家，女孩都读书，到了李纨父亲这一辈，信奉起"女子无才便是德"，不让李纨读书，只让识字。

读书的标准，是由读四书开始，进入文史哲群书。四书之前，学《百家姓》《千字文》，叫识字。美国记者斯诺的《西行漫记》中，写农村孩子上学，一般是识字，看懂账本、契约就行，但随着乡间诉讼日多，要进一步读书。因为讼书除了引用法律条款，还要引用四书里的名言。县官都是读书人，讼书写得有文采，容易赢。

多花学费，为了省诉讼费。请讼师的费用高，自己孩子能写讼书，打官司成本降低一大块。

写李纨，为了交代宝玉的特殊地位。如仅此而已，一人一用，便不是曹雪芹了。笔风一偏，批判起"女子无才便是德"。李纨不读书，丈夫一死，她就没事了，寂寞度日，成了无用之人。

笔风又一偏，给日后宝、黛交往落下伏笔。文中交代，黛玉和三位"贾家亲孙女"一起读书，由李纨这位大嫂陪着。由李纨陪伴，无是非，也无趣。黛玉是才女，李纨拘不住，三个亲孙女又跟她差太远，才华使然，要找同等才华者，她必得一遍遍找宝玉。

交代完黛玉，重提贾雨村，写他已在应天府就任。他重开仕途，没费一分钱，由贾家全盘办理。贾家为何助人为乐？

清朝贵族的后代们，讲旧日辉煌，自称一年做的事中，九成是白做，不求回报。今人难以想象，说一成、三成，还好理解，说九成，就过分了。"十件事里，九件是为别人，一件为自己。"都这么说。

不敢信，您家怎么维持？ 能算清账吗？

近年来，好莱坞狂出书，能看到以前看不到的数据，原来好莱坞百分之九十四左右的电影在影院里是赔钱的，以卖 DVD、电视播放权来回本。但赚的是大赚，好莱坞靠百分之六左右的片子盈利，百分之九十四左右不赚钱的片子也有用，用来维持这个行业。

好莱坞肯定能算清楚账。

信了京城老话。

《教父》中，老教父一天到晚忙，大部分是给别人白做事，强调不收费、不要回报，这不是买卖，你我之间是朋友 —— 如林如海、贾政一般，他俩跟贾雨村强调，咱们之间不玩官场上那套，帮你是读书人之间的道义，看你有才华，我不帮你，对不起我读的这些书。

看晚清的官场记录，大量贪污腐败案之外，还有许多清白仗义的事，曾国藩、徐世昌都是意外得助，白来便宜，起的家。

帮人，只能是无偿付出，不求回报。因为求也求不来，时过境迁，别人有没有能力回报？没法预计，也就没法布局，只能相信概率。贵族帮人是常年操作，千人中一人能回报，其实就够了，像好莱坞只靠百分之六左右的电影赚钱。

教父帮忙，跟被帮者说："或许有一天，可能那一天永远不会到来，我将需要你帮个忙。"——林如海、贾政也是这个意思，但面对贾雨村，永远不会把这句说出来，说出就失去文雅了，这便是贵族与黑帮的不同。

这句话，要贾雨村自悟。

贾雨村重上官场，贾府不会指导他，也要让他自悟，像种树，种下了就不管了，看你能长成什么样。成大材，可大用，当贾府的盟友，如肃顺提拔曾国藩、荣禄提拔徐世昌，这种是咱们文化里最好的一面，仗义清白。

中材，当白手套，干脏事。是文化的阴面，不能持久，干完一定数量的脏事后，便当替罪羊。脏事不能一个人干，这人结束后，别人顶上。盟友难得，三五人足矣，白手套得一堆，脏了就换。

小材，就不用了，反而会带来麻烦，帮他，当白做好事了。

从之后章节看，贾政对贾雨村，是照着盟友来培养的，可惜他没经过测试，不堪大用，只能做白手套。但他这个白手套有些特殊，贾政自己不用，是留给宝玉长大后用的。

贾政会安排贾雨村跟贾宝玉一年见一面，以确立主从关系，但不会直说，要说成"宝玉向贾雨村学习"。这种做法，香港商战电视剧继承下来，老板儿子成年了，拜访公司元老，说："叔，我爸让我跟您学习。"意思是，以后你听我的。

贾雨村经的第一个测试，是当官后，即逢上桩杀人案：

冯公子从人贩子手里买了个女子，没想到人贩子同时卖给本地豪族薛公子。两家争那女子，冯公子被打死。薛公子带女子去了京城。

是一年前的事了。

新官上任三把火，贾雨村正义感爆棚，要发通缉令。一个门子（衙门内差人）使眼色阻止，雨村引门子回后堂问话，门子自报身份，原来是旧相识。

旧时寺庙，为学子提供食宿、图书馆、学术讨论房间的服务，无偿或低价。贾雨村早年落魄期，只能住庙，因而跟庙旁邻居甄士隐结识。这位门子是庙中和尚，还俗当了差人。

几年前，贾雨村第一次当官，不会当，被罢免。对他的不会当，曹雪芹用了"恃才侮上"一词，仗着自己能解决棘手问题，而要挟上司。

不知贾雨村当年是如何恃才侮上的，通过门子可看到。门子第一句话便语带嘲讽："老爷一向加官进禄，八九年来就忘了我了？"贾雨村真想不起来，谁能想到和尚会当差，相貌服装都不对了，怎么识别。

门子不依不饶："老爷真是贵人多忘事，把出身之地竟忘了。不记得当年葫芦庙里之事？"

贾雨村住庙，是依靠庙里主持，跟小和尚们不会过多来往。而门子是势利小人，当初雨村是个穷书生，门子应该也懒得理他。两人几乎是生人，而门子以老熟人自居，没有一点人情温暖，反而以知道贾雨村旧日落魄样，而自鸣得意。

项羽得天下，要"衣锦还乡"，死时兵败，因"无颜见江东父老"，可想而知，家乡的人情温暖，是他这辈子最嗨的事。因为他是楚国贵族，从小受乡人尊重。

不是贵族，则是"英雄最怕老邻居"，穷小子在外面成功了，回家乡会遭嫉恨嘲笑，不会觉得你"真不容易"，只会觉得你当年不如他，凭什么你成功了？以笑话你种种不堪往事，来找平衡。

贾雨村经过罢官的历练，懂得了小心，显得热情，不顾上下级关系，对这个不是朋友的人，以朋友相待，请他落座。

此处细节精彩。门子却不敢了，可见两人当年没有一点交情，语气不恭的话为试探，门子自己也心虚。在贾雨村一再请求下，门子落座，偏着身子，坐一半椅子面，表示恭顺。

雨村询问，门子详说案情。

同一个事，曹雪芹写了两遍，在手把手地教怎么做电影剧情大纲。之前的案情介绍，是事件，这一遍是讲故事。两相对比，多出来的是要点，没这些，成不了剧本。

冯公子争女，被打死。确实冤，但观众不会同情，因为毕竟是买卖妇女，你只是在争货。做大纲，要改变事件性质，让此女对冯公子有心灵意义，不再是货物。

序幕性质的事件，不能多费笔墨，但又要写得触目惊心，因为是许多大事的引子。曹雪芹只能下狠手，怎么过分怎么来，竟然写冯公子是同性恋，一见此女，被掰直了，发誓余生只和她好。

一招有效，把观众抓住了。此处的说书技巧，是不交代细节、心理，只讲结果。"怎么被掰直"不写，只写"被掰直了"。

只讲结果，观众不会追究合理性。比如"太平洋生了海怪，撞沉航空母舰"，你不会怀疑真假，只想听下去。

　　这个技巧叫"点山尖"——从绘画借来的词，画山，不用画全体，只要画山尖，观者就觉得整座山在了。山腰、山脚都空着不画，比喻让读者忽略现实依据。

　　冯公子极度浪漫下，要给女子一份体面，表示不是买卖，按照迎娶标准，将人贩子家当女孩娘家，要择好日子再来接。

　　看看曹雪芹怎么做情节转折——情节不能光是外部事件的硬转，要从心愿变过去，新生情节要和人物心愿相反，这样的情节才会让观众愕叹。

　　导演总要求编剧写戏要"有力"。有力，不是事件大，而是观众反应大。大事多了，而观众往往无感。事与愿违，才能有力。

　　冯公子的伟大爱情，人贩子没感动，反而起了贪心，利用不来接的三天，将女子二次出售，卖给薛公子。人贩子拿两份钱，是准备携款逃到外省，不料两家都得了消息，给堵住痛打。

　　两家都不要钱只要人。薛公子没有伟大的爱情，一是贪美色，二是霸道惯了，"敢跟我争？"的心态下，让仆人将冯公子打死。

　　——故事做到这份上，还不够拍电影，欠这女子的心态。门子讲述，她被冯公子重视、买下，女子反应是"我今日罪孽可满了"。一句千斤，从小被拐卖、被殴打，找不到起因，只能认为是自己的罪孽。可怜之人觉得自己可恨，罪有应得，是写可怜写到极点。

　　得知冯公子犯了浪漫病，非要找好日子来接，她立刻转忧。等待的三日，成了戏眼，最能让观众动情。

　　冯公子被打死，她是什么表现？一般编剧会写成哭天抹泪，曹雪芹留白，写她被掳走，"不知死活"。写了，写得多好都有限，不写，则是最大的悲伤。

兵法里有"走为上计"，写故事，也是能逃就逃，观众预料到的，就不写了，观众自己会无限放大。

这故事讲的，也有瑕疵——门子是所有的信息来源，他一人亲历得太多。此女为贾雨村恩人甄士隐丢失的女儿，是门子认出来的；人贩子来应天府，租房子恰巧租在了门子家旁边。

都太巧了。

是旧小说一贯做法，介绍背景事件，往往让一个人把什么都说了，以节省笔墨。今日看，粗糙了，面对这样的大纲，导演会让编剧给稀释一下。他是门子，了解案情是本职工作。他说的，不需要亲历，没问题。

甄士隐女儿丢时五岁，时隔七八年，能被门子认出，真是奇迹。小孩生长，面目差别大，多少孩子都长裂了（走样了），亲妈认丢失的孩子都难认出来。门子能认出，是一个牵强的理由，因为甄女眉间有一颗痣。

这颗痣影响后世，多少影视剧写"时隔多年"都是这招。一角色的年龄差，是生理变化上的硬指标，一个演员没法完成，得换演员出演。为观众好识别，便点上一颗痣，简直泛滥成灾。

1993年电影《叛逆大师刘海粟的故事》，写刘海粟年轻时的一个人体模特，晚年和刘海粟在黄山上相见，换成老年演员出演，对刘海粟莞尔一笑。导演想煽情，而观众只看到一颗耀眼大痣。

用痣、胎记、疤，都是越描越黑。此时，编剧要会"逃笔"，不要写是门子认出来的，写人贩子招供，证明偷的是甄家孩子就行了。难以自圆其说的地方，就不要圆了，简单处理。

抢走甄女的薛公子，其母亲跟贾政夫人是姐妹。贾雨村向甄士隐报恩，要秉公执法，夺回甄女，给薛公子判刑。向贾政报恩，则要给薛公子脱罪，任由他霸占甄女，是徇私枉法。

门子的建议是，徇私枉法。因为秉公执法没用，薛贾两家有能力推翻结果，惹怒了他们，你就当不成官了。

贾雨村的反应是"低了半日头"。中学读此文，觉得他陷入人神交战，对得起良心还是保住仕途？中年后再看，认为他想的是：好呀，终于知道什么是"恃才侮上"了。第一次当官时，我太蠢了。

门子在帮贾雨村做决定，这也是当年贾雨村对他上司干的事。贾雨村低头，不是沉思，是心绪复杂，不想让门子看到自己表情。

等抬头，已想好，这门子留在身边，一定生祸，要及早除去，放逐到远方。想好后，索性大度，请教门子办法。

门子目的，是企图当师爷，成为贾雨村离不开的智囊，于是尽情展露才华，说出全盘谋略：先发通缉令，捕捉薛蟠。再让薛家谎报薛蟠已死，请巫师作法，让冯渊鬼魂显灵，说是自己索命造成。最后判决薛家赔偿冯家些钱，便可了断此事。

贾雨村的反应是——笑道："不妥不妥。"——中学读此文，觉得贾雨村是得了便宜又卖乖，用了门子的计谋，还不说好。后来，认为贾雨村是真的被门子逗笑。

黑泽明1950年名作《罗生门》，也有给亡灵录口供、作为断案证据的事。但那是日本，日本没有科举，没有中国的文官制度。贾雨村是进士，为文明的代表，不能玩怪力乱神，他要请巫师进衙门，就贻笑大方了。

贾雨村的笑，是更加确定门子不能用，见识如此低，谋略形同儿戏，却妄想给我当智囊，实在可笑。

贾雨村如何修正门子方案？曹雪芹未写，贾雨村肯定比门子高明。但只要企图帮忙圆，就不高明了。案子了结后，贾雨村给贾政、王子腾分别写信表功，语言节制，不过是说"令外甥之事已完，不必过虑"几句。

节制成这样，也多了。王子腾是京营节度使，贾史王薛四大家族里王家的代表，薛蟠的母亲、宝玉的母亲是他的两个妹妹。对薛蟠来说，王子腾是他舅舅，贾政是他姨父。

案子能了结，薛蟠母亲、宝玉母亲高兴，贾政收到贾雨村来信，则会这样想："这么会办脏事？可惜了。"于是不再管贾雨村，让他追随王子腾，任由他发展，观望一下再说。

贾雨村的正确做法是，依法查案，让贾政、王子腾自己想办法保护薛蟠，双方不要有任何沟通。不管贾政、王子腾有没有圆过来，他都不要帮着圆。

不会出现"得罪权贵，自身难保"的情况，贾政更不会觉得"培养了个白眼狼"，这是门子级别的想法。到贾政这级别，见贾雨村秉公执法，反而会欣喜。毕竟，他培养贾雨村，是想找个支持贾家的大材，不是为了给傻外甥平事的。

晚清官场，荣禄提拔徐世昌，徐世昌是不给荣禄办脏事的。曾国藩不碰脏事，让同事胡林翼和弟弟曾国荃碰。《红楼梦》后半，写贾政到外省做官，严格自律，绝不附和地方官场习气，结果办事困难，受同事排挤，最终被同僚告发失职，结束地方官生涯，回到京城。

他在京城做官老练周到，能不知道地方官场的习气？地方上要真有他想做的事，一定入乡随俗地办成。但他不想在地方上有作为，于是处处高风亮节。地方上失败，赢在京城。有了优良操行，就可以担大事承大责了。

地方上不得意，被降职，是暂时现象，必要累积。

12 ⊙ 薛宝钗——宝玉的低配

贾史王薛四大家族，薛家排最末。贾家是立战功成为的贵族，北宋之后的惯例，是放任两辈，你和你儿子有实权。爵位可以延续五代，而第三代就要失去实权，之前交代，皇帝开恩，贾家多延了一代。

看清朝官场，皇室为了好控制，多数贵族是空架子，只能皇室一家独大，不许别家势力长久。

贾家能延续四代，用了特别手段。贾家是一块打仗的兄弟俩，并列封爵。大哥宁国公这一支，第三代贾敬沉迷炼丹成仙，让儿子贾珍代替自己袭爵出仕，第三代自废，让第四代成了第三代，变相多延了一代，可谓苦心。此点脂砚斋看准，批为"好神仙的苦处"。

二弟荣国公，除了战功，跟皇室应该还有特别交情，强于大哥宁国公。荣国公的儿子临终前，上奏跟皇室套老交情，感动皇帝，得以实权续到第三代。

宝玉是第四代，不能再延了，一定得削弱。贾家衰落、宝玉无用，是帝制运作的必然，无可挽回。

四大家族中，贾家是"白玉为堂金作马"，顶级贵族，家中享用款式为皇室的仿版；史家是"住不下金陵一个史"，史家是文官领袖，门生多、盟友多；王家是"东海缺少白玉床，龙王来请金陵王"，负责外交；薛家是"珍珠如土金如铁"，在户部挂职的御用商人，给皇室做生意。

皇室要制衡土豪、贵族、高官剥削百姓，自己不能从国计民生里抠钱，否则就是同谋者，不是制衡者了。皇室得经济独立，在国计民生之外来钱，办法是卖奢侈品。

以清朝为例，瓷器、丝绸为皇室垄断，外加广州对外贸易的固定分红。为皇室经营的为皇商，有考据说作者曹雪芹出身江宁织造的皇商曹家，那么薛宝钗就是作者变身了，一个皇商孩子在贵族家长大，因而能写贵族家的人情世故。

皇商孩子和贵族孩子，是不同的思维方式、生活方式，旁观是看不明白的，除非是住进贵族家。八九十年代文艺界，部队大院子弟出了许多人才，外人觉得他们相同，实则父母在级别、兵种、部门差异大，常出现"不带他玩了吧"的内讧。

贾宝玉属于必将丧失实权的一代，但会被朝廷"养起来"，不给权了，还给钱，受优待到宝玉儿子一代，走下坡路，走到平民阶层去。宝玉打小是个疯孩子，劣名远扬，非常符合贾家这一代的需要。

这一代不能出人才，你家该衰落啦，却出了个人才，想干吗？ 会惹皇室猜忌。

　　贾敬还要借炼丹修道来装疯卖傻，宝玉天生疯傻，简直太好！ 小孩子的胡言乱语，在官场广传，甚至传到冷子兴这样的市民阶层去了。

　　甄家的甄宝玉跟贾宝玉一样行径，但冷子兴不知道。贾雨村能知道甄宝玉的事，因为给他当过老师。同是贵族，甄家怎么没外露？

　　贾政心思细密。贾雨村重上仕途，偏偏在薛蟠杀人案的应天府，应是贾政安排，出道题测测贾雨村。贾政的长子是怎么死的？ 从后文看，贾政差点把宝玉打死。为家族安危，他对儿子下得了狠手，给儿子造谣，不算什么。

　　贾家一直对外宣称"宝玉不读书"，而黛玉见宝玉后，发现宝玉跟自己相当，已读完四书，现进入遍读群书的阶段。宝玉过了十三岁后，天赋渐显，贾政看明白儿子是天才，产生个奢望：按常规，宝玉这代该和光同尘，完成"走好下坡路"的家族使命。但天才能造出奇缘，万一宝玉能打破常规，让贾家在贵族圈多延一二代呢？

　　贾政母亲的史家就是例子，史家是侯爵，至第三代该被削弱时，又一次封侯，延续兴盛。史家能"一门两侯"，贾家为何不可？ 于是违背原计划，又要求宝玉变得"有用"，这个人生急转弯，宝玉适应不了，因而造成父子冲突的悲剧。

　　不管宝玉有用无用，黛玉和宝钗都不是他的婚配人选。黛玉是堂妹，血统上不能婚配，宝钗是商人子弟，配不上宝玉。

　　宝钗进京，要争取陪公主读书的名额。能和公主成闺蜜，就此进入皇家视野，如能给某个小王爷当妾，该是宝钗最好婚配。

最终，宝钗落选。原本就没有入选资格，公主的陪读，规定得是贵族、高官家小姐。破格录用，贾政、王子腾都帮不上这忙。

同理，宝玉的正妻，该门当户对，是位贵族小姐。宝钗不够格，什么时候，宝玉娶宝钗了，说明贾政对"一门两侯"绝望，确认贾家要水往低处流，娶个低身份的女孩，把走下坡路走好。

皇商不长久，做二三代，皇家就要换人。免得"奴大欺主"，做久了，失去敬畏，该一心占主子便宜了。宝钗父亲挣够钱，他过世后，宝钗的哥哥薛蟠撑不住。

后代失去业务能力，办不了事。奴大欺主的薛家也被奴大欺主，各省掌柜们纷纷贪污，侵占薛家资产。薛家已显败象，总不能搞到让皇室亏钱亏得要申请破产吧？终会失去皇商资格。

薛夫人没了主意，带子女投奔姐姐王夫人（贾政妻子、宝玉母亲），想来了京城，眼界一开，就会有主意了吧？她是有病乱投医，对儿子没指望，指望女儿能盘活家业，先做了两个试验，宝钗能否做公主陪读？宝钗能否嫁给宝玉？

都显得鲁莽。

旁人看，是她丢了脸面。她无所谓，嫁到商人家后，已改了世界观。商业就是多成多败，屡次失手也不算什么，再试试，说不定一把都赚回来。

薛夫人心理强大，承担得起失误，甚至是个以鲁莽来办事的人，明知不得体，也要试一下，"万一别人不好意思，反而顺着我呢？"

薛夫人拖家带口地来了，贾政、贾母不等王夫人安排，先都表态，请薛夫人一家在贾府住下。薛家要败，入住尚且兴盛的贾家，或许可以转运。亲戚就是这个时候用的，必须接待走背运的亲戚，让他来你家转运。

看《水浒》，通报姓名、认作朋友后，吃一顿酒是不够的，得去家里住一段。不去，就拽住苦劝，梁山好汉的眼泪大半是这时候流的。有急事，也得最少住三四天。好汉们东住西住，非常耽误时间。

我小时候住姥爷家，一间屋子旅馆般，轮番住着外地亲戚。大多不是为来京旅游或看病，出门少，就是天天住着。住到亲友家里，是改变自己命运的方式。老辈人以活在一起的方式，表达友情亲情，今人已难理解。

九十年代末，我们一代人大学毕业时，还是此人情。同学里有刚毕业就结婚的，蜜月期是满屋人，家乡的同学亲戚得到他结婚消息，知道他或租或买，肯定有房了，于是寻来"住一段"。新郎新娘不好意思拒绝，于是度过一个"客厅、书房都睡人，天天给五六个人做饭"的蜜月。

住别人家，两月为限。超过两月，自己就不好意思了，执意要走，走时表达："嫂子人好。我还来。"——听说80后个体觉醒，终于杜绝了"婚房改旅社"的事。

不超过两月，不需要付饭钱，由主人承担。家务活，他们不帮忙。客人干活，不符合待客之道，主人没面子。因为拥挤，也不便看书，客人们就是看电视、聊天。

超过两个月，还住着，就要付伙食费了。但不分担房租，因为是"住在你家"。薛夫人携儿女、下人入住贾家，事先宣告，生活费用由薛家自理，摆明要久住。

林黛玉寄养贾府，一切费用由贾府派发，薛宝钗则是花自家钱，二女的底气因此不同。黛玉强过宝钗，花贾家钱的是贾家人，花自己的是外人。

薛蟠五岁显性情，天生奢侈傲慢。书上说薛宝钗比哥哥"小两岁"，如按薛蟠十五六岁论，宝钗该有十三四岁，宝玉七八岁，她比宝玉大六七岁。等宝玉到了十六岁的婚配年龄，宝钗已经二十二三了。

"小两岁"是京城口语，"两"是形容词不是数量词，意思是小几岁。到底几岁？旧时代婚配观念，宝钗最多比宝玉大一年零一个月少一天。旧时计算，超过次年的第一个月，算两年。这月差一天，就还是一年。婚配问题上，女方大一岁可以，大两岁就难谈了。

女方大两岁和大六岁，是一样的，都要当成个问题来讨论。男孩女孩的算法不一样，女子的成长速度比男子早两年，女子七年一个周期，男子八年一个周期。二八一十六，男子十六岁成熟，二七一十四，女子十四岁成熟。

如果二十二三岁的宝钗嫁给十六岁的宝玉，宝玉是二八，宝钗是三七，岁数相差的六七年加上生理周期差出来的五年，等于宝钗比宝玉大十一二年。这就太大了，必得商讨。

但从后文看，贾家讨论宝钗、宝玉婚配，年龄不是障碍，那就不用考虑天然许可的范围了。以上所言，不是查书，是生活经验。就当《红楼梦》里的京城习俗，在我年少时还未变。

13 ⊙ 梦见秦可卿——摘心去叶、背面敷粉

贾母是"性情中人"。此词往好里说，是按个人喜好办事，能超越金钱和成规。往坏里说，人的喜好一会儿一变，没有恒常标准。

第三回，黛玉读书盖过贾府女孩，惹贾母不快，外孙女和亲孙女区别大了。至第五回，曹雪芹特意交代，因为贾母安排黛玉住在自己房里，天天在眼前，贾母又偏爱黛玉，强过了三个亲孙女。

第五回，宁国府梅花盛开，荣国府女眷受邀来喝酒赏花，宝玉也给带去了。小孩容易犯困，宝玉要睡午觉。宁国府的孙媳妇秦可卿安排了房，室内有对联"世事洞明皆学问，人情练达即文章"，惹宝玉厌恶，要换地方睡。

七八岁的宝玉，已是个对文字极敏感的人。明朝来华的传教士利玛窦认为柏拉图《乌托邦》中人类理想社会的设想，大半在明朝已实现。至于华人有何毛病？他挑了不少，比如没发明出小提琴……还有，太爱字了，诗词和书法让这个种族在字上花费的时间过多，耽误了他们搞科学实验。

确实爱字，古籍线装书印刷的字是指甲盖大，难以一目十行，要一个字一个字地玩味。儿童练书法，一个字是水杯杯口大，受单独字的刺激。

宝玉是个被文字开发了大脑的孩子，第三回中，初见黛玉，产生的是文字联想，给黛玉赐名"颦颦"，说出自《古今人物通考》。那是宝玉顺口杜撰的书，书不对，而字的典故是对的。宝

玉的文字修为，已可自圆其说。

宝玉登场亮相，和贾母等人对话，不是贾母领着大家逗一个孩子玩，是这孩子耍大家玩。他见黛玉，张口向众人宣布："这个妹妹我曾见过的。"被贾母指明是胡说后，一般小孩就没词了，或者咬死是直觉。

宝玉则是转换概念，说："虽然未曾见过他，然我看着面善，心里就算是旧相识，今日只作远别重逢，亦未为不可。"这个水平，已可做文章了。文章的文法就是确立概念、转换概念的游戏。

宝玉跟黛玉的第一句话，是问读什么书。自己爱什么，才会问别人什么。宝玉的见识是"除《四书》外，杜撰的太多"。

金克木先生言，古人经验，想遍读群书，先读四书是捷径。以下举例，是我这代人中年恶补的经验，不读《论语》，看《庄子》《吕氏春秋》会困难，因为里面讲了许多孔子的事；读过《孟子》，再看《汉书》《资治通鉴》这些儒家观念的史书会容易；《大学》《中庸》，可通佛经 —— 明代高僧蕅益以禅理注释此二书，便是作示范。

科举是考四书，时间久，弊端丛生，没找到普选人才的更好办法，于是四书被功利化、庸俗化了。

宝玉厌恶的是四书成了考题，而他已读通四书，渡过河该舍船上岸，读别的了。让他停在四书上，以考场夺魁为目的，他不干。全书结尾，他决定参加科举，家人们觉得其心可嘉，可惜太迟，天数上来不及，哪够看书？

结果他高中第七名，把正常准备的贾兰甩下一百多位。现准备，天数不够，宝玉是重温，童年早读通，拿到这把开门钥匙，开门去玩了。玩得忘乎所以，谁还在意钥匙？ 但突然要交钥匙了，他一时记不得在哪个衣兜里，但就在身上，翻几个兜便找到了。

今日文字泛滥，人们习惯一目十行的浏览，已对文字无感。古人看字，像听摇滚一样，生理刺激大。宝玉看对联，恶心坏了，非要换房，可以理解。

六年前在某山区拍戏，猛然看到山峰峭壁刻了一个百米平方的"仙"字，且描上红漆。当地村民介绍，是景区负责人读过"山不在高，有仙则灵"（出自唐代诗人刘禹锡《陋室铭》），所以刻上"仙"字。

清朝人收藏墓志铭，墓里的东西放进书房，得朱砂描红，破一破晦气。朱砂有毒，以毒攻毒。风景名胜上的石刻书法，大吉大利，不需要描红。现今多是涂上红漆，为满足游客远距离看清。看了，让人哭，大好河山成了墓志铭。曾经那么爱字的民族，对字不敏感了。

世事洞明皆学问，人情练达即文章——这话宝玉讨厌，九十年代的美术生也讨厌。梵高、塞尚爱人类，却不能跟具体的人相处。画家的灵感，往往是放弃了常人感情，方能找到。玩字也一样，李白放弃了大众思维，才有诗情。

当年我在美术院校好不容易特立独行了，学电影后，被告知"未学艺，先做人"。疑惑：我本是个人，为何还要做人？

"做人"容易理解成"夹着尾巴做人"，这句流行，让人想不起别的。是呀，电影剧组是集体合作，不会做人，将消耗在大量的人事纠纷上，寸步难行。有位老哥，传授过做人的基本功：

早晨买三根油条回剧组，见人就热情地请人吃，别人不好意思，会推辞，你要更加热情地往前递。结果是，请了百多号人，油条没损失，还是你吃了，但百多号人都念你的好。

震惊。另一种人生观……对拍电影产生了惧意。

2001年，剧集《大宅门》是收视冠军，片头曲中有句台词"天地间大写的人"。怀疑，"做人"是不是这个意思？导演郭宝昌毕业于电影学院，电视访谈里，说他的带班老师田风为保护他而死。田风老师随自我标准而生死，顶天立地。

哎呀，三十年前要知道"做人"是这意思，年轻的我该多高兴。

宝玉午睡，最终换到秦可卿的卧室，室内有一堆历史上著名美女的物品，说是秦可卿的摆设日用。没特别意义，并不是高抬秦可卿，是曹雪芹不想实写，觉得没意思，玩了把幽默。

宝玉对秦可卿，是少男对大女生了好感，睡着后便梦到她——要这么写，就不是曹雪芹了。评书吸引人，要处处留白。留白的基本技巧，一是不讲原因讲结果，二是不讲心理讲行为，让听众从结果推断原因、从行为品味心理。

一五一十、头头是道地说事，法庭陈述时管用，在说书场就挣不到钱了。电影导演修改剧本，要摘心去叶——果树培育的术语，在树苗最初的成长期，把最高的枝条、最茂的叶子剪掉。用在电影剧本创作上，是把明显的故事走向、容易理解的人物心理，果断删除。

电视剧为了凑片长时间，没事找事的戏份多，起因、心态都要讲明白。二十世纪九十年代，电影导演们害怕碰电视剧，认为拍上了手，会破坏自己多年修为。到了二十一世纪初，经济高速发展，导演们有了新说法，认为以前想多了，我们是专业人士，可以在两种标准里自由转换。

转换了二十年，例子多。导演们在九十年代的担忧，是对的。几乎铁定，拍了电视剧就拍不了电影了。犹如跳水与游泳，电影和电视剧是两个专业。

第五回不写宝玉对秦可卿的爱慕心理，写秦可卿离开后，宝玉睡去，便梦到了她——这是剧本大纲写法，文学写法为："惚惚的睡去，犹似秦氏在前，遂悠悠荡荡，随了秦氏，至一所在……"

其中"犹似秦氏在前"一句，是妙笔。现实里可卿走了，心上的她未走。不写好感，而全是好感。

下面，曹雪芹又一次摘心去叶，写梦中的可卿带宝玉来到一处美景。美景难写，曹雪芹就不写了，随手敷衍了两句"朱栏白石、绿树清溪"，转而写宝玉感慨："我就在这里过一生，纵然失了家也愿意。"

这个观念，让读者觉得这片没写清楚的风景美极了。

风景名胜在大银幕上往往不动人。风景名胜之美，已被明信片、专题片重复几十年，即便大银幕的视觉效果强过明信片千万倍，观众也觉得没劲，眼睛兴奋不起来。

看电影不是看视觉，是看观念。

二十世纪四十年代，日本导演发掘出瓦片屋顶的美，西方电影学者们认为跟荷兰冷抽象绘画吻合。一度以屋顶作片头，几乎是日本电影标配。

视觉效果会贬值，观众迅速无感。

1999年，大岛渚的《御法度》在影片中段拍了屋顶，没有任何视觉新鲜感的造型，焕发出震撼的美感。难道用了特殊的拍摄手法？

经过拉片，发现拍法简单，只是摄影机摇了一下。原来奥秘不是视觉，是人物说了一句类似贾宝玉的话。之前情节，主人公加入武士机构，一直陷入人事纠纷，一日闲暇，突然被屋顶的美震撼。竟然一直以来从未真正看过自己的居所，他被屋顶震撼时，观众被他的心机所震撼。

在这片"失了家也愿意"的风景里，宝玉和可卿遇上了警幻仙子。曹雪芹写了篇赋，形容仙子之美。脂砚斋评价，赋并非作者擅长，写得不好，暂且留着吧。之前，他还评价过作者的诗也不好，用词俗，伤了诗的美感，尚且对讲故事有用。

字里行间，传递的信息是，这些诗词该删掉，能不能好好讲故事？诗词是文人趣味，别在小说里玩。

我的青少年，生活在有一家报社的大院里，小学同学、邻居家里多有《红楼梦诗词曲赋评注》一书，1979年出版。不管父辈看不看，是书架必备书。时代发展，四十年来又出了多部诗词曲赋摘出单讲的书。

曹雪芹的诗词水平应该很高吧？否则不值得出这么多书。

脂砚斋颠覆了我的印象。如果他是虚伪的，则好理解，又批不出来了，于是说不好，来逃脱。可，万一他是真诚的呢……

没法判断，我这代人错过了诗词。中小学语文课本上的诗词，早自习朗诵，是读字，不是念诗。诗词是有韵的，哪字读长哪字读短，诗词还是有调的，民歌小调一般，吟诗是低调地唱。这些，没人教。生于五十年代的老师们教我们的，是飙高音朗诵高尔基《海燕》。

不单生于二十世纪五十年代的人，看民国书画名家遵循传统，认为诗、书、画、印，诗排第一，爱说："我最好的是诗。"结果看了他们的诗集，发现是顺口溜。

西方也一样，诗人地位高于画家。二十世纪二十年代，毕加索成为"活着的大师"后，曾短暂放弃绘画，改为写诗。自信一百年后，历史筛选，人们将忘记他的画家身份，只会记得"诗人毕加索"。

当然，头脑发热的时间不长，他又画画了。

诗词歌赋是传统文化的核心，而我这代人大多不会，只能遗憾地说，《红楼梦》这段我不知好坏，批不出来。万般无奈，信任了脂砚斋。

北方俗话"宁在大伯子腿上坐，不在小叔子眼前过"，女子嫁过来，大伯子是丈夫的哥哥，已婚多年，开得起玩笑。小叔子是丈夫的弟弟，情窦初开，虽然喜欢同龄女孩，但对有过性事的女子更好奇。

人情世故是事件，还要"背面敷粉"才成故事。此词来自壁画，将底稿挪到墙上的术语，在底稿背面敷上粉，几乎贴墙，按压底稿正面的线条，粉就印在了墙上。

金圣叹批《水浒》前，少有人研究小说，小说缺乏术语，只好东借西借，向文章、绘画、音乐取词。壁画不能直接往墙上画，要通过背面敷粉，小说也不能直接描写，要通过转换来升华。

宝玉爱慕秦可卿，直接写，乏味。秦可卿在宝玉梦中变身三次，一次是真人模样，有她陪伴，宝玉才觉得风景美得"失了家也愿意"；警幻仙子出现，秦可卿便莫名消失了，因为升华为警幻仙子；第三次变身为警幻仙子的妹妹，跟宝玉婚配。

妹妹字可卿，跟宝玉一起初是美梦，忽成噩梦。宝玉梦中惊叫"可卿"。被现实的秦可卿听到，奇怪宝玉怎么知道自己的隐秘小名。

曹雪芹点题，说明梦中三女，都是秦可卿。

"少男爱大女"的情况，人人都懂，便要反向变化，搞得读者不懂。秦可卿化身为警幻仙子后，不再温柔，一再冷笑。变化不能是变本加厉，是性质改变。

秦可卿变成一个招宝玉讨厌的人，她受了宁国公、荣国公亡魂的嘱托，要点化宝玉。宁荣二公认为宝玉是后代里唯一人才，要从政当官，挽回家族衰运。

宁荣二公的理念十分唐朝，认为看破红尘才能当大官——武则天的政治遗产吧，之后的王安石、苏东坡、刘伯温、文天祥、王阳明、顺治、雍正都自称看破红尘，当大臣当皇帝，是在做梦，但因为看破了，所以能带着天下苍生做个好梦。

什么是看破红尘？

社会现实如同电子游戏的过关打怪，优胜劣汰，是个等级世界。如果认为过关打怪是个障眼法，我们被一块电子屏幕给玩了，其实万事万物一律平等，便是看破。

儒家是看破的，《论语》精华是解释"大同世界"，圣人和凡人平等、贵族和农民平等、人人平等。这是王者的世界观，写得简单明了，犹如小学学生守则。

到武则天时代，王者的世界观被印度文化包装，换了新词，成为"华严十玄"的哲学，普及官宦阶层。五台山是唐皇室的家庙，也是讲华严十玄的大学。

明朝万历年间，西方传教士、科学家利玛窦来华，论战南京华严哲学的代表人物雪浪洪恩——四字之名是尊称。关于造物主，雪浪说："我，以及在座的诸位，跟造物主有何不同？我们都是造物主。"

利玛窦反问："你说你是造物主。这屋子里有火炉，请你证明你的话，现在就再变个火炉出来。"可能当时屋里冷，一想便想到了火炉。

雪浪认为利玛窦素质不行，停止辩论，转而跟在场的南京名士们谈了。利玛窦认为自己战胜，在笔记里留下雪浪"不讲逻辑"的差评。

雪浪说的，便是武则天的政治遗产，换了新词的王者世界观。当今年轻人上班，受"办公室政治"的困扰，太难受了，查历史书求解，学下流例子来应付生活，误解王者之风是诡计损招。

宝玉七八岁，还没经历够红尘，怎么看破？宁荣二公未免心急，太难为警幻仙子了。

警幻仙子有办法，文学就是这个时候用的。经历不够，拿文学补。她带宝玉入了太虚幻境，说存了天下所有女子的档案，既有过去，又有未来。宝玉好奇，看了"薄命司"的档案。

薄命，才有故事。幸福，就没曲折了。

薄命，不是卖惨。惨状成不了故事，薄命是事与愿违。做故事大纲，先要找出失衡的点，让心与事走两个方向。下面是曹雪芹的举例：

1.心比天高，身为下贱 —— 才华高、出身低，按个人水平能办成的事，因身份办不成。《大红灯笼高高挂》便如此，女主是受西式教育的女学生，为给家里平债而给地主做妾。

她为救父母而牺牲自我，有道德荣誉感，还掌握先进文化。拒绝迎娶的俗套，自己拎个手提箱就来了，以完全看不起这家人的态度，走进这个家。

结果，高傲没用，她还是陷入了封建家庭的游戏规则里，玩残了自己。

2.堪羡优伶有福，谁知公子无缘 —— 舞台上演大富大贵，生活里没有福气。《教父2》便如此，男主模仿自己父亲的事迹，学着当黑帮老大，最终他站在了黑道顶峰，却发现自己还是当年那个叛逆、生硬的大学生。

3.根并荷花一茎香，自从两地生孤木 —— 自己个人能力很棒，却孤单无助。《秋菊打官司》便如此，女主为丈夫出头，对抗村长，走上起诉之路。她越努力，越众叛亲离，甚至丈夫都反对她。

4.玉带林中挂，金簪雪里埋 —— 好东西丢在野地里。具备高贵、高才，却犯了大疏忽，高贵、高才没用了。

《疤面大盗》《巴格西》都是讲一个犯罪天才，在事业鼎盛时，因疏忽而毁灭。疤面大盗杀了某个黑帮的小人物，没想到那个黑帮因此灭了他这个大人物；巴格西浪漫主义爆棚，在荒凉戈壁里建起座赌城，他的情人背着他贪污黑帮公款，他以往的历史，让黑帮头子们认为是他主使，而被冤杀。

5.二十年来辨是非，虎兕相逢大梦归 —— 双方争得不亦乐乎时，一场意外让争斗没了意义。

《梅兰芳》上半部便如此，梅兰芳和十三燕唱对台戏，争夺新一代京剧界头牌。梅兰芳终于赢了，十三燕却告诉他："咱们是下九流。"下九流的头牌，还是让人看不起，一切失去意义。

6.才自精明志自高，生于末世运偏消 —— 才华惊世，但是于事无补。

1968年版《山本五十六》便如此，海军司令山本有古代名将之风，接受的命令却是"日本必败于美国，你只需要打一场胜仗，为日本在投降协议上争取点话语权"。

这一场胜仗，他苦求而不得，连连败仗，最终坐姿端正地死去，仅仅在这一点上符合了古代名将的标准。

7.富贵又何为，襁褓之间父母违 —— 拥有财富，没有亲情。

《大人物》翻拍自韩国电影《老手》，其中反一号是个富二代，享受父亲的财富，却受父亲的贬低漠视。内心的压抑，让他以凌辱别人来发泄。

8.欲洁何曾洁，云空未必空 —— 追求目标，实现后发现目标不是自己想的那样。

《教父3》便如此，教父终生努力，要洗白家族，当他终于进入上流社会，却发现跟黑帮一样。

9.子系中山狼，得志便猖狂 —— 恩将仇报的人，总是对受的恩惠，感到是受了侮辱。

《宾虚》便如此，反一号将宾虚一家对他的友谊、资助，都当成是居高临下的施舍，自己接受是忍辱负重，当官后立即对宾虚全家人展开残酷的报复。

10.可怜绣户侯门女，独卧青灯古佛旁——最有条件享受生活的人，却看破红尘了。

《樱桃的滋味》便如此，一个开着高级轿车的商人，没有任何生活压力，却对生命厌倦了，一心求死。

11.凡鸟偏从末世来，都知爱慕此生才——大家给予厚望的一个人，他却带着大家走向灭亡。

《柳生一族的阴谋》便如此，柳生但马守深得子女们的敬仰，他们认为跟着父亲，能开创一个新朝代，结果父亲牺牲掉子女们的生命。

12.偶因济刘氏，巧得遇恩人——努力做的事败了，无意做的却成了。

这是侦探片的常用套路，查案的线索断了，绝望中却发现另有线索，原来的线索根本不对。《东方快车谋杀案》便如此，火车上发生凶案，经过彻查，每一位乘客都没有作案条件，一筹莫展时，侦探突发奇想，如果每一个人都是凶手呢？他们是集体谋杀，互作伪证。

13.如冰水好空相妒，枉与他人作笑谈——冰嫉妒水，水嫉妒冰，其实冰水是一个东西。人们结怨相杀，但细究闹翻的理由，其实并不成立。

《坏血》便如此，一个男子被一个女子背影打动，尾随入了胡同，一度跟丢，终于在一个窗口发现了她。男子认为找到了爱，女子是个犯罪分子，男子为她而死。其实那晚找错了人，他跟踪的女子不是她。

14.漫言不肖皆荣出，造衅开端实在宁 —— 别觉得荣国府劣迹多，其实宁国府劣迹更多，但只轻轻点一笔，让读者想象。这是黑色电影的套路，终于破解了一个大案，观众以为一了百了，迎来光明，结局却说此案是沧海一粟，社会早败坏。

《唐人街》更甚，表面的胜利都不给，侦探只是确定了凶手，搞清了案情，却结不了案。凶手扬长而去，点出政界已全面腐化。

光读诗，宝玉未能觉悟。警幻仙子加码，命歌姬清唱昆曲《红楼梦》，共十二支。宝玉觉得唱得好，对词无感。警幻仙子叹"痴儿竟还未悟"，看来自己"文学可以替代经历"的想法，有些托大了。

得给这个孩子增点经历，于是安排宝玉结婚。婚配对象是仙子妹妹，形容是"既像宝钗又像黛玉"，之前这词是用来形容秦可卿的，此处直接说像秦可卿不就行了？

不行，那样就不符合"背面敷粉"的原则了，看诗听曲绕了这么一大圈，就是为了掩盖"宝玉爱慕秦可卿"的底牌。

脂砚斋屡次说曹雪芹狡猾，真如此。

警幻仙子对宝玉说："我欣赏你，因为你是天下第一淫人。"吓坏宝玉，忙说自己童真，担不起这词。警幻仙子解释，常人是行淫，你是意淫。你高明。

艺术便是意淫，造出个意境，陶醉自己。男女情致，也可变为艺术。你过了这道关，就能把个人生活里的一切都艺术化了。你别怕当官，从政也可变为艺术。你的天赋不只是谈情说爱、善待女人，你还能治理社会，善待天下人……

警幻仙子太能说服人了，不负宁荣二公嘱托。宝玉听蒙，遵命成婚。

梦中的时间，是过了两日。宝玉和仙子妹妹出门游逛，不意间走到一处深万丈的黑水旁。警幻仙子赶到，说黑水叫"迷津"，快回头。

这是把"指点迷津"一词，形象化了。

梦境以此结束，强调警幻仙子之前讲的"看破红尘，变红尘"之法，就是指点迷津，你该这样。《红楼梦》结尾，宝玉离家出走。走后，干吗？

你以为他一走了之，人不在了，其实红尘里处处都是他，他变了红尘。

14 ⊙ 评书等于人情

宝玉听着无感的《红楼梦》昆曲十二支，为避免说了诗再说曲，偏离故事，读者不耐烦，暂且不谈。也谈不了，无昆曲修养。

第六回开头，写丫鬟袭人发现宝玉梦遗，她避开旁人，给宝玉换了衣，显出是个懂事、能担事的人。书中写袭人比宝玉大两岁，应是京腔"大点"的意思，不见得真两岁。后文交代宝钗与她同岁，该是九岁女孩。

九岁女孩，智商已惊人，我小学的记忆里，她们和二十多岁的老师、三十多岁的父母相差无几。

宝玉七八岁，怎么会出此事？跟饮食有关，末代皇帝溥仪的自传，写他童年给喂了补药，成宫女玩物 —— 他的自传，常跟同代其他记载对不上，并不适合做依据。

还是看当代新闻吧，父母个子矮，希望孩子高个，童年大补，造成早熟。甚至没补，正常吃喝，但商场卖的儿童食品激素多，一样早熟。

性早熟，在传统观念里，是不祥之兆。元朝末年，各起义军都宣扬末世。末世里，女孩四岁生育，人均寿命十一岁，等同猫狗。这观念延续下来，民国战乱，据统计人均寿命二十六岁，民国人的第一反应是"生逢末世"。

写秦可卿室内的摆设，已可看出曹雪芹写事，有时是比喻，不能当真。写宝玉袭人尝禁果，是写衰相。

袭人的性知识，应是听伺候成年主子的丫鬟们说的。儿童总是好奇大人，2005年美国电影《水果硬糖》有句名言"女孩喜欢模仿女人，但她们还是孩子"。金庸的武侠小说，男主多从儿童写起，有大量调戏女生的情节，小学生看着过瘾。长大再看，颇不是滋味，发现是儿童恶趣味，搞怪成分大，色情得不纯粹。

袭人和宝玉得了知识要实践，两人偷试。不稀奇，七十年代一个月回一次家的"整托"幼儿园，会一周看次电影，不在社会公映、在各单位放映的内部参考片。1971年的意大利电影《一个警察局长的自白》有裸体，1978年埃及电影《走向深渊》有审讯人员骚扰女犯的情节 …… 小孩看了，要试试。

王朔的《看上去很美》写得节制，传闻里有更重的事。

书中写"幸得无人撞见"。怎么可能？前文交代，宝玉住所是在贾母房里的隔间，紧挨黛玉，除了丫鬟，还有多位老妈子。

1963年意大利电影《豹》，贵族青年与资本家女儿幽会，贵族家的房少部分住人，大部分闲置。走不尽的房间，给资本家女儿极大震撼。

贵族青年介绍，他家世世代代在闲房偷情。两人到了间有床的房间，并不破败肮脏，不住人需维护，隔段时间有佣人做基础性打扫。

贾家也如此，薛宝钗一家几十口人到来，立刻能住下，便因为贵族有闲房制度。以晚清的醇王府为例，一年人口少则六百，多则千人，大量来京办事的流动人口，有的一住半年，有的几日便走。

贵族家是酒店性质，有淡季和旺季。宝玉、袭人偷试，是寻了间闲房。

交代完宝玉袭人，曹雪芹假装讲起评书，跟虚拟的座儿（听评书的茶客）互动。矫情地说不知道该怎么往下讲了，贾府这么一大家子，千头万绪呀！索性从最外围讲起吧，一个跟贾府有点关系的人，正往贾府来……还没交代是什么关系，突然耍狠，说你们要嫌我说得琐碎，就扔了这本书，看别的书好啦！

今日评书，也这么说，如："下面的事，我说不好了，你们还听不听？"显得之后是严重大事，听众鼓掌，求往下讲。

有考据，曹雪芹在家族落败后，生存能力弱，住破庙，当了更夫，挣不到钱，儿子病死了。从刚才那番话分析，职业特征明显，应是入了书场，凭他水平，肯定有粉丝，不至于没有医诊钱。

说评书，是读书人的最后一碗饭。清朝灭亡后，八旗子弟失去供养，下海说评书、唱大鼓，足够生活。抗战期间，北平知识分子转移到重庆，找不到工作，下茶馆讲《三国演义》，靠着文史知识、个人魅力，甚至比职业评书艺人还叫座儿。

曹雪芹应是靠着讲《三国》，写完了《红楼梦》。

推论美好，祈祷真如此。

他在书里留下来的这段"矫情、耍狠"，在评书术语里叫"要好"。相声术语，许多借用评书，八十年代相声的"要好"，我们这代人熟悉，比较直白，如"我听不到掌声""台下还有人吗"。

得好，是凭本事，让观众主动喊好。要好，等于要饭，成名艺人这么干掉价，新手可以，靠这招热场。

我的童年，相声昌盛，评书衰落。茶馆没了，失去演出场地，转成电台广播，在午饭、晚饭、夜班时段。广播评书，是吃饭、干活时听的，时不时开个玩笑，情节松散，不怕听众走神。

茶馆评书的蔫包袱、连环包袱，在广播里就不好使了。蔫包袱是让听众自己察觉前后情节出现矛盾，产生悬念，连环包袱是密集的情节变化，只能在茶馆的单纯环境、精神高度集中的状态听。放在广播里，听众听不出来，或容易听乱。

广播评书，多用"响包袱"，即笑料。我们的童年，听到的是相声化的评书。后来，评书进了电视，又出现演戏化的评书，七情上脸，声调多变。

茶馆时代的评书，不需要演太多，语调上分出老男、少男、老女、少女，四个语调用于一切人。评书的本事是叙述技巧，是说出来的效果，不是演谁像谁。八十年代的电视评书末期，等来位不演戏、不抖笑料的连丽如，老人们赞正宗，小孩们看不下去。

评书本不是逗孩子玩的，经历过世事的成年人听起来才有共鸣，茶馆时代，听一套书要两个月，票价限制，孩子和低收入者进不来，到广播、电视时代，才扩大了受众。连丽如是民国评书艺人连阔如之女，得父亲教导"说书就是说人情"。

小孩对人情无感，生活过于辛苦的人也无感，他们急于找乐子。八十年代的大多香港电影、有史以来的大多好莱坞电影，都糙化人情，造热闹。

看曹雪芹如何写人情。

刘姥姥跟王熙凤没有血缘关系，刘姥姥女婿的祖上跟王熙凤的爷爷攀亲，都姓王，算作亲戚。口头上说的，没补进家谱。古时，重修家谱的费用，可以买宅院。

所以王熙凤爷爷并没有通告全族，现今的王家人里，只有王熙凤的父亲和姑姑两人知道这事，王熙凤的姑姑是贾宝玉母亲王夫人。

刘姥姥在女婿家生活，女婿没钱，发愁过年，刘姥姥出主意"走亲戚"，去贾府找王夫人讨钱。女婿不敢接触豪门，不是自卑，是不知礼节，成年男人说错话，别人会较真，容易搞砸。老人和小孩说错，能得原谅。

刘姥姥只好自己出主意自己办，带着外孙去了。

贵族小姐出嫁，会从娘家带一班人过来，丫鬟、男佣、马夫、保镖、账房、厨师、花匠、裁缝等，称为陪房。王夫人有一个陪房叫周瑞，跟刘姥姥女婿有交情，刘姥姥寻到贾府大门，求门丁通报。

下人进出不走大门，另有门。大门的门丁只负责给主人通报，不负责给下人通报。让他们进去找下人，会生气，觉得"你把我当什么了？"要刘姥姥门外等，说周瑞今天有事出门，一会儿你能见着。

刘姥姥永不可能等到。老北京的生活经验，对下人要格外客气。越低人一等，自尊心越高。不知道他们的敏感点在哪儿，不知什么地方就得罪了他们。他们的报复来得快，防不胜防。

刘姥姥傻等，终有一位老门丁发慈心，告诉去后门找。周瑞不在，其夫人称为"周瑞家的"，刘姥姥得了善待，周瑞家的跑前跑后，帮忙约见。后文显示，周瑞家的不是善茬，坑害主子、欺负小辈，为何对刘姥姥全然好心？

这便是人情，杀人犯不是见人就杀，面对朋友，他就不是杀人犯了。

先写大门受冷落，再写后门得热情，是曲笔——个人处境要有正反变化的曲折，读者看着，一会儿憋屈一会舒心，便跟刘姥姥有了共鸣。细节准确、心理丰富、含社会寓意，还是盘生冷饭，得用曲笔炒一炒。

前文写女婿跟周瑞有交情，点一笔，不交代具体什么交情，此时由周瑞家的心理活动来交代。之前交代，读者也记不住，这里交代，正在点上。介绍之前周瑞"争买田地"，女婿多有帮忙，前文写的女婿一股无赖劲，以此推测，做的是脏事。

周瑞家的既然是真帮忙，便直接问刘姥姥是"路过看看，还是特意来的"——友情看望，还是另有目的？刘姥姥说是"特意看你"，也想见见王夫人。

老北京风俗，求人办事还要人猜。因为平日人与人交往，以谈钱、有目的为耻，刘姥姥强调"特意看你"，表示没有目的。

2013年电影《叶问：终极一战》，一段戏是李小龙约见师父叶问，说自己时间紧，没时间系统学木人桩，要把叶问打木人桩拍摄下来，供自己带在身边研究，酬劳是一栋楼（该是座小别墅吧），听怒了叶问，拂袖而去。

看拳王比赛的纪录片，是职业拳手必修课。李小龙主要买阿里的比赛，泰森年少时，也是耗在看片室。买影像，在美国没错，对华人不行。目的清晰、钱数明确，在老辈人这里，什么也谈不成。

正确谈法，得像刘姥姥这样，不说供自己研究，说为了给师父保留影像资料，之后再讲孝敬师父一栋楼，楼和木人桩没关系。传统社会风气贬低商业，将买卖谈得不是买卖，才能做成买卖。

周瑞家的猜中，一定是为钱来的。刘姥姥跟王夫人当年仅是见了一面，肯定不是来聊天的，因为没的聊。

无理由要钱，叫"打秋风"。打，是"取"意，从井里取水"打水"。你好了，理应把好处分给我一点。因为我是你亲戚、邻居、同学，你爹跟我爹是一个村的……这个"理应"，其实不讲理。

"打秋风"是我们一代熟悉的用字，不知"秋风"何意。《红楼梦》三十九回写作"打抽丰"。丰，丰富。你多了，我就抽你一份。字面上更好理解。

台湾卤肉面，是东北人打秋风的遗迹，你家发了财，要杀两头猪，慰劳全村人。人太多，两头猪不够，切成肉末浇米饭上，来凑数。为心安理得，说成能消灾除病，大家白吃你的，是给你家去霉运。

没道理的事，做多了，成了习惯，就成了有理的事。不按习惯来，会挨骂。七十年代末，北京人去香港，回来要给所有熟人带礼物，少一位，都落埋怨。出国更可怕，带礼物的范围扩大一圈，实在发愁。

听闻里，有去废品站捡旧的录音机、电视机，带回国当礼物的事。

民国时，章太炎成名后，老乡纷纷来打秋风，不给就要在他家自杀，章太炎强硬，绝不给，给报纸写文批为陋习，发动全社会一起抵制。

在贵族家，是另一番道理。封建时代，等级森严，实在难受，人性上受不了，于是以礼节和亲戚关系来调和，达到"不平等里的平等"。封建时代最好的文明，是"分庭抗礼"，身份低的人和身份高的人，站在庭院两侧，以行礼达到平等。

抗，不是对抗，本意是"伉俪"的"伉"字，对等之意。

亲戚之间，以血缘取代社会地位，不论贵贱贫富。穷亲戚上门打秋风，富亲戚不敢不敬、不敢不给，否则毁名声，习俗制约了富人。

周瑞家的介绍说，王夫人可以不见，贾府现今主事的是王熙凤，见这位就行。刘姥姥进见，是抓王熙凤餐后空当。刚吃过饭，王熙凤犯懒，拨弄手炉里的灰，慢慢说："怎么还不请进来？"——蒙古王府本批为"写尽天下富贵人待穷亲戚的态度"，颇为刘姥姥抱不平，似乎王熙凤傲慢，轻视刘姥姥。

批者上的是燕京大学，已接触苏联文艺？

刚吃完饭，不午休，立刻见，很重视了。难道非要快跑出门，哭喊"您来啦！"才是尊重？

王熙凤抬眼见刘姥姥已在门内，忙起身，满面春风地问好，责怪陪着进来的周瑞家的为什么进屋时不言语一声。竟没察觉到，生理迟钝，可想王熙凤刚才真是乏了，差一点就打盹的地步。

变得"满面春风"，是强打精神，非要把招待穷亲戚这事办好。

这事不好办，两人都有失误处。先是刘姥姥忘了自己的亲戚身份，脑里概念是"平民见贵族"，行主仆礼，跪地请安。王熙凤不接受，坚持是亲戚，说没论过辈分，不知道谁辈大，该谁给谁请安。

王熙凤说："亲戚们不大走动，都疏远了。知道的呢，说你们弃厌我们，不肯常来；不知道的那起小人，还只当我们眼里没人似的。"意思是我们家一直当你家是亲戚，别紧张。

此处，脂砚斋批为"阿凤真真可畏可恶"——以为王熙凤这话里的"弃厌我们"和"当我们眼里没人似的"，是反讽恶语。没理解王熙凤是好话，能迅速打破陌生感。

脂砚斋没懂，刘姥姥懂，感动得念佛，试着开个小玩笑，说自己一副穷人样，上门自称您亲戚，门丁管家不信，不是给您丢脸吗。逗笑王熙凤，说刘姥姥的贫富差距观念不对，她不爱听，接着闲聊天，哄刘姥姥带来的外孙，进一步拉近关系。

饭后休息的时间过了，府内人开始找王熙凤处理事情。王熙凤表态，都改到晚上处理，现在专门陪刘姥姥——明明是给足面子，哪来的"可畏可恶"？

刚说放下一切事，王熙凤丈夫的侄子贾蓉来了，独他的事，王熙凤要处理，显出两人亲近。贾蓉走后，刘姥姥再次犯错，见王熙凤对侄子好，竟然提高外孙的辈分，说也是王熙凤的侄子，将打秋风说成"带了你侄儿奔了你老来"。

改了称呼，可以得到额外帮助，现代社会里也有延续。香港明星张国荣外号"哥哥"，是拍《倩女幽魂》时，女主王祖贤开始叫的。港人发现，谁叫他哥哥，他就帮谁。于是"哥哥"的称呼就大范围叫起来。

刘姥姥也心同此想。想错了，按照习俗，穷亲戚求助，不能哭穷，更不能乱辈分地求爷爷告奶奶，那样没廉耻。富亲戚可以挑错，假装生气："您说的什么话？"拂袖而去，借此不管。

老人和小孩容易被原谅。王熙凤没计较，还是给钱。

围棋比赛，常有"坏棋引坏棋"的情况，下了个败招，不料没遭到灭顶之灾，反而搞乱了对手思维，对手跟着也下出个坏棋。

刘姥姥出错，引发了王熙凤也出错。你哭穷，我也哭穷。王熙凤说贾家看起来家大业大，其实大有大的难处，经济上也困难——这话，以现代人的眼光看，会赞王熙凤懂心理学，先降低人的期望值，再给钱，施恩的效果翻倍。

但在京城，大户人家是不哭穷的，因为求助者不会信，还觉得受到侮辱，不想给就不给，何必骗我？

哭穷得罪人，不如不哭。贾宝玉亡兄的夫人李纨评价王熙凤，修养不够、人聪明。大部分时候，聪明盖住粗鲁，不警惕，粗鲁就露了出来。

王熙凤说自己手里没现金，刚巧有给丫鬟们做衣服的二十两，全挪给你吧——又粗鲁了，口不择言，拿下人的费用给亲戚，将亲戚等同于下人，敏感者会翻脸，说："我还不至于拿这钱。"愤而离去。

坏棋引坏棋，王熙凤的粗鲁，引发了刘姥姥更大的粗鲁，说出"你老拔根寒毛比我们的腰还粗呢！"刘姥姥在家里跟女婿说过的话，拿来跟王熙凤说了。二十两对刘姥姥是大数，抵一年开销，曹雪芹写她"喜的又浑身发痒起来"——这得多高兴。

见了刘姥姥的粗鲁，王熙凤警觉，聪明劲回来了，自省刚才失口，虽然刘姥姥对此无感，但自己也得补救回来。改口说这二十两不是给你家大人的，是给孩子的，做一件冬衣吧。下人费用挪给小孩当赏钱，没问题。

外加一吊钱当车费。车费和冬衣都不值这么多钱，是借着给孩子、付车钱，把大钱说成是小钱，不让刘姥姥觉得受恩重，有心理负担。说"若不拿着，就真是怪我了"。——给少了，别嫌少。

王熙凤聪明起来，分外体贴。

写"以礼相待"，双方都彬彬有礼，就没戏了。以粗鲁写以礼相待，是曹雪芹妙笔。戏剧性，是变质。事件复杂，没用。性质复杂，才有戏剧性。

1940年，卓别林导演的《大独裁者》写纳粹，是一伙疯狂的人办疯狂的事。戏剧性不强，靠笑料撑场。1993年，英美合拍片《告别有情天》，对纳粹的写法升级，揭示英国的绅士道德是纳粹实现的保障，以崇高情操干恶行，有了戏剧性。

这一段批语几乎全错，批成了刘姥姥受轻视。第六回结尾对联"得意浓时易接济，受恩深处胜亲朋"，曹雪芹明确说是恩情。

现今殡仪馆，提供这副对联当挂在花圈上的挽联，表达生者对逝者的感恩。一片墓地里，见着有墓碑背面以这副对联做铭文，那就是墓主孤寡，没有后代，是一位受过他帮助的人来报恩，出资立的。

这副对联至今还在用，意义明确。王府版批者和脂砚斋为何会看错？

接见期间，安排刘姥姥带外孙去吃饭，王熙凤派人询问王夫人到底是什么亲戚。没搞清楚，听说是穷亲戚，就立刻接见，王熙凤没摆富人架子。

王夫人回话，没有血缘关系，是名义上的连宗，近些年没走动，之前他们家来探望，咱们家都给钱。明白了不是真亲戚，王熙凤也没对刘姥姥冷淡，说亲戚之间，应该我们主动照顾你家，不该等你上门求助。接着自责，说她对上一代情况不清楚，疏漏了。

不让刘姥姥觉得上门求钱有屈辱感，王熙凤体贴。

王夫人传来的话里，有一句"今儿既来了瞧瞧我们，是他的好意思"，脂砚斋批为——穷亲戚来看，是"好意思"，余又自《石头记》中见了，叹叹！

显得自己受过富亲戚的羞辱冷落，深有同感。

老北京话里"您可真好意思！""您要是觉得好意思，您就这么办！"都是指责对方无耻，但"好意思"放到这种句式里，才是"不要脸"。

王夫人话里"好意思"三字，单独使用，是"好心"之意。"她来看我们，是她好心。"

脂砚斋被北京亲戚骂过"您可真好意思"，再看《红楼梦》，囫囵套用，理解成"她来看我们，是她不要脸"。

王夫人后面的话是"也不可简慢了他。便是有什么说的，叫奶奶裁度着就是了"。脂砚斋批为——王夫人数语，令余几哭出。

他想哭，是将王夫人的话理解为"这人不要脸，以前得了好处，还不够，又上门讨好处了。但我们是贵族，不能显得无礼。这样的人，我是不见的，她要是提钱，你看着给点，就行了"。

分歧在于，"也不可简慢"和"便是有什么说的"两句。按字面，脂砚斋误解为"不能没礼貌""如果她要钱"。

以老北京的生活经验看，"也不可简慢"的本意，是像以往一样给钱，不是说礼貌。"便是有什么说的"，不是指要钱，前面"也不可简慢"已经交代肯定给钱了，是怕刘姥姥有特别请求，解决官司、介绍什么人、做非法事。

这些，王熙凤平日都在办，王夫人让她全权处理就行。王夫人不见刘姥姥，是见了尴尬，不如不见。见了面，说什么呢？两人毕竟从没说过话，能认你是亲戚，凭空接济，王夫人已经很厚道了。

王夫人的话是：今天来看我们，是她好心，像以往一样，咱们给钱。我不好见她，要是她提出特别要求，不用问我，你全权处理就好。

将"等级中的平等——亲戚间不论贵贱"，看成是"富人无良、穷人受辱"，脂砚斋当然要流泪。

仅以这几条评语，推测王府版批者和脂砚斋的身份，像两个二十世纪二十年代来北京上学的大学生，那时苏联文艺对京城校园影响大，他俩迷上了高尔基，对北京话还不太熟。

15 ⊙ 刘姥姥见王熙凤——横云断山、掐活

脂砚斋批对的很多，在一般读者能理解的地方，猛下笔。周瑞家的帮刘姥姥，他会批"真心"，周瑞家的给刘姥姥使眼色，他会批"何如？余批不谬"——怎么样，确实真心，我没批错吧。

有什么可错的？谁都能看出来。

当刘姥姥开口向王熙凤提要求时，贾蓉来了，王熙凤叫刘姥姥稍等，先处理贾蓉的事。此处批为"横云断山"法，批对了。

横云断山，是画法。山难画，笔墨层次多，才像座山。塑造山本身的层次，太费工，不如让片云横在山前，画云不费工，空白就好。有了这片云，山就显得远了，不用细画。

真是省工的巧法。

转在小说上，老实写事件发展，会无趣，要用另一件事打断它，新事件不用详细写，原事件也可以借此跳跃进展，两事都省工。

断在哪儿？

打蛇打七寸，断在高潮前。

情节铺垫了那么多，最终是为了刘姥姥开口要钱。刘姥姥红脸，刚说半句话，就给打断了。读者不会泄气，反而情绪高涨。

好莱坞剧作再粗糙，也知道在高潮前要做个低潮。比如，全片最大悬念，一个赛车手能否克服之前比赛惨败的心理阴影，重新回到赛场？他终于克服挫败感，走入赛场，却突然想到"拿了冠军又怎样？我的婚姻失败了"而陷入沮丧。

观众疯了。片子花了一个多小时，您才克服职业挫败感，现

在您又产生婚姻的挫败感，马上比赛了，哪儿有时间再克服这个？

十五秒解决，他的老婆孩子跑进赛场，高呼"老公、爸爸"。于是他全好了，拿下冠军……这种俗套，令人生厌，但影院里观看，还是能激动你。唉，人性规律吧。

好莱坞低潮，是自己打断自己一下。《红楼梦》的横云断山，是旁人打断。贾蓉来了，他是宁国府第五代。王熙凤丈夫贾琏是荣国府第四代，贾蓉是王熙凤丈夫的侄子，在刘姥姥眼中是十七八岁的美男子。那么王熙凤多大？

刘姥姥进京前，跟女婿说王熙凤年龄"大不过二十岁"，只是多年前去过王家，知道有这么个女孩，往小里说不知道有多小，往大里说怎么也大不过二十岁。

第二回交代，贾琏十八岁娶王熙凤，已过去两年。贵族小姐十五岁出嫁，那么黛玉进贾府时，王熙凤十七岁。刘姥姥来访，是另起故事线，不知曹雪芹有没有借此跳跃时间，一步跳到黛玉进府的三年后？那样有二十岁。

周瑞家的向刘姥姥介绍"不比五年前了"，现在是王熙凤主事。容易误解成，王熙凤已经主事五年了，从她十五岁嫁过来，满打满算，正好二十岁。但她期间还生个小孩，还有主事的试验期，那么应该是二十二三岁……跟"大不过二十岁"矛盾。

按第二回交代，荣国府先是培养贾琏主事，王熙凤嫁来，辅助贾琏，因能力突出，主次转换，变成贾琏辅助她。五年前是王夫人主事，因有一段贾琏当一线、王夫人幕后指导的过渡期，王熙凤并非已主事五年，所以没超二十岁。

在阅读感受上，刚写宝玉袭人偷试，如此重笔，就跳跃到三年后刘姥姥上门——既跳了叙述线，时间也跳，断裂感太强。

两者只能跳一个。所以，叙事线换了，时间没变，偷试和上门是同一时间段发生的。王熙凤十七八岁。

两人是同龄人，贾蓉对王熙凤却完全是小孩对长辈的撒娇耍宝。男孩向女孩卖萌，在京城是从幼儿园、小学开始，女孩以大人的威严，接受了。

京城女生有资助男生的风气，不但是对男友，认定你有才华就帮，很像是法国十九世纪的沙龙女主。男生坦然接受，没有自尊心负担，八九十年代崛起的多位文艺大腕都骄傲自称是被女友养着，渡过蛰伏期。她们，是黑暗中的天使。

1981年，香港剧集《上海滩》先在部队大院内部录像放映，三四年后社会普传，地方单位闭路电视放映。周润发扮演的许文强酷帅冷峻，从不对女主撒娇，总是严肃地批评她："你想错了。"女主越发死心塌地。

没想过还有这一招！赢得我们一代男生敬仰。

1991年《纵横四海》公映，发现三十六岁的周润发一副幼儿园小朋友表情，向女主撒娇，对我们打击很大。2006年，五十岁的他为《满城尽带黄金甲》做宣传，也是一路耍宝，一会儿熊抱巩俐，一会儿叫嚷要回家。

周润发菩萨心肠，误导男生后，又指出正确之道。实践证明，撒娇肯定得女生帮助。冷峻，成功率低，北京女生会说："太装！"

王熙凤和贾蓉打趣说完要办的事，贾蓉走了，王熙凤又将他叫回来，贾蓉静立等吩咐，她却走神了，回过神来，却说没事。贾蓉没再耍宝，规矩地退出。

曹雪芹形容两人，用同一个词。王熙凤是"慢慢的"吃茶，贾蓉是"慢慢的"退出。之前两人言语热闹，再进屋，两人却变得安静。一动一静的对比，显出两人有一份相知。

贾蓉看出了什么？

困乏。

"慢慢"一词，之前出现过。是写王熙凤挑拨手炉里的灰，慢慢地说"怎么还不带进来"。饭后未休息，立即见刘姥姥，是第一次写她困乏。

她一天要处理几十件事，彰显个人能力。许多事无趣，还得小心拿捏分寸，比如接待刘姥姥这桩。几十件事会越办越烦，贾蓉来耍宝，对王熙凤是难得的放松，有刘姥姥在场，贾蓉没说够就走了。

王熙凤叫他回来，也不是真有事，是下意识还想说两句。一直说话，人不累，出屋回屋，中间空了一拍，王熙凤泛起困乏，借喝茶来掩饰。

贾蓉看出她状态，不再嬉皮笑脸。王熙凤缓过神，说："这会子有人，我也没精神了。"这是实话，贾蓉懂事，老实退下，没多话。

王熙凤还要接着应对刘姥姥。

刘姥姥没看懂，贾蓉一走，就起劲说话。之前王熙凤走神的暧昧场景，刘姥姥以为是因自己在旁，王熙凤有事不好说，觉得贵族家人情跟村人不同，一叶遮目，不知是凡人都有的困乏。

善待里夹着几句粗鲁，精明强干里夹着两次困乏，二十一世纪初的电视剧剧本创作，管这个叫"掐活"，不知从谁开始说的，我入行，已有这词。

掐活——添进东西的意思，来自民间戏法（魔术）术语，把上台后要变出的东西——鸽子、旗子、火盆、鱼缸等物，折叠缩小，系上细绳，藏在衣里。

大牌电视剧导演请艺术院校学生当编剧，看上他们有新意，知道技巧还不行，会安慰："随便写，别怕写不好。掐活，我最会了。你们怕什么？"

学生们很感动，询问什么是掐活。大导回答："你们不用会。"

西方的壁画、大型油画都是作坊制度，一个画家带十几个学徒完成，画家出构思草稿，学徒们落实大部分后，画家再来添笔。

画家水平和学徒差在哪儿？学徒负责结构，画家负责生动。

电视剧写作，也是一个班子。主笔出大纲构思，副手们具体写戏，主笔再作增减。以"刘姥姥见王熙凤"为例，副手们只会写王熙凤精明强干。主笔则加上"粗鲁、困乏"，添上这两样，场面就生动了。

编剧讨论会上，使用率极高的词是"还缺东西呀"，再写一百万字也不够，从反面角度，或许补上几十个字，就够了。主笔靠不多的字，拿酬金大头。

"画龙点睛"一词也是比喻生动。受过西方素描训练后，画眼睛立体，细节多，用在国画上，龙眼能画得人眼般神采奕奕。以为技高一筹，不料遭国画老师批评："画错了，你不会点睛。"

龙身向左飞，龙眼也向左望，就还是条死龙。龙眼的方向要跟龙身不一致，"粗鲁、困乏"是"以礼相待、精明强干"的反面。元素单一，剧本永远不生动，便一辈子是副手跟班。

快学。

16 ⊙《最后一班地铁》——曹雪芹转世特吕弗

二十世纪二三十年代，由于刘别谦、雷诺阿，电影导演成为次明星一等的存在，个人风度和口才是职业必须。看特吕弗的访谈纪录片，没想到写一手漂亮文章的他，是个看起来很笨的人，眼神透着对自己智商的担心。

笨成这样，说的该是真话吧。

总觉得在哪儿见过他……1998年，我作为专题片导演，进监狱采访。负责人安排在工作区，提供了两名人选。怕听到套话，我越过他俩，找墙角一位犯人说话。他就是特吕弗这样，赢得了我的信任。

负责人紧挨我身侧，该很生气。事后，我请制片去解释，不听从安排，是为了现实主义。制片回来说，负责人没生气，守在我身边，因为我找的谈话对象是杀人犯，近期状态不稳定。

重新查看特吕弗纪录片，发现几次眼露凶光的瞬间。希区柯克是害怕被杀，黑泽明要杀就杀一万，杀一个，不屑做。塔尔科夫斯基太善良、伯格曼会焦虑、小津安二郎会逃避……特吕弗该是世界级导演里唯一能杀人的吧？

读研究生时，一度着迷于法国匪警片《独行杀手》的冷峻酷帅，却发现导演梅尔维尔摘下墨镜后，是法国老一代喜剧明星费南代尔的脸，频频眨着大眼睛，十分滑稽。

费南代尔的代表作是1954年的《阿里巴巴和四十大盗》，演阿里巴巴，1960年由上影厂译制，七十年代末重映，能让幼儿园小孩笑岔气。

反差太大，问郑洞天老师："导演本人需要跟作品一致吗？拍杀人，就得会杀人吗？""是这样。学会它。"

……到哪儿学？

不相信郑老师在幽默。感受到现实主义的难度。

《四百下》是特吕弗处女作。片名含义，出自法国民谚：淘气的孩子，挨过四百下打后，也会变乖。批判社会对人性的歪曲。

一位传说交往过法国女友的学长，说这一翻译，为了国人好接受。法国剧组管拍床戏，叫"大干四百下"，特吕弗没用民谚，用的是行话，片名的正确译法是《操》，一个脏字，表达了特吕弗对世界总的看法。

事过多年，从没想过查证学长的话，直觉他对。

1980年的《最后一班地铁》是特吕弗后期代表作。不知学长了解的法国行话，对片名怎么解释……四十八岁的特吕弗世界观未变，杀心依旧。片中描述，二战期间的法国，话剧过审难。一流艺术家不跟占领巴黎的德军合作，德军于是提拔了一伙不入流的人管文艺审查。特吕弗台词写道："这伙战前的无赖，现在却统治着我们。"

不入流到什么程度？

新剧首演，他们要前排最好位置的票，三百人剧场里要走二十个座位。但他们又不来，以大片空位，显示权威。即便来，也晚到。

话剧演出的开场铃声响起后，会封门，到中场休息再开，迟到者只能看下半场——是剧场惯例。门卫不敢拦他们，他们大咧咧进场，以打扰观众的方式刷存在感。特吕弗台词是"故意迟到，真下流"。

剧本涉及时事，不予通过，剧本剔除时事，又批判为"来自挪威的不良观念，竟然宣称艺术与政治无关"。严肃告诉你，"一切离不开政治"。

他们总要改点什么。一个剧本通过后，剧团发现一场戏被删，团长自信这场戏没有反纳粹，想再作沟通，争取完璧。剧团副手劝："我们通过了审查，别再过分要求。"

艺人最好欺负，会自己找分寸。

片中审查人员的代表叫"达可西亚"，战前是个不入流的剧评人，德据时期，跟之前接触不上的名演员玛丽恩说上了话。玛丽恩不接受他的晚餐邀请，认为一起吃饭，自己掉价，但见面得好脸色地打招呼。

玛丽恩新剧首演，他站起来鼓掌，之后在报纸上恶意批评，显示戏的成败掌握在自己手中。又以查封玛丽恩的剧院，要挟玛丽恩离婚，改嫁他。

话剧界没法混了，电影界呢？

巴黎成立大陆电影公司，德国宣传部长戈培尔定下标准："法国人只许生产轻松的影片，只许生产空洞，如果可能的话，甚至是愚蠢的影片。"

　　《最后一班地铁》中，有个插曲，一位法国电影导演邀请玛丽恩出演电影，留下了剧本，玛丽恩没理这茬。全片多次强调，玛丽恩之前是位电影明星。比如，德军军官里也有她的影迷。再如，剧评人批评她在舞台上还是电影演法，欠缺戏剧功底。再如，仗着电影明星的影响力，她出演话剧，上座率高。

　　这些都是别人说的，她自己绝口不提电影，这是特吕弗的留白。留下个破绽，让观众推测……特吕弗厌恶了电影？

　　将事件打断一下的技巧，脂砚斋指出叫"横云断山"。学会此法，就不怕写平淡事了。素材平淡，断开再讲，即能造出悬念与深意。

　　《最后一班地铁》显示特吕弗刀工，一会儿切一刀。

　　影片开始，画外音介绍，某剧院正在排练新戏，但剧院经理兼导演卢卡斯却离开了法国——常规思路，下一句该交代他是犹太人，怕受迫害。特吕弗切下第一刀，说"因为他别无选择"。

　　这叫什么话？什么都没交代。

　　青年演员贝尔纳到此剧院应聘，发现剧院不聘任犹太人演员，认为剧院屈从纳粹，是反犹的。应聘结束后，镜头跟随代经理玛丽恩，观众发现卢卡斯没逃亡，就藏在剧院地下室，他是犹太人，没来得及逃，反映出迫害来得快，比想象严重。

　　剧院表面上摆出反犹立场，是为了不引起纳粹注意，以保护他。如果事先交代清楚他是犹太人，就失去戏剧性了。反犹的地方却藏犹，为戏剧性。片头一刀，断得巧。

第二刀来得快。贝尔纳等待代经理玛丽恩面见时，目睹剧院副手拒绝了一个犹太人演员。他对此感到气愤，对副手说，自己不应聘了。

但玛丽恩一出现，他就没话了。就犹太人问题，玛丽恩怎么说服他的？特吕弗没表现，直接切到结果，贝尔纳签下"我父母和祖父母都不是犹太人"的声明，离去时，跟剧院门房高兴地说"谈妥了"。

这一刀，违背立场，怒汉秒变乖小子，切出了他被玛丽恩的美震撼。为两人日后情事，落下伏笔。

玛丽恩聘用贝尔纳，恭维说"久闻大名，好多人都看过你演出。介绍你来的人，我相信其眼光"。暗示，我没看，你还不够级别让我去看你。

贝尔纳是新秀，没听懂后面的意思，只听懂开头的恭维，于是夸口，说自己开始还看不上那个剧本，不愿意演，没想到结果这么好。

不说帮过自己的人的坏话，不说成就自己的作品的坏话——是全世界艺人的普遍守则。玛丽恩一听，此人轻狂犯忌，得敲打一下，于是明确说："我没看过你演出。"之后一针见血地问，你演那个戏挣多少钱？

观众等着看他尴尬，特吕弗切下第三刀，让一个类似贾蓉的人来打岔，不让他回答。这份尴尬，放到数场戏之后，那时新戏已开，贝尔纳在排练间隙，玛丽恩为了定票价的问题，询问他在上一个剧院的情况。

贝尔纳说是个小剧场，正厅一百多座，二楼包厢六十个座。

玛丽恩问每场能坐满一半吗？贝尔纳支支吾吾，说平日少一点，星期天多一点，嘴硬说平均能有一半。

观众听出来了，没有一半。

玛丽恩细算："一半的话，一场赚六千法郎，而六千只够舞台费用，这样下去赔本。"贝尔纳格外尴尬。

观众联想到之前玛丽恩问他身价，哄堂大笑。赔本买卖里，贝尔纳拿不到什么钱。之前，如果一问就回答，便只是个钱数。断开后再说，则成了幽默。贝尔纳掩盖自己身价，不料还是露了馅。他的尴尬，让观众忍俊不禁。

如此善用"横云断山"，令人怀疑曹雪芹转世到法国。曹雪芹是笔名，大收藏家张伯驹的朋友圈认为真名是吴梅村，明清罕见的长篇叙事诗诗人，"冲冠一怒为红颜"是其名句。

美好的作品，希望归属于美好之人。《西游记》作者真名叫吴承恩，是胡适和鲁迅考证出的，民国才成大众共识。《聊斋志异·齐天大圣》一篇，反映出清朝民间认为作者是元朝道门宗师丘处机。至今还如此，丘处机尸骨埋在北京白云观，京城导游会这么介绍，他写的初稿，吴承恩完成的定稿。

对于《红楼梦》，道门也有说法，是清初道士朱元育。他是明朝皇室宗亲，益王的第九子，写贵族内行，写悟道更内行。但他是江西人，一口北京话不知怎么来的。

吴梅村现存一千余首诗，朱元育有两部释论，《红楼梦》之外，还能看到曹雪芹这么多作品，真是人生幸事，可以连醉数年。

特吕弗是不是曹雪芹转世？

光凭一个横云断山的技法，还不好判定。这个技法，比他大一辈的德国导演刘别谦便会。刘别谦是卖座大导，在欧洲成功的技法拿到美国，照样管用。通吃欧美，难度大，雷诺阿也未做到。

刘别谦讲故事，处处留白。奶酪上有许多洞，特吕弗说："在刘别谦的奶酪上，每个空都是天才的设计。"

17 ⊙ 又见香菱——刘别谦式触动

周瑞家的送走刘姥姥后，向王夫人作交代。王夫人在妹妹薛姨妈处串门，见老姐妹聊得正浓，周瑞家的不敢破了主子谈兴，转去薛宝钗屋里。

跟王熙凤一样，薛宝钗也称周瑞家的为"姐姐"，对下人不以下人作称呼，是我们的传统。民国时期，主人管下人叫"某叔""某姨"，借自己孩子的口来称呼。对下人吆五喝六耍威风，会被看成是暴发户，刚有钱，还不会当人上人。

周瑞家的称呼薛宝钗为"姑娘"，袭人、晴雯等丫鬟也被称为姑娘，称呼平等，没有主仆区别。

薛宝钗着旧衣、不化妆，简单束发。没有富人样，才是富人。她拿周瑞家的当客人，陪着闲聊天，说自己吃的药，是白牡丹、白荷花、白芙蓉、白梅的花蕊配以雨露霜雪 —— 不是"洗白"吗？

曹雪芹又不实写，打起了比喻。薛宝钗的病，是娘胎里带来的一股热毒，比喻祖上起家时的罪孽。宝钗的病，永不好，说明洗不白。

所谓"富不过三代"，败家子是富贵家的配置，如定时炸弹。

另一种配置，是生出高逸之士，童年就作遁世之想，成年出家，不留子嗣。没了继承人，财也就散了。宝钗的哥哥薛蟠是第一种，她是第二种。

药叫"冷香丸"，香要点火燃烧，怎会是冷的？墓室里的香，不用点火，香料和密封空气发生作用，日久出味。

冷香，是死气。暗喻薛家富贵必在这一代完结。

曹雪芹不说破，留个谜面，让读者奇怪着，转到下一事。薛姨妈拿出十二朵宫花，让周瑞家的送人。《最后一班地铁》开头，借着男主贝尔纳去剧院应聘，一路交代了剧院中所有人物。送宫花，也是此法，以一人串起多人。

文学技巧叫"串珠"，一堆小事件如珍珠颗颗独立，怎么排列都散碎。硬找小事之间的联系，会失去各自生动。于是不强扭，保持各自独立，用一个局外人物串联，如一根线串起珍珠，还是分别小事，读者却有整体感。

是个障眼法，未做实质性改变。不单文学，电影镜头也这么骗人。宴会场面，人群散漫，相互怎么编织？美国导演斯皮尔伯格不编织，让摄影机跟着侍者托盘上的一杯酒，走一圈。观众错觉，觉得井然有序。

他总用这招，拍纳粹的《辛德勒名单》如此，拍恐龙的《侏罗纪公园》也如此。

第一位是甄士隐丢失的女儿英莲，人贩子改名为香菱，由薛蟠强夺带来京城，成了薛姨妈身边丫鬟。周瑞家的听到的传闻，是出人间惨剧——香菱盼着平安嫁出，不料爱人冯公子被打死，她被迫给仇人家当丫鬟。

第四回的她是个苦孩子，第七回的她爱玩爱笑，看不出一点苦难痕迹。读者会奇怪，背着人命案，怎能如此阳光？周瑞家的连问她，几岁投身到这里、父母今在何处、今年十几岁了、本是哪里人。

香菱都说不记得了。

脂砚斋批为"伤痛之极，必亦如此收住方妙。不然则又将作出香菱思乡一段文字矣"。他以第四回里门子的话为准，认为香菱自知命运，忍痛不说。

如果门子跟贾雨村讲的有水分呢？为给自己表功，故意讲了个通俗惨剧。

在本回，曹雪芹写出另一种情况：香菱还是个傻玩傻笑的孩子，人贩子要拿她卖高价，娇生惯养，并不曾虐待她。

冯公子是买方，她不曾为冯公子动过情、流过泪，冯公子的死，没看见。进贾府后，不料薛蟠爱男色，没受骚扰。薛蟠是为母亲买的她，打死冯公子，纯粹是霸道，气愤有人跟自己争。成了王夫人的贴身大丫头，一般下人还要讨好她。别人看来，她万般可怜，她本人却觉得万般好。

不交代为何如此、孰真孰假，曹雪芹只要前后对比，产生大差异。

电影要创造惊愕，不是合理性。理由，可以之后再圆，形成惊愕后，观众上钩，你怎么解释都是对的，甚至只要形成惊愕，就不需要解释理由了，观众会自动脑补，想出一个理由，内心让这事成立。

电影片长有限，按十九世纪现实主义小说的写法，塑造人物，要写性格的形成与转变，描述事件，要交代前因后果、递进关系——过程都太长。

影评可以按照"人物、事件"来分析，创作则要另起思路，以"情境"来写戏。情境，自相矛盾的场面。

新闻里常见，奥巴马作为美国首位黑人总统，访问英国，女王特批他的直升机可以降落在皇宫草地上，前所未有的礼遇，成大新闻。

改朝换代，特朗普当总统后访英。女王介绍，奥巴马的飞机把我的草地弄坏了。面对碧绿如画、没有一点毁坏痕迹的草地，两人指指点点，仿佛满目疮痍。震惊世界，又是新闻。

震惊之后，全世界的皇室粉自动脑补，给女王找理由——特朗普是坐轿车进的皇宫，为何待遇降低？为免除尴尬，女王要那么说。

惊愕之后，合理性已不重要。合理性成不了新闻，成新闻的，是现实里没有、概念里的悲惨草地。

一段戏与下一段戏之间，不是递进关系，是矛盾关系。刘别谦1923年去美国前，已在欧洲导了三十余部电影。作品普传，却少有人能学会，他还是技术独大。对于这种学不会的技巧，同行称为"刘别谦式触动"，也有翻译成"刘别谦笔触"。

对这个著名词汇的解释，比较混乱，没有定论。刘别谦开玩笑，说自己也讲不清。大家一叶障目，不知道他已脱离十九世纪小说的叙事技巧，还拿旧概念分析，当然解释不了。

他1915年当导演，蒙太奇1905年发明。蒙太奇一词来自建筑学，是"组接"之意，由于各个画面的含意、构图不同，组接后矛盾重重，产生惊愕。刘别谦式触动，是将视觉上的蒙太奇原理，用于剧作。

同行不懂，因为专业盲点。比如在五代十国，国画树木已高度写实，画人还是简单。用画树的技巧去画人，不就行了吗？但就是想不起来。

七十年代007系列已很会剪辑撞车动感，八十年代MTV很会剪辑舞蹈动感，但拍打架还是又慢又笨，就不知道把撞车舞蹈的剪辑法拿来一用吗？真想不起来，以至于让香港影人捷足先登，捅破了这层窗户纸。

看了港片，好莱坞才恍然大悟，现在是都会了。

刘别谦的同代人学不会他，也是此理。看过《七年之痒》，发现比利·怀德会，因为他早年是刘别谦的合作编剧，手把手教的。

刘别谦的天才，是发明了一种新的叙述方式，去掉转变过程，将之前和之后的大反差直接拼在一起。今日，是喜剧常规技巧，一个人说他绝不会这么做，下一秒他这么做了。

2005年电影《青红》，一位长发舞王宣称绝不会结婚，立刻转场，镜头落在他的结婚照上，长发也没了。观众哄堂大笑——现实主义电影，也在用刘别谦。

电影是谈奇说怪的艺术，所以业内总有怪象。比如，资方认为宣发人员站在收钱前沿，比导演更懂电影。请宣发大腕给导演定剪版提意见，大腕擅长下马威，没看片，先问导演片长，直接表达遗憾："长了！少十分钟，能多两亿。"

看完片后，会说："演员选错了。"分析如果用某某，又能多两亿。资方大悔，发誓以后剧本阶段就请您来。因为导演们共同抵制，这一情况总算在2016年终止。

另一种情况还延续，资方会跟导演说："您就是少一个我这样的人呀！我能让您的电影提高一个档次。我公司有个二十人团队，专门为您把控剧本，什么毛病都能挑出来。"

跑江湖的，都会下马威。团队一上来会说："剧本要这么写，就没必要拍了。"然后大谈人物、事件。此时，导演不要在人物、事件上辩论，他们是专业玩嘴的，肯定辩不过他们。

不要比口才，要比知识。

先介绍以"人物、事件"构思，是十九世纪观念，二十世纪二十年代，电影剧本发展出以"情境"来构思，五十年代会的人越来越多，成国际共识，是内行标尺。最后问："您能解释一下这个词吗？"

谈话一定终止。百试百灵。

曾用此招帮一位大导解围，大导投来友谊的目光，原以为他的地位已不受此扰。去社会闯荡，要把"情境"二字写了贴墙上，每日磕三个响头，以保护自己。

刘别谦的新式剧作法，曹雪芹早知。看《红楼梦》每每吃惊，许多手法非常现代，像是位二十世纪七八十年代的电影导演穿越到清朝。会是谁呢？

刘别谦改了大众观影方式，而他的影片涉世浅。曹雪芹涉世深……会不会是迈克尔·西米诺？

我们这代人是通过录像带接触了七八十年代美国电影，欣赏

《教父》《出租汽车司机》，最爱《猎鹿人》。因为感同身受，完全符合我们年少时受的教育——反映工人阶级的喜怒哀乐，对帝国主义本质保持清醒认识。

反战的男主为排遣忧郁，随俗上山猎鹿，举枪瞬间，悟到战争就在自己身上。许多生活小事都是在模拟战争，人类以任意理由都可以发动战争，因为人类一直在准备这事。

他失去猎鹿兴致，放下枪。从对恶政的批判，转为警觉人性。社会与人，两者讲全了。影片结尾，被战争伤害的发小们重聚，唱起小学时代的歌，选择继续相信一个失信的国度。一代人没了理想和前途，除了信下去，还能怎样？

现实主义传统，以个人的彻底绝望，来批判社会制度。

一切杰作，都会沦为三流商业片的一招。2006年的欧洲电影《女王》，拼凑故事拼不出来，于是剽窃《猎鹿人》这场戏，还变了意思——女王举枪打鹿。瞄准，让她第一次长久地凝视一个生命，被生命之美震撼，放下枪。

她想起死去的儿媳，发现儿媳作为生命，也是美的。于是放下和儿媳的旧日芥蒂，去祭奠她，赢得民众赞许。

当她说"好美"的时候，我们这些《猎鹿人》的拥趸，简直要跳起来抗议。面对鹿，《猎鹿人》男主是无言的，描述领悟，只能是画面，任何形容词，都是破坏。

影片结尾，女王独白："现在，人们想要魅力、眼泪、大张旗鼓，尽管我从小就被培养将情绪放在心里，但世界已经改变了，而我要适应这种变化。"

非常励志。

像刚上中学的女生，在新环境里的自我调整。或是一个疲惫的零售推销员的心态，顾不上思索社会的合理性，以"热爱生命，生命总有奇迹"的信条，给自己鼓劲，敲响新一扇门。

这就是奥斯卡六项提名的影片。造假世界，推崇伪善。

导完《猎鹿人》之后，迈克尔·西米诺作品再不涉世。或许，留在好莱坞的他是行尸走肉，他的真我穿越到了十七世纪。

二十一世纪的比弗利山上，只留下一伙内衣外穿的超能英雄。

18 ⊙ 又见黛玉——京城豪迈女，日后的升级版熙凤

串出的第二拨人，是贾府的三个孙女，两位在下棋，一位在和尼姑玩。长年供养寺庙，是贵族家特征。

大家族里嫡长子让位给弟弟，借皈依佛道之名，称为"归隐"，不去深山老林，还在家里。皇室成员不出面管事了，也称归隐，借着拜佛访道，与贵族家取得联络。寺与观，是这些幕后操盘手的幕布。

家风如此，下代孩子自小接触佛道，最终出高人逸士，真出家归隐，断绝了这家。三女中的惜春，是这类孩子。

串出的第三拨，是王熙凤一屋人。又是刘别谦式触动，不管前因后果，找最大反差写，王熙凤再出现，是在白天行房事。

震惊读者一下，就够了，千万别解释前因后果。如果交代贾琏怎么回来的、王熙凤怎么不办公了，那就是逻辑题，不是文学了。

串出的第四拨，是周瑞的女儿女婿。女儿来找周瑞家的，因为女婿跟人打架，犯了官司。之后交代，女婿是之前跟贾雨村畅

聊贾府的冷子兴。

第二回里冷子兴戏份太重了，不再交代一下他，会显得突兀。需要抹一笔，把他抹没了。岳母是王夫人陪房，冷子兴所以能聊宝玉——这么写合理，不太好。向曹公雪芹说抱歉，冷子兴该是个外人，外人天花乱坠地讲贾府，多了民间的层次。贾府内部人说，就不稀奇了。

电视剧调整次要人物的亲疏关系，要在大纲阶段，导演让编剧给"稀释一下"，是把关系拉远。比如，女婿不是冷子兴，被打的人才是冷子兴。

周瑞家的受王夫人之命，卖贾府淘汰的古董，之前都是女婿找古董商冷子兴办理，两人一直处得好，但好事不长久，这次在钱上，两人闹掰了。

最终是，仗着贾府势力，女婿打人没获罪，冷子兴在京城再做不了古董生意，黯然出京。走为上计，把他写走了，就不再是个叙述累赘，读者心里放下了他。

串出的最后一人，是林黛玉。黛玉在宝玉屋里，周瑞家的送花，她问："还是单送我一人的，还是别的姑娘们都有呢？"周瑞家的把她往好处想，以为是担心其他姑娘没有，自己独享，不好拿，于是答："各位都有了，这两枝是姑娘的了。"

意思是：请放心，没有人情困扰。

黛玉套出宫花是最后两枝，冷笑："我就知道，别人不挑剩下的也不给我。"周瑞家的反应是"听了，一声儿不言语"。

以为你谦虚，没想到是给我下套。原想七岁女孩能有什么心计？不料会挑礼（指出礼节错了），给我摆主人架子。

周瑞家的送宫花，为图省事，顺道一路送来，黛玉处是最后一站。没想厚待谁、薄待谁，但黛玉的话，没法反驳，确实是最后两枝，经过那么多人，像是挑剩下的。

之前的人，都没挑，给了就接着——这话，周瑞家的说不出口。主子挑礼，哪怕挑错了，下人也不能当面反驳。实在觉得冤，事后通过别人递话，再作解释。

周瑞家的一路被小姐太太们平等相待，到黛玉这儿给点破"你还是个下人"。《红楼梦》广传后，由于脂砚斋误导，"黛玉自怜、善妒、小心眼"成了大众共识，此处容易这么理解。

住在一处的女孩里，只有她一人不是贵族，所以总觉自己受轻视——第三回，她刚进贾府时，有此心态。但现今得贾母宠，地位稳固，要耍威风了。

威风，必须耍。

因为王夫人的下人们，给她下过套。第三回初进贾府，去贾政夫妇住所拜见。贾政不在，下人们故意将她往贾政座位上引，里面应有这位周瑞家的。那时贾府情节刚开篇，不能交代太多人物，读者脑子会乱，对周瑞家的来不及点名。

见了王夫人，王夫人也测试，请她坐贾政座位。幸好黛玉懂，没上当。否则第二天就是"低身份女孩，没家教"，连累父亲林如海也成笑话。

过去大半年，看熟了贾府人情，黛玉心中有数，终于反击。点破周瑞家的"你还是个下人"，因为她们一伙人曾不拿她当主子。

前文，周瑞家的向刘姥姥介绍王熙凤，说是贾府里唱白脸的，对下人严厉。现今被黛玉教训，估计心里想的是"得，又是一位"。

黛玉第三回露面，到七回才又现。一别数回，怯懦自泣的小女孩，变得硬气，令读者倍感痛快。没有转变过程，不讲原因，直接对比，是"刘别谦式触动"。

脂砚斋批为"在黛玉心中不知有何丘壑""吾实不知黛卿心中有何丘壑"，显得他为黛玉着急："这算干吗？ 怎么这么想呀？"

胸中有丘壑 —— 脂砚斋把这词打散了，只说丘壑，表达黛玉小心眼，心里总被什么东西堵着，不开阔。整句的"胸中有丘壑"指谋略，国画界常用，形容作画之前，画家已有完整构思，以此形容黛玉，是对的。黛玉这句冷笑，由来已久，早准备要教训一下周瑞家的。

东方世界爱在礼节下套，贬损他人。

我们经过革命，不受此苦。没革命的国度，还如此。文豪三岛由纪夫的爷爷是农民，读书改变命运，先考学再当官，娶了位武家（军阀）庶出的小姐。此女在亲王家长大，学过贵族礼节。

了解贵族，让三岛由纪夫以贵族自诩，面对日本最大面粉商之女，无比自信。不知他说了什么，令女孩父母回复"高攀不起"，终止了相亲。

此女最终嫁入皇室。贵族小姐嫁入皇室，佩戴一样的菊花徽章，她戴"野菊"徽章，表明是永远的外人。婚礼上，她戴的手套短了，没遮住肘。被批失礼，父母要上门道歉。一副手套，便可以将人羞死。

冷汗，庆幸黛玉胸中有丘壑。

王熙凤权力在手，不担心被挑礼，有时比下人还粗鲁，简直是底层流氓气，反而在贵妇群中讨喜，能办成事，交到朋友。

皇帝也有下人习气。1946—1948年的东京审判，溥仪去作证，纪录片里他满嘴话绊儿——"这个、那个"的水词。读书人家的孩子，从小训练一句是一句的说话。意思没想好，也不能拿"这个、那个"插空，来拖时间。

可以啰嗦，不能有话绊儿，是基本教养。

皇帝落下一口下人腔，因为自小接触最多的是下人。1987年电影《末代皇后》，皇帝跟侄子们一桌吃饭，像赶马车的师傅招呼伙计般，吆喝"吃，吃！"皇后回想出嫁时庞大的迎亲队伍，喜不自禁，大叫："嘿！来啦！"

皇帝皇后都太没样儿！陈家林导演沉稳，该是考证过的。

黛玉跟王熙凤底色一样，都是从小当男孩养的。林如海无子，以黛玉为子。王熙凤在男孩堆里长大，能打架，被称为"哥"。你看她俩清秀，其实比你爷们，都天生会管人，不怕玩粗鲁。

粗鲁有妙用，打破人心壁垒。

明朝人冯梦龙编著的《智囊》，写孔子玩粗鲁。孔子的马跑了，践踏庄稼，被农民扣住，要天价赔偿。孔子没钱，让子贡谈判，子贡是外交天才，应对公卿没问题，却招农民讨厌，给赶回来。

孔子改了思路，派随行老仆去谈。老仆说："你这人不好！你的田这么大，庄稼长得这么棒。你让马怎么办？不吃你的，它还是马吗？"逗笑农民，一分钱没要，还了马。

王熙凤去宁国府玩，进门不客气，说"有什么好东西孝敬我，就快献上来"之后，"放你娘的屁""给你一顿好嘴巴"的词随口来，逗乐一屋人，越骂越亲热。

参照王熙凤上门宁国府，第八回写黛玉上门宝钗屋。回目是"比通灵金莺微露意，探宝钗黛玉半含酸"，后半句有问题，写成黛玉嫉妒宝钗。不知哪个书商写的，误导大众，"小心眼、善妒"的标签，就此贴上她。

肯定不是曹雪芹写的，《红楼梦》几个版本的回目有差异，程乙本便没这半句。不管回目，看正文，今天黛玉心里没宝玉，跑这一趟，是专程要跟宝钗搞好关系。跟王熙凤一样，黛玉以玩粗鲁打破人心壁垒。

当然，不像王熙凤那么粗鲁，这种程度叫"豪迈"。在老北京，形容一位女生豪迈，是好词，真帮忙、真交朋友。形容男生，是坏词，只有一个解释——没家教。

京城有"小姑子文化"，家里遇上事，女孩抢在男孩前出头，叉腰骂街，出口伤人。男孩代表父亲，是一家脸面，不能动粗。小姑子，指未出嫁的姑娘，自小护家，所以"京女豪迈"，是好词。

黛玉进屋，见宝玉先到，于是拿宝玉开玩笑："嗳哟，我来的不巧了！"又说，"早知他来，我就不来了。"再说，"要来一群都来，要不来一个也不来；今儿他来了，明儿我再来，如此间错开了来着，岂不天天有人来了？也不至于太冷落，也不至于太热闹了。"

追补一句，"姐姐如何反不解这意思？"让宝钗接话。

黛玉进门的第一句话，宝钗知道是逗趣，笑脸迎合，一直在搭话，到这句，听蒙了，搞不清是冒犯自己，还仍旧是逗趣。

黛玉是个老北京的豪迈大姐，宝钗真接不住。黛玉生在苏州、长在扬州，这股劲哪儿来的？ 因为妈妈贾敏是北京人。

黛玉最后的话，是要抖个响包袱，逗宝钗大笑。北京人以冒犯你的方式来讨好你 —— 宝钗父母都是南京人，哪儿懂这个？

见宝钗搭不上话，宝玉打圆场，问是不是下雪了，让下人给自己取斗篷。小小尴尬，困不住京城大妞，黛玉抓住他话："是不是？ 我来了，你就该去了。"调侃宝玉，还是为了逗宝钗。

京城的笑料，地域性太强。宝玉笑了，宝钗不懂。

薛姨妈招呼吃饭，黛玉席间试了两次逗趣，宝钗还是没笑。陪宝玉一起来的，有宝玉奶妈李嬷嬷，拦着不让宝玉喝酒，黛玉当家做主的劲上来，训了她一通。看李嬷嬷窘样，宝玉终于笑了，理解了黛玉的豪迈。

人心壁垒打破，宝钗拧黛玉脸蛋，说"颦丫头的一张嘴，叫人恨又不是，喜欢又不是"。

亲热成这样，黛玉目的达到。之后，像个带儿子来串门的妈，她带宝玉走了。跟薛姨妈告辞的话，老练如大人。临出门，宝玉发脾气，嫌弃戴斗笠的丫鬟手笨，黛玉训宝玉："罗唆什么，过来，我瞧瞧罢。"站上炕沿，居高临下，一下给戴上了。

戴斗笠，影视作品多拍成情侣分寸，眉目传情。原著没情，黛玉一副大人管小孩的样子。

黛玉爱充大、利索，具王熙凤雏形。区别是黛玉读书，王熙凤少文。女人玩粗鲁，年轻时可以，上了年纪，就不合适了。还是得读书，黛玉长大，会是升级版熙凤。

这回批语，脂砚斋一再提醒读者黛玉又小心眼了，痛惜她不该这样，有失风度。第六回，可知他对北京话不熟，这一回可知他跟宝钗一样，是南京人。

……或许有点武断。没事，掌握的信息越来越多。终会查出他是谁。

19 ⊙ 玉金铭文——《情僧录》开始

宝玉去看宝钗，事起于黛玉。黛玉因送宫花，训周瑞家的，宝玉支开话题，问周瑞家的从哪来，周瑞家的说从薛家来，薛宝钗病了。宝玉安排丫鬟代自己去探望，假说自己也病了，所以今天不去。

看到这儿，发现宝玉不是疯孩子，是个人情机灵鬼。不让黛玉训下去，训一句够了，不去看宝钗，是见黛玉今天起了脾气，要守着黛玉。

假痴不癫，是贵族家孩子的特征。看似被人占便宜，其实那事对他不重要，或者在钓鱼，让他人暴露真相，引导其走上不归路。

《左传》首篇，便是个假痴不癫的事件。郑庄公纵容弟弟，要城给城、要兵给兵，弟弟势力扩充，终于造反。郑庄公打赢，弟弟逃亡国外。揭开底牌，郑庄公从小嫉妒这个独得母爱的弟弟，满足他一切不合理要求，是为最终剥夺他的一切。

这种脑回路，不是教的。贾政教八九岁宝玉玩谋略，怎么教？多尴尬。就是遗传，孩子脑对大人脑的翻模复制，天生会。

黛玉和宝玉长大，都将是厉害人物。宝玉尤其，大概率又是个郑庄公。"《红楼梦》是作者自传"的说法，令人欣慰，宝玉没留在高层做奸雄，下茶馆当了评书艺人。

探视宝钗，宝钗要看他出生口衔的玉。此时，曹雪芹打断故事，现身讲话，说下面展示玉的型制图，故意放大，以便读者看清楚玉上刻的字。原本尺寸，太费眼力。别诽谤我啊，认为婴儿嘴里怎能放得下这么大东西。

脂砚斋品出了妙味，批为"以幻弄成真，以真弄成幻。真真假假，恣意游戏于笔墨之中"，总结"作人要老诚，作文要狡猾"。

嗯……该没这么高深。茶馆说书，讲得群情激动，艺人自己也激昂，就得脱离故事，跟听众互动一下，耍耍贫嘴，让大家都放松下来。曹雪芹职业特征明显。

玉上铭文为"莫失莫忘，仙寿恒昌"。宝钗也有个金锁，铭文为"不离不弃，芳龄永继"。两者，对联一般。

宝钗和惜春是降生在富贵之家的高洁之士，惜春还懵懂，宝钗已有自知之明。宝钗对花、首饰、服装无感，对于金锁铭文，不作神奇之想，说铭文不过是普通吉祥话，金锁沉甸甸戴着很是无趣。

莫失莫忘、不离不弃——容易理解成是形容爱情，但"仙寿恒昌、芳龄永继"明确是讲长生。所以不是爱情，是长生口诀。《红楼梦》共五个书名，其中一个叫《情僧录》，楔子部分介绍，是空空道人看完《红楼梦》，转做了僧人，表明《红楼梦》里含着一部修真小说。

修真小说是明清的流行文学样式，故事里镶嵌道法、禅理。明朝代表是《西游记》，清朝代表是《绿野仙踪》，如以掌小说（超级短篇）标准衡量，禅师传记合集的《指月录》（篡改史料、有演义成分），也可算是。

民国没有发展出这一类型电影，二十世纪六七十年代港台武侠电影大师胡金铨晚期代表作《山中传奇》《空山灵雨》，已脱离武侠片形态，是特征明显的修真电影。

两部均在韩国古寺取景拍摄，或许对韩国影人有启发，韩国电影里1981年《曼陀罗》、1989年《达摩向东方》、2003年《春夏秋冬又一春》都是修真电影。

显示玉金铭文，是《情僧录》开始，空空道人是由道转佛，于是先讲道家。

道家的书够坦诚，前言后记都宣告不讲真话，用的是隐语。不多的几部宣称讲真话的，同时也宣称放入了大量假话，以搞乱读者，达到真伪莫辨的效果——理由充足，说印书后，人人可看，歹人懂了，会祸害人间。而文字障碍，困得住歹人，困不住君子，君子看一万遍后，会心有灵犀，择出真话。

喔！一万遍，不知君子会不会气馁。

《红楼梦》是本活书，里面许多话，当代还在用。二十世纪八十年代初，受武打片《少林寺》影响，男孩们要习武。公园里多了办武术班的拳师，多是无业者，或是刚释放的劳改犯，比如日后得大名的自然门万籁声、太极门王培生。

这批拳师，遵循传统教法，先让望树尖，没有任何要求。说看一周树尖后，再自己去郊外望山尖，一个月后再教拳。最多看两天，学生会抗议，说您是明码标价，我们是按时付款，大家别玩虚的。拳师于是跳过这关，直接教拳。

如果跟随拳师日久，信服了，反过头来问望树尖、山尖的道理。拳师不解释，给个口诀。八十年代中期，男孩们已不再习武，迷上霹雳舞和摇滚，逢《红楼梦》电视剧首播，惊觉拳师给的口诀是玉佩金锁的铭文。

拳师不像是能读《红楼梦》的人，也不像在糊弄小孩。难道是古已有之，曹雪芹用、他也用？

试着以现代词汇解释。

莫失莫忘：

我们的头脑，是从生命里脱离出来的东西，已对生命无感。头脑越走越远，便丢掉了生命。如想长寿，最笨的方法，是在身体上找一个点来关注，让头脑重新熟悉生命。常用的，是两腿根间的阴跷、胸腹间的华盖、两眼间的山根。

关注身上一点，如果引起神经丛敏感，头脑反而会更活跃。于是，还有将关注点放在身外的方式，凝视树尖或山尖，一味看风景，没得思考，生命便显现了。

没条件外出，只能待家里，那就看一个古印度字，好处是不知道字义，没得思考。或干脆是一张白纸，一样起作用。今日在东亚寺院旅游，还能见到"在大殿里望白纸"的景观。

生命把头脑收了的情况，有过一次后，别忘了，之后不用再搞关注身上一点、体外一点的操作了，可以直接关注生命。一关注，就是了，一步到位。生命，关注它，它就变长了——为仙寿恒昌。

1997年港片名作《南海十三郎》，写粤剧头牌编剧南海十三郎发疯，流浪街头，日久成传奇，人们不愿说他疯，说他比世人更清醒。他是乞丐的一身脏，却始终带着张白纸，在无人角落，展开贴墙上，长时间望。

别人问他看什么，回答是"雪山白凤凰"。妙语，雪山是白的，白凤凰也是白色，白加白，空无所有。

据此细节判断，他没疯，在练《红楼梦》上"莫失莫忘"的功夫。在"体外一点"阶段，被人看到，露了线索。

阿弥陀佛，希望真如此。

不离不弃：

生命和头脑的关系，犹如你和你的梦。生活里的你是老板，梦里可能是乞丐，你把自己想象成别人，受尽千般苦，其实没有苦，是你在玩，玩得不亦乐乎。

但不管梦成什么样，你还躺在床上，一直都在。你的头脑屏蔽了生命，死亡来临，头脑终止后，生命重现，你投胎再生了。

生命一直在，死亡是头脑的骗局。明白此理，就不必经历死亡，才能终止头脑，可以随时关机，进入生命 —— 为芳龄永继。

以上理论，是从明末清初人士朱元育的著作里择出来的。说他是《红楼梦》作者，不知起于何时。不是考据，是猜字。

贾政儿女三人，长子贾珠、二女元春、三子宝玉，"珠元玉"的谐音恰好是"朱元育"。元春没按家谱取名，宝玉全书不见正名，正是要凑出这个谐音啊。

张伯驹朋友圈也是谐音拼字的思路，认为《红楼梦》作者是吴梅村。由第一回"至吴玉峰题曰《红楼梦》，东鲁孔梅溪题曰《风月宝鉴》"，加上此处脂砚斋眉批爆料的，曹雪芹有个弟弟叫"棠村"。三个人名各取一字，凑出"吴梅村"。

大家的猜谜能力很强，但可能找到的不是谜面。

谜面的标准，举个例子。

朱元育的学术地位，因注解东汉书《参同契》。《参同契》也是"万遍将可睹"，读一万遍后灵感到来，能择出真话。看他注解，据说七八遍可择出。难度缩小了一千多倍，难怪后人要拜他。

《参同契》号称"万古丹经王"，世上第一本丹经，首创的文类。无署名，作者魏伯阳是猜字得出。从书中辞句"委时去害，依托丘山。循游寥廓，与鬼为邻"，猜出"魏"字；由"化形为仙，沦寂无声。百世一下，遨游人间"，猜出"伯"字；由"敷陈羽翮，东西南倾。汤遭厄际，水旱隔并"，猜出"阳"字。

简化字猜不出，得以繁体字拆解。

明末传教士利玛窦向教廷汇报华人，是"玩字的人种"。这一特质，我父亲这代抛弃，到我这代，对于猜字，已彻底陌生。

20 ⊙ 奴大欺主与《资治通鉴》

第六回，以穷亲戚写贾府。七、八回，以下人写贾府。

王熙凤去宁国府，是带宝玉去的，秦可卿弟弟秦钟正好在，由他陪宝玉。玩到晚上，秦钟要先回家，宁国府总管安排焦大送。焦大是老一代用人，战场上救过宁国公的命，自诩是功臣，该给供养着，还拿他当用人使唤，就怒了，停不住地骂，直骂出主子家乱伦，公公睡儿媳、弟弟睡嫂子。

是真是假，到底有没有乱伦？脂砚斋以一句俗话躲了，批为"不如意事常八九，可与人言无二三"。

唉，您倒是说呀！

宁国府的下人无序，不是坏了焦大一人，从总管就已坏了。女主尤氏了解焦大心态，之前已嘱咐别派他干活，总管是故意惹事，当着客人，给主子难堪。

贾蓉去管焦大，焦大威胁要杀他，说出了今日还在用的"白刀子进去，红刀子出来"的名言。碰上这场面，王熙凤第一次露了要管宁国府的心，说没有王法了。

什么王法？

子女欺父母、奴才欺主子，为忤逆罪。子女杀父母、奴婢杀主人，要凌迟处死。一个地方出了忤逆事件，连带整个地方的人蒙羞，被批为民风不正。

民国废除了忤逆罪。但遗风所及，没了刑罚，还有行政手段。蒋介石年少时，家乡小城发生儿子打母亲的事，上级官员把小城城垛削平，以毁形象，来羞辱整城人。蒋介石外出，不敢说自己是哪儿人。

骂乱伦的话，由于距离远，王熙凤和贾蓉装没听见。明清法律，奴婢诬告主人也是忤逆罪，情节严重可判绞刑。乱伦，够重了。俩人默契，开一线人情，没较真。

忤逆罪消失了百余年，当今人没概念，看这段描写，往往误会成俩人不言语，是做贼心虚，证明确实偷情。

此处关键，脂砚斋又躲了，没批。

能把人急死。

第七回，写黛玉训人、王熙凤做客宁国府，结尾写下人焦大

骂主；第八回，写宝玉看宝钗、黛玉逗宝钗，结尾写下人李嬷嬷
逞强做主；第九回，写宝玉和秦钟上学，结尾写仆人打主子。

七、八、九回都在结尾讲下人，所谓"金针暗度"法——缝
纫技巧，从布面穿下一针，再从布底穿上一针，线一明一暗地走，
便缝上了。写黛玉、熙凤、宝玉的明线外，还缝出一条下人群体
的暗线。

脂砚斋理解的"金针暗度"是避免重复交代，对刚发生的事
件，一人向另一人复述，起个头，就停笔不表了。这是最简单的
省略技巧，似乎配不上"金针暗度"，这词本意是"巧计"。看过
《指月录》，会熟悉"不将金针度与人"一词，是说自藏巧计，不
指点他人。

第七回，薛姨妈说的送宫花次序，是最后四朵送王熙凤，周
瑞家的顺路先送熙凤再送黛玉，以自己方便改了主人指示；焦大
是自认为有功，未被厚待，简直要成仇。

第八回，薛姨妈留宴宝玉，随宝玉来的下人李嬷嬷，拦着不
让宝玉喝酒。脂砚斋认为管教得对，批为"观此则知大家风范"。

哪有大家风范？

李嬷嬷是借机撒泼，埋怨上次宝玉因喝酒，自己挨批评。在
外人面前，冒犯贾母，说贾母不靠谱，高兴了就让宝玉喝，不高
兴就斥责下人不拦着。不给薛姨妈面子，说宝玉在贾母、王夫人
面前喝一坛也没关系，自己无责，在薛姨妈这儿喝了，自己要挨
批。用的都是狠词，赤裸裸自私，对宝玉哪有呵护之心？

薛姨妈不好发作，笑称她为"老货"，让她也去吃饭，别管了。
贾府里，主子对下人以亲戚相称，十分客气，这是第一次在日常

生活里出现对下人的不敬语。

外屋喝了三杯，李嬷嬷又回来耍威风，说今天贾政在家，要宝玉小心点。又使唤黛玉，让黛玉拦酒。黛玉火了，训了她一顿。此前训周瑞家的仅一句，此时却大块口才，见了黛玉的英气。

英气没用。

李嬷嬷借换衣服，先回家了。随行而来几位成年女下人里，她地位最高，她走了，其他几位也都不打招呼回家了。可怜，宝玉、黛玉回去时，没大人陪着，身边是三四位年幼丫鬟。

宝玉是贾母的掌中宝，千般受宠，连他身边的人都没职守，可见贾府病态，是要败的。回去后，宝玉听说李嬷嬷来过，随意拿走零食、茶叶，丫鬟们不敢不给，因为李嬷嬷曾是宝玉奶妈，自以为是主子，丫鬟们也按主子称呼她为"奶奶"。

奶奶，是贵妇之意。

丫鬟称呼的一句"李奶奶"，令宝玉终于爆发，摔了茶杯，说李嬷嬷"逞得比祖宗还大了"。点出了这条串通多回的暗线，是"奴大欺主"的主题。

百思不得其解，李嬷嬷粗鄙无礼，她的"大家风范"，脂砚斋是怎么看出来的？

无正解，只能往歪处想，难道对《红楼梦》，他并没细看，从书商处接了个评点的活儿，为赶工，跳跃着看，在容易读处，匆忙下笔。活儿有字数规定，所以废话居多。

此处的废话，露了马脚。

读脂砚斋批语，时常感到恶心，称王熙凤为"阿凤"，称宝玉为"石兄"，称黛玉为"颦儿、黛卿"——好恶心。"卿"字如此用，不是春秋时代称家臣的"公卿"，是"卿卿我我"之卿，二人有男女之实，才能用的词。

第九回又将袭人称为"袭卿"。唉，黛玉、袭人肯定看不上您，请不要装亲近。

以此推断，脂砚斋不是清朝人。帝制时代在称谓上，不会如此放肆。民国开始，才乱了称谓。如是民国人，倒可原谅。

他们就是乱用的，翻译西方小说，将"亲爱的"作为情人昵称。本是华人用于遗产继承的词汇，"亲"指儿女，"爱"是无血统关系的继承者。

第九回，写宝玉上学，袭人帮他收拾，人显得闷闷的。宝玉询问，袭人讲出一番话，她对宝玉，是母亲对孩子心态，孩子有了新生活，脱离了自己，当妈的有些惆怅。

1994年剧集《北京人在纽约》热播，姜文先进的表演理念，赢得大众，启发同行。在电视访谈里，姜文说男主跟女性有妻子、情人、女儿三对关系，人之常情的演，没意思，超出常情才是艺术。他将夫妻关系演成像爸爸对女儿，将情人关系演成像儿子对妈，将父女关系演得像情人。

曹雪芹早了二百年，写袭人宝玉已是此理。

上学，宝玉要禀告父亲。贾政正接待一众客人，听到上学，不喜反怒，说出一番狠话："你如果再提'上学'两个字，连我也羞死了。依我的话，你竟顽你的去是正理。仔细站脏了我这地，靠脏了我的门！"

瞧不起你，称为"脏了我这地"——这句话现今还在用，

2008年陈凯歌导演电影《梅兰芳》中，京戏头牌燕十三跟赌局老板决裂，说的是这话。2016年戴思杰导演电影《夜孔雀》中，黎明赶刘亦菲走，也是这话。

之前，曹雪芹下了个蔫包袱，第二回冷子兴说宝玉顽劣不读书，第三回黛玉初次见宝玉，发现他爱读书。前后信息矛盾，留下悬念。

此处揭底，宝玉恶名，是他参贾政造谣。为了皇权独大，贵族不能长久，三四代得退出权力中心，宝玉的使命是带领家族走好下坡路。小孩四岁看老，该是宝玉四五岁时，贾政看出儿子天赋。你家该走下坡路了，家里却出了人才，将遭皇室猜忌。

贾政于是给儿子造谣，说成疯痴。今日客人多，当众斥骂宝玉顽劣，又是一波宣传。其中"依我的话，你竟顽你的去是正理"一句，是真心话，嫌宝玉玩得不够。

讥讽过宝玉，贾政还冲宝玉男仆大发雷霆，也是表演，向众人强调宝玉已被带坏，不可救药。不料出了意外，男仆被吓得胡乱回答，闹出笑话，贾政被逗笑。假怒，才会被逗笑。

宝玉爱读书，初见生人，先问"你读何书？"对黛玉、秦钟都如此。还爱书法，不断有人向宝玉求字，宝玉喝醉后，回房要找早晨写的字，自我欣赏。

不要小看书法一事，明清习俗是"字如其人"，展示字等于展示DNA，皇帝四处留碑留匾，以端庄大方的字，安定民心。

明清风气延续到民国，逊位清帝时不时在报纸上秀一下书法，刷存在感，向英王乔治五世求助，寄去的第一份礼物是御笔书法，意思是"我把自己亮出来了，帮不帮，请鉴定"。太难为乔治了，他哪儿懂这个？

民国第五届总统徐世昌辞职后，自评四年从政收获，是书法进步，对书圣王羲之的领悟更深。字品等于人品，表示自己政绩不差，于国有功。

书法史上，像邓石如这样的草根罕见，大多是政治明星。民国书法，能叫出高价的，是前清戊戌变法主脑康有为、封疆大吏郑孝胥、两江学阀李瑞清。

曹雪芹反复强调宝玉书法好，是点出他是政治人才。

贾氏学堂距荣国府一里，是公益制度，为照顾家境不佳的同族子弟。宝玉这个级别的贵公子，会请住家单教的私人教师，不用上学堂。秦可卿的弟弟秦钟是外人，没资格进贾府学堂。

宝玉的私人教师请假回家了，为跟秦钟交好，宝玉请贾母特批，一块去学堂。学堂里，还有好几位破例上学的外姓孩子，其中一名叫金荣的孩子欺负秦钟，宝玉的奴才一拥而上，打了金荣，让他向秦钟磕头道歉。

一路写奴大欺主，这里到了高潮，宝玉奴才自称"大爷"，叫金荣为"姓金的，你什么东西？"称谓上，主仆颠倒。

高潮过后，可以暂停奴大欺主线索，转而写别的事。

金荣能上学，因为姑妈金氏嫁给了跟宝玉一辈的贾璜，她听到金荣挨打，是因为秦钟，便要去找秦钟姐姐秦可卿评理。理由如下：

1. 秦钟不是贾家子弟，金荣也不是，两人平等；

2. 不能因为秦钟背后有宝玉撑腰，我们不敢惹宝玉，就让自家孩子白受欺负；

3.就算是宝玉，也得讲理。

不再写奴才，却在解释奴大欺主。以讲理对抗势利，是我们的传统。人人平等，是讲理的前提，一讲理，就没有君臣、主仆、亲疏、贵贱、贫富了。这种文化基因，其实不容许有奴才，奴才也不自认为奴。

除了文化，还有财务保障。以晚清为例，有大量记录的一个习俗，是主人要向多年奴才赠送土地，扶持其经济独立。贾府奴才的嚣张，因为自家有地产、房产、商铺，管家赖大、周瑞家的、李嬷嬷都如此。

奴大欺主的本意，不是无礼，是奴才在财力上胜过了主人家。

清朝结束后，许多主人为抹去自家历史，需要改换姓氏，找他人不便，依附奴才，姓了奴才的姓。认祖归宗，是要花钱的，奴才收主人的改姓钱，不会打折，往往勒索，说给少了您没面子。

研究日本电影史，会遇上一个著名词汇"下克上"，下级控制上级，改变历史走向。东方世界，岂止昭和年间的日本，咱们整个春秋战国时代，都是下克上。

周朝的王，领地最小，不如任何一个诸侯。如何号令天下呢？靠不上军事，要靠讲理。讲理，是只论对错，不论强弱。

《战国策》第一篇，便说周王不讲理了，用计谋解决问题，风气一开，天下大乱。此书初读新鲜，觉得口才好玩，越读越气愤，全社会都成了骗子。直到最后一章，终于出了个讲理的人，秦王命令大将白起去攻打赵国，白起没玩口才骗过去，直接说"不行，你错了"，陈述理由。

秦王以君权命令、以官场运作制约、以死相逼，白起始终不服软，一直讲理，最终秦王收兵。壮哉，白起大将！让读这本书的人出口恶气，觉得人间还有希望。

金氏的丈夫贾璜血统上离得远，资产少，夫妻俩仰仗王熙凤、王夫人，平日得些好处。王熙凤、王夫人根本不会因为她，跟秦可卿翻脸。

钱财、靠山都没有，却敢去宁国府叫板，哪儿来的底气？

《资治通鉴》给的。

编著者司马光在民间的地位，略次于岳飞。岳飞在南宋晚期、元朝初期，民间供奉其画像，配上帝王服装。司马光活着的时候，民间已开始供奉其画像，是官员样。

他近似萨特，出身资产阶级，却为平民提供反资产阶级的思想。司马光出身高官家族，行政措施上维护本阶层，但他却给平民子弟输出争权的思想武器。行为和言论，完全分裂。

北宋的科举考试制度，选拔平民子弟进入官场，留在民间的大批落选者，称为"士绅"，因为读书，在官方和民众都享受特别待遇，对官府有发言权，对平民有号召力。

他们毕竟财弱、武力弱、背景弱，三弱分子要办事，得靠讲理。司马光继承了白起将军的"认死理"，常有短文、名言流出，不需要辛苦讲学，士绅阶层聪明，他起个头，大家一看都学会了，演绎开来，种种实践，而荣誉归于他。

《资治通鉴》成书前，讲理之风已广播，《资治通鉴》成书后，主要是士绅阶层看。此书精华，是"臣光曰"的评论，讲理的榜样。民间议事，第一轮一定是认死理，将各种客观因素铲除，来论对错。往往解决不了问题，于是第二轮添上客观因素，双方妥协，事情得以解决。

身为华人，不认字，没读过《资治通鉴》，也水深火热，熟悉这套运作。划分利益，不能按利益谈，谈判时，有人抗议说"咱们也不能太势利了"，就是骂了现场所有人。

理，是"人人平等、人人有份"的单一标准。犹如真空实验室内，一团羽毛和一个铅球可以同时落地，两者平等，跟质量无关。

但出了实验室，铅球0.1秒落地，羽毛十几秒了还飘呢。于是讨论，按理两者应该同时落地，现在铅球超了这么多，好意思吗？咱们做测试的人得公平，就写成铅球3秒落地、羽毛5秒落地吧！大差不差！

——这就是"臣光曰"的性质。对帝王没用，在民间有大用。财、军、法在上层手里，下层靠不上那些，只能靠讲理，来找平衡。

允许平民空口讲理，是北宋发明，成为维护稳定的基本国策。不允许讲理，将迫使下层在财、军、法上较量，那就会武装暴动，下层重建财、军、法了。

司马光的政治遗产，在我小时候还享用。遇上街头打架，老人去拉架，打架者就停手了，说："您老给评评理。他该不该挨打。"

二十世纪九十年代初，向商业社会转型。"计谋"二字突然成了好词，我这代人跟风，不研究就落后了。当时有这样的说法——某人在五遍十遍地看《资治通鉴》，那书是阴谋大全，肯定学坏了。

是不看书人的想象吧？

看不坏，还能把人看傻了。讲理的民风不再，学《资治通鉴》，是一点用不上，还会抱怨司马光胡说八道。

金氏理直气壮去宁国府问责，由秦可卿的婆婆尤氏接待。尤氏说秦可卿重病，金氏的理就讲不出口了，聊两句家常，回去了。

理和现实勾兑，往往是此情况。

21 ☉ 诊脉秦可卿——伏线的接续技巧

第五回，宝玉梦中与秦可卿合欢。第七回接续，王熙凤去宁国府打牌，宝玉跟去玩。读者激动，要看他和秦可卿再见面。

入了宁国府，秦可卿婆婆尤氏觉着宝玉奇怪，大人们聊天打牌，没他玩的呀，评为"你怪闷的，坐在这里作什么？"读者知道，宝玉在看可卿。

贾珍、贾蓉要去郊外道观，向修道的贾敬请安。尤氏建议宝玉不如跟着去，有的玩。对这建议，宝玉没反应。秦可卿的建议是，她弟弟秦钟正好在，不如找秦钟玩。

宝玉立刻下炕。尤氏、王熙凤反应大，急吩咐下人照顾宝玉，说明宝玉下炕下得猛，怕他在院子里走路也这样，会摔了。

先留在这里，比什么都好——宝玉心态，令读者莞尔。面对秦可卿，写宝玉如何看如何想，是在读者预计里，便不容易写了，读者自己有想象，作者的笔丰富不过读者的脑子。

曹雪芹未写宝玉看一眼，而写他动作失常，这是电影导演的素质。拍微妙的感情戏，以两演员近景切来切去，演员功力稍欠，便会贫乏虚假。此时，便要用曹雪芹方案，设计个动作代替表情。

脂砚斋赞《红楼梦》是"伏脉千里"。一个事被别的事取代，之后又出现，为伏线。因为断了，有接续问题。断在哪儿，就接在哪儿，读者会觉得无趣。

宝秦二人断在第五回，宝玉梦中喊秦可卿小名，秦可卿奇怪。到第七回接续，如果是秦可卿问宝玉"有个事，很是困扰我，你怎么知道我小名？"就是电视剧剧作法了，话接话、细节接细节，生怕观众记忆差，接不上。

《红楼梦》接伏线，是电影的分寸，忽略具体的话和细节，以状态来接。第七回宝玉的日常动作变形，就接上了第五回的春梦。1993年，侯孝贤导演《戏梦人生》，告诉剪辑师廖庆松，情节衔接要"像云"。也是此意，不能线头对线头地接。

廖庆松发明了个词，叫"云块剪辑"，来纪念。其实俩人之前合作的《悲情城市》，已这么做了。脂砚斋也有好词，叫"双歧岔路"，不要顺着接，要岔着接，违反旧有信息、读者惦记，为伏线的接续法。

第十一回，秦可卿病重，贾蓉带王熙凤、宝玉来看望。此处接续，电视剧写法了，宝玉上次来，屋里显眼的是一幅《海棠春睡图》，这次他也看这画，明确写"不觉想起在这里睡晌午觉，梦到太虚幻境的事来"。

听到秦可卿说对治疗没信心，觉着要死，宝玉"如万箭攒心，那眼泪不知不觉就流下来了"——哭得没价值。见心仪女子要死，便伤心哭了，常人都如此。

对宝玉，也有人之常情的描写，没有常情，会失真。但在伏线接续处，不能常情，要有奇举。此处大跌水准，先接细节，后接回忆，再接常情。都太实在，不是"云块剪辑"，是"石块剪辑"了。

应不是曹雪芹原笔。原笔该是：

重进秦可卿寝室，宝玉垂眼，不看室内物件，避免引起心绪。没哭，听到秦可卿说要死，他就往外走，说去会芳园，尤氏、王夫人在那里看戏。怕他不知道路，贾蓉跟出。

无情胜有情，以宝玉突兀避走，写他深情。不动感情，因为承受不了。

判断不是作者原笔，因为书商没删干净，后面有残余。和秦可卿谈完话后，王熙凤往会芳园去，见宝玉跟一伙丫头在做游戏。

现在版本，在室内哭成那样，出去就找女孩们玩——宝玉的行为逻辑不通。悲伤没发作出来，室内避走，出门开玩，以玩乐压住悲伤，行为是一贯的。

第十三回，秦可卿病亡，宝玉被报丧云板声惊醒。曹雪芹不写"被惊醒"，写的是"从梦中听见"，一字千金，文学的高明。两人此生，梦中结缘，也在梦中了结。

宝玉的反应是吐了口血。脂砚斋批为："焉得不有此血？为玉一叹。"解释宝玉该吐血，因为他早看出秦可卿大才，唯有她能继承宁国府，她一死，宁国府将亡。

宝玉现阶段，连自己的家族使命都没搞清，哪能看清秦可卿的？

宝玉吐血后，笑说没事，不让袭人请大夫，急行去奔丧。脂砚斋批为"天性中自然所赋之性如此，非因色所惑也"。——是宝玉天生热心肠，不是因为暗恋秦可卿。

唉！就是暗恋。

吐血，是港台影视俗套，为强化情节，动不动就一口鲜血喷出，不知是不是受《红楼梦》影响。看烦了童年周星驰，长大后在1993年电影《唐伯虎点秋香》里恶搞了一段吐血，极尽嘲讽之能。

大陆也一样。美术院校画石膏像，是徐悲鸿从巴黎美术学院移植来的课目，顶点是画米开朗基罗雕塑大卫头像，央美历届学生画大卫的顶点，是1984年喻红所画，用了四周。

我八十年代末上美术考前班，老师言之凿凿地说，到第三周，她吐了次血，坚持画完，成就经典。时代审美，不吐血，显不出作品价值。

宝玉对自己的吐血，处之泰然，阻止袭人通报贾母、找医生，说："不用忙，不相干，这是急火攻心，血不归经。"后两句，太突兀，应是书商所加。书商觉得不加上两句解释，袭人不管宝玉，说不通。

这两句加得拙劣，脂砚斋都看不下去，批为"如何自己说出来了？"加上也不通，只要是吐血，不管说什么，袭人都不会不管。

除非宝玉吐的不是血。

我小时候，胡同里常听闻有人吐血，那时肉类要凭票买，过年过节才有。长期米面，猛一吃肉，伤食管，老人和小孩赶上情绪激动，食管敏感，会吐。是透明液体，含一点紫色血丝。北京人管这个叫"嗓子血"，不碍健康。

幼儿园里，老师们闲聊天，云淡风轻地说哪几个小孩今天又吐血了。胡同里，靠墙根晒太阳的老头，见小孩过来，逗着玩，一口吐在掌心，指点其中紫色："瞧见吗？血！我要死啦，夜里变鬼找你。"

小孩："骗谁呢？ 我也行。"哇地吐一口，掌心捧着，臊老头。

清朝的成名文人和贵族，也常吐血，他们买得起肉，但选择不吃，认为吃大鱼大肉没品，吃点腌制的鱼鳔，还有鹅肝——对，跟法国人一样。现今的北京菜基本是山东菜，能称得上北京本地菜的寥寥，鹅肝是一项。基本素食，食管脆弱。

总之，北京人爱吐血，有二三百年历史。记忆里，是二十世纪八十年代中期，彩色电视普及后绝了这事。看上彩电了，也有肉吃了。

秦可卿过世，引来不少亲王、国公问候。后世读者奇怪，秦可卿出身一般，还是小辈，何德何能，可以引来这么多高层，是否僭越，另有隐情？

他们是宁国府世交，秦可卿以长孙媳妇身份主持家业，宁国府当家人死了，作为世交，当然得出面表态。看望，属于私人交情，与朝廷无关，不存在僭越。

同样，请多少僧道作法，也属于民间自理，是付钱量问题，没有身份匹配的问题。这两方面，宁国府随便铺张。

但是出殡的仪仗，面向社会，就有关朝廷了，必须符合身份，不能僭越。秦可卿丈夫贾蓉，血统高，官职低。他夫人出殡，仪仗只能小搞。

贾珍破费一千二百两，为贾蓉捐了个龙禁尉，出殡仪仗升级，勉强够看。贾珍很小心，不敢僭越。家有棺材铺生意的薛蟠，白送了一副亲王级别的棺材，作为亲戚赞助。棺材几寸厚度、设几层外套、上几层漆、勒几道线，都是等级制。如果是完成品，贾珍肯定不敢用。

但这是没配外套、没上漆的光板棺材，贾珍感恩收下，给薛蟠家铺子工匠赏钱，让他们赶工改造，外套和刷漆等规格符合秦可卿身份就行，没法改的是棺材板八寸的厚度。

贾政提醒了一句，别僭越了。贾珍不听，贾政也没坚持。因为棺木厚度，出殡时有外套遮挡，能混过去。明清两朝，京城设有检查礼仪的机关，对上大街的仪仗，一定观测，做记录，但不会拦下开棺检验。事后证明，贾政判断得对，没遭举报，混了过去。

贾珍只会哭，说秦可卿一死，他这个长房家灭绝了人才。作为族长，你家是全族榜样，怎么能说这种话？别人请他吩咐葬礼事宜，他又不负责任地说："如何料理？不过尽我所有罢了。"

怎么可能？一场葬礼，要把家都败光啦？

这种话，让别人没法接，更不会当真。

老北京的生活经验，处理红白喜事，得让女人主持，女人能保持理智，男人会瞎激动。所以红白喜事上，男主人闭嘴，当个摆设，让女主人忙活，不会出错。

贾珍的夫人尤氏患胃病不能出面，贾珍自个儿出面，就瞎激动了。我们这代人上小学二三年级，蔬菜市场里卖港星小画片，也有黛安娜王妃的，女生买了贴在铅笔盒内。1981年，她大婚，记者问："你是嫁给爱情了吗？"她说是，新郎想幽默一下，插话："那要看是哪种爱情。"没人能嗨到幽默的点，场面尴尬。

贾珍也如此，"灭绝无人""尽我所有"的话，是脑子不知飞到哪里去了。部分学者，判定贾珍和儿媳秦可卿扒灰，以这两句话为依据，认为是私情流露，公公对儿媳不该这么好。

贾珍夫人尤氏，是个傻白甜，跟王熙凤是闺蜜。有心机的女人都会有个傻白甜的闺蜜，跟她在一起，王熙凤也没心没肺的，跟她逗乐，自己能放松。

贾珍和秦可卿是否扒灰？尤氏是个试金石。真有，她的小孩脾气，肯定藏不住，而她和秦可卿相处自然，她没有婆婆架子，超过一般婆媳的亲近。

王熙凤跟秦可卿也是闺蜜，跟尤氏是没脸没皮，跟秦可卿是相知相重，两人间持婶侄之礼，但有说不完的话。尤氏一伙贵妇去看戏，王熙凤说好探望秦可卿后即来。这期间，派人催了二三次，王熙凤才动身看戏。

两人聊了多久？

赶到时，已演了八九折戏了。摘出片段来演，为一折戏，长短不一，一般是二十分钟到四十分钟。八九折，减去王熙凤走过来的时间，算是八折吧，平均半小时一折，两人聊了二百四十分钟——四个小时。

这也太长了。所谓"台上十分钟，台下十年功"，也有十一二分钟一折的袖珍版……就算八折戏都是袖珍版，两人也谈了九十多分钟，一部八十年代电影的标准时长。

秦可卿临终向王熙凤托梦，要她带领家族走好下坡路，将资产转移到祠堂和坟地名下，朝廷抄家，收缴房产、田产，不会动祠堂和坟地。

秦可卿献的计，晚清贵族真做了，他们以买坟的名义买庄稼地、扩充祠堂的名义囤房，清朝一亡，民国政府收缴贵族资产，习俗使然，还是放过祠堂和坟地，果然得以留住了部分家底。

历史证明了秦可卿的韬略。

贾珍对秦可卿是何情感？

一个败家子对正经人的情感。败家子再混蛋，也明白家不能垮，没正经人撑着，自己没得逍遥。败家子最恨败家子，一个败家子很快乐，所有人都救他，都是败家子，就死一块了。所以败家子对家里正经人最关注，期望最大，感情最深。

2001年剧集《大宅门》里，三爷吃喝嫖赌、坑蒙拐骗，是个五毒俱全的人，不服二奶奶当家，处处害她。上了年纪，明白过来，二奶奶在，家业才不会垮，自己才能混吃混喝。他老了还是个无赖，嫖妓还赖账，但二奶奶有难，他最勇，要拼死相救。

贾珍痛心秦可卿过世，是此心态。

秦可卿本是弃婴，养父秦业为五品官，曾掌管公家建筑维修的肥差，竟没积蓄，退休后给儿子秦钟请不起私人教师，要到贾府学堂蹭课。学费免了，但碍于自己的旧官职，得给老师一份见面礼，少于二十四两没面子，凑得有些难。

说明秦业清廉，有人品。从托梦王熙凤的话，可知宁国府选秦可卿为孙媳妇，是看中她是个走下坡路的人才，她被如此培养，长年照此思考，所以拿得出方案。下坡路不好走，领头人要有人品，选了无德之人，会崩盘。

秦可卿死后，她的一位丫鬟撞柱而死。汉代观念，有奴随死，彰显的是主人品格，秦可卿有德，奴方会殉主。曹雪芹交代，当时已罕闻这样的事了。但发生了，人们便是这个概念。

贾蓉照理该娶位贵族小姐，但家逢衰运，娶位清官之女，血统不高，素质高，更实用。

贾珍和秦可卿扒灰，正文无痕迹，是批书者们搞的。十三回篇首，甲戌本批为"隐去天香楼一节，是不忍下笔也"，靖藏本批为"秦可卿淫丧天香楼，作者用史笔也……因命芹溪删去'遗簪''更衣'诸文，是以此回只十页，删去天香楼一节，少去四五页也"。

揭示秦可卿在天香楼偷情，发生变故而死，是秦可卿人物原型的真事，曹雪芹纪实写，批书者作为曹雪芹的长辈，命他删除，足有四五页。

宁国府敲云板报丧，各家反应是"无不纳罕，都有些疑心"。甲戌本批为"九个字写尽天香楼事，是不写之写"，靖藏本上写此批语的人署名为"棠村"——是脂砚斋披露的曹雪芹弟弟，另有一位批书者署名笏叟，批为"通回将可卿如何死故隐去，是余大发慈悲也"。

原来四五页是您让曹雪芹删的，霸气！您是《海斯法典》执行局的吗？

1935年，嘉宝主演托翁名著《安娜·卡列尼娜》，执行局批示，要删除所有偷情信息，于是安娜和情人没住在一起、相敬如宾，甚至从不凑近。他俩如此无辜，却遭受亲友一致指责，指责里没有"偷情"一词，纯指责，安娜还自杀了。看呆美国观众，觉得俄国人太怪了。

执行局是民间组织，好莱坞自己设立，为避免政府审查电影，先行自我审查。1934年实行，1966年取消。

贾珍胡乱表态的"不过尽我所有罢了"一句，蒙府本批语"为媳妇是非礼之谈 …… 吾不能为贾珍隐讳"。坐实公媳扒灰。

1987版剧集《红楼梦》，没按小说正文，按这堆批语，拍出贾珍和秦可卿在闲房天香楼偷情，被丫鬟撞见。贾珍拿走秦可卿的一根簪子，也被尤氏发现，尤氏推断出乱伦，气得胃病发作。双重暴露，令秦可卿羞愧难当，在天香楼上吊自尽。

撞见偷情场面的丫鬟瑞珍，惧怕贾珍杀自己灭口，不愿被杀，就撞柱自杀了，被宁国府来宾们误以为是为主殉死的义仆。

——很商业。

西方商业片的配方，是以阴谋取代人情世故，总要搞出个惊天大秘密。拍人情世故，要层次多，耗片时，排挤动作场面的时长，而资方依据大数据，认为动作场面才赚钱。人情世故拍得深入，地域性会强，怕他国观众不易理解，妨碍世界发行。

阴谋好写，脱离了社会现实、文化背景，当然容易。

雨果名著《悲惨世界》，写冉·阿让行善，收养一名孤女，千辛万苦养大，将她嫁入豪门。沉浸于幸福中的养女忘了他，直到他病危，才来相见。冉·阿让认为遭冷遇，是行善的最后一环，无所求无所得，方是完成了善行 —— 这太法国老派情调了，令资方不安。

2000年，法国文艺片巨星德帕迪约主演同名剧集，英、法、美、西班牙、日本等多国联合投资，从资方构成看，可知是要适应世界各地。改成冉·阿让对养女有不伦之爱，深藏内心，将她嫁入豪门后，多嘴向女婿坦白，女婿以为听错，冉·阿让放声大吼："是爱！我爱她！"引起女婿厌恶，所以才不理他。

这就打碎了文化壁垒，简单易懂，还是个惊天大秘密。对资方是妙不可言，对演员是灾难。

多位批书者提出的天香楼扒灰事件，符合"惊天大秘密"原则。当电影导演，会面对许多阴谋化建议，此时要沉着，先查清这位资方到底有没有钱，再想法应对。

我的剧本《师父》讲的是师父为开武馆，遵行一切规矩，不料他的徒弟被规矩害死，于是他反了规矩，对决全武行 —— 找投资的两年，得到过各种建议，比如：

决战时，徒弟复活，跟师父并肩作战，原来他是假死，要看师父会不会为自己报仇，最终师徒二人双双毙命，但徒弟验证了师徒真情，幸福地合上眼。

师娘和徒弟偷情，师父离家出走，恰好躲过了武行追杀。徒弟被杀害，师娘受刺激，精神失常。为治好师娘，师父给徒弟报仇。决战时刻，师娘出现，替师父挡了一刀。挨了一刀后，师娘的精神病好了，也恢复了对师父的爱情。

徒弟的恋人茶汤女，在师父决战时出现，大喊"陈师傅别慌，有我"。她家传有一套刀法，可惜实践少，很快被武行高手击毙，她等于为男友殉情，观众一定感动。谁演茶汤女，谁会火。

师父打败武行全部高手，也打动了武行女老大的心，留宿一夜，放他南逃。师父北上扬名，未能留下武学，留下了一个孩子。

女老大没看上师父，看上了师娘，赶走师父后，将师娘囚禁在自己身边三十年。搞一点拉拉暧昧，显得时髦，可赢得更多观众。

还有……

其实没法应对，不谈人情世故，导演不占优势。电影史显示，谈阴谋，资方都比艺人能侃。悬念大师希区柯克也应付不了，逼得他攒钱，自己当老板。

"淫丧天香楼"的情节，明显是个资方建议。曹雪芹是个倒霉的导演，不认识他们，谈都没谈过，就被这帮自称认识他的人把作品改了。

十三回，还有一处疑似书商添笔。

主持了几档事后，贾珍感到自己不靠谱，葬礼要办一个月，于是装可怜，拄拐去荣国府求援，显得不堪重负，请王熙凤过来主持。贵族家的红白喜事规模大，对当家人是一道关，等于英语口语流畅不算数，还得考六级。王熙凤没经过，正可拿宁国府练手，于是欣然答应。

——写得精彩，但没写宝玉！怎能丢了主角？书商觉得必须添加，改成请王熙凤主持，是宝玉的主意。只见宝玉附耳告之，贾珍大喜，赞为妙计，犹如诸葛亮和鲁肃。

唉，这是《红楼梦》，不是《三国》。

之前回目，曹雪芹不怕丢主角，一直在丢。丢了还能找回来，方是本领。围棋里有"下不好，就不下"的口诀，在此处想不出高招，就不要再在此处下，转而去别处落子，以开发别处的价值，将此处的价值变小，损失也就可以承受。

一个事件有它自身的发展和重点，放不进宝玉，就放不进了，转到下一个事件再写宝玉，还能让读者惊喜。

当代某些电视剧制片和《红楼梦》书商一样思维，为了收视率，要保证明星在每集都有一定时长，写副线的一集，也要硬剪进主角，让他来段废话。

副线充分发展后，再回到主线，戏剧性更强。主角在副线瞎露脸，搞乱了副线，回到主线后，主线也会乱套。本来主线要写你深沉，你刚还在副线凑热闹，怎么深沉？

宝玉献计、贾珍称妙的一段废话，引起脂砚斋注意，批为"余正思如何高搁起玉兄了？"好久没见到宝玉，正奇怪，就写到了他，作者果然心思缜密。

脂砚斋转世，应在某电视台吧。

22 ⊙ 贾瑞的镜子——金庸的武功

秦可卿之死，既然不是扒灰的惊天大秘密，那是何因？

第十回，医生说秦可卿的病起于思虑。十一回，秦可卿向王熙凤说医生治得了病，治不了命，自己注定要死。王熙凤青春旺盛，对命数还没认知，俗口劝说："你只管这么想着，病那里能好呢。总要想开了才是。"

王熙凤的俗口，当今医院病房区还能听到，病人郁闷时，亲友总是这话。误打误撞，点中了真相。

按朱元育理论，我们现有的生命就是永恒的，不需要改造，它养料足够，不需要再从外界摄取。像是打印机的墨盒，不良商家为赚钱，用到三分之一，打印机就停工，显示"墨粉用光，需更换墨盒"。墨粉还有，打不出墨，因为设置。

生命没完，是我们的头脑叫停了它。朱元育说人是想活就活、想死就死、想怎样就怎样，寿命和运气都是头脑的设置。

分析事物、制定计划的思维能力，让人避开危险、选择美好，在它的庇护下，我们才能长大。养成了依赖它的习惯，从没想过，可能我们从小到大遇上的危险，本是它制造，它的预警、怀疑、提供应急措施、补救方案，是贼喊捉贼，骗取信任。

几十年人生，高度信任头脑，所以当它要人死，人就死了。

头脑是个手游，明明扔掉手机，便可解脱。但我们忘了人在手机外，认为手机屏幕上的像素小人是自己。人在手机里，怎么扔得了？

贾瑞照镜子的故事，是曹雪芹给的出路，他的时代还没手机，只能拿镜子说事。

与秦可卿聊完，王熙凤跟尤氏、王夫人会合，赶往会芳园，迎上繁花盛开，美得脑子飞了，不由得跟女仆们走散，赏起景来。

"美得脑子飞了"的情况，白人也有，当他们面对熊猫时。时有报道，抛妻弃子的歌星看了熊猫后，回归家庭，忏悔："熊猫教给我怎么当一个父亲。"唐璜般的球星陪临时女友去动物园，中了熊猫的脑电波，迅速结婚，汇报心得："熊猫让我成为了一个男人。"

熊猫1869年被法国人发现后，走向世界。之前，四川山民称之为"食铁兽"，因为会潜入人家啃坏铁锅，嫌它讨厌。宋元明清皇帝的椅披都是白熊皮，我这一代北京小孩去动物园，在北极熊前逗留的时间比熊猫长。

熊猫可爱，而北极熊代表"至高无上"，更合京城审美。二十世纪五十年代至八十年代国产饮料第一品牌北冰洋，是家京城汽水厂，以北极熊为商标。

熊猫对白人大脑刺激大，对华人有同等强度的是花。我小时候，胡同里每位老人都有至少十几盆花。冬季也要看花，中山公园每年办温室花卉展，是门外几百米长队，馆内人贴人行进、容不得花前驻足三秒，如2009年故宫首次展览北宋名画《千里江山图》的盛况。

"华"字的本意是花，"华人"本意是"与花同源的人种"——花开的时候，刺激了一伙猿的大脑，变成了人。喔，词根太美。

西方电影里，青春叛逆期极长，往往要拖到父母晚年、子女中年才解决，美国经典《金色池塘》、欧洲名作《秋日奏鸣曲》都是此情况。生于七八十年代的人开始心理西化，程度上剧烈，时长上还不行，最多二三年，叛逆期就过去了。

我父母一代，大部分人的回忆是"突然有一天，觉得心里敞亮，真高兴呀，觉得脑子长好了，能帮上爹妈了"。唉，愧对"青春叛逆期"这几个字，法定的叛逆，却没叛。一定跟从小养花有关。

爷爷奶奶一代，经过破除旧习俗、不让养花养鸟的年月，易病、面相恶，晚年又能养花，就身体也好了、面容也好了。

繁花嗨了王熙凤大脑，解脱探病人的抑郁。我这代人长大，忘了养花，下一代更熟悉养狗。王熙凤有手段、秦可卿有大略，是互补型知己。她治理宁国府的一个月，能切中要害、找对人头，首先是信息准确，尤氏、贾蓉靠不上，他俩没这水平，是之前秦可卿向她交底。

赏花，是曲笔——情节逆反、情绪急转。赏花后，遇上贾瑞勾引。陪秦可卿是忧伤，对贾瑞是愤怒，两者间，插上赏花的怡然自得，经此曲折，读者感受里，忧伤和愤怒都效果翻倍。

女仆们有前有后，离着不远，贾瑞对王熙凤的勾引只是眼神。

王熙凤拿话支走了他，应对轻松，心里发狠，得机要惩治他。

十二回，贾瑞找上门来。秦可卿处理，会怎样？

根本不会有人上门，一贯严谨的名誉起保护作用。王熙凤平日玩粗鲁，惹来的事，令人推想她不严谨，起码可试试。

王熙凤动用了更夫、杂役、女佣，调来宁国府的贾蓉、贾蔷，设计整治他……手段厉害，输了大略。您是当家人，何必在小人物身上费神？该淡化处理。

很简单，不让进门，便行了。或让陪房平儿往门外泼盆水，贾瑞便明了，不会再来。泼水，不往人身上泼，冲人脚下，也不能真泼在鞋上，要算好距离。清朝旧有的赶人习俗，等于说："你脏了我这地方，滚！"

京城至今沿用，遇到半夜楼下还跳广场舞，便一盆水泼下。泼身上，会吵架，没泼上人，人会退走。对贾瑞，一盆水，足够解决。

日本的小林光一、韩国的李昌镐，都有较长第一人统治期，他俩"简化局面"的能力，令同代高手组织不起攻势、施展不出才华——此为大略。

雄才是手段厉害，大略是有大局观。张学良晚年纪录片，说父亲张作霖是雄才，义兄蒋介石是大略，感慨雄才不如大略。蒋介石北伐，结束了张作霖执政时代。

王熙凤假意约会，放鸽子，将贾瑞困住，冻了一夜。贾瑞悟不出被下套，一厢情愿认为她是临时有事，耽误了赴约，上门再约。这次整治得狠，勒索钱财，泼了一身屎尿。

两次约会，是评书的"连环包袱"技巧，让同样事连续发生多次，一次比一次严重。可预见的危险，令听众紧张。连环包袱有多种，这是其中一种。

贾瑞给折腾病了，医药无效。一位跛足道人上门，送个双面镜，说照三日便好，只能照反面，不能照正面。

反面照，镜里是个骷髅。

辽、金、南宋时期，骷髅是民间泥塑陶俑的常见题材。金庸《射雕英雄传》的故事发生在此时期，其中王重阳及弟子马钰、谭处端，在历史上确有其人。真实王重阳以画骷髅教学，画上题词，流传下的有《画骷髅警马钰》："堪叹人人忧里愁，我今须画一骷髅。"谭处端出师后，教学也是画骷髅，作《骷髅歌》："爱欲无涯身有限，至令今日作骷髅。"

题词留下了，画没流传下来。南宋流传下一幅李嵩的《骷髅幻戏图》，说明不单是民间泥塑陶俑，也是士绅绘画的题材。

曹雪芹所写，贾瑞照镜子映出骷髅，来源于此。

金庸笔下，王重阳武功天下第一，东邪、西毒、南帝、北丐四人并列第二，四人之间大战一月半月分不出输赢，碰上王重阳，没得打，一击即溃。第一和第二，差的不是名次，是段位。

巨大差距，因为王重阳伪造了一部北宋武功秘籍《九阴真经》，以借阅、故意让偷走、共同研究的方式，散给四人，让他们沉迷于身体感受，那就一辈子打不过他。

——这是参考《射雕》姐妹篇《神雕侠侣》，得出的推论。《神雕》里的王重阳不练《九阴真经》，练的是破除身体感受，当自己死了，住在个坟里，立碑"活死人墓"。历史上真如此。

北方的民谚"若要人不死，先要死个人"，遇上灭顶之灾，拼死一搏，才有生存希望 —— 很励志。也有另一种解释，人会死，因为有个身体，想不死，得忘掉身体。

活死人墓在陕西尚存，王重阳在北方民间影响力大，北京白云观即是其弟子创建。或许这句民谚，来自他？

朱元育认为我们这身体，是场误会。把手游屏幕上的像素小人，当成了自己，所有感受都困在里面。一旦破除了身体观念，我们注意力从屏幕上解放出来，发现原来是在玩手机，于是可以扔掉手机。

扔掉手机，不受常人寿命观约束，人可长生。跛足道人的"看骷髅可治病"之法，是此原理。

不料贾瑞不成器，照出自己是骷髅，登时吓坏，不敢再照。违反跛足道人嘱咐，看了镜子正面，发现镜中是王熙凤，于是魂魄入镜，日日狂欢，终于魂飞魄散而亡。

贾瑞祖父贾代儒，认为镜子害人，要烧毁它。镜子哭诉"谁叫你们瞧正面了！你们自己以假为真"。

《红楼梦》这段话落成民间俗口，"反着想想""这事，您得从反面看"至今还在用。分析事物，表面逻辑是迷途，与表面逻辑相反，往往是真相。以此看国际新闻，百试百灵。

《射雕英雄传》中，王重阳介绍的《九阴真经》作者叫黄裳。历史上的黄裳比王重阳晚几辈，是元朝人。又可证明《九阴真经》是王重阳伪造，他活着时还没这人。

黄裳据说一直活着，清朝咸丰年间，一度在四川现身授徒，留下《乐育堂语录》。也有说是同名不同人，此人五十多岁，讲完课便隐遁了。金庸写的《九阴真经》，依据应是此书。

我们这代人看到，是1984年中日围棋擂台赛引发的传统文化热，出版了一批老书，书店归为体育类，和聂卫平的棋谱摆在一起。

曾和一位大导聊金庸。我问："想学《九阴真经》吗？我可以教给你。"其实就是想送本书。他表示："很想学。"告辞了。

23 ⊙ 黑泽明大玩避难法、朱天文化身林黛玉

黑泽明1980年《影子武士》拍古代马战，用马一百匹。同时代同行，用一千五百匹，才敢拍马战。影片开篇，讲两军对垒，那得几万人。黑泽明脑筋急转弯，不拍战场，拍过道。司令部前的过道里睡满士兵，让一个通信兵跑来，惊动得人头耸动。

地方狭隘，显得人多。

所谓睡满，怎么也得五百个群演吧？拉片发现，似乎是七十个群演反复用，让他们躺在过道的不同地段。此片是一部"省钱大全"，靠散碎枝节，拍出战国气魄，投资方感动得简直要以死谢恩。

1966年苏联版《战争与和平》，资金约五亿六千万美元，以长镜头拍战争场面，绝不会轻易停下。估计激得中年黑泽明技痒，觉得"我的运镜会更好"，晚年在《影子武士》里试水拍了一二段，运镜确实好，可惜镜头运动到哪儿，哪儿都队伍单薄，士兵人数明显不够，实在尴尬，只得作罢，继续玩碎镜头和脑筋急转弯了。

《影子武士》预算接近两千万美元，躲开全局展示，以枝节反

映全局——脂砚斋评价曹雪芹也这样，赞为"避难法"。不是灾难，是难度。

唉，这个词起的。遇上难写的地方，作家逃了……电影导演会形容为"以偏概全"，这个词一出口，剧组人就明白，咱们组没钱。但外行听起来漂亮，有一种蛇吞象的霸气。

《红楼梦》十四回，写王熙凤整治宁国府，在读者感受里她做了很多事，细看，发现都是口头交代一下，实写的只是惩罚了一个迟到的下人，借宝玉来看热闹，王熙凤陪他逗趣，转了戏份。曹雪芹避难，不用写王熙凤怎么工作了。

之后的秦可卿棺材出殡，一路上得费多少笔墨？描了几笔，曹雪芹又避难，写王熙凤带宝玉脱离大部队，去一户农家小歇，宝玉对农家女二丫头产生情愫，想永远留下来……当然，宝玉还是被王熙凤带走，但二丫头抢戏成功，读者不再关心出殡行程。

出殡，是死者离家，不是埋葬，棺木运到寺庙放置，短则十几日，长则几十年。寺庙设有接待亲属居住的客房，餐饮娱乐齐备，有的亲属当日离开，有的会住一二年。大家怎么住寺？一一交代，费笔墨。

曹雪芹再次避难，写唯独王熙凤不愿随大家，带宝玉、秦钟两个小孩迁到附近的尼姑庵，笔就跟着王熙凤走了。不能光避，没有能抢戏的事，还是避不掉，读者觉得作者敷衍，必抗议。

庵中老尼求王熙凤办事，王熙凤欲擒故纵，说不想管，老尼用激将法，王熙凤将计就计，最终要走三千两银子，说都会花在办事上，实则零成本，仅是写了封信。读者记忆清楚，之前贾蓉获封龙禁尉才一千二百两，听到三千两会惊心动魄。

曹雪芹仍嫌不够，继续加重，三千两外又搭上了两条人命。王熙凤办成的事，直接造成一对男女殉情自杀。

够重了，总算避掉。替曹雪芹舒口气。

宝玉去看王熙凤整治宁国府，因为遗传里有当官基因，厌恶"人情练达即文章"，但天赋使然，骨子里还是对管人感兴趣。北宋丞相王安石型人格吧，平素清高，见人就烦，但让他组织个事，他又干劲十足。

世交、弟子、旧部、同学，都会在送殡路上设立祭棚、献酒、献乐、朗诵自作祭文。贾家世交是一伙降了级的贵族，唯有一位不逐代降级的"铁帽子王"——北静王。他的级别，不用亲临，派一个侄子设祭棚，已是给足贾家面子。

他却亲自来了。贾家受宠若惊，确实害怕，不知背后的政治用意。见大家太紧张，北静王拿宝玉圆场面，说自己来，是对衔玉而生的传说好奇。

扮天真，要玉看。结果，看上宝玉的人。之前因贾政造谣，以为他儿子是个混球，不料看着是个人才。问宝玉读什么书，曹雪芹没写宝玉具体回答，从北静王的反应看，宝玉的阅读范围超出他意料，读书心得不凡。

北静王点了贾政一句"雏凤清于老凤声"——你儿子比你有才华，日后有大作为。给儿子造谣，是何居心？然后，介绍自己府上办名士沙龙，邀请宝玉参加。

是跳过学堂，直接上成年人的书院，等于今日中学生读博士的天才班。曹雪芹写贾政是"忙躬身答应"，并不喜悦。接着北静王将皇帝送自己的手串转送宝玉，皇帝的东西，过于贵重，本人不能直接戴上，得让家长代收，宝玉将手串转交贾政。

贾政只是接下。祸福莫测，喜不起来。

以前的艺术门类，师父收徒弟，都是一眼相中，一眼就知道这孩子能不能成就。所谓考试，是走个过场，考不好无所谓，说："你当然不行啦，要是行，还跟我学什么？"对看不上的，会出难题，对推荐人说："他不行。"

北静王对宝玉是此情况。

皇帝手串，如只是表达北静王对宝玉的看重，一物一用，便不是曹雪芹了。电影剧作中的道具，至少要一物两用。

十二回，林如海病危，贾琏送林黛玉回家。支开了女主林黛玉，王熙凤女二变女一，展开三回戏。十六回，林如海病亡安葬，林黛玉归来。

宝黛重逢，欣喜与泪水是读者能想到的，便没有戏剧性了。按照"双歧岔路"的情节线接续原理，他俩相见，该翻脸！

太难了，怎么想都不可能翻脸……用上了皇帝手串，宝玉当最珍贵的礼物送黛玉，黛玉不要，竟然扔回："什么臭男人拿过的！我不要他。"

黛玉豪迈，骂了皇权。

她也不是真对皇帝有意见，是宝玉送礼，为表示礼重，一定要介绍来自皇帝。一向清高的宝玉，几月不见，竟然变得势利，激怒黛玉。到底是皇帝送我东西，还是你送东西？

女儿水清，男人土浊。男人的世界玩的是权力地位，再鄙夷这事，身为男人，仍会受影响，感慨宝玉也不能免俗。送殡路上，男人骑马、女人乘车，王熙凤担心宝玉摔了，要他跟自己乘车，说："好兄弟，你是个尊贵人，女孩儿一样的人品。别学他们猴在马上。"——男人骑马，是耍威风、装样子，玩的是势利。女儿不玩这个，看男人如看笑话。

二十世纪八十年代末知道朱天文，因她是侯孝贤导演的御用编剧，看了《冬冬的假期》《恋恋风尘》的录像。

胡兰成对朱天文，如北静王对宝玉，一眼即知，徒弟到了，这小孩是给自己后世扬名的。他写文，初次见面，送一枚日本包袱当见面礼，介绍这次来台，带了两枚，一枚送一位政界显要，这一枚送天文小姐。引起朱天文反感，给友人写信："那显官又与我有什么相干！"

黛玉在朱天文身上复现。女子高洁，男人形秽，胡兰成连忙道歉。

仅一笔，朱天文形象立住。

曹雪芹刹得住笔，估算读者观感，黛玉的再次亮相足够震撼，可空一空再写她，迅速转笔，密密麻麻写出没有黛玉的一片事。

24 ⊙ 王熙凤屋里的连环包袱、曹雪芹写起《聊斋志异》

贾琏护送黛玉归来，回房后，王熙凤逗趣，称他为"国舅老爷"，带着一众丫鬟演戏一般地恭维。宝玉的姐姐元春封为皇妃，贾琏作为她的堂兄，成了皇帝的大舅子。

逗乐贾琏。王熙凤又扮傻，将自己描述成一个老实无能的人，被迫承担重任，辛苦极了。办理秦可卿葬礼，是人人称道的漂亮手笔，王熙凤却说自己办得漏洞百出，贾珍会埋怨，要贾琏去宁国府道歉。诉苦，是为了讨表扬。

王熙凤活泼成这样，正说明跟贾琏夫妻感情好，绝不会是焦大口中的"养小叔子"。脂砚斋批为"阿凤之弄琏兄如弄小儿，可怕可畏！若生于小户，落在贫家，琏兄死矣"。认为王熙凤在骗贾琏，幸好贾家不缺钱，如是贫贱夫妻，这种女人为了纤毫利益，能谋杀亲夫，把贾琏害死。

脂砚斋这么说……也好，对推测他身份，有帮助。越来越像是个大学生，可能在谈恋爱，还没谈成过。

第二件事，是通过陪房平儿之口，交代甄士隐女儿香菱。写香菱是三级跳，第四回写她是自知薄命的可怜人，第七回写她是傻玩傻乐的无心人，给薛姨妈当丫鬟，未遭薛蟠祸害。这回写她终未逃脱薛蟠魔爪，给收了房，新鲜了半月，便冷淡了她。

三次亮相，两次大反差，每每震惊读者，因而忘不了，等着还要看她。这是写次要人物的技巧，不费笔墨而印象深刻。

第三件事，平儿向贾琏隐瞒有人给王熙凤送钱，两口子在财务上，有共享也有所保留。

第四件事，贾琏的奶妈找上门来，埋怨贾琏忘恩，不安排自己两儿子工作。王熙凤一改主子气派，伏低做小，哄贾母般哄奶妈，自己把事揽下，保全贾琏面子，再次强调他俩夫妻感情好。

第五件事，贾琏介绍皇妃回娘家小住的省亲制度，贾家需要建省亲别墅。王熙凤接话，自曝王家家史，曾负责外宾接待和海关贸易，办理过接御驾的事。

第六件事，要准备省亲的欢迎节目，组建戏班，去南方购买可培训为伶人的女孩、戏曲用品，落在了贾蔷手里，账目水分大。贾蓉带他来向贾琏表忠心，表示其中有贾琏的好处，请加以回护。在王熙凤协调下，四人结为贪污同盟。

一间房，讲了六件事，相互勾连，为评书"连环包袱"的又一种 —— 在同一地点连续生出不同的事。

转笔写的第七件事，是秦钟之死。正经另起的一件事，不属于连环包袱了。秦钟私会小尼姑智能儿，被父亲秦业撞见，暴打秦钟后，气死了自己。秦钟经此大变，病弱将死。曹雪芹写起鬼故事：

索命判官带鬼役已到，而秦钟不愿死，求宽容变通。判官说人鬼是两套规矩，人道徇私枉法，鬼道铁面无私。

恰逢宝玉来探望，判官突然改口，说自古人鬼一理，鬼道也讲人情，放秦钟苏醒，跟宝玉会面片刻。秦钟临终遗言，说以前两人谈过的那些超越世俗的思想，都是自误，人还是要当官，成为权贵。

天才的青年时代，往往有个暴毙的哥们。威尼斯画派代表提香，死的是师兄乔尔乔内，瘟疫而亡。毕加索死的是同室画友卡萨尼玛斯，开枪自杀。哥们之死，意味着纯真年代结束，天才要直面现实。

乔尔乔内一死，提香对色彩开窍，接棒威尼斯画派。卡萨尼玛斯一死，毕加索第一次建立起个人风格，开创"蓝色时期"。

哥们之死，是人生转折标志，提香、毕加索直面现实后，名利双收。宝玉的痛定思痛，却是绝不混同世俗，坚持之前两人畅谈的理想。秦钟后悔的，他不悔，宝玉真是硬汉。

鬼故事，有两个疑点。

一是：

秦钟跟鬼纠缠，不愿死，诸多心结之一，是父亲留下三四千两银子，还没享用。之前秦钟上学堂，父亲给老师见面礼，二十四两银子凑得难，此时怎么会有巨款，难道跟今日的贪官一样，贪污越大，越表面清廉，苦自己？

秦可卿托梦王熙凤，建议将贾府名下资产，转移为祠堂、坟地名下，免责免罚，已是现代信托的理念。她掌财权，要有几笔在宁国府账目外的钱，所谓暗账，当家人专权使用，以备应急和特殊运作。

一般人只能接触明账，掌柜向东家、总经理对董事长、当家人对掌门人（一族的长子长孙），才会出现俗话说的"明账暗账一起算"，设立暗账是公认的，并不是公开的。

2001年剧集《大宅门》尾声，七爷当家，大宅门濒临破产，上一代当家人二奶奶出山，亮出了对全族各房隐瞒、仅一位退休老会计知情的暗账，拯救了家业。

秦业人品清廉，帮女儿守一笔暗账，可信任。秦可卿不是暴亡，临终前明账暗账都会向贾珍交代，一定账目清楚、有增无减。贾珍痛哭自己一房绝了人才，不是凭空抒情，是给秦可卿的账目感动的。

未写公媳二人怎么商议，结果是秦业手里的暗账，归了秦家。秦钟因而觉得自己有钱。

二是：

鬼判官为何怕宝玉，格外给面子？脂砚斋批为曹雪芹在讽刺世风，"宝、玉"代表有钱，连鬼见了钱，也改变原则。

还有另一种解释，曹雪芹暗示贾宝玉是个高官坯子。民间习俗讲法，铜钱可镇妖驱鬼，因为刻着皇帝年号。鬼怕官威，一个穷书生，敢住闹鬼荒宅，是自信日后有官运，妖精鬼魅不敢惹他。《聊斋志异》里，尽是这样的故事。

京城有些胡同，总有坐墙根的老头，一天到晚骂，对超出他们生活经验的，都能骂出理来。是《资治通鉴》渗透民间的结果，"不公平！没良心！势利！无底线！还算个人吗？"的词，可以避开一切专业知识，评价一切事。

司马光未能给百姓创造出一个理想社会，却给百姓留下了理想的说法。《资治通鉴》记录的是史实，"臣光曰"的点评，却是超越现实的道理。

司马光伟大，也有人认为他把青年人搞糊涂了，只会讲理，认不清现实。《聊斋志异》相反，写的是鬼故事，"异史氏曰"的点评，却很现实。

晚清文人公认，蒲松龄见识高，对学术对社会，都说得准确，听他的没错。晚清报纸，热衷揭露社会怪相，一份报纸的销量，在于它社论的水平，写不通时，查异史氏曰，常能找到思路。

明清通俗文学，情色场面是标配。为出版发行，《聊斋》得有，但它是文言文，比白话描写的程度轻。晚清的读书人家，允许青年子弟读《聊斋》，面对社会，能头脑清醒。没有好的人生训导老师，那就跟蒲先生学吧。

臣光曰114则，异史氏曰194则，字数都不多。看过，便把传统的理想主义和现实主义，攥手里了。

攥手里了——小偷的行话，好像那些已不属于我们。

25 ⊙ "出现实"的训练

曹雪芹编的鬼故事，是导演课程之一。

编剧成手，大才小才都要练十年，二百万字的量，不练，什么都不是。导演拿不出这个练习时间，指导编剧，常坏事。

导演强在构思能力，但最初的构思，往往是大坑。那些漂亮的故事梗概、情节大纲，是倒果为因，剧本定稿后，才总结出来的，不是先想出来的。导演的最初构思，最多是一个开始的理由。写剧本，是一个不断改变构思的过程。

经验之谈，导演不要管构思和初稿，在初稿完成后，面对完成品，再提意见。导演在剧作技法上没法指导编剧，技不如人，瞎交流什么？但导演往往兼任制片人，管钱，大多数编剧为了早拿到钱，会顺从导演意见。

结果是影片在影院里倒霉，观众会骂，为什么会出现这么愚蠢的情节？对情节演进、人物转变，导演参与得越多，电影越愚蠢。因为您只是现在勤奋思考，而演进、转变的技巧需要写过十年才能掌握，编剧经历的"去幼稚病"的痛苦，您没经历，还沉浸在当一个天才儿童的兴奋中。

"侃剧本"是业内常用词，不要相信这个词，剧本是独立一人写出来的，侃不出来。一部好莱坞电影，会署名许多编剧，但每一阶段主笔的只能有一人，定稿编剧也只是一位。剧本得靠一个人的分寸感来完成，群策群力，一定乱套。

　　群口讨论的剧本策划会，是个非专业的活动，一场游戏，说得热闹，基本不能用。

　　导演学的剧作课，为了能识别情节演进、人物转变的好坏，不至于编剧已写得很好，你却要拿社科知识、历史典故、当代时髦、名导新招，要求人家再改，那就改坏了。

　　大牌的编剧、剪辑师、配乐师，签约往往是"只做一稿"，交上一稿后，可以有少于百分之十五的修改，如果导演要大改，合约自动终止。对导演的不专业，实在受不了，不陪着玩了。

　　导演学的剧作课，不是编剧专业的课程，情节演进、人物转化的练习少，明知道时间不够，练不出来，就不练了。有时间练的，是构思能力。

　　导演指导编剧，是画龙点睛，因为没有画龙身的能力。经过推敲素材、组织情节，编剧不断推翻、重组、升华构思，导演看到初稿，其实是看到了一个新的构思，如能再将其升华一下，为点睛，否则别废话。

　　被誉为日本战后"第一编剧"的桥本忍，曾是黑泽明御用编剧，1970年结束合作关系。他认为黑泽明晚期名片《影子武士》《乱》《七个梦》都不太行，因为是"一枪定稿"，导演拿出一个构思，编剧严格执行，补充情节、细节，滋润成剧本。

　　一枪定稿，等于一枪毙命。构思一开始就定了，不再改变。而他和黑泽明合作《七武士》时，是先写事，再确立构思。导演不预定要表达什么，只是对一种情况感兴趣，比如"几个武士用战场知识，能不能对抗大量山贼？"或"受雇于诸侯的才是武士，如果受雇于农民，他们会是什么心理？"

放任好奇心，编剧先写出一个故事，之后不断推翻，产生新的故事，终有一天，一个独特的构思诞生。在这个过程中，导演往往提不出指导性的意见，只会说："离得还远。"编剧心里要明白，自己现在辛苦写的，并不是电影完成版的故事，两者不是逐渐接近的关系，很可能南辕北辙。

桥本忍将这种工作方式，称为"编剧先行"，很费时，需要四至六个月。四至六个月，在今日编剧，可写出四十集电视剧剧本。

黑泽明带桥本忍入行，在华人电影界传统里，是"业师"。比如七十年代台湾明星徐枫、石隽称呼胡金铨，都不说导演，称为老师。对业师，弟子只说好话，不能批评。有看法，也是私下，对至亲至近的一二人说说，这是我们的伦理。

日本影坛早就学了欧美做派，像法国画家之间要打笔仗、美国拳击比赛发布会上拳手一定吵嘴互殴，翻脸才有大众缘。给外行看的表演，显得行业生机勃勃。《影子武士》《乱》公映，桥本忍都在报纸上给予恶评，甚至说《七个梦》的好几个梦是凑数。

他分析，黑泽明中年成功，是有一个成熟的编剧班底陪着他耗。晚年作品衰退，是因为精力、财力无法保障"编剧先行"的工作方式，要寻求简化。连黑泽明都不能保障，何况是新手导演？

编剧先行，桥本忍讲得很炫，在老辈华人导演这儿，就不稀奇了，都这么做。我们传承俄国文艺，就是托尔斯泰的创作方法，他对一则新闻感兴趣后，会编出各种故事，花八年十年来确定构思，构思完成了，全书也就完稿了。

黑泽明讲自己早年学写剧本，是看了十五遍《战争与和平》。

他跟我们是一个来源，别买好莱坞剧作书了，看托尔斯泰吧，这是电影人正路。

一枪定稿，构思最先完成。编剧先行，构思最后完成。

没有成熟编剧班底作陪，导演只能自己写，但不能按正常剧本写，因为您不是编剧，写不了。所谓"画鬼容易，画人难"，没本事写正常剧本，就编几百字的鬼故事吧，编出十几个，也能找出构思。

这在教导演的编剧课上，叫"出现实"训练。不受现实约束，容易写。

比如，素材是：

一个家庭，夜里总亮着灯。因为家中五人都在写作，母亲是外国文学的翻译家，父亲写纯文学，曾以山东老家怪谈异闻为题材，三位女儿是新锐作家——没有构思，只能说明人才济济。

为寻找构思，先超越素材：

在一座岛屿上，父亲搞纯文学创作，挣不到钱。母亲为补贴家用，终于答应出版社之邀，翻译了一部外国童话，果然销量高。家里买了彩电、冰箱。

外国童话里有桃花仙子三姊妹。母亲的翻译，招来了仙子，还是外国习性，劫掠少女，给她们仨洗衣服。三个女儿被掳走，困在一条小溪边，整日劳作。父亲想起自己在大陆的家乡有僵尸传说，放弃纯文学写作，写起恐怖小说，企图招来一个家乡僵尸，从桃花仙子手里救出女儿。

每写十万字，就有一个女儿逃回家。写到三十万字，三个女儿都回了家。但她们爱上了写作，很少出家门，晚上也不睡觉。

许多年后，父亲弥留之际，问母亲，你有没有觉得三个女儿奇怪，可能家乡僵尸并没有来到海岛，是桃花仙子化为女儿的形象，进了咱家。

母亲答，咱家的房子，是你写的三十万字稿酬买下的，当初写恐怖小说，决心很难下吧，所以你编了个"救女儿"的故事，来说服自己？

父亲过世后，三个女儿和母亲相依为命，还住在老房子里。母亲八十岁时，一位来自父亲家乡的人到访，说父亲三十万字的书今年在大陆出版，他看到后立刻赶来，问屋里的三个女儿："可以把人家女儿放回来吗？"

——这种，导演还是可以写的。原是写家庭，写出了离恨乡愁。编多了，就找到了构思。构思，不是哲学，是哲学化的情节。怎么解释这个浓度比例？ 特吕弗评价刘别谦说："他不拍思想，拍有思想的男女。"可引申为，不要写思考，要写值得思考的状况。

找到构思后，再将其转成一个现实故事。没钱雇编剧，导演就自己写成完整剧本。写得再差，也是独特作品，可以找投资了。

有钱了，再雇编剧重写，只要不是投资方要亲自写，事情就还可以进行下去。

26 ⊙ 技巧型父爱、文人清气、剪刀即匕首

十六回百忙之中，还交代了贾雨村跟贾琏混成了酒肉哥们，

十七回一句话交代跟贾政混成了诗文笔友。看来经过王子腾调教，上了道，贾政放他跟贾府渐近。

淡淡抹上一二笔，此人未断绝，读者之后好看他下文。

十七回，省亲别墅基本完工，贾政带一堆门客视察，遇上在园中玩的宝玉，于是让他给各景点题名。看似偶然，实际在贾政谋划中，如果没碰上，也会让人把宝玉喊来。

十八回揭秘，宝玉三四岁，已能背书三四千字，是姐姐元春当启蒙老师，亲自教的。这个教育太厉害了，我们一代家教最好的，三四岁能背四百字，二十首唐诗的量，爷爷奶奶是得宝的高兴，一般是识百多字，白话文是会百多字就有连蒙带猜的阅读能力，可看小人书了。

元春入宫日久，回娘家省亲，听说景点由宝玉题词，是园丁看到草木结果的欣喜。为让女儿高兴，贾政煞费苦心。

父女见面，贾政一直以臣下自居，不谈父女之情，说出好长一段官样套话，却说得元春十分感动。父女之间隔着帘，一群太监、护卫监督。有宫里人在场，就不是父亲见女儿了，是五品官见皇妃，只能说套话。拉家常，会被检举违背礼节。

但套话也可说出真情，词汇表达不了，还有语气声调。以下是我高中学美术时的听闻，电影明星赵丹，晚年入了画家圈，七十年代末的事。一位画家问，传说您年轻的时候，读一份菜谱能把人读哭了，真的假的？

赵丹表示他现在也可以，手边没菜谱，拿了张报纸，读"生活小知识"栏目。"如何洗毛毯、被猫抓了要不要去医院"的词，读出了《哈姆雷特》的悲怆，在场画家深受感动，日后回忆说是

"无法形容，有幸得见"。

贾政也如此，不需要赵丹那么高的技巧，亲人间可以感受到。隔帘谈的唯一家常话，是最后一句，说得不合适，现场的太监侍卫也来不及管了，说园中景点是宝玉题词，画龙点睛，一语将女儿逗笑。

高度技巧的父爱，贾政形象立住。

十七回，宝玉题词，显示出他就是个高官坯子，门客们考虑如何配合景色，他考虑的是配合皇妃的身份，想出了一堆俗词。

贾政有文人的一面，听到宝玉创意，想的是"还是宝玉吗？这孩子怎么比我还官场？"文人情怀使然，竟有些不高兴。

十八回元春回家，看不上宝玉的词，一路走一路修改。脂砚斋看到这儿，以作者熟人的身份，批评曹雪芹本人诗词不好，写不出彩儿来，连累了宝玉。

对于别墅里诸多景点，贾政最爱一处农村茅舍。北宋审美，从唐朝的浓烈华丽转向素雅，到元明之际，文人审美定调，以"枯寂冷清"为上品，代表是倪瓒、董其昌、浙江一脉山水画，山孤水寒，万象凋零，树上没几片叶子。

不以繁华为美，是贾政口中的"清幽"。贾氏是战功起家，原本血勇，三代繁华，终于熏陶出了贾政，搞懂了文人宗旨。这是三代成果，贾政一时兴起，要点化宝玉。

不料惹宝玉反感，认为人为景观，弄巧就行了，偏要伪装天然，这个农舍虚假做作。惹得贾政怒吼"叉出去"，随行家奴持着军棍——军营、衙门、豪门共用的一种前段偏平的棍子，用于惩罚打屁股，两条棍子交叉，可拦人驱人。

宝玉还是人生浅了，认为天然和人工是截然两物，不知在政治里玩出山野之趣、在势利里洗出一身清白，方是文人宗旨。王羲之、谢安、曹植、阮籍、米芾、倪瓒都以"矫情"著称，活在俗世里，正是要做作，做作到极致就是天然。

宝玉被叉走后，贾政不甘心，又让叉回来，重新题词。宝玉还是官气俗词，贾政作罢，感叹宝玉今天无缘"清幽"，只能怪祖宗遗传爆发。

何为清幽？

元春归来，一路改宝玉题词，那是贾政心目中的正解。

贾政说，让宝玉题词，不是考文采，是考清浊。清气上升，浊气下降。明清的官场经验，一人有"清幽"之气，不会离群索居，恰恰有大众缘，可为人上人，成一时翘楚。

日本二战后的棋坛，坂田荣男是鬼才相、木谷实富贵相、藤泽库之助血勇、雁金准一高傲、桥本宇太郎威严，独吴清源是一股文人的清幽之气，所以他是王中王，击败所有棋豪。

晚清颓败，朝廷在报纸上公布皇帝照片，用光绪的文人清气，稳定民心。慈禧国际声誉坏，1904年聘外国画师，隐去本人霸相，画成一副文人清气，拿到美国圣路易斯国际博览会展览。她是以本土经验，应对洋人，不料真的造成欧美报人改观，坏话顿减。

老旧中华，早不是"以貌取人"了，以气质取人。相信个人气质，能改观现实。宝玉遗传显现，此时还是浊的。

游园之后，贾政回书房。没让走，宝玉只好跟随。贾政又当众训斥他，叫他走人。官宦人家，父亲不会当众训斥儿子。迎接官场身份高过自己家的客人，要在客人进入地界的船码头、火车站、大路口，为表示隆重，由作为家族继承人的长子去迎接，此时父亲没有长子尊贵，因为长子代表祖宗。

宝玉的哥哥死了，他成了长子。传统的父子关系，是麻秆打狼两头怕——狼怕白色，一根白色的稻谷秆可以吓住狼，但不敢真打，一打就断。父亲不批评儿子，让妈妈批评，自己不教儿子读书，委托外人教，完全屏蔽掉父子冲突的点，保证儿子对自己全然好感，忠心耿耿。

所谓"多年父子成兄弟"，全家人里，父子俩感情最好，父亲不冲儿子摆架子，从小客客气气，这是官宦人家、书香门第的常态。父亲压迫儿子，万一激出个逆子，影响家族继承，就对不起祖宗了。

贾政一见宝玉就骂，极为反常。曹雪芹为表示贾政别有用心，小说要以非常之事，设立悬念。

宝玉挨骂走了，碰上几个奴才讨赏，不要钱，扯走饰物，更值钱。宝玉少了一身东西地回来，黛玉见了，以为自己送给他的荷包皮也让他送了人，登时恼火，把正给他做的香囊给铰了。

京城婚礼，混有草原遗迹。新娘要在马鞍上蹭身子，表示是被新郎骑马抢来的。新娘迈火盆，表示跟以前的所有男朋友断绝关系，即便新娘没交往过任何男友，假定女孩婚前都很开放。

中俄的草原是一整片，习俗共同，塔尔科夫斯基在《安德烈·卢布廖夫》中拍过，画家卢布廖夫误入乡下的集体野合场面，乡女每经过一男子，便站梯子上，火盆烘腿，象征恢复贞洁，可以找下一位了。

京城新娘上轿子前，妈妈会送上把剪刀揣怀里，说是吉祥物。本意是，如果被掀开盖头后，看不上新郎，就一剪刀攮死他。清朝和民国，京城女孩剪刀不离身，等于匕首。妈妈要教给女儿，用剪刀怎么杀人和自杀，都很快，一二秒办成。

京城混混见到女孩都客气，她们真敢杀人，调戏她们，等于把喉咙往剪刀上送。因为京城是这习俗，看到黛玉铰香囊，我的反应，她的心态不是"这个不给你"，而是将香囊当宝玉，要一刀给杀了。

所以宝玉来气，揭开外衣，表示荷包皮藏在里面，并不曾给下人抢走。显示自己有理后，把荷包皮扔给黛玉，耍脾气说不要了。作为京城豪迈大姐，黛玉怎么可能服软？下剪刀再剪荷包皮。

结果是宝玉服软，笑脸求饶过。

这就是我从小看到的哥哥姐姐们吵架，女方百战百胜，因为女人急了，真敢做绝事，男人玩不起。

黛玉从南方归来，两次露面，一次比一次厉害。第一次抛狠话，第二次办狠事。元春归家省亲，请贾府同辈作诗，宝玉不行，黛玉脱颖而出，又显才华。

楔子至十八回，为"发生段落"，全书各条线索铺陈完毕，构图已成，将要上浓墨重彩。十九回开始为"发展段落"，发生、发展交界处，黛玉形象突出，读者后面要看她。

第二部分　十九回至四十六回

1 ⊙ 焦点变盲点、两山对峙、拨弄法

电影剧作最关键的，不是人物、事件，是情境——超出常识的局面。比如，想拍表现广东两大名拳蔡李佛和咏春的电影，了解武功差异、代表人物个性差异，仍写不成剧本。直到一天，通过采访了解到在二十世纪六十年代，蔡李佛宣称专克咏春，咏春宣称专克蔡李佛。

你俩到底谁克谁？天理何在？

没天理，正好拍电影。

情境大于悬念。悬念对一件具体事存疑，情境是对整个生活存疑，"还是地球吗？还是人类吗？"的级别。生活庞大，电影来不及介绍生活，只能反对生活。两小时片长，刚够唱反调。

希区柯克以"悬念大师"著名，其实靠的是情境。1945年《爱德华医生》的情境是，精神病院更换院长，一个女医生期待新任院长到来，她一直在研读他的著作，新院长到来后，她发现他越来越像著作里的精神病人。

1954年《后窗》的情境是，一个摔伤了腿的报人，闲在家里，用摄影器材偷窥邻居生活，根据片面信息，推理出对面楼里出了杀人案。他处在闲极发慌的状态中，但报人素养，令他言之凿凿，两个女人相信了他。

都很精彩。

轮到悬念，登时无趣。《爱德华医生》故事中段，当确定来接任的就是个精神病人后，"谁杀了真院长？"成为最大悬念，只剩下找凶手。不出观众所料，就是不愿卸任的前院长。

好没意思啊。《后窗》也是，一旦确定对面邻居真的杀人，影片就得马上结束，捉捕凶手越快越好，不怕草率，怕观众的兴趣撑不住。

《红楼梦》在电影发明前，已有电影思维。十九回写宝玉，这个贾家人人瞩目的中心，突然陷入被完全忽视的境地。

宝玉去宁国府看戏，不料是弋阳腔，俗鄙热闹，于是偷跑开。跑出个寂寞，发现平素围着他的人都不见了，大家认为他在剧场，时间上有空当，便各玩各的去了。众人焦点，成了众人盲点——曹雪芹以这个反常局面，重新开始，再写宝玉。

十七回的宝玉，是个俗孩子，长大后老奸巨猾——人生的一种极大可能。十九回的宝玉，是个天生的庄子，视一切平等、一切有灵，物与人一样，想起宁国府一间闲房有张美人画，不是去赏画，而是由自己寂寞，想到它也寂寞，要去陪它。

到了后，发现自己的仆人茗烟正跟丫鬟万儿偷欢。宝玉小孩心性，不会"君子成人之美"，要看人惊恐羞愧。秦钟活着时，跟尼姑智能儿偷欢，宝玉便突然扑到他俩身上，破坏之。此时一样，一脚踹进门去，高喊女方快跑。

恶作剧，乐一下，排遣不了寂寞。宝玉的大丫鬟袭人请假回家了，宝玉让茗烟带自己找袭人。君去臣家、主去仆家，不合礼节，都要提前几日通告，否则臣可以拒君、仆可以拒主，不让进门。

宝玉到来，吓坏袭人一家人。仆拒主的理由，是来不及准备招待的东西，君、主不打招呼，随意来臣、仆家，臣、仆必然失礼，所以臣、仆可以用不想获罪为由，拒绝君、主进门。

袭人的哥哥、母亲倒不敢不让宝玉进门，进门后，是无法招待的尴尬，家里的杯子、零食都不够级别。袭人未得宝玉同意，擅自做主，摘下他玉佩，当稀罕物给家人看。她特别爱这样做，黛玉入贾府的第一夜，失眠流泪，袭人就要拿宝玉的佩玉哄她。黛玉知礼，拒绝。

袭人的家人则每个都摸了把，一直写袭人细心，此处显示她粗鲁，人物多一面，从而立体。之后再写她细心，为掩饰"主访仆宅"，要哥哥送宝玉回去，别骑马让人看见，雇顶轿子藏身。

在袭人家，留下两个悬念，一是袭人的粗鲁，二是宝玉进门时袭人刚哭过。粗鲁会坏事，坏什么事？此处点了一笔，读者落下印象，不用立刻揭底，可以远远地放在后面再说。

落泪，太鲜明，要在本回解决。

宝玉给送回贾府后，袭人随后也回来了，讲她家富裕了，要赎她出奴籍，正经嫁人。引得宝玉伤心，不忍离别。此时，曹雪芹倒叙，交代袭人在家为何哭，原来是她习惯了在贾府，不愿出奴籍，说贵族家奴才强过常人家小姐，拼死拼活，不让家人赎她。

袭人说自己要出籍出嫁，为试探宝玉，宝玉的反应令她满意。作为宝玉房中头牌丫鬟，有拘束宝玉性子的责任，借机提出四大要求，诓说宝玉答应，她便留下。

这四大要求，是曹雪芹用袭人的口，描述宝玉四大特征。

京城口语，其实不太文明，祖上打过仗的人多，爱把"死"

字挂嘴边，浓重的兵户气，贵族和平民都这样。袭人跟家人吵架，"权当我死了""刀搁在脖子上"的词随口来，宝玉也是动不动就说"等我有一日化成了飞灰（火葬）"。

袭人第一个要求，是让宝玉改口，文明点。别人说死，是口语习惯，宝玉说死，是真这么想。从死的角度思考问题，是宝玉第一特征。

第二要求，不要讥讽读书人。袭人提供了两条罪证，宝玉嘲讽为当官而读书的人为"禄蠹"——国家蛀虫，宝玉还说除了"明明德"之外无书，都是前人自己不能解圣人之书，便另出己意，胡乱编纂出来的。

"明明德"一词来自《大学》首句："大学之道，在明明德，在亲民，在止于至善。"朱熹注释为，神圣君主的学问，在于明白真理、改变大众、保持完美。

明清科举，以朱子注释的四书为准，《大学》是四书之首。明德一词，朱熹引申为，真理、物质结构、社会规律都刻在人的大脑里。

等于说，爱因斯坦发明的相对论，不是他发明的，原本就在他脑海里，也在每个人的脑海里。只是由于人的后天习惯，糊涂了，要靠数学推演、物理实验，一番辛苦才能求证出来。

知道了一切都在我们脑子里，犹如导弹的芯片，那么便可以在现实里少些折腾，直接明白，为"明"明德。明清科举，考试内容竟如此魔幻，难怪选拔出来的官员敢贪污腐败，他们是漫威里超能英雄的人生观。

朱子在他活着的时代南宋，一度被视为伪学——假儒学。南宋禅门大师辈出，陆象山借用禅宗眼光，为看清儒家，还是在总结儒家本地风光。朱子热衷建立庞大的学术体系，要搞禅学和儒学的拼接，夹生混乱。他解释"明德"为"虚灵不昧"，是禅宗式词汇。

因政府提倡，南宋伪学成了明清正统。明清读书人多知道朱子学问不行，以批朱子为乐。支持朱子的，会说他学问行，写文章不行，吃亏在写不清楚，于是帮他改话。改成陆象山那样，"朱陆调和论"是儒家一大派。

王阳明门下，甚至伪造出一篇朱子晚年文章，让他跟王阳明一致。当然，也有学者考证，那是朱子真迹，是他真本事。

对"明明德"一句的注释，朱子用词混乱，意思不错，跟陆象山一致。宝玉认为大部分人不能明明德，所以伪造学问。追求心灵彻悟，为宝玉的第二特征。

袭人的第三要求，是不要毁僧谤道、调脂弄粉。两个词，是一个事，僧道弃绝女色，宝玉反对，调脂弄粉是亲近女色。爱女人，是宝玉第三特征。

第四要求，不要吃女子的口红、见了红衣女子就喜欢。口味、视觉贪恋红色，为宝玉病态。

列出四大特征，第十九回的宝玉形象强过之前的十八回。

前十八回，黛玉个性刚硬，十九回重启，写她柔软。这便是电影的人物写法，每一场戏都换了个人似的，不求连贯，求差异。

黛玉前几日熬夜，乱了生理，白天睡觉。困倦令她柔软，宝玉认为，违背天时，会睡出病来，于是插科打诨，逗她度过困意。

二十回，作者偷过了岁月，宝钗要过十五虚岁生日，那就是马上十四岁,那么宝玉该十二三岁,黛玉十一二岁,相当于小学四五年级。黛玉对宝钗的嫉妒心,不是男女之情的嫉妒,是儿童的独占心理。儿童爱搞跟谁"最好",我们在幼儿园、小学、初中都会有一个"最好"的同学。

黛玉和宝玉结成"最好"关系,宝玉时时向黛玉表忠心,黛玉也知道宝钗破坏不了,但黛玉喜欢欺压宝玉,总拿宝钗挑事。岁数小的孩子,特别爱找一个岁数大的孩子欺负,有成就感吧。

大孩容让一次小孩,小孩就没完了。妹妹训斥哥哥、弟弟管教姐姐,是华人家庭的常态。找到一个能欺负的人,十分惬意。

宝玉的奶妈李嬷嬷,惹不起黛玉,就尝试欺负袭人。袭人受寒,闷在被窝里发汗。李嬷嬷说她对自己不敬,见自己进屋,装看不见,不起身迎接。李嬷嬷飙脏话,惹满屋丫鬟不满,纷纷顶嘴,替袭人出头。

李嬷嬷自知不得人心,于是喊委屈,自己先哭了起来。京城人情,似乎谁先哭,谁就有理。丫鬟们人生浅,哪儿应付得了老油条?袭人有经验,你哭我也哭,她一哭,李嬷嬷没法收场了,王熙凤赶来救场。

她对下人严厉,却善待奶妈,对贾琏的如此,对宝玉的也如此。丫鬟们烦李嬷嬷,因为她身为奴才,却摆主子架子,德不配位。王熙凤一贯当奶妈是主子身份,好言劝慰,拉李嬷嬷去自己屋吃大餐。

王熙凤对奶妈的柔软,令读者意外,本以为她会雷厉风行地主持公道。曹雪芹加写一笔王熙凤的刚强,反向衬托,把"为何对奶妈柔软"的疑问做大。

从宝玉庶出的弟弟贾环写起，他是陪房丫鬟所生，奴才生出的主子。他去宝钗屋里赌钱，输给宝钗的丫鬟后，想赖账不给，宝钗会做人，说丫鬟没赢。丫鬟不干，嘲讽贾环没主子样，贾环气哭。

假痴不癫的宝玉，认为贾环跟自己不是一母所生，作为哥哥，并不方便管这个弟弟，平日保持距离。此刻被贾环的下贱样搞烦，火气上来，违反一贯原则，出口教训，赶走了他。

贾环回去找母亲赵姨娘，诬陷丫鬟赖账、宝玉欺负自己，激起赵姨娘因位卑而有的不平衡心理，骂儿子，别人看不起你，你还凑上去，是自己丢脸。将贾环拉低到下人地位。

曹雪芹写贾环，为绕到王熙凤身上。王熙凤路过，听到赵姨娘的话，大骂赵姨娘原本一个下人，怎能教训主子？你儿子跟你没关系。随后把贾环带走，给钱，安排去玩，强调他是主子，不要自轻自贱。

王熙凤连贾政的侧室都敢骂，更显出她善待奶妈不正常。这是个蔫包袱，读者察觉不对，预估王熙凤日后要在奶妈问题上跌跟头。小事做大，留下悬念。

以上是剧作分析。

以风俗分析，则因奶妈在帝制时代，地位本高。明朝皇帝的奶妈，可以像皇帝生母一样，插手官场。清朝皇帝奶妈的儿子，可破例，当皇帝伴读（按规矩，皇帝伴读须是贵族子弟），长大后可居经济要职，可当省级大员。

贵族家模仿皇室作风，王熙凤善待奶妈，是她懂事。

1987年中外合拍片《末代皇帝》里，奶妈因给七八岁皇帝喂奶，被老太妃们认为有违人伦，强行掳走，从此隔绝。不符史实，溥仪的奶妈随他出走天津、满洲，随到死。

导演贝托鲁奇这代西方小孩，多一岁断母乳，改喝牛奶，因为资本主义蓬勃发展，母亲要出门工作。旧时代华人，妇女居家的多，雇不起奶妈，母亲就自己当奶妈，男孩四五岁还吃奶是常态，家有奶妈，能吃到七八岁。二十世纪四十年代生人的一辈多如此，五十年代零星还有。

京城老头以断奶晚为荣，显得童年家里经济优越，我从小听闻，本以为"吃到十一岁"是极限，前几年听到个吃到初中二年级的。《末代皇帝》错拍了，符合人伦。

史湘云的正式亮相，作用跟贾环一样，写他为写王熙凤，写史湘云为写黛玉。宝玉宝钗听到史湘云来了，在贾母屋里坐着，两人赶去，发现黛玉先一步到，正跟史湘云说笑。愉快气氛下，黛玉要开玩笑，一贯地，又拿宝玉、宝钗打趣，说宝玉不早来，原来绊在宝钗处，要不然早飞过来见史湘云了。

扯上史湘云，为给宝玉和史湘云搭话，宝玉的正确应答方式，是哈哈大笑，完全接受黛玉的调侃，引起一屋人都笑，然后陪史湘云说话。

不料，作为人情机灵鬼的宝玉，犯了傻，理解错误，以为黛玉真的在意他去宝钗房里，辩解："只许同你玩，替你解闷儿。不过偶然去他那里一趟，就说这话。"

黛玉大怒，是郭德纲对于谦的愤怒。大家不是一起说相声吗？我拿你家人开玩笑，你还真急了呀。我在逗大伙，你不捧我，令我的话失去效果，多拆台。

宝玉接错了话，显得黛玉人无聊，心眼里只有男男女女。气得黛玉离去——由此看出两点。一、黛玉不再是刚入贾府时，那个处处小心的女孩了，在贾母娇宠下，原形毕露，当着贾母的面，敢使性子。二、史湘云是典型配角，她的正式亮相，竟可处理得如此轻率，完全不写她。

黛玉回到自己房，宝玉跟来道歉。黛玉发飙的话，典型老北京，兵户气浓烈，张口狂甩死字。"我死，与你何干！""偏说死！我这会子就死！""倒不如死了干净！"

把史湘云晾下，不合适，宝钗拉走宝玉，让他好歹去应付几句。宝玉去了，很快赶回，表示"咱俩最好"的关系不可动摇。

看到这儿，令人感慨。黛玉这个爱当众拿男女关系逗乐的习惯，是哪儿来的？贾府内没人敢呀，至今回目，一贯放肆的王熙凤也没当众开过这种玩笑（后来她有），黛玉是独一份。大家都不这样，没这种氛围，不能怪宝玉脑子反应不过来。

兵户两大习气，要死要活地说话，爱当众开男女关系的玩笑。前一个感染京城，普遍都有。后一个，读书人家忌讳，工商人家会说，但也说得不多。两百年后，二十世纪七十年代末，工商阶层普遍脏话，开始讲荤段子，大学里稍晚，老师们回忆，八五、八七年的样子，王志文一届似乎是首批。

她父亲林如海是文人做派，只能推测来自母亲贾敏。贾敏身为贵族小姐，却染上兵户气，此处悬疑，不知是怎样的故事。两位哥哥贾赦、贾政对贾敏感情一般，估计是妹妹豪迈，从小惹哥哥们讨厌。

见宝玉认错态度不错，黛玉批评他"说话怄人"，指明并非自己嫉妒宝钗，是你在场面上不会说话，让我下不来台。

史湘云尴尬，自己刚来，惹得哥哥姐姐闹掰，赶来黛玉房里看。黛玉会打圆场，见了湘云，又开玩笑。只是她兵户气的打圆场，确实在贾府不和谐，还是拿男女关系开玩笑，说史湘云大舌头，叫宝玉"二哥哥"，听着是"爱哥哥"。

不料湘云是个对手，反击说黛玉将来嫁个大舌头男人，逗乐众人。黛玉的兵户气是母亲一人感染，湘云像是在兵户区生活过，心理强大，口才技高一筹。黛玉的逗乐，常搞得大家不知所措，湘云的逗乐，意思清楚，效果自然。

湘云晚上跟黛玉一床睡。黛玉体弱，裹得严实。湘云火力壮，胳膊露被子外。睡姿显出不同性格。

次日，湘云给宝玉梳头，黛玉对湘云并无嫉心。黛玉宝玉之间类似恋人拌嘴的话，是黛玉走向成年的试验，按老话说是"虚龙假凤"。曹雪芹加写了一段袭人跟宝玉的拌嘴，真假立判，显出黛玉还是儿戏。

宝玉一再被女孩批评，不再出去玩，闷在屋里看《庄子》。读："灭了圣人，国贼也就灭了；灭了珍宝，窃贼也就灭了；灭了政令，才有公正；灭了商业，才有诚信；灭了名人名言，人们才会说话；灭了音乐、绘画、工艺的大师天才，人原本的听觉、视觉、手感才能恢复。"（翻译）

看得高兴，宝玉续写。吓坏脂砚斋，批为："敢续《庄子》？"

宝玉写的是："赶走袭人，开除麝月，她俩才能知道该怎么跟我说话。毁掉宝钗的漂亮，抹灭黛玉的才华，她俩才能知道该怎

么跟我说话。唉，她们四个，像罗网陷阱，祸害天下人。"（翻译）

抒发完了，痛快睡觉。次日醒来，恨意全无，宝玉依旧关心这个关心那个。

宝玉续写《庄子》是恶作剧，没哲学，模仿来的词句，谈不上文笔好坏。不料得脂砚斋盛赞，批为"直似庄老，奇甚怪甚！"——像极了《庄子》《老子》，太有才华了。

气笑读者。脂砚斋是人生好友，读书良伴。心情烦闷，看他批语，能大笑三百声，所有阴霾一扫而空。

之后，曹雪芹写起贾琏通奸下人媳妇、跟陪房平儿调情、受王熙凤盘查，以成人性欲，对比宝玉和四女的年少情谊。

二十二回，薛宝钗过生日，贾母拿出二十两，要王熙凤办酒席、请戏班。王熙凤嫌弃贾母给少了，明显是要自己往里添钱，还说贾母的小金库是为了死后都给宝玉，不舍得给其他儿孙。这番坏话，博得满屋子笑，贾母被往"死"里说，却最高兴。

以王熙凤为标杆，袭麝黛钗四女的说话技巧，确有提升空间。上一回，宝玉和女孩们说话，一说就对立，因而烦恼。这一回，曹雪芹就专写一个会说的，评书艺人的思维吧，评书就是卖口才，王熙凤这段言语，他会在茶馆里说得让观众喊出好来。

宝钗生日那天，宝玉讨好黛玉，问她想看什么戏，他去点。黛玉依旧霸道，见面就损人，说你自己花钱雇一戏班，我爱看什么点什么，算你诚心，借别人雇的戏班给我点戏，不害臊呀。

宝玉学乖了，逢黛玉霸道，哈哈笑就行，千万别争辩。哈哈笑地拉黛玉去看戏，果然没事。

黛玉这番话，为对比王熙凤上一番话。王熙凤能把歹话说成好话，黛玉能把好话说成歹话 —— 曹雪芹细致，时时照应，在文法里叫"两山对峙"法。

黛玉不爱看戏，宝玉怕热闹戏。薛宝钗点的戏是《鲁智深醉闹五台山》，遭宝玉嫌弃，认为是粗俗打戏。薛宝钗说唱词高明，念出一段，宝玉大受触动。

顺下来，要写宝玉因戏词而悟道。但"顺理成章，不是艺术"，曹雪芹先搞出一段别的事，再进入正文，为"拨弄"法。犹如年底结账，会计正式打算盘前，先随便拨弄会儿算盘珠子，活跃活跃手感。

有个十一岁的小旦，化妆后像黛玉。黛玉平日嘴里没好话，众人不敢拿小旦跟她开玩笑，独史湘云粗心，说像黛玉。惹得宝玉瞪了她一眼，要她住口。

看戏结束后，湘云冲宝玉发脾气，宝玉拿出哄袭人、黛玉的言辞来哄她，惹得湘云更不高兴，她根本不想跟宝玉亲热到这种程度，说宝玉恶心，铮铮铁汉地离去。

至今为止，所有同辈女孩都跟宝玉近乎，独湘云不来这套。一笔成形，湘云有了特色。宝玉朝湘云使眼色，把黛玉也得罪了，认为他这么做，在众人面前，显得自己小气，玩不起。宝玉两头不讨好，郁闷下，想起戏词，猛然大哭，忽然觉悟。

多出这一番拨弄，弄出个情节高潮点，情节高潮点上的悟道，方精彩。因为听了戏词，所以悟道 —— 这是因果。要满足因果，宝玉只能在戏台下悟道。写剧本，要时时小心自己陷入因果思维。写剧本，是作情绪，不是作因果。

令宝玉开悟的戏词为"赤条条来去无牵挂"——剥离了记忆、思辨的存在感，南宋禅门形容为"虚灵不昧"，晚明以来多以"历历孤明"形容，它是唐朝旧词，在明末复活，广用至今。

宝玉写了首证道诗："你证我证，心证意证。是无有证，斯可云证。无可云证，是立足境。"——认为有个道，可追求、可证明，都是在瞎搞胡闹。你能感觉到你存在，这个感知就是道。不需要追求、证明，它本来在，一直在。

之后宝玉模仿北宋《碧岩录》做法，再写唱词解释诗意。"无我原非你，从他不解伊。肆行无碍凭来去，茫茫着甚悲愁喜，纷纷说甚亲疏密。从前碌碌却因何，到如今，回头试想真无趣。"

——我们从小到大经历许多事，时过境迁后，似别人的事。存在感和"我"的关系，犹如戏子和角色，戏子演各种角色，又跟角色没关系。

你以为一岁到几十岁的你，是同一个人。其实早就换了无数次，大脑凭着几个记忆细节，拼凑出一个连贯人物。

存在感变出种种思想、性格，犹如浪花朵朵，每个打到岸边的浪都不一样。打工仔的你，梦中是公司总裁——你知道两者巨大差距，不知道今日的你和昨天的你，也是这么大差异。大脑过滤掉差异性，造出"我还是我"的错觉。

2 ⊙ 口头禅和文字禅

宝玉的唱词内容，如顺着证道诗往下写，会成罗列诗词，失去情节了。所以词的内容不交代，由黛玉的眼睛展示。

曹雪芹把传统小说变得前所未有的细腻，以作诗的思维来写小说。诗的字数不多，忌讳"合掌"——左右手可重合，表示重复了。所以写了诗，不能再写词，避免重样，要空开、换视角。

黛玉来宝玉房，看吵嘴后他是否生气，宝玉早睡了。看过宝玉唱词，觉得"是顽意儿，无甚关系"。脂砚斋批语，担心宝玉要真悟道了，那就成《高僧传》了，小说还怎么写？看到黛玉不认可，松了口气。

太可爱了。

黛玉为笑话宝玉，拿回自己屋给湘云看。湘云哪儿看得懂？黛玉无趣，睡过一夜后，拉湘云找宝钗。再次证明，她对宝玉不是情人之爱，对宝钗无嫉妒心，是嘴上说着好玩，宝玉、宝钗都是她的玩伴。

宝钗在人物塑造上，一直没光彩，礼貌周到，对上会装样、对下能识别，日后的持家型人才。此时露峥嵘，说自己误导了宝玉，宝玉没悟，是疯了。将诗词撕了，还命丫鬟把碎纸烧掉，一点不留。

完全禅师做派。打击初悟者，不要停在第一次的思维逆转上。她不是针对宝玉，眼前是黛玉，如此做作，是要点化黛玉。

黛玉没明白，见宝钗撕稿，觉得宝钗会玩，非常高兴，拉宝钗、湘云一起去戏弄宝玉。宝钗见黛玉没应上契机，也不强求，随黛玉玩去了。

到宝玉屋，黛玉劈头盖脸发问："至贵者是'宝'，至坚者是

'玉'。尔有何贵？尔有何坚？"宝玉答不出。三女大笑，湘云是凑热闹的，不知内涵，但喜欢看宝玉窘样。

看过《指月录》的明清读书人，对这问题难不倒，一旦被问有什么，知道问的都是"赤条条的存在感"——有没有最初的开悟体验？

存在感，人人都有，人人忽略。可以回答："贵如宝钗之钗，坚如黛玉之玉。"表示，你有我有。也可举手做出托盘送餐状，说不出，但可以送给你，表示我真有。也可以开玩笑，说："拿钱来买！拿头来换！"

表示的确有个东西，问者便明白你知道了。

这是口头禅，读书读来的答案。看过书，便答不错。宝玉对禅宗书籍看过点，还不熟，不会玩这游戏。

黛玉否定宝玉的诗词，不是宝玉不对，而是笑他初级。笑过后，提拔宝玉，将原诗的"无可云证，是立足境"，改为"无立足境，是方干净"——赤条条的存在感，是打破生活惯性、思维逆转的第一步，凭着它，人生可以翻盘了。存在感，是头脑所能理解的最接近"道"的东西，其实还是头脑的错觉。

存在感抛弃了记忆、思辨、生理本能、性格，最终要将它也抛弃。它消失了，说明错觉才彻底没了，终于脱离了大脑的迷宫。

听到黛玉理论通达，宝钗起了兴致，再次点化她，说黛玉所言，完全符合《坛经》名偈："本来无一物，何处惹尘埃。"高捧黛玉后，又说存在感消失后，还没完，请宝玉再悟，"本来无一物"是什么物？

宝玉程度，肯定答不出。宝钗问宝玉，实是问黛玉。黛玉沉浸在被表扬、捉弄宝玉的双重快感中，感受不到宝钗在问自己，叫宝钗别问了，我已经把理论说清楚了，宝玉顺着我的话延伸，就能找到答案。答出来，也不算本事。

黛玉强调在问答上，宝玉输了，让宝玉不要再参禅。以胜利者姿态，贬低输家："你资质太差，干不了这事。"话上要威风，不是真不让。

宝玉是真实体会，吃亏在没黛玉、宝钗看的书多。佩服她俩在这方面，先行于我，但认为她俩还是口头禅，是理解，不是真悟。不想做口头之争，于是服软，说自己不再参禅，满足了黛玉的霸道。

宝玉小孩，心胸开阔。秉性狭隘，不可能怜香惜玉。红颜薄命，是遇不到大心之男。本回的黛玉活泼之极，处处拔尖，真是个妹妹。之前回目是性格刚硬，此回是前所未有，一个生命力旺盛的黛玉。曹雪芹笔法，写人多变。

黛玉的表现，连累得宝玉认为宝钗也是口头禅，宝钗对点拨宝玉不感兴趣，没冲宝玉使劲，所以宝玉感受不到她的水平。

宝钗没老师，她也是看书看的。黛玉凭着聪明，从书中梳理出一套说法，逻辑完备，为口头禅。但有人看书，能像是听交响乐似的，感同身受，跟作者修为产生共鸣，读一页书的效果等同二十年山中打坐——这种情况，叫文字禅。

文字禅是明末现象，紫柏、憨山、蕅益、汉月都不是传统的拜师，没有师父领着修行，是读前人著作读成了大师。他们无师承，不好称宗师，称为"尊宿"——水平高，不知哪儿来的。汉月有个名义上的师承，并未受教，还批判师门学术错了。毕竟拜过师，不好称尊宿，但是尊宿性质。

宝钗也如此。尊宿般的她，终于人物形象立住，有了特色。

此处留下个悬念，宝钗问的"'本来无一物'是什么物"，因黛玉不应机缘，未得答案。当然，原文没这句话，写的是"只是方才这句机锋，并未完全了结，这便丢开手不成？"是我为读者看明白，联系二女之前交谈，捏造的这句。

《红楼梦》有五个书名，内含五部小说，其中的《情僧录》是修真小说写法。宝钗此问，是《情僧录》宗旨，在后四十回给答案，不是《巴黎圣母院》《战争与和平》般插入哲学论文，是以情节写哲学，答得精彩绝伦。

单以《情僧录》衡量，后四十回不可能不是曹雪芹真笔。

二十二回后半，写猜谜语。曹雪芹一贯一波三折，从不会做单一事件。从远在宫中的元春写起，回了趟家后，保持互动，她送来灯谜跟弟妹们游戏。

宝钗一下便猜到，但装作猜得费劲，迟迟未语，不抢风头。没有问禅一段戏，读者看她，会觉得是会做人的心机女，经过问禅，再看她表现，观感不同，肃然起敬，是高人隐身。

明清人玩文字，诗词比不过唐宋，玩起对联和谜语。元春玩过后，贾母兴起，也组局。局中贾政出彩，他在场，小辈人都紧张，贾母赶他走。一贯严肃的他竟然撒娇，说母亲爱孙辈，不爱儿子。

一下把大家逗笑，人也就留下了。猜谜时，故意猜不对贾母出的题，输给贾母许多东西。轮到他给贾母出题，让宝玉偷泄答案给贾母，又输给贾母许多东西。哄母亲高兴的孝心，古板形象中突然展露出办事的灵活性，令贾政形象改观，顿时可爱。

贾政输的东西，是特意准备的精巧礼物，贾母大悦，赐酒给他，母子俩玩起来，让他猜女孩们之前设的谜。

乐极生悲。贾政猜谜，惊觉不祥。元春的谜底是爆竹，一响而散。迎春的谜底是算盘，打乱的含义。探春谜底是风筝，飘飞浮荡之物。惜春的是寺庙里的海灯，冷清孤独之物。宝钗没出谜题，题了首诗，小小年纪，心境极老。

看伤了贾政，觉得女孩们的文字，皆是不祥之兆，贾家要败。华人玩字，认为一人所作之文，是此人品行真相，也是他命运真相。

文字多义，爆竹也可视为"一飞冲天"，元春宫中身份还会提升；算盘也可视为"进账"，迎春日后富裕，有财缘；风筝也可视为"遥控"，探春日后是个掌权人物；海灯是华丽装饰，说明惜春贵气，会联姻豪门；宝钗诗中忧患，所谓"生于忧患"，大富之家儿女，有忧患意识，是家中福相。

完全可以另做解释，贾政看出不祥，是他心中早有不祥。目中所现，正是心中所想。写诸女谜语，为写出贾政心态。

曹雪芹狡猾，先写贾政卖萌，让读者喜欢上他后，再写他忧伤，读者便跟他同心同德，伤心入骨了。此回过后，贾家下坡路开始。

3 ⊙ 黛玉葬花——答案早说

二十二回，宝钗的提问"'本来无一物'是何物？"还要度过漫长的五十八回，到后四十回才开始解答。读者等得绝望，茶馆里讲评书，此时要做"答案早说"的处理。

最初令人激动的悬念，拖延得太久，会失去效果。评书艺人此时插话，先说后果，不会因为露了底牌，失去听众，听众反而提神，更要听。

比如《三国演义》，三国里哪一国赢呢？是基本悬念，但一场接一场战役写下来，似无尽头。听众产生"谁赢都行"的倦怠情绪，评书艺人插一句"谁承想，七十年后，天下归了司马家。曹刘孙白忙一场"。

听众登时精神了。拿后果，给悬念加油。

二十二回的悬念，不用等几十回，二十三回就答了。

不是正式解答，是答一点。北京话啰唆，同时又吃字，八十年代北京公共汽车售票员报站名，吃字厉害，八王坟说成"扒坟"，车公庄说成"扯庄"，外地游客十分迷惘，一个地图上的地名都没有，以为到了泰国。

"一点"省去"一"，说成"点"。

问人是否一起吃饭，叫"吃点"；大伙凑钱，叫"掏点"；向你泄密，但不全说，给一两句，你完全听不懂，事后倒霉，向他抱怨："你知道情况，为什么不告诉我！"他问心无愧地回答："我点过你。"

二十三回，一贾家晚辈请王熙凤安排工作，贾政担忧贾家败亡，这就是败因之一，任人唯亲。不顺着写出，先点一笔，留到下一回再写。交代贾政对宝玉其实心里满意，看不上庶出的儿子贾环，兄弟相嫉，是败家之因。也是点一笔，下回再展开。

　　长篇小说是主线副线的游戏，这一回的副线，下回变主线，这回主线，下回可隐去。二十三回主事，是宝玉和黛玉共看《西厢记》，两人第一次从"男女"上想对方。

　　看《西厢记》前的事，是"哲学情节化"的典范。

　　皇妃省亲的园子，按惯例，皇妃走后，要封存起来，旁人使用是僭越。元春下旨破例，让贾府小姐们用，宝玉随着女孩们入住。宝玉日日快乐，一日无中生有，莫名烦闷，要生事，下人给他找小说看。

　　原文"谁想静中生烦恼，忽一日不自在起来，这也不好，那也不好，出来进去只是闷闷的"。在武则天时代，这句话就是对世界起源的解释。

　　受印度哲学影响，认为人间为假象，假象是真相造的。真相本来无一物，忽然"不自在起来""闷闷的"，造出种种物，无缘无故，称为"蠢动"。造世界，和造梦一样，想看见什么，梦里就出现什么。人造出梦，却错觉自己在梦中，误以为是梦造出了自己，自己受梦制约——此为假象。

　　宝玉蠢动，屋里待不住，跑去园中，逢上落花，不忍它们遭人践踏，捧花送入水中。宝玉爱花如爱人，此心此想，招来了黛玉现身。黛玉也在处理落花，忙得比他更早，认为花顺水流出园子，终会流到污秽地，还是糟蹋了。她要挖土掩埋，像人一样安葬。

　　认为环境和自己不同，便永在梦中。艺术可破梦，作诗、歌唱、绘画时，会个体超越，发生"他人、万物也是自己"的心理——这也是蠢动，不知怎么就这样了。轻易发生，并不费劲，只要挥笔或歌唱，是人都会有。

　　宝玉、黛玉待落花如亲友，是两人艺术天赋使然，保持这种心理，便会渐渐发现存在的一切为假象，本来无一物为真相——宝钗认为这种觉悟，还是人脑的思维，自以为出了梦境，达到真相，其实是另起了一梦，做起了"本来无一物"的梦。

　　宝钗看的《坛经》上记载，武则天派使者请禅宗六祖来皇宫，六祖用家常话点化了使者后，表示不去。使者说那您给她带个话吧，别是点化我的家常话，人家是女皇，得来点特别的。六祖说"烦恼即菩提"——假象就是真相。足够惊世骇俗，使者满意。

　　之后，武则天写来感谢信，说有这句话就够了，不必见面了。

　　假象是真相"蠢动"所造，所以这个令我们烦恼无边的人间，就是真相。"真相创造出假象"的说法，是为方便理解，让人展开思路的暂时说法，其实真相没创造什么，蠢动没有开始和结束，比如天上的云，云不是天的创造，云是天的一部分。

　　"本来无一物"是什么物？是万物。你在梦境中，全然享受这个梦，才是真的清醒。如看一场希区柯克的电影，恐惧、压抑都是享受。

　　《红楼梦》第一回，太虚幻境的对联为"假作真时真亦假，无为有处有还无"，便是"烦恼即菩提"。后四十回写宝玉终局，离家流浪。别以为他撒手不管了，其实管了全世界。别以为他对人间绝望，那时的人间，对他来说是无处不好、无时不妙的琉璃宝殿。

　　以上所言，是正统的儒家文化。明末儒家扩充了学术范围，"援儒入释"运动后，以前由禅宗阐述的哲学问题，改由儒家阐述。三四百年了，足够是正统。

　　马一浮是民国儒家代表人物，过世前给亲友的绝笔长诗，其中四句："乘化吾安适，虚空任所之。沤灭全归海，花开正满枝。"——您问我去哪儿，哪里我都去。水泡破了，并不是消失，水泡就是海水呀。别以为我没了，满世界都是我。

这是对宝玉结局的最好诠释。

发现宝玉带着《西厢记》，黛玉暂缓葬花，跟他一起看完。此书谈情说爱，宝玉小孩心性，学用书中唱词调笑黛玉。黛玉差点吓哭，大骂他，再次证明她之前对宝玉是发小之情，不是男女之情。

宝玉道歉后，黛玉松口气，恢复霸道，反而嘲讽宝玉不敢玩真的，说出"苗而不秀、银样镴枪头"的话，相当于今日"有本事来呀，光说不练，不算男的！"——标准的北京大姐，心理极保守，嘴上要惹事。

4 ⊙《无间道》与黄天霸——施恩体系

二十四回，主事是贾芸求职。穷孩子改变处境，正途是科举，没此心力，只好钻营人情。先写他谄媚，他十八九岁，宝玉开玩笑说你给我当儿子吧。宝玉小他五六岁，他竟要求玩笑话落实，当定这儿子。

他向贾琏求职，结果贾府新出的一个职位，没归他，归了向王熙凤求职的贾芹。贾芸想，选择错误，还是得求凤姐。

贾芹母亲属于宁国府，在王熙凤这里有面子，为笼络人心，王熙凤生造出一个职位给他儿子。元春省亲过后，做迎接礼仪的和尚道士没用了，贾政要遣散，王熙凤建议养起来，等元春次年省亲再用，比临时凑人要好。贾政觉得考虑周到，应允。

对公事的合理化建议，为完成私人交情——假公济私，是家族败因。贾芹就任，先预支他数月费用，高达三百两。每项开支均含油水，远高于市场价，故意给办事人好处，为贵族家的施恩体系。王熙凤很照顾贾芹母亲。

贾芸没有这种靠面子就能成事的母亲，要靠自己，得送礼。他先去开香料店的舅舅家，想赊出些香料送王熙凤。舅舅说店的合伙人刚定下规矩，拒不给各自亲戚赊欠，他不能破坏。舅舅说吃过饭再走，舅妈说家里粮不够。

对这份虚情假意，贾芸还得客气，连说"不用费事"，快快出门。怄气时，来了运气，他有个邻居，是施放高利贷的混混，突然仗义，不要利息、不要字据地借给贾芸银子。

家有恶邻，说明贾芸家确实落魄，住不上好地方。京城混混敲诈小贩、劳工，但不欺负读书人，你家再穷，屋里有个读书的孩子，就不对你家使坏了。落魄的官宦子弟在亲戚里不受待见，受混混待见，你家"祖上是谁"，对你都无所谓了，对他们很重要，以跟你认识为荣。

贾芸以前跟这混混没交往，混混的条件清晰，对你不是放高利贷，是朋友间借钱，以后碰面，你得跟我说话，当我是朋友就行。

贾芸拿钱买了香料，等着王熙凤路过，说有位朋友去外省当官，家里的香料店得关闭，店里囤货就给亲朋分了，他得了些，贵重的东西，尊贵人才用得起，请婶子收下吧，否则搁我手里就搁毁了。

这番话，不知纂了多久。先表示东西是白来的，让王熙凤放松警惕，要说是倾家荡产买的，王熙凤就谨慎了，会想："如此投入，那你想要多大回报啊，我接不起。"再表示东西贵重，值得拿。恭维王熙凤尊贵，将收礼说成避免好东西毁在我手里，救了东西。

说得王熙凤欣然收下。不几日，派给他在省亲别墅种树的活儿，发出二百两施工款，也是大油水。

混混倪二对贾芸，不计回报，直接施恩。王熙凤对贾芹、贾芸，不考察人品能力，直接施恩。倪二相信自己能交出朋友，王熙凤相信自己能培养出党羽，底层人物和高层人物同此想。因为儒家改造出的社会，信奉"人性本善"，认为受恩于人，必有回报之心。

王熙凤即便不太信"人性本善"，也相信"我能让他对我效忠"，即便他对别人还是人品拙劣，毫无改善。

清朝中期，五百多回的超级长篇小说《施公案》中，著名人物黄天霸便如此，本是强盗，被清官施公感化而反了出身，协助施公捉强盗。私人间的施恩，能改变一个人的原有立场，是大众共识。不是小说改变世风，而是人情本来如此，大众愿意听这样的故事。

好人坏人都要耍施公风范。1958年电影《虎胆英雄》、1970年《智取威虎山》、1978年《保密局的枪声》中，国民党军官、山中匪首、中统特务有一共同心态，怀疑一个手下是共产党卧底，小儿科似的试探了一两次后，就不查了，开始对他施恩，提拔成二把手，自信"就算他是共党，也会忠心于我。共党给他的，能有我给他的多吗？"

能如此自信，是古往今来成功例子多。

2002年香港警匪片经典《无间道》，老大怀疑一个手下是警察卧底，找不到证据，也从此讨厌了他，再没好脸，搞得关系越来越压抑。老大有一个打入警局的卧底，也是关系压抑，总威胁说，不好好办事，就向警局举报你是黑帮卧底，毁你新婚。结果，两个卧底联手搞死了他。

一位坚信世界上最好看的电影是《智取威虎山》的京城老哥，看到《无间道》DVD后，怀念起匪首座山雕，分析老大败因："不懂得施恩。"

一年后，《无间道2》DVD传来，片中老大对警察派来的卧底，一直不挑破，情深义重，默默施恩。京城老哥赞许："这才是个老大样呀。"施公 — 黄天霸的传统还在，看着舒服。

京城有句话，叫"你看着办"，使用率很高。是施恩体系的词，王熙凤给贾芹、贾芸批钱都是一单几百两，不搞审计核查，其中多少是个人油水，多少用于公事？自己找分寸，多少都是对的。

贪污大，是承接王熙凤好意，给了就拿着。贪污小，是对王熙凤回护，不给她找麻烦。王熙凤不给比例，让你们自己拿，完全自由，拿多拿少，我都能承担，显得大气。

贵族气派，被香港黑帮模仿，1991年《雷洛传》、1992年剧集《大时代》，老大让一个穷小子终止跟自己女儿谈恋爱和收买一位财经专家，方法一样，都是摆上整桌钱，请自取，多少随意，以彰显大气。

事先讲好，可以都拿走，老大一脸真诚。穷小子和财经专家是新时代西化青年，哪儿懂这个？反觉得受侮辱，都翻了脸。人情破裂，剧情由此展开。

"别太难看就行"也是施恩体系的词，油水尽管拿，场面上别露馅。三百两种树款全贪了都可以，只要你有本事搞到免费树苗给种上。

凡办理工程、仪仗，一半钱都是上级对下级的施恩。但有一点，恩主、朋友的红白喜事绝对不能贪，此时是报恩时。清末两位大内总管，慈禧太后捧起李莲英，隆裕太后捧起小德张，李莲英比小德张在京城百姓里口碑好，因为传说李莲英主办慈禧葬礼，自己还往里加钱，小德张是贪污了隆裕葬礼开支的百分之四十——这种话一传开，他就没脸在京城待了，要去天津租界安家。

贾珍为何要找王熙凤主持秦可卿葬礼？王熙凤是秦可卿闺蜜，要全这份情谊，绝对大公无私，自己不落钱。如交给宁国府自己的管家主办，钱肯定花冒了，没准还会在出席葬礼的王公大臣前露馅，显出钱没到位，处处寒碜，宁国府的面子就难看了。

写出贾芸这个奋斗男后，曹雪芹又写出个奋斗女，叫林红玉，奴才要避开主子名字，为宝玉，她名中"玉"字被去掉，称为小红。

与林黛玉名字仅一字之差，曹雪芹是故意引导读者猜想，林黛玉如不是位官宦小姐，也是位下人孩子，是否将"适者生存"，也生出一身俗气和心机？

小红不是宝玉原本配置，属于省亲别墅里随房子配置的丫鬟，宝玉入住的怡红院，是她所属的房子。边缘下人不能近身伺候宝玉洗脸、倒茶，宝玉的原本配置——晴雯等丫鬟，甚至认为她根本就不能让宝玉看见，在院里、厨房待着就好。

宝玉待丫鬟如姐妹，谈不上管理，晴雯们放纵惯了，一日你出去玩、我出去玩，想着屋里总有人在，不料大家心同此想，都出去了。宝玉发现只剩自己一人，小红捉到机会，给宝玉上了杯茶。

被原配丫鬟们知道，骂了她一顿。小红确有高攀宝玉之心，给骂得绝了念想，重新锁定目标，看上领人种树的贾芸，贾芸也看上她风情。曹雪芹写得很电影化，电影是视觉艺术，电影里的爱情是看出来的。

得做特殊视觉处理，不能是日常的看，要么把距离拉远，要么把时间切短。贾芸看小红，小红是忽然露面、转瞬即走，没看够，才生期盼。小红看贾芸，是远望他在山坡上种树，看不清，才生向往。

小红挨骂没事，因为是下人，早自承命运，脸皮厚，能隐而不发。贾环是下人生的主子，自我定位混乱，兜不住火。王夫人房里的丫鬟们懒得理他，唯一给他好脸的一位丫鬟，近日又跟宝玉亲近。贾环发狠，推倒宝玉身边灯台，想用灯油浇瞎宝玉眼睛，结果浇到脸上，烫出宝玉一串燎泡。

王熙凤平日维护贾环自尊心，从不把他往坏处想，认为是失手，一叶遮目，看不到他坏心。还为他遮挡，一面利索帮宝玉收拾，一面说贾环毛躁，是妈妈欠缺教导。

这话一出，王夫人就找他妈赵姨娘了，让贾环躲过一场骂。看王夫人训赵姨娘的话，可知她出嫁前是位养尊处优的标准小姐，跟当男孩养的王熙凤、黛玉不同，她俩急了，能以底层话骂人，王夫人没词，第一句狠，为"养出这样黑心不知道理下流种子来"——说明她以母亲的直觉，比王熙凤看得明白，贾环是犯坏，不是失手。

第二句便没劲了，变成"几番几次我都不理论"——你们使坏，我都装没看见。第三句"你们得了意了，越发上来了"——像诉苦，哪是训人呀。

宝玉向赵姨娘表示，自己在贾母面前，不会说是贾环烫的，说是自己不小心。宝玉的好心，得王熙凤赞许，她是当家人，维护兄弟和睦，说那样贾母就会骂宝玉的随身仆人了，话外之意，安慰赵姨娘，你们母子俩都脱责了。

宝玉和王熙凤照顾赵姨娘，赵姨娘却对他俩起了杀心，找马道婆给两人施法。赵姨娘认为荣国府财产都是她的，宝玉一死，她儿子贾环便是唯一继承人。杀王熙凤，为护财，认为王熙凤太会敛财，不断掏走贾府财产，影响贾环继承的总数。

马道婆法术叫"五鬼索命"，将王熙凤、宝玉生辰八字各写在一个纸人上，分别缠上五个纸剪的小鬼，塞到两人床上。马道婆遥控作法，两人就会发疯而死。

不知灵不灵，但京城官宦人家都知道有这种法术，对外往往用假生辰，小孩是过假生日过到成婚前，爹才告诉真生辰。

此处写法，"往床上一塞"是硬伤漏洞。平民家庭，房屋紧张，卧室和会客室是一间，做客时顺手往床上塞东西才有可能。宝玉、熙凤的级别，会客室、书房、卧室、餐厅各是一间，况且丫鬟、嬷嬷多，赵姨娘去做客，进不了卧室。

况且，富贵人家爱干净，被褥换得勤，都是整套换，往床上塞纸人，不几日即给发现，看到如此恐怖的东西，必起喧闹。太难为赵姨娘了，没法操作呀。

做影视改编，导演此时会要编剧查民俗。查到变通之法，不必放纸人，搞到被咒人头发，缠在纸人上，也可施法。王熙凤和宝玉每日梳头，梳子上总有落发，赵姨娘还是可以搞到的，通过贾环，在梳头时间，跑去他俩房里玩时捡走。

自己的头发，就能把自己害死——这样的传说，实在恐怖，所以讲究的官宦人家在梳头后，要将落发烧了。后听闻，指甲也能做法，再剪指甲也会烧。又听说内衣也行，严防内衣外泄后，又听说旧帽、旧鞋也管用。

既然巫术如此先进，为何要难为赵姨娘？

马道婆是宝玉的干娘，应是宝玉幼年患病而拜的，拜一个神道人物，给孩子保平安，是京城习俗。马道婆品行，最初亮相已表明，是个没良知、没分寸的人，听到宝玉被烫坏脸，视为生财机会，即赶来，建议贾母为宝玉在庙里供香油，以保平安。

为多要钱，说起郡王、侯爷供多少，往一天几十斤说，激贾母攀比。贾母不应话，已内心不快。马道婆改口，说晚辈给长辈捐香油，可以没上限，长辈给晚辈捐，数目不能大，怕晚辈受不起，会折福气。八九倍地往下减，说一日七斤或五斤都好。

贾母选了最低标准五斤，让此事快过去。不信马道婆，还相信法事会起作用。写马道婆，为写施恩体系会失灵。

5 ⊙ 五鬼索命、宝玉发威

黛玉去怡红院找宝玉玩，发现王熙凤、宝钗等人也在。黛玉和宝钗之间说话不畅快，黛玉的幽默，宝钗不易听懂。王熙凤、黛玉两个都是从小当男孩养，她俩碰上，快嘴损词，棋逢对手，能说嗨了。

从不当众开男女玩笑的王熙凤，面对黛玉，首次开起了这种玩笑，叫黛玉给贾家当媳妇，黛玉开骂，说王熙凤"贫嘴贱舌讨人厌恶"，还啐了一口。

冲人吐口水，是侮辱性的，"你是鬼"的意思。传说鬼怕啐，遇上鬼就啐一口，鬼就躲了。王熙凤平时越损贾母，贾母越高兴，此时被黛玉损，王熙凤也高兴，玩笑升级，拿不能婚配的堂兄妹开起玩笑，指着宝玉问，一表人才的配不上你？

黛玉怒了，起身走。我能开别人玩笑，别人不能开我玩笑——这是黛玉的霸道。宝玉忙拉回她，黛玉以小博大，跟王熙凤斗上嘴，两人越说越嗨，其他人跟不上她俩，只得旁观。王夫人派人请众女过去，王熙凤领黛玉走，宝玉要跟黛玉说句话，王熙凤又开起堂兄妹禁忌的玩笑，说："有人找你说话呢。"

搞得黛玉和宝玉害羞，宝玉迟迟说不出话，读者以为他动情，要表白，不料是中了法术的反应，突然发疯。

——典型的刘别谦式触动，以一个情绪误导，急速转换情节。《红楼梦》中的刘别谦触动好多啊，有学者认为《红楼梦》的爱情戏独特，传统小说罕见，甚至可说前所未有，根据王熙凤屋里的西洋钟、宝玉私藏的西洋烟，推断曹雪芹童年，听西洋商人讲过莎士比亚的《罗密欧与朱丽叶》，《红楼梦》在华人文学里罕见，因为是英国文学。

如果此说成立，也可推断刘别谦一直在研究《红楼梦》，还推荐给比利·怀德，《七年之痒》中的玛丽莲·梦露，在西方电影史上前所未有，因为不是西方女子，是怀德理解的黛玉。

　　宝玉、王熙凤相继发疯，乱闹一通后，不省人事。经过请医求神的一番折腾，贾政觉得没希望，赵姨娘建议准备后事，贾母开骂。

　　这番骂，又脏又蛮，贾母扯下贵妇外观，人品和早年经历大曝光，跟王夫人对比，是太有词了。正发誓对贾政、赵姨娘绝不轻饶，预定的棺材送到，贾母火上添油，喊家丁把送棺材的人打死。

　　终于解谜，黛玉的兵户气是哪儿来的了。源头是贾母，感染给女儿贾敏，贾敏感染给女儿黛玉。难怪贾母宠黛玉强过三位孙女，因为一般习气，最像自己。

　　贾母喊打喊杀时，来了癞头和尚、跛足道人，说救治不用符咒灵水，你家自有宝贝。宝玉佩玉的背面刻着"除邪祟"字样，这就是法器，被声色货利所迷，所以不灵。僧道一阵唠叨，之后又诵诗，说的都是"还记得你出生前是什么吗？"

　　《指月录》记载，香严是个跟黛玉一样的人，理解力强，善于总结，在百丈丛林里，问一答十，口才无敌。沩山问他："父母未生时，试道一句看。"——出生前，你是什么，能说说吗？

　　理解力没用了，香严败走。这个典故刺激文人，文人参禅多是参这句话，流传广，字上略有变，如"请问父母未生前""因何出生""未生人时人在哪儿"，还收入了清朝中医理论书《三指禅》（诊脉用三指按患者腕部），诗化为"穷取生身未有时"。

　　参究结果，是发现自己并未出生，出生与成长都是假象，犹如电影院里，你跟一位明星发生认同心理，随他经历。其实你从未成为他、未做任何事，你在影院座位上的种种情绪，等你离座后，便自动停止了。

你随着明星在银幕上受虐杀，万分痛苦，解救你的方法，不是在银幕上改电影，而是让影院领座员跟你说句"你妈找你"，你的痛苦登时全没了。破除五鬼索命，也如此。宝玉对付不了五鬼索命，未出生的宝玉可以。

当你妈训你的时候，银幕上的凶手就杀不成你了。

佩玉因此生效，破了五鬼索命，宝玉和王熙凤重生。大家终于松了口气，黛玉念声阿弥陀佛，宝钗开起玩笑，说阿弥陀佛保住了林妹妹婚姻。以前都是黛玉冲宝钗开男女关系的玩笑，宝钗不敢接话，王熙凤破例，冲黛玉开这种玩笑后，宝钗学会了。

黛玉的兵户气上来，啐一口，说宝钗不是好人，不知怎么死，学什么不好，学了凤姐的贫嘴恶舌 —— 又脏又蛮，确是贾母真传。

6 ⊙ 稀罕物和文人画

二十六回，先铺陈贾芸和小红的关系渐近，再写自从王熙凤开了宝黛婚配的玩笑后，黛玉见宝玉开始脸红，宝玉又拿《西厢记》上的情话调笑黛玉，黛玉翻脸，说两人是兄妹，不能开这种玩笑。逼得宝玉发毒誓，再说这种话，生疮烂舌头。

宝玉冤枉，没有男女之心，因两人一起看的《西厢记》，这本书在社会上不是禁书，在读书人家，对少男少女是禁书，整个院子里他只有黛玉一个书友，那么说纯是好玩。

《红楼梦》主线，是宝黛二人从两小无猜的纯真，走到堂兄妹不伦之恋。以防止爱情的方式写爱情，是爱情电影惯常，不算稀奇。所谓"欲扬先抑"，阻力越大，越显出爱情力量。阻力来自家族、阶级、种族、政见等外力，男女主人公的爱是确定的。

而《红楼梦》则是，宝玉和黛玉主观上没有爱情，却还是发生了爱情。完全跳出俗套，慨叹曹雪芹妙笔。

宝钗的哥哥薛蟠过生日，家长给办的生日宴之前，他寻到了稀罕物，先找哥们吃一顿。宝玉去了，冯紫英没时间，赶来喝了两大碗酒即走。他留下两个话题，一是不久前碰上件"大不幸之中又大幸"的事，二是家里正有件"大大要紧的事"。

薛蟠听着着急，要他透露点，冯紫英一点不漏地走了。这是曹雪芹在做悬念，让薛蟠代读者着急。

此处显出两个贵族习俗。一、宝玉和宝钗对薛蟠搞来的稀罕物，保持警惕，尽量不吃，推辞话语，是说自己"命小福薄"，吃了会折福。

贵族家不崇尚野味，听说有种野鱼鲜美，会设立渔场繁殖几代后才开始食用，不吃野鹿，要开地圈养几代后再食。他们认为吃野生之物得拔毒，拔不干净会中邪，现在看，"毒"说的是细菌和寄生虫。

尤其不吃奇形怪状之物，缘故不明。商人阶层才爱野味和怪物，物以稀为贵。薛蟠商人气，搞来的美食，为巨大的藕和西瓜、超长的鲟鱼、外国熏猪（熏法不明，不敢吃）。可能冯紫英没急事，专程来聚餐，一看桌上奇形怪状，便推脱走开了。

二、薛蟠向宝玉讨生日礼物，宝玉手里的古董、西洋货多，却说那些东西都是家里给的、别人做的，称得上是我的，为我的书画。宝玉真诚，拿薛蟠当文人尊重。

薛蟠凑兴说自己平时也欣赏画。他看的是春宫画，因识字有限，还把画家唐寅说成"庚黄"，引得大家笑一场。总之，是明白宝玉用心，很感谢。

所谓文人画，是在文人交往中，字画替代工艺品、金钱，成为正式礼物。官场上也一样，明朝官员离任，下属官员集体送礼，是一幅花卉画，其中植物各有寓意，密电码一般，表示大家对您业绩的评定。

民国初期，孙中山、徐世昌、溥仪送礼还是送亲笔字画，之后军阀时代，权贵多是兵头出身，写字困难，实在画不了，此风才渐熄。

这场饭局，快乐热闹，却以食品写出下坡路，贵族阶层已日渐糙化。

7 ⊙ 性格翻新、伯格曼剧作

薛蟠约出宝玉，是谎说他父亲找他。去了整个白日，黛玉担心，以为出了严重事，听说宝玉归来，便趁夜去看他。

宝钗随宝玉归来，入屋谈笑。晴雯刚跟别的丫鬟闹别扭，宝钗来了，她就得值班，不能早睡，更生气。听到黛玉敲门，以为是宝钗丫鬟，拒不开门。黛玉了解她习性，以为是没听出自己声音，又喊了一声。

晴雯真没听出来是黛玉，在气头上，索性撒泼，吼道："凭你是谁，二爷吩咐的，一概不许放人进来呢！"明明是训斥丫鬟的话。黛玉平日能听明白，笑笑说："晴雯，你跟谁说话呢？"多说几个字，晴雯听出是黛玉，当然开门了。

但黛玉不相信之前晴雯听不出自己声音，反应是，竟然敢拿训丫鬟的话训我？先是给激起霸道，要反口训斥她，却忽然来了股悲伤，给自己定位成一个父母双亡、寄人篱下的孤儿，没了争吵心，进而以为是早晨训斥了宝玉，所以宝玉故意气我。

晴雯假托宝玉的谎话，给推理得有根有据，黛玉当真，转去一旁树林落泪。

读至此处，一身冷汗。我们的回忆，并不是我们的经历，都是推理出来的，活了几十年，并不知道几十年里真发生了什么。

二十七回。确是夜深了，宝钗告辞，宝玉送她出门。树林里的黛玉看见，自居被冷落地位，没现身，躲到宝玉回门，再落泪而走。

宝钗来，带着一众丫鬟。因为黛玉、宝玉住得近，黛玉没带丫鬟，单身来的。如果两人住得稍远，黛玉出门必有丫鬟，丫鬟吼一声："晴雯，你说什么呢？是林姑娘。"晴雯便开门了，不会有任何误会。

电影是时空的艺术，因为时间、空间决定剧情。宝黛的房距，造成这场泪。

黛玉回潇湘馆后，忧伤神色，并未引起丫鬟关注，任由她，因为在丫鬟眼中，这是她常态。曹雪芹转笔，从丫鬟角度，写出一个前所未有的林妹妹："无事闷坐，不是愁眉，便是长叹，且好端端的不知为什么，常常的便自泪道不干的。"

大跌眼镜，除了六七岁刚来贾府的第一天，二十几回下来，黛玉都是嘴快爱笑的豪迈女，不料独处时竟如此灰暗。

写黛玉豪迈，已写很久，再重复便单调了。电影剧本也是，在剧情中段，主角要做性格翻新，改变之前形象。曹雪芹以豪迈为黛玉基调，忧郁自伤为变调。

丫鬟口中的黛玉性格，在小说里是调味品般的变数，在越剧里成为黛玉的基调，将兵户气删除，原有黛玉欺负别人的话，都改成是她受欺负的无力抱怨，且提高个人文明程度，黛玉不再说脏话，按照出生地，将她塑造成一个文静婉约的苏州女孩。

相比清朝，民国看《红楼梦》原著的读者锐减，改看张恨水了。大众熟悉的《红楼梦》，其实是1944年周旋主演、1962年徐玉兰主演的两部电影，越剧化、苏州化的黛玉。

几代大众记忆，影响今人读书先入为主，看到黛玉不断飙脏话，仍觉得她柔弱。

性格翻新的技法，曹雪芹不单对黛玉，对宝钗也如此。

次日芒种，拜祭花神，女孩们在园子里玩，独不见黛玉。宝钗仗着和黛玉关系好，主动去喊黛玉 —— 可见二人没嫉妒心理，走半道，见宝玉往黛玉住所去了，于是自己便不去了，追蝴蝶玩，追到一处廊子外，听到一下人在帮贾芸勾搭小红。

撞上他人私事，如是黛玉，便会扭头走开，一句不多听。宝钗则要偷听，不料小红二人也怕有人偷听，打开了廊子窗。宝钗急中生智，说自己跟黛玉捉迷藏，远望见黛玉蹲在廊子下，跑近了又没了。

宝钗庄重，没人会想她说谎。小红二人慌了，信了是黛玉偷听。

读者惊诧，前几回书写宝钗已悟道，是个尊宿般的人物，此回书怎么偷听隐私、栽赃黛玉？

1958年，二十六岁的特吕弗评四十岁的伯格曼，说他十三年拍了十九部电影，数量惊人，提升速度也惊人，用十三年完成了希区柯克、雷诺阿需用三十年才能完成的提升。

得益于瑞典制片人对他制约少和他一直是自己写剧本。特吕弗原话："在他某部电影开始时，观众感觉伯格曼自己都不很清楚，会如何让故事结束。有时候可能真的就是这样。"

打破因果关系和道德定位，让观众没法预判，才是电影剧本的写法。即便拍的是一个俗套故事，经过剧本化过滤后，也要搞得观众像从没看过这类故事一样。

宝钗的劣迹，便是剧本写法，可能写时，曹雪芹还不知之后怎么圆场。但把她写成尊宿后，写作直觉上，得给她来点污点。搞蒙读者，才有兴致看她发展。

剧本的节奏，是疑点。疑点多，节奏快。疑点少，事件推进得再快，观众也觉得是废戏。不要怕戏写崩了，后面圆不过来。电影剧本是往崩了写，才能写成。别怕圆不过来，都能圆过来，甚至不用圆。

因为电影的逻辑是观看兴致，并不真是逻辑。

8 ⊙ 白骨珍珠——黛玉归宿

王熙凤也在园中玩，身边没带丫鬟，望见小红，招过来，要她出园子办事。小红能力得王熙凤赏识，之后便将她从宝玉处调出，随了自己。

小红因口才改变了命运。她语言清楚，应答痛快。王熙凤抱怨，现今丫鬟柔声细语，找出一个大声说话的都难，自己娇自己，都装成小姐样。

曹雪芹又用拨弄法，以"丫鬟装小姐"的话题，引出一个"庶出的小姐装嫡出"的人物。

探春是贾政和赵姨娘所生，贾环是她弟弟。人情机灵鬼的宝玉，对这个庶出的妹妹，表面给好脸，内心只想躲。宝玉原有性格，对女孩无一不爱，对偶遇的农家女、送了一杯茶的小红，都会念想。突然性格翻新，发生宝玉不喜欢一个女孩的情况，难以想象，读者兴致高涨。

探春先问听说几天前父亲找过你，宝玉不想跟她说自己的事，便说你听错了，没这事，截断话题。探春又说，自己几个月攒下十几吊钱，托宝玉外出，瞧见稀罕物，就买给她。

宝玉不想接她钱，说街上的稀罕物，无非是古董、绸缎等，往贵重上说，显得十几吊不够，好免去这事。探春降低标准，说竹编泥塑的农家工艺，她就很喜欢。宝玉躲闪，说那些东西不用十几吊，半吊能买回来一大车，让下人给你办就行。

探春追击，说下人没眼光，没你挑的好，许诺再给宝玉做双鞋。宝玉再躲，说上次你做的鞋，给父亲看见，看着怪，责问谁做的，我都不敢说是你。

说成这样，探春追不出话了。为让她彻底死心，别再送鞋，宝玉继续加码，说赵姨娘知道你给我做鞋，埋怨你不给亲弟弟贾环做。

探春被激怒，批评赵姨娘掺杂不清，自己又不是做鞋的，谁都给做。宝玉转守为攻，逗她说出心声，原来她是不认母亲和弟弟的，以王夫人为母亲、以宝玉为兄弟。

宝玉心眼活，不是坏心眼，逗得探春原形毕露后，并不伤害她。逗她生自己亲娘的气了，自己好躲开接钱、接鞋的事。

离了探春，宝玉拾起一捧落花，去上次黛玉埋花处。黛玉早在此，在哭泣悲歌。长歌中，曹雪芹评"侬今葬花人笑痴，他年葬侬知是谁""一朝春尽红颜老，花落人亡两不知"两句最好，写宝玉因这两句而哭倒。

之后写出一大段宝玉心境，脂砚斋评为"非大善知识，道不出此等语来"。原文抒情，试以当代语解释：

宝玉由黛玉一人之死，想到园中众女皆死，继而自己也死。自以为活着、自以为有个"我"，便会出现至亲至爱之人、楼阁美景、快乐故事，其实它们原本没有，所以会以死亡、离别、变质的方式消失。

生命、命运、世道、自然等不可抗拒的力量，造成无尽悲伤。其实，那些是幻影，并没有那些东西，一切都是"我"在自造自毁。自以为是的"我"，造出悲伤，又困在悲伤中。

解脱的方法，是破除"我"的概念，找出是什么在自以为是——语言是相对词的游戏，不说对象，就说不成话了。所以会出现这么奇怪的话，没了"我"，又是谁在找？

逻辑不通，但以前人就是这么说话的。"我"背后的什么，文人们悟到后，称为"这个"，是使用率高的经典词汇，遍及明清的个人年谱和文集。考问别人程度，会说："知道这个吗？"

宝玉近乎悟到了"这个"，是推想而来的，由黛玉之死，推想所识女子全死，从而对活着这件事产生巨大质疑，进而怀疑自我。这种思维，不是明清才有，是一千四百年前的隋朝文化，隋炀帝封为"智者"称号的智𫖮，改良印度哲学，有了新说法，普及民间，教人常作此想。

智𫖮的方法，是想家中一人死，成白骨，之后是全城人死，天地间的人尽死，自己也死了，尽皆白骨。智𫖮将这个白骨累累的推想，称为禅，跟唐朝的"禅"不是一个概念。

薛蟠所看春宫画的作者唐寅，民间熟悉的名字是唐伯虎，是明朝诗画双绝的顶级才子，留有诗句："前程两袖黄金泪，公案三生白骨禅。"——混官场，要贿赂长官。有钱也不干这事，我还是回家观想白骨吧。

能将一口怨气，说得这么有文化，不愧是顶级才子。证明了智𫖮推想，在明朝文人里仍普遍，曹雪芹完全按其次序而写，因为是文人常识，不能搞错。

哭过之后，宝玉找黛玉和解，说自己孤独，姐姐走后，从小拿黛玉当亲兄妹。不要因为王熙凤拿咱俩婚配开玩笑，你顾忌不伦，就疏远我。

这番话，照应之前探春的戏份，以探春的不亲，引出黛玉的至亲。曹雪芹这爱情戏写的，全然杜绝爱情，浓汁重墨地确立兄妹关系。

黛玉没了疑虑，智商恢复，立刻想明白昨夜被拒之门外的缘故，除了晴雯犯浑，没听出是她话音，还能有什么？于是主动笑起来，又开起宝玉和宝钗的玩笑。这个玩笑一开，表示一切照旧、关系复原，宝玉放松。

黛玉本是爽快人。昨晚敲门被拒，陷入"父母双亡、寄人篱下"的悲怆中，正说明她一直受娇惯，从没憋屈过，突然一受憋屈，容易想多。

之后两人去王夫人处，宝玉因为高兴，借着王夫人问黛玉用药的事，撒起欢来，编出个药方，信誓旦旦，王熙凤还给他圆谎，竟说得王夫人半信半疑。聪明孩子逗脑子慢的妈，是常见现象。

之前交代，黛玉的病是先天不足，不能根治。宝玉却说可以根治，主药是古墓里死者的冠上珍珠 —— 违背医理，《本草纲目》说珍珠可以入药，但不能是做过首饰处理和墓里染过尸气的。宝玉说的两者都犯了，说明不是真用珍珠，是个寓意。

智颛的白骨推想，为避免生出恐怖心理，要将白骨观想得晶莹透光，正如珍珠。墓里珍珠，指白骨推想能根治黛玉之病。

黛玉葬花，说明她天性对死亡敏感，开悟机缘也正在死亡。后四十回，黛玉半真半试地自杀，死亡来临，却开悟了。

9 ⊙ 秀场口诀、弗洛伊德

宝玉撒欢胡侃时，黛玉一样高兴。唯独宝玉冲自己说话时，眼光看向宝钗。这一眼，让她不高兴起来。宝玉和黛玉平时在贾母房里吃饭，贾母房丫鬟来请，黛玉说宝玉不吃，要带丫鬟走。丫鬟不敢不等宝玉，黛玉就自己走了。

不知为何甩下自己，哪里得罪了她？

宝玉烦了，留在王夫人房里吃饭，旁人劝他随黛玉去吧，宝玉说了句："理他呢，过一会子就好了。"饭后，宝玉还是惦念，去看黛玉了。

黛玉又玩起剪刀，领着丫鬟在铰料子。她是一怒就玩剪刀，丫鬟问她布料的事，她用了宝玉那句话："理他呢，过一会子就好了。"宝钗来了，为逗黛玉高兴，拿宝玉打趣。黛玉又说："理他呢，过一会子就好了。"

应是黛玉出了王夫人屋，停在门外，还是等宝玉，听到屋里传出这句话，黛玉在意了。宝玉把宝钗支走，刚要说软话，却被人喊走。宝玉撇下黛玉出门，黛玉冲宝玉喊："阿弥陀佛！赶你回来，我死了也罢了。"

要死要活的兵户气，不是说"等你回来，我就死了"，埋怨他不该走。是攻击性的，谢天谢地，你可算是走了，千万别回来，我死也不见你。

约宝玉的是冯紫英，他设宴给薛蟠过生日。揭谜底，跟大伙讲，并没有"大不幸之中又大幸"事，那么说，是引大家好奇，都来赴宴。曹雪芹在传授剧作秘诀——顾前不顾后。电影最关键的是设定，设定要炫目大胆，别顾忌后面的事配不配得上。

估计曹雪芹最初计划，是想写一段朝廷秘闻，冯紫英的军方背景，读者也会如此期待。但写完宝黛和好后又突然翻脸，自觉写得精彩，他俩戏还没完，此时插入一段朝廷秘闻，大煞风景。

剧本写作是个突破原始构思的游戏，不能以大纲为标准，实际写起来，一定发生"按下葫芦浮起瓢"的情况，原本设想的次要情节写出了彩儿，而原想的主要情节完成不了，下笔才发现不合理，硬往下写会越描越黑，写出个无法自圆其说的大漏洞。

此时便要重新调整比例。

曹雪芹将秘闻戏往后挪，生日宴上无大事，一场口水。宝玉出题，让大家以女儿的悲、愁、喜、乐做歌，一帮小伙子同情起女人。

是啊，女人在寿命、智商、耐力、毅力、公德心、奉献精神上都高过男人，却活在一个男人设计的社会里，从小抑制才能，自居弱者。男人多不如女人，靠着男人祖辈的原始设计，赢过女人。幸好男人寿命短、衰得早，霸道不了多久，对于女人，确实是"大不幸之中又大幸"。

在座诸位，唯一没文化的是薛蟠，轮着他做歌，必出洋相。没听到"大不幸之中又大幸"，听到薛蟠讲笑话，读者也满足了。

看到这儿，学写剧本的人，从此就敢"顾前不顾后"了吧？

评书的"响包袱"，除了茶馆里挽救冷场，还能在剧情上圆场。悬念接不上，便来个笑料吧，听众哈哈一笑，忽略了悬念。女人是"一白遮百丑"，男人是"一富遮百丑"，剧本是"一笑遮百丑"。

悬念不好圆，得精密到《东方快车谋杀案》的程度，才不露怯，但谁能有阿加莎·克里斯蒂的脑子？希区柯克也没有，"接梗"接得烂的例子不少，但观众不觉得，因为希区柯克会讲笑话。

这位悬念大师，看家本领是"情境"和"幽默"，并非悬念。看《希区柯克论电影》，特吕弗着迷于悬念，盼着他多讲，他懒得谈。特吕弗无奈，帮他总结。

年轻时读此书，觉得希区柯克作为一个老手艺人，还是有"吝技"心理，不舍得讲——那时导演课程未上完，还不知希区柯克藏了什么，是两人对话措辞，给我留下的印象。

隔了小三十年再看此书，从以前忽略的前言后记，读到希区柯克什么都不缺，缺的是知识分子的尊重，特吕弗做书是帮他这忙。理解了希区柯克不是吝技，是没法讲，如果全书都是"这个时候，只要搞个笑话"一类夜总会的秀场口诀，便搞砸了特吕弗的苦心。

特吕弗号称曾是不良少年，其实没干过坏事，他的"混过街头"，是流浪，夜里睡大街，不是称霸街头。十分幸运，早早被巴赞收养，没学历，却受到最好教育，是典型法国知识分子。面对他热情的追问，希区柯克会想：天呀，这个孩子完全忘了他要做什么了，我该怎么办？

二十世纪九十年代初，听郑洞天老师讲课，说导演首先得是个幽默的人，没有幽默感，拍不成电影。但他是老电影厂师傅带徒弟的威严，他幽默时，让人不相信，吓得鸦雀无声。

听闻他给进修班、研究生班讲课，欢声笑语。本科班同学分析，班上得有第一个笑的，有人自告奋勇，在一个自以为笑点的地方放声大笑，遭郑老师批评："你笑什么？"

太难掌握，还是维持旧貌，不笑为好。

过去小三十年，逐渐发现郑老师像基顿一样，是"冷面幽默"，逗你笑的时候，他是不笑的，要的就是这种风范。他不笑，别人也不敢笑，可想而知，他的内心是多么寂寞。

年少蒙昧，辜负了郑老师。

宴席至夜，宝玉回家后已晚，没去找黛玉。次日醒来，得知昨日皇妃元春赐下端午节礼物，小辈人里，宝玉和宝钗有两件特别礼物，而黛玉和贾府三春保持一致。

宝玉顾虑，黛玉从小和自己待遇一致，这次少两件，她会不会多想？于是把特别礼物转给她。不料黛玉本分，拒绝不要，觉得那是你姐姐给你的，我已得的便挺好。

读者起疑，元春什么意思？

难道是对宝玉的婚配表态，暗示自己看上了宝钗。宝玉也是这么想，慌得不行，向黛玉发誓，不管元春什么用意，自己绝没心跟宝钗婚配。

黛玉昨天的不愉快，莫名而来，莫名而去，没事人一样。对于宝玉的发誓，听着奇怪，完全没往那儿想，认为元春做法合理，还笑话宝玉。

小辈人里，贾珠病逝后，宝玉接替嫡长子之位，男孩里以他为首，宝钗在女孩里岁数居长，最大男孩、最大女孩得礼物最多，是惯例。元春没有什么暗示，宝玉被昨日黛玉的无名火搞怕，高度敏感，所以想多。

之前回目，宝玉对宝钗无感，所谓他喜欢宝钗，完全是黛玉一手炒作出来的。宝钗金锁上的词，能和宝玉玉佩上的凑成上下句，其实令宝钗尴尬。宝玉作为荣国府继承人，日后要娶贵族小姐，她是商人女儿，明显配不上，金锁的事传开来，让人觉得她想高攀。

她母亲薛姨妈是真有此心，跟宝玉母亲王夫人讲，给宝钗金锁的癞头和尚说此女日后要嫁个带玉的——这话是之前未交代的信息，符合薛姨妈商人秉性，不考虑礼法、不掂量自身，有想法先抛出去，不怕遭人白眼，万一别人答应了呢。

薛姨妈让宝钗蒙羞，曹雪芹明确交代，因母亲的不自重，宝钗一直有意和宝玉拉开距离。对于元春礼物，独她和宝玉一样，原文写宝钗的反应是"心里越发没意思起来"，好羞耻啊，又该给人笑话了。

宝钗和宝玉在贾母处碰上，宝钗戴着元春赐下的红麝串珠。宝玉对姐姐赐的礼物是看都没看，就吩咐送黛玉处了，黛玉不要，便让下人收了。因还没看过，所以向宝钗要来看看。

宝钗摘珠子，露了小臂，雪白好看。宝玉小孩天真，见好看就想摸一把，想的是，如果这胳膊是黛玉的，凭我和黛玉的深厚友谊，她肯定让我摸。可惜是宝姐姐的，唉，关系没那么近，她肯定不给我摸。

想法幼稚，眼力正常，近距离下，嗨到了宝钗五官之美。认识了五年，第一次觉得宝钗漂亮，猛想到金玉配对，第一次以男女眼光看她。宝玉不由得看呆，宝钗递来珠子，也忘了接。

宝钗一见，到底是已入青春期的女孩，知道宝玉动情，起身避开。发现黛玉站在门槛上，在看笑话。老北京的官宦人家，从小教育孩子，不能踩门槛，因为门槛等于官帽，门槛的高矮、厚薄、材质是跟主人官位匹配的等级制，踩门槛，不尊重自己家。

前回写过，王熙凤饭后，踩着门槛，拿耳挖勺剔牙——仪态大坏，说明她从小欠家教。知道黛玉豪迈，没想到仪态也坏，难怪她和王熙凤能无障碍交流。站在门槛上，视觉高出一块，为把宝钗宝玉表情看得更清楚。

黛玉将手帕甩宝玉脸上，打到眼睛，疼得宝玉哎呀叫。贾母屋大堂，门口到座位，最少五步距离，软东西扔出这种力度，黛玉腕力惊人，准确度也惊人，可以扔飞刀的。噢，京城女孩扔的是剪刀，是她该有的本事。

娶京城女孩的经验，是尽量晚婚，岁数大些，性格稳定。娶得太早，蜜月里吵嘴，新郎逃得不及时，一剪刀飞来，保准扎上后腿，瘸三个月。小概率是扎上后颈，一命呜呼。小概率也是概率，小心小心。

昨日的一眼之怒和今日的飞帕击眼，是黛玉和宝玉人物关系的改变。昨日，闹别扭后，两人信誓旦旦重建兄妹之情，宝玉撒欢，脱口秀逗大家时，黛玉是随着闹的，仅因为宝玉跟自己说话时看了宝钗一眼，而突然急了。

急了一天。黛玉主观上认为自己对宝玉不是男女之情，所以过了一夜后，就没了。见宝玉贪看宝钗，再次起急，这次狠，飞帕击眼，是连昨日那一眼一起打。

毫无男女之情的黛玉，却出现男女之情的行为 —— 此为戏剧性。

此时此刻，是否为宝黛二人爱情的开始？要这么就开始了，那太小看曹雪芹了，他是要拖八十几回的。

黛玉的起急，不是情人间的嫉妒，是兄妹间的反感。弟弟看姐姐恋爱，妹妹看哥哥恋爱，都会有一种本能反感，哥哥姐姐要出门谈恋爱，会找事不让出门，或是对哥哥姐姐的恋爱对象使坏，墨水洒人衣服。

不是弗洛伊德的兄妹孽恋的性意识，是儿童心理，觉得跟兄姐的亲密关系被外来者夺走，要保卫。儿童心理不拘年龄，八九十岁的人也会有儿童心理，公园里老头们下棋，会出现幼儿园、小学里"我俩最好"的情况，两个平日最好的老头，一天公园里来了个高手，一个老头对其佩服，另一老头看了，会厌恶，一定使坏将高手赶走。

弟妹破坏兄姐恋爱，是人之常情，当爹妈的都了解，这时候谈心就行了。弟妹岁数再小，也是京城大爷、京城大姐，爱面子。跟她谈，邻居家的小红搞砸了哥哥的恋爱，不懂事，哎呀，咱家的哥哥也要谈恋爱了，你是不是心里也觉得别扭呀？

女孩豪迈："我？完全没问题！"爹妈得夸她，说："咱家的姐姐就是好！"女孩面子足了，会从自己零花钱里拿出一毛钱给哥哥，让他跟恋爱对象出去时，给人家买冰棍，别小气。

小孩爱听夸，夸她，就风平浪静，什么怪心态都没了。公园里的下棋老头们也一样，外来高手发现自己破坏了人家"最好"的哥们关系，要想在公园待下去，对那个气得不行的老头，夸他胡子长得好、儿女争气，请教怎么放风筝、养鸽子，那老头就心平气和了，甚至觉得"二人帮"完全可以变成"三人帮"。

正常人有兽性、变态的情绪，但都是一闪即逝，作用不大，因为人的社会性大于原始本能，以人情世故调剂，便兴不起波涛。什么时候，兽性、变态普遍爆发，说明社会已大坏。

人情世故，是保护人的。感谢老祖宗，给我们留下了一套完整人情。

二十世纪九十年代初，我高中时看弗洛伊德的书，第一反应是，这老先生人生浅薄啊，以至于想事极端。读完发现，是我错了，人家精于世故，只是研究对象都是病人，说的本不是正常心理。但小说家、电影人受其学说影响，把病态心理用于解释正常人，则是大家的错误。

老先生的研究，疗效差，基本治不了病。理论是需要证实的，他还在现象分析阶段，虽然舆论影响大，并不是正经学术，只能称为"一种观察"。医学界不好混，老先生转而以病态心理分析达·芬奇绘画，震惊艺术界。

看达·芬奇画作的印刷品，会觉得似乎有理。站在达·芬奇原作前，会觉得他说的全不成立。文明为超越本能，以本能解释文明，怎么能对？

希区柯克拍片多次引用弗洛伊德学说，是拿当代时髦助阵，其实还是为给人物奇特行为找个依据，让观众信以为真。

剧本上的解释段落，都是坑，是为了让老板们看懂，好给钱，实拍时删除。观看剧本，是阅读感受，需要解释。观看电影，则不需要，观众要的是体会，不是知识。

10 ⊙ 大场面拍法和导演骂人

二十九回，写贾家去道观看戏。怎么在道观看戏？可考察京城的白云观，前院是庙宇，后院是戏台。明清的道观兼具剧院、戏校的性质，培育乐师、戏子。

贾家倾巢而出，道观是倾巢迎接——如何写此大场面？

大场面要找小零件。画山水，要看大山大河点缀了什么。那些小船、小房、小驴，是山河的灵气。

曹雪芹写的是，一个十二三岁的小道士发慌乱跑，一头撞到刚下轿的王熙凤怀里，后面的贾家人看不见前面发生什么，听到王熙凤骂声，大家都慌，像抓捕杀人犯般，一拥而上将小道士围捕。

小乱子带出了大场面。贾府人马浩浩荡荡地行进，视觉震撼，但信息单一，震撼感三五秒便会贬值，借一个小孩，搞乱了队伍，视觉上生动。

看戏之后，又出乱子，京城各贵族听说贾家大举来道观，以为做法事，于是凑份子，纷纷来送礼，败了贾母看戏兴致。原本是偷闲娱乐，别人当成隆重大事，就得真做法事，不好意思明目张胆地玩了。

贾母一句"没的惊动了人"（没必要惊动人），大场面戛然而止。

节外生枝，是结束大场面的方法。用大场面的本有情节，很难止住，交代得再清楚，观众仍会觉得没交代干净。因为大场面对观众冲击太深，用外来事件或场面里的次要因素，一打岔，才能止住。

黑泽明善用此法，《七武士》的大决战结束后，一个武士发狂，停不下来。以一个人的不停，表现全局停止，黑泽明妙笔。这个武士在决战时没什么戏，如果他是战斗主角，那大场面还结束不了，正因为他次要，此时发狂，才能造成意外冲击，令观众转移注意力，心理上脱离大场面。

贾珍作为领头人，先进道观，见早来的贾家小辈人没迎接，都躲在楼里乘凉，于是拿自己儿子贾蓉开刀，大加训斥，还让下人冲贾蓉吐口水，以作羞辱。一下，其他小辈人都老实了。

杀鸡给猴看，最简单的管理办法。导演在片场骂人，也如此。当导演后，被资方问得最多的问题是："导演，您在片场骂人吗？"

很难回答，说骂人，有失斯文，说不骂，显得外行。

建议回答："我们这拨学电影的，是为老电影厂准备的，当然会骂人。但我不骂，我有更好的方法。"一般情况，资方就不问了。他是怕你骂他，并不关心你有什么方法。

但有的资方问心无愧，会追问。

建议回答："导演一天准备三个笑话，拍摄保管顺利。拍一部电影，我百分之九十九的精力，都用于编笑话上。""啊！剩下百分之一，怎么搞创作？""不要搞创作，创作会自动生成，无穷无尽。我所要做的，只是删减。"

资方蒙了，对导演一行有了尊重："从来没有人告诉我这些。"一般而言，资方总是觉得自己比导演更懂电影，导演因此要准备些玄谈。

首次当导演，压力大，十天左右失控发火，你自觉羞愧，制片主任祝贺："太棒了。拍了十天，导演还不发火，全组都慌，现在好了，大家可以安心工作了。"会发火，证明不是生手，能胜任导演工作。

贾珍是个低劣的管理者，靠骂儿子震慑他人，说明贾府秩序败坏已久，他平时也不管，临时起急。片场里，说一个人"太临时了"，就是没本事，解决不了问题，靠大嚷大叫，装出一副解决问题的样子。

清朝北京人不说北京土话，说的是官话，二十世纪一十年代又经过清洁语言运动，脏话在家里说，公共场合消灭了脏话，推崇"句句骂人，还一个脏字没有"。老电影厂骂人之风，到底是哪来的？

二十世纪六七十年代的苏联、东欧译制片里，带队的领导能骂出花来，越骂越得队员敬仰。2002年的《无间道》，香港黑帮的大人物都语言干净，没脑子的小弟才说脏话，好莱坞买版权翻拍，改为说脏话是特权，地位越高口越脏，黑帮老大、警队高层都骂骂咧咧地管理下属。

电影是舶来品，骂人应是学自欧美，对前辈导演而言，不是粗鄙，是一种先进的工作方式。要专门学的。

我问过一位老师，您这么有文化，拍片骂人吗？回答："可以教你。"词不难，难在语气和表情，需要在镜前练习。否则骂人时，一脸怯弱，便不能立威了。

伯格曼八十五岁，出山拍了部电视电影，坚持骂人。多年不当导演，演技下降，神色略假，男女演员都是他鼎盛时期的老搭档，男演员被他骂了半辈子，一副不想再配合的样子，女演员则做出被吓坏的表情，维护了导演尊严。

二十世纪九十年代末，电视里美国篮球比赛转播增多，大多数情况是，教练在场边追着骂，面红耳赤，比球员还亢奋。美国篮球界分骂人型教练和鼓励型教练，没有天理，数据统计，骂人的教练胜率高。心理学分析，挨骂能刺激球员肾上腺素分泌。

老电影厂时代的导演骂人也如此吧，相信能提高工作效率。

话剧也是舶来品，老辈话剧导演也骂人，比欧美人婉转，在排练厅里骂得少，转到剧场彩拍时，演员在舞台上演，导演坐观众席里看，边看边骂。因拉开了距离，演员听不真切，是骂给身边的副导演听。彩排结束，演员们发现导演没了，副导演说生气走了，顺理成章地转述导演批评。

话剧演出，很像是体育运动，需要体格强度，做大量肢体练习。所以话剧导演的工作和篮球教练有些类似，要搞精神刺激。伯格曼拍电影时骂演员，因为他和他的演员都来自话剧界，大家习惯了。

话剧演员以不挨骂为荣，说明资深。一位话剧资深演员，去参演一位以骂人著称的电影导演作品，十分忐忑：在话剧界，好多年都没有导演骂我了。去拍电影，挨了骂，太没面子。我发誓，他要敢骂我，我绝对回骂，当场辞职。

回来后纳闷，骂了摄影、道具、场工……没骂我。

隔行如隔山，电影导演是不骂演员的，因为电影表演是神色，演员挨骂后，神色怪异，大银幕上明显，当天便拍不成，得歇工。

同样的道理，电影导演挨不了打。在影视基地，两个剧组发生冲突，对方人多势众地袭来，大叫："你们谁是导演？"此时，不要退缩，一定勇敢地站出来，高呼："是我！"对方会说："导演好！让导演先走。"

导演安全离场后，两剧组才开打。不打导演，符合科学。谁打坏了，都能替代，打伤了导演，剧组就得歇工了。对方承担得起我方医药费，承担不起我方停机费。

不挨打，是职业福利，或许是当导演的唯一好处。

11 ⊙ 副线提醒和分场提纲

二十九回，出现一位张道士，是宝玉爷爷的出家替身。一般是在十一岁时，找个生辰八字相同的男孩替代自己入庙修行。贾家因战功成了贵族，杀戮重，如此设置，为赎罪。

神社屋顶两端，是交叉长刀的造型，用意是把亡灵叉住，不让流窜人间作祟。唐朝安史之乱后，人口锐减三分之二，南北遍立石幢，圆锥扎地的造型，也是叉住亡灵。张道士是个人形幢，背负万千冤魂。

这类替身，默许他们在庙外建家室、开商铺、买田地，并非正经道士，但这位张道士主持道录司——明朝设置，清朝延续，相当今日的道协会长。说明他真材实料地学习了，自身硬气，荣国府才好支持，这辈子以假当真，成就了事业。

他为宝玉提亲，只能是妾。贵族家，娶妻前会先纳一位妾。1922年，清逊帝大婚，妾先入宫，皇后再入宫，遵循妾在妻前的旧例。

替身还有个功用，承担真身的私生子，为避免继承权紊乱，算是替身的孩子。宝玉爷爷贾代善有六位妾，六位妾却无一个子女，不正常。应是孩子由张道士在庙外抚养，不入族谱。

贾政长子早逝，正室男丁仅宝玉一个，怕血脉单薄，于是留下丫鬟生的贾环，也留下隐患。贾母有俩儿子，对妾的孩子一个不留。张道士是为贾母此举兜底的，所以两人有老交情。

——《红楼梦》未写这么多，是依据民俗，设想曹雪芹如果细写，大致是何情况。

贾母否了张道士的提亲，说宝玉内里虚弱，得晚婚，不伤身体。但说张道士可以帮忙留意，宝玉是俊男，得要美女来配。只要求容貌，不要求出身，穷家女都行。明显是纳妾标准，不是娶妻。

张道士提议的女孩，为十五虚岁，跟宝钗同龄，再加上王夫人没来看戏，所以有读者推测张道士是为宝钗提亲，宝钗母亲薛姨妈跟宝玉母亲王夫人是亲姐妹，王夫人私下找的张道士，怕贾母听后，问她"是不是你的主意？"为避免当面尴尬，所以王夫人躲家里不来。

薛姨妈是"蛇吞象"的性格，凡事先争取最高，丢人后，再退而求其次。她要为宝钗争取，一定是正妻。宝钗要给人做妾，宝玉反而不够格，薛姨妈一定往亲王、郡王家争取。

张道士得朝廷封号，有官职，身份还是荣国府下人，贾蓉等公子哥躲凉快，他以八十岁高龄下人一样门外候着，这是他的出场——心机、毅力一笔写出。

他没资格给主子家提议正妻。王夫人不来，是曹雪芹群戏写法，忙中不乱，点一笔她的冷清性格。

张道士提亲，是提醒读者，宝玉、黛玉的成长到了男女的程度，要换个眼光看两人了。以副线提醒主线进程，在传统小说里叫"渲染法"，渲染是在主体的边际做的，借用绘画术语。

张道士拜见贾母，口称"无量寿佛"。道士怎么用佛教词？有学者认为该是"无量寿福"，曹雪芹写错个字。除了学术，还有民俗。我这代的京城孩子，从小听到就是佛字。

1986年《英雄本色》中，周润发说出"我就是神"名言的地方，在香港天后宫。许多剧组开机，要去那上香。供的天后，是斗姥——北斗七星的化身，明确的道教神仙。但斗姥泥塑，是佛教准提菩萨的造型，标志性手印。

所有道观里，都设有观音殿，观音是佛教菩萨。在明清习俗里，仙佛混淆。佛，在东晋也称为大阿罗汉，唐朝时称为金仙，明朝出了个怪词，叫大罗金仙。是大阿罗汉、金仙的并称，口语方便，省略了"阿、汉"，将佛称为仙。

北宋以来的道家论著惯例，是先把禅宗解释清楚了，再说自家。明末清初的道家伍柳派，因为佛学素养差，出了名词解释的硬伤，让后世道家觉得丢人，谈伍柳，要先批判。

明清道家不忌讳用佛字，佛字对他们是"成就"之意，"无量寿佛"在佛教是阿弥陀佛，在道家是"无量的寿命无量的成就"，比福字好吧？

《红楼梦》是千灯叠彩、光光互射，人物办同样的事，办法不同，显出性格不同，办法相同，显出命运走向。二十四回，给王熙凤送礼的贾芸，能发展成什么人？可能是张道士，人情上一样聪明。

张道士给荣国府送礼，先请出宝玉的佩玉，说给道友们长见识，瞻仰灵物。将玉拿回来时，托盘里带了一堆金玉礼物，说是道友们敬献。贾母不想要，说怎么能拿出家人东西。张道士说，如退回礼物，道友们会小瞧我，认为荣国府不拿我当自家人了，不让代主收礼。

强调自己还是荣国府的一个下人，沉到尘埃里的谦卑，贾母收礼，领了这份情。拿托盘请走佩玉，是为了托盘带礼物回来，张道士的设计，完全落实——写剧本，忌讳一个人物太主动，令情节单调。要添加被动，找点意外。

曹雪芹找的是宝玉不懂事。张道士的礼物多，三五十件。孝敬荣国府，名义上是给宝玉的。如同王熙凤给刘姥姥钱，名义上是给她外孙的。宝玉以为真是给自己，作主要散给街边乞丐。

要这样，礼物白送了。贾母使坏，逗张道士："这倒说的是。"摆出要应允的样子。张道士忙拦住，说施舍穷人，还是给钱吧，别糟蹋东西。

张道士主动变被动，他的慌张，让这场戏完备。

礼物里有个金麒麟，宝钗说史湘云也有一个，其他人没留意过。黛玉夸宝钗眼尖，是冷面幽默，说宝钗对他人的佩挂特别敏感，让大家联想"宝钗金锁和宝玉佩玉是一对"，对之哈哈一笑。

冷场了，别人不敢应声，宝钗听着别扭，装没听见。

因为史湘云有麒麟，爱屋及乌，宝玉不想让这个金麒麟给别人分走，揣入怀里。怕黛玉看见了又开玩笑，十分忐忑，偷瞧大家反应，果然其他人没注意，唯独黛玉盯着他，原文是"似有赞叹之意"——妙笔，黛玉神色毕现。

她不是尖酸刻薄，是在玩，只是基顿式冷幽默太先进了，大家玩不起。吓坏了宝玉，谎说想把金麒麟给黛玉，先帮她收起来。宝玉错了，正确反应是迎着黛玉的眼神一笑，什么都别说。意思是，你又开这种玩笑呀！黛玉就满意了。

作为一个相声演员，总得不到笑声，反而搞得大家越来越慌，黛玉也觉得没劲，不再理宝玉。

看戏过后，写宝黛二人像多年夫妻般吵嘴。你俩不是发誓不谈男女吗？没法自圆其说，戏因而好看。

宝玉像小时候第一次见黛玉般，发狂摔了自己佩玉。黛玉再不是当年柔弱小孩，一怒就拿剪刀，把玉上穿的穗子给剪了。

戏真好。但好戏当中，犹如肯德基的巨无霸汉堡，层层肉里混进块腐烂菜叶，夹进一大段文字解释宝玉、黛玉的各自心理，大讲什么"看来两个人原本是一个心，但都多生了枝叶，反弄成两个心了"。

这一段写法，对后世影响大，民国的蝴蝶鸳鸯派、港台的言情和武侠都学它。这么写，能轻松衍出许多字来，是卖字为生的大法，张恨水、琼瑶、金庸靠它买房买车。

快学，快学。

但有违《红楼梦》文风，看了二十九回，我们已熟悉曹雪芹笔法——先呈现人物行为，不解释原因、不分析结果。读者半猜着看，不知延续多久、不知在哪个细节上，忽然读懂。无法预计地恍然大悟，带来翻倍的阅读快感——巴赞在二十世纪五十年代悟到的纪实美学，也如此。

纪实美学，首先是一种叙述方式。我们老师一代，在二十世纪八十年代学了巴赞后，便觉得苏联的蒙太奇没劲了。

脂砚斋说曹雪芹细腻，是构思时用心细腻，不是描写。曹雪芹文笔不是细，是准。情节的层次多，但每一层，都是"似有赞叹之意"般，用字极简。

这一段用笔太细，曹雪芹是大写意画家，玩的是"以少胜多"，不爱密密麻麻的工笔画。纪实美学叙述、轻薄描写，才是他文风。这一段完全违反，疑似书商添笔。

往好处想，是曹雪芹做的分场提纲，一场戏，人物的心理活动是什么？先大概定下，作为创作语言、行为的依据。语言行为创作出来后，分场提纲就没用了，提纲文字是不能加入完成剧本里的。

一张画的草稿，是被完成品掩盖的。这段文字，犹如《蒙娜丽莎》上留着打草稿结构线，花了蒙娜丽莎的脸。

书商不解，这段文字人物心理清清楚楚，还很感人，干吗不加进来？资深读者看叙述，一般人看悲喜，笑够哭够，就觉得好。资深影迷看拍法，一般观众看画面，画面漂亮就觉得好，资深影迷看的是镜头间的组织关系。

12 ⊙ 痴及局外——梵高塞尚

三十回，宝玉有肚量，主动和好，哄黛玉。黛玉下台阶前，先摆架子，说要回家乡，一走了之，宝玉便说她去哪儿他都跟着。黛玉说去死，宝玉说那我当和尚 —— 夫妻情深，才会这样。

明明是顺着你的话说出来的，黛玉却不干，严厉批评宝玉，说两人是兄妹，不能用这种话。下回，对宝玉有男女之实的袭人，黛玉超越主仆，称她为嫂子，以宝玉妹妹自居，是再一次强调。

黛玉对宝玉，一方面至亲至爱，宛若一人，一方面严防死守，一溢到男女边界，立刻翻脸。这是电影写人物性格之法，一部电影的时间太短，不及铺陈，只来得及以关系反映性格。关系矛盾，性格便独特了。

人与人之间的至亲至爱，一般故事，要经过波折考验，逐渐相识相认，最终方能达到，欧洲神话、好莱坞俗套均如此。曹雪芹大胆，让宝黛二人没有相识相认的过程，一开始便已达到至亲至爱，该是结果的东西成了起点，读者无法预期，对作者也是挑战。

宝黛二人相望而哭，便是"咱俩这么好，以后怎么办？"的心理。好得无法安放，只能找别扭，往坏里闹闹。

这一日，宝玉是处处别扭。他讨好宝钗，说像杨贵妃，想赞她漂亮。宝钗理解的杨贵妃，是安史之乱根源、亡国败家的祸首，借训自己丫鬟，训了宝玉一通。不同理解，造成隔阂，宝玉转去找王熙凤。

第六回，刘姥姥一进荣国府，已知王熙凤有睡午觉习惯。本回明确交代，王熙凤在夏天必午休。宝玉乘兴而来，见宁静如夜，只得退走。不同习惯，造成隔阂。

宝玉又去找金钏儿。金钏儿是宝玉母亲王夫人的丫鬟，二十三回，宝玉硬着头皮去见父亲，她和一众丫鬟在门口，问他敢不敢这时候吃自己唇上胭脂。宝玉当然不敢，金钏儿逗宝玉，是给丫鬟们取乐。

曹雪芹笔法极简，一句玩笑，说明她在众丫鬟里地位高，才会领头嬉闹。找上金钏儿时，她正伺候王夫人午睡，给捶腿，不便聊天。金钏儿有幽默感，宝玉郁闷半日，不愿走，贪心跟她说话。

伺候王夫人午休，金钏儿自己也犯困儿，推开宝玉，说王夫人的另一个丫鬟彩云正跟贾环厮混，叫宝玉去捉拿，用心是支使宝玉走。

捶腿动作一断，王夫人就醒了，给了金钏儿一耳光，吓跑宝玉。

局面不对，造成隔阂。

宝玉走回省亲别墅，隔着花墙，见一女孩蹲地上，以簪子画字玩。女孩痴心一片，一个字反复写，看痴了宝玉。一会儿下雨，女孩浑然不觉，宝玉发声提醒她避雨，却忘了自己也被淋湿。

一日里，宝玉处处与人隔阂，至此终于融合。两人没说上话，宝玉精神超越了花墙，与其链接在一起。此处文笔，是"哲学情节化"的典范，令人慨叹，"曹雪芹是朱元育"的说法，或许有理。

朱元育解释《参同契》，连带着把武则天时代兴起的华严哲学也解释了，讲人类感受到的世界，是由因果、大小、多少、主次、外表和功能、外表和内核、相互排斥的体积、结构性组合、普遍规律、时间先后 —— 十大错觉构成的。

突破十大错觉，世界对你就是玩物了，形容为"虚空粉碎，大地平沉"，世界对你没有约束力了，成了块手机屏幕。

突破后的世界是另一番景象，原因和结果同时呈现，没有过程、不需要代价，一条鱼想进化成人，只要它动了这想法，立刻就成人了；一粒尘埃和银河系一样大，银河系和尘埃一样小；所有生命是一个生命，一个生命同时是一切生命；主次消失了，比如看《红楼梦》，盯着贾环看，就看到一部以贾环和彩云为主角的小说，宝玉和黛玉成配角，盯着秦可卿看，秦可卿就不会病逝，直至一百二十回。

外表和功能一致，比如香水不再是液体，只有香，或者建筑不用再满足力学，纯粹玩造型就行，塌不了；外表和内核一致，比如皮肤可以思考，心脏可以看见听见；事物不再有独立的体积，比如一个瓶子装一百个豆子就满了，但继续装下去，会发现再装一吨也没问题，犹如无数道电筒的光柱照在一个点上，不会产生排斥；组织结构消失了，士兵指挥作战，司令在前线冲锋；人为总结出来的规律消失了，发现大海没有涨潮退潮、月亮没有阴晴圆缺；发现时间是骗局，历朝历代同时存在。

萨特在二战末期写的《存在与虚无》也在讨论这些。原来是这样啊，一千两百年前的洛阳和二战后的巴黎一样，满是听爵士乐、穿着高领毛衣的存在主义者。

突破后的世界如此有趣，怎么突破？武则天介绍，总这么想，就行了，观念改变，感受便随之改变。

武则天说得简单，后人觉得吃力，绞尽脑汁也难想成。朱元育提供了一个便捷方案，不必费心想，看就行了。

宝玉注视，跟花墙内的女孩合一了。宝玉不是特例，有的初学画者，野外写生时也会不经意间，出现此情况。要出现了，人就美了，总要出去画画，一辈子脱不了这爱好。

而有的大画家一辈子做不到，基本功太好了，全是经验和手艺，面对风景，动手太快，眼睛看少了。身为美校学生，我几十年对梵高无感，觉得无非是浮世绘版画造型、当年流行配色法的组合，创造力有限。直至在英国，看到梵高《椅面上的烟斗》原作，彻底服气。与画册的鲜艳不同，原作灰蒙，椅子和烟斗像一人在镜中审视自己的脸。

梵高厉害，与外物合一了。

按《参同契》的词，叫"坎离相交"，坎离为八卦符号，坎为水，离为火。俗话说水火不容，明确的两个东西，你是你，我是我。想破十大错觉，先破"你我"的观念吧。

注意力放在外物上，久而久之，隔阂消失，同呼吸共命运。最好的爱情，是共情。因关注一个女人，你旧日的经历、性格、习惯不再起作用，这种解脱、自我更新的感觉，便是天堂。

关注就行了，一想怎么得到她，你还得依靠旧日经历、性格、习惯，立刻沉渣泛起，跌入地狱。那你就还不适合面对女人，去看风景吧。

后期印象派三杰，塞尚、梵高、高更，两位疯癫。塞尚是严重躁狂症，梵高是家族遗传性精神分裂。他俩不单有病，还很笨，对一般绘画技巧，理解困难，手也跟不上，调不准色、描不准形。巨大隔阂，逼得他俩不管了，只关注眼前物。

塞尚写生时的思维状态，不是总结式的，总结山的线条精彩在哪儿、不完美在哪儿，便画不了啦，他是全然接受，久久观望，和山融为一体。下笔所画，不是他在总结山，是山在总结自己，送给他一张画。

宝玉隔墙观望，突破"人我"隔阂，以人为我、以我为人，提醒女孩下雨了，反被女孩提醒你也给淋着了，隔阂顿生，又恢复成两人。

同情同感的状态下，淋雨无所谓，又变成独立一人，习惯上来，对被淋湿了觉得讨厌，宝玉一路讨厌地回去。正赶上袭人领着众女孩在玩水，不亦乐乎，要跟敲门者逗趣，迟迟才开。等门开，宝玉气得不行，一脚将袭人踹倒，败了大家的玩兴。

独立成一人，便有了埋怨与嗔恨。

13 ☉ 晴雯撕扇——游戏改变人际

三十一回，晴雯一点小事，跟宝玉吵架，因宝玉打了袭人，感到不忿。不是为好姐妹出头，是同为下人，唇亡齿寒。

袭人来劝架，不料晴雯气性上头，谁跟她说话，她攻击谁，连袭人也损，说你跟宝玉有男女之实。谈主子私事，犯大忌。气得宝玉要将她赶出贾府。晴雯急哭，嘴上仍强硬，说"我一头碰死了，也不出这门儿"。

贵族同时是不平等和平等的制造者，一方面宣布自己有特权，另一方面，贵族家待遇好，下人生出跟主子的平等之心。一屋人哭闹间，黛玉来串门，晴雯如小巫见大巫，避开了。欺负袭人还行，却怕黛玉，晴雯收场有趣。

黛玉说，你们为什么哭，难道是为了争粽子吃，争急了？时当端午节，风俗是吃粽子。一句幽默，改了场面，颇有王熙凤风范。

薛蟠请宝玉喝酒，入夜方回。晴雯在院中凉榻上睡觉。写两人和好，曹雪芹造的契机是，宝玉误会是袭人，便也躺上，关心昨日踢她一脚的伤，问好些了吗。晴雯以为是跟自己和好，说："何苦来，又招我！"

没准备和好，却陷入和好的局面里 —— 电影剧本写法。宝玉只得和好，闲谈间露出个信息，跟宝玉有男女之实的，不单袭人，至少还有位叫碧痕的丫鬟，而晴雯自爱，不跟宝玉玩男女。

宝玉向晴雯讲自己的世界观，物品也有灵性，值得人尊重，比如一把扇子，可以不用来扇风，觉得撕扇子的声音好听，专用来撕，也算物尽其用，但发脾气而撕扇子，把人事恩怨放在物品上，对不起物品。

晴雯认为宝玉歪理，撕了他扇子，看急不急。宝玉说好听，还把一个路过丫鬟的扇子夺来，给晴雯撕。受到了纵容，晴雯开心，与宝玉和好。

写人物关系的改变，对电影编剧是大难。心理描写不够，转不过来，写够了，片长又不允许。巧法是，让两人玩个游戏，观众便认可他俩变了，意大利的导演安东尼奥尼和华人导演王家卫都精于此道。电影导演要像幼儿园老师般，搜罗一堆游戏，随时备用。

14 ⊙ 湘云论阴阳、袭人见丑祸

三十回后半，宝玉观望花墙女孩，一度超越人我，刚说起学理，还未讲完。三十一回后半，曹雪芹借湘云之口续说。

湘云之前都是插科打诨的配角，这场才当主角写，介绍她爱穿别人衣服，图新鲜感。没有主仆观念，叫平儿、鸳鸯等丫鬟为姐姐，送礼示好。她天生喜感，令大家愉悦，宝玉夸她有口才，黛玉想起宝玉在道观时藏金麒麟要给湘云，被自己看见后，说谎是要给自己，一时觉得宝玉特没劲，以小人之心度君子之腹，生气走开了。

宝钗见缝插入，趁机亲近黛玉，陪她聊天。可见钗、黛、湘三人间没嫉妒，她们仨对宝玉都无恋情。

湘云和丫鬟游园，见棵石榴树长势旺，湘云说植物跟人一样，气脉足就长得好，丫鬟说石榴树气脉足，层层累累地结果，人气脉足，怎么不见人头上生头？

唐朝的菩萨塑像，便是头上生头的，观音菩萨足有十一个，说明在原理上，人身也可以结果，生出新身。人和植物道理一样，为何现实里，植物显现为果实累累，人不显现，永远只有一个头？

湘云说是人和植物的阴阳配置不同，植物的阴阳配置让其显现为果实，人的阴阳配置让其虚化成别的了，比如寿命、运气、智商。

每一物都有阴阳，配置不同，造成万物差别。阴阳配置让事物成形，事物败坏也是阴阳配置的作用。阴阳呈现"积少成多、盛极而衰"的规律，犹如大海的漩涡，你的小船一旦卷入其中，便脱身不得。

认为调理阴阳配置，可拯救事物，采阳补阴、采阴补阳，能暂时起点小作用，最终无效。改变不了漩涡走向。

没救了吗？

湘云说，其实阴阳不是两样，是一样东西，比如手心和手背，都是手。阴阳对我们起决定作用，其实阴阳是假象。

此言，也是朱元育讲解《参同契》的要点，他借用唐朝人吕洞宾的话"穷取生身受气初，莫道天机都泄露"，表示人出生，立判阴阳，陷入男女、老少、父子、家国、穷富、忠奸、智愚等种种相对现象中，我们的脑子里全是阴阳概念，完全受控制，所以在阴阳中没法改变阴阳，要超越阴阳，在阴阳未分的境界，才能重调阴阳配置。

等于说，你觉得这个电视剧不好，想改剧情，修理电视机是没用的，得找剧组重拍才行。

曹雪芹是否为朱元育？是个类比说法吧，起码是位有朱元育学术素质的人。此处仅点一笔，大块理论要放到后四十回再展开。

剧本写作，哲学要情节化。曹雪芹作出示范，关于阴阳的讨论，落回到人际上了，翠缕问湘云的麒麟是阴是阳？对神兽造型，湘云没这方面知识，答不出。结果翠缕在草地上捡到了另一只麒麟——宝玉在道观里藏起的那只。

配成一对了，便有了男女。以此表示，湘云到了青春。果然，之后交代，有人向她提亲，商议订婚事宜。

她从小住在贾母屋里，由袭人服侍，袭人之后才分配给宝玉。她跟袭人的关系超越主仆，一贯谨慎的袭人独对她说话放肆，讥讽她小姐身份，还支使她给自己帮工做针线活。

宝玉不用府内的针线工人，嫌他们俗气。豪门小姐们都做女工，晚清还如此，之所以强过工人，因为从小习文人书画，高在审美。但小姐们就是玩玩，像林黛玉般最多半年做一个，应付不了日用。

湘云是实打实的熟练工，因父母双亡，依靠叔婶生活，叔婶作风奇葩，不雇用做针线活的下人，湘云被委派的本多，对袭人托的活儿，都是先做完自家的，熬到半夜再做她的。

读者本以为平日一口痛快话的湘云，对袭人的额外委派会开开玩笑，托词不干，没想到勉为其难，苦熬担下来。湘云天生大小姐气派，领着一堆嬷嬷丫鬟，撑得住场面，谁料到是下人处境。

又是"以人物关系显人物性格"的示范，湘云因袭人而有了特色。所谓性格，是截然相反的因素堆成。一举一动处处合理，便是群众演员了，主角是需要观众纳闷"她怎么这样"，诸因素之间的合理性，作者不写，要观众自己圆的。

跟湘云聊天期间，贾政派人来请，说贾雨村来做客，点名见宝玉。宝玉很烦贾雨村，说这人很多事，父亲没这安排，他总要求。

儿幼不识父母心。多事的是贾政，贾雨村是他培养的贾府外援，待宝玉长大后用的，贾雨村见宝玉是臣子拜主子，所以要自己提求见。

怎么见面的？完全虚化处理，只在事后交代，贾政对宝玉很不满意，用的词是"全无一点慷慨挥洒谈吐"，一个少年见中年人，不要求毕恭毕敬，而要求高人一等的潇洒，说明是要摆出主子派头。

曹雪芹作文重点清晰，贾雨村怎么见宝玉的场面不重要，重点是贾政的长远规划，通过批评宝玉"还是小孩样，没主子样"，便可点出事情实质。所以贾雨村、宝玉见面，完全虚化处理，实写则成废戏。

宝玉讨厌见贾雨村，湘云劝他见，学学仕途经济，惹得宝玉翻脸，要赶湘云出屋。袭人交代，上次宝钗说过同样话，宝玉没赶人，自己起身走了，甩了宝钗一份大尴尬。宝玉说，唯有黛玉从来不说这种混账话。

恰好黛玉来看湘云，门口听见宝玉背后夸自己，暗赞宝玉知己，却乐极生悲，认为可贵之情不长久，不想进屋说话了，反身而去。

宝玉赶去见贾雨村，很快出屋，碰上了黛玉，见她脸上有泪，抬手要擦，黛玉惊退几步，怒骂"你又要死了！作什么这么动手动脚的！"——可见是将宝玉作知己，并非情人。

《红楼梦》是民国出书才做的断句标点，"作什么"三字没断开。这个叹号是我加的，"作什么"在北京话里是很重语气，我小时候，大街上六七个青年拿砖头铁锨打群架，一个居委会老太太赶来，喝止住场面，也就这词。

黛玉平日炒作宝玉爱宝钗爱湘云，是女孩青春期到了，试试玩玩。不料玩火烧身，令宝玉误会，以为她真的嫉妒，那么就是对自己生了男女情愫，于是说："你放心。"——表明心迹，爱你，不爱宝钗湘云。

两情相悦，彼此相爱——是佳话，不是文学。你俩这么好，好就行了，没戏可写了。一人爱、一人不爱，方是爱情戏写法。总怀疑曹雪芹上过电影学院，难道是保护郭宝昌的田风老师？1965年穿越到明清之际。

曹雪芹让黛玉重复了两次，说对"你放心"这话听不懂。宝玉的反应是"别哄我"，之后说了些情话。黛玉的反应是"轰雷掣电"——五雷轰顶、闪电击身，对宝玉没爱，但情话真好听。从没听过，震撼了。

黛玉觉得不能再待下去了，选择避走。爱情主要是自嗨，宝玉说出情话，自己感动得不行，原地站着，又想出许多句。逢到袭人赶来送随身扇子，宝玉以为是黛玉返回，一口气都说了。

袭人先前看到黛玉走，知道是对黛玉说的，反应是"不才之事、丑祸"，点明堂兄妹恋爱是乱伦。

15 ☉ 金钏儿投井、宝玉卖友、贾政的校场枪

大多数长篇小说，相当于同名主角的中短篇合集，《堂吉诃德》《汤姆·索亚历险记》般明线多、暗线少，不同线索间的轮番交替少，作家挑明了说事，读者精神消耗少。

可想而知，欧洲人看《战争与和平》该多么兴奋，脑细胞大量死亡的快感。《红楼梦》写家庭琐事一样烧脑，不在于事件，在于叙事。拍大众电影的导演，得明白，自己首先是个叙事艺术家。

叙事，是花样。三十回宝玉蠢动，招惹丫鬟金钏儿，令她被王夫人赶出荣国府。两回过后，经过六七件事，突然给信，金钏儿投井死了。

之前没有一点情节预兆和金钏儿的性格铺垫，说死就死。《红楼梦》众女有个普遍特征，是"死"字挂嘴边，连湘云都如此。说死的不死，反而是阳光活泼、不说死字的金钏儿死成了。

性格对不上呀！

因而读者要费心思考，被赶出门、做不成奴才的荣辱感就这么强吗？贵族到底是怎样的制度？

宝玉能和丫鬟自由恋爱，跟小姐们不行。金钏儿和宝玉打情骂俏，王夫人不管，可以装睡。因为贵族有试婚习俗，年少主子

在纳妾娶妻前，幽会丫鬟，两情相悦就好，避开大人就好，金钏儿跟宝玉闹出私生子都可以。

金钏儿被开除，因为给消息，贾环和丫鬟彩云正幽会，让宝玉去捉拿。之前两次交代，宝玉喜欢坏人情事、捉拿在床，金钏儿是投其所好，为了哄走宝玉，别烦自己。

宝玉曾差点被贾环烫瞎眼，宝玉、王熙凤把贾环往好处想，认为是失手，王夫人清楚贾环是害人之心，宝玉坏他情事，日后必下黑手报复。金钏儿看不明事理，还跟宝玉这么亲近，宝玉要犯糊涂听了她的，会有危险。

不管金钏儿有心无心，王夫人都铁了心要赶走她，清除这颗地雷。金钏儿随口说的话，被定性为挑唆妻妾两房关系、教唆宝玉淫荡，便是人品问题了。

金钏儿倍感冤枉。

因为试婚习俗，丫鬟跟少主平日都这么说着玩呀，宝玉和金钏儿调笑时，两人都自信，宝玉向王夫人开口，调她做他房里丫鬟，王夫人会欣然同意。

儿子到了年龄，母亲派自己的丫鬟充当试婚对象，总比放任宝玉招惹别人的丫鬟好吧？应是王夫人原本计划，跟金钏儿谈过，所以金钏儿才会跟宝玉说，自己早晚是他的人，跑不了。

谈得好好的，怎么自己突然就成了"下作小娼妇，教坏了爷们"？金钏儿想不明白，气不过，于是自杀。她是以死抗议，表示王夫人错了。

死得糊涂，至死也不知为何被驱逐。

王夫人内疚，宝钗来劝。人都有自我保护意识，事实无可更改，只能把用心往好里说说。王夫人哭诉，驱除金钏儿是假，是为教训她，计划隔些日子就召回来。是谎言，开除时毅然决然，铁定不会召回。

怪金钏儿误会了自己用心 —— 开脱一半责任，仍认为自己有责。后四十回，宝钗成了荣国府当家人，此时显现当家人正确做法，宝钗说金钏儿是失足落水，不是自杀。

完全脱责 —— 没想过还能这么说，王夫人点头。看来以后，对内对外，金钏儿之死便按此说法了。

王夫人是上一届荣国府当家人，思路敏锐，手段极差。认清金钏儿是隐患，是大局观好，但处理粗糙，打耳光、骂脏话，找来金钏儿母亲将其领走，显得自己理直气壮。金钏儿哭诉，任打任罚，别开除，跟了您十年，一下开除，外人以为犯了大罪，我没脸见人了。

十年情谊，王夫人完全不管。这种温室养大的小姐，当了女主人往往如此，一旦翻脸便彻底无情，敌对意识极强，发现你一点不好，以前的种种好，在她心里都没了。

贾母提升王熙凤及早接替她，定是之前有几件大事办砸，手法粗糙生硬，让大家受不了。如是王熙凤，安排金钏儿嫁人就行了，或是派到贾府之外的别业去。目的是让她远离宝玉，手段多了，何必翻脸？

宝钗展示出的当家人素质，一是装聋作哑，二是会说美丽的谎言。人都有个自我调整的过程，让底下人自己调整，少指责少监督，事情能良性发展，管理者事事较真，则会崩盘。出了坏事，暗地惩处，明面上要给高位者脱责，地位高、辈分高的人代表家族，他们的错误公之于众，全体蒙羞，家族无法延续。

"刑不上大夫"便是此意。春秋时代不对贵族施刑法，让回家自杀，说成是病逝、意外事故，国君发文表彰其一生美德。他死了，国家还要靠他的家族支持，不能破坏他家族在民众中的威信。

日本反复拍摄的《忠臣藏》故事，是我们春秋时代的反光，一伙人犯法杀人，国法理应处以死刑，但他们是为主报仇，感动百姓，强烈要求免罪。为安抚大众情绪，幕府妥协，特许领头者自杀。自杀意味着不是犯罪，有了体面。

金钏儿被赶走即投井，因果关系明显，直指王夫人。一家女主逼死女婢，名声难堪。宝钗说金钏儿失足落井，金钏儿的母亲、妹妹都好在荣国府继续就职。贾府发放抚恤金、代办葬礼，便不是赎罪忏悔，成了深情厚谊。王夫人脱责，荣国府保住荣誉。

祸不单行。忠顺亲王府的管家上门，讨要一名失踪的伶人蒋玉菡。旧时代官宦家里养戏班，男伶人享有一定自由，所以蒋玉菡可以交往北静王，参加冯紫英家的聚会。

贾家跟忠顺亲王无来往，其管家对贾政说话不客气，问罪姿态。忠顺亲王应是负责皇室特务机构，比如雍正皇帝在皇子时期，掌控皇室特务机构粘杆处。明清以特务遏制大臣，超越官场秩序和法律，管家特务气重，对贾政倨傲无礼，是职业习惯。

亲王府的管家是有官职的，从六品为极限，不能再高。贾政调宝玉来询问，宝玉演出一副被冤枉而急哭的样子，说蒋玉菡的别名"琪官"，自己从未听说。高傲的宝玉也会撒谎，眼泪说来就来，令读者大跌眼镜。

作为男一号，看了三十三回，还要对他重新认识——这便是读长篇小说过瘾的地方，长篇小说才可如此多变。

高超的演技，也敌不过情报网。管家不为所动，说你和蒋玉菡互送过腰带，威胁快交代，否则我跟你爹说别的了。吓坏宝玉，一叶知秋，知道瞒不住，为不让父亲得知自己别的事，及时止损，出卖了蒋玉菡藏身地。

管家得逞，临走威胁，捉不到人，会再找宝玉。非常专业，防止宝玉反复，交代地址后，又派人快马加鞭通知蒋玉菡逃走——《水浒》里的好汉们，总这么办。

贾政亲自送管家出门，要宝玉原地等。宝玉心知将挨打，想找人告知贾母来救，偏偏无人，好容易来了位老妇，却耳聋，听不懂话。宝玉无效瞎忙，等来顿打。

老妇是个噱头，将解决不解决，以增加紧张。管家一句话摆平宝玉，令贾政判断，忠顺亲王在荣国府早安插了眼线。贾政暴打宝玉，是打给眼线看的，向幕后的忠顺亲王表态，我怕您，请不要以我家为敌。

宝玉在贾府是心肝宝贝的地位，人缘又好，下人打了十下，都是假打。受监视下，一定要真打，贾政撤了下人，亲自打。如果贾母得知，就打不成了，贾政事先关了通往女眷住所的院门，警告下人，谁去通风报信，就打死谁。

打到三四十下，贾母还不来。贾政想的该是：坏了，刚才说的话太重，下人们当真，竟然没一个聪明的，偷跑去报信。我该怎么收场？

贾政身边常随着一帮门客，贾政乱讲，先说宝玉是被门客们教坏的，又说宝玉日后将弑君杀父。门客们平日跟宝玉接触不上，弑君杀父的帽子太大。门客们见贾政胡说八道了，主人失去理智，门客便可以做主，于是派人通知女眷。

见王夫人赶到，贾政打得加快，就是要激得当妈的哭闹。可惜她是标准大小姐出身，这时候还句句讲理，场面上不热闹。贾政给自己加戏，叫下人取绳子，要勒死宝玉。这才激得王夫人母性全开，撒泼要贾政先勒死自己。

终于大哭大闹，贾政可以停手。

贾母赶到，不讨论宝玉罪过，混淆是非，说贾政打宝玉，是冲着自己来的，瞧着老娘不顺眼。喊下人收拾东西，要带着宝玉永远离开京城。劝发火人，直接生效的办法，便是冲他发火。

贾母劝架经验老到，但不知所以然，是真哭真怒。这番火力全开，戏够了。贾政于是跪地认错，结束了打宝玉的事。

宝玉冲亲王府管家演戏，引出贾政隆重演出。贵族都是天生演员，生长环境和祖上遗传使然。京城经验，贵族子弟说话是"一分真，九分假"，他们答应你的事，是当面让你高兴，过后不办的。

父亲演技强过儿子。以中戏教学衡量，宝玉还是考前班程度，只能片刻真实，最多支撑个十分钟小品，贾政已可剧院商演了，三小时的《恋爱的犀牛》，完全没问题。

宝玉挨了多少板子？下人打了十下，贾政打了三四十下，门客才去通知女眷，一路来回，即便贾政放慢手速，也打了四五十下吧，等王夫人进门，贾政加速猛打，王夫人不敢一上来就劝，看不下去，才舍身抱住板子，这一番耽误，过了二十下吧？

宝玉至少挨了一百下板子，在《三国》《水浒》里，都是能把人打死的数，即便活命，也是连日发烧，晕得不能言语。怪了，宝玉刚挨完打，就跟袭人大段说话，之后宝钗、黛玉来了，都跟着聊。直到嬷嬷们来探望，才托辞说伤重昏睡，接待不了。她们地位低，来探望是走过场，来过了，情分就到了，并不指望能见到人。

入夜后，宝玉没发烧，燃起了爱情，模仿《西厢记》，叫晴雯给黛玉送两个半旧手帕，表达情意。书里故事变成自己的事，激动得已睡下的黛玉起身点灯，也模仿《西厢记》，在手帕上题诗。次日，宝玉大规模接客，几乎是小姐太太们全来一遍，宝玉都是有说有笑。

打的是臀和大腿，贾母预计宝玉几个月方能走动，不料宝玉没费那么多天，不久即可下地游园。康复速度如此之快，只能说明伤得轻。

打板子有门道，分响板子和蔫板子。蔫板子是看起来没劲，实则伤筋断骨，不用一百下，四十下之内，便可以把人打死，骨盆碎裂、腹腔出血，晚清的天津衙门里还有这手艺。响板子是看起来大力，而力量浮在表面，皮肉受苦，筋骨无损。

宝玉中的是响板子。

贾政不是职业打手，盛怒下乱抡，失手打到腰椎、后肾、膝盖内侧，宝玉就成瘫子瘸子了。盛怒是装的，认为贾政手上没准，便太小看战功家族了。

贾家是打仗打成的贵族，家训是"不忘骑射"，子弟们年少习武，是必修课。七十五回，宁国府的贾珍组织子弟们射箭，贾政高兴宝玉去学。第四代仍习武，第三代的贾政不可能躲过。

贾政年少时，至少练过射箭和校场枪。校场，考武举人的赛场。比枪术，不骑马，站地对拼。枪又长又重，使法是"粘衣纵力"，一枪刺过去，枪尖碰到敌人再使劲扎。不在起点发力，在终点。

校场枪练法，多种多样。1978年，刘家良导演的《少林三十六房》中的南方练法，枪尖沿着一个瓷盘子边沿转，以盘子不碎为标准，说明手劲儿轻下来了。北方法子，一般是拿枪杆贴着树皮、墙角滑动，称为"涮"。八十年代初，香港老一代商人有武术情怀，派小辈来京城学校场枪，学的便是涮树皮，有录像为证。

练过校场枪，手劲控制精准，玩响板子是小儿科。连打一百下，不累不喘，还显得余力无穷，贾政非文弱书生，是武将体能。

16 ⊙ 仙道鬼道——男子无才便是德

三十三回的宝玉，是个不仗义的形象。惹祸令金钏儿被开除，出了事不管，如果求情或探望，金钏儿也不至于投井吧？ 与蒋玉菡知己相称，互赠礼物时情真意切，一受威胁，就出卖地址，令蒋玉菡被捉回。

宝玉挨打后睡去，梦见金钏儿、蒋玉菡，却不以为然，没有忏悔抱歉。梦中也无情，看到这儿，读者会反感。无情无义，什么东西？

贵族子弟的共性吧，待人是口上亲热，心里远。你觉得他跟你亲近，是你的自我感觉，你在他心里什么位置，他自己也没定数。视情况而定，太平时你是他兄弟，稍有危机，你就是棋子。

遇上大险，先保存自己，爹娘皆可抛，以"不绝种"为最高使命。"仁义礼智信"在平民是道德，对贵族有时是危险。贵族家有灭门横祸，平民家没这个，所以道德观不同。没人教育宝玉这事，天生素质如此。

金钏儿、蒋玉菡在梦里现身，宝玉对他俩不以为然，这便是真相。现实里，他俩对宝玉太次要了，想不起管，不值得管。

仁义礼智信本是贵族的发明，孔子发现他们享受不了，好东西别浪费，教给了平民。民风淳良后，招贵族羡慕："哇，你们活得好安全啊！"于是引水倒流，改良本阶层已恶劣到禽兽地步的斗争方式——春秋至东汉，数百年血腥代价，完成了这一脑回路。

仁义礼智信不是马桶盖、遮羞布，真有用，贵族以仁义礼智信来保命，因为处于社会斗争顶端，比平民多了几个附加条件。比如，别有才华。

韩信是军事天才，张良是政治天才，他俩忠心皇室，却被皇室诛杀。因为太有才了，不相信他俩会恪守仁义礼智信，哪一天才华横溢，脑子飞转，又想造反了，怎么办？

平民阶层是"女子无才便是德"，小门小户，女子以不对外招惹是非为美德。贵族相反，女子是当家人，日理万机，必须有才，无才就败家了。贵族男子则要"无才便是德"，男子无才，就可以玩仁义礼智信了，进入安全轨道——贾政便如此，之前显露，他的诗词天赋高过宝玉，明明是艺术院校的，却收声敛形，装成理科生，逢人便称自己诗词不行。

才子，在平民是好话，在贵族是凶词。贾政说宝玉是蠢货，北静王、张道士看出是天才，天才外显，是宝玉日后大患。

京城老话，管艺术叫仙道，比如四大名旦之一的程砚秋，赞他造诣深，会说"程先生入了仙道"。称大鱼吃小鱼的杀戮世界为鬼道。贵族是身兼仙道鬼道的人群。

悲天悯人的宝玉，突然暴露出贵族子弟的自保本能 —— 形象多重，是主角写法。此处，就是要把宝玉往坏里写，后面戏里有大用，读者知道他可能薄情寡义，遇上抉择的关键时刻，便会提心吊胆，发出"别辜负了晴雯，别辜负了黛玉，别辜负了……"的哀号。

形象多重，是加大情节感染力的巧法。

金钏儿的妹妹玉钏儿，对姐姐之死必有怨气。王夫人窥测她，派她给宝玉送汤水。见面后，如闹出不愉快，证明又是颗地雷，过几年长大，得机会将害宝玉。那么这个女孩也不能留了，会找理由开除。

玉钏儿哪儿懂这个？控制不住自己，见了宝玉没好脸。宝玉对金钏儿之死有愧，要保住她妹妹，被甩脸子后，强忍着"实在没意思"的心理，仍撒娇讨好，逗玉钏儿说话。这期间没端住碗，热汤洒手上，不顾自己，关心玉钏儿有没有被溅到。

终于破冰，玉钏儿原谅了他，恢复友好。阅读的代入感，令读者随着玉钏儿也原谅了宝玉。叙事艺术，是玩弄读者观感，一刀杀人、一剑救命的把戏。

17 ⊙ 亲王卧底、袭人卖主

贵族家里，都有卧底。皇室、敌对党、同盟者都需要了解你家动态，明知受监视，还不能侦破除去，清除了，肯定还会派。不如装糊涂，还可以利用这些卧底，传递给他们背后的势力一些想让他们知道的信息。

贵族过的是表演性质的生活。忠顺亲王派入的卧底，起码可确定一人——宝玉的随身男仆焙茗。豪门规矩，少主出屋，去老爷太太房，也不能独行，起码有一名男仆跟随，以备临时出事，有得支使。

宝玉去贾政书房见亲王管家，随行男仆要在门外候着。贾政送管家走，命令宝玉原地等，宝玉看来要挨打，想通知奶奶母亲来救，却发现门外无人——不符常情。初步判断，出卖宝玉"有蒋玉菡腰带"的卧底，应是这位随身男仆焙茗，心虚避开了。

袭人询问他挨打起因，如不是他陪着宝玉去书房，袭人也不会问他。他闭口不谈亲王派人问责，说薛蟠嫉妒宝玉和蒋玉菡交好，在贾政面前说了坏话。

袭人不知是否真如此，使了个心眼，故意对宝钗说薛蟠出卖了宝玉，便不用自己查证了，宝钗自然会查。宝钗再次显露日后当家人的水平，分析人品和情理，说薛蟠绝不会向贾政告状，最多是在外闲谈说漏了嘴，透了宝玉消息，但贾政打宝玉，不会因谁说了什么，是根本不想让宝玉跟伶人交往。

口才厉害，薛蟠完全脱责。不管是告状还是说漏嘴，都没责任，是宝玉本该挨打。

宝钗说服袭人，维护了自家体面。其实八成怀疑是哥哥使坏，回家就查问。自己信誓旦旦的话，自己却不信，显出宝钗性格。

薛蟠气疯，发誓绝无伤害宝玉之心。哥哥神态的真假，妹妹能看明白，于是兄妹和好。绕了一圈，证明焙茗是栽赃，亲王卧底不是他又是谁？

不见得是一早安插的，也可能是临时买情报。好买通，不用等价交换，给点好处就行。东欧一众国家解体后，新闻报道，为三百万回扣而贱卖三百亿国有资产的官员不少。

宝玉被打，贾环添油加醋，向贾政诬陷金钏儿投井，是遭了宝玉强奸。贾政在一众门客簇拥下，心里想的该是：这消息给得太好，坐实了宝玉一贯混账，证明勾搭亲王的伶人，是习气使然，绝不是故意冒犯亲王。

贾环诬陷，反救了宝玉。平民家一件败家的坏事，在贵族家是件保命的好事，兄弟相残，麻痹了外敌。

次日，贾母、王熙凤探病，她俩非常放松，欢乐氛围感染了宝玉，也跟着一起说笑。曹雪芹写了好长一段闲话，表明贾政确实没下狠手，宝玉连一般受过棍棒伤后的发烧都没有，看着没事，女人们才会这么放开了聊天。

二是表明贾政已向贾母交底，忠顺亲王问罪的祸事过去了，咱家又躲过了一劫。贾母高兴，带能说到一起的王熙凤，到宝玉屋里撒欢来了。

对此，曹雪芹通过林黛玉的视角，做了暗示。林黛玉奇怪王熙凤为何不来看宝玉，按她的当家人身份、跟宝玉的亲密程度，该一早就来呀。判断必出了大事，给耽误了。

实情应是，贾政正向贾母、王熙凤告知昨日至今日的情报，忠顺王府捉住了在逃伶人蒋玉菡，认可贾政以家法处罚儿子，对此不再追究。

贾环诬陷宝玉的事，王夫人听闻后，认为宝玉房里的丫鬟会查得更清楚，于是调一个来问。传话明确，是"太太叫一个跟二爷的人呢"，故意不点名屋里的头牌丫鬟袭人。少历练的小丫鬟，才能问出真话。

袭人揣摩，王夫人看人严苛，晴雯等人应对不了，给看出毛病，反而麻烦，还是自己去了。果然，王夫人见来的是她，便不高兴，埋怨不该你来，宝玉屋里没了主事的人，宝玉要出紧急情况，那些小丫鬟负责得了吗？

王夫人是养尊处优的大小姐出身，又聪明又懒，见来的不是想找的人，但也懒得再找了，最终还是问了袭人。袭人经过历练，根本不介入妻妾两房的矛盾，说自己完全没听见贾环的什么事，然后学宝钗，不讨论事情起因，说宝玉该受教训，挨打后改了性子，能有长进。

惊了王夫人，认为袭人水平高。袭人是现学现卖，照搬宝钗，水平当然高。受了夸奖，大胆进言，要王夫人将宝玉调出大观园（省亲别墅），别再跟诸位堂表姐妹住在一起，以防发生不伦之事。

王夫人再次被惊着，认为袭人难能可贵，是能防止主子犯错的忠仆。其实宝玉没错，宝玉和黛玉还没走到男女情上，宝玉刚有心，黛玉还无意。

　　将小事夸大成主人秘密，向高层人物出卖，是下人的提升技巧。袭人由一个王夫人不想见的人，变成王夫人口中的"我的儿"。十九回，曹雪芹曾写过袭人一个粗鲁举动，宝玉来她家做客，她未得宝玉同意，就摘宝玉佩玉向家人炫耀，她可以卖弄宝玉的东西，也可以出卖宝玉。

　　贾环诬陷宝玉强暴金钏儿，是"害里生恩"——想害宝玉，结果给宝玉挡了灾。袭人的建议，是"大奸似忠"——看似忠心耿耿，却伤害宝玉最深。

　　袭人献此愚策，是丫鬟眼界限制了她。但这事超出了王夫人能力范围，让宝玉跟诸姐妹一起入住大观园，是元春指派。皇妃旨意，不好更改。王夫人能做的，只是让袭人多留意，及时通报。

　　她二人，一个犯懒不深思，一个深思超出自己经验之外的事，由她俩决定宝玉命运……以导演塔尔科夫斯基为例，拍个人经历，碰上王夫人式电影厂领导，说看不懂；拍历史，碰上袭人式厂领导，说歪曲历史。

　　宝玉命运堪忧。

　　王夫人和袭人，是两个低水平的人结成了同盟。王夫人明白要把袭人变成自己人，先得改她的经济从属关系。袭人一人领两份月薪，一份是宝玉房里的，一份是贾母房里的，作为贾母的丫鬟，派给宝玉后，贾母一直保留着她一份钱，表明这是我的人。

　　王夫人大局明白，手段太差。叫来王熙凤，要她停了袭人在贾母房里的一份钱，以后由自己付这一份。不跟贾母打招呼，没有婉转说法，直接抢人，不考虑贾母反应吗？

晚清官场上常见的一类人，想事想一步，就似乎耗费全部精力，思维自动停止。这类人多起来，朝代便要灭亡。王夫人属于此类，果然在四十六回，贾母借鸳鸯骂了王夫人，五十六回贾母是连袭人和王夫人都骂了。

没有收尾能力的人，喜欢在起点上玩花招，王夫人跟王熙凤谈袭人月薪的事前，先谈一两件别的，伪装成顺便谈到袭人。她觉得这样自然，结果多谈的事像是问责，搞得王熙凤很烦，下去后即开骂。王夫人掌权，贾家将大乱。

一出门便骂，便只有心情，没有情境，曹雪芹写她贪图过堂风凉快，停在门廊里骂的，享乐和厌恶同在一张脸上。

是电影剧本写作范例，给人物心情找个不同于心情的环境。

18 ⊙ 情与境——晴雯死因

电影剧本因为篇幅短，无法靠铺陈信息写作，要靠"情境"写作，万千信息由情境反映。

情代表主观，境代表客观。主观和客观一致，便没有情境了。心中所想和身处局面不一样，方为情境。

三十六回，曹雪芹又在教电影剧作，课堂上示范一例的写法，不得不相信，他是田风老师穿越。贵族家小孩，闲来无事，就是你看看我、我看看你，宝钗来看宝玉，宝玉在睡觉，袭人在床前做刺绣。见宝钗来了，袭人上卫生间，请宝钗替自己守会儿。宝钗欣赏绣工图样好，上手绣了起来。

黛玉窗外见了，觉得"好有夫妻相"，禁不住要开玩笑，湘云觉得会让宝姐姐尴尬，在黛玉发声前将她拉走。再次证明黛玉对宝钗无嫉妒心，揶揄哥哥姐姐恋爱，是寻开心。

宝钗心中只有图样，外观却是"夫妻相"——构成了情境。写群戏也一样，众人目的跟他们所处的局面，驴唇不对马嘴。

晴雯，死于情境。

七十四回，晴雯生理期来了，赖床不起，王夫人传唤她。王夫人的名声是不喜欢丫鬟精心打扮，晴雯爱美，所以平素不敢在王夫人眼前冒头，心想今日穿得一般、没整妆，正好相见。不料王夫人见了，认为她玩的是"病西施"的懒散引诱范儿，比精心打扮更轻浮，种下日后将她从宝玉身边赶走的祸根。晴雯被驱逐后，气不过，不久病亡。

晴雯的自我认知和别人看法，截然相反。

19 ⊙ 悬念定义——莺儿打络子

三十六回，还有多个细微处，都是点一笔做伏线。王夫人将袭人收为自己人的计划，宝钗先知道，向袭人预告有喜事。王夫人特意加了两个菜给袭人，以作恩宠，袭人有些蒙，宝钗劝她坦然接受。

袭人也是宝钗要培养的人，二十一回，宝钗来串门，宝玉不在，宝钗从袭人话里，判断这丫鬟是有心人，之后以请她做手工之由，约去自己屋里，开始笼络交往。宝钗母亲是王夫人妹妹，王夫人收了袭人，巩固了宝钗和袭人关系。

王夫人让玉钏儿给宝玉送汤，以测试玉钏儿是否跟宝玉心存芥蒂，让宝钗的丫鬟莺儿陪着，回来后，可问状况。

莺儿善于打络子——结彩绳做穗子。宝玉待着无聊，袭人请她打络子给宝玉看。宝玉这个病人，精神头旺盛，边看边问，兴趣盎然。宝钗来串门了，让莺儿给宝玉的佩玉打络子。

挑动读者记忆，佩玉的穗子原是黛玉做的，但上次宝玉黛玉吵嘴，黛玉一怒之下把穗子剪了，两人和好后，黛玉还自怨晕头，剪坏了，得给他再做一个，还不是累自己？

小姐做手工，是玩，半年也做不成一件。时隔多日，玉还赤裸一块，那么是黛玉犯懒，还没给宝玉续上。该由黛玉做的活儿，让宝钗丫鬟给做了——读者会猜，是何寓意？黛玉见了，会如何想？三人关系因此将有何改变？

有疑问，便伏下一条情节线。1970年，希区柯克在洛杉矶电影学校座谈，揭底"悬念来自观众的情感"，光有疑问，还不是悬念。黛玉的活儿，让宝钗抢了——读者看到，产生"哎呀，坏了"的情感，担忧起黛玉反应，悬念成立。

不单让观众迷惑，还让观众动情，希区柯克改变了悬念一词的定义。迷惑、动情的双重效果，令观众在脑子不够用的同时，情感却很激昂——看希区柯克的电影，便是过这种瘾。

20 ⊙ 得天命者得天下——突然法

袭人去王夫人处磕头了，从此换主，贾母的人变成王夫人的人。她回来，告知宝玉，两人开玩笑，说着说着就说到了死，北京人的毛病吧。

　　宝玉发表了忠烈无才论，忠烈指以死报国的文官武将，认为他们危难时拿不出真本事，只会寻死，完成人格。这种高风亮节，于国于民都无益。说明宝玉是看史书的，了解北宋灭亡、明朝灭亡的状况。

　　写此种状况的小说经典，有日本作家司马辽太郎的《二军师》。两位军师对来犯之敌，各有一套策略，争执不下。主持军事会议的内宫总管，以宫廷人事经验解决纠纷，提出各采纳一半的折中方案。原本不管选哪一套方案，都可以一战，折中后，兵力分散，成必败之局。

　　两个军师选择了无声抗议，放弃跟总管继续争辩，以自己战死，抗议"外行管理内行"。他俩完成了人格，证明了朝廷蠢政，但国家灭亡了。

　　明清小说的观念多是"得人才者得天下"，《三国》写的是各式人才，《水浒》讲国家如何失去人才。宝玉讲忠烈无才，他也该是此观念吧？

　　不料宝玉是"得天命者得天下"，说那些自诩清高的官员，平素爱挑政策的毛病，不知道一个朝代之所以能成立，是老天赋予的，不是出点毛病就会灭绝，官员们不知天命，在胡言乱劝。

　　所谓天命，是神所赐的统治权。宣传汉高祖刘邦是赤帝的儿子、唐太宗李世民是紫微星下凡、宋太祖赵匡胤是火龙降世，打仗都犹如神助，绝处逢生、反败为胜。军事奇迹作为天命的标志之一，异象也是，赵匡胤走过城隍庙，钟会自鸣，明太祖朱元璋降生，满室飘香。

　　之后不但君主，一个领域的大人物降生，也以异象示人，延续到民国仍如此。名画家张大千宣传自己降生时母亲梦见只黑猿，文豪周作人写文说自己降生时，家人看到老僧入宅的幻象。贾宝玉衔玉而生，是典型异象，写他是个"得天命者得天下"的崇信者，理所应当。

得人才者得天下，是尧舜禹时代的观念，尧将天下传给舜，是因为下一代人里舜最聪明，社会初始，需要创意，天下要交给聪明人。得天命者得天下，是秦始皇对自己取代周朝建立秦朝的解释，说天道循环。

得民心者得天下，为周朝取代商朝的说法，商朝纣王不得民心，周文王、武王父子顺应民心。三国人才荟萃，最终三国白忙，天下归了司马家。司马懿临终遗言便是"得民心者得天下"。

天命、才华比不过民心 —— 在武则天时近乎定论。讲她伪造印度书，为女子称帝找依据，是后世诋毁她的野史说法。哪儿用得着印度书？史实是，她得到山东诸多世族支持，由儒家理论充分论证女人应该当皇帝，主要论点是顺应民心。

得民心者得天下，在北宋仁宗年间，成明确定论。秦始皇的天命观，自汉朝因循下来，不好直接批驳，苏东坡找了商汤取代夏朝的类似事件，说天命观是骗局。否了历代皇室的立身之本，苏东坡能放肆作文，可见时代风气。

小说要谈奇说怪，不阐述大众定论。将现实里行不通的，在小说里写通，给现实提供个反向思维。不谈民心谈天命，违逆定论，是作家趣味。令读者担忧，天命的说法，无非就是秦始皇、董仲舒两套老话，您曹雪芹能说出彩儿来吗？

曹雪芹先让宝玉谈人生观。宝玉希望自己能一死了之，不要再世为人，从此无形无相，他的死，能引得所识女子们哭一场，便是人生最高价值。

宝玉言论，吓坏袭人，不敢再聊下去，迅速安排他睡觉，断其思路。白日里，邢夫人邀请宝玉去做客，宝玉托词腿伤未好，下床不便。其实伤口早愈合，次日醒来，就逛园子玩了。

玩得腻烦，想起《牡丹亭》，之前看了两遍，仍意犹未尽，去了园中蓄养的戏班。此处，曹雪芹暴露自己心思，极为欣赏《牡丹亭》，认为可解决人生困惑。

结果碰上了三十回里花墙内画字的女孩龄官，她对宝玉冷淡，以嗓子哑了为由，拒绝唱曲。原来她正与贾蔷恋爱，不愿搭理别人。

曹雪芹写宝玉"从未如此遭人嫌厌"，悻悻而归，向袭人感慨，昨夜说的理想破灭了，以为自己死了，可得到所有女子眼泪，现在看是得不全了。理想给龄官戳破，原来人间是各爱各的、各哭各的。

一般小孩四岁懂事，便是明白了独立性，人我区别，自己与万物不同。宝玉十三岁还不明白，真是蠢材。聪明，是区别能力，分门别类、剖析精准，为聪明。宝玉有两个脑子，面对大人，他是人情机灵鬼，讨好、避祸的自保意识敏锐，面对同辈女子，他的脑子还在四岁前，不分你我，万物混同。

这种"我爱一切，一切爱我"的精神状态，便是王者之心，《诗经》描述为"溥天之下，莫非王土，率土之滨，莫非王臣"——天下的一切物，都是我的，天下一切人，都是我的。

朱元育认为个人思维无穷大，"率土之滨，莫非王臣"般，但凡现实所有，思维皆在。思维没有障碍，你能跟一切人、一切动植物沟通。可惜，四岁以后获得的独立性，局限了思维，犹如收音机调定了一个频道，从此只听这个，屏蔽了满空满野其他频道。

《诗经》是民歌、政府赞歌、祭祀歌的集合，那时华人还爱唱歌，春秋时代两个诸侯国代表相见，是要对歌的，采用《诗经》前半的民歌，引申词义，表达政治立场。比如，唱的是"妹妹你大胆地往前走"的恋曲，表达的意思是，你胆子太大了，再不收敛，两国要开战。

明末儒家接管了禅学，在明清书院的讨论里，"莫非王土""莫非王臣"也由政治词汇，变为哲学词汇，解答世界观问题 ——世界属于你一人。不需要帝位，在野外画画，恍惚间仿佛天地仅我一人，一切为我所有。初学画者，也能兴出此心态。

有形有相的世界，是从无形无相里变出来的，每个人都来自那里。在那里，一切平等，你等于一切，一切等于你。回到平等状态，会发现，令你痛苦不堪的现实世界原来是你造的。

《参同契》的"参"字为参考，政治、哲学、生理可以相互参考。参考，说明是不同事的比较。朱元育判"参"字是"三"字，应为《三同契》，一字之差，立意全变，政治、哲学、生理是同一个原则。

就是"平等"。

朱元育介绍自己读《参同契》的经验，每遇看不懂时，便往"平等"上想，可破去书中所有谜语。一滴水落入一盆水里，它就成了一盆水 —— 这便是平等。每一人都可以决定人类的走向，因为平等状态下，每一人都等于全人类，可以使用全人类的力量。

《参同契》写的是如何回归平等，朱元育说法子简单，该一语说透，为何作者魏伯阳要写这么多字，还讲得支离破碎，布下谜语？

因为说透了，没人听，故弄玄虚，还能引来好奇。

人类不想回归，降生到有形有相的世界，本是来玩的。犹如劝一个游戏厅里打游戏的小孩："敌人和冲锋枪都是荧屏光点，太假了，别玩啦！"小孩会说："滚，我是花了钱的。"

死了才知道，人间的门票挺贵的。让你倍感痛苦的生活，其实是你倾家荡产买的。

此回书，宝玉谈到天命，只是起了个头，之后回目还会展开。预先解释下：

秦始皇的天命观，认为像春夏秋冬四季循环，天道以金木水火土五行循环，周朝走金运，到他这儿走水运。他取代周朝，在世俗看，是诸侯篡了王权，行为违法。在天道看，是金生水，轮换合理。

董仲舒继承秦始皇，增加了一条，天命轮换后，还会微调，以灾难怪异的现象，不断提醒帝王，要施仁政。秦始皇是骗老百姓，董仲舒是骗汉朝皇帝老实点，都是政治手段，孔子则是哲学。

《论语》中，子贡曰："夫子之言性与天道，不可得而闻也。"——朱熹、杨伯峻、钱穆一致解释为：这方面，孔子说得少，子贡叹息，不说给我听呀。

性与天道，即是天命。子贡可怜，资质不如颜回，被限制了学习。

《红楼梦》十四回出现的北静王，家里办书院，邀宝玉参加，在那里，便不会这么讲了。望文生义的解释，只能待在私塾，上不了书院。比如"不可得而闻"，会解释成，在同时代没有旁证。孔子给学生讲解的六经，别人也会说，别处也有典籍。孔子讲天命，没人这么说，这一套是怎么来的？

人脑犹如水果，到了季节，果子的糖分就增多，孔子到了五十岁，未经思考，心里便这么想了。

孔子说自己"五十而知天命"，私塾里会解释成：五十岁，人老了，知道自己的局限，认命了。往积极讲，是知道自己的使命了，人生短暂，做不了太多事，此生就完成这一件事吧。

—— 王阳明、马一浮认为如此解释，说的是人命，不是天命。书院里会发挥一下：天不是天空，比喻无形无相，无形无相变出有形有相的世界。既然都是从无到有，为何周润发二三十岁时，正逢香港电影鼎盛，木村拓哉二三十岁，正逢日本电影衰退？虚无不可怕，现实也不可怕，从无到有的过程太可怕，为何出来的是这种状况，不是别的？

知道这个，为知天命。

孔子言"君子畏天命"，难以把握。从结果上能做出点分析，貌似有理，不见得对。

托尔斯泰的《战争与和平》尾声，不再讲故事，写起论文，先阐述历史不是大人物创造 —— 很进步，读者以为接下来会说"民众创造历史"，他却说民心不是决定因素，似乎是种规律。觉得他要总结历史规律，他又说有种超越规律的东西，叫自由意志。不规律，为自由 —— 如此不靠谱，人脑分析不了，实在可恐。

原来托尔斯泰谈的是天命。

对天命，孔子讲得少。小说求奇，曹雪芹便要多讲 —— 也是托尔斯泰的心理吧，觉得除了自己，同代作家没人能讲，不可得而闻也。自信是奇闻，读者在别处看不到，撒开笔写了万言书。子贡见了，该多高兴。

尼采遗稿《强力意志 —— 重估一切价值的尝试》，他同时代欧洲人看着迷惑，甚至不知该不该算是哲学，民国学者王国维、翻译家徐梵澄一看即懂："噢，在谈天命。"此书二战后版本增多，有的加注释，高达六七十万字。

子贡会乐疯。

二十世纪一十年代至二十年代，民国报纸热衷谈尼采，文化大腕纷纷写文，自信千把字便能讲明白他。反而小说《约翰·克利斯朵夫》，对华人有难度，因为我们的历代艺术家几乎尽是贵族、士绅阶层，克利斯朵夫是平民音乐人，对其心理状态，实在陌生。

宝玉谈天命，在小说里的作用，增强了戏剧性。《红楼梦》开篇即讲衰亡，一直以小错小乱铺陈死相败迹，宝玉突然说小错小乱构不成衰亡，天命所在，亡不了。

读者震撼，看了三十六回，白看了。

在传统小说技法上，叫"突然法"。长篇小说一直在情节急转，转多了后，转情节已造不成突然效果了，得颠覆观念。

21 ⊙ 诗化人间、螃蟹横行

日本二十世纪八九十年代，两度成为围棋第一人的赵治勋，决胜前夜，往往整宿酗酒，把体力耗光，次日出发前泡个热水澡，在近乎崩溃的状态下迎战。面对大敌，玩不了基本功，玩的是天命。

艺术家都是玩天命的人。看各国导演传记，发现不少导演酷爱把自己置于"还没想好"的崩溃状态，没有剧本就开拍了。不知拍什么，便会"不规律的发生"些什么，比预想的高明。

导演跟编剧合作，很难有具体指示，一般是苦劝编剧继续写。实在搞不清导演意图，编剧烦了，罢工。导演诱导："我在脑海中已经看到这部电影了。你再写写，它就会诞生。"

编剧要问："你看见什么了？"导演一定哑口无言。

知天命，是对"无中生有"的变化，敏感了。敏感，是还没搞明白，模模糊糊，但已不是常人思维。《三国》讲各类人才，顶级人才是曹操、诸葛亮，两个谋略大师，其实不信任反复推敲的谋略，更相信"灵机一动"。

对天命敏感，为才华，艺术家容易有。谈过天命，曹雪芹接着谈才华，写大观园中办起了诗社。

雅事由俗事开头，两个俗人引发了诗运。宝玉对庶出妹妹探春，平日保持距离，不是瞧不起庶出身份，因为她套亲近，太刻意，宝玉本能抵触。探春今日迎合宝玉的才子爱好，写了篇文采飞扬的信，要办诗社，邀请宝玉加入。

宝玉正无所事事，游园游得腻了，此信投其所好，欣然前往，探春得逞。宝玉紧接着收到了一封贾芸的信，自称不肖之子，让下人送来花卉。之前借宝玉一句玩笑话，贾芸认岁数比自己小的宝玉为爹，今日以送花巩固关系。

前后两封信，以贾芸类比探春，曹雪芹毒辣，指出她巴结攀附宝玉。

探春组局，自己不抢风头，看来是总结了经验，讨好宝玉，不能刻意。宝玉亡兄贾珠的遗孀李纨出彩，抢着说话，拿主意。之前李纨是个寡淡无趣人，此处变得有趣，读者喜悦——得重新认识她，等于新生出一个人物，那故事便又将多一番变化。

尼采的"强力意志"一词，跟《战争与和平》中的"自由意志"一样，都是形容"不规律的发生"。托尔斯泰认为人类把握不了，尼采认为他可以，重估一切价值，给人间这台大电脑换个软件。

马一浮认为，孔子改社会是从天命上改，回到虚无，重新下载。并认为，孔子找到了从无到有的操作关键——诗，诗风一变，社会随之而变。

听着荒诞，现实如此。

我这代人年幼，逢上七十年代末的朦胧诗运动，延续到九十年代初，我这代人上大学，宿舍里还收留过流浪诗人。1917年，胡适归国，提议全盘西化，也是从白话诗运动开始。

大观园办诗社，是此用意。

写了三十六回衰相，再一路衰下去，小说便无趣了，曹雪芹写起了兴盛的可能，传统技法叫"逆写"。悲剧前要写一段喜事，乐极而生悲，悲剧力量加大。一洗颓废，欣欣向荣时，灭亡却到来，更令人痛惜。

《论语·为政》篇，子曰："《诗》三百，一言以蔽之，曰：思无邪。"——思无邪，来自《诗经·鲁颂》中的一首诗，"思"不是思想，语气助词，相当于"好厉害、好可恶"的"好"字，"邪"是慢下来的意思。原诗写鲁王的马车队，"思无邪"本意是，别停呀，你可以通达一切。

程颐、朱熹、杨伯峻都认为孔子故意犯错，把"思"当思想，"无邪"是天真无邪，解释为：《诗经》三百余首，一句话概括，说的是率真。

如果孔子没故意犯错呢？

马一浮在《语录类编·诗学篇》说，诗的最高境界是万物一体之仁。仁，他以中医术语解释为敏感。麻痹，是不仁。符合"鲁王的车队到达一切地方"的"思无邪"本意。

诗意，是把自己投射到万物上，感到万物平等，没有障碍。三十七回，写出些诗后，曹雪芹怕意思不明，又以讲故事来表达。

大家想起史湘云。湘云幽默，少了她，不热闹，于是将她从史家接来。湘云要做东，宝钗知道她靠叔叔婶子生活，手头拮据，于是提供螃蟹，以湘云名义请客。

螃蟹，是横行。

这场宴会，打破主仆关系，一律平等，出彩的是贾母丫鬟鸳鸯，她和王熙凤打趣斗嘴，句句占上风，竟然让王熙凤讨饶。李纨和鸳鸯是快要正式写她俩了，预先给读者个印象，曹雪芹在从容布局。

平等的顶峰是刘姥姥，她二进荣国府，送土特产回报王熙凤，本想送了便走，不奢望面见。贵族门里，平日要做些平等待人的事，以彰显自身德行。上次善待刘姥姥，王熙凤自觉是得意之笔，当然接见，贾母听说，也要礼贤下士。

　　刘姥姥以土味幽默，博得众人好感。临走时，上上下下都送礼，而上一次不见面的王夫人这次给了一百两，当生意本钱，要一把将她家扶持成小康。

　　这期间，曹雪芹敲了两个不和谐之音。林黛玉说刘姥姥是母蝗虫，不是好词，但读者随后发现，说的是刘姥姥饭量大，黛玉在女孩子们中逗乐，没有恶意。所有人对刘姥姥都太好了，这么写，小说便单调了，曹雪芹让称王称霸惯了的黛玉做了调味品，说点出格话。

　　刘姥姥用了妙玉茶杯，妙玉有洁癖，事后要扔掉。宝玉做主，将茶杯送给刘姥姥，一是代妙玉表达友善，二是怜惜刘姥姥贫穷，杯子贵重，可卖钱应急。

　　原来，是以不和谐之音，引出温情。刘姥姥也曾闯祸，醉酒睡了宝玉的床，没遭嫌弃，袭人帮着掩盖过去。开螃蟹宴，刘姥姥到来，比喻在垂直的等级里，总有跨阶级的横行者。

　　因为平等，是人的本性，在任何社会制度里，都会纸里包不住火般呈现。

22 ⊙ 塑像成精、杨贵妃未死

　　刘姥姥来的第一天，晚饭后在贾母屋里聊乡间逸闻，一时兴起，现说现编，讲起了鬼故事。贾母不爱听，让讲别的了。小孩爱听鬼故事，聚会结束后，宝玉单找刘姥姥，让讲完。

　　刘姥姥继续编造，说有位青春而逝的小姐，家人建庙塑像以纪念她，家道衰落后，庙没人管，塑像成精，常变成人游走，乡里人受了惊吓，闹着要毁庙砸像。

宝玉决定出钱修庙，让塑像受香火供奉，便会止住作怪。说成精的不是塑像，就是那位小姐本人，有一类人是"虽死不死"。临死前，思维没涣散，反而顽固，肉体死亡后，思维构成一个人身，延续下来。

朱元育说天地合一，体现在水火能交融，撮合水火交融的是土。土是秘语，指人的思维。天地水火是物理，思维能改变物理。但我们平时所想，起不了作用，因为散漫惯了。

思维千头万绪，要有力，得整合，但忙不过来，千涛万浪怎么整合？

海底是平静的。

临死前一时急切，沉入思维的深层，成就了宝玉所言的"虽死不死"。白居易作《长恨歌》，写唐明皇坚信杨贵妃未死，亡魂会托梦，没给我托过梦呀！派人出海，在蓬莱岛找到了虽死不死的她。

我一代人从小受的教育，肯定反感宝玉和白居易的愚昧。见谅见谅，评论古典小说，躲不过要介绍一点古人观念，谁让《红楼梦》至今还是正式出版物？

白居易考过英语六级后，会厌恶自己，亲手撕毁《长恨歌》。

苏东坡说他不需要临死挣扎才能进入思维深层，平日便可以，一写作就进入了。他是高官、书法家、文豪，自我评价，当官不专业、书法不认真，这辈子最爱写作，沉入思维深处后，层出不穷涌出的灵感，令他享受。

一个政策，往往需要一二十年，方才看出真正效果。能预判，需要几代从政经验积累，不是世家，也得有师承。科举上来的人，缺乏从政经验，便拿哲学、道德、家乡风俗、文理辩论政策，因是学习尖子，口才占优。便是宝玉所言的"胡言乱劝"之风。

北宋皇室提拔平民子弟当官，以对抗贵族，外行打击内行，取得权力制衡。王安石死后，苏东坡慨叹，跟他比，我们这帮人当官当得好业余啊。

影视行里，苏东坡的数量大。一见面便对你说"得改"，第二句话"总得改吧"，第三句是"导演都改"。1972年，《教父》公映前，《法国贩毒网》大热，业内高人普遍认为那才是《教父》该有的样子。

《教父》公映五十周年庆典，科波拉还在提这事。当年他想不出应对的词，厚着脸皮熬到公映。五十年后，也想不出。人已改行卖酒了。

转行餐饮业，是导演的出路，得及早，因为会产生竞争。导演的晚年，大概率是守着个拉面烤串店，墙上贴几张自己电影的海报，残破油腻，客人里谁说看过，就送谁两个腰子。

23 ⊙ 探春书品、惜春画技

四十回，贾母带刘姥姥游览大观园，串了几位女孩居所。黛玉屋里是文人做派，素雅而有情趣。宝钗居所，无趣之极，非黑即白，几乎是灵堂。曹雪芹写宝钗已开悟，所以是王重阳"活死人墓"的做派。贾母看了，觉得瘆人，给添了点摆设。

探春住所，摆笔墨纸砚，但不是文人做派，像个商铺，东西以几十个为单位，砚台陈列如仪仗队，毛笔如树林茂密。案头垒着各种名家字帖，不知她到底要学谁。

室内挂米芾山水画、颜真卿书法。

宋代书法四大家苏黄米蔡，除了米芾，另三位都是高官兼文豪。米芾练字的时间比他们多，可能自觉远超另三位，没了进取心，剩余时间画起画。文人作画要到元朝才泛滥，在北宋中期还属于匠人事，米芾画得少，尤为珍贵。

唐皇室捧王羲之，北宋文人阶层崛起后，集体捧颜真卿。颜真卿是为国捐躯的忠烈，符合"书品即人品"的北宋新审美，欧阳修说："使颜公书虽不佳，后世见者必宝也。"——人品摆着，就算颜真卿书法不佳，后世也必然推崇他的书法。

苏东坡认为极佳，一步登天，穷尽了所有可能，没给后人留一点发展空间，颜真卿之后，书法艺术就结束了，没的可玩——"书至于颜鲁公，画至于吴道子，而古今之变，天下之能事毕矣。"

苏东坡一高兴就胡说，逗你玩，信他就傻了。

贾家是国公级贵族，该有此级别收藏。贾政苦心营造自己"没才华"的形象，名家书画不放自己屋，放给女儿摆阔，符合人设。但颜字千年、米画八百年，应卷轴装箱，避免日晒。探春这样，长期挂着，不利于保存。

贾政给女儿的，应是赝品。

明朝中期至清朝初期，作伪高手辈出。清皇室是高仿爱好者，收购了王献之《中秋帖》、颜真卿《自书告身》、神龙本《兰亭序》、米芾《多景楼诗册》。

每逢改朝换代，都是赝品的好时代，新贵崛起，一听到"颜真卿"便掏钱，无需高仿，低仿都供不应求。经二三代人，文物市场方能正常。

年少喜欢颜真卿《麻姑山仙坛记》的剑拔弩张，一位学长说此帖表现欲太强，境界不高，要知道"功到深时浓转淡"，推荐颜真卿晚年写的《勤礼碑》，千钧之力归于平淡。此碑1922年出土，如同新刻，但翻拓上纸的技术差，字迹模糊，确实看着没劲。

我想等到出版了更清楚的拓本，再学。一学长说他爱上了这种暧昧不清，将颜真卿晚年领悟到的淡味，又淡了一层。日后出版了刻口清楚的拓片，他反而不会买，怕失望。

学长临过三年《麻姑山》，自觉走错了路，宣称以《勤礼碑》为归宿，余生只练它。感动了一位同学效仿，狠练了半年。半年后，就不练了，因为发现自己写的好过了原帖，十分困惑，没敢继续。

青春倥偬，三十年过去。《勤礼碑》为民国伪造，几乎成了鉴定界公论……学长又走错了路。

绘画有迹可循，书法要超越表面的视觉效果，鉴定更难。初看苏东坡《寒食帖》，觉得创意十足，米芾的《蜀素帖》一手技术活儿，文人与匠人的区别明显，苏东坡甩了米芾八条街。年近半百，惊天逆转，发现匠气的是苏东坡，设计感强，米芾则笔笔自由。

不是分析出的，是五十而知天命，时光的结果，自然这么觉得。

探春练字的排场如此大，说明是热情，还不是爱好。假大空，难怪宝玉总躲着她。

四十二回，贾母要惜春画一幅大观园景观，送刘姥姥留念。

惜春平日画的，是文人画。刘姥姥要的，叫界画。界，指尺子、圆规，包括放大镜、原始投影仪等辅助工具。文人画相当于诗，界画相当于产品说明书，《清明上河图》是典型界画。

惜春犯愁，文人不练写真技术。民国画坛领袖吴昌硕，画藤叶、杂草、葡萄、葫芦、荷叶，神乎其技。让他画人困难，画只猫都露怯。写真能力差成这样，也能成画坛领袖，是文人画特点。

画什么不像什么，还怎么画？明清的各种画谱，便是解决此问题，将形象模式化，一个形象总结成十几笔，约定俗成，就算是此形象了。有的还没一个字的笔画多，会临字帖，就会画画了。

不仿真，那画什么？

虚实变化、笔墨趣味。

考入艺术院校，关键是完成普高学生到艺术家的人格转变，否则上多少影片分析课都没用，仍是门外汉。技术是知识积累，创作是人格发挥。

金圣叹以画法评《水浒》，墨色变化和叙述变化是一样的，学了一堆剧作原则，仍不会写故事，主要是不会变化。变化有层次、不规则。

层次，老师可以教，不规则，得自己悟。当代书法界判《勤礼碑》为伪作，几乎公论，刻碑技术的破绽是小，主要是写得太规则。

不拘常态，才是艺术。

王献之的《玉版十三行》是楷书经典，细看，是对楷书的破坏。楷，所谓"楷模"，指标准化，王献之使坏，故意笔画乱搭，比例失衡。

民国涌现出的《红楼梦》手抄本的字体，是模仿王羲之小楷《孝女曹娥帖》，但将原本的歪斜都调正了，王羲之为求趣味而写短的笔画，被统统拉长。标准化了，所以不是书法，只是书上一页纸。

整学期都在学电影，寒暑假就别再看电影了，画几十天水彩画吧。水彩画是玩水，看一点颜色兑上水后如何变化。

水彩画容易上手，文人画门槛高，不要求写真能力，要求书法功底。吴昌硕一根墨线，如贝克汉姆的弧线射门，腾空后升降拐弯。其他球星也能踢弧线球，比他少一个变化，所以服气。

不是玩笑话，吴昌硕练线条，是像练球一样练的。

赵无极早年学瑞士画家克利，晚年作品，西方人画不出，以抽象画之名，做的是文人画。西方人觉得已画到位，可以收笔的地方，对他仅是雏形，还能再做几个层次。等于吴昌硕一根墨线，他用多重色彩放大稀释。不懂书法，看赵无极作品，也能嗨到文人画妙处。

1976年，日本风景画家东山魁夷来黄山、桂林，为表达友好，中方派出画家陪同。看他写生，中方画家纳闷："不懂笔墨呀。什么人？"

美术界定位他的画，为日本的工笔重彩，在界画范围里。没有明清文人画的笔墨功底，在老派人看来，便是插图、装饰，属于工艺。二十世纪九十年代中期，他的散文集在华人青年中引起轰动，美术界承认他具备画家的心灵。

日本人学明清文人画，称为南画。1986年，南画一代宗师富冈铁斋在北京、上海办画展。以为终于来了位厉害人物，结果看傻国人……有笔墨功底，功底之差，有足球爱好者模仿梅西过人的感觉。

这个疑问，我是快四十岁才明白。参观日本原东映（电影公司）美术部库房，发现屏风上的南画，功力了得，堪比"梅西本人球技"。慨叹这位美工的怀才不遇。

陪同人员说没有这么一个人，是一群人，介绍库房里尚有三百多个屏风，历届美工所画。这样的水平，参加美术展不够格，做电影背景尚可以。问怎么看富冈铁斋，陪同人员敬仰，说泰山北斗，怎么比？

听蒙了我，颠倒的世界。

当地举办全国书法展，看过其金奖作品后，中学练过王羲之《快雪时晴帖》的我，心中暗喜，如有一日无法拍电影了，可以来这儿，称霸书坛。

中午吃饭，发现餐巾纸上写的餐馆名，是《快雪时晴帖》真传，游览金阁寺，院内路标也是，参观酒厂，装酒木桶上的厂名也是。陪同人员介绍，这样的字是匠人手艺，无法参加书法展。几乎吐血，又绝了条退路。

明清文人画抛弃写真技术，发明了一套笔墨，追求心灵的率真。日本的南画到富冈铁斋一代，将笔墨功底也抛弃了，标榜率真。日本的参展类书法对标西方抽象画，王羲之本人去报名，也会落选。

宋明理学将孔子言的"思无邪"解释为"率真"，率真成了文人最高标准，便会无限追求，明朝晚期出现过以拙笔污墨为趣味的风气，傅山书法、金农绘画都如此，一时轰动，未成主脉，清朝初期泯灭。富冈铁斋是其海外余绪。

界画的纸张颜料都跟文人画不同，惜春不懂，是薛宝钗教给她的。薛家是商人，棺材铺都开，界画属于工艺，在经营范围里。

四十二回，写黛玉作诗用上了《西厢记》《牡丹亭》典故，以为仅自己和宝玉看过，其余姐妹不知。谁知宝钗看过，约黛玉来自己住所，说："你跪下，我要审你。"装出县太爷缉拿罪犯的样子。

京城人以说损话来表达友好，宝钗刚来时，严重不适应。黛玉欣慰，宝姐姐终于学会了！亲近感倍增，扑到宝钗怀里撒娇。

宝钗和黛玉关系升级，宝钗以姐姐样指点黛玉，年少时博览艺术，可提高智商，长大了就不要耽误在这上头，该学治理国家的正经学问。说得黛玉"不语"，当代人容易理解成"黛玉觉得有道理，陷入深思"，但《红楼梦》四十回读下来，发现曹雪芹笔法，凡是写"不语"，都是表达不认可。

2006年电影《窃听风暴》，讲的是东德时期，一位导演被禁，七年不能导戏而抑郁自杀，一位女明星成高官泄欲的玩物，高官还要迫害她当编剧的丈夫，派特工窃听他的私下言论，特工良心发现，篡改记录，保护了他。

人性战胜时代，赢得奥斯卡最佳外语片。

欧洲文艺界对奥斯卡有偏见，认为不极致才会得奥斯卡。《桂河大桥》1958年获奥斯卡七项大奖，作为法国顶级影评人的特吕弗评为："对真正的电影人来说，没有什么能比《桂河大桥》更无聊的了。"

带头大哥这么说，小弟们就敢了。意大利喜剧天才罗伯托·贝尼尼，1997年以《美丽人生》获奥斯卡最佳外语片，意大利影评人的反应是，并非佳作，为获奖，贝尼尼自降了水准。

《窃听风暴》在德国本土，亦有批评声，前东德监狱博物馆长克纳贝认为影片虚假，档案为证，在东德四十一年的历史上，一个良心发现的特工都没有。导演与他早有接触，开拍前选景，看上博物馆场地，希望无偿拍摄。

馆长拒绝，除非改剧本。

没有拯救，小两口双双被迫害致死，是馆长理想的剧本。馆长的审美，还是苏联新浪潮式的 —— 是否要保持良知，是观众看完电影之后所想的事。电影不要解决现实的问题，现实的问题，由现实解决。

好莱坞电影里，社会问题一律被人性温情解决，所以好莱坞讲故事不行。

导演放弃了在博物馆的选景。

苏联新浪潮始于1956年，首开之作《第四十一》，讲一个平民出身的红军女战士，押送一位贵族出身的白军俘虏，厌恶他是剥削阶级，又无法不被他的文艺气质吸引，途中出了海难，两人在流落荒岛的情况下，成为恋人。当白军军舰到来时，女战士情急之下，开枪打死了她的恋人，之后痛不欲生。

孰对孰错，电影没给答案。提出了问题，新生力量还不知怎么对待文艺，处理不好，将成社会隐患。《窃听风暴》里的东德，显然搞砸了。

儒家发现，除了食色，人还有务虚的本能。原始人集体狩猎，摆石子谈怎么包抄野牛群，完全是纸上谈兵、空中楼阁。想象力是人类存在的保障，这一本能如滔滔江水，不可抑制。

《窃听风暴》中，一位东德干部要下属研究心理学，便于工作，比如控制艺术家，不必强制，找来谈话，摆出关注他的姿态，三四次后，所有艺术家便都会自觉地停止创作，无一例外。

干部的心理学没学通，不知务虚的本能被抑制后，将产生越来越强的反感。以《窃听风暴》的视角，看东德解体，是崩溃于大众反感。特工撬锁进入，在编剧家里装窃听器，威胁其邻居："你要告密，你的孩子就不能上大学了。"准确说出孩子名。

镜头在邻居脸上停了很久，邻居表情不是恐惧，是深深的厌恶。

儒家的经验是"诗言志"，艺术自由，大众的务虚本能平时抒发，遇上社会变故，能保持理智。平日压抑，没的放松，遇上变故，大众先要抒发情绪，一定失控。

东德解体后，东德人又想起旧日的好，反思是不是有点急了？没想好怎么保护自己，便把自己交给了资本主义……2003年电影《再见列宁》，便是表现此种心态，轰动欧洲，没得奥斯卡。

宝钗一篇大论，黛玉不语，想的该是 —— 宝姐姐聪明，可惜是商人子弟，隔行如隔山，容易把自己不了解的事往严重里想。东德就是大批宝姐姐给搞砸的。

黛玉是官宦子弟。父亲林如海病危，她去处理丧葬后重回贾府，曹雪芹特意交代，是满载父亲藏书归来，奇谈怪论的书多，黛玉惊喜，迫不及待与宝玉分享。这是传统官员形象，爱好文艺，放纵想象。

写宝钗熟悉界画，是曹雪芹说她匠气。宝钗不知，孔子以"诗化人间"为行政基础，艺术贫乏，仁义礼智信无法兴起，哪里有独立艺术之外的治国之道呢?

24 ⊙ 王熙凤道歉——士与恶之源

四十三回,贾母让贵妇小姐们学下人,用凑份子钱的方式给王熙凤过生日。玩笑闹大,让嬷嬷丫鬟们也凑,贾母逗趣,说你们比我们有钱。

王夫人能拿一百两扶持假亲戚刘姥姥做生意,府内的嬷嬷和头牌丫鬟们早受益,甚至在贾府外有田产、商铺,身为下人,经济独立。贾母装成任性贪玩,其实是提醒她们要知恩图报。

办生日的主持者,选了宁国府的尤氏。尤氏对贾母的用心,不能领会,领班嬷嬷和头牌丫鬟交份子钱,她不收或收了再退回去,说账目上能消化,记录你们都交钱了,不必真给。

占空股,是特权,不需要付出,却享有一份收益。贵族习惯享受皇室放给他们的空股特权,也模仿皇室,放给下人。尤氏是习惯做法,那几位又白占了便宜,更不会思报恩了,反而生出"我是特权者,应该的"心理。

贾母的用意落空,秦可卿一死,宁国府没了人才。

设立特权,是制度上的毒瘤。遇上事,大众心态是"谁得好处大,谁出力",相互推诿,最终谁也不会出力,明朝、清朝都是这么亡的。额外施恩,并未带来额外回报,反而刺激所有人变得自私。

王熙凤负责给下人发月薪,却拿月薪放高利贷,有时回款晚了,不能按时发放。领班嬷嬷、头牌丫鬟不靠月薪生活,无所谓,底层的嬷嬷丫鬟人微言轻，毕竟王熙凤不是贪污不给，晚几日也能拿到，可以容忍。

甚至构不成怨言，但作为管理者是大大的失分。

一府下人的月薪，是笔巨款，落实到每人则是小钱。王熙凤觉得即便出纰漏，也不会引起众怒，所以这笔钱可挪用。李纨说王熙凤不读书，再聪明，也会办错事。

没有触发众怒，却因为人人有份，晚发了一天，众人就都知道了你挪用公款，当家人的私心，让所有人看到了，上行下效，他们办公事时便也会谋私。

王熙凤赚到钱了，却损失个人权威，搞乱大局。办错事，是不知道是错事。她只会算账，算不到这一层。

读书的好处，是能学到儒家研究了两千余年的"人心向背"。商人的价值观太实在，只知钱，不知人心。商人阶层受压制，是亚洲普遍现象，七十年代日本动漫剧集《聪明的一休》，大部分故事是嘲讽商人。

个别商人痛定思痛，研究儒家，意外发现不是假正经，是大众心理学。用上了，果然得大众拥护，超越一代同行，由小字辈成翘楚，所谓"儒商"。违反商业原则，却赚得更多，电视里，是每十年都会有一部此类故事的大热剧集，三十年来，依次是《胡雪岩》《大染坊》《老酒馆》。

生日宴上，鸳鸯再次出彩儿，带头逼王熙凤喝酒。王熙凤不胜酒力，想推辞。鸳鸯调笑她摆主人架子，不接下人的酒。话重，王熙凤承担不起，勉强喝了，还管鸳鸯叫姐姐，以示平等。几位领班嬷嬷，也争面子，不顾王熙凤不支，一样敬酒，王熙凤不能不给面子。

王熙凤一下喝多，提前退席，回屋路上发现有丫鬟望风，判断丈夫贾琏趁自己不在，找人偷情，登时主子身份恢复，打骂起丫鬟，将贾琏捉奸在床后，迁怒心腹平儿，将她也打了。

换一个局面，人物就不自觉地换一套标准，所以人是社会的产物。主观想法，维持不了多久，行为的高度不统一，为现实主义手法。电影的人物要写得漏洞百出，漏洞里漏出的是时代和制度。

王熙凤在宴席上，委屈自己，甘心奴大欺主。换了环境，打骂低等丫鬟，拿无辜的平儿撒气，完全是恶主欺奴。平等过后，急转为不平等。曹雪芹会做情节线，将情节称为曲线，是要后浪拍死前浪，后事颠覆前事。

贾母安抚平儿，说次日会让王熙凤跟她道歉。

西方是阶级社会，不同阶级各有各的活法，华人则是一个活法。钱穆分析华人是"士农工商"的身份社会。士排第一位，农工商虽有各自价值观，但遇上涉及多人、影响后世的大事，要以"士"的价值观为标准。

士，春秋时代是最低档的贵族，有分封土地、有家传文化。北宋后，土地和血统不再是标准，指奉行儒家文化的读书人。

也便能理解贾母的做法了，遇上矛盾，不按贵族门里的主仆定位，以儒家道德评判两人，打人、冤枉人不对，犯错者要认错。

阶级不可跨越，是西方文艺的重大主题。《简·爱》《苔丝》《红与黑》皆以此作悲剧，暂时的打通，会将人害得更惨。《复活》的女主是看透了，绝不选择少爷当丈夫，相信他的真情，不相信他可以持久。

1985年法国电影《男人的野心》，写一位城里知识分子，受蒙田、托尔斯泰影响，回归山村生活，认为能精神升华。村民则认为他不属于这里，集体沉默，任凭本村一对叔侄将其害死。

认为自己能融入民众，是比拿破仑认为自己能统一欧洲更大的野心。

此片吓坏了我们这代人。年少时的观影经验，民众代表善与公平，个人恶念融入民众后便得到治愈。比如，1984年国产电影《高山下的花环》，高干子弟搞特权，集体洗涤了他，和工农子弟建立深情厚谊。

想不到会有"集体恶、个人善"的颠倒世界。1991的《双旗镇刀客》，2000年的《鬼子来了》，将集体描述为恶之源，在当年的研讨会上，认为是观念进步，终于恢复了对现实的冷静。

写王熙凤道歉，曹雪芹做得有层次。见了面，反而是平儿先道歉，说："我惹了奶奶生气，是我该死。"

凤姐说不出道歉的话，望着平儿，流了泪。不是因为主子身份，耻于向下人道歉，而是两人平日亲如姐妹，说正式道歉的话，反而显得虚假，哭了比说什么话都重。

换了环境，在李纨、探春等人面前，王熙凤二次道歉："我当着大奶奶姑娘们替你赔个不是，担待我酒后无德罢。"

二十世纪九十年代，以此种写法作剧本，会饿死。那时全社会都在探索商业，掌握剧本生杀大权的人认为情节层次一定要少，观众没有耐心。王熙凤向平儿道歉，将删成 —— 王熙凤说：

"抱歉抱歉。"平儿落泪 —— 戏结束。

删完后，寡淡无味。评判人像发现新大陆般惊喜："我发现，这场戏全拿掉，完全没问题。凤姐不用道歉了，又帮你省了一分钟。"

如果你希望保留，他们会敲手表："给你五分钟说服我。不能说服我，说明也说服不了观众。"这做派不知哪儿来的，多如此，像是经过集体培训。

他们九十年代涌现，强势至今。导演们穷三十年之力，也未能打探出谁培训的他们。是影坛不解之谜。

听说有新导演拍案而起："没有人可以代表观众。如果天下有这样一个人，一人心理等于亿万人，那就是国宝了。您该待在国宝级单位，哪儿会坐在这跟我掰扯。"

十分解气，投资没了。

并非对策。

1998年世界杯主题曲《生命之杯》火遍全球，"哦哦哦，嘞喔、嘞喔嘞"的歌词，折服一位学长，说这才是音乐，简单明了又感人肺腑，贝多芬、莫扎特该自惭形秽。

学长言论，说明他日后也会是个敲手表的人。他们要的，只是个旋律。交响乐则是多声部齐鸣，希腊语词根"一起响"的艺术。

《红楼梦》是一起响的，以至于我作点评，没办法按照小说顺序，要挑着讲，谈主仆平等问题，挑出鸳鸯、王熙凤、平儿事迹，而甩下贾琏撒酒疯、鲍二家的自杀、宝玉失踪等情节。

《红楼梦》如女生的辫子，多股交错的叙事。电影剧作也是以不完整信息来推进，所谓"信息清晰，一场戏完成一个目的"的剧本，是编剧水平差，匆忙上岗，还没学会写剧本。

剧作拙劣的影视在外国是大量的，以填充电视、影院的垃圾时间，维持行业运转，有其存在价值。任何一个行业，都是精品少、次品多。研究大多数，作为创作规律，只会总结出一堆垃圾主意。

以至于二十世纪九十年代末，有这样的论调——写剧本，要以"没文化"三字为座右铭，时刻警醒。导演的最佳学历是小学五年级肄业，只看好莱坞电影，对世界名著一无所知——认为低素质，是票房的保证。

面对敲手表的人们，你不敢说："电影剧本是交响乐，不是流行歌。"怕他们反驳："别提交响乐，当导演，得讲人话。"

十年后，听闻一位大导发明了套词，五分钟有效。忙请教，大导："你就说，电影的商业，是看的人多，所以电影的性质是件礼服。一人一口意见，东剪一刀西剪一刀，剪成裤衩了，只能在家里穿穿，可就见不了人啦。"

将信将疑，使了。

保住了剧作层次。对面不再敲手表，黯然神伤："你把道理讲通了。早这么说，不就明白了嘛。为什么不早说？"

学电影的青年，要珍惜前辈经验，将"裤衩"二字贴在手机背面，出门可保平安。

25 ⊙ 谁为洛神——悬念自由落地

四十三回，写王熙凤生日，宝玉失踪了一上午。他带一名男仆，骑马离家，要在郊外祭奠一人。说明此人刚死，野山野水为祭拜游魂。

宝玉有心，换了素色衣服，为不让他人看出出行目的，没准备香烛，算计路上再买。野山野水没处买，于是改道去附近水仙庙，借用香炉。

殿里供神，祭奠亡灵只能在院里。一片杂乱，看井台还干净，于是香炉摆井台上，宝玉自己站着，让随行男仆代为跪拜。说明亡者是下人。

金钏儿投井而亡、丫鬟身份，跟"井台上摆香炉、宝玉不跪"，信息能对上，应是祭奠她。宝玉回城后，碰上金钏儿的妹妹玉钏儿在独自感伤，宝玉赔笑道："你猜我往哪里去了？"

四十四回，写宝玉因为"今日是金钏儿的生日，故一日不乐"，脂砚斋批语："原来为此！宝玉之私祭，玉钏儿之潜哀俱针对矣。"信息全对上了，写玉钏儿，因为祭奠的是金钏儿，宝玉的话外之意是，我纪念你姐去了。

京城习俗，祭拜亡灵，不但是逝世的忌日，在其生日也可以，甚至不少家庭更注重在生日祭拜，当是仍在世。

脂砚斋之前批错的地方多，他不批，读者发现几条信息对上了，会觉得是金钏儿。他批了，令读者起疑，第一反应，绝不是金钏儿。

会是谁？

水仙，是曹植笔下的洛神。宝玉到了水仙庙，先进殿看洛神像，雕塑技术上佳，达到《洛神赋》中"翩若惊鸿，婉若游龙"之态、"荷出绿波，日映朝霞"之姿。看得宝玉落泪，应是跟所祭之人相像。

有学者认为金钏儿配不上这十六个字，她是俏皮小花旦，跟高贵飘逸的洛神，气质对不上。能配上的，是秦可卿，所以宝玉祭奠的该是秦可卿，回家后看见玉钏儿在哭，为安慰她，假意说祭奠了她姐……之前回目，写过多次宝玉说谎，他说谎是张口就来，毫不做作，真实自然。

如此，也能圆上。

学者是对《红楼梦》太熟了，自由联想，忘了最初一页页顺序阅读的感受。

从叙事技巧分析，不会是秦可卿，作为小说人物，她距离本回太远，在很久前已完结，如要旧事重提，不会单写一个祭祀，所谓"拔出萝卜带出泥"，必带出二三件事。可惜，干干净净，没有连带事件。

也不会是金钏儿，因为金钏儿自杀事件，通过宝玉保护她妹妹玉钏儿的职位，做出了结，波澜已止。秦可卿、金钏儿身上都无悬念了，祭奠她俩，会是废戏。

未了结的是蒋玉菡，被宝玉出卖后，结果不明。这是最近几回里，遗留下的最大悬念，宝玉行为一怪异，读者首先会想到他。

蒋玉菡是伶人，以演旦角著称，宝玉望洛神像落泪，是想起他舞台扮相。代宝玉跪拜的男仆祷告："你在阴间保佑二爷来生也变个女孩儿，和你们一处相伴，再不可又托生这须眉浊物了。"——男仆先说不知所祭者是男是女，当您是位女生吧。说到这，表达所祭者是由男生转成的女生，蒋玉菡在舞台上办成了此事。

在金钏儿生日纪念金钏儿，合情合理，也无趣。借着洛神女相，祭奠一个男生，则有戏剧性。蒋玉菡应是前日死了，宝玉昨晚得了消息……看到后面回目，发现蒋玉菡活着，全书结局时还娶了袭人。但在这回，怎么也该是他死。

悬念维持不了太久，总悬着，读者别扭。作者不管它，它也会自由落地，见缝插针，跟之后情节结合。同样情况，还有宝钗诬陷黛玉的事件。

二十七回，宝钗偷听小红跟坠儿谈话，她俩开窗发现宝钗，宝钗为掩饰，说刚才望见黛玉在窗下，她来了，黛玉就躲走了。小红于是认定是黛玉偷听，宝钗逃脱。

读者诧异，这是给黛玉惹祸树敌呀，一贯高风亮节的宝钗，难道内心卑鄙？

三十四回，薛蟠受人诬陷，说宝玉挨父亲打是他害的。宝钗几句话，轻松让哥哥脱责，读者自此明白，她是个办事会找关键的人。自动脑补，黛玉得贾母宠爱，又得贾母兵户气真传，四处怼人，称王称霸的地位，她偷听，小红只会忍了，从此躲远，哪儿敢报复？

窗下被发现的尴尬处境里，宝钗提任何小姐丫鬟给自己挡责，都有后患，提黛玉，就没事了。宝钗找到了办事关键，无关善恶。

悬念落地，读者心安。

26 ☉ 尽心平儿——孝感知天下

改朝换代，要打仗。犯下多少杀戮，才会入主京城？

地气血腥，京城人爱自杀。薛姨妈和宝钗询问薛蟠，宝玉挨父亲打，是不是你陷害。薛蟠发狂，说这事怎么赖到我头？看来宝玉活一日，我要受一日冤枉，拿门闩要去打死宝玉，再给宝玉偿命。

闹到要拼死，宝钗和薛姨妈相信了薛蟠清白。

京城暴躁，越晚来越好。为表示薛蟠行为不是他本有，是年少入京，受了影响，曹雪芹写起贾琏这个京城本地爷们。

贾琏和鲍二家的偷情，遭王熙凤捉奸。贾琏发狂拔剑，叫嚷杀王熙凤，然后自己投案抵命，大家死干净。跟薛蟠一样思路，薛蟠是模仿，贾琏是正范儿。

王熙凤一点不怵，继续叫骂，还能打上贾琏几下，屋里有嬷嬷丫鬟堵着，贾琏的剑挥不出手。尤氏等一众贵妇赶到，王熙凤停了撒泼，委屈得哭了。

京城是"谁哭谁有理"，对于京城小孩，眼泪是自来水，要哭就能哭，想维持多久便多久，童年练出的本事，能使一辈子。二十世纪八十年代街头打架，居委会的人一到，打人者抢先哭，泪人一样，表示打人是被逼无奈，挨打者品德败坏。

王熙凤逃往贾母处。贾琏舞剑追赶，摆足杀人架势，两口子进入表演模式。本是丑事，给人看笑话，破除羞耻的方法，是索性闹大了，吓慌众人，心里还平衡点。

此情况，京城小孩见多了。一条胡同里，总有一户爱这么闹的，手挥菜刀，引出半个胡同的老人们围堵劝说。老人们阻拦不及时，菜刀也砍不上。

果然，贾琏追到贾母处，邢夫人一把便将剑夺下来。真急了，哪会这么容易脱手？

王熙凤向贾母哭诉，极力打造受尽欺负的人设，一时激动，将平儿也说成坏人，说贾琏、鲍二家的合伙，要下毒害自己，把平儿扶了正。贾母大怒："平儿那蹄子，素日我倒看他好，怎么暗地里这么坏。"畜牲的足叫蹄子，称谁是蹄子，便是骂谁不是人。

王熙凤演戏演过了，把平儿搭进去了，惹贾母厌恶，那就是大事了。作为王熙凤的闺蜜，尤氏帮忙打圆场，说平儿没做那样的事，她被主子拿来撒气，还被您老太太骂，平儿太冤了。

没写王熙凤反应，从贾母话里，反映出她看王熙凤表情后，知道了尤氏说的是实情，于是传话给平儿，次日让王熙凤向她道歉。

贾母看重的是女人间的同盟关系，容不得破坏，要赶快修缮。平儿是王熙凤当家的得力辅助，安抚平儿，是为王熙凤保住阵营。

至于贾琏，贾母完全不惩戒，以一句"小孩子们年轻，馋嘴猫儿似的"了结。年少时看这段，觉得贾母被洗脑，成了男权帮凶。后来剧组生活教育了我，明白是管了没用，或者管好了也没价值，不如开开玩笑，算了。

贾母给过贾琏机会，作为当家人培养，实验失败，换成王熙凤。他已离开权力中心，人品好坏，无关大旨。他借着追杀王熙凤，持凶器到贾母跟前，在礼节上是严重冒犯，甚至对贾母喊话，发泄自己被轻视的不满。

当然，表面癫狂，内心掌握着分寸，喊话的词很贱，说贾母把王熙凤惯坏了。之后，假装是喝多了，撒娇扮可爱，讨好王夫人、邢夫人，求原谅。

贾琏的小心思，贾母看得清楚，不会指望他成才。贵族子弟废材多，白白胖胖养着，是常态。但出一两个人才，便能把家撑起来。

贵族家，像足球队。如阿根廷队有马拉多纳、法国队有齐达内，一旦马拉多纳被罚禁赛、齐达内受伤，球队立刻水准大跌，甚至被三流对手给灭了，他俩上场，球队又是一流，队员能超水平发挥。

水不在深，有龙则灵。

一个人才，便能盘活全族，少了这一个，想调整大家，可就困难了。贾母的思路是，宝玉眼见是个人才，等他长大，贾府自然为之一变。维护家业，最有效的方法，是养好宝玉，不必跟不能成才的人费劲。

王熙凤受限于少文粗鲁，并非当家人上选，是暂时合用。当家人在任期间，需要有一位替补，平时闲着，并不做事，万一当家人出事，由其出面代理，不至于群龙无首。人选是宝玉亡兄的遗孀李纨，之后，王熙凤患病，果然是李纨顶班。

六七年前，黛玉刚入贾家，李纨是沉闷无趣的形象，近日活力四射，应是贾母安排了她，有了人生方向。

王熙凤当家，许多事由平儿执行。李纨代理，便要与平儿合作。王熙凤和平儿闹崩，由李纨管平儿，夜宿自己居所。如果不是这样的关系，平儿不会跟李纨走的，再委屈也不会，跟自己主子有了矛盾，便入住别的主子屋，是给自己主子难堪。

住到李纨那儿，便不会有尴尬，应当应分。

贾琏闹事，直接害死了娇头鲍二家的。主子的脏事，下人们私下传，也都知道。但心知肚明，不妨碍做人。扬到明面上，廉耻尽失，尤其传出来她要毒死王熙凤的话，便没法活了。

她以死证明，毒杀说法是诬陷——确实说了，是跟贾琏打情骂俏时的玩笑话，说她真要实施，便是诬陷了。没有证词，没有遗言，但死的事实，不言而喻，可以作为证据——这是明清司法，承认民俗。她的父母兄弟扬言要打官司，衙门是受理的。

京城人爱自杀，不但是性格刚烈，自尊心强，还因为有司法保障。自杀是报复手段，打上官司，至少给你家一份难堪。司法遍及南北，南方人急了也如此，清朝初年，名士钱谦益过世，堂兄弟要瓜分其遗产，遗孀柳如是自杀，招来官府介入，遗产保住，堂兄弟受罚。

鲍二家的自杀，王熙凤认为是反咬一口，十分厌恶。贾琏处理此事，挪用公款，给了其父母二百两，再给鲍二些补偿，托了军方介入，迅速安葬。不给其父母兄弟有抬尸体告状的机会。

人命关天，搞得贾琏好一阵紧张。

俗话讲"欺上瞒下"，下面人才会受你骗，对上面人是欺，欺负上面人无力、无心惩罚你，骗不了上面人，因为你在人家的系统里，上面人对你失去掌控力，起码还可以得到你全部信息。

贾琏做假账，是瞒不了贾母的。

抹平自己的风流账，还用公款，如此品行，难怪要把他从当家人位置拿下。没写他为何被拿掉，这里等于写了，传统技巧叫"补丁法"，不是将没写的前事，后面再补写，前事不交代了，以性质相同的新事来说明。

衣服破了，打补丁，不是找旧布，是拿块新布补上。如此高级，避免事件重复、节奏停歇，让读者有意会的空间。

王熙凤捉奸大闹，她对贾琏专情，不甘心贾琏对自己不忠，加上是在自己生日偷情，实在侮辱，但对鲍二家的并没杀心。听到她上吊自杀，贾琏和王熙凤都吃了一惊。

也只是吃了一惊，便迅速进入办事程式，了结纠纷，心里就没事了。他俩对生命无感，本事再大，也不是人才。

宝玉是人才。李纨将平儿带回大观园，平儿哭坏了妆，宝玉引到自己处，请用自己收藏的化妆品。宝玉视平儿为上等女子，碍于身属贾琏，平日不便接触，此番伺候她补妆，曹雪芹写他是"今生未有之快乐"。

写众人大吼大叫、痛哭流涕，独一人喜不自禁。破坏整体氛围的写法，画法上叫"林密处则居舍"，密林深处，该人迹罕至，偏偏露出一线屋脊。

野气里有了人气。破坏了氛围，方生动。

不但是艺术审美，现实也一样。现实里，一户人家面目可憎、损人利己，偏偏有一个孩子相貌人品俱佳。他怎么会生在这家，不受环境感染？

令人百思不得其解，也是"林密处则居舍"的道理，世界喜欢给自己唱反调。分析不出成因，但就是这样的现状。

宝玉心态是"从未在平儿前尽过心"。一个南方演员来剧组报到，向导演表示重视这次合作，一定努力，说"尽心尽力"可以，要说："我好几位朋友都跟您合作过，这次我也给您尽尽心。"

京城导演一定吓得起立："哎呀呀，千万别这么说。"

没给您尽过心，这次给您尽尽心 —— 是下人对主子用的话。这位老师从朋友里、老电影里听过这词，见面说两句京味，以拉近关系，忘了旧京人口九成是下人，许多话不能随便用。

宝玉颠倒，将下人的平儿当主子，视自己为下人。平儿转去李纨住所后，宝玉想她的身世，不禁悲怆，流了许久泪。

能和他人共鸣，为人才。

平儿痛哭，用"别生气了"一类水词，劝不停泪。宝钗说，别因为一时委屈，便将凤丫头之前对你的好，也当成了假的。丫头，是妹妹的意思。应是李纨说的，抄稿时错抄成宝钗。曹雪芹正逐渐加重写李纨，这段话显示她跟宝钗一样，办事抓关键，日后可当家。

这话，能扭转平儿心态。

办事抓关键，还不是人才。人才的概念，是人中龙凤，龙帮助群兽，凤凰帮助群鸟，为何百鸟朝凤？ 有好处呀，谁来了给谁好处。人才体现在帮助人群上，华人取名常有叫"济群"的，小学中学大学都会遇上，祖辈期许他是人才。

二十世纪九十年代初，火遍录像厅的港片《江湖情》中，周润发演的潮州帮老大叫李阿济，阿济 —— 不是正式名字呀，我这代人的第一反应是，他叫"李济群"。

人才，最早指天子。问三皇五帝，下代里谁是人才，便是问您选了谁继任。

天地人为三才。才是灵性之意，天地人三者是灵性相通的。如果细分，太阳是天之才，天的灵性在于太阳，天道循环指太阳的南北回归线。水为地之才，地的灵性在于河流。人群的灵性在于天子。

商周天子在冬至一日，居于室内静坐，连续四日。天子四日的内心变化，将兑现为未来一年的社会现实。不是主动想象，静极后自然生出，梦的性质。所以天子得有德，胡思乱想，天下便大乱了。但好人也会做噩梦，平日德行并非保障。

不一定。因而敬畏。

天子像个电视台，一室之内的所思，作用在千里之外——是说有完备的行政组织，下了命令，组织就运转了，千里之外都可操作？还是指心灵感应，心有所感，事情便发生了？

前一说法，现代人好理解，可惜后者是原意。商周时代，科学不昌，天子还搞神秘。

父母遇难，子女在千里之外有不祥之感。但交通不便、信息不通，无法查证，也帮不上忙，于是废了手中事，静默一日。并不是求神祈祷，不做不想，只是待着，为静默。之后相聚，得知那段时间父母果然有难，侥幸过去。那一日的静默，竟有效。

朱元育以民间的孝子感应，来解释天子在冬至日的情况。真正的政治，就是这四天，可称之为"孝感知天下"。

从《战国策》看，东周的历届天子们不这么玩了，玩上了权谋。权谋，大家都玩，有玩得更好的。周天子被秦始皇取代。

秦始皇开创"以孝治天下"，历代多遵循，清朝仍是。"子女孝顺父母"的道德规范，是表面文章，称为"治天下"，暗里是政治手段。孝道，小门小户不用那么多规定，大家族才需要。谈孝道，便是针对大家族。

封建制被帝制取代，意味着贵族体系被官僚体系取代，夺权夺得太狠，易引发动乱。以孝治天下，是皇帝加强中央集权的过程中，以尊重家庭传统的名义，仍给贵族保留部分自治权，换取社会稳定。

改朝换代，新皇帝宣布以孝治天下，为暗语，安抚战乱期间骤然坐大的地方家族势力，你们现有权力是合理的，我承认。之后再温水煮青蛙，慢慢削弱之。

皇帝们颁发正式文书，要先强调自己可以感知天下苍生，便不是"以孝治天下"了，是"孝感知天下"。北宋时文化巨变，文人阶层崛起，皇帝荒疏的那些天子事，文人接手，作为自身修养。比如，夫人不能进丈夫的书房，因为书房不单是看书，基本设置有一间静坐室，天天都是天子的冬至日。

天子冬至斋戒之地，妻妾需回避。

以天子做派臣服于皇帝，是华人文官体系和英国文官体系的不同。宝玉为平儿感伤落泪，曹雪芹是拿他当天子来写，肯定他是日后撑起贾家全族的人才。

27 ⊙ 黛玉的布局

四十五回，黛玉季节病，秋天到了便咳喘。宝钗好学，家里开什么商铺，便懂什么，评判黛玉的药方有问题，建议增加燕窝。

经过上次交心，黛玉自觉两人关系亲近，说了一大段诉苦的话，将自己在贾家的处境，描述成父母双亡、孤苦伶仃，甚至要看下人脸色，吃人参已遭嫌弃，如果再增加燕窝，会闲话四起。

宝钗听完，没表达同情，还揶揄黛玉。掏心掏肺地说，反被笑话，黛玉该翻脸……没翻脸，羞红了脸。

所有的父母都等孩子一句谢谢，所有的孩子都等父母一句道歉。成年人怀念童年的纯真，但让他回到童年，八九成不愿意回去，童年的苦是不自主，被决定一切。父母不是万能，总有错误决定，即便现实没伤害，儿童主观上也觉得受到了伤害。

早慧的小孩，尤其爱将自己的处境往悲惨里想，黛玉便是这种心态。宝钗看得明白，你得贾家厚待、握有巨额遗产、孩子里拔尖的地位、小霸王的脾气，却卖惨哭穷，于是笑话她矫情。

黛玉自知夸张，被挑破，而不好意思。

宝钗说燕窝不必找贾家申请了，由薛家商铺出，常年提供。黛玉高兴，不在乎得便宜，是得了宝钗关心。小孩管你要东西，其实是要温暖。

黛玉继续撒娇，要宝钗一天看自己两次，上午来过了，下午也来看自己。等着被关心，结果等来了雨，宝钗不便，派位婆子送燕窝来。

主子们雨天不出门，下人闲下来，便会开赌局玩。黛玉跟婆子打趣，说给我送药，耽误你发财了。见黛玉这么知根知底，婆子登时亲近起来，跟黛玉有说有笑。婆子走时，黛玉给她打赏了几百文。

要知一个普通丫鬟的月薪才一百文。黛玉是送婆子赌资，冒了趟雨，得了大笔钱回赌局，能玩痛快了，婆子该多高兴。

惊叹黛玉会笼络人心，平日了解下人生活。证明她向宝钗描述的手头拮据、遭下人嫌弃的处境是假的，过一把"悲悲切切"

的瘾。

宝玉冒雨来了。嘱咐，想要什么，由他告诉贾母，由贾母直接批准，跳过那些办事婆子。宝钗给燕窝的事，他知道了，信以为真，以为黛玉有难处。

黛玉感叹，宝玉是个发小、知己，但"终有嫌疑"，千万别发展出什么堂兄妹孽恋，这是宝玉美中不足。

在黛玉的计划中，宝玉是要逐渐疏远的，躲过青春期，各自婚配后再相见，才能保住发小情谊。男女之间，经不起变故，一个恼火，便一世不见了。女生间的交情可持久，宝钗一入住贾家，黛玉就主动向她示好，可惜宝钗跟她思维上有差距。但黛玉还是有事便找宝钗，看能不能碰上某个点，一通百通，打通彼此。

碰了六七年，没想到给情爱书籍打通。现在黛玉十四、宝玉十五、宝钗十六，黛玉急于和宝钗升级为无话不谈、形影不离的闺蜜。

无话不谈、形影不离 —— 以前是跟宝玉，黛玉习惯了生活里有这样一个人，将宝玉疏远后，由宝钗填补此空白。这一日，黛玉下午等待、入睡前思考的人都是宝钗。

28 ⊙ 兵户打孩子

赖嬷嬷是下人的峰顶，她是贾政的奶妈，儿子是荣国府管家，孙子得贾家扶持，当上了县令，她在贾府外有自家宅院，贾府有大观园，她家也有花园。开戏台，请主子们看戏，贾母乐意去。贾母想提醒下人们要有感恩回报心，赖嬷嬷所为，正好是示范作用。

　　许多下人都是"家生的"，几代在这家里当下人，仗着跟老辈主子关系好，甚至不拿小辈主子当回事。周瑞家的是王夫人陪房，她儿子仗着老娘这层关系，平日像公子哥一般，在王熙凤生日，提前喝醉了酒，抗拒干活儿，王熙凤娘家送来寿礼，让他往里送，他借酒撒疯给摔了。

　　王熙凤派丫鬟去呵斥他，他反而骂丫鬟。在主子生日上吵闹，当着宾客让主人丢脸，摔寿礼令主子晦气。看出他存心使坏，必须惩罚，否则管不住其他人了，王熙凤将他从荣国府除名，并通知贾家在外的各产业都不可录用他。

　　周瑞家的向赖嬷嬷下跪求情，赖嬷嬷劝王熙凤，说周瑞家的是王夫人陪房，惩罚了她儿子，等于打脸王夫人。对这番歪理，王熙凤只得硬咽下来，收回命令，改打四十板。荣国府的管家是赖嬷嬷儿子，由他派人打周瑞家的儿子，他们是一伙的，打也是假打。

　　赖嬷嬷不讲理，倚老卖老，看你给不给我面子。

　　王熙凤被制住了，笑脸顺从赖嬷嬷。借机整顿下人的计划，便这么没了。手段厉害的王熙凤，在资深下人面前，也吃瘪认怂。读者诧异，明白了明清奴才，绝不是2013年奥斯卡最佳影片《为奴十二年》里的奴隶。

　　1977年电影《屈原》，将屈原描述为反抗奴隶制的时代先锋。八十年代，有学者反对，认为屈原时代有奴隶，但人口大多数是平民，比例不够，不能称为奴隶制社会。甚至不承认华人有过奴隶制社会，就像英美贩卖黑奴，但英美是资本主义。

　　1988年首演的话剧《天下第一楼》，是民国六年开始的故事，烤鸭师傅罗大头仗着自己是老掌柜的班底，一直我行我素，给新掌柜拆台、设陷阱，新掌柜制裁不了，只能强忍。

便是赖嬷嬷和王熙凤状况的延续，民国没打住，今日仍有罗大头。

通过赖嬷嬷，对贾政打宝玉的事，做了个信息补充。《红楼梦》早早交代宝玉平日会挨父亲打，终于等来了一场大打，赖嬷嬷作为贾政奶妈，说这是荣国府家风，贾政小时候也总挨父亲打。

京城读书人家不打孩子，二十世纪五十至七十年代，军人是市民女生择偶对象的上选，女方父亲见预备女婿，会问："你们家打孩子吗？"回答小时候总挨打，老父亲会皱眉，劝女儿慎重。

回答："小时候正战乱，我爹失踪十几年，回来时我已经大了，错过了挨打。"女方父亲高兴，对女儿说这个好。

商贩、工农、兵户都打孩子，经验是只打男孩，不打女孩。男孩没脸没皮，女孩早早有自尊心，挨了打会心灵扭曲，打女孩能把女孩打疯了，不敢打。俗话"男孩糙养，女孩娇养"，起码是女孩不挨打。

读书人家是男孩女孩都不打，在血统上有自信，认为咱家男孩智商开启得早，二三岁就有自尊心，跟女孩一样，打了会疯的。

读书人家之外，打孩子是普遍现象，个别不打的，父亲会引以为傲，多年后父子间交心，会说："我从小到大没打过你。"作为父子间的大恩情。

读书人不打孩子，贵族家更不会打。贾家特殊，是战功封的贵族，几代消不掉兵户气，自己小时候挨过打，长大了会复制，打自己孩子。贾政便如此，逃不了的怪圈。自己小时候没挨过打，自己当爹了才不会打孩子。

我们这代人年近五十了，有老同学在聚会时感慨，十几岁学艺术，就是想离家，千万别成为老爹那样的人，过了三十岁，绷不住地越来越像他，现在完全是了。青春期的那几年叛逆，不管用。

出生后，潜移默化，每分每秒都模仿他，这辈子学的任何事都没这件深，只能变成他。

29 ⊙ 鸳鸯抗婚——《天下第一楼》和《骗中骗》

贾母的长子贾赦，看上了贾母的头牌丫鬟鸳鸯，想纳为姨娘。狐假虎威，因为贾母，所有人都对鸳鸯忌惮，贾赦托自己的正室邢夫人办理，邢夫人托王熙凤办理……绕了一大圈，想了很多办法，结果遭鸳鸯拒绝。

劝说过程中，王熙凤和贾赦出错，暴露人品。王熙凤和鸳鸯亲近，自以为了解她，绝不会看上贾赦，后又觉得富贵来临，没准鸳鸯会答应。对鸳鸯误判，说明王熙凤并非鸳鸯知己，自己势利，便看不准他人了。鸳鸯的知己是平儿，她笃定鸳鸯绝不会答应。

贾赦出错，是贵族老爷玩起流氓一套，威胁鸳鸯说，你最好答应，否则不管你将来嫁给谁，我都将暗害你丈夫。搞不清鸳鸯在家里的地位，拿她当普通丫鬟欺负，结果招来反抗，自取其辱，丢了老爷尊严，一月半月不敢见人。

蠢到家。

此事件的情节层次较多，叙述秘诀是插入段喜剧，读者一乐，破除了繁琐感。曹雪芹写的喜剧是，贾赦想让鸳鸯父母向鸳鸯施压。鸳鸯父母在南京，贾赦要调来京城，贾琏汇报，鸳鸯父亲病危，昏迷不醒，鸳鸯母亲是个聋子。调他俩来京城没用，听不懂话也说不了话。

读者乐了，贾琏明显在编瞎话搪塞，不靠谱的贾琏觉得自己老爹更不靠谱。细分析，他不是同情鸳鸯，跟王熙凤一样心思，觉得贾赦愚才，看不清局势。鸳鸯在荣国府是秘书长的性质，协助贾母处理情报、决策、财务、人事，所以她跟王熙凤打趣时，能词语强势，压王熙凤一头。

贾琏见了鸳鸯，要先开口，喊"姐姐"。下人见主子，需行礼，见贾琏进门，鸳鸯不起身，原地坐着，直接对话。以她对荣国府当家的这两口子的表现，可见她从不以下人自居，也没人敢将她视为下人，视为实权者。

这样的顶级干部，要独立于各房，专属于贾母，贾母绝不会让她成为谁的姨娘。鸳鸯知道，贾赦闹得再凶，跟贾母一说，就没事了。她发誓不嫁人，正是她的工作性质决定的。

男欢女爱，现代人认为是无法回避的本能，鸳鸯自我压抑，违反人性。但自古而今，有大量例子，不少女人骨子里讨厌男人，这辈子最好别接触。中亚地区有句民谚"神怕女人孤独，所以造了男人来陪她，但男人好丑呀"。天下各处，均有此心理。

二十世纪五十年代华人顶级女星夏梦，有位叫阿彩的女佣，一生不嫁，陪夏梦到老。记者问："您没有自己的人生，遗憾不遗憾？"阿彩惊讶："啊，这不就是我的人生吗？"2011年，许鞍华导演的《桃姐》，也是这样一位女佣。少爷的同学们都觉得她年轻时漂亮极了，没理由不嫁人。少爷跟晚年桃姐开玩笑试探："您该不会是喜欢我爸吧？"

按西方思维，只能这么解释。

八十年代，思想解放，向西方看齐，我们这代人跟片中少爷一样，想不明白。但小时候，邻居、亲戚里都有这样的老太太，没觉得不成家是人生遗憾，反而自豪，说："这辈子洁身自好了。"

愚蠢的人，喜欢装流氓。贾赦的威胁，是对鸳鸯哥哥讲的。鸳鸯生气是生气，应对得利索，骗哥哥嫂子说自己屈服了，拉嫂子向贾母禀告一声。嫂子傻傻地去了，结果当了鸳鸯告状的人证。

对于贾赦、邢夫人，贾母是轻视的，觉得他俩能量有限，好应付。贾母发火是表演，贾赦惹事，骂的却是王夫人，指责是王夫人出的坏主意。

王夫人冤枉，鸳鸯事件她根本没参与，贾母是借此骂她上次不打招呼，改了经济从属关系，将自己人的袭人变成了她的人。借此教训一下。

袭人在变更关系上，没做任何反应，完全顺从王夫人安排。贾母目前还是荣国府第一人，毕竟上了岁数，时日有限，不如早一点投靠新主。袭人表现，贾母不满意，日后还要找机会骂她。目前对她不做反应，因为看出是白眼狼，失去不可惜，反而去了个隐患。

鸳鸯事件，是人品大爆发，上上下下都露了相。贾母骂王夫人，节外生枝，探春跳了出来，说贾母错了，大伯子纳妾，怎么可能找弟媳商量？情理尴尬，张不开口呀。

探春是贾政庶出的女儿，生母是赵姨娘，名义上以贾政正室王夫人为母亲，探春趁机表忠心。贾母真是个当祖母的，体恤自己的骨血，看出小孩苦心，给面子，说自己老糊涂了。

看贾母露了软话，王熙凤活跃气氛，损贾母几句，贾母趁机自嘲，大家一乐，骂王夫人的事就过去了。一把手身边，得有个插科打诨的，用来扭转局面，但多了不行，说话没大没小，只能有一个。王熙凤承担此角色，不能主动，要得到贾母明确指示后，才能开口。

贾母像相声逗哏暗示捧哏递话一样，说："凤姐儿也不提（醒）我。"王熙凤立刻启动。

平儿和袭人聪明，听到贾赦要纳妾鸳鸯，便知办不成，一点不为鸳鸯担忧，开玩笑恭喜她成了半个主子。

曹雪芹一方面紧锣密鼓地逼迫，一方面又不断告诉"没事没事"。在叙事上，是双重悬念的技巧，找不到第二个悬念，便用这招吧，让"到底有事没事、是不是真没事"的疑问，成为悬念。1973年骗术片经典《骗中骗》，高潮部分，是骗术组织一位关键成员有背叛嫌疑，将招致全体被捕，骗子老大不采取防范措施，认为"没事没事"，紧张死观众。

别人都能看明白，鸳鸯当然更明白，但京城大姐火气大，无故还要耍威风，何况有事惹到自己头上，要闹到极点，显一下风骨。

邢夫人对下人苛刻，一味讨好自己老公，对贾赦的吩咐，上下运作，非要往成里办。她甚至托了鸳鸯的嫂子去劝说鸳鸯。面对嫂子，鸳鸯抖起威风，主子训下人般，怎么脏怎么骂，还当着平儿、袭人的面。

她找贾母告状，当着屋里一众贵妇甩狠话，说伺候到老太太死，自己一刀自尽或当尼姑。说激动了，要显风骨，掏剪刀剪发。当代人看，她是自我伤害，十分可怜。老辈人看了，是她放肆，耍威风到了顶。

在京城，剪刀不单是女工工具，还是凶器。说事时亮剪刀，等于亮匕首，帝制时代礼法里，性质跟贾琏拎剑到贾母房里一样，以下辱上。

贾赦以为鸳鸯不答应，是嫌他老，中意的是宝玉、贾琏年轻一辈。鸳鸯因此叫嚣"莫说是'宝玉'，便是'宝金''宝银''宝天王''宝皇帝'"，也都看不上，也都不嫁。

宝玉无辜挨骂，给贬成这样。在一众贵妇面前，鸳鸯玩风骨，贾母其实很高兴，看看吧，我的人对我多忠心。

鸳鸯拿宝玉说事，因为跟宝玉关系好。她跟平儿、袭人在树林讨论贾赦的问题，碰上宝玉，宝玉便让她们挪到自己住所继续讨论。到了，她们说她们的，宝玉不参与。

在这场大戏中，宝玉起何作用？

没作用，下人碰上纠纷，宝玉一律不出面。贵族子弟都如此，私交再亲近，你出事，他是不管的。因为他跟你不在一个系统，你的问题要按你的系统来解决，他介入，反而乱套。

话剧《天下第一楼》，饭庄跑堂常贵的儿子去绸布店当学徒被拒，赶巧绸布店老板来饭庄吃饭，常贵托饭庄大少爷给他说说情。说坏了，绸布店老板解释，过年过节，店里伙计们要下饭庄聚大餐，所以不能收饭庄员工的孩子当学徒，否则年节大餐时，儿子在席上坐着，老子跑堂招呼，老子伺候儿子，成何体统？

大少爷不会办事，在布店老板临出门时请求，当着门厅许多人。布店老板会来气，我到你这儿吃顿饭，您就给我安排任务了，又不是没结饭钱，不拿我当客人呀！以后还怎么来你这儿？一定当众把布店收徒的规矩说清楚，严词拒绝，断了以后再有这种事。

常贵当众被奚落，自嘲"谁让我是个臭跑堂的"，越想越憋屈，急火攻心，一下中风，未及送医院就死了。

其实布店伙计也是招待工作，伏低做小，服务于人。况且常贵不是一般跑堂，是顶级饭庄的瞭高——不是站门口招揽客人，远远识别谁是贵客。是在店内"看场子"之意，这个词来自古代大作坊，站在作坊高处，看着方方面面，每个人头地界都别出故障，在现代工厂里是车间主任，在酒店是大堂经理。

饭店客人闹事，常贵能全权处理，他跟布店的看场师傅地位相当，如果他托情找的是店面师傅，你我都是瞭高，睁一只眼闭一只眼，给规矩找个擦边球的说法，儿子准给收下来。

急着给儿子办成事，找到高层，反而自取其辱，搭上条性命。

给常贵说情的饭庄大少爷，事是他办砸的，常贵是代他受奚落，他还觉得自己仗义，做了回好人。也便理解了宝玉不介入下人事，是怕乱套伤人。

贾母骂王夫人时，宝钗母亲薛姨妈也在场，薛姨妈跟王夫人是姐妹，贾母怕她尴尬，说："姨太太别笑话我。"冲她夸王夫人平时极孝顺自己，强过长子媳妇邢夫人，薛姨妈搭话，说老太太偏心，多疼小儿子媳妇，也是有的。

惹得贾母立刻戗回去，说："不偏心。"

薛姨妈是嫁到商人家太久，忘了贵族忌讳。小户人家的父母不忌讳说疼小儿子，因为父母赚钱辛苦，没时间，长子长女自己还是孩子时，便要帮助父母照顾弟妹，他们对弟妹等于半个爹娘。父母说偏爱小儿子，哥哥姐姐不嫉妒，他们也偏爱。

贵族小孩各有配套的奶妈、成年女佣、丫鬟、男仆、教师，是平等待遇，父母表现出偏爱谁，孩子间会引发嫉妒、仇恨。

贾母视贾赦、邢夫人为蠢子蠢妇，犯坏也有限，坏不了大事，单约邢夫人，温和讲道理，让她转述给贾赦，鸳鸯是秘书长，动不得。想纳妾，找别人，我给你出钱。

贾赦也就放弃了。

之前贾母形象飘忽，一会儿孩子气，一会儿兵户气，搞不清她究竟是什么人，这一回，贾母显出假痴不癫、分别对待的手腕，人物终于立住。

形象加强后，自然产生悬念，读者要看老太太显本事，处理更大事件，对之后章回产生期待。

十九回开始，以黛玉、宝玉为主线，以下人群体为辅线，从下等丫鬟小红写起，写到上等丫鬟晴雯，头牌金钏儿、袭人，再到秘书级别的平儿、鸳鸯，独立产业的赖嬷嬷，越写越高。而宝黛关系发生巨变，发展段落的第一层完成。

第三部分　四十七回至六十三回

1 ⊙ 玩家柳湘莲——风俗引入与行为波折

四十七回上半，以鸳鸯复职，陪贾母打牌，作为"介绍下人群体结构"的完结，下半由柳湘莲开始，改写其他人群，进入全书发展部分的第二层。

奴才在刑法上不平等，犯罪要罪加一等，无权从事经济活动，所以不用交税、不服兵役。汉朝至清朝，都有大量人口为逃税避役而入奴籍，屡禁不止，严重时，要跳过司法部门，由军方抓捕，勒令退出奴籍。

奴才不能当官、不能购买土地、不能跟"士农工商"的良民通婚，从《红楼梦》上看，贾家将这些全违反了。曹雪芹大致交代完奴才群体，另起新篇，选一个相反情况写起，为文法。跳跃性大，刺激读者。

赖嬷嬷、鸳鸯是奴才活成了主子，柳湘莲是主子入了贱业。伶人为贱业，他是世家子弟，跟着戏班混，不好说有违祖德，说在玩。玩家的本意，不是杂学家、江湖老油条，是贵族落败了，以贱业谋生。

清朝解体，爵爷们入了梨园书场，自称玩家，李翰祥1987年的《八旗子弟》便讲此状况。二十世纪六十年代，跟部队大院子弟打群架的胡同孩子，也称玩家，借此典故找自尊。

柳湘莲跟宝玉、秦钟是朋友。拜祭秦钟，宝玉派下人代为，柳湘莲是本人去的，见坟地沤水，不忍心，掏钱修缮。他没钱，敢花钱，是他一时所有。

宝玉如说，你花的钱，我给你补上——那就玷污了柳湘莲，掏钱的时候，人家没想秦钟有多少朋友，大家怎么分担，只想着自己是秦钟朋友。

于是宝玉说豪门里人盯人，支取钱，反而不自由，自己未能及时掏出来钱，多亏了你。宝玉说谎，以称赞柳湘莲义举。

柳湘莲无家无业，只剩下性情，那就活出个真性情吧。宝玉还在家业中，人品复杂，碰上了你，一定讲义气，你不在眼前，他也想不起。

和秦钟莫逆之交，秦钟一死，也就不想了。2017年，陈凯歌导演《妖猫传》里晁衡有句台词"我本是无情之人"，京城孩子多有同感。

似乎打了抵制感情的疫苗，觉得什么都是假的，遇事有戒心，反应慢半拍，很羡慕电影里那些真情实感的人。这种无情不知怎么来的，活到十岁便来了，自己都觉得讨厌……无非是环境与遗传。京城是官场顶点，高度竞争的环境，失败者多。上一代人的情绪保留在孩子基因里，内心总是凉的。

《妖猫传》中，晁衡的无情被杨贵妃破解，变了他感知世界的方式。遇上杨贵妃，得天大福气，常人哪儿能有？曹雪芹介绍，不用等杨贵妃，写诗就行。之后，将大篇幅详说。

赖嬷嬷在自己花园请主子们看戏，柳湘莲出演旦角。宝钗的哥哥薛蟠好男色，不知柳湘莲是玩家，户口未入贱籍，挣贱籍的钱。当是一般伶人，以为可欺，演出结束后，搜院子要带走。

柳湘莲大怒，原文写的是"想一拳打死他"。但江湖经验使然，心里气疯，表面越甜。开门现身，说不如去我那儿。骗薛蟠不带随从，独自跟他走。

读者看出，柳湘莲要谋害薛蟠，作者便不能按谋害的路数写了。曹雪芹妙笔，写满心嗔恨的柳湘莲被薛蟠逗乐——导演技巧里，叫"行为波折"，该干什么不干什么，意外的变化，为波折。

两人马匹不在一处，分别出了赖家花园。薛蟠追赶急切，对路边的柳湘莲视而不见，狂奔而去，跑久了不见人，犯疑是诬骗我，还是被我超了？ 于是返程察看。

见他回转，柳湘莲给逗乐。一笑千金，导演工作台本与编剧定稿本的区别。

明明编剧写的已经达标，投资款没到位，导演配合制片人，挑毛病让编剧再写上十天半月，暂缓给他结账。一般会说："波折不够，再做几个波折。"

百试百灵，编剧写的剧本，一定波折不够，没法拒绝。

因为那本是导演的活儿。一般编剧的剧本，负责情节、台词，人物行为上不会写那么细。在编剧写的定稿剧本之后，导演还要写个"导演工作台本"，不光是镜头设计，很大篇幅是附加人物行为。

能够完整写人物行为的编剧不太多，一般是一场戏写出一个行为重点就达标了，没有也可以，有台词就行。因为编剧没学过表演，而设计表演是导演的专业。导演的基本功就是做"一见钟情怎么见""热情似火怎么火""夫人回家，正偷情的老公如何下床”的练习。

　　行为生动，在于波折。

　　比如，一见钟情，不能是傻看傻笑，你在游乐场看上一个女生，第二眼她就不见了，干着急。看不见，才会钟情。第三眼发现她在玩一个非常幼稚的游戏，颠覆了你对她第一面的所有好感，于是诞生了爱情。

　　玩家级别的编剧，见导演提出的修改意见，不是情节层次，是行为波折，会双眼一亮，关切地问：“是不是没钱了？”导演脸红：“兄弟，包涵。”编剧翻脸：“没钱了，直说。别遛狗一样遛我玩呀！遛编剧的导演，最恶心。你也干这事？”

　　到了处野池塘，柳湘莲骗薛蟠下马，对水起誓，确立两人交情。薛蟠毕竟体壮，从小营养好，来了京城后，跟着贵族子弟跑马耍鹰、舞枪射箭。柳湘莲揣摩，别反而被他打了，由此见了玩家的手段——此处玩家一词，是江湖老油条之意。

　　先偷袭，趁薛蟠跪地发誓，打了他后脑。半晕着，多棒的武艺也打折，保证自己一定能打过他。接着捶几下，试出他平日打架少，反应笨，体质是外强中干，不禁打。掐准了分寸，柳湘莲打了三四十下。

　　打得疼，看着惨，又不留后遗症，躺半月能恢复。要打成残疾或内伤，从此体能大差，生活质量拉低，便成仇人了。留气不留仇，是玩家的心眼。

　　京城打架的规矩是“打人不打脸”，脸上的伤藏不住，身上的伤，衣服可遮。柳湘莲违反原则，先打薛蟠个满脸花——鼻血横流，眼角开裂。五官脆弱，二三月才能完全消肿。就是要恶心你，让人都知道你挨了打。

之后的操作，太熟悉了，我这一代人中学时还这么打架，说的词都一样。"你可认得我了？"——让你知道知道我的厉害。说过这话，反而不厉害了，开始玩虚的，进入羞辱程序。

柳湘莲拖薛蟠的腿，滚了他满身泥，让他叫"哥"，表示臣服。我们这代是喊了哥，挨打就结束了。严重情况，喊了哥，还要扮狗，狗是吃地上的东西。眼前有什么就吃什么，一般是吃口土。

柳湘莲叫薛蟠喝泥里脏水，薛蟠讨饶说不卫生，喝了得重病。并不想整出后遗症，柳湘莲罢休，甩下他走了。

看到这儿，会起疑，曹雪芹该是比我们再大七八岁，路学长、娄烨一拨里的谁，赶上二十世纪八十年代的严打，被枪毙，刑场上一响惊魂，穿越到明清之际，痛定思痛，写了《红楼梦》。否则二三百年前的言行，怎会翻模般一点不变？

2002年出版的《历代社会风俗事物考》，尚秉和先生介绍，别说二三百年了，三千年前的也翻模下来。一个华人身上，同时落着商周秦汉唐宋明清的细节。

对于此书，三十二三时曾下过功夫，因写一个古装剧本。写好后，被通知将风俗从剧本正文里清除，挪到页面底部的注释栏里。按风俗组织的人物行为，怕删去后，正文逻辑不通，演员上下找，阅读不便。想申辩，被一位大哥劝住，说人家还嫌你不专业呢，不懂好莱坞的剧本格式。

回到家，看大学时代买的苏联电影剧作选，有一把火烧了的冲动。但因喜欢《两人车站》，打着火后，改抽烟了，又看了一遍。

1983年译制片名叫《两个人的车站》，上一拨学电影的，喜欢它，不忍它这么拗口，称为《两人车站》，我们一拨也随这口。引用风俗的好处，是跟日常行为差距大，容易造出波折。《两人车站》是以国营单位体制为风俗，波折四起，用金圣叹的话讲"煞是好看"。

2 ⊙ 贾赦买扇子——电影大师的诞生

四十八回，薛蟠给打伤了脸，不愿留在京城里丢人，随薛家一位店面掌柜去外地做生意。香菱得独守空房了，宝钗叫她搬入大观园陪自己。

毕竟是甄士隐的女儿，香菱有读书人遗传，求宝钗教她作诗。诗是儒家教化的起点，谈诗前，横插一杠，讲了件有辱斯文的事。

贾赦看上一个落魄文人家藏的二十把折扇，愿高价购买，不料文人越穷越要活出性情，不在乎钱，在乎的是喜好，留着自己玩，绝不卖。

贾雨村像刘姥姥一样，跟贾家认了亲，成了失散后再续上的远房亲戚。他利用职权，诬陷文人欠税，将其房产家物收缴出卖，以补税。二十把折扇按官方估值，低价给了贾赦。

贾赦原计划出五百两银子，让贾琏买。贾琏对文人苦劝不得，贾雨村得了消息，抢先给办了。贾赦责问贾琏："人家怎么弄了来了？"

贾琏看不上贾雨村破坏读书人道义，说："也不算什么能为。"——贾雨村是个没本事的人。藏扇文人是穷光蛋，你是官老爷，但你们都是读书人，坑害农工商的手段，读书人不能使。不玩衙门诡计，以读书人对读书人的标准，你能把扇子拿来，我才佩服你。

小儿不知柴米贵。贾家在走下坡路，一流人才不来，贾雨村这种，已是能落手里的难得之货，你还看不上？贾赦大怒，手边有什么抄什么，失手打伤了贾琏脸。

贾琏为他人仗义出言，仅一句，便给打破了相。也就理解了宝玉的一贯缄默，是明白自家是虎豹，皮毛再漂亮，也不是花鸟，要吃人的。

贵族是暴力单位，暴力发展到顶级，便不露相了，借用平民阶层"公平讲理"的文明方式来运作。购扇子，贾赦本打算出高价，派长子面谈，给足钱数和礼数，但当贾雨村以脏事方式办成，也欣然接受了。

之前的礼贤下士，是真诚的，之后的仗势欺人，一样心安理得。平民才能将道德贯彻始终，贵族是分裂的，接触第一面极其文明，但他们的底牌是霸权。

活在京城里的百姓，生下来便接触他们，城都是人家建的，这辈子躲不开，积累的经验是善用接触的第一面，让他们的文明状态维持得久一些，压住他们不打底牌——这是平儿的生存技巧，令王熙凤的刁蛮对她作不出来，还能虎口谋食，姐妹相称，分享权力。

平儿有正义感，骂贾雨村是"饿不死的野杂种"，灵巧的人看到笨人会着急，骂藏扇文人"不知死"。

他抛狠话"我冻死饿死，一千两一把，我也不卖"——不想卖，就别喊价了，没必要羞辱买方；之后更喊出"要扇子，先要我死"。——贾赦购扇，是跟风文人流行爱好，自诩文雅，给说成要逼出人命，会怒：我跟你玩文明，你跟我犯浑，撕破脸皮，那就别怪我不客气了。

　　这便是平儿所言的"不知死"。

　　平儿如是他，会拿出两把扇子白送贾赦，说这批扇子是父亲遗物，家族纪念，不能出售。您能出如此高价，说明是高人雅士，懂行、有品，家父要在世，会高兴认识你。这两把扇子，我就代家父赠与您吧。

　　贾赦不好意思，整批扇子便保住了。送出的两把，贾赦不会白拿，将找理由补钱，比如让贾琏再去他家时，以五十两买一把不值钱的椅子，硬说是珍稀木料，你不识货，我看了出来。

　　贾赦是见了朋友收藏，受刺激，并非真的嗜好，头脑热度一退，事情便过去了。即便贾赦是发烧友，得了两把后，给惹得欲罢不能，要尽数占有，平儿也有对策。总之是绝不甩狠话，抬到文人雅事的高度，令贾赦不好意思，自动收敛。

　　办法多了，京城孩子自小熟悉此道。小学时代，校方组织去徐悲鸿纪念馆参观，讲解员介绍，《双鹭图》曾遭人仗势强买，徐悲鸿补上赠与妻子的题字，他人就没法要了，保下画。

　　除了徐悲鸿，京城里巧拒权贵的传说多，小孩在哪儿都能听到。因为老北京是官宦集中地，势利的极致，永远天外有天、人外有人。这座城的本质是"以大欺小"，在这儿存活，要迅速学会"以小博大"。城中惬意的平等风气，不是源水，是河流改道，博弈的结果。

罗马是意大利的京城，有着同类人情。电影大师安东尼奥尼起步艰难，拍了多部短片，总拉不到长片投资，迟迟拍不成处女作，山穷水尽，找到一位贾赦般的投资人。当面口述故事、作导演阐述，安东尼奥尼紧张，没发现投资人睡着。

投资人一觉醒来，见安东尼奥尼还在说。身为贵族，对自己的失态，倍感羞耻，愤而投资。一代大师就此诞生。

几十年后，安东尼奥尼出版传记，仍表示不能理解。北京小孩一看就懂，您无意中启动了"不好意思"系统。其实身在罗马，不可能不懂，导演们都爱编个人奇遇，沙龙聚会上当笑话讲。不懂，就不会交代投资人的贵族背景。

二十世纪九十年代末至二十一世纪初的北京，还是满城平儿，靠着"不好意思"来办事。那几年剧组不规范，制片方爱欠款。某电视栏目采访一位演员，谈艺术谈到了这儿，惊讶以他地位，仍遭遇此事，合约分几次付款，付了一两次，之后便迟迟不付了。

问怎么解决，罢演吗？

演员说不罢演，继续演，演得好还加班，演到令制片方不好意思，就付款了。主持人觉得不可思议，一定使了别的招儿，你不愿在电视里讲。

没别的，就这招。

双方都是京城人，才有效。

换个地区，没文化共识，制片方见你不吵不闹，还干劲十足，正中他下怀，乐不可支。对你的施压方式无感，不会愧疚，暗赞你是个艺术家。

3 ⊙ 香菱学诗——选诗与改戏

贾雨村落魄时，甄士隐因他的诗，资助他考科举的路费。他的诗作，是他今日权贵的起点。

起点便错了，贾雨村不懂诗。冤有头债有主，便由甄士隐的女儿，在大观园里引发讨论，解释何为诗。伏脉千里，曹雪芹如此构思。

香菱找宝钗教她作诗，宝钗没兴趣，说你还是先搞好人际关系吧，拜访下大观园里各小姐。香菱找黛玉教她，黛玉豪爽答应。

香菱喜欢南宋陆游的诗，举例"重帘不卷留香久，古砚微凹聚墨多"，认为形容得有趣。遭黛玉批评，说"断不可看这样的诗"，"一入了这个格局，再学不出来的"。

竹帘苇帘子不卷起来，散气味，砚台用久了凹陷，墨水积得多 —— 此种描述，有多少字，说多少意思。字数和意思完全一致，便不是诗了，只可称为"趣话"。

诗，是字少而意多。马一浮形容为"狮子搏兔用全力"。

狮子猎杀兔子，和猎杀野牛的状态一样，不会因为兔子个小，而放松。看狮子捉兔，能看到狮子的全部野蛮。字少，却能看到诗人全部阅历和所有思想，此为诗。

朱天文形容侯孝贤电影，既是纪实又是诗，拍的实物有限，而意蕴无穷，说"什么都在里面" —— 是至高赞语。

贾雨村在第一回中作的诗："时逢三五便团圆，满把晴光护玉栏。天上一轮才捧出，人间万姓仰头看。"跟陆游的水平一样，写帘子砚台，只是帘子砚台。

甄士隐赞为："妙哉！"

认为贾雨村并非久居人下之辈，此诗显出飞黄腾达的预兆。既然你转运了，我就资助你吧。甄士隐将生活里对贾雨村的观察，跟诗作联系起来，自己脑补多。诗本身是有一说一有二说二，没写出弦外之音。

两个不懂诗的人，因诗改变了命运。

黛玉给香菱的推荐，是学王维的五言律诗。王维以诗阐述禅理，并不讲清楚，是"什么都在里面"式的，语焉不详，若有若无。

禅学在北宋普及文人阶层，王安石、黄山谷作为初代，倍感新鲜，努力要讲清楚，经几百年实践，后世总结说理太明白，会伤害诗。苏东坡禅理没他俩明白，格律没他俩严谨，似是而非、口齿不清，反而成就在他俩之上。

还推荐了杜甫的七言律诗，没推荐绝句，黛玉内行，北宋以来的诗坛公论，认为绝句是杜甫短板，几百首里挑不出一首的失败率。那么"两个黄鹂鸣翠柳，一行白鹭上青天"，便不好了？

一身冷汗，我们一代小学要背的。

对王维诗集，黛玉红笔勾选出佳作，让香菱研读。传统教学法，学诗由勾选开始。严苛的老师认为，一本诗集需勾选两年。反复比较挑拣，耗时久了，方能生出鉴赏力。马一浮选诗的结论是："然真正到家，一代不过数人，精心之作，一人不过数篇。"

最初的喜好不可信，感受再强烈，也是外行的感受。中学初见传为唐朝草圣张旭的《古诗四帖》，墨色淋漓，极为震撼，觉得这才是草书，怀素和王铎都太弱了。三十年过去，看多了字帖，选诗般，换了感受。《古诗四帖》是敢抢，作伪者是才子，画面感优良，结体笔顺错误多，并不会写草书。

学艺术不易，难在对一流的无感，总被三流的搞哭。

王维的"日落江湖白，潮来天地青"，可不是陆游写帘子砚台了，白和青字无道理，如梵高以蓝绿画人脸、吴昌硕以西洋红画牡丹，都是自然里没有的颜色。

香菱评为"念在嘴里倒像有几千斤重的一个橄榄"。世上没有几吨重的橄榄，就算有，得鲸鱼般大，放不到嘴里。这种形容，便是诗了，黛玉赞许香菱已懂诗。

马一浮认为，诗人中黄山谷学问最好、杜甫格律最好，李白读书少、苏东坡格律差，但他俩感知力强，照样作好诗。感知到天地，可以改天地，感知到鬼神，可以改鬼神。

太阳普照万物、无所不及，造成四季变化，是改了天地，鬼神如星星，太阳升起，星星便隐形不现，是改了鬼神。儒家形容人的感知力，与对太阳的形容一致。作诗，可以将其启发出来。

全民作诗，比全民经商好吧？鼓励作诗，增进民众的感知力，是儒家治世的起点，也是终点，改了世界，等于做了首诗。

黛玉教香菱，诗以常人感知为敌，写诗就是写感知的突破，不符合格律，不重要。不要雕琢词汇，思考过多，又把自己拉回常人感知里了。有时要不假思索，尊重第一感，你觉得轻率，并不好，其实已很好。

海明威写出《老人与海》后，小范围发送听反馈，福克纳看后找人带话："告诉他别改了，他会改坏的。"李白和苏东坡敢于轻率，轻率一批后，会写出一首浑然天成的。黛玉教授香菱一堆技巧后，说最大的技巧是"放胆"。

香菱学诗后，大观园人口猛增，来了好多亲戚，连湘云都摆脱了叔婶约束，长期入住，宝玉大喜。曹雪芹寓意，文艺兴盛，世道才会兴盛。

四十九回，诗篇不断，曹雪芹尽显个人诗词修养，也怕读者看不下去，不时插入小段情节作调剂。

黛玉按计划，跟宝钗亲近、对宝玉疏远。宝玉纳闷，不好直接问，以《西厢记》里的典故试探，问你俩怎么突然好成这样。书商添笔，黛玉老实回答，将四十五回钗黛交往的内容重复一遍。

强求完整，是全世界片商通病。看经典名片的翻拍，尤其明显，基本是将大师省略的情节，捡宝般补上，以表现自己比大师细心。大师们哭晕在九泉之下，这辈子白干了，连业内人士都影响不了，还谈什么影响世人？

曹雪芹原笔，该是宝玉一问，黛玉不答，敷衍过去，保留悬念。

一般情况下，观众随着主人公一起知道重大信息，主人公的反应等同观众反应。特殊处理是，观众晚于主人公知道信息，可构成悬念。比如《骗中骗》的高潮戏，骗局已泄密，骗子主脑如何挽回，不向观众交代，直等到骗子团伙被全部抓捕，才情节逆转。

观众早于角色知道，也可构成悬念。一张办公桌下安了定时炸弹，主人公不知情地坐下写信了。他登时变得魅力非凡，平凡举动、简单台词都构成强刺激，观众会瞪大眼睛狂想，他会不会发现炸弹、会不会被一个电话叫走……希区柯克很坏，此处会拖延时间，用一堆无意义的琐碎细节，让观众干着急。

这是西方讲脱口秀的夜总会、华人讲评书的茶馆，共有的控场技巧，令不耐烦要走的客人重新坐下来。不能改变原有事件，否则客人坐下来了，你也不知该怎么往下编，创作事件需要以星期为单位的构思时间，见你胡言乱语了，客人仍要走。

即兴改戏，不是改事件，是改叙述。"观众早知、角色不知"的设置容易改，一见场内脸色不对，便上一道。

四十五回，黛玉谋划，和宝钗成闺蜜、疏远宝玉。读者知情，而宝玉不知，由此构成悬念。三人关系巨变，宝玉一直奇怪"你俩怎么好了"，之后的事才有趣。

曹雪芹的构思，被书商添笔破坏，黛玉一五一十告诉宝玉，她跟宝钗在哪天关系变好的，都说了什么话。宝玉欣慰，原来这样，挺好。

没了悬念，人物关系照旧，之前白写了。

书商觉得既然宝玉问了，黛玉就得回答，交代清楚，读者满意。不知天下不是仅他这一种读者。曹雪芹哭晕在九泉之下。

确定是书商添笔，因为我对这种事太熟了。《师父》首映，受到责问，台词交代女主有个遗失的小孩，为何不拍出来？可以吸引儿童观众群。

我说我很照顾儿童了，廖凡（男主）总跟面包在一起，宋佳（女主）总跟小狗在一起，这种设置，就是为满足儿童品味。遭反驳，说那样没用，你的故事，儿童看不懂。我说："因为他们是儿童。"

吸收经验，下部影片拍了儿童，结尾是一个四岁孩子唱山歌。剪辑期间，遭参观者责问，为什么唱得那么差，是何居心，想讽刺什么？

回答：四岁。

遭质疑，《辛德勒名单》中的童声合唱为什么那么好？

答：欧美的童声合唱团一般是八至十二岁，严格的国家，十一岁以下的儿童不能参加商演。

遭反驳，举例常年搞演出的某著名幼儿园，四岁就能唱美声。

答：我出自那里，我不行。

拍的是武打片，总被当成儿童片来要求，是我的苦恼。

所以当有人批评我的电影"血腥暴力"，可想而知我的喜悦。以婚礼仪式上新郎特有的满屏笑容和淡淡的疲倦，举例得大奖的《红海行动》，开枪、爆炸、数百人伤亡，没人说血腥暴力。

被告知，经过多年外国电影熏陶，观众会认为开枪爆炸是假的，你的片子用刀，观众会认为是真的。建议，刀像影子般晃晃，是可以的，不要现形，将那些刀停在人脖前、手腕上的镜头删除。

"那是留人一命呀。神武不杀，彰显文明。"

被告知，一刀杀了，观众不会学。刀停在脖子前不杀，观众看了会模仿，回家拿刀冲人比画，出了事怎么办？

"我不相信天下有这样的观众。"

"怎么没有？幼儿园小朋友就会。"

唉，还是被当作儿童片。

4 ⊙ 闪灵薛宝琴——贵族亲戚的隐蔽原则

作诗，一直写到五十二回，以一位金发白人女子作的中国诗而打住。曹雪芹为读者有兴致多看一首，煞费苦心。

西洋之诗，由宝钗的堂妹薛宝琴转述。宝琴从小随父亲经商，游历各地，甚至出海去过外国。有灵气懂现实，贾母一见便喜欢，让入住自己屋。

五十回，贾母向薛姨妈询问宝琴的生辰八字，薛姨妈的商人家经验是，问八字就是问婚配，回答宝琴已有婚约。

在贵族门里问八字，问婚约的少，更多情况是看作为。据说，一人能有多大作为，八字可显现。保镖等危险行业、佛门道观收徒，也要先看八字。八字里无福，冒不了险，拒绝入镖行。八字里福大，走仕途吧，不让出家。

贵族总要别人八字看，自己的八字不外漏，对外说的一定是假的。别人一看，这孩子命苦，就敢算计你家了。贾母问八字，是望见雪地里的宝琴，活生生一幅仇英《仕女图》。仕女是贵妇，唐伯虎画妓女、平民女，后世也混称为仕女图，仇英守旧，所画一定是王妃、诰命夫人级别。

雪中显出的贵气，不是商家女能有，惊了贾母，好奇她日后作为，要识别。薛姨妈会想，什么意思呀，想许配给宝玉？那宝钗是不是也有可能？

见搞得薛姨妈紧张，贾母便不问了。

宝琴的相貌、才华、阅历、头脑，对比大观园诸女，是高出一等的人物。完美，便不能持久，闪烁一下，即泯灭书中。

由宝琴写法，看出曹雪芹真是个贵族家小孩，方有如此感受。这种孩子，永远搞不清楚自家有多少亲戚，隐藏在官场什么位置。

年少时，一天家里来了前所未见过的亲戚，带孩子来串门，孩子惊为天人般的优秀，其生活状态明显高出你家一档，你跟他玩上半天，成小哥们了，发誓以后常来。但一去不回头，你向父母问他家在哪儿，想找去玩，父母缄默，仿佛从没有过这家亲戚。

一晃四五十年，你在某个老辈人葬礼遇上他。他一定记得你，眼里有真情，但没话，迅速告辞。在你八十大寿的次日，避过了热闹，他上门，说得消息晚了，聊聊年少时愉快的那一天，会落泪，说好以后常来。

又是一去不回头，是生是死，一切渺茫。

这种哈雷彗星般八十年一遇的亲戚，一个贵族小孩会有很多，你是一门的长子长孙，当上掌门人后，才有权知道他们的底细，偏支旁绪、次男次女，便一辈子莫名其妙。

贵族像火车，多节车厢组成，遇上变故，要脱钩减重，将几节车厢留在某站，不一块走了。贾雨村跟贾家攀亲，仰仗亲戚关系。假亲戚挤不进权力核心，怎么假怎么来吧，狐假虎威，在外围，双方都得利就好。

真亲戚则要撇清关系，装成陌路，以应付皇室、官场、民众。

临近两省的巡抚是一对堂兄弟，皇室忌讳；吏部一把手和四名副手中的一位是叔侄，官场忌讳，另三名副手无法做事了；县官是上级知府的外甥，民众忌讳，觉得串通一气，必贪赃枉法。

一旦隐蔽，便是几代人，唯一活口是年少时光，小孩来串门。至亲血缘，这辈子缘分仅一天半日。生活差异大，接触得少，因而显得完美，宝玉看宝琴一般。

现实如此，写成小说，会有头无尾。曹雪芹不是在"雪地现贵气"后，一下将宝琴写没，之后回目又让她露了几次名字，渐消渐远，避免突兀感。

5 ⊙ 晴雯的性观念——京城冷笑和白发魔女

袭人母亲病危，袭人回家料理，剩下晴雯和麝月。晴雯不干伺候宝玉的事，麝月笑话她装小姐。晴雯不跟宝玉沾男女事，夜里在外屋睡，宝玉和麝月在暖阁。所谓暖阁，是在室内搭建的木板隔间。

宝玉半夜醒了，麝月伺候他喝茶。晴雯要麝月也伺候自己喝茶，闺蜜间撒娇，麝月就当主子般伺候了她。之后，麝月出门上卫生间。晴雯想扮鬼逗她，自信体质强，内衣出门。

宝玉怕她受风寒，喊回来给自己掖被子边。确实冻着了，她钻入宝玉被子中暖和。暖和过来，即回自己床。

同被子而卧，照样清白。令人想起1995年电影《人约砑兰街》中的李凤绪。

砑兰二字，有说是水泥。北方人看，会认为是"破烂"二字谐音。如京城的麦子店原是卖子淀，人贩子聚集的湖边，穷苦人来这卖儿女。

八九十年代的李凤绪，代表大陆演技最高水准，莫兰迪的静物画般，内敛低调中作出丰富的情绪层次。她饰演的角色跟丈夫分开五年，来港相会。一位白人女子听到，第一反应是："你肯定出轨过。"没有性，活人怎么受得了。

李凤绪笑了，解释性对华人的压迫力，不像你们白人那么大，决定了，就能停住它。五年无所谓，八年都不算事。李凤绪自信地笑完，做出一层情绪波澜，有丝疑惑，不知这种先天卓越是不是好事。

剧作的用力点，她轻处理，给做成了瞬间感触，人物之前没思考过这问题，即兴想到的——游刃有余的演技，表演对剧本的二次创作。

《红楼梦》中用的频率最高的词是"冷笑"，谁都冷笑。令读者感慨，京城人好没教养呀，傲慢又急躁。看多了，分析谈话时的具体情况，会发现"冷笑"二字，并非今天常见意思——冲别人轻蔑或冲自己发狠，那是讥笑和阴笑。

"冷"字不是冰冷，是分量轻，"热"是分量重，所谓热点是大事，所谓热孝，是重孝。冷笑说成"淡然一笑"，当代人更容易理解。像李凤绪片中般，面对白人女子的冒犯话，不是冷下脸，也不是简单被逗笑，是有优越感的，首长原谅秘书般，"原来你不懂呀。呵，够傻的，咋能这么想？"的心态。

《红楼梦》七成是这种笑。

还有三成，是"冷下脸来"。这种笑，京城小孩熟悉，脸上变化不大，也不是出口恶气般叹一声，不动声色，觉得他整个人一松，很可怕。基本上就是，他在这一刻后，要以你为敌，你等着倒霉吧。

京城官宦地，平常人之间对谈，也要有官样，都是提拔身姿，颈部腰部紧张。一旦松弛，心态是，这场谈话没必要了，你不值得他认真对待了。

冷下脸来，实则是松下身来。

在我的观影范围里，1983年《大轮回·第一世》中，彭雪芬饰演的官宦小姐，面对锦衣卫头子的逼迫，所发出的冷笑，最具京城范儿。导演胡金铨在老北京长大，因而准确。

"决定了，就能停住"的性观念，不是华人独有。二十世纪三十年代至六十年代的旧好莱坞，性冷淡是爱情的先决条件，1939年电影《飘》中的白瑞德体壮性感，令女主对他爱不起来，爱的是清心寡欲的艾希礼。欧美人将性视为生命般重要，是很晚的事，六十年代末肇始，七十年代初达成社会共识，之前也是像对待个家用电器般，想停就停。

《人约砗兰街》拍的是八十年代的事，白人女子对女主的五年无性而大惊小怪，好像文化差异千年不同，其实仅比我们早了十年。

1993年林青霞版《白发魔女传》，为让白发魔女恢复黑发，男主入天山十年，地冻天寒，守着奇药雪莲长成 —— 爱情至上。70后小学看过1980年鲍起静版，男主要去天山找雪莲，白发魔女冷笑："你还在意这臭皮囊，我没你这闲功夫。"断然分手，影片结束。

林青霞版是录像带传播，鲍起静版是引进大陆的影院公映，价值观跟我们一致 —— 人品高于爱情。人品不佳，爱情便没了，无可挽回，男主再做什么都显得滑稽。

2014年《单身男女2》，古天乐饰演的角色，为挽回女主，徒手攀岩般爬商厦外墙，"爱情高于生命"的表现，感动得女主重归于好。我们这代人会叹息女主是苏州女孩，见不得男人玩命，如果是黛玉、晴雯般的京城大姐，会找弹弓把古天乐崩下来，大吼："还敢来！ 摔死了算。"

白发魔女瞬间白发，对自己的容颜巨变，多数版本是飙演技的重点段落，演出"疯狂绝望"。鲍起静版反应不大，"发生了就发生了"的范儿，看清男主人品后，不受爱情拖累，当断即断，爱情附带的"漂亮"等观念，更不能约束她。

对于男主要去采雪莲，她想的是："俗人一个。要在乎容貌，就不是我了。"原著小说是五十年代作品，西方嬉皮士运动尚未开启，超越情欲，还是东西方的共同美德。

鲍起静版是华人的范儿。

因而理解了晴雯做派，她是尼采所言的"强者自雄"。英雄并不因为对敌表现，才是英雄，没有敌人，他的素质已是英雄。晴雯爱美，并不因为男士，她是自己美自己，以不沾染情欲为荣。

6 ⊙ 坠儿偷窃——细节生情节和情节生细节

吴清源的师兄桥本宇太郎，号称"轻妙自在流"。轻妙，就是搞不清楚他的意图，你以为他向上，他却下转了。棋子是明摆着，却可以隐藏意图，围棋因而有趣。

轻上加轻，是吴清源。

他俩有一名局。桥本宇太郎在棋盘上方即将围成大空，大空右方疏松，对手可以打入破坏。吴清源却打入了左方，桥本宇太郎歼灭之，吴清源边战边逃，到了大空右方 —— 看似被逼无奈，其实正合目的。

曹雪芹叙事，和吴清源下棋一般，写晴雯生病，引出平儿会做事。晴雯冻病了，脾气更大。按照荣国府规矩，下人生病，要迁出主人房。晴雯不干，宝玉袒护，仍让她住着。

一日平儿来看她，看后就拉麝月出门说话。晴雯敏感，以为背后讲坏话，埋怨自己不搬走。为不让她生气，宝玉去偷听二女说话。

原来前几日诗社聚会，烤鹿肉吃，平儿丢了一只名贵镯子，王熙凤所赏赐，镶颗宝石。现场查贼，大家尴尬，王熙凤有谋略，宣称自己知道下落，让大家继续玩，暗中叫各房的嬷嬷们注意。今日搜出了镯子，是宝玉的次等丫鬟坠儿所偷。

平儿的处理方式是，对外宣称没有偷窃行为，是自己落在雪里，雪化便发现了。以保护宝玉一房的名誉，甚至对坠儿也不挑明，隔段时间，找别的借口赶走即好。

军队是集权制的，论功行赏、按罪处罚，你得了你该得的，便没事了。受了罚，戴罪立功后又是条好汉。战功的荣誉，保鲜期短，一次战败，便打回原点。大家族生活，是民主状态，出了事，人人参与，不是权力机关办理后便到此为止，家法之外还有人情。

以偷窃罪惩罚完坠儿后，将持续发酵，宝玉一房会被说成风气不正，领班的袭人、晴雯成关注热点，不知将衍生出什么怪论。既然大众不能就事论事，管理者也就不能赏罚分明，民主状态，反而不能说实话，说法和做法不一致，是行政之道。

平儿如此，奥斯卡也如此。斯皮尔伯格1993年的《辛德勒名单》获最佳影片奖，业内人士认为是颁给他1985年作品《紫色》的。1992年阿尔·帕西诺《闻香识女人》获最佳男演员，被认为是颁给他1974年的《教父2》。

最佳作品无法获奖，以次等作品补偿，是奥斯卡宿命。因为评委人数太多，五十年代是两千名，八十年代是四千名，今年公布是九千名。人多了，世俗想法往往盖过专业见解，会出现"某某高产，以后还会得奖，所以这次就不给他了"一类怪论。当然，奥斯卡并未沦为"年度人气奖"，肯定有其修正措施。

晴雯敏感，引出平儿会办事，读者以为这是曹雪芹目的，不料转笔回锋再写晴雯。平儿妙计，给晴雯操作坏了。

晴雯将手下丫鬟偷窃，视为自己这个副领班的耻辱。不缓日子，立刻处理，借口说坠儿不听使唤，言语顶撞宝玉，将其开除。不提偷窃，但忍不住，拿簪子扎坠儿的手。打手，是民间惩罚小偷的办法。

她遵守平儿定下的办事标准，不懂内涵，失了分寸。果然惹事，坠儿娘来吵架，指责晴雯假传圣旨，开除坠儿，就是你的主意，别拿宝玉说事。明确以晴雯为敌。

二十世纪八十年代，北方有个现象，单位分房，穷困家庭没钱给领导送礼，于是逆向思维，抱被褥入住领导家客厅，不分房子就住下去的架势。赌领导不堪其扰，能把事办了。

难缠恶相，是底层生存技巧，坠儿娘也是，要挽回孩子工作。她进一步指责，晴雯对宝玉直呼其名，对主子不敬，她要向王夫人告状。

麝月为晴雯洗白，一大段长文，可想麝月也紧张，方方面面都要说到，不留后患，防止坠儿娘之后还要拿此话题作妖。

掰扯清楚后，立刻施威，说你是外院做杂役的身份，对内院的规矩不懂，瞎议论什么。你的身份，不能在这儿多待，叫小丫鬟擦地。是"你脏了我这地方"的潜台词。

　　坠儿娘拉坠儿负气而走，出门被嬷嬷叫住，说你女儿在这屋里一场，临走要磕个头表示感谢，说走就走，太失礼了。坠儿娘要挑晴雯的礼，反而自己被挑了礼。

　　嬷嬷做法，跟麝月叫人洗地同一个用意，拉大外院和内院的身份差距，令坠儿娘有自卑感，便不敢再多言了。

　　以理服人和以礼服人，是华人的两只手，轮换使用。"你怎么不讲理呀"是平等商议，好说好散。"你怎么不懂礼呀"是强制性的，讲理讲不通，便没有平等了，你老实点，找好自己定位，必须屈从。

　　坠儿回屋向晴雯、麝月磕头，她家便彻底折服，不会再生事。这场戏，细节为情节服务，细节铺陈成情节。还有相反写法，写一大场事，为烘托出一个细节。

　　吴清源围棋也有此情况，发动波及全盘的大规模战斗，只为争夺角部的一个点。曹雪芹大费笔墨写医生上门，为写出晴雯两片三寸长的涂红指甲。

　　直接写红甲，也就是一二形容词，最多让宝玉赞两句，显不出好。医生上门，男女避讳，不见晴雯全身，独从帷帐中伸出一只手，以供诊脉，指甲之美刺激医生，扭头不看，旁边嬷嬷忙以手帕盖住。不用一个形容词，显出了好。

　　红甲跟患病治病无关，写的是晴雯爱美。

　　此细节不为情节服务，不是此事的点睛之笔，讲的是与此事无关的别的意思。传统小说技法叫"借树开花"，李子树上却开了桃花。

李子树上开桃花惊艳，如开的是南瓜花，则会奇怪。贾母送了宝玉件孔雀金线的褂子，出门无意溅上火星，给烧了个洞，偏偏次日，贾母指定他穿这件。晴雯不顾患病，一夜未眠，赶工修补。

她的女工在荣国府中拔尖，宝玉和麝月称赞补得完美，她说："到底不像，我也再不能了！"晕了过去。自居小姐的晴雯，还是履行了丫鬟职责。骄横跋扈和鞠躬尽瘁奇迹般集于一身，是性格写法，写性格便是写奇迹。

晕过去，此段落便可结束。曹雪芹借树开花，另出细节，写贾府有个秘诀，一旦得病，便饿几日，主子和下人都实行。晴雯熬夜操劳，加重病情，却危而不死，因为胃是空的。

开出朵怪花 —— 介绍饥饿能激发人体自愈功能，将晴雯晕倒的美感破坏殆尽。方想起《红楼梦》又叫《情僧录》，同时还是部修真小说，得空便要插入身心知识。

享受美食的是商人阶层，皇室的菜是样子货，好看不好吃。御膳房的宗旨是不能让皇帝吃饱，看着色彩鲜艳，入口没滋没味，提不起食欲，吃两口就厌，为最高厨艺。

历代御医认为，多吃招病，皇帝半饥不饱，是健康的保障。"病从口入"的民谚，不是今日的"饭前洗手、防范细菌"之意，是"别吃了"，北方医学认为胃是一个不争气的器官，受不起食物刺激，胃病一起，百病丛生，胃气一衰，人死定。

纪录片中，皇族成员作证，末代皇帝溥仪抱怨皇宫菜肴没滋味、没热气，是"给死人上供"，盛赞抚顺看守所的牢饭，说他一顿能吃一斤。

仿膳是清朝灭亡后，宫廷厨师下海办餐馆，面对大众，得添滋加味，再搞样子货，会挨骂骂死、赔钱赔死。仿膳一定比真正御膳好吃，又是"假作真时真亦假"。

贵族追风皇室，出过两代皇帝的醇亲王府便是有名的菜肴差，亲王以"不爱吃"为个人美德。贾府菜肴有滋有味，因为写的都是女人聚餐。女人生理比男人先进，可以享受美食。男人的进化缺陷大，不配吃什么。

7 ⊙ 主子媚奴和才子佳人——现实主义戏剧性、不良心态商业性

五十三回，交代京城有许多爵位还在、权财两空的穷贵族，靠一年一度的皇室赏金，才能支撑春季祭祖的开销。

贾家在外地拥有庞大农田山林，却收不上钱来。农林管事，被贾珍称为"老砍头"，二十世纪八十年代陈佩斯、朱时茂小品中"土老帽"的意思，没见过世面、头脑简单。在这位老砍头眼里，贾珍才头脑简单。

贾珍预计的收入额，老砍头以遭了天灾为由，交上来不到一半。贾珍说你在跟我"打擂台"——讨价还价。暗示你贪污了。

老砍头笑着听，"您愿意怎么说就怎么说吧"的态度。

明清时，京城人家的农林管事，权力范围是一个地区的多个庄园，全权代理，一般是祖辈外派的下人，生子生孙都是此职，满人叫包衣奴才。包衣，是满语家里人的意思，晴雯和宝玉这样的关系，身份是主仆，情感是家人。

亲情化管理，靠人品自觉。晴雯外派当农林管事，肯定账目详实，不会辜负宝玉。宝玉只要面对晴雯一人，便可控制千万农林，减少行政层次，还准确有效。

但亲情化管理，随着亲情减轻，忠诚度下降。晴雯的下一代是农村孩子，宝玉的下一代是城里少爷，没有上一代的发小交情，肯定自私自利，不会有"对不起朋友"的心理负担。

补救措施，是让晴雯的孩子自小每年来城里度假，跟宝玉的孩子建立友谊。城里少爷自小的任务，便是接待农村来的孩子，要陪好玩好，临走时送一堆礼物。

老砍头抵制这措施，面对贾珍的不断邀请，始终不带孩子来宁国府，要把孩子熬到成年。童言无忌，怕贾府从孩子口中套出话来。比如，今年交钱少，理由是碗口大的冰雹打坏了庄稼和牲口，孩子要说没下冰雹，就露馅了。

亲情管理在没有亲情后，显出不设立监察机构、行政层次缺失的弊端，对老砍头的监守自盗，贾珍查证不了也制约不了。出现主子向奴才讨饶的奇观，贾珍说自己厚脸皮，不顾埋怨，压低族人日用花销，今年勉强能应付过去。潜台词是，今年就这样了，明年您可得给多点，求您了。

老砍头毫不心软，说你们还哭穷，家里出了个皇妃，皇上的赏钱花不完。话说得无礼，贾珍不敢翻脸，假装被老砍头没见识的话给逗乐了，让贾蓉接话。

贾蓉明白这不是亲友间开玩笑，关系明年能得多少钱，解释得细碎，讲皇妃并不能挪用国库，皇上每年的赏钱才一百两金子，甚至爆料，王熙凤和鸳鸯要拿贾母首饰去典当……哭穷哭得太过，遭贾珍打断。

哭穷没用，老砍头把贾家定位成"娘娘皇上大把银子赏下来"，从而问心无愧，获得道德平衡。我贪点没关系，反正你家有的是钱。

主子向奴才讨饶，双方都违反了各自身份，为戏剧性。戏剧性即是通过反常现象，揭示一个前所未见的现实。

二十世纪五十年代，土地国有，农林管事和主子家的经济关系没了，人情关系还延续。一些京城孩子有这样的记忆，年少时家里来了位亲戚，送一口袋大米、一口袋瓜子，连吃带住十来天，临走时将明面上摆的值钱物件——闹钟、小收音机、镜框、瓷器等，直接装走，说："在你家也没用，就是摆着，在我们那儿可送礼，办大事。"或更直接，就是拿，"回去给媳妇瞅个新鲜"。

拿了大人拿孩子，你的玩具、小人书被一扫而空，理由是给他家孩子玩。你作为受害者，向爷爷奶奶哭诉，这是什么亲戚？咱们家之前来的亲戚都不这样。爷爷奶奶解释，他家祖辈是咱们家管事，他拿咱们家东西，理所应当，是"赏的"。

你急了："咱们家不富裕，就别赏了。他拿，您不会拦着呀。"爷爷奶奶为难，拦着不让拿，失去旧颜面，死活说不出这话。

此情况，二十世纪八十年代中期，农村经济搞活，便少了。二十世纪九十年代初仍有零星，大学一年级，听一位同学讲，他小时候，常见一位隔着几个胡同的居民来他家偷东西，屋外放的蔬菜、蜂窝煤、晾衣架、废弃纸箱、旧洗脸盆、空酒瓶子等，拿了就走，不怕碰上人，父母对其也视而不见，好在不偷衣服鞋子，还能忍受。

以为他们家是地痞流氓，惹不起，自己家懦弱，甘心受欺负。拿到大学录取通知书，自觉长大，瞥见那人来了，旁若无人地从院中厨房拎走瓶酱油，终于爆发，拦下怒斥："叔叔，我眼瞅着你偷了我家十几年东西，不带这么欺负人的。"

那人更怒："从小我家大人就告诉我，你家东西可以随便拿。从没进屋里拿过什么，你还想怎么着？"气势汹汹走了。

父母下班后告诉他，那家祖上是咱们家下人，新社会批判这种关系，两代人没交往了，见面不说话、过年不拜年，但来咱们家白拿东西的习惯保留下来了。

通过老砍头，露了贾家的穷相，再写贾家富态，读者便会感觉异样，看这一番锦绣还能撑多久？

贾母看戏是大把钱币往戏台上扔，根本不考虑会不会打断演员的表演情绪。虽然有了舞台，唱戏仍是街头卖艺的性质，唱得好，扔钱，唱不好，"砍茶壶"——茶壶、碟子往台上扔。不怕砸伤你，可见是贱业。

由"砍茶壶"，也就体会了"老砍头"一词——笨得该挨打。一个笨人玩惨贵族，到底谁笨？

1955年纪录片《梅兰芳的舞台艺术》，开头解说词是"梅兰芳和他的老战友"——啊？梅兰芳枪林弹雨地打过仗！画面展开，是一众名角和琴师在梅兰芳家过周末，当时朝鲜战争胜利，军人最光荣，将演戏搭档称为战友，伶人比拟军人，说明社会地位提高。

梅兰芳在院中练功，解说词说他"为世界和平做出不断的贡献"，这是苏联称赞卓别林和毕加索的话，伶人不再是贱业，成了艺术家。

旧社会是一桌零食茶水、边吃边聊的听戏，眼神大部分时间不在台上，在同桌客人身上。京剧兴盛，是商人阶层促成，华人谈生意，不在办公室，在看戏时。当老板，要一天到晚看戏。台上唱台上的、台下说台下的，极为喧哗，只有名角出场，台下才停口看会儿戏。

二十世纪五十年代，京剧院对标苏联芭蕾舞剧院，设置了开场铃声，以迟到早退为耻，禁止吃喝谈话。看七十年代尼克松访华纪录片，一个环节是请他看戏，尼克松一个劲说话，中方官员不搭话，拿眼神提醒他不要讲话。

估计他聘请的"中国通"通的是旧社会，听说中方请看戏，便告诉他，这是要跟你谈大事了，好好准备。他准备了一肚子话，不知新社会改了习俗。

贾母看戏时，见袭人不在一旁伺候，骂袭人"拿大"——狂妄傲慢，低档的人装大人物。袭人归附了王夫人，王夫人出言维护，解释她母亲去世，戴孝期间杜绝娱乐活动。贾母不依不饶，说对下人而言，主子高过父母，可惜袭人不是我的人了，否则服孝也得到场看戏，她是成了你的人后，才变得这么没样。

笑着脸，明着骂，指责王夫人跟她抢人。

之后自己找台阶下，叹息袭人不是"家生的"——祖辈就是贾府下人，出生在贾府。这种，在内是赖嬷嬷，在外是老砍头，都能得到分家产般的巨大利益。袭人是这代才买来的奴才，得的好处一点点，所以就不跟她计较了。

贾家是给好处给出了麻烦，老砍头奴大欺主，搞得贾珍无可奈何。贾母骂袭人，说出对下人不能管得太松的话。留下悬念，读者要看，有什么"紧"的手段，为之后宝钗、探春、李纨三女联手治家，做了铺垫。

宝玉看戏间歇出去了一趟，写他一路上多少丫鬟、嬷嬷陪着，等宝玉回来，贾母改听弹唱说书，指责说书失去现实依据，大户人家小姐由多层下人陪着，怎么突然身边只剩一个随身丫鬟，能去相会男士了？

读者刚看过宝玉出去一趟的随行下人设置，天然认可贾母这番话。这种写法很电影剧本，语言在小说里有力，足够说服读者，在电影里无力，单凭语言说服不了观众。让观众认可一个说法，要拍一段类似、不完整的视觉形象，观众看到三成，便接受了全套语言。

一定是类似、不完整的，由宝玉一个少爷出行的状况，类比出一位小姐身边的人员设置。如果直接拍小姐丫鬟，严丝合缝地符合贾母的语言描述，等于图解，观众会跳戏。2006年电影《达·芬奇密码》便失误于此，词配画的解说，还在讲故事，而作为故事片崩溃了。

才子佳人 —— 佳人不是长得漂亮，豪门之女方是佳人，门第、财富、功名都没有的男士，不好称呼是什么，称为才子。本质是底层男士勾引名门之女，佳人败德、名门蒙羞。

至民国，仍如此。1930年，武侠小说宗师还珠楼主跟银行家女儿私奔，先被警局抓捕，后遭法院以"拐带妇女"之名起诉。

十六年后，银行家方与女儿恢复关系。成为轰动全国的新闻，众口传唱，因为令银行家蒙羞，说着解气。

才子佳人的故事，满足了平民阶层诋毁富豪阶层的仇富心理，销量大，书商好盈利。现实里，发生的概率小，底层男士接触不上，就算接触上，以小姐所受教育，也会觉得跟这类男士无法沟通。比如，贾芸能接触低等级丫鬟小红，没可能见到黛玉，即便万幸得见，黛玉一眼望去，觉得俗气，也不会理睬。

贾母说她年轻时，同辈小姐们对才子佳人话本都看不下去——本来就不是给她们看的。《泰坦尼克号》《罗马假日》《郎心似铁》，是好莱坞的"才子佳人"，由全世界穷小子买单。

《泰坦尼克号》女主的父亲是能操纵画商的顶级收藏家，她从小大量看展览，能先知先觉，预判未成名的毕加索日后统领画坛，男主为一个美术业余爱好者，街头画像的水平，这手俗活儿一露，她能看上他？

故事的前提是，假设女方是笼养的金丝雀，对底层一无所知，视为游乐园，所以被男主的底层活力吸引，画得再差也没关系。

但，如果她们了解呢？

公主发现男主是小报记者，判断他会出卖自己，立刻不辞而别，《罗马假日》不会发生；厂长女儿发现男主是个妈宝男，警觉此人人格不完整，从此疏远，《郎心似铁》不会发生；女主发现男主跟水手们赌博，推测他有一堆恶习，从此躲避，《泰坦尼克号》不会发生。

小姐不是富豪的玩物，她们本身是富豪，为守护资产，不能傻白甜，得了解社会。其家风，男孩有了社会实践，要分享给姐姐妹妹听，保持终生，姐妹嫁人后，也追去讲。她们带着孩子一起听，小孩们都喜欢舅舅，因为舅舅来了讲故事。这是最基本的信息源，东西方一样，片例有《罗丹的情人》。

晚清时，官宦人家普遍给女孩订报纸杂志、聘外文教师。十九世纪西方报纸上很大篇幅介绍中下层见闻，为满足女性读者群。雇佣有社会经验的成年妇女或婶子舅妈，给小姐们当导师，带她们旅游，观察社会，片例有《看得见风景的房间》。

鉴于男孩成才率低，豪门经验是，得靠女孩。老北京民间常有这样的话，"老爷少爷都糊涂，幸好当家大奶奶是明白人"或"这家爷们都好说话，别碰上他家小姑子，那可是个不吃亏的主儿"。

她们十一二岁开始了解中下阶层，十五六岁已熟稔。她们长大要管理中下阶层，牧羊犬一定熟悉羊群。

8 ⊙ 小姑管家——观影心理、下野妙计、学术型政治、剥笋脱壳法

五十五回，王熙凤流产，需要休养，李纨身为候补，代理当家。探春和宝钗做她的副手，先锋作用，事事冲在前。这是官宦人家的"小姑管家"习俗，小姐出嫁后要管理夫家，得先在娘家做足练习。

旧式婚姻，给儿子娶个媳妇，更是给家族请来位经理，后者的意义大于前者。

之前探春写得不堪，巴结宝玉、学书法虚张声势，是"心机、虚荣"形象。此番正式写她，熟悉曹雪芹文风的读者，知道他会

形象翻新，突破这两个词，写出一个前所未见的探春。

下人问主子决定，要提供规定和参考范例。当主子的不知道这点，被下人一问，自己琢磨着回答，等于下人考主子，能考出一串错。你说错，下人们遵照着做错，责任在你。

问该怎么办，之后静立不再言语的下人，憋着坏。探春明白这套路，告诉等吩咐的下人，你别问我，该你说的你还没说完。守住了第一道关，让下人们知道她懂行。

把观众讨厌的人变得令观众喜欢，剧作技巧二十秒可解决，就是让其受到侮辱、陷害、威胁。大众在生活里厌恶弱者，弱者很难得到帮助，但大众在看电影时热爱弱者，谁受伤害便爱谁。生存法则，人们要在生活里逞强，而内心深处无一例外地认为自己是弱者。

匪警片中，演罪犯的演员容易出彩，爆红概率高，演警察的获奖难，因为罪犯担惊受怕，遭大部队追捕，不管内心有多邪恶，明显的弱者外观，大众认同他。曹雪芹深谙此道，当下人闭口不说时，读者就站在探春一方了，之前对她的不良印象瞬间瓦解。

探春生母赵姨娘跑来生事，她的兄弟死了，探春按抚恤惯例发给二十两。袭人母亲死了，贾府发了四十两，赵姨娘说自己没脸了，身为贾政的姨娘，还没丫鬟待遇高。

贾府内外有别，外人给得多，内部人给得少，因为内部人平时得的好处多。当今学校也如此，外聘老师的课时费高过正式老师，因为正式老师有基本工资和福利。传统商号分内伙计和外伙计，内伙计是带来的家乡子弟，近乎终身制的长工，外伙计是雇佣的当地人，一年一签约的短工，外伙计月薪高于内伙计，但内伙计有年底分红。

赵姨娘的兄弟是贾府下人，相当于内伙计，袭人相当于外伙计，多得抚恤金是应该的。探春拿账目解释，公事上说清后再续私情，夫人让我主事，是提拔我，您女儿第一天主事，您就过来闹，王夫人要觉得我不方便，会撤去我这职的。

说完落泪，女儿向母亲讨饶。

探春于公于私都说到位了，一般母亲心疼女儿，会退走。赵姨娘不依不饶，讲出一番市侩道理，王夫人提拔你，你也该提拔我们。

李纨想快点把赵姨娘劝走，说你女儿想给你好处，也是偷摸给，不会挂嘴上。登时惹翻探春，埋怨李纨胡说，我完全没徇私的想法。

探春处在秉公办理的位置上，怎能说她会照顾亲戚？李纨作为候补当家人，还需历练。曹雪芹百忙之中，缝下一道李纨的发展线，此处幼稚了，读者要看她何时成熟。

探春越避嫌，赵姨娘越要徇私，说王夫人是大方人，你们中间办事的人苛刻，令王夫人想施恩都施不出来。不承认世上有公义，市侩眼里全是私情。

探春爆发，表示自己名义上是王夫人的女儿，自己的舅舅是王夫人的兄弟，当今的九省都检点，您死去的兄弟不能算我舅舅，他自己也知道，比如他见了贾环，行的是主仆礼呀，不是舅舅和外甥的礼。

探春丧尽天良的话，没惹读者反感，不认血统，是为了保证秉公办理。读书心理和生活心理不同，拿起小说，人会秒变，同情弱者、支持公义，正在看书的人是地球上最高尚的人。

探春显出公义，读者对她之前巴结宝玉的不堪行为，改了观感，认为是庶出的孩子向嫡系的孩子找齐，值得同情，不是"心机"和"虚荣"。

为巩固读者好感，曹雪芹又添一笔，平儿奉王熙凤之命，赶来说赵姨娘兄弟的抚恤金可以破例多给，随探春的意。老领导给新领导个人开优惠，探春不认可：一不是怀胎二十四个月（不是生来异于常人），二不是战场上救过主子的命（没有特别功勋），没理由破例。

第二件，宁国府里的焦大做过，他死后，牌位要入主子家祠堂、棺材入主子家墓地，族谱上不填名，但等于上了族谱，享受血亲待遇。是主子报恩的惯例，在民俗里影响大，主子不这么做，会被批为薄凉。

1984年严寄洲导演的姐妹篇《陈赓蒙难》《陈赓脱险》，陈赓早年打仗，曾将蒋介石从死人堆里背出来，当时身份是蒋的警卫连连长，老百姓按照帝制时代的人际观念，认为是典型的忠仆救主。剧情有趣，蒋介石抓捕投入革命的陈赓后，受制于民间口碑，不能依法办理，为避免背上不报恩的骂名，而绞尽脑汁。陈赓也知自己受民间口碑保护，有恃无恐，看蒋介石笑话。

抓捕者苦恼，被捕者轻松，关系颠倒，属于电影的故事。

探春对王熙凤不领情，反而驳斥她的做法坏规矩，平儿便明白了，探春要拿大人物开刀，以威慑下人们。宝玉房里的秋纹来办事，被平儿在屋外拦住，说探春今天要立威，你进去正赶上挨批，有什么事都过几天再来，今天一定办不成。

秋纹机警，回去了。

探春哭后洗脸，有婆子来汇报事，遭平儿喝止，表示探春不是给你们办事的，是当家人，要尊重。到了饭点，有上菜的丫鬟，平儿却代劳，亲力亲为伺候三女用餐，她是王熙凤副手，权倾荣国府的人物，如此做，是给下人们做表率，抬高三女地位。

平儿还给众婆子做思想工作，服从新领导，说了大堆厉害话。她回王熙凤屋后，王熙凤预判探春将拿自己开刀，表态甘当垫脚石，被探春踩。老领导帮新领导，最迅速的方式，是让新领导批判自己，立刻权威立住，风气一新。

苦肉计，得是双方高度信任，才能演的戏。

王熙凤当家久了，作风严厉，会有积怨。破除积怨的妙法，是退居二线，让其他人代理一段时间，新官上任，另一种风气了，底下人才会想起你的好。北洋政府时期，各路军阀酷爱用此招，动不动就登报辞职，谁都这么搞，频率太高，把戏露馅，老百姓很烦。

1990年日本电影《天与地》，上杉谦信出于信仰，受不了杀生，心理崩溃而从战场遁走。原著小说则是，他身为盟军主席，结盟的各地方军自私，总达不成协议，他指挥不动，于是逃职。不是灰心了，而是主动下的一步棋。果然，群龙无首后，各盟军写下服从管理的誓言书，迎请他回来。

退一步海阔天空，努力调整，惹众人抗拒，撂挑子不干了，众人反而自动调好。当主管跟画画一样，知道何时停手不画，方为画家。一张画不能处处精细，大部分不精细，才能显出精细处的好，达·芬奇领先同代，是悟到"模糊"二字。

不做事，而让事情成，王熙凤是如此韬略，三女代理一段时间，对她只有好处。还向平儿交心，品评府内一众少男少女，谁是经营人才。

宝玉是人才，现在不堪用——王熙凤总跟贾母一起，受贾母观念影响，不知宝玉用处，但被灌输有大用；宝钗是人才，过于世故，客客气气，不出力——是王熙凤自己观察，世故人眼里尽是世故；所谓"君子豹变"，小豹子斑点乱七八糟，十分难看，但长大了会漂亮，黛玉胡思乱想、性格不稳，因为在剧变。没看出黛玉是人才——是王熙凤短板。

评探春、贾环时，观点出奇，突破了读者对王熙凤旧印象。评说别人，也是塑造自己，为电影剧本常用技法。从其见识，看出她是什么人。

评探春作为管理者，会比自己厉害，因为她有文化——读者惊诧，原来王熙凤明白自己短板。能看清探春，看不清黛玉，因黛玉比探春段位高。

官僚高层基本是举人、翰林出身，你没文化，跟他们言语不通，不会带你玩。五十六回，宝钗和探春商量将大观园草木池塘下放承包，两人掉书袋，边谈典故边做事。李纨因自己父亲错误理解"女子无才便是德"，不注重女孩教育，她也读书，量不多，此时跟不上，说她俩不办正事，怎么做起了学问。

宝钗说学问和正事要一起办。

《鹿鼎记》中，大儒顾炎武、黄宗羲入了江湖组织，担任军师，便是宝钗、探春般，聊着学问作谋划，主角韦小宝听蒙了，插不上嘴。韦小宝是王熙凤的处境，文化限制，隔离在高层之外。

金庸如此写，来自生活，年少逢上军阀混战，耳闻目染。民国延续明清风气，聊着学问做事，每当军阀内讧，报纸登的宣战书，都要谈上几段文史典故，解释几个欧美词汇，搞得像是你学问不佳，错解了华夏传统和西方文明，我作为一个正经读书的，实在看不下去，所以要灭了你，还学术一个清净。

利益之争要转换成文史典故，是华人的政治模式。二十世纪七十年代中期登峰造极，解决现实问题，要全社会辩论两千年前战国时的法家儒家，所谓"评法批儒运动"。王熙凤推断探春日后比自己厉害，因探春可往高处走，进入这套系统。

评贾环，颠覆了读者已有观感，王熙凤一贯维护贾环，将他的恶行往"不懂事、毛躁"上解释，读者以为是王熙凤的"大姐姐"心态使然，对岁数小的人无条件宽容，以至于一叶障目，看不见贾环的坏心眼。

此处跟平儿交心，说贾环是"燎毛的小冻猫子，只等有热灶火炕让他钻去罢"，北方烧炕、烧灶前，要先捅一下，看看有没有窝在里面以内壁余温取暖的猫，如果没发现，填进木柴煤球，堵里面就烧死了。

这种比喻，我小时候还能听到，老人们骂贪官恶吏仍这么说。不是形容贾环可怜，没温暖，不招人待见，是说他是坏人，会自取灭亡。读者惊诧，原来王熙凤知道他心眼坏，那还要维护他？

维护他，只是出于当家人的责任，抑制庶出、嫡系两房矛盾。王熙凤多出一层心思，翻新读者旧识，她的形象升级。传统小说叫"剥笋脱壳法"，人物性格不是一下交代完，要像削笋扒壳般，有一个逐层打开的过程。

9 ⊙ 藏富于民和儒家正统

五十六回，小姐们每月买脂粉，府内批下的钱多，却永远买不来好货，得重复购买，一半钱浪费。一叶知秋，贾家基层办事员出了问题。

唐朝便是这么亡的。贵族子弟到兵区服役，被基层办事员盘剥得受不了，要造反。大唐能灭突厥，灭不了小吏，朝廷撤回贵族子弟，将兵区承包给当地异族，以为皆大欢喜，实则脱手兵权，酿成安史之乱。

所谓"小吏灭唐朝"，电影史上，小吏们爱刺激有武器的人，还间接灭了督政府法国——《乱世冤家》、纳粹德国——《大独裁者》、英属美国——《革命》、沙皇俄国——《战舰波将金》……探春痛下狠手，撤掉代买胭脂的人员编制，由小姐们自用自买，公款支出减少，反而能买到好货。

大观园只当游乐用，探春调查，花草树木、湖中水产都能卖钱，承包给大观园中做杂役的嬷嬷，最低估算，一年也有四百两收入。宝钗建议，承包园林的嬷嬷，要负责一项公务支出，并给未揽到承包的嬷嬷发年度补助金，剩下的盈利直接归承包者，不用走在贾府总账房"上缴入账、再分配"的财务流程。

按照府内制度，有盈利项目，总账房的人员便要介入，核对产值，可以刁难，钱经过总账房再分配下来，会严重缩水。负责一项公务支出和一点补助金，比被总账房克扣要少，嬷嬷们积极性高涨。

王熙凤形容宝钗"客客气气，不出力"，宝钗上任后，是真出力，每晚乘轿子巡视。与前提相反，方为讲故事。

贾府下人骄纵，夜里聚众赌博，疏于职守，有安全隐患。宝钗给承包嬷嬷们开优惠，未摊上承包美差的嬷嬷们也得了年度补助金，人人得利，交换条件是不许再夜间赌博。嬷嬷们痛快答应。以行政手段大力整顿，也难改过来的恶习，为了获利，主动改好。

探春、宝钗的做法，我们这代人熟悉，高中、大学的经历。学校经费不足，向上申请，得到的是"给不了钱给批文"，批准学校拆围墙，开商铺、饭馆、理发馆，赢利自补。记忆里，是大学毕业三五年后，办学开始赚钱，学校补上了围墙。

给不了钱给批文，是春秋时代的发明，齐国丞相管仲的藏富于民之道。第一步，羊毛出在羊身上——给你的利益，其实是你自身的价值。第二步，损上益下——民间利润，避免被官僚阶层消耗，大部分不上缴，由民间自产自受。

管仲富民，长期轻税免税，却让齐国称霸了。

汉朝定管仲为道家，隋朝定为法家，在宋明是大儒们的批判对象，明清之际的王夫之评为儒家，清民之际的梁启超评为儒家经世致用的代表，方才符合了《论语》里孔子的原意，孔子以"仁"评价管仲。

仁，是儒家学术核心。管仲当然是儒家。

仁在实务上是富民，在哲学上是博爱。韩愈《原道》言，博爱为仁。对于常人，爱自己的邻居已很难。博爱，不但是爱人类，是爱一切。范围太广了吧，爱得过来吗？

孟子说不费劲，这是人的本性。

韩愈认为孟子是孔子唯一真传，元明清称为"亚圣"——孔子之后的圣人，不是"次一等"的意思，都是圣人了，哪儿还有等级？ 亚圣一词，在唐朝属于孔子亲传弟子颜回，孟子取代颜回，孕育过程达六百年，北宋时差点流产，当年的另一个选项是扬雄。

扬雄，西汉人。对标《论语》写了《法言》，金句满篇，令人觉得比孔子有口才。对标《易经》写了《太玄》，二进制升为三进制，令人觉得伏羲的数学没他好。对标《离骚》，写了《反离骚》，十分豁达，令人觉得屈原不必投江。

扬雄为亚圣，司马光是推广人，他在《资治通鉴》之外的著作，主要是注解扬雄。没办成，是人性上跌了跟头。

犹如天气阴晴不定，人性善恶不定——是扬雄观点。孟子痛骂世人，但认为人性完美无瑕，只是滋生了不良习气。面对社会上的种种劣迹，最快的改变方法，是恢复人性。

孟子不孤独，西方垮掉一代、嬉皮士运动、摇滚，也是此思路，年轻人愤怒社会弊端，找不到方法改变，于是先恢复人性。荣格、凯鲁亚克、列侬一致认为，被遮蔽的人性是万善之源，力大无穷，改变现状得靠它。

马一浮的书院，叫复性书院，取于此意。人类的未来光明，因为人性光明。明天会更好，因为本来就好。人性不但不是改造社会的拖累，还是制胜法宝——此为儒家正统。

扬雄才高八斗，一点偏差，痛失亚圣。

北宋吃了亏，胜利在八百年后，二十世纪苏俄崛起，孟子被批腐朽，评扬雄为早期唯物主义者，在革命的谱系里。司马光要知道，该多高兴。

曹雪芹显然是复性论者，由宝钗探春交代完富民策略后，不是继续写实施情况，而是横插一杠，由宝玉写上了博爱。

南京甄家来了四位女下人，主子一样贵重服饰，贾母招待她们坐配脚踏的椅子。椅子跟门槛一样，是身份象征，以坐垫、椅披、脚踏的材质款式表示等级。下人不坐完整配套的椅子，给她们四人补上脚踏，下人享受主子礼遇。

违反常情，显出甄家的高地位。电影剧作的细节描写，不是描写形色，是写出格——这个人不该用这个东西，看着奇怪，暴露性格和隐情。

四人带来信息，甄家也有个男孩，跟宝玉的名字、相貌、个性完全一致。现实的构成，首先是个体感，每个人都以为自己是独一份，突然有了第二个，现实感登时崩溃。犹如电影《盗梦空间》，多了一个不该出现的人，主人公警觉到自己处于梦境。

生活中，人们能接受的复制现象，最多是共鸣，两个形体频率相同的乐器，都在一个屋子里，近距离摆着，拨响了一个，另一个也会响——还在时间、空间、力量的范围里。

认为一个在上海一个在火星，一个在公元前一个在二十一世纪，还能共鸣，便是武则天时代的华严哲学。朱元育说，我条件有限，做不出实验向你证明，幸好天地间有证据，你自己去看：地上的兔子全是雌性，唯一的雄兔子在月亮上，但一代代小兔子照样生出来，这便是共鸣……生物学不发达，造成的错误举例。

唐朝做的实验是，用十面镜子围住一尊塑像，塑像变得重重无尽。撤下塑像，换上武则天本人。目睹亿万个自己，武则天说："明白了。这是真相。"

李小龙在1973年电影《龙争虎斗》中，追敌陷入镜子阵，出现了几十个李小龙。从剧组纪录片可知，创意是李小龙提出，以他大学选修哲学的资历，该是想告诉观众真相。

但好莱坞电影要杀坏蛋，配上画外音"找到自我"的话，李小龙敲碎镜子，恢复成一个人，杀了坏蛋。这句话因美国嬉皮士运动而流行，西方人听熟了，没理解障碍。全片结束镜头，是李小龙在叹气，似乎说："那句话，拉低了我。"

不满好莱坞，为阐述哲理，李小龙结束单一肉体，化身亿万，在世界各地的银幕上同时出现……我这代人小学从杂志上看到他剧照，初中看到他的武术书，高中看到他两部录像，补齐他四部半电影，得到大学毕业后的 DVD 时代。

跨度太长，容易想多。

镜子阵是十九、二十世纪西方游乐园的基本配置，卓别林早期短片《大马戏团》便是流浪汉用镜子阵躲警察。镜子对西方人，就是个玩意，华人不敢玩，曹雪芹写民间忌讳孩子接触镜子，说照多了能照死。

做镜子实验时，武则天六十余岁，称帝不易，还会待在洛阳。小孩没负担，得知了真相，便不在人间玩了。

宝玉床前有一面镜子，被认为是他发疯癫的原因。北方至今还如此，见到新婚夫妇模仿西方，在床前安镜子，一定让拆了。新郎是理科生、懂时尚，严词拒绝，老人说这是女方出轨的风水，新郎也就屈服了。

1991年电影《维罗妮卡的双重生命》，是《红楼梦》双宝玉的情况，两个女子同名、同脸、同个性、同才华、同疾病，两人有一次擦肩而过，一个拍下另一个的照片，为避免暴露真相，地球抹去证据，让其中一个死去。

宝玉做梦，南京有一个和大观园一样的园林，里面有一样的丫鬟、一样的自己，而那个自己在睡觉，梦到北京有个一样的园林、丫鬟和正睡觉的自己。

变哲学为情节的典范，写的是"仁"。

地球善于伪装，其实地球上有重重无尽的你。你害谁，受伤者都是你。你得博爱，爱一切，免得被伪装蒙蔽而害自己。

孔子不爱比喻推理，有事直说，学生不懂，就不说了，让其斋戒静坐，等一等，就懂了。儒家学习，是想一会儿静一会儿，书房里要设置静坐室。

朱元育讲自己为《参同契》做注，有时明白意思，想不出表达的文字，有时对书迷茫，不知几个意思。他的办法是，此时别想了，静坐或睡觉，鬼神会送词送思路。哪里是鬼神，是自己的灵感。作家写小说、导演做剧本，均有此体验，写不下去，就睡觉吧，一觉醒来，一堆主意。

印度人爱比喻推理，学了一门印度文化后，最终发现那就是当年看不懂的孔子一句话，于是回归儒家，历史上叫"由释返儒"，王阳明、王夫之如此。梁漱溟、马一浮是印度和西方都学过，曾经的现代学者，终以儒家为归宿。

比喻容易产生歧义，你理解的其实是那个比喻，不是问题本身。或者出现朱元育举例兔子的情况，例子错了，听者会觉得道理也讲错了。推理不精确，成为诡辩的概率高。

绕了一大圈，发现"直说，听不懂就静坐"的方法，更适合华人。下棋也是想一会儿静一会儿，棋局窘困时，禁止自己再想，静坐等灵感。传到日本，在二战前叫坐功，含义明确。

二战后，用的词是长考。下围棋的方式变了，对标国际象棋的比赛制度，你等灵感，对手干耗着，显得不尊重人。

叫长考，好听些。假装在思考，灵感到来后赢棋，骗记者，期间思考了两百手变化。不好意思吹牛，会说："我好蠢呀，那里不值得思考。"

总说这话的棋手，退役后承认当年想不出两百手变化，自己陷入一种莫名的精神状态，欲罢不能 —— 就是静坐。

吴清源比赛时很少静坐，在平日训练时，按照苏东坡号召的"半日读书半日静坐"，时间上接近一半对一半。连续几日的赛事，对手晚上失眠，吴清源能睡着，向对手推荐静坐。对手尴尬，会想："你快赢了，当然睡得着。"

二战后的棋手大多不相信静坐，以为长考的对手真在思考。被赢了后，也采用这招，头脑的特点是自己障碍自己，越想越坏，结果出现一个著名词汇"长考出臭棋"。

孔子对头脑不信任，"三思而后行"的典故，不是鼓励人多思考，反而是告诫别多想。《论语·公冶长》：季文子三思而后行，子闻之，曰："再，斯可矣。" —— 季文子行动前会反复思考，孔子评价："别想太多，想想就行了。"

不想，是不谨慎，想多了，会坏事。

当过导演后，同意孔子这话。剧本研讨会开多了，大概率是烂剧本。但怎么可能不开？

一旦确定资金，接踵而来的业内老辈、后起奇才、自称从来不看华语电影却偏偏对你电影有看法的人、掌握票房赚七十亿以上秘诀的留学生、目睹过上百人死亡而对艺术产生深刻理解的保健医生、纯真得可以作为公平评判标准的儿童、不知是谁带来的女友……都要改剧本。

大改特改后，老板终于放心，导演还不放心，召集编剧："不管别人怎么说，咱们扪心自问，能不能过得去自己这关？"穷尽可能，终于攒烂，踏实了。

10 ☉ 庄子心斋、宝玉心魔——水穷云起法

前文提到静坐等灵感，是下围棋、读书共同的方法。静坐的姿势，颈、胸、腰、腿各有标准，描述起来繁复，做起来简单。去请教，老先生见不着，住家的弟子会说，你伸个懒腰后的姿态，就是了，此时的你又端正又松弛，哪哪都是合适的。

静坐得静呀，怎么静？

坐好了，便静下来，你伸懒腰时，大脑就停转了，还要怎么静。

怎么保持静？

静的特点是能持久，静了就静下去了。

老先生是大儒呀，你一个伸懒腰就把我打发了？

噢，要看字是吧。有的看。

孔子谈静坐的话，记录在《庄子》中。庄子是道家代表，方以智认为"庄子为尧孔真孤"——庄子说的才是儒家真东西。方以智是明清之际的文豪、哲人、西方科技传播者，也有考证说他写的《红楼梦》。

京城一些前清官宦家口传是方以智好友冒辟疆。冒辟疆故居现今开发成旅游点，十一放大假，这些人家后代到了，便说是看曹雪芹来了，吓坏导游。让他们提供线索，毫无线索，只是小时候听爷爷奶奶说的。

《庄子·人间世》第一个事件，卫国国君骄奢残暴，百姓受苦，颜回要用跟孔子学的去降服他。孔子不让去，说你会被杀。

颜回是孔子最好的学生，这么不顶用吗？

颜回也震惊，问怎样才能去，孔子教他静坐，说到了卫国，逢当危急，就静坐，你起码可以保住命。又教了点人事应对技巧，最后说能静，就用不着这些俗手了，古人以内心之静，可以颠倒寒暑——言外之意，何况是降服卫君这种小屁孩？你得练这个呀。

教静坐的词，北宋以来的批注，多套用印度文化，解释"听"是关注呼吸、"气"是生命力，脱离《庄子》原义。

我脑子很乱，静不下来。怎么静呀？

告诉你啊……

您倒是说呀。

你在听我说时，不就静下来了吗？

呀，真是。

——口传，是这样点拨。我们听一个微细声音，呼吸也轻了，脑子里也没事了。利用这个技巧，假装听什么，就静下来了。

孔子教颜回，思维专一后，思维会解体，不需要操作，自动发生。之前被思维遮蔽的你，能穿越一切表面现象，通行无阻，就像是气，气是无处不在的，所有的气都融在一起，你可以与万物相融。

颜回感慨："那个叫颜回的人消失了。"

孔子管静坐叫心斋。还有个词叫心魔。

五十七回，黛玉午睡，宝玉来了，见丫鬟紫鹃穿薄衣坐在风口里，说这样会生病，伸手摸了一摸，想确定她衣服是否像看起来那么薄。

惹翻紫鹃，怒斥宝玉还像儿童，看不到大家都大了吗，动手动脚不雅，难道你看不出吗，黛玉近来总躲着你。

《教父3》也是堂兄妹孽恋，剧作崩塌，像正常恋爱。导演科波拉给华人办讲座，说他看《红楼梦》已到九十二回。猜测他三十年求索败因，终于得遇曹雪芹，找到答案……电影人看电影人，爱把对方往苦里想。

后了解到，科波拉写了十一个《教父3》的剧本，拍成的这个，架空孽恋，为适应各国道德底线，扩大发行面。原来不是不会写，是不让拍。

哇！没有求知之苦，真为科波拉高兴……还是苦，另一种。

黑泽明也有未尽志愿，死后留下十一个故事大纲——也是十一？这个数，看来是导演低谷期奋斗的极限。外国电影的生存环境恶劣，该请科波拉来我们这儿，以网大①方式，一年便能拍出十一部《教父3》，点击率高的话，就再拍十一部。

---

① 网络大电影的简称，指的是那些主要在互联网上发行的电影。

黑泽明晚年要定居横店，还会留遗稿？只会为创意枯竭而苦恼。

紫鹃说黛玉要回苏州，刺激得宝玉疯癫，因黛玉而起的情愫，闹得明显。读者担心露馅，不料大人们一个明眼人没有，一致认为两孩子一起长大，受不了别离，赞许其发小情谊，纷纷想起自己的发小，都有些伤感。

宝黛爱情，成了集体盲点！

躲过去了，更为惊险。读者屏住呼吸，怕哪个大人回想，觉出不对。希区柯克常如此，以"躲过一次"的方式加大悬念，观众坐不住了，怕下次躲不过。

黛玉清醒，一次也不去探病，顾忌宝玉疯癫下说出什么情话，没法收场。宝玉的情话抒发给紫鹃："我只告诉你一句趸话①：活着，咱们一处活着；不活着，咱们一处化灰化烟。"

黛玉听到宝玉犯病是紫鹃逗的，跟紫鹃发飙："你竟拿绳子来勒死我是正经。"二十世纪七十年代，京城幼儿园老师还是这口，遇上小孩淘气，会说："你趁早拿绳子勒死我吧，省得我自己上吊。"

吓不了小孩，谁也不会当真，紫鹃还是黛玉好友。她为黛玉谋划，趁着贾母健在，还能做主，赶紧把你和宝玉的婚事定下。黛玉骂紫鹃"嘴里嚼蛆""疯了"，最后说"我不敢要你了"，威胁要开除她。

黛玉对宝玉毫无爱心，坚定如铁——把事写绝了，也是设置悬念的一法。

---

① 趸话——打总的话。

曹雪芹转而写薛蟠和邢岫烟订了婚。他人婚事轻易发生，读者会联想宝黛还有没有可能。传统小说技巧叫"水穷云起法"，来自王维的诗"行到水穷处，坐看云起时"。

无水可看，就看云吧，作者写死了一事，又用别的事挑逗读者：那个写死的事，不见得死。

11 ⊙ 中俄有圣愚、黛玉念弥陀——《阿甘正传》和《往日情怀》

苏联电影《愿望树》主题，神以疯子傻子为词汇，用来跟人类对话，可惜人类听不懂。1994年《阿甘正传》以一个傻子串通美国历史，俄人看了，会觉得导演是潜伏美国的同志，骗过好莱坞老板和奥斯卡评委。

阿甘是一个被左翼队伍落下的人，活在右翼人群里。阿甘横跨美国的长跑，是中年的他想追上年轻时没追上的集体，但那个集体已不存在。千里奔波，于事无补，还被商业化，成了金融公司的商标。

所表达的不是美国人对美国无条件的爱，是感慨左翼思潮在美国的失势。1973年的《往日情怀》与之一样，在西方媒体对苏俄做大量负面报道时，仍坚信苏俄制度可以救美国。

《阿甘正传》是奥斯卡大赢家，获最佳影片等六项大奖。1973年的评委眼尖，只给《往日情怀》一个最佳插曲奖，最佳影片是《骗中骗》，类型片杰作，毕竟意思不大。

二十世纪八九十年代的大陆电影，疯傻众多，《原野》《芙蓉镇》《洗澡》《硬汉》等，银幕上一旦出现疯子傻子，观众会肃然起敬，自觉在看一部关乎民族命运的电影。其中《阳光灿烂的日子》结尾，一个傻子告诉我们：你们是傻×。

　　走出影院，没觉得挨骂别扭，觉得说得对。

　　宝玉的疯痴，之前是小失控，几分钟、一日半日，能自己调整过来，本回是第一次长达半月的彻底失控。到了发育关键阶段，生理变化剧烈，精神上搂不住，现在叫青春期易发抑郁症。我这代高中大学时，不认为是病，是艺术人格大爆发，家里出了一位，邻居们会说，这孩子该去学音乐美术。

　　艺术院校二三届出一位，老师安慰家长，说您孩子日后是大艺术家，强过班里所有人。依据是当时出版的西方音乐美术家传记集，一本讲四十多人，多数癫狂。老师们对此十分羡慕，五十年代至八十年代，疯子是好词，冠以姓氏，说一系老师里有位"某疯子"，学生便知此人水平高，最好跟他学。

　　活久见，二十年后才知出版社为尊者讳，删除了癫狂多是嫖妓染上了梅毒。

　　唉，学错了。

　　朱元育拿天文解释生理，以当代初中课本衡量，是天文也不对、生理也不对，原谅他是古人，权且一听。

　　月亮是雄性的象征，外表没热量，内核是热的——欧美的硬汉都标榜冷峻，阴气十足；热情友好，会被说成"娘"。太阳是女性象征，外表热力，内核是冷的——欧美女星热情洋溢，亚洲女星温情脉脉，但逢当大乱，女性比男性冷静，欧洲出女王，亚洲出母后。

月亮内核的热和太阳内核的冷，地球以遥感的方式，将其勾兑，产生新能源，补充三者，共同受益——古人看太阳和月亮一样大，在地平线、海平线上升降，容易想成地球在调它俩。

对比在人身上，月亮相当于血肉，为硬件，太阳相当于让血肉由小变大、长大成人的机能，为软件。地球，相当于人的思想。

对身体和内在机能，思想干涉会乱。地球表面的海洋，就像我们的胡思乱想，调和日月内核的得是地球内核，所以要求静，在思想的深处，才能对应上肉体和机能的内核。

《参同契》中"真人潜深渊，浮游守规中"，上半句就是口语里的"沉下心来"，思维改变后，是不是应付不了日常生活了？胡思乱想是跟生活状态匹配的。朱元育解释没问题，潜艇发射导弹，打水面目标，一打一个准。

孔子说"七十而从心所欲，不逾矩"，规、矩是建筑测量工具，比喻社会规律。七十岁了，我改变了人间，人们还以为人间一直如此。

这是我老师年轻时在马一浮家里听到的解释，不是马一浮亲口，是跟其弟子、侄子、亡妻侄女聊天，听到的转述。马家是个庄园，常年住亲戚和老朋友，我老师是随他老师暂住，老辈人聊老辈的，小辈人聊小辈的。

朱熹、张居正、杨伯峻的解释是分寸感好，既任性又符合社会。能如此滑头，真得活到七十岁，对大多数人而言，七十年不够，七百年也学不会。恶人恶政多，怎么找分寸？太累了，办不到。

个人觉得马一浮对。

儒家的宗旨不是顺应社会，是改造社会，只不过手段上，以"潜移默化"为高明，个人修为不够、时局紧迫，没法高明就硬干。允许硬干，硬干强过不干。

明治维新露了相，将军体系改为天皇体系，社会阵痛三十年，亲历的几代人过世，终于达到"不逾矩"效果，新生代认为没变过，天皇中心是千年传统，忘了是刚开始。

宝玉的思想能严重干扰肉体机能，不想活了，一念之间，全面衰竭，真能把自己想死。今日看是严重抑郁症，明清人看是有仙缘，宝玉一念能穿越生理的自主机制，造成伤害，说明也能一念造福肉身，资质太好了。

黛玉的口头语是阿弥陀佛，本回开头，宝玉得知黛玉夜里咳嗽少了，高兴得念弥陀。紫鹃说他："你也念起佛来，真是新闻！"是宝玉到了黛玉处，顺了黛玉的口。

住久了，宝钗和母亲薛姨妈染上京城习气，学会拿男女关系开玩笑。母女俩看望黛玉，宝钗说把黛玉嫁给哥哥薛蟠，黛玉回应是"你越发疯了"，薛姨妈说把黛玉配给宝玉，黛玉怪宝钗："招出姨妈这些老没正经的话来？"

双方绝不可能，才可以开这种玩笑，真匹配，便不能说了。

《七武士》决战前夕，武士首领不是鼓舞士气，是开男女玩笑，让大家放松一下，否则太紧张，没法打仗。剧组拍夜戏赶工，导演得开玩笑，哈哈大笑，消除疲劳。开别的玩笑，不容易有效，一说男女关系，所有人都能嗨到。说场务小伙子喜欢服装组大姐，灯光师爱上了女武师，根本不可能，说起来才好笑。

紫鹃听到薛姨妈的话，立刻追究落实，让薛姨妈向王夫人说和。除了黛玉，其他人都以为紫鹃是给玩笑加码，抬气氛。

薛姨妈顺杆爬，调戏她，说你着急让姑娘出阁，是不是想早点给自己找个小女婿。逗乐了屋里边角候着的婆子们，说明众人普遍认为宝玉和薛蟠一样，没法配黛玉。

朝廷默许堂兄妹成婚，让底层民众破礼生育，为增加劳动人口，轮不到贵族小姐们也这么干。欧洲贵族因堂亲结婚，后代遭殃，得怪病。华人历史长，试错早，千方百计避免。

遭薛姨妈揶揄，紫鹃退走，黛玉念了句弥陀。这口头语，该是黛玉母亲贾敏的习惯，黛玉自小感染。

京城说话啰嗦，越啰嗦的人越爱总结。谈事谈了四五个小时，最后说："说到底，就是一句话。"——为什么不早说，之前四五个小时算干吗？

八卦掌在咸丰年间的京城发明，先有八掌，每一掌能变出八掌，衍出六十四掌，每一掌又能衍出八掌……几何式增长，以至无穷。最后师父告诉学生，说到底，八卦掌练的就是一个圈，转圈就行了。

学生会疯的。

京城里，"只要……就行了"的话特别多，浩如烟海的《大藏经》，也被总结成——说到底，就是一句"阿弥陀佛"。

1916年出版的《八卦拳学》，详解各种招式，1923年同一作者出版的《拳意述真》，则说八卦掌无招无式，除了转圈，真没别的了，如嫌不够，可在转圈时加上念弥陀。太京城做派了，武学和佛学都给总结得不剩什么，可以打包一块练。

黛玉青春而逝，书里看不到她的晚年。

二十世纪九十年代初，和平门某胡同口的槐树下，住上了位老太太，是五十年代胡同居委会主任，那时居委会主任多由大户人家的媳妇担任，有见识有口才，还能拿出钱做公益。她六十年代离京，三十年后归来，无子无钱无房。

槐树下的木板房，是临近人家搭的杂物间，现届居委会协调，批给了老主任。居住条件差，她却永远衣着干净，夏日不落汗渍。一个高中生受金庸武侠小说影响，想象她是隐遁的高手，趁胡同里没人，搞恶作剧地对她说，我知道你有武功。

没料到，她眼光亮起，真的习武人神色。高中生强作镇定，学着金庸小说，说教给我。老主任几秒踌躇，让跟着她念弥陀。胡同里进来人了，她收敛眼神，高中生趁机骑车遁走。

胡同里是高中生的姥爷家，一个多月没再去，终于又去，发现木屋换了锁，屋外杂物已清干净。难道过世了？

问人，说老主任有两个侄子，她忘了他俩，他俩没忘她，寻了来。两侄子西装革履，乘轿车，半个胡同的人出来看，老主任走得有面子。

弥陀发了四十八个愿望，造出极乐世界 —— 民间理解，是心想事成的典范。碎嘴念弥陀，不断提醒自己把一切往好处想，自己等同弥陀，家庭等同极乐世界。

看不懂《画禅室随笔》和《苦瓜和尚画语录》，几十年国画实践不顶事，还是没入门，好比弹了几十年钢琴，都是港台歌曲，没弹过李斯特编的谱，等于不会钢琴。两书以禅理为画理，不开悟，学不了国画。

油画低档颜料和高档颜料画出的效果，如连环画和电影的差距，梵高被描述成穷小子代言人，穷小子画不出他的画，他的颜料超级贵。日后揭秘，他家族是欧洲顶级画商。没钱，就别学油画了。

资质的智愚、外在条件的优劣，都限制人学习。念弥陀是愿望，不受限，人人可以，没有上智下愚、贫富差距 —— 曹雪芹写刘姥姥和黛玉同一个口头语的缘故。

以金庸武侠小说的创作思路，写老主任，会是位看破红尘之人，回到槐树下，为了结旧日心结。或许当年她嫌弃一个槐树下歇息的流浪汉，没施舍，快步走过，老了后，想起来懊悔，以穷困相归来，自己当一把流浪者。

或许槐树下，埋着她一只逝去的猫，她想猫了。

高中生的恶作剧，令她觉得自己被识破，老天在提示她，旧日缘分已了，该变相了，于是连日念弥陀，果然招来好事，体面收场 ……《天龙八部》为证，金庸会这么写，我不会。他的童年环境，自带封建糟粕。

借着金庸，畅想一下，黛玉若活过十六岁，成熟、衰老，应是槐树下的老主任吧？

12 ⊙ 伶人生事——动中见人法

五十八回开始，曹雪芹写起伶人，不以本行写，改了身份写。

一位老太妃过世，贵族随皇室，禁止娱乐，大观园里养的戏班，遣散少数，大多转入丫鬟编制。

传统小说叫"动中现人"法。古代写成"见人"，为通假字。

观众对某一类人有固定印象，拍电影会尴尬，突破了，观众觉得失真，不突破又无趣，便要换身份写。《罗马假日》中的公主成了流浪女，《史密斯夫妇》中顶级杀手成了中产阶级上班族，盘活了人物。

伶人藕官在大观园烧纸钱，犯了忌讳，遭婆子问罪。宝玉遇上，说是自己让烧的。支走婆子后，宝玉好奇祭奠谁，藕官感恩相助，个人隐私可以向宝玉公开，但自己不好意思说，让他问另一个伶人芳官。

伶人职业，玩的是大众缘，凭眼力活着，看准人，一步登天，看错了，半生倒霉。藕官一眼识别宝玉，敢于坦诚，日后会得助。

芳官被安排用他人洗过的剩水洗头，因而大闹。本就低人一等，他人觉得你该受欺负，忍让一次，会欺负起来没完。所以伶人特点是绝不受欺，一点小事都要反抗，守住第一道关。

宝钗的丫鬟莺儿以手巧著称，摘树枝编篮子，得黛玉欣赏后，一时兴起，就多编几个。大观园草木承包出去后，涉及利益，婆子守得紧，不敢得罪宝钗的丫鬟，见围观编篮子的丫鬟里有自己侄女，便打侄女。

面对指桑骂槐，莺儿发飙，将未编的花柳都扔河里。在婆子们眼里那都是钱，心疼得背后咒莺儿遭雷劈。京城大妞特性，一伤自尊，就毁东西。一句"我不要了"，吓死人。

一等大丫头的做法，看呆伶人们，理解成毁东西能显出特权。

装模作样，是伶人本行，立刻照着学。芳官来厨房办事，见探春外购的糕到了，便要尝一口，探春的丫鬟拦着，厨房另给芳官一块糕，芳官不吃，将糕掰碎喂鸟，跟探春的丫鬟斗气。

学莺儿学得变本加厉。

伶人之间讲义气，分配给宝钗房的蕊官，惦念分配给宝玉房的芳官，送来蔷薇硝，别人说她多余，宝玉房里还会缺这些？蕊官说自己送的，是份情谊。

结果惹出祸，贾环正在宝玉房里，以为是好东西，要分走一份，送给自己的相好彩云。蕊官送的，芳官不愿分给别人，换了茉莉粉给贾环。

贾环拿回去，被彩云识破，惹得赵姨娘大怒，认为芳官蔑视贾环，找来打芳官。一伙伶人同仇敌忾，围堵赵姨娘，将其撞倒在地。

伶人打架后，曹雪芹又写丫鬟打架。

迎春的领班大丫鬟司棋要吃鸡蛋羹，派人来要，管内厨房的柳婆子对主子有权势的丫鬟会巴结，迎春是位不得宠的小姐，连带司棋也没地位，柳嫂子玩公事公办，说内厨房伺候小姐不伺候丫鬟。

司棋不干了，气势非凡地带人来，把厨房的蔬菜乱扔，表态："只管丢出来喂狗，大家赚不成。"——我不指望从你这儿得什么好处，你也守不住你原有的好处。

这话重，重到令柳嫂子差点丢职。

司棋被众人劝走后，柳嫂子赔礼，做了鸡蛋羹送去。司棋是

"毁东西，显风骨"的京城大妞做派，泼水一样泼在地上。

柳嫂子不懂事，赔礼道歉得多赔点，哪怕增加份水果，司棋也可接受。因鸡蛋羹起的纠纷，光送一份鸡蛋羹过去，显得一场大闹只是为口吃的。这是赔礼，还是加倍羞辱？司棋要吃，便丢人了。

曹雪芹为显示错在柳嫂子，特意以别的事佐证。柳嫂子闺女五儿患病，芳官从宝玉处要了玫瑰露给她。柳嫂子如获至宝，分一半送自己哥哥家。女儿的药，当礼物送出。五儿没说什么，老大别扭。

玫瑰露的瓶子，柳嫂子不甘心放家里，非要显摆，放在厨房的公众场合。结果王夫人屋里丢了玫瑰露，柳家成了嫌疑。柳嫂子对物品无概念，有时极吝啬、有时极大方。物品上乱来，说明人情不通。

因比赛奖金高，日韩围棋国手都是富豪，他们的师门在封建时代属于武士编制，而武士模仿明朝文人，要"君子之交淡如水"，鄙夷互送奢侈品的商人行为。送和还礼，为不值钱的小盒点心，相见不空手就行。没买到便宜点心，送的贵了点，受礼人会说："等你孩子入段，作为回礼，我跟他下盘指导棋吧。"

入段，是参加全国比赛，成绩累计到了职业一段。张爱玲写《色，戒》，易先生送礼的分寸好，令王佳芝一时心软，泄漏她背后的组织要暗杀他，放他逃命。

为大义，可以杀爱人，而礼节周到，令爱情升值，瞬间超过大义。我们是礼仪之邦的后代，处处可证明。

现今二十几岁的青年爱说"你把我看小了",这是三十年前我们年轻时的聚会秘技,少数人掌握,不知谁泄漏的。

那时酒吧刚兴起,经常十几个不认识的人一起热烈讨论,当一个博览群书、口才了得、惹人不快的家伙占据上风,你苦于说不过他,便要拿出秘技。

当他自信镇住全场、唯我独尊时,你说:"小了。"转而说别的话题。他长篇大论等于白说,出于自尊,还没法问为什么小了,会郁闷死。

你把我看小了——现在用于显示自己高风亮节,不收礼。清朝民国,恰恰相反,是嫌礼物给得不够。帮了你大忙,给这么点东西,就算回报啦,你以为是打赏佣人呢?

"小了"二字,是一位师兄所教,他早年深入京城底层,学得精湛口技,参加文化人聚会,所向披靡,自诩平生论战,三成本事足以应付,逼他拿出四成功力的人,仅两位。也都在四成里解决,他俩努力了,也没升到五成。

可想我们当年的震撼,问,您的口才这么好,为什么拍的电影这么差?

以为他会说"小了",他没有,回答是:"这话岔了。"

搞得我们羞愧难当,自觉说了没水平的话。

后来,因别的事翻《红楼梦》,无意发现是林之孝家的话。林之孝家的在大观园执勤,怀疑五儿偷窃,五儿辩白,林之孝家的一句"这话岔了",先声夺人,将其擒拿。

怀疑师兄并未深入底层,只是熟读《红楼梦》。此书是酒吧聚会法宝,建议全本背诵。

13 ⊙ 厨房风云、平儿留空——狮子滚球法、提醒法

"风云"二字，在八九十年代的香港电影里用滥。连给电影起个正经名字的心思，都懒得动，可想粗制滥造。时过境迁，二十一世纪初的业内高人，认为是商业标签，代表内容劲爆，观众会不顾一切地买票。光此二字，至少值两亿。

导演不同意，会被说成让资方少两亿。电影史上的导演照片，都是一副冤大头模样。哪天急了，索性拍一部一切听大家、口碑蠢到家、票房惨到家的电影，各路高人对资方的许诺，谁说的谁负责，有了教训，导演以后日子会好过些吧？

影史经验，别这么做，你真屈从众意，还是你承担后果。因为会说，主意都是好主意，导演没做对……导演们气质差，永远比不过作家群和画家群，知道原因了吧？

倒霉蛋的气质好不了。

《红楼梦》里闹出了厨房风云。彩云常拿王夫人房里东西给贾环、赵姨娘，王夫人少了玫瑰露，要追查。彩云不言语，以为过几日王夫人就忘了。

不料芳官从宝玉房里拿给五儿的玫瑰露，给搜了出来。五儿成了顶罪的，连累母亲柳嫂子丢了内厨房差事。办事的是林之孝家的，接管厨房的受益者是秦显家的，司棋跟她们一伙，一位是父母交情，一位是亲戚。

看似一碗鸡蛋羹引发的报复，其实跟司棋斗气无关，她背后一伙人早做了争夺内厨房肥差的谋划。读者以为看到了起因，后

来惊觉并非如此，竟是两件事，传统小说技法叫"狮子滚球"。球滚起来，之前看不见的面，翻过来呈现。

柳嫂子的势利眼和一伙人的坏心眼，两者无关联，曹雪芹当作因果来写，制造悬念。

诬陷柳家母女，司棋甚至不知情，那是她长辈的谋划，她报复她的。五儿被当作贼拘禁，司棋手下的丫鬟们赶来言语羞辱，刺激得五儿一夜哭。

这一笔，司棋形象立住。

她是跟晴雯对比，带出的人物，都是一房的管事大丫鬟，柳嫂子巴结晴雯不巴结她，她低于晴雯。内厨房打架，她比晴雯更能镇住人，高于了晴雯。

读者高看她时，再拉下来，为曹雪芹妙笔。官场和军队实行连坐制，一人犯罪，他的亲戚、同事、邻居无罪也受罚。民间厌恶，奉行的是"祸不及家人"。

冲家人下手，是欺负弱者，会被看不起，称为"有本事，你别动人家老婆孩子"。柳嫂子闺女五儿，是淤泥中的天使，没染上老娘的势利眼，品行淳良。司棋落井下石，派手下羞辱她，这一笔拉垮人格。

气场大、没本事——司棋没成为升级版晴雯，成了独特人物。

2004年港片《江湖》，讲两个顶级大佬内讧，解决纠纷的方法，就是相互绑架对方家人，一个说："你保得住你老婆孩子吗？"一个说："你只有一个妈吧？"

演技精彩，格调太低。

受了好莱坞黑帮片影响重，那是欧洲血亲报复的遗风，要对妇孺下手。后查到资料，也是我们本土成因。港片描述的帮会，多是脱番军队改的，晚清时便如此。军队是连坐制的，港片里频率极高的话"我杀你全家"，原本是军官吓唬士兵的话，因为他大半个家都在军队里，有父亲、叔叔、兄弟和乡亲。

民间说这样的话，会被认为"没本事"。民国天津、上海的黑帮人物已儒化，热衷当道德楷模，给市民做榜样。韩国1900年的《将军的儿子》，便是写部队子弟入江湖，起家之作，是侵占了一儒化大佬的地盘。

儒化的大佬好欺负，1990年柯俊雄、周星驰主演的《江湖最后一个大佬》，憋屈惨痛，面对军队转来的帮会，毫无还手之力。但霸道久了，自身要提升，《江湖》的结尾，两位大佬相互摆烂后，一个劝另一个，咱们得有品——要儒化。

彩云偷拿了王夫人玫瑰露，王夫人发觉，命令查贼，彩云沉默躲了。熟悉各房人情的平儿，判断是彩云拿的。她给柳家母女申冤，又想保护彩云，于是跟宝玉商量，说是你拿的吧，儿子随手拿母亲房里东西，应当应分，想不起言语一声，而造成的误会。

平儿告诉彩云如此处理了，不点名她，让她自我警醒。彩云觉得让他人代过，没人格，向平儿坦白，还要向夫人自首，一人做事一人当。

她的硬气，出乎平儿意料，之前根本没想过她会坦白，从此对她高看。平儿向彩云分析，你拿玫瑰露是给了赵姨娘，你自首，赵姨娘难堪，还是宝玉担责，所有人损失最小。

彩云向赵姨娘和贾环汇报，事情过去了。贾环果然是坏人，认为世上全是私利私情，没有公德和仗义，宝玉肯定和彩云有一腿，才会为她挡事。坏人不但坏别人，也坏自己，贾环把自己气了个半死，将彩云之前送他的礼物，都还给彩云。

京城人现在还这样，所谓"我心里没你了，你的东西，放我这儿碍眼"。我这代人的小学、中学、大学，都会碰上两女生闹矛盾，气哼哼地退礼物。此时班长会跳出来："先放我这儿。你没交出手，你没拿手里，就不算断交情。"

过几天，两人又好了，去班长那儿取回。

贾环退东西，赵姨娘像班长一样，说先放我这儿。彩云绝望，没留，扔河了。这一回，连续写了四个"毁东西，显风骨"的京城大妞做派，个个不同。

王羲之的《兰亭序》，评为天下第一行书，清朝以虞世南的摹本为准，排位诸版本首席。《神龙本兰亭序》是明清之际的伪作，冒充唐朝摹本，民国之后成了代表。

要强说出好来。讲整幅二十一个"之"字，字字不同。四女毁东西般，同一个行为，因人而异——这是小说的精彩，在书法里不重要。让你写二十一个一样的"之"字，行书的连贯速度下，没人能做到。王羲之的水平太好达到。

正经书法理论评不了，拿小说理论救场，能对吗？

民国书坛衰败，不懂书法的康有为成了理论家和市场宠儿，懂书法的李瑞清为卖钱，故意写怪字，不怕后世笑话。懂不懂，看字形结构，光会做笔锋奇观、墨色淋漓，不会结体，便是不懂——东汉人崔瑗定的标准，王羲之认为自己草书不如张芝，张芝认为自己不如崔瑗。

过于大牌，不好偏袒康有为而得罪他。学美术之初，在徐悲鸿纪念馆见到康有为横幅"写生入神"，墨色淋漓，深受震撼。美院老师评其不懂，还曾拍案而起，为其力争。

考美术院校的素描，眼神捕捉得好，栩栩如生，颧骨位置不对，那就还是不会画画。老师说"没有颧骨"，便是此人考不上了。民国书画界带着前清官场习气，相互吹捧，"三百年来唯此君""五百年来一人"的词随便来，其实大家都没颧骨。

康有为偶尔也有好字，从摩崖石刻《石门铭》得了灵感，是容易感知的笔画，没仔细研究过其字形结构。笔画半隶半楷半草，趣味多，但《石门铭》最美的是字形。

康有为拾小遗大，偶尔临摹记忆起作用，写出几个出自《石门铭》的好字形，大部分字形不佳，结构过于简单，只能称为有感染力的外行作品。李瑞清笔画追求绘画效果，故意颤抖，但完全搞懂了篆书、魏碑的字形，确是书法家。

掌握字形，需要时间。李瑞清晚年研究行草，民国书坛吹捧，评为"大令风流"——得王献之真传。可以负责任地说，没得。还处在顺手胡来的阶段，可想结构字形之难，以李瑞清功力，研究时间不够，仍不会写行草。

一位年轻立志以电影改变民众的师兄，中年后放弃电影，专攻书法。他仍心系大众，说让中小学生看出神龙本的种种恶，重新看懂虞世南摹本，关系子孙后代，是他余生唯一的奋斗目标，在街头奔走相告时力竭而亡，为最幸福的人生结局。

他有位书法老师，劝他，您这心态，还是个导演，不是书法家。师兄诧异，问书法家什么心态。老师："随他去。"

平儿向王熙凤汇报，没说查到彩云，说不好追查，宝玉顶包。王熙凤支招，让有嫌疑的人跪瓦片暴晒，一会儿就受不了，准交代。是碎瓦片，不会刺出血，硌得痛。

从王熙凤使的招，证明她小时候在兵户区生活，这是军队体罚之一。京城爷们推托事，说自己没法干，否则得"回家跪搓板"——老婆厉害，按军法处罚我。洗衣板的棱和碎瓦片一个性质。

女人们听到了，觉得这招好，既然你们这么说了，那就假作真时真亦假吧，会真这么惩罚老公。男人反抗，女人劝他放弃反抗，尊重习俗，一代代爷们都是这么过来的。

跪瓦片晒太阳——太阳是天然刑具，《铁窗喋血》《野狼》《西部往事》《监狱风云》都以暴晒惩罚人。人类奇怪，皮肤脆弱得不像地球上的物种，希区柯克善于掩饰，符合地球人标准，而特吕弗……可以确定是外星人，之后我会拿出证据。

王熙凤追究到底的做法，被平儿劝住。夺内厨房的阴谋，也被平儿遏制，让柳嫂子重新上岗。平儿的"平"字，寓意是"空"，动词。一人怒火中烧，讲事讲不清楚，对谈者会劝："平平气。"——怒气空了，你再讲话。

留空，为华人政治。

朱元育解说《参同契》分御政、养性、伏食三篇，讲御政时，也牵连养性和伏食内容，养性篇、伏食篇均如此，讲一个，另两个随之闪现。又是狮子滚球，球滚起来，会带出其他面。

伏食是生理，养性是哲学，御政是政治。御——驾马车的方法。轮子中央是空的，才能装上轴。嚼子不勒死，马才能跑起来。

人的习气，控制不住地要追求极致，做崩做绝为止。所谓政治，是对此警惕，提前留空，不让形成僵局。因为僵局会迅速成为死局，每每朝代灭亡前，不是无解，都想出了办法，构思巧妙、切实可行，令后人感慨，这样不就保住了吗？

办法好，来不及。

按王夫人定下的彻查标准、王熙凤定下的逼迫手段，会将每个当事人都僵死。王夫人捉贼，结果是自己房里丫鬟干的，丢面子。牵连出赵姨娘、贾环，将激化嫡传庶出两房矛盾。

所以平儿留空，查而不报，令彩云自我警醒。

秦显家的比柳嫂子更会办事，她接替柳嫂子，内厨房服务将更好。但她起点错了，联合林之孝家的搞臭柳嫂子，未得正式任命，即接手内厨房。搞阴谋能成事，将引起效仿，此风一长，无法管理了。

平儿恢复柳嫂子职位，但留空，对林之孝家的、秦显家的陷害行为，查而不惩。如若惩罚，又成僵局，林之孝家的一定矢口否认，说自己捉赃柳嫂子，是常规执法，推荐秦显家的接手内厨房，是公心，她恰好合适。

平儿不说破，林之孝家的反而觉得自己被看破，从而收敛。

晚清时，英法报纸常年写在华见闻。见人来打官司，县官就哭了，叹息我的管区竟然出了打官司的事，我没脸了。惊动纠纷当事人双方各自的父母、族长、行会赶来调节，当事双方羞愧，各退一步地谈。

县官无为，谁打官司谁自己想法解决，一群人在衙门大堂上快速谈妥，之后向县官感谢，县官赶人："快走吧！我这儿是好地方吗？你们不嫌丢人呀。"——平儿留空的极致。

看蒙参观的白人，西方法官要这么做，会被法院开除。春秋战国时代，道家老子、儒家孔子、杂家吕不韦观点一致：只以法律为标准，作伪的空间大，人们敢于犯罪和逃责。自觉羞耻的道德感，是法治的保障。

下一回宝玉过生日，曹雪芹突然暴露也是平儿的生日，让宝玉给平儿行礼，借此表达作者对平儿办事之道的赞许。怕读者以为正常，又加写了两人也是当天生日，宝玉冤大头，一个人的生日变成四个人的。

传统小说技巧叫"提醒法"，以一个明显虚假的细节，让读者出戏，以作提醒，为何如此肯定平儿？定有特别用意，你们翻过头再好好看看前一回吧。

特吕弗的《枪击钢琴师》用提醒法，突然插上一段美国匪警片俗套，模仿得拙劣，为让观众起疑："他拍的肯定不是匪警片，那他拍的是什么？"

大部分观众认为是导演功力不足导致。不单观众，影评人也这么想，报纸杂志上评他业余的文章时而有，吐槽有愧大名。

总被说成不会拍，特吕弗终于怒了，蔫人出豹子，拍出《阿黛尔·雨果的故事》，技法纯熟得镇住影坛。他过世后，旧日影坛对头们策划，用同一位女演员拍出《罗丹的情人》，技法丰富一倍，以证明他还是不会拍……

两部电影相隔十三年，但对我们一代高中生，是八十年代末以录像带方式一块到来，对比强烈，因而会有阴谋论。

14 ⊙ 湘云的蝴蝶梦、来自木星的特吕弗——间离效果

六十二回，宝玉生日。贵族的最高娱乐，是猜字。为何这么爱字？华人，与花同源的人种。研究其心理，遇到不解，从花上想，基本能通。《文心雕龙》解释，文、章二字的本义都是花纹。

印章明显，是朵小红花。

男人玩字，等同女人绣花。字有什么可玩的？刘勰说"使玩之者无穷，味之者不厌"——玩字，犹如今日玩网络游戏，可以永远玩下去。文采之采，过瘾之意。

席间喝多了，湘云跑出，醉在花丛里，引来蝴蝶缭绕。湘云此景，成了港片古装武侠的标配，没有蝴蝶，就用柳絮、花瓣、水、尘，1992年《鹿鼎记2》用枯枝败叶缭绕林青霞，林青霞还做出自转——像是木星景象。

木星没有山河大地，是个极速旋转的气团。徐克、周星驰迷醉于这种团团转的意象，这也是特吕弗的挚爱，《四百下》的郁闷男孩竟有一次笑容全开的时刻，在游乐场的大转桶中。旋转的感觉，恍若回到了木星，可以消解生而为人的痛苦。

《四百下》结尾，男孩逃离生活，奔向大海。大海是个象征，真到了大海前，发现大海没用，提供不了解脱与新生。男孩退回，影片戛然而止，定格在他的脸上，恨恨的表情感动了世界。

他在想什么？

《四百下》是个五部系列，根据第二部反推。他在海滩上想的

是——怎么活成了这样？这是我来地球的目的吗？

大海不是出路，去无可去、退无可退的境遇刺激大脑，男孩像布莱希特反思戏剧般，反思人间，获得了间离感。

舞台上的间离感，是故意虚假，让观众跳戏，不再信以为真后，产生另一种观看乐趣。希区柯克是一位信以为真的大师，作悬念作恐惧，让观众深陷其中，与角色同感。特吕弗是一位间离效果的大师，这是他的生存之道，不玩间离，已在十二岁投海自杀。

十二岁后，他像个外星人一样活在地球上。《枪击钢琴师》甚至出现"人类真神奇"的台词，是一人临死前的话，来地球观光旅游的心态明显。

《四百下》的第二部，名为《安托万与柯莱特》，海边一别，又过了五年，郁闷男孩安托万十七岁了，一人生活，在仅能放下张床的小屋醒来，烟灰缸里找烟屁，抽清晨第一口烟。活得狼狈，但他放了唱片，叼着烟屁走上阳台，在交响乐的映衬下，帝王一样俯视巴黎。

日日过来都是血，五年辛苦不寻常——当年的小孩学会了以主观活着，既然客观不行，那就不管它了，假设自己是帝王、是莫扎特转世，甚至是木星魂灵。木星除了风，没别的，来到地球，成为个固体，就已经令我乐趣无穷……

希区柯克视生活为险境，特吕弗以生活为戏剧。间离效果令观众意识到在看戏，没了尴尬和痛苦、坏人和恶习，一切成趣。"百无禁忌"是特吕弗的电影感，希区柯克当自己是个人，因而讨厌他人，特吕弗不拿自己当人，因而喜欢一切人。就像我们不是猫，因而见到猫就高兴，可以喜欢一切猫。

《安托万与柯莱特》的结局，安托万以熟人串门的方式，去见心仪的女孩柯莱特，不料她有了男友，男友带她出去玩，安托万因"熟人串门"的身份，还要待下去，柯莱特父母陪他看电视——尴尬的局面，戏剧性够了，作为故事片可以结束。

特吕弗玩起了间离效果，镜头跳出女方家，故事片变成纪录片，展示一系列巴黎街头的恋爱男女。观众跳出了安托万个人失落，震撼于爱情的美好。

间离效果的所谓"另一种观看乐趣"，是摆脱了剧情逻辑，看到一对对如胶似漆的情侣，不会进入狭隘对比，痛惜安托万："别人都成了，你不成，好可怜。"

反而感到伟大，个人成败无所谓了，这是人该干的事呀。

二十世纪八十年代初，大陆电影界探讨"扔掉戏剧的拐杖"，追求电影自身特质，尊崇巴赞的纪实美学。特吕弗作为巴赞养子、学术衣钵传人，实践三年后，拍《祖与占》时遇到困境，素材没拍好，完成不了《四百下》的纪实美学，急中生智，玩起间离效果。

画外音严重干扰画面。事件还在进行时，就已经在谈之后的事了，或对画面唱反调，画面是一张女人严肃的脸，画外音说她是海王，放浪无度。

音乐也跟画面作对，不按行为节奏，不按事件性质，让观众出戏。剪辑破坏"现在进行时"，明明眼前发生的事，要剪成"过去进行时"或"未来进行时"。总之，将纪实美学最重要的"真实时间"破坏殆尽。

谁会受得了一部重重干扰、不让人好好看的电影呢?

不料票房口碑双赢，影评人和观众同感，都嗨到了"另一种乐趣"。

华人手巧，不知间离效果的概念，也会做出同样的事，称为"捯饬"，京城土话，民国时大量京城人去长春落户，因而东北地区也用，指化妆打扮，多一层补救之意，比如"气色不好，还要见人，赶紧捯饬捯饬"。

伶人嗓子疼，拜托乐师："您费心，给我捯饬捯饬。"乐师就不是正常演奏了，以乐音修饰人嗓，让伶人的上气不接下气听起来连贯，唱不上去的高音听着像是唱上去了。不是哪儿弱补哪儿，嗓子的高音用乐音代替——听不见嗓音，不就露馅了吗?

是错综着来。比如压低音乐调门，不高的嗓音便显得高了。

拍摄仓促，素材完成不了原有思路，导演一筹莫展，剪辑师请来自己师父，问："要不要给您捯饬捯饬?"导演离去，老师父开始搞实验。小范围试映，观众爱看，掌声雷动。电影厂领导低声嘱咐秘书："这个导演不能再用。"

"啊，不是反响很好吗?"

"骗过了你，瞒不了我，是剪辑师捯饬出来的。"

为不失业，导演跟老师父喝酒交心，千般讨好，学得捯饬秘技，争取下一个拍摄任务，面对厂领导有自信："我虽不是一流导演，但我保证做出一流电影。"

"你拿什么保证?"

"会捯饬。"

特吕弗跟希区柯克学悬念吃力，间离效果是他天赋所在，不用学谁，自己能发明新招。《祖与占》是一部捯饬大全，研究它就好，省了喝酒交心。

学会了捌饬，就像刚学会开车一样，技痒难耐，见到谁的片子，都想剪一把，不让剪，就四处讲这片子没剪对。非常自信、非常讨厌。有人讨厌三四年，有人一辈子。所以，剪辑师一般不教给导演捌饬，免得害了他。

如果素材拍得好，就不用捌饬了，最大限度地保留素材本身的冲击力，是剪辑要点。导演往往缺乏剪辑师的冷静，尤其是一个刚学会捌饬的导演，所以有一个词叫"捌饬坏了"，像过度医疗一样过度剪辑。

"一点不捌饬"是业内好词，钦佩《最后一班地铁》，特吕弗高度自控地坚持到结尾，才捌饬一下。间离，不是疏离无情，是明知是戏的乐趣。他玩出了一个能引发观众狂欢的间离效果。

深作欣二在《蒲田进行曲》结尾照做了一遍，还在间离效果后，真拍了狂欢场面。导演间发的密电码，你对我没秘密，我懂。

扔掉戏剧的拐杖，首先意味着放弃重大事件 —— 冲突的行为和可疑的信息。"睁开眼吧，一切生活琐事都是重大事件"的口号，喊起来爽，代表艺术观的进步。一将功成万骨枯，催生了万千沉闷电影。

但这些闷片的预告和片段都好看，令人产生看全片的冲动。一天看三十秒，累计一年看完一部电影，每天都过瘾。

沉闷不是视觉不佳，是注意力持续不了，因为这是人们平日扫视一眼后便不看的。人眼获得了解放，人脑适应不了，将生活琐事拍得再有视觉魅力，观众也会坐不住。

人脑的设置，要摒弃次要信息，搜索重大事件。以间离效果拍琐事，满足大脑思辨需求，才会放眼去看。那时，眼睛才真获得了解放。

15 ⊙ 见字如见人、贾敬死因、马一浮遗憾

六十三回上半，奴才报恩，返惠主子。正式生日宴过后，次等丫鬟们凑钱，请客宝玉，小姐们也来聚。林之孝家的巡夜，查到宝玉房。

之前平儿拿宝玉顶事，破了她夺取内厨房的阴谋，她推测宝玉了解内情，疑虑他对自己有看法，上门试探，笑脸耍威风，批评宝玉对袭人、晴雯直呼其名，粗鲁无礼，应该叫"姐姐"。

对正在干活的人以尊称，是延续至今的明清传统，主人称孩子保姆为"妈妈"，管女佣叫"姐"，女佣丈夫上门，主人向其打招呼，说"姐夫来了"，称司机、园丁、勤务员为"叔叔"。

南北皆如此，九十年代广州广告业兴旺，灯光师手下抬灯接线的徒弟们、处理杂务的场工，称为叔叔。调动人手，叫"来五个叔叔"。

宝玉承认错误，林之孝家的见他对自己恭顺，看来无碍，放心而去。酒喝到半夜，宝钗、李纨、黛玉先走，其余人继续喝，随醉随卧，次日醒来，想不到自己的躺位，芳官睡到宝玉床上，宝玉不知身边有她。

随醉随卧，一起到天明 —— 为尽兴标准，明清文人聚会如此，再早可追溯到屈原的《九歌》，那是聚众野外过夜时的唱词。

在大众心理学没发明前，电影导演已是天然的大众心理学家，对集体行为，要像记者般敏感。

平儿和妙玉未受邀酒局，平儿身为贾琏的通房，深夜不便，妙玉带发修行，亦不便。次日宝玉酒醒，发现妙玉送来张生日贺帖。

妙玉署名用别号"槛外人"，一般而言，贺帖署名得是姓名，不能用号。贵族家门槛高，槛外人意味 —— 我已超出了势利，宝玉回帖署名为"槛内人"——我还约束在这里面。亲自送到妙玉住的尼姑庵，门缝投入，未打招呼走了。

爱字民族的特点，见字如见人。字意味深长，体会字，不必见人。宝玉亲自跑一趟，是对妙玉的尊重。

生日过后，即传死讯，常年驻道观的贾敬暴毙。贾敬为宁国府第三代，考到进士，却不入官场入道观，自废功名，让儿子贾珍袭爵位。皇室为保独大，对贵族逐代削权，贾敬苦心，令宁国府的实权多保一代。

诊断是吃矿石提炼物中毒，医生"素知贾敬导气之术总属虚诞，更至参星礼斗，守庚申、服灵砂等妄作虚为，过于劳神费力，反因此伤了生命"《参同契》第八章《明辨邪正》，和此处观念一致。

导气之术 —— 假想经络运行，等于金庸小说里的武功练法。集中注意力在身体局部，会发痒发热，似乎是气，实则是神经敏感，练不出武功，大概率搞成神经衰弱。

参星礼斗 —— 参星，星为九颗，轮流当值，一颗管人间一年，向当年星祈求延寿。礼斗，向北斗七星祈求延寿。唐明皇说有效，向民众推荐，他还说安禄山不会造反，怎么信？

守庚申 —— 庚申日，六十天一轮回，到了这天，人身上潜伏的三尸神，在你睡着后发信号，将你两个月来的恶行汇报天庭，申请惩罚你。民间迷信，人在这一日不睡，不给三尸神发信号的机会。

守庚申不是守一天，指长期不睡，元明清民间流行，熬夜令血液循环不好，这儿淤那儿堵，似乎丹田、经络——呈现。自以为打通穴脉，实则是得了血栓。

服灵砂——吃矿石提炼物，魏晋叫"服石"，毒品般刺激脑神经，还体热难耐，得散开衣服躺着。"东床快婿"的成语，是某高官听闻王羲之才华，有心收为女婿。一位友人从王家做客归来，说王家子弟都规矩礼貌，独一个人床上敞衣躺着，叫王羲之，这就是你看上的人吗，太没样了。

高官面子上过不去，嘴上硬撑，说你不懂，此人不俗，听到他这样，我更要把女儿嫁给他。

应是王羲之服了灵砂，起不来。

道观汇报贾敬死因，是他研制出新灵砂，道士们劝他"功行未到，且服不得"，但他正练熬夜不睡，夜里闲得慌，忍不住吃了，结果丧命。

功行未到——还在每日吃饭的身体，受不了灵砂。

《参同契》下篇《伏食》，朱元育批伏字为"口服"之意，身体产生特殊的内分泌，像是吃了什么。朱真人错误，伏是躲避之意，狼躲避羊的视线，伏在草丛里。伏日，躲避暴晒。《参同契》原本里有"伏食仙"一词，神仙回避人间食物。

伏食，即不食，引申为超出常人生理。

《参同契》也讲灵砂，不让服用，拿来做比喻，以化学反应解释生理反应。生理复杂，操作简单，犹如电脑硬件的集成电路复杂，让其运转，只需按一下开机键。

人身的开机键，朱元育指出，为《易传》的"寂然不动，感而遂通"——沉下心来，就发生了。

寂然不动——静坐之法，孔子已教。

感而遂通——安静至极后，天地灵气能降到人身，没用嘴，却好像吃了东西。朱元育解释，这是主观错觉，并非招来一个不属于人的东西，来改变人。不是外来的，是人自己的变化。

虽然他将"伏食"名词批错，轮到讲道理，是准的。孔子教给颜回，人可以与万物相融。那就没有什么不是自己，天地像你的手心手背一样。

没达到相融，天地就还是外力般的存在。天地影响下，在戌时和寅时静坐，容易感而遂通。戌时是晚七点至九点，寅时是早三点至五点。寅时，是写作最佳时间，灵感四射，西方文豪不约而同在这个时间写作。三流作家熬夜，一流作家早起。

戌时，毫无灵感，是积蓄力量的时间段，手机充电般。戌时称为黄昏，曾国藩率湘军打仗，父亲教给他乡间保健法，睡"黄昏觉"来补充体力，睡不了完整的，半个小时也管用。恰好是晚饭时间，不贪这口，就能睡上。

曾国藩说自己靠睡黄昏觉打败了太平天国，不敢独享，介绍给天下学子。其实不用他介绍，戌时静坐是学子常识，只是不信，到点要吃饭。曾国藩好心，借口乡间经验劝谏。

时辰不用买，灵砂要花钱。贾敬死于有钱。

《周易》为道家著作，因为孔子看，成了儒家的。《参同契》

差点也这样，南宋大儒朱熹看，并著述，可惜明清嘲讽他学问不佳的人多，未能服众；清初大儒仇兆鳌看，并著述，可惜个人生活闹出丑闻，连累作品遭轻视；民国大儒马一浮学问人品皆佳，晚年致力《参同契》，学界关注，等他大作面世，《参同契》或可归入儒家。发生社会运动，未及写出。

以学理而言，东汉时《周易》明确是儒家经典，《参同契》全名为《周易参同契》，否定道家的矿物质炼丹术，自诩为《周易》的演绎，和《周易》附带的孔门子弟论文集《易传》性质相同，在做儒家身心修养的学问。

朱元育引用《易传》的孔门言论，解释《参同契》，能契合，因为本是一个系统。唐朝立道教为国教，《参同契》划为道教典籍，据书发展出道家南宗。道教主持殡葬、登基、战争、祭祖、祈雨等国家级祭祀，大搞仪式，道家不搞这些。

人家开宗立派了，而朱熹、仇兆鳌故障多，马一浮背运，《参同契》像借给熟人的钱，该是要不回来了。

四十七回至六十三回上半，通过落入贱业的世家子弟、贵如主子的丫鬟、庶出的小姐，写人品清白，探讨与之相配的高明政治，以平儿办事来总结，用宝玉生日宴加以肯定，表现贾府挽回衰运的希望。

至此全书发展部分的第一层完成，六十三回下半进入发展部分的第二层。

第四部分　六十四回至七十九回

1 ⊙ 尤三姐之死——流氓真仗义、豪杰假性情、冷面冷心是何人

自第一回甄士隐开悟遁世，经过漫长的六十六回，全书有了第二位遁世者，却是柳湘莲。

六十三回下半，尤二姐、尤三姐出场。办理贾敬丧事，男人要住到寺里去，宁国府里得有长辈镇场，于是贾珍夫人尤氏请来尤家老太太。

尤老太太是尤氏的继母，嫁到尤家时带着前夫的两个小女孩，即尤二姐、尤三姐，按二十世纪六十年代的京城黑话讲，她俩是"圈子"，不会只跟一个男友好，在男人堆里走圈。

二十世纪八十年代的大陆影视，与二十世纪六七十年代的欧美共鸣，认为性等同自我，性解放等于反传统、反强权。一个拍了床戏的导演，咖位立刻拔高，不拍，会被演员看不起。

尤三姐的性魅力强到令男人自卑，但她不是时代先锋，是年少时独立人格未建起，妹妹随姐姐作风，接触男人早，熟而生厌。威慑住男人的，是她情场老手的范儿。

尤二姐跟贾珍、贾蓉父子有染，贾蓉跟尤二姐聊天时透露，王熙凤丈夫贾琏跟父亲贾赦的一位姨娘有染。终于证实宁荣二府有乱伦情况，但不是焦大讲的"扒灰、养小叔子"，扒灰是公公

跟儿媳，养小叔子是女方跟丈夫的弟弟，贾珍是玩小姨子，贾蓉、贾琏是渎母。

都是老词。玩——不太追究，家族内部劝诫，渎——可判刑。渎母，不是生母，冒犯生母是忤逆大罪，不用这个词，指继母、父亲的妾、生母名义上的妹妹，一旦泄漏消息，不但受司法追究，还不容于社会。

2009年电影《十月围城》，黎明扮演的刘公子便因渎母罪而万劫不复，沦落街头成乞丐，为保护孙文而牺牲。民国礼法崩了，如在明清，这种人要出力保护孙文，孙文会觉得受辱，严词拒绝。你舍命救我，我还嫌你这条命脏，宁可遇害，也不沾你。

贾敬丧事上，尤二姐、尤三姐作为亲戚亮相，贾琏看上了尤二姐，明知她跟贾珍、贾蓉有染，但他作为色情主义者，无所谓，只想也能尝到。贾蓉出主意，在我父亲眼皮底下跟尤二姐偷情，机会不好找，且你跟我父亲两兄弟还会闹掰，不如你娶她为妾，我劝我父亲放手。

一拍即合，贾珍也正想脱手。贾琏如获至宝，瞒着王熙凤在外买房，让下人按照正室称呼尤二姐为"奶奶"，信誓旦旦，对她说小产的王熙凤一定会病死，届时即接她回府续弦。并传授管理荣国府的技巧，鼓励她日后当家。

看来贾琏找到了真爱。

受了礼遇和重用，尤二姐洗心革面。贾蓉视贾琏为冤大头，撮合贾琏娶尤二姐，是为自己打算。有父亲贾珍在，他接触尤二姐的次数有限，贾琏常去外省跑事，自己幽会尤二姐，更为方便。

不料尤二姐大改作风，贾琏去了外省，她就关门谢客。贾蓉上不了门，真成了媒人，撮合成了，就没他事了。

　　贾珍上门来喝酒，尤二姐陪了一会儿即避嫌出去，回自己屋。尤三姐陪贾珍喝酒，打情骂俏，动手动脚，惹得丫鬟都出了屋，应是他俩以往旧态如此。

　　贾琏归家，见了贾珍马匹和随从，回自己屋查看，见尤二姐在，那就没事了，贾珍跟尤三姐想玩就玩吧。贾琏的流氓观念，让尤二姐别扭。

　　房是贾琏买的，贾珍上门玩小姨子，当是娱乐场，不当别人家。错在贾珍，但贾琏听之任之，也轻慢了这个家。尤二姐向贾琏哭诉，说自己已改好，婉转表达这是个正经家，家里不能这样。

　　读者之前了解的贾琏，是个聪明人，此时却听不懂尤二姐的话，以为只要把话摆在明面上："贾珍你就包了尤三姐吧。只要你包了，想来就来。"大家就光明磊落了。

　　尤二姐显然不是这意思，更不成家了。按尤三姐的话讲，这套房子里，我们姐俩配你们哥俩，成什么了，与其这样，还不如现在把我姐找来，咱们四个随便睡，大家龌龊到底。

　　贾琏能那么想，因为他是个流氓。俗语讲，流氓假仗义，其实是真仗义，只是想法奇葩，旁人听起来不可理喻。在贾琏角度，觉得委屈自己，给兄弟开方便，也不让小姨子吃亏，真仗义。

　　果然，贾琏进门，自我感觉良好地跟贾珍一说，惹怒了尤三姐。尤三姐跟男人苟且，自得其乐。在她的观念里，贾琏躲着不露面就行了，大家好歹还有个脸面。

　　贾琏的"仗义执言"，令她为姐姐抱不平，原来姐姐托付终身的人是个混蛋。边痛骂边卖弄风情，刺激他俩，敢不敢禽兽行径，一块动她。

无耻之徒也感到羞耻，贾琏、贾珍不敢动，任凭她闹过了醉去。

闹归闹，尤三姐之后还是被贾珍包养。既然撕破了脸皮，那就玩吧。对贾珍，尤三姐惩罚性消费，爱上了奢侈品，为买新的，不断把旧的破坏。

见妹妹昏天黑地，尤二姐向贾琏直说，要他结束这一切，让妹妹正经嫁人。直说，贾琏能听懂，流氓真仗义，说我去办。办事能力强，迅速跟贾珍了结，找到尤三姐意中人 —— 柳湘莲，一把谈妥，带回定亲信物。

贾琏寻找柳湘莲前，提醒尤三姐，这人是有名的冷心冷面，你可要想好。尤三姐跟其仅一面之缘，发誓非他不嫁，当即改了作风，不再玩乐，关门念弥陀。曹雪芹笔锋细腻，写她刚独身自守，夜里难受，靠着念弥陀挺过适应期。

贾琏汇报，柳湘莲打了薛蟠，畏惧薛家势力，离京潜逃，这一逃便不知多少年了。她的准备是"若一百年等不来，我自己修行去"。现代人因香港剧集《新白蛇娘子传》影响，熟悉的话是"百年修得同船渡"，同乘一船的缘分都要修一百年，何况是夫妻，那是千万年修来的。

她的意思是，等不来柳湘莲，说明没缘分，我就修行千万年，一定修到他现身。

晚清说法，念弥陀是老娘的最后一招。旧社会妇女，丈夫家和娘家颓败了，儿子在外地出事，老娘是一点办法没有，只能念弥陀。现实里看不到解决之道，那就全靠愿力了。

尤三姐心想事成，不多久，贾琏在外省碰上薛蟠和柳湘莲。薛蟠的商队遭强盗伏击，柳湘莲路过，打退强盗。救命之恩，当然之前仇怨化解，薛蟠挨打时被逼叫"哥"，时过境迁，柳湘莲真成了哥，当薛蟠跟贾琏对话时，妄言的习气又犯，柳湘莲让他打住，他很听话。

因父亲过世早，薛蟠从小没有雄性榜样，不知好歹，生出一身恶习。现在由柳湘莲规整他，明显懂事了。为他高兴。

没有细写，一人怎么打败一伙土匪。明清之际，火枪盛行，军队普遍使用，薛家是皇商，少东家率的商队，一定配火枪。不用到县衙门报批，他家是皇室内务府的一个单位，自己给自己发许可证就行。

火枪是吓唬用的，对天放几枪，吓走强盗就行。火枪换弹费时，开枪后，强盗趁机冲过来，商队并不会誓死抵抗。商家的原则是，宁可丢货，不要丢命。打几下，一看打不过，就投降了。老板不会埋怨伙计，因为培养个伙计要十年二十年，少一个人，运营能力会骤然下降，丢了一批货，商家业务够大，总能找补回来。况且薛蟠这次出门，薛姨妈和宝钗的心理是，可以全赔光，儿子经过历练，咱家就赚了。

薛家商队放弃抵抗，不料强盗不是本地惯匪，是外地流窜来的匪帮，为不给官方和本地惯匪留追查线索，不留活口，要杀人。

本地惯匪，渔夫一般，不会竭泽而渔，按比例抢劫，保证商路不衰，杀人是忌讳，一旦出了大量杀人事，立刻没人走这条路了。有人在他们地盘抢劫，他们会搜索报复。

此时柳湘莲出现，一人打退一伙人的方法，就是连杀几人，而且下手极快，让人觉得"谁上谁死"，才能镇住场。强盗是乌合之众，集体欺负他人可以，自己有丧命危险，就没有集体感了，薛蟠的描述，他们给柳湘莲"赶散了"。

薛蟠跟贾琏在路边酒店叙谈，公共场合，不好直说柳湘莲杀人。"赶散了"的场面，只会是柳湘莲追着杀，否则怎么赶？ 总不能是喊"快走快走"。

怎么杀的？

写书一笔带过就行，导演要视觉化，得了解。

大致是1985年大陆公映的译制片《黑郁金香》里的剑术，原版1964年在欧洲公映。女主祖上是法国剑豪，传下必杀技，她教给男主，右手剑换到了左手，利用角度差刺人。因为是轻喜剧，导演将动作拍得滑稽。

我们一代小孩看到，觉得"就这"？ 跟我们的《少林寺》比，太贫乏了。一位胡同大爷截然相反，很不高兴，说："这都能拍了？ 不负责任。"大爷认为是杀招，担心法国青年学会，祸乱法国。华人知道多少杀招都没事，居委会罩得住。

大爷说法国剑豪右手换左手的绝招，就是太极拳第一式"揽雀尾"，手里加根剑，动作一样。太极拳动作不是凭空而创，攒了以前军营技和江湖技，揽雀尾在军营里叫"换把"，相当于足球过人的假动作，一般人都会错误反应，大概率被刺中。

柳湘云用剑，剑不符合常人习惯，得拿出大段时间专门修习，否则是找死，剑身薄窄，力学上挡不住对方兵器，不如用棍用刀，胡乱也能挡几下。但剑一旦练成，便是百兵之君，兵器中的统治者，拿刀棍的跟拿剑的比，像羽毛球界的业余高手跟职业运动员过招，他们之间的玩法是，赌职业运动员发二十一个球，业余高手能接住一个。

接住一个就算赢。

能拿剑出来的，都是练成的。柳湘云一剑倒一人，看着恐怖，没的躲，强盗们才会跑。大概率用的是揽雀尾，对付一般人简单好使。使用率高，才会是太极拳第一式。

柳湘云是落魄贵族子弟，家里早被皇室收权了，这辈子努力没用，祖辈福气享完，不许你家再出人才，财路和仕途都给堵死，落入贱业里玩，活个性情。

宝玉说他是精细人，打薛蟠时，方方面面都算计到，打完后立即出京躲报复，确实精细。薛蟠商队遇劫，他能及时出现，也是精细使然，应是听到薛蟠消息，便尾随而来，远距离观察，看看他变成什么样了，有没有报复计划，以判断自己还要漂泊多久。

这种心思，可当官，但他毕竟没混官场，遇上危险才动脑子，平常日子粗心大意。不动脑子，才是活性情。贾琏向他提亲，说是自己妻妹。落魄之人，能被豪门看重，柳湘莲觉得有面子，听了就愿意，但还要耍性情，唱高调，说自己什么都不在乎，唯一要求是要娶绝色的。

贾琏保证尤三姐绝色，柳湘云将祖传的鸳鸯剑当定情信物，这应是他仅剩的值钱东西，三两句话即交出，可想其心，百分愿意。

薛蟠提供婚房，薛姨妈表态婚礼费用由薛家全包。重归贵族阶层，柳湘云春风得意，突然动起了脑子，贾琏是好色无德之徒，如他小姨子是绝色，早自己贪了，为何追着许配我？

越想越疑，找好友宝玉问底细。宝玉纳闷，怎么精细起来了，你不是活性情吗？你说娶绝色，尤三姐是绝色，活性情，就该满意了，问那么多干吗？

柳湘莲还问，你怎么知道是绝色？

宝玉说自己跟尤二姐、尤三姐混了一个月，当然知道。平儿一年跟贾琏有一两次同房，基本独身，而宝玉忌惮贾琏，跟平儿保持距离，尽量不接触，怎会跑到贾琏住所，跟他的二房厮混？宝玉说的，是办贾敬丧事的一个月，荣宁两府稍有名分的人物都要住庙，大家混日子。

六十六回，贾琏误以为尤三姐的意中人是宝玉，尤三姐向下人询问宝玉为人，可知姐妹俩不认识宝玉。办丧事的一个月，她俩和宝玉同时出席的场面仅两三次，大家顺着流程行事，彼此看到，没说过话。

柳湘莲理解成宝玉跟二女淫乐了一个月，未婚妻曾是好友的炮友，他大叫不好，说："你们东府里除了那两个石头狮子干净，只怕连猫儿狗儿都不干净。我不做这剩忘八。"

剩忘八是明朝官方妓院里的杂役，戴绿帽子为制服。忘八，是忘记"礼义廉耻孝悌忠信"八德，比喻做这职业可耻。剩，是残废之意。剩忘八，无耻废物。

批语越来越少的脂砚斋，见此词，找到了下笔处，兴奋写道："极奇之文！极趣之文！《金瓶梅》中有云'把忘八的脸打绿了'，已奇之至，此云剩忘八，岂不更奇！"

"剩"字奇在哪儿，没说清。

哪儿有奇的？就是句俗话。

现今北方还在用，比如给小孩起名"狗剩"，废物狗，看不了家、打不了猎，什么都做不成，白养着。民间习俗，认为越说孩子废物，孩子越不会夭折。

脂砚斋不知"剩"字何意，觉得新奇，以为是曹雪芹个人创造。他对明清俗话不熟，还敢自称是曹雪芹熟人，不怕露馅，只能解释为他不是老骗子，批语时刚上大学，尚且单纯。

柳湘莲的意思，宝玉明白——这样的女人娶回家，我家就成妓院了。骂宁国府的话狠毒，触怒了宝玉底线，这一刻，柳湘莲便不是他朋友了。

之后，两人还有对话。柳湘莲作揖道歉，拿宝玉当朋友，要他告诉自己尤三姐真相。宝玉笑道："你既深知，又来问我作什么！连我也未必干净了。"

宝玉内心是，我一直高看你，没想到你在贱业里混久了，低了品格，幸好你今天露了贱相，否则我还拿你当朋友。

柳湘莲再次道歉，说自己一时胡话，劝他别多心。宝玉又笑，打住他，说我完全不在意，是你多心。宝玉到底是北静王、张道士两个老谋深算之人一致认定的政治人才，这份不动声色，可想日后的官场作为。

未为尤三姐辩白，因为宝玉也没打听过，只有个远观的好印象。关键是，他觉得柳湘莲跟他没关系了。

之后尤三姐自杀，柳湘莲遁世。之前宝玉听到柳湘莲漂泊，会流泪，此时柳湘莲出了惨事，宝玉没反应。宝玉心态，曹雪芹没直接写，借宝钗之口表现。

柳湘莲是薛蟠的雄性榜样，是个替代父亲教育任务的"哥"，他没了，薛蟠着急，亲自带人四处搜寻，找不着，伤心不已。薛姨妈受儿子影响，也痛惜柳湘莲命运。宝钗毫不动情，劝母亲，发生的都是命定的，管它呢，忙自己家的事吧。

世家子弟的特点，是"没心没肺"和"小心眼"兼具，刚接触，发现他对很多事无所谓，你觉得他心真大，这样的人好交往。他跟你能好到两人穿一条裤子，但突然一天，就不理你了。你永远搞不清究竟哪里得罪了他。

他们不是小心眼，是在练习明察秋毫。他们是朝臣坯子，从小读史书。历史教训，等事情形成明显趋势，再改就来不及了，防微杜渐是行政原则，一叶知秋的眼力为基本功，许多看起来没问题的地方，历史上都出过问题。练基本功的阶段，难免小题大做、过度反应。

但人的本事是这么练出来的。

写宝玉的反应，京城孩子会说逼真，"他们就那样"。

柳湘云有"冷面冷心"之名，其实配得上"冷心"的，是宝玉和宝钗，他最多是"冷面"，心是混乱的，凭冲动办事，并没有长时间思考的耐性。

他被当作精细人来写，写到最后，读者发现他是个糊涂人。传统小说技法里叫"倒写法"，就像尤三姐按照淫荡女来写，写到最后，读者发现她忠贞刚烈。

柳湘莲演戏，拿手的是旦角，五年前，让尤三姐看到的那场演出，演员调配不过来，他临时救场，演了小生。

尤三姐并未看到过舞台下的他，三姐所爱，是那个小生角色。

如果柳湘莲那日还是旦角，便没了后来惨剧。这是电影式的爱情，不表现爱，表现错愕的局面，双方对彼此近乎完全不了解，却要狠发飙，付出生命。

薛蟠和薛姨妈都参与的婚事，柳湘莲活性情，未跟他俩商量，自己一人去退婚，想要回祖传鸳鸯剑。贾琏不高兴，要讲理，柳湘莲叫他出屋说话——京城习俗，当着女人老人不说脏话，出屋要说难听的了。比如，你混蛋，怎么把这种女人说给我？

受不了他将出口的话，尤三姐一把装剑鞘，一把藏小臂后，还剑同时，横肘自刎。据此分析，鸳鸯剑是匕首，影视和戏曲大多拍错了。如是长剑，走过来的姿势会异样，习武之人的柳湘云能发觉。

出了人命，柳湘莲方明白尤三姐品格，称为贤妻，追悔莫及。伺候尤三姐尸身入殓后，柳湘莲在街头游走，发生白日梦，薛蟠的小厮带他去见尤三姐。三姐说了一番话，以做告别。电影拍这场戏，话和表演不是重点，是相见的屋子。

为何是薛蟠的小厮来领？因为薛蟠许诺买房送给他成家，尤三姐在原本该是两人家的房子里告别，说明柳湘莲之前对这段婚姻满是期望。这栋房子还没买，全是柳湘莲想象。

他以想象力造了个房子——这是电影要拍的戏。电影是时空的艺术，空间的冲击力比表演大。

2 ⊙ 柳湘莲开悟——《阿黛尔·雨果的故事》

白日梦结束，柳湘莲发现自己迷路，站在座破庙前，有个跛子道人坐台阶上捉虱子。他问路，出于礼貌，还问道人法号。道人："连我也不知道此系何方，我系何人，不过暂来歇足而已。"

柳湘莲言下顿悟，斩断头发，随道人走了。

我们年轻时常有《四百下》结尾站在海滩前男孩的困惑，怎么活在了这里，怎么活成了这样？

抛开美学，《四百下》在题材上和中国二十世纪三十年代的社会问题片《姊妹花》《神女》同款，巴黎观众也不拿它当艺术新潮，当社会问题片来看，"关心你的孩子，别让他成为流氓"的口号，令平时不看电影的家长们走入影院，数周占据巴黎票房榜首。

从此业内明白了一个商业规律，儿童片的主要观众群是成年人。

法国的一切可分为"巴黎和巴黎外"，特吕弗年代的测量标准是，一部影片的巴黎观影达到70万人次，全欧票房可称王。中法相似，模仿好莱坞的商业片都商业价值一般，甚至很差，社会问题片是两国稳赚的商业片。

社会问题片是讲外力的，人在种种外力作用下，不能保证内心的善良。外力在《四百下》中为僵化的学校、自私的父母、少年犯惩戒制度等。社会万恶，个人无辜。

特吕弗由一个外力论者变成心力论者，在《四百下》中已有苗头，主人公安托万的精神安慰是巴尔扎克小说。我们一代人想当然地认为，这孩子是我们的人，小小年纪已在思索资本主义本质。应把他接到四中，重点培养。

我们看巴尔扎克是苦大仇深，法国儿童看有愉悦感。怎么会？

巴尔扎克批判现实，为保证有人看，在小说里插入了商业卖点，向平民阶层介绍贵族的奢侈品，涉猎之广、描述之细，超过之前作家。村上春树作品在二十世纪九十年代流行，成功因素之一是用了这古老的一招。大众心理使然，穷小子爱买时尚杂志，对买不起的品牌如数家珍。

批判现实主义是从贵族角度批判资本主义，写贵族美好，是巴尔扎克基石。"资本家把贵族带坏了，世界因此不美好"是其世界观，维斯康蒂1963年执导的《豹》，延续此思路。

影评人批评导演思想落后，给封建腐朽唱挽歌。又是"假作真时真亦假"，巴尔扎克是批判现实主义代表，但你照着他写，却不是批判现实主义。

十二岁的安托万，理解批判现实主义尚早，沉浸在巴尔扎克营造的贵族生活的愉悦感里。他点蜡祭拜巴尔扎克，意外失火，毁了巴尔扎克像和祭台。火来得蹊跷，点蜡是日常行为，早量好了安全距离，从没出过错。

找不到现实原因，只能从心上找，是曾悲伤地想到，巴尔扎克的愉悦并不属于自己。悲伤如此有力，显现为失火，抹去了家中的巴尔扎克痕迹。断了这仅有的愉悦后，男孩的生活全面悲伤，越活越差，直至被抓进少年管教所。

《四百下》之后十六年，特吕弗又拍了一个女人在海边，解答男孩安托万的困惑——怎么来到了这里，怎么活成了这样？

是你编的故事，让你站在这里、活成这样。

《阿黛尔·雨果的故事》片名的含义，不是"一个女人的故事"，而是"一个女人创造的故事"。相比于自己的爱情，阿黛尔更看重自己爱情的故事性——"一个女孩跨越大洋去寻找爱人"。去之前，她已知男方是个花花公子，男方对她并没有爱情。她以作家思维，另组了故事。写不成爱情，就写爱情的毁灭。

　　于是演出苦求不得的戏码，她不断加戏，直至疯癫，丧失了写作能力。她未能亲手写出伟大的小说，但一样幸福，因为知道将有人写她了，还会是杰作。站在海边的结尾，是拿破仑征服欧洲的豪情。

　　果然，特吕弗做了这事。

　　柳湘莲的开悟，按特吕弗的解释，是出戏了 —— 原来我不是那个叫柳湘莲的人，柳湘莲是我演的一场戏。

　　朱元育讲，魏伯阳写《参同契》之前，《参同契》就已存在。你觉得是你辛苦思索、仔细推敲出来每一个字，其实每个字都是你"感而遂通"来的，并不是思考所得。

　　思考是个障眼法，保证每个人都活在戏里。

　　这个剧本，你意识不到，但你严格按照它执行，你的一切主动选择、觉得"活出了自己"的兴奋，其实是一个熟练演员在舞台上的成就感。

　　你是伟大的剧作家，也是入迷的演出者。

　　剧本不到一秒就写完了，速度快得让你无法察觉。而你演出它，则要几年几十年，所以会产生错觉，认为是自己一步步走到了今天，认可这一切，意识不到原是个假设。

　　尤三姐的一秒剧本是，她对男人熟而生厌，其实是对自己深深厌恶，觉得好想死呀。厌恶感构成剧本，借用柳湘莲这个角色，将自我厌恶外化，变为外来攻击，完成"好想死"一事。

　　柳湘莲的一秒剧本是，在贱业里玩得不亦乐乎的他，也曾有一秒想过重归贵族阶层，想想就算了，认为是自取其辱，豪门怎么可能容纳在贱业里待久了的他？

他觉得想想就算了，但剧本已编成。果然回豪门的契机，是个淫荡女，自取其辱。最终豪门没归成，还被宝玉瞧不起。

人生是个自己给自己下套的游戏，怎么解套呢？朱元育的建议是"若能于感而遂通之后，弗失其寂然不动之初"。

颜回三板斧的学问，卫君暴虐的性格，按现实逻辑，颜回将出言不逊，触怒卫君而被杀。颜回立志高，要当圣人，当圣人最快的方法是"舍生取义"——为坚持真理而牺牲。按一秒剧本，颜回也会被杀。

孔子没辙了，放弃原有教学步骤，提前教颜回静坐。感而遂通，不是感应来一个灵丹妙药，而是跟万物融为一体。打破了"差别差距"的概念，也就看穿了一秒剧本的把戏，回归剧本诞生前的空白状态——寂然不动。

妇女儿童不进书房，因为男人在书房里大部分时间不是读书，是静坐，贸然进入，会惊扰他。书房不是世外桃源，是读书人解决现实问题的地方。

当官行政，遇上难事，会说："容我静一静。"静一静，不是冷静下来，重新思考，而是回家静坐。肯定又是被一秒剧本缠上了，需要"感而遂通"搞清是什么剧本，然后"寂然不动"，在心里清除它。

出了书房，难事会以一种现实的方式被解决，巧妙快捷得令所有当事人想不到，你也想不到，但你知道，之所以如此，因为已在心里解决了。

颜回入卫国，不被杀，是清除了"降服卫君、当圣人"的剧本。没了剧本，没准会出现跟卫君相谈甚欢的情况。

现代人觉得是玄谈，但北宋儒学复苏后，一代代读书人便是这么做的，不是秘法是常识。养成习惯，什么事都回到书房里解决，为"修养"。

日本作家井上靖主要写中国，1988年原著改编的电影《敦煌》，是北宋故事。2009年田壮壮导演了他的《狼灾记》，是秦朝故事。平生销量最大的小说是1989年的《孔子》，主人公是孔子周游列国时一个赶车、买菜的杂役，看到孔子师徒静坐，觉得好有气质，于是自己也静坐，没人告诉他原理，学了个外观。

晚年荣誉加身，孔子的弟子都过世了，他是唯一活着的"周游列国"见证人，对孔子好奇的青年一代向他请教。他传授静坐，是"坦然面对人生风雨"一类话，因为他首次看到孔子师徒静坐，是在一个雨天。

看着他误导青年，令人着急。为何当年不问问。

3 ⊙ 尤二姐之死——梦中杀人、风筝清账、牛百岁和白兰度

平儿最后悔的事，是从下人口里听到"新奶奶"一词，禀告王熙凤，以致害死了尤二姐。学会审讯技巧，可省了跑腿调查，六十七回王熙凤审问贾琏手下兴儿，摆出姿态，她已调查清楚，问你话，是要你补充细节，检验你的诚实程度。

诚实，以后还可以用。

审讯，是使诈，诈出话来。

1987年风行的小说《血色黄昏》，展现农场审讯，跟王熙凤一致，更详细，令我们这些中学生开窍，知道怎么对付老师了。发生打群架、违反住宿规定的事，老师找学生分别问话，说别的同学都交代了，不说实话的就剩你了 …… 是同一套技巧。

兴儿中计，一五一十说了。兴儿退下后，王熙凤盯着自己手下旺儿，空过三五句话的时间，才说："好旺儿，很好，去罢！外头有人提一个字儿，全在你身上。"

旺儿是王熙凤出嫁时从娘家带来的陪房，下人们的闲话，他该比平儿更先知道。难道他被贾琏收买，或者油滑了？忠心下降，听到不说。

拿眼睛直瞪瞪看，王熙凤这次不是使诈，是真看。像我们的大学同学，时隔三十年，哪怕他修炼成了职业骗子，对别人有效，骗不了你，你熟悉他的微表情。其实也不是分析出来的，四目一对，便知他的真伪。

王熙凤用了三五句话时间，因怀疑自己遭背叛，心乱了，判断不准，看一会儿后心定了，白纸黑字般，清楚他不知情。是呀，他是我的人，正是贾琏手下重点防范的。于是高兴，而称"很好"，要他监督下人们不走漏审讯一事。派活儿了，表达对你依旧信任。

贾琏在外省办事，要两月才回。

王熙凤定下计谋，先是假装真诚，以妻妾和睦为由，骗尤二姐进荣国府住，闹得府内人都知贾琏在热孝期间纳妾了。贾敬一生白丁，皇帝赐官五品，提高葬礼规格。民间在葬礼期间，子弟亦不许婚配，况且皇帝钦批的，称为"国孝"。

坐实贾琏违反礼法的事实后，王熙凤安排人告发贾琏。告发者是尤二姐幼年的订婚对象——张华，张华家境落败，染上赌博恶习，尤二姐嫁贾琏前，已退婚，给了毁约赔偿。王熙凤让旺儿给他撰词，说没收到赔偿金，等于婚约仍在，贾琏是强抢人妻，主要揭发他国孝纳妾。

王熙凤做足理由，跑到宁国府闹事。

她曾主持秦可卿葬礼，为贾珍出力，贾珍将自己相好尤二姐转给贾琏，是忘恩。贾蓉是她心腹，撮合尤二姐和贾琏，是背主。尤氏是王熙凤闺蜜，同父异母的妹妹嫁给贾琏，知情不报，是叛友。

他们本不是有道德的人，登门讲理，让他们惭愧，是无效的。王熙凤的惩罚落实在钱上，大哭大骂后，说自己为平事，给了衙门五百两好处费。宁国府理亏，当然赶紧给她补上。

如拍电影，表演上不能一味表现王熙凤狡诈，她有她的委屈，中间几次哭，虽然都是来之前设计好的，但一哭起来，便是真哭，她被这家人辜负了。

刮得钱，王熙凤出了一半气，向贾蓉交底：国孝纳妾，让尤二姐成了烫手山芋，荣国府里留不住她了，最便利的解决方式，是让张华将她领走，履行婚约。但我没法办，二姐是我热情接来的，我要面子，你去办。

王熙凤早做布局，尤二姐下人被驱走，换上自己心腹丫鬟，教唆她们奴大欺主，言语不敬，甚至总给馊饭。在贾母前面说尤二姐坏话，让贾母从此不搭理她。长辈不喜，下人不敬，造成尤二姐觉得"在这儿活得没意思"的局面，张华来领她，能跟着走。

王熙凤如电影导演一样，给人物设计心理，赋予他们行动的理由。她嘴上喊打喊杀，其实对尤二姐没有杀心，搞得贾琏和尤二姐颜面扫地，不好继续，是她的目的。

谁想贾蓉没办成，张华一类底层流氓，害怕贵族，敢告发荣国府，是受了威逼利诱，到底心慌，等拿到好处费，就带着老爹逃了。

王熙凤搬起石头砸自己的脚，不能让贾琏真获罪，只得用娘家关系，平了国孝纳妾的事。贾琏也回来了，尤二姐却没打发出去，真成了烫手山芋。

如果张华领走尤二姐，在京城完婚，在自己眼皮底下，不敢乱说。逃到外省，人会管不住嘴。王熙凤起了杀心，让旺儿追到外省，杀了张华父子，永绝祸源。旺儿不想杀人，谎报张华父子路遇强盗，已死。

王熙凤相面，看出他在撒谎，但也没追究。杀人之念，是一时恐慌，王熙凤视人命如草芥，是观念上的，能出杀人的主意，毕竟不是杀人的人。

大闹宁国府，是兵行险棋，让贾珍感到理亏，才能治住他。贾珍毕竟是个将军，武人蛮横还是让王熙凤忌惮，如果让他知道打官司是自己背后策划，不知如何收场。

就算张华领走了尤二姐，平稳过日子。出于对贾珍的恐慌，王熙凤也会一年对他俩起几次杀心。虽然不会实施，毕竟心理负担重，想到了，便心悸。

京城老话，不要害人，害得了人，承担不了害人的麻烦。一件害人事，要用十件事才能掩盖，掩盖也是白忙，一时得逞，最终真相会以想象不到的方式呈现给当事人。所谓"天网恢恢"。

人间，能活明白。人间特别像电影，疑惑只在上半部，下半部里，所有情节都会向观众交代清楚。

贾琏归来，办事有功，父亲贾赦赏给他一个丫鬟。之前贾蓉说贾琏跟父亲的姨娘有染，没交代是谁，姨娘是正式关系，此丫鬟跟贾赦有男女事，但没提升为姨娘，留着赏人。丫鬟无名无分，不沾伦理。

她跟贾琏相互看对眼，苦于无机会偷情，没想到可以名正言顺，两人都很高兴。曹雪芹的交代技巧，是用一事证一事，不就着一个事讲，借此丫鬟，证明贾蓉未说谎，贾琏曾渎母。

住外宅期间，贾琏哄女人的信口开河，尤二姐当真了，已立志，成为荣国府一个合格的当家人。那是她人生好日子，爱情美满，还有理想，她努力提高修养，将外宅管理得上下称道。

何为当家人素质？崔瑗发明的《座右铭》文体，便是写此内容。他是前文谈过的批评康有为书法的人。作为东汉人，狠批民国人，发生穿越，可想是气坏了……

《座右铭》扩充字数，便是家训。后世仿作，不再谈持家，变成表达个人志向，成流行款式，读书人都会给自己写一个。

座，不是座位，指砚台。座右铭是放在砚台之后一物件上的题字，写于纸板、瓶子，甚至墙上。人用笔是右手，砚台放右侧，提笔写字，即会看到，时时提醒自己。

我们一代小学，写在铅笔盒内盖上，有的是"对得起人民，对得起红领巾"，有的是"为中华崛起而读书"。

当家人素质，是做好事的能力。家和国不一样，没法严惩，只能"隐恶扬善"，坏事不追究，尽量做好事，好事是大家都得益，坏人为利益，也做好事，便消除了坏事。宝钗给下人们发年底补助，遏制了之前屡禁不止的半夜赌博之风，深得崔瑗之法。

中小学教育也是座右铭式的，没法惩罚小孩，小孩受罚会心理变态。二十世纪七十年代末，引入欧美淘汰机制，让强者先富起来，成为社会共识。但1983年拍出一部《咱们的牛百岁》，牛百岁将五个遭淘汰的人变成生产能手，他们偷窃、偷情、偷懒，属于坏人。坏人变好，鼓舞人心，也达成社会共识，觉得不该淘汰，应大家一起前进。

截然相反的共识，引发报纸讨论，结论是都对。淘汰不淘汰，关键看你们单位有没有牛百岁这样的人才，牛百岁的做法，当年报纸叫"农村伦理"，其实就是座右铭——封建大家族式管理。

"封建帝制"一词，九十年代遭部分学者批判，认为是错误词汇，推翻封建制才有帝制，是封建就不是帝制，是帝制便不是封建，怎能连用？汉朝之后，政体完成帝制，家族一直是封建制。贾家是封建大家庭，行会、帮会、地下秘密组织、海外的华人商会也都是封建制，实行不了帝制。

成员当面对会长说："你以为你是皇帝呀。"是在骂他。背后议论会长"他想当皇帝"，便是可以推翻他了。封建制在政体上，被历史反复证明是战乱之源，必须被取代，帝制才能长治久安。在民间相反，帝制危险，封建制安全。

电影剧组也一样，说导演"要当皇帝"，是骂导演自以为是，艺术上犯傻。

崔瑗《座右铭》开篇为"无道人之短，无说己之长。施人慎勿念，受施慎勿忘"。——这句话，京城小孩太熟悉了，你有了弟弟妹妹后，爷爷姥姥便会教给你这句话，因为你从大人那儿得的礼物，不再是独享了，要分给弟妹，并且很快要跟亲戚家小孩、父母同事的小孩交往，送他们礼物了。

养成把自己的东西分给别人的习惯，小孩心理不容易过这道关，长辈要提供名言，让小孩服气，觉得有道理。

说别人坏话，是人类天性，四五岁便呈现，小小年纪被认为是个"是非人"，没法在大家族里生存，各亲戚听闻后，会低看他，长大后没人帮。所以，爷爷姥姥要赶紧让小孩改口。

尤二姐符合"无道人之短"的标准，受丫鬟欺负，为她隐恶，不向王熙凤告状，免得王熙凤惩罚她。等贾琏回来，也不提自己遭遇，免得贾琏以为是王熙凤没做好。贾琏移情别恋，她无怨言，新宠以她为敌，常出言不逊，她也不与之对骂。

当家人玩的是另一套游戏，受屈受误解，等你上位的一天，曾经欺负损害过你的人，害怕你报复，但你不报复，他们将产生"畏威怀德"的心理，而成为你的人。忍了，不是懦弱，是为日后攒本钱。

尤三姐说不怕跟王熙凤打架，是勇敢，真较量，立刻给玩死。手段上技不如人，就不玩手段了，否则死得快。日久见人心，尤二姐开始受蒙蔽，之后明确知道幕后害自己的人是王熙凤，所以会梦见尤三姐拿剑劝自己杀王熙凤。

白日里，她对王熙凤实行的是座右铭"受施慎勿忘"，千般不好，都不记，只记得王熙凤来接自己时的热情友好，入住荣国府最初几日，她上下张罗介绍，给予自己的体面和荣耀。

现实里，看不到解决办法，尤三姐是念弥陀，尤二姐是遵循《座右铭》，认为是当家人必经的历练。

她死后，那些欺负过她的丫鬟、瞧不起她的男佣，普遍想到一个以前不会想到的问题：这人要当了主子，会比王熙凤更有水平，我们把她欺负死了，等于把自己的好日子给搞没了。

尤二姐搬入荣国府后，没机会做事，却让下人们认为有管理才能。因为心有所想，气质上会有所显。她在外宅时期，已将气质修好，以致一入荣国府，便得贾母喜欢。贾母还给她看了手相，认为有贵妇样，评为"齐全孩子"。

贾母看手相，不是现在的看掌纹，是看手型，《蒙娜丽莎》是西方的贵妇手，我们的贵妇手看《永乐宫壁画》，会发现是同一标准，骨俊指长。齐全——不是身无残疾，是福禄双全。福，是长寿、相好、聪慧、有财等。禄，是官运，女人的官运添在丈夫身上。旧时代算命，一个没官运的男人，娶个有官运的夫人，便能有仕途。

《红楼梦》第二回即交代，贾琏官运不佳，因而落回家里忙活，尤二姐对他尤为重要。这是贾母接纳尤二姐的主要原因，可以不计较她名声不佳。

越是高贵的人，越看重她，宝玉及众小姐均对她好感，还引得平儿跟她亲近，姐妹相称。她其实得了人缘，如能挺过一年，会情况转好。不知会怎么转，也许王熙凤变了想法，也许贾琏腻了新宠，回归于她，或是宝玉无意说了什么话，令贾母又宠起了她……

华人相信"骤雨不终日"，什么事重复多了，便会改观。可惜她没挺过，被庸医误诊没怀孕，给疏通气血，堕了男胎，产后抑郁，吞金自杀。

　　她老娘在，有退路。受不了，可一走了之，坚持不走，是贾琏情话所害，给了她一个当家人的梦。王熙凤的迫害，是饭菜日用低待遇、唆使人语言攻击，属于心理打击的冷暴力，毕竟不是杀害，让她觉得可忍住。

　　导演做剧本的思路，一个家庭的每一人，都是主人公的一个性格侧面，这样容易写，也方便给演员讲戏。不敢对照现实，怕发现老天也用同样思路造人间。

　　能有尤三姐这样的妹妹，是尤二姐性格里本有刚烈一面。忍字头上一把刀，忍也是刚烈。梦中劝她杀王熙凤的尤三姐，是她自己心理的变现，快忍不住了，她对王熙凤起了杀心。

　　按民间迷信说法，梦中的剑，不能接。这种梦有实效，等于僧道做法，比什么诅咒都厉害，梦里杀了王熙凤，现实里的王熙凤会以得怪病、出交通事故等蹊跷方式死去。

　　现实里王熙凤迫害尤二姐，梦里的尤二姐饶了王熙凤一命，认为在修德行的过程中，如果被王熙凤害死，就当给以前淫荡生涯清账了，这辈子负负得正，干净了，下辈子重新开始，一切改观，比如不会再经历外宅入府的事，直接投生府内当小姐。

　　这辈子万难做到的，下辈子重建，能一步到位。1997年的《春光乍泄》，张国荣和梁朝伟之间的台词"不如我们从头来过"，外国人理解成"重新开始"，华人则知道，是当两人死过一回、再投生的意思。

　　从头，是从死亡开始。

　　在贾母的概念里，国孝未完，贾琏和尤二姐还未完婚，不能入贾氏墓地，只能葬在乱坟岗。不是人情冷漠，是贵族家规矩如此，不遵守，会遭平民笑话。乱坟岗不是野地，也是正经墓地，乱坟是姓什么的都有，入不了家谱者的归宿。现在叫公墓。

尤二姐不能从正门出殡，那是正室夫人的待遇，也不能从东侧门出殡，那是未嫁小姐和有名分的姨娘待遇，无名无分，只能走后门。流氓真仗义，贾琏破了东墙，造出个临时出口，算是对得起她。

贾琏还发誓给她报仇，是触发了外宅时期的美好回忆。流氓真仗义，当时感情是真的，但注意力转移快，过几天就忘了。

尤二姐的"清账"观念，贵族放风筝也是。平民阶层放风筝，断了线，走失风筝，是不祥之兆，张学友《吻别》歌词"犹如风筝断了线"，明确不是好事。贵族家怪事多、坏事多，所以观念不同，主动剪断线，让风筝随风而去，祈祷带走家里晦气。

七十回里，黛玉等小姐们拿剪刀噼里啪啦地断风筝，场面震撼，可想小孩们近期心理压力之大。看到家里种种祸因，希望不要结果，借风筝来清账，别兑现成现实。

电影里的大场面，不是画面，是观念上的反常。贵族断风筝，不符合平民习俗，因而形成震撼。电影是视觉艺术，其实是在做观念。纯粹的视觉追求，观众会说拍得很棒，但累眼。

刺激了脑子，眼睛就不累了。大脑需要看清楚。

尤二姐吞金而死，想的是上吊会大小便失禁、五官狰狞，自刎会血污己身，吞金能保个体面。她是闲话里听来，未及多了解，不知吞金是胃出血而亡，急性的二十分钟死，也有疼几小时的情况。不知她是否幸运，死前闪念，有没有尤三姐再递剑？

疼痛中，有没有接剑？

尤二姐葬礼不久，王熙凤患上血山崩，三十天出血。或许是尤二姐死前一念刺出了剑。

王熙凤自知短板是没文化，管理水平上，永远达不到探春、宝钗日后的高度。她去外宅，骗尤二姐跟她走，用上了这辈子所有文化，把"仁义礼智信"讲得格外动人，尤二姐正在提升修养，一听对路子。

两人谈了半日，成了闺蜜，尤二姐才随她走的。

此半日，是王熙凤人生高光点，她把她不能理解的，演得真切。作家和演员都会出现此情况，我们一代认为巴尔扎克对资本主义进行深入调查，他的小说具史料价值。法国评论界有另一种声音，认为巴尔扎克没花那么多时间走访，笔下的金融、工商详情，是举一反三，甚至举一反十，令读者误以为他是记者型作家，得称颂他伟大的想象力。

演员用想象力完成的角色，令观众觉得他体验了生活。《马龙·白兰度传》讲他演了教父后，一位真正的教父深感共鸣，认为有相同经历，非要见面。白兰度为表示自己没体验过生活，只是一个活泼可爱的演员，给教父表演了魔术。太紧张，以至活泼过头，说如果你哪天穷了，可以用我今天教你的，养活你自己。

看到教父手下吓白了脸，白兰度才意识到这话的侮辱性。他做好了被杀的准备，几天后教父派人传话，说理解你的幽默，见面是愉快的。但再没找白兰度，毕竟是教父，比一般人有心眼，明白了他不是电影上的那个人。

王熙凤是同样情况，不理解仁义礼智信，但可以演出仁义礼智信。尤二姐要谈半日才走，是有疑惑，眼前的王熙凤跟贾琏描述的完全不是一个人，得多谈谈，确定她真假。

贾琏说让尤二姐在荣国府当家，是爱情驱使，男生给女生画大饼，显示他能力强，能给予你前所未有的东西。当家人王熙凤是他夫人，王熙凤一死，当家人还会是他夫人——不了解荣国府内情的尤二姐，才会信。王熙凤病逝，轮不到尤二姐当家，是李纨当家。

为将大饼画得真实，贾琏教尤二姐管理技巧，作为举例，详说了王熙凤种种行径。尤二姐掌握王熙凤大部分信息，骗取她信任，得演成完全不同的另一个人，这个难度太大了。好在王熙凤曾有秦可卿这个闺蜜，举一反三，先得有个一，表演靠想象力，也得有个最初的形象来源。王熙凤这半日，秦可卿附体。

读者遗憾，所有人都称秦可卿是大才，但没见过她办事。六十八回里，王熙凤的语言风格都变了，明显是演别人，曹雪芹给读者补上这遗憾。王熙凤是接不走尤二姐的，秦可卿可以。

文化的本质，是去除自私心。没文化的危险，是容易狭隘。坏，是损少，害人一定自损。好，是增加，共荣共益。学坏容易，学好难——犯坏的成本低，破罐子破摔，就能犯坏。成就好事，需要心胸和高度技巧。

王熙凤演了半日秦可卿，演得过瘾，如能想道："这样不挺好吗？这样下去，不挺好吗？多令人舒服，干吗不这样？"《红楼梦》将是另一番结局。

她身边的人不行，为之付出的贾珍、尤氏、贾蓉、贾琏都背叛了她，而尤二姐提高修养后，已具秦可卿雏形，并且不信口碑恶评、不信贾琏坏话，相信王熙凤本人，这是个好朋友的料呀。

王熙凤如能与尤二姐结盟，将双赢互益。可惜陷入妒意，一叶遮目，未能摆脱狭隘。等看到她一百一十四回惨淡死去，读者感慨，她迫害的尤二姐，其实是能帮她的人。

回想两人谈成闺蜜的半日，王熙凤是假戏真做，真的所谈甚欢，才能让尤二姐信。可总结出一个人生经验，对某事感到愉快，便要以它为准，重新想一切。所谈甚欢，别理解成自己演技高，阴谋得逞，骗过了他人。

那是上天在搭救你。

4 ⊙ 黛玉国音——阴阳相续法

四十五回，黛玉谋划跟宝玉疏远，跟宝钗亲近，很快认了宝钗母亲薛姨妈为干娘，薛姨妈还一度搬来黛玉处居住。宝玉感受到疏远，再见黛玉，也说不出什么话。

至七十回，宝玉见了黛玉最新诗作，睹诗思人，不禁落泪。宝琴谎说是自己做的，宝玉认得真，咬死是黛玉。

传来贾政归家的消息，宝玉功课荒疏，将挨骂，众姐妹纷纷写书法，帮宝玉凑书法作业，唯黛玉模仿宝玉手迹最像。

疏远的两人，却深知彼此，传统小说技巧叫"阴阳相续法"，茶馆里说书，讲到分离，上此招，煽情效果好，常使听众泪满襟。也可以是生前死后，一个人死后，其遗留的事还在发生作用，从得知的其性格的另一侧面。继续完成性格，逝者等于活人。

秦可卿亡后托梦，展示出的韬略，是生前未有的，可称为阴阳相续。尤三姐死后，尤二姐梦到她，和生前性格一样，只能称为"信息延续"，而未到"阴阳相续"的程度，变化不够。

宝玉认准黛玉作诗，是因为黛玉独有的哀音。

沉痛悲切，为国音。国家级的典礼奏乐，祭天祭祖祭社稷，封王封侯，起兵打仗，都是沉痛悲切。小津安二郎电影中，婚礼如丧礼，喜乐似哀乐，以表达人生大事的庄重。

古琴是哀音，在唐朝受冷落，北宋恢复后，构成琴棋书画的士大夫艺术。琴，哀音。围棋九品，第一品入神、第二品坐照，都是祭祀状态。书法五品，第一品神品，要"偶和神交"，偶不是偶然、偶尔，相对之意，与神的牌位相对，得到神的授意。宋元明清文人画追求萧索空寂之相，是视觉的哀音。

黛玉的哀音，是正道。不哀，不足以为诗。

1905年的《定军山》，作为中国电影的开山之作，拍的是京剧，须生泰斗谭鑫培出演。梅兰芳的策划、编剧齐如山说其唱腔减哀音为婉约，现代观众好接受，毕竟还是哀音。

上一代泰斗程长庚，山西梆子般惨烈。郭宝昌拍出《大宅门》之前，电视剧代表作是1991年的《淮阴侯韩信》和1994年《大老板程长庚》，后者得京剧界赞为内行。

5 ⊙ 猫王叹气、笛音脱俗——点睛法

七十四回，贾珍以"不忘骑射"为由，召集子弟练射箭，很快变成聚赌喝酒的游乐场，一次玩至深夜，听到有人叹气，吓得

众人以为祖宗显灵。

我们一代童年对此熟悉，所谓"夜半听得鬼叹气"，小孩写功课超过九点，窗外"唉"一声，吓个半死。大人会说，没事没事，没有鬼，是猫王。猫王唉声叹气的，像成年人口气。

京城野猫里有猫王，狮王一样，打服几只野猫，组成团队，给它打猎找吃的。猫王，京城人称为"狳猁"。狳猁避人，能听见它叹气，你眼睛反应再快，也看不见它。它看到小孩读书，会叹气。传说动物的王者，都对人读的书好奇，叹气，在表达："我什么时候也能读上书呀。"

现场所有人都听到墙下阴影里有叹气声，贾珍呵斥谁在那里，原文写"只听得一阵风声，竟过墙去了"——据此可确定是狳猁，活物的动静。

京城的狳猁，不是纪录片里拍到的非洲、欧洲的狳猁，那是拿我们的名词给外国物种命名。就像西方生物学定义的"猿"，跟华人的猿不同，华人的猿是半仙。口传中，狳猁是从河北山区来的，像南美人说的大脚怪、登山运动员说的雪人，狳猁作为猫王，也如此，没人看见过，却都说有。

一位老哥，胡同拆迁，搬入楼房，夜里看书，听到窗外一声叹气，不恐反喜，甚至喜极而泣。胡同的狳猁跟着大伙搬过来了。

七十六回，贾母玩到半夜，命乐师在桂树下远远地吹笛，也是凄凉哀音，却让众人有解脱感，称赞贾母懂得多，让大伙享受了。贾母要求乐师以极慢速度吹，此种情况下，笛子竹腔，跟大脑产生共鸣，似乎能改人的思路。

一曲过后，恍若隔世，之前的人生显得那么不真实。

慢速笛音，超越旋律，古琴需要弹奏技巧，练到自己能享受，得花三年。没时间，也能玩古琴，弹一个音就行，享受余音绕梁，叫"素琴"。不会弹，更有范儿。

去人家做客，见墙上挂着古琴，你肃然起敬，问学哪个流派，主人以不会弹为荣，说我是素琴。你还得恭维，说技巧、流派都太俗，您当然超越了这些。

电影配乐师坂本龙一，早年代表作《战场上的快乐圣诞》《末代皇帝》，旋律动人。确立影坛地位后，便放弃了旋律，《一命》《荒野猎人》均如此，以作能哼出调子的音乐为耻。一次回光返照是1999年的《御法度》，大岛渚导演患癌症，此生最后一部电影，坂本龙一给面子，作了旋律。

再次听到坂本龙一的俗手，是影坛盛事。

贾珍带子弟玩乐，夜空里传来的叹息声，拍成祖宗显灵，表达他们是不肖子，为点题。贾母一直玩粗鲁，猝不及防地展示高雅，竟然有出世之心——为点睛。

北宋禅学大盛，从此禅为诗之眼，所谓"诗眼倦天涯"，以禅超越人间。点题是总结描写之事，给其定性。点睛，是超越事件，从诗词、昆曲来的做法，第五回交代，"红楼梦"是昆曲之名，《红楼梦》小半是昆曲写法，脱离了小说。

西方现代艺术也有点睛，米开朗基罗·安东尼奥尼1962年的《蚀》，男女主人公在股票大厅，见到一人赔光，担心他自杀。他去酒吧小歇，找纸写什么。男女主以为在写遗嘱，走近发现他在画一朵花，沉浸在画画的乐趣中。

您不是要批判资本主义吗，这在干吗？

安东尼奥尼会回答，中国人懂，诗眼倦天涯。

贾母歇息后，黛玉和湘云继续作词，给妙玉听到，说过于悲伤凄凉，会影响你俩命运 —— 妙玉错误，不碍命运，诗词是借机抒发，浮光掠影，不落因果。昆曲悲腔，难道会把自己唱衰唱死吗？ 听众因悲腔而得心灵解脱。

妙玉修禅未通，之后她面对不祥之兆，因为自己的俗见，不做抗争，全盘接受，果然遭受厄运。不是俗见对了，是她非要践行。

俗骨未改，毕竟学禅日久，知道理论，妙玉说写诗要回到"本来面目"，黛玉湘云，你俩学古诗很到位，但你俩是黛玉、湘云，不是杜甫、苏东坡，回到你俩本身，作出的诗才对。

浪漫派代表德拉克洛瓦，写文章批判别人直接从米开朗基罗的《西斯庭教堂天顶画》里移植人物姿态，是贼喊捉贼，他自己总这样，成名作《但丁之舟》中但丁的身姿手势，便是照搬《西斯庭教堂天顶画》中的基督。

《西斯庭教堂天顶画》共三百四十三人，是西方戏剧姿态的宝库。对此不熟，只能拍现实主义电影，按传统导演教学理念，是瘸了一条腿。

俄人和华人的共同传统，电影导演要双栖，兼具导话剧的能力，塔尔科夫斯基读电影学院期间，大比例课程是舞台演出，他对此厌恶，但这是他童子功。否则，不会有《牺牲》，此片用伯格曼的话剧团演员，不内行，指挥不动他们。

　　英国拉斐尔前派中有的画家，跟德拉克洛瓦一样，从《西斯庭教堂天顶画》里搬人物，搬家公司的程度，整车搬。站在巨人的肩膀上，好获奖，好卖钱。梵高可贵，成熟期放弃借鉴，达到本来面目。

　　沟口健二临死前研究梵高，向来探望的电影厂同事表态，不愿浪费时间回顾人生，赶紧学梵高，下辈子拍更好的电影。

　　梵高——我们这批美校学生对他无感，觉得俗，靠着励志故事火的，跟好莱坞电影一样。感叹沟口受骗，他是一个画商捏造的假货，您的水平远超过他。

　　等看到梵高真迹，才理解沟口。原来，梵高的油画是无法印刷的，梵高模仿日本套色版画的线条和配色，版画技法用于油画，显得简陋，在画册上明显。面对原作，则看不见，有一种更强烈的东西，令版画线条和配色变得次要。

　　原作上次要的，印成画册，变成主要的，我们怎能理解梵高？

　　梵高画的不是物体的颜色，画的是空气，他的空气如蜂蜜般有着高密度的营养。后期巅峰之作《乌鸦群飞的麦田》，看画册，觉得此人快死了，天是压抑的黑色块、显眼的乌鸦、笔触凌乱的麦田，尽是不祥之兆。

　　看原作，上述细节都不见了。没有黑色块，是蓝宝石一般的深蓝；看不见乌鸦，只能看见鸦群形成的通向太阳的台阶，它们是画面上的第四路；辨不清海浪的线条，同样，也看不见麦田的勾线，不存在“凌乱的笔触”。

　　朱元育说，离朱天下第一的视力、师旷天下第一的听力，照样受《参同契》文法的迷惑。离朱在梵高的画前，也看不见线条，师旷面对希区柯克电影，也反应不过来何时起了音乐。

这片麦田，说它是人类的全部历史，也可以，说它是人心的全部奥妙，也可以。梵高的画，把那些关于他的烂俗故事都破了。

不依赖前人经验，也不是为求新而故意不同，本来面目的电影，沟口健二在1941年的《元禄忠臣藏》已做到。在梵高面前自卑，是那个年代的人认为电影低于绘画，绘画已经直面本来，电影还在电影厂俗套的大坑里玩泥。

沟口健二一生都在描述半途而废的男士，他转世后，并不会像临终前对电影厂同事们信誓旦旦所言的下辈子还拍电影。八成像他电影里的男士，年少流连酒吧舞厅，中年破产，靠女儿养活，疫情防控期间整日刷手机，抖音看到《罗生门》片段，因上辈子曾帮此片过审，分外熟悉的感觉。

一念清醒：上辈子我是谁？原来是黑泽明。

既然上辈子我是那么较劲的一个人，这辈子放松，也说得过去。从而人生大和解，原谅了自己。

6 ⊙ 尤氏多事——獭尾法

贾母生日，宁国府主妇尤氏入住荣国府，在王熙凤房里吃饭、在李纨房睡觉。贾母吃饭，晚辈不同吃，仆人一样在旁伺候，以尽孝。贾母饭毕，晚辈再回自己房另吃。

伺候贾母时，尤氏已饿，回王熙凤房，见王熙凤忙得还没开饭，不顾平儿给她安排，说饿急了，去大观园里找小姐们，见哪房开饭，就在哪房吃。

尤氏果然傻白甜，自以为人缘好，走到大观园，见正门和角门都没关，拿别人家当自己家，当家做主，叫随行丫鬟喊值班的嬷嬷，要教训一下。

结果值班嬷嬷们都没值班，两个杂务婆子在，她俩轻视尤氏不是本府奶奶，不管传唤。丫鬟急了，禀告尤氏，尤氏已到宝玉房，听了生气，但给袭人劝住，决定不计较。

这事让周瑞家的知道了，她不嫌事大，禀告王熙凤。王熙凤按惯例，叫捆了顶撞尤氏的两婆子，送到宁国府，听凭尤氏发落。估计尤氏不会惩罚，见捆过来，气就消了，会给放回来。

主人有面子，下人不挨打——是最佳处理。

这事经过林之孝家的、赵姨娘传播，让邢夫人的陪房费婆子知道了，被捆的一个婆子是费婆子亲戚，认为是王夫人陪房周瑞家的跟自己过不去，于是禀告邢夫人。

邢夫人认为王熙凤作为自己儿媳，却站到王夫人阵营，帮王夫人灭自己威风。次日给王熙凤难堪，当着许多人，说王熙凤在贾母生日，惩罚下人，是不合时宜，冒犯了喜事。话说得婉转，还赔笑，但婆婆向儿媳当众求情，这笑脸是在恶心王熙凤。

王熙凤给气哭。

强悍毒辣，刚把尤二姐整死的王熙凤，照样受婆婆气，小媳妇一样哭。人物多彩，曹雪芹妙笔。

尤氏自己都不在意了，事件主角没事了，而事情越演越烈，涉及的人越来越多，终于失控，喧宾夺主。称为"獭尾法"，水獭尾巴又长又粗，游水而波澜不休。

7 ⊙ 司棋野合——卯榫法

卯，凹。榫，凸。

古代建筑，多是以卯榫拼接木料，不钉钉子。将王熙凤逼哭的一大串事，起因是没关院门。为何不关？留下空白点。

当夜原因，不解释。讲次日情况，迎春房大丫鬟司棋约堂兄来大观园偷情，买通值班婆子，要她们晚些关角门，虚掩着别上闩。贾母房大丫鬟鸳鸯来大观园，忽然尿急，到假山后方便，撞见了司棋和堂兄野合。

卯对上了榫，前事空白由后事补上。

写堂兄，是照应宝黛的堂兄妹关系。黛玉的大丫鬟紫鹃不懂事，认为堂兄妹婚配没问题，宝玉可以娶黛玉。司棋和堂兄则对各自父母，连说都不敢说，肯定不同意，所以要野合。司棋跪求鸳鸯隐瞒，听到她的情人是堂兄，鸳鸯反应是"啐了一口，道：'要死，要死'"，啐口水，为破晦气。

司棋认为此事败露，有性命之忧，肯定没脸做人。堂兄怕给打死，潜逃了，司棋认为堂兄没担当，应该两人死一块，一下气病了。鸳鸯来探望，说别担忧，自己守信，替她保密。司棋反应大，认鸳鸯为亲娘，说病好后，给鸳鸯立个长生牌位，日日为鸳鸯祈福，下辈子做驴做狗报答。

如此严重，说明堂兄妹孽恋为大忌。让读者为黛玉捏把汗，庆幸她明智。

　　堂兄送给司棋的绣囊遗落在假山后，绣的是春宫。给一个半智障的丫头捡到，给邢夫人发现，邢夫人交给了王夫人。王夫人是前任当家人，王熙凤继任后，王夫人在名义上是王熙凤上峰，遇上大事还有发言权，王熙凤得顺从她。

　　邢夫人此举是给王夫人难堪，未嫁小姐们住的院子出了色情物品，您这家怎么当的？王夫人早想整治丫鬟群体，但她自己办不了这事，还得王熙凤办，怕王熙凤不愿当坏人，托词不干，于是冤枉王熙凤，说绣囊是王熙凤的玩物。

　　王熙凤为洗白自己，只得当坏人，带队搜查丫鬟。这是领导驱使人办事的手段，不想给奖品，就给罪名，让人为脱罪而奋斗。无成本，还立刻生效，但下流手段，副作用大，因为办事者不能秉公办理了，一定引发乱子。

　　在处理金钏儿事件上，王夫人大局清楚、手段粗糙——金钏儿会祸害宝玉，得驱出府，但把金钏儿逼得跳井，没必要闹出人命。现在看，她大局观也差。荣国府难调理的是婆子群体，丫鬟是制约婆子的，是小辈主子的保护层，现在让王熙凤率领婆子们搜查丫鬟，丫鬟被打压，婆子们必得寸进尺，最终受伤害的是小辈主子。

　　王夫人当家，实在糟糕。

　　历史上，自毁保护层的皇帝很多，登基后，就把老皇留下的辅政大臣都杀掉，结果自己被军阀、皇亲、太监等原本伤害不了自己的人干掉。

　　王夫人的眼泪说来就来，流氓耍赖的表演伎俩，毫无贵妇风范。她进王熙凤房，大吼"平儿出去"，显得出了大事，先声夺人，以镇住王熙凤，之后又大滴落泪，说为王熙凤感到羞耻，咬死她把色情玩意带入大观园。

　　王熙凤按常识分析，这绣囊工艺差，是街上卖的，自己要玩，也不会是这等货色。又说自己怎么会随身携带？小姐们跟自己嬉闹拉扯，要露出这个，自己多丢人。之后表示自己不是唯一，举出多位嫌疑人，最后说丫鬟也可能有。

　　说到丫鬟，正中王夫人下怀，咬住这句话，要查丫鬟。王熙凤说会吩咐几个心腹婆子，暗中默默观察。说到婆子，又中王夫人下怀，招呼几个婆子进屋。婆子已候在屋外，早布好局，等着王熙凤入套。

　　这些婆子不是王熙凤心腹，周瑞家的是王夫人陪房、王善保家的是邢夫人陪房，要王熙凤领队办事，又不让她用自己人。王夫人如此安排，是让事态失控，婆子们可以为所欲为。

　　婆子们说最可疑的，是宝玉的丫鬟晴雯。晴雯惩治过婆子，招恨。王夫人俨然成了婆子领袖，召唤晴雯来，当着婆子们面，羞辱晴雯。荣国府规矩，大丫鬟的地位在婆子之上，王夫人坏规矩，拿晴雯当示范，婆子们便可放开手脚，打压丫鬟群体。

　　逼死尤三姐，是王熙凤污点，但她大体还是讲情义的人，原想替晴雯辩白，无奈王夫人做出盛怒样子，王熙凤就张不开口了。几个婆子趁热打铁，说不如今晚就搞突然袭击，搜丫鬟物品。

　　王夫人说这样好，如按王熙凤建议的"暗查"，耽误时日，查一年恐怕也没结果。于是成了明搜，王熙凤无奈，还要带队搜查，被王夫人硬架上恶人位置。

　　到宝玉房里，婆子们查晴雯箱子，晴雯不哭不闹，毁自己东西来抗议，将箱子底儿掉，东西全倒地上。曹雪芹找到了个性行为，晴雯出彩。

到黛玉房时，黛玉已睡，王熙凤保护黛玉，按着不让起床，眼不见为净。丫鬟紫鹃的箱子里查出男人衣物，王熙凤作证是宝玉小时候的。

宝玉、黛玉信任王熙凤，作为主子，自己丫鬟被查，都没作抗议。查到探春房，探春比宝玉黛玉警惕，知道是糊涂命令，她为自己的丫鬟出头，说不能查丫鬟，要查就查我。

哪儿能查小姐？

婆子们都不敢动了。探春说出了名言，这样的大族人家，从外头杀来，一时是杀不死的，必须从里面自杀自灭，就亡了。

话里可知，探春保护丫鬟，不是个人意气的护犊子，是忧虑大局，丫鬟和婆子的地位颠倒，府内秩序将因此全乱，王夫人昏庸，一招臭棋毁所有。

壮哉探春，一个巴结宝玉的小妹，成长为合格当家人。由谄媚兄长，到不畏强权，按阅读心理，谁变化大，读者就喜欢谁，探春获读者缘。

婆子中的王善保家的，从她心理，可知下人对主子的真实的想法。探春治家的威名，她觉得只是没碰上自己，被探春管住的下人们没胆色没手段。她此时出头，拿探春开玩笑，掀探春衣服下摆，说连小姐身上都搜过了，确实没赃物。

挨了探春一耳光。

探春说我要有气性，早一头撞死了。王善保家的回嘴，说自己这条老命还要它做什么。相互喊死，由此可见，按照"利益共同体"组建的主仆关系，早成了斗争关系，原则消失，一切变成个人能力的掰手腕。

千古一叹，一把手都喜欢捞偏门，不相信制度。苦心设计了官僚系统，自己却不信，偏信勤务员和特工。以剧组为例，资方请某个导演，方针明确，正是要靠导演特质来赢得市场，但签下导演后，就忘了此事，整日焦虑，怕导演特质会亏钱。

比如导演追求台词韵味，超出了日常白话。资方焦虑："现在的观众没文化，听不懂！"要求重写台词。

导演讲理，说咱们拍的是历史片，法国拍古装剧既不是现代语也不是古代话，是一种约定俗成的语言，比较接近书面语，以写那段历史的一个著名小说或戏剧为坐标。

资方更焦躁："大导呀，那是法国，不是咱们这儿！"

资方不再称以姓氏打头的张导、李导，称大导了，是焦虑到极限，即将爆发。"大导"在话剧界，是对人艺老导演林兆华的专用尊称，在电影界，这个词被资方玩坏，电影导演不让人这么称呼自己。记者叫"大导"，导演们会严肃制止。导演们之间互称大导，是叹息共有的悲催命运。

举例无效，讲理也无效，导演召集演员即将重录配音，资方突然说不用了。吓坏导演，以为资金链又断了，不料资方说他上小学的孩子看了初剪版，觉得台词挺来劲的，他最信任的司机也说顺耳，而他朋友圈里一个公认的骗子说这导演的台词好，骗子都说好，说明是真的好。

孤证不立，三方证明，不用改了。

所以导演要谦卑，对谁都客气，因为拯救你电影的，往往是你想不到的人。

与探春对比，惜春对丫鬟是一点不保护。她丫鬟入画箱子里，被搜出一堆银两和男人衣物，是入画帮哥哥保存。错在走私入园，未经通报。惜春要开除入画，并揭发帮忙传递东西的人是管后门的张妈，一举害两人。

王熙凤饶了入画，惜春不依，说要杀一儆百。王熙凤没再管，惜春和入画来自宁国府，惜春是贾敬幼女，贾珍为其兄长，为儿时有玩伴，养在荣国府。

闹出了事，尤氏作为嫂子，次日来探望，惜春恩断义绝，让尤氏将入画带走，并说宁国府名声恶，我跟你们断绝关系，再不回宁国府。尤氏说惜春毒心毒口，惜春表态，你说对了，我的人生态度是"不作狠心人，难得自了汉"。

改变不了你们，就躲开你们。

惜春是少年，千古少年都做此想，等活过中年，会发现躲了也守不住个人清白，你厌恶世人势利，但你对子女有偏心、挑喜欢的明星看剧集，不平等心理是人类的基本设置，犹如鼻子，生来就有。你躲到深山，也避不开自己的鼻子。

跳过这设置，孔子发现众生平等，称为"仁"。孟子解释："仁，人心也。"你的心清白无瑕，爱一切。争做人上人的想法，是你的脑，不是你的心。

孔子言："我欲仁，斯仁至矣。"仁，不是圣人独有，人人具有。不是修养熏陶出来的，不是发明创造出来的，本来就在。就像你的家，你去外地旅行，你的家也是你的，就看你回不回来。

　　读书早，知道圣贤道理，但自己要切换频道，从脑跳到心，则很难，多数人皓首穷经也跳不过来。但有时真像孔子说的那么容易，人在打喷嚏、将醉未醉、大悲大喜、累惨了、玩嗨了、登山眺远、看风筝、钓鱼看浮标时，都会怦然心动，跳过去。

　　但一二秒，就会被大脑追上，将其格式化，变成"境界、艺术、灵感"一类概念，拉回到大脑范畴，让你觉得自己不俗，仍在"争当人上人"的游戏编程里。

　　孔子学生曾子给的建议是"如琢如磨"，做玉器得反复打磨，知道容易，你就练它吧，有时间就跳，跳多了，一下跳很远，大脑就追不上了。

　　人人都跳过来，便不是人间了。人间的性质，是全人类陪着你演一场"做什么都很难"的戏，有一天你发现"很简单"，戏也就结束了。世上的笨人、坏人、可怜人，你想拯救他们，其实他们在很辛苦地陪你玩。

　　地球，就是平行宇宙，每个人都配置一套"全人类"，每个人的"全人类"都不同，但大脑错觉是同一拨人——唐朝哲学书《金狮子章》记载，这是武则天所受的教育。

　　一切人原本清白，是宝玉最终所悟，惜春还需要时间。

　　当夜搜到迎春房，从大丫鬟司棋处搜出堂兄写的情书。力主搜查的王善保家的，是司棋姥姥，为掩饰，说成是司棋的表哥。表哥是姨或舅舅的儿子，而前文交代，堂兄是姑姑的儿子，所谓"姑血不回流"，不能跟姑姑的后代婚配。

　　七八年过去，文盲王熙凤长进，会了识字，念出信，当众给王善保家的难堪。现世报，要羞辱他人，羞辱却落到自身。

司棋并不惧怕，一副自己承担的刚强。王熙凤对尤二姐卑鄙，但她天性喜爱有风骨的人，在这点上，平儿跟她一致，之前保护过嘴硬的彩云。王熙凤下令，仔细看护司棋，防备她明志自杀。

司棋被赶出荣国府时，已经过了容易冲动自杀的时间段，开始求饶。先求迎春后求宝玉，迎春和宝玉的反应一致，都没找王夫人力保。这就是贵族小孩的特征，私情再重，也不会妨碍公务。

王夫人的用心，迎春和宝玉不知道，但知道不会是开除几个丫鬟这么简单，为不妨碍大人的计划，他俩就泯灭私情，不说了。

平民孩子讲义气，贵族孩子不讲义气，为京城常识。你跟他们讲友谊，是不对的。他们交朋友，是攒死士。你跟他们交朋友，要做好为他们死的准备。政坛和战场性质一样，该作牺牲时，他们会叫朋友死，朋友肯为他们赴死，概率比陌生人高。

司棋被赶出府前，想跟交情好的丫鬟们告别。负责驱逐的周瑞家的拒绝，说耽误不走，就打你。丫鬟和婆子高下颠倒，面对府内怪象，宝玉当面没话，周瑞家的押司棋远去后，才背后说两句怪话。

说仙女般的女子，嫁人后沾染男人，就会变得恶浊 —— 将现实问题变为哲学问题，便不管了。

迎春不出头，情有可原，她一直置身事外，听之任之。宝玉则有肆意妄为的名声，所以司棋对他有期望，不料宝玉的狂态，只在小事上，碰上大事就没了，显出政治人物的冷静。

王熙凤看出司棋的死志，所以司棋的死讯也由王熙凤听闻，做个了结。九十二回，旺儿家的向王熙凤汇报，司棋和堂兄双双自杀了 —— 七十四回，王善保家的作为司棋的姥姥，掩饰堂兄妹孽恋，说是表弟，旺儿家的顺着这口，称为表哥。

司棋堂兄在外地发了财，回来见司棋，司棋要嫁堂兄，司棋母亲不许，司棋撞墙自杀。清朝法令特许堂兄妹婚配，不算犯法，民间大部分人家仍视为禁忌，司棋一言不合即自杀，是抗不过民俗，彻底绝望了。

堂兄潘又安不是个有担当的男人，在大观园内野合后，怕受罚而逃走，在外地受了社会历练，对人性不信任，装穷归来，想试试司棋是否嫌贫爱富。他跟司棋小时候如黛玉和宝玉般熟悉，成年后交往机会有限，情爱冲动的强度高，人格秉性上，彼此并不是十分了解。

司棋撞死的惨烈，感染了堂兄，确定她是人生知己，也要演这个戏，将所赚钱财全部交给司棋母亲，说给司棋买棺材却买回了两具，小刀抹脖自尽。司棋野合的事件是照着"刚节女所托非人"写的，结果人格差劲的潘又安完成了人格。男人也刚节，大出读者意外，便不再是事件，而是故事了。

河北地区，春秋时代称为燕赵，所谓"燕赵悲歌"，动不动便寻死。"千古艰难唯一死"的名句，河北人在这句的范围外。作为河北的中心，京城人太爱以死明志。

外省风气不一样，你觉得不至于，但人家真死了，常情理解不了，才称为"烈"呀。

清朝中期开发了天津，准备双双殉情的京城男女有了私奔地，"别上吊，去天津"的规劝，救命无数。可惜写《红楼梦》时，天津还不是城市，为盐场和兵户区，不许外人进入，没法去。

司棋和潘又安双双自杀，为对照黛玉宝玉，构成悬念，同样是堂兄妹孽缘，你俩会怎样？

祈祷天津早开发，站街边卖烧饼油条，是黛玉宝玉的结局。

8 ⊙ 迎春失灵、薛蟠报应

五十六回，宝钗给婆子们开经济优惠，换她们戒掉半夜聚赌。七十三回，婆子们故态复萌，又开赌局，惹得贾母出头整治，将组局人开除，将参与者打板子、罚钱，并且一视同仁，明清时代，乳母身份高，享受半个主子的待遇，赌钱的乳母也跟婆子们一样受罚。

贾母整治的，是具体的安全问题。设赌局，会半夜偷开院门去买吃喝，破坏门禁制度，招贼引盗。在安全上，铁面无私，众人服气；王夫人整治的，是没法量化的道德问题，容易搞冤假错案，所以人心不服。

查抄丫鬟的次日，宝钗便借故搬出大观园。不是对王夫人不满，无声抗议，跟迎春、宝玉不保司棋的性质一样，是遇事无情。宝钗经营人缘，上上下下交好，受王夫人迫害的人找自己求情，管不管？

不管，会生怨，多年善缘白瞎了。管，妨碍王夫人。所以走为上策，让别人求不着自己。

王夫人是宝钗的姨妈，贵族和平民不同，平民保护亲戚朋友，贵族拿亲朋开刀。京城贵族家，遇到贬官抄家的灾祸，不会去求亲戚，这时候亲戚最危险，八成就是他害你家，去找关系远的人，才可能得到帮助。

良马见鞭影而驰，宝钗带母亲搬走，也是防备万一姨妈利令智昏，按贵族惯例，谁关系近伤害谁。宝玉、宝钗贵族特征明显，遇事不按正义、仗义思考，承认世上有自己看不懂、不该问的事。

探春没有他俩的思维，还有平民的仗义与正义，认为自己一针见血，什么都看明白了。贵族才玩不可知论，平民是"别蒙我了"的人生观。小说是为满足平民阶层情感，探春因而可爱，得读者缘。

《水浒》是平民情感，流行正常。《红楼梦》大热，是无法复制的异数。清中期贵族子弟、晚清皇室看，慈禧太后寝宫走廊画的便是《红楼梦》，可见一斑。写的是他们阶层的事，他们看得懂。上行下效，平民跟风贵族，越不懂越研究，凑成了这场旷古绝今的大热闹。

伪造清朝批语的脂砚斋，代表了平民理解力，能看懂周瑞家的和刘姥姥，对贾雨村和王熙凤已吃力，对宝玉、黛玉近乎全错。越剧版、民国周璇版、李翰祥版都是改成黛玉吃宝钗的醋，原著黛玉主动交好宝钗，也拍成塑料姐妹情，宝钗在玩黛玉。

原著里，黛玉和蒋玉菡没见过，贵族小姐根本不会让男伶人进自己房。1975年无线剧集版的导演认为，香港观众会诧异，男生交了个好哥们，都会向女友介绍，宝玉为何不介绍？

改成宝玉结识蒋玉菡后，即带给林黛玉认识。犹如1971年《新独臂刀》中的狄龙、姜大卫和李菁。不懂，就改成能懂的。

迎春，容易被理解成是个提不起主子架子的懦弱女。京城人看，贵族家里的少爷小姐多如此，比宝玉、黛玉更常见。

她是贾赦庶出的女儿，母亲是下人，已过世，邢夫人是续弦，作为母亲教训了她一顿，说她不如探春有才，不讨哥嫂喜欢，贾琏王熙凤都不照顾你，你好没用呀。

没用，就没用吧，迎春不难过。

她的乳娘办赌局凑赌资，偷拿她贵重首饰去当铺押钱，她装不知道，盼着偷用后能偷还回来。不料乳母的儿媳想贪了不还，还反咬一口，说她家一直为迎春日用垫钱，已垫了二三十两。要不回东西，还被诬陷欠钱，迎春的小丫鬟绣橘不服，跟乳母儿媳吵了起来。

迎春表态，首饰不要了。她们吵架，她看书，看的是《感应篇》。此书第一句是"祸福无门，唯人自召"。家电说明书般，列举了一系列可获福的善行、可招祸的恶行。

此书在明清民间影响大，表达的世界观是：

人脑相当于收费电视台的播放器，现实相当于电视机，行了善，大脑会自我奖励，现实就会播放出考试高分、父母高寿、轻松赚钱等美事。作了恶，大脑会自我惩罚，现实就会播放出相貌丑陋、生意赔钱、受人陷害等坏事。

但连环杀人犯是为了快感才杀人，明明快乐，怎会惩罚自己？剥夺他人生命获得了快感，会上瘾，为寻求更大快感，将发展为剥夺自己生命。

历史上未破案的连环杀手们，在逃期间，恶趣味滋长，对被火车碾死、摔成肉泥、钢筋穿胸等惨状产生了向往，不用捉拿，都自杀了。

　　人逃不出善恶报应，因为是大脑机制。有时报应来得慢，要几十年，令人感到人间不公。明清民俗，认为念诵《感应篇》能起到加速作用，三年内必兑现。

　　三年。

　　天呀。

　　"开膛手杰克"连环杀人案，久悬不破，向市民求线索，重金回报。迎春走入伦敦警局，领赏金："我抓不住杰克，但我可以保证，杰克在三年内自杀。"拿出《感应篇》，"请跟我一起念。"

　　迎春会被视为骗子，赶出警局，但明清民间认为切实可行，伦敦警察该人手一本地念，比请福尔摩斯管用。经得起历史检验，明清衙门里的师爷、衙役、捕快都念它，相信能加快破案速度，被冤枉的嫌疑人也念它，传说很灵，真凶不久便会犯傻暴露。

　　不用三年，报应来得快，探春和平儿到来，她俩一盘问，乳母儿媳不敢要赖，送回了迎春首饰。探春和平儿批评迎春懦弱，迎春说事情不是解决了吗？你们解决，等于我解决。

　　跟探春同来的还有黛玉、宝钗，黛玉不觉得迎春懦弱，觉得她这么想事很有趣，宝钗则要学这招，向迎春讨教《感应篇》。

　　置身事外，让事情自行解决 —— 京城贵族子弟大多是这样一副懒洋洋的高人模样。这样就能应付所有事，应付一生了？

　　善恶无门，唯人自召。总置身事外，便召来了无法置身事外的事。七十九回迎春出嫁，遇上恶缘，丈夫家暴。

　　回娘家哭诉无效，是王熙凤、王夫人、邢夫人、贾政都帮不上忙的孤立之境，这下没法置身事外了吧？仅支撑一年，迎春郁闷而死。

迎春失灵，是为宝玉开悟作铺垫，歧途是正路的铺垫。觉得掌握了一个万能方法，这个方法一定会辜负你，犹如赌场先让你赢，是为了最终让你输。开悟，是无法操作的，任何方法都是败因。

迎春出嫁和薛蟠娶妻是前后脚的事，薛蟠婚姻按《感应篇》写的，他习惯了要蛮使横，便召来了一个要蛮使横的夫人夏金桂。

夏金桂搅乱了薛家，薛蟠没辙，薛姨妈和宝钗也遏制不住。最终是她遏制住自己，视薛蟠小妾香菱为敌，要毒死她，结果拿错了碗，毒死自己。

对开膛手杰克，明清捕快会认为，搞不清他是谁，搞得清他结局，按《感应篇》原理"你对人做的，也会对自己做"，不是切腹，就是铁路卧轨，总之是开膛而死，自己也要过这瘾。

至今，已有三位祈祷无效的女子。

家暴问题上，迎春念《感应篇》无效，但夏金桂却按《感应篇》原理而死；嫁柳湘莲一事上，尤三姐念弥陀无效，悲剧收场，但念弥陀消除了她的放浪习气；跟王熙凤处关系，尤二姐修《座右铭》无效，却赢得了平儿的友谊、宝玉的尊重。

到底有效无效？

祈祷许愿，是古人生活常态，家里供神龛，逢节日必去庙。大家的经验是"有心栽花花不开，无心插柳柳成荫"。其实无心才无效，针对的事无效，是没针对上。

尤三姐对柳湘莲的爱，没有强过她对自己淫史的羞耻感，所以柳湘莲一提，她就以死雪耻，自杀了。连个对话的机会，都不给柳湘莲。不是念弥陀无效，是她念弥陀求的是恢复清白。柳湘莲承认了她的清白，尤三姐达到目的。

尤二姐遵循《座右铭》，以德报怨，视受小人刁难为做当家人的考验，要凭德行上位，并不是凭借生男孩上位，所以她对自己怀孕无感，现实里出现个符合她意志的庸医，错诊打掉男胎。没了其他伎俩，只剩下德行。

以德报怨，是为了以德服人。既然德行感动不了王熙凤，那就以直报怨吧——直，你怎么对我，我怎么对你。之前介绍过，古人自杀是主动的报复行为，尤二姐吞金，作出被王熙凤逼死的舆论局面。王熙凤只想逼走她，并不想逼死她，明白她用意，觉得"好呀，敢给我使坏"，发狠克扣丧葬费，表面强硬，其实受了惊吓，一二月止不住经血，终于因此病亡。

尤二姐的临终意志生效。

王熙凤同情迎春遭家暴，支不出招。如果武则天给迎春支招，按照她的哲学课笔记《金狮子章》，大概会说，请看荣国府门口的石狮子，你觉得它是狮子，其实它就是块石头，从来也不是狮子。石狮子守门镇街的作用，是你想象出来的。

家暴的丈夫，也是你想象出来的。你为什么给自己想出如此糟糕的局面？因为你在大观园里以"置身事外"来扮高明，从不解决问题，你希望别人给你解决，你寄托于因果报应，《感应篇》是你的遮羞布，你并不理解它，所以你无法使用它。

其实你内心深处，渴望真正做事，你希望陷入一个躲不了的局面，现实就兑现出一个家暴丈夫来激发你。

消除置身事外的心理，家暴丈夫也会随之消失。消失方式很多，被你打死是一种；得场大病，从此小孩般依赖你，是一种；

他巧遇甄士隐，被点化，换了个人，是一种；王熙凤想出了招，把他整治得对你不敢不敬，是一种……总之，他的生死好歹，完全根据你的心境而制定。

迎春听懂，对改变丈夫没了兴趣，也想当女皇。

9 ⊙ 彩霞命运——加一倍法

七十二回，王熙凤的陪房旺儿的儿子吃喝嫖赌，却看上了王夫人丫鬟彩霞，彩霞和父母都看不上其儿子，拒绝提亲。

彩云和彩霞人称混淆，彩云和彩霞是两人，在二十三回，王夫人丫鬟配置里曾介绍过，彩云厌恶贾环，彩霞和贾环交好。三十回后抄书抄错，变成彩云和贾环交好，而这一回，又抄成彩霞和贾环交好。

王熙凤拿荣国府公款在外放高利贷，不能及时回收，时常露馅。操手是王熙凤陪房旺儿，操手将回收的钱暂缓归账，自己再放贷，拖十天，他就有十天利，往往如此，今日还如此。

王熙凤怀疑旺儿如此，敲打旺儿媳妇，你家再这么玩，我就把资金收回，停止放贷，大家都没得赚。除了说硬话，王熙凤没有惩罚的招，说着说着就哭穷了，主子向下人讨饶。

旺儿家的是老油条，采取捧杀技巧，说你们家是假穷，府里任何一位大奶奶的任何一件外衣往当铺一押，多大亏空都能补上，什么危机都没了。

王熙凤罚不了，只能赏，你家不是想让彩霞当儿媳吗，我给你办成这事，一报还一报，你男人趁早交钱。彩霞成了高层利益的交换品，就这么给赏出去了。

小说写到这儿，就可以了。但《红楼梦》有时是评书技巧，在茶馆里没"响"呀。响，听众纷纷发出感叹。

现场把观众情绪做大的技巧，叫"加一倍法"。说一人悲惨命运，别直接给悲惨结果，要让人救一下，没救成——听众扼腕叹息，情绪完全给调动起来。

曹雪芹让赵姨娘救彩霞了，赵姨娘找贾政出面阻拦，贾政没兴趣，正说着，一声响打断谈话，原来是窗撑子没撑好，窗扇拍下来。

话题没再继续。彩霞的拯救，就被这窗给拍没了。

斯皮尔伯格的成名作《大白鲨》，善用"加一倍法"，拍鲨鱼吃人，都不是一口咬上，先给人一线生机，人奋力自救，即将脱险时，再被一口咬上。

对观众情绪刺激大。所有好莱坞导演都学会了，这招被玩烂。《阿凡达2》便如此，什么都加一倍，看得观众不耐烦，还不如一口咬死给个痛快。

10 ☉ 太监索贿——明朝作者、晚清太极

七十二回，有太监来荣国府借款，就是索贿，永不会还。口气都大，二三百两至一千两。《红楼梦》混合明俗和清俗，此处是明朝。明朝晚期，太监势力坐大，甚至可以前线监督，插手军事。

清朝吸取教训，太监不能干政，地位很低，不敢去贵族家索贿。据此判断，曹雪芹生于明朝，朱元育家是明朝福王，曹雪芹

如是他笔名，应是青春记忆。

晚清慈禧时代，才出了几位收官员献贿的太监，对官员暗中照应一下，不敢当慈禧面说好话，更不敢干涉政事，稍过界，地方大员就先斩后奏给杀了，如安德海。民间口碑好的叫崔玉贵，培养出李莲英接班，自己就闲云野鹤一般在城里玩了，玩的是江湖好汉的范儿，仗义疏财，平民受官员欺负，求到他，一定帮。

他是宫廷戏班出身，武生底子，爱结交拳师，传闻练太极拳练出男子气概，嗓音浑厚，还有些许胡须，看不出是太监。太极拳不是缓慢阴柔的吗，怎能提升男子气概？

一直以为是谬说，后见到一套传自二十世纪二十年代杭州国术馆的太极拳，一招一式都像戏台上的名将亮相，还有捋胡须、甩马鞭、踢袍边等明显京剧动作。信了传言，可能是京城太极师父为崔玉贵私人定制，教了他后，自己也觉得有趣，南下杭州时又教给了别人。

京城是太极拳发源地，京城人练太极，跟流传在外的不一样。比如八十五式太极拳，你在外地得一招招地学，来了京城，师父会跟你说："跟上我，你就不用学那么多啦。"

第一招揽雀尾，是兵器用法，剑和长柄刀通用，利用左右换手，以角度差杀人。第二招是玉女穿梭，向后打的拳，应付背后偷袭和打群架。第三招搂膝拗步，相当于拳击的后手重拳，会抢就管用。

八十五式只剩三招，你还得多交钱，因为师父择出了杀人技。

你要是来京晚了，八十五式都学了，师父会说："你这是摆姿势，还不是练拳，想知道怎么练吗？"于是，你开始请宴、交心、帮他解决孩子考学等几件棘手事，终于他肯收你学费了。这种学费是终身制的，要交到师父过世。第一笔很高，之后每年都交。

等他教你，一句话就完了，说："你买一盘管平湖弹的古琴吧，拣出《平沙落雁》，在每一个重音都抖擞一下。"

你服得一塌糊涂。京城太极拳师以教得少为标榜，越少越贵，所谓"真传一句话"。

后人认为手指在琴弦上找音位的摩擦声，对乐曲是种干扰，录音往往给洗掉，管平湖的《平沙落雁》便如此，他弟子乐瑛版还有摩擦声。我们一代年轻时，学太极还挑音乐，照着乐瑛版练，把摩擦声理解成"暗劲"。

后来得知，乐瑛是《大宅门》七爷原型的女儿，倍感亲切，因此将剧集又看了一遍。古琴在二十一世纪初，被评为暴发户附庸风雅的"三大俗"之一，小二十年不敢说这事，照着古琴练太极，当代人听起来简直恶俗之极。

太极拳的发力，是类似于打喷嚏、打寒战、吓得哆嗦，跟"蹬地、转腰、甩肩、出拳"的运动次序不一样，是全身振动，直接来。用听觉训练发力，为破学生次序发力的习惯。

听着古琴练太极，和京剧"起霸"一样。起霸，将军上马前整理衣装动作的舞蹈化，是京剧华彩段落，在锣鼓重音时发力，专门表演全身震颤。

二十世纪九十年代中期，京城流行大成拳，没练过也看过其宗师著作，文中高度称赞起霸，说那就是格斗的发力，可惜京剧演员不自知。

太极本是河南乡下拳种，来京城后有了新意，因进王府教拳，见了太监侍女的仪态，觉得新鲜，人走路怎么能这么好看？于是象形取意，变了旧有。

等于参加巴黎时装周，震惊于模特步，创出了拳。端王府口传里，几个小王爷迷上太极，劝爹也学，老王爷说："笨蛋，这拳师是把在咱们家看到的，教给了你们。"

太极拳在京城官宦人家里，一直说是发明于宫廷礼仪，拳师没进过皇宫，是在几个王府，怎能说是宫廷礼仪？因为王府有培训太监侍女向皇宫推荐的义务，王府的太监宫女仪态和皇宫一致。

宫廷的漂亮仪态，是持易碎物、重物疾行训练出来的，重心不稳，手里的东西容易脱手摔出去，宫廷礼仪是重心之美。

常人打架，拳头抢出去，脑袋也就跟过去了——这种习惯，抱个大瓷瓶子小跑三十多步，不是瓶子摔出去，就是人摔出去，百试百灵。且对打时，受不了虚招诱骗，意识到对手是虚招，也调整不过来，白挨打。"揽雀尾"的持剑换把技巧便专杀这种人，一杀一个准，逃不了。

教太极拳，先用"搂膝拗步"改你头随手的习惯，手出去了，头且不出去，等肘、肩、后腿都出了，头最后动。所以太极拳要慢练，此阶段不是练劲力，是破习惯。

京剧演员的姿态漂亮，名为"扎眼"——在生活里看不到，不是常人姿态。最早的戏曲是木偶戏，演员在木偶后面唱词。唐明皇被捧为戏曲祖师爷，但他搞的戏，是交响乐和合唱团，没故事，没人演。

等发展到真人演戏，也模仿木偶动作，之后向生活靠拢，但木偶体态一直是演员骨髓，形容为"犹如绳吊系"，常人的力由足起，而舞台演出是颠倒的，像从空中来。比如，常人回头，身子不用动，光脖子后转就行 —— 这在舞台上便不好看了，要像吊线木偶般，半个身子回转，这才是戏曲的"回头看"。

太极拳口诀第一条也是犹如绳吊系，一切动作都"悬着"来，从此开始，摆脱常人习惯。朱元育注解《参同契》，说"此中秘密全在口字"。口，突破口，也叫窍门。守窍，就是你找到个突破口，改变固有思维，思维一变，你的世界会不同，肉体也就变了。

11 ☉ 晴雯之死——死于特征、读书人的最后一碗饭、诗之恳切、错入正题

贾琏钱上周转不过来，向鸳鸯借贾母贵重物品，抵押当铺换钱。七十四回，消息走漏，让邢夫人知道，雁过拔毛，向贾琏抽二百两用，王熙凤、平儿合计，怎么都想不出是谁泄密。

以这个查不出来的小人，表现了贵族家层层累累的人员结构。

七十四回的泄密者，为照应七十七回的泄密者，也是层层累累，查不出来。晴雯平日与宝玉放肆嬉笑的言行给王夫人得知，王夫人据此发难，将晴雯赶出大观园。不保人，是宝玉一贯做派，没为晴雯说话，被赶走时她还生着病。王夫人苛刻，晴雯稍贵重的首饰物品都扣下，一件好衣服也没带走。

七十四回的泄密者没交代，七十七回的泄密者再不交代，读者心理受不了，这书没法看了。但交代清楚，也没意思，毕竟营造的是复杂人际，不是捉小人。

世纪大案，都是悬案。无解的悬案，对大众才有趣。好莱坞

做了九十多年犯罪片，都是拍破案，现今已进化，《黑色大丽花》《十二宫》《三块广告牌》是悬案，不破案了。其中《十二宫》，是曹雪芹模式，告诉你八成是这个人，留二成不确定。

宝玉判断告发者是袭人。

除了晴雯外，还开除了四儿、芳官，理由都是跟宝玉言行不当，这三人特立独行，不是袭人心腹，而袭人及其心腹麝月、秋纹，平日跟宝玉也有浪语，王夫人却不知。

袭人解答，王夫人了解晴雯三人，也肯定了解她们三人，今日不提，应是日后再惩罚。看她反应，宝玉由怀疑变为谴责，说晴雯长得好，你们嫉妒，暗算她。

宝玉是权臣坏子，还没学会办事，心眼已敏锐，这种问题上，我们得信宝玉。袭人老练，不辩了，当他人怀疑你时，任何辩白都无效。宝玉以为镇住了她，放纵情绪，说圣贤高士的祠前柏、坟上草的荣衰是预兆，庭中海棠枯了一半，说明晴雯要死了。

袭人抓住将话题引偏的契机，趁机发飙，说怎么能拿圣贤高士对比晴雯，我是头牌丫鬟，海棠要真是死兆，也是兆我死，轮不到晴雯。见她要死要活，宝玉就尿了，说就当晴雯、四儿、芳官三人死了，不会再管，他更珍重眼前人。

袭人也是从小一块长起来的，她跟晴雯，对宝玉来说，手心手背都是肉。宝玉头脑敏锐，情绪紊乱，由万分心疼晴雯，变成不管晴雯死活，只有一秒——曹雪芹妙笔，宝玉特征毕现。

袭人暗喜，成功阻住了宝玉追查之心。她发飙时说的"那晴雯是个什么东西"，显出晴雯在她心里的真实地位。

泄密者不是她又是谁？

宝玉去看晴雯了，果然晴雯病危。五十一回写外来医生给晴雯号脉，以新人眼光，交代她特征 —— 身为丫鬟，却是贵族装饰，左手留着两枚三寸长的染红指甲。

剧本技巧"人物死于特征"，人物结局要结在特征上，特征就是命运。晴雯剪下两枚红指甲送宝玉做纪念。程乙本改为用牙咬断，枯干脆硬，才可能咬断，刻意保养的指甲很难咬。晴雯爱美，赠宝玉的东西，不会留下龌龊咬痕。

宝玉去时，晴雯正昏睡，张眼第一句说的是"你可来了，阿弥陀佛"，相当于感叹"千好万好"。弥陀以四十八个愿望，心想事成，建立极乐世界 —— 此说法在明清民俗里影响大，第一愿是在我的世界里没有怨恨、嫉妒、愚蠢，千好万好。

二十世纪五十年代来华工作的苏联人爱说"明天会更好"，京城人念弥陀更进一步，意思是"现在就好，无时不好"。

极乐世界的设定，为迎合地球人"外来的和尚会念经、这山望着那山高"的心理，对遥不可及、高不可攀的才相信其美好，先说极度遥远，相隔"三千乘以三千再乘以十亿"个银河系。但四十八愿的最后一愿，却说没有距离，你试试吧，找到按钮，人间具备极乐世界的所有功能。

难道人间本是极乐世界？

"现在就好，无时不好"既是愿望，也是哲学，京城人老了后，要思考此事。七十一回，王熙凤受婆婆邢夫人的气，哭了，贾母的处理方式，是叫王熙凤念弥陀，借故体会上。

晴雯不跟宝玉玩男女，清白自诩，宝玉对她，是欣赏其灵性。晴雯主动提出，和宝玉互换贴身袄，要死后穿宝玉内衣躺棺材，以此定下夫妻情分——也是"死于特征"的剧作技巧，不跟宝玉谈恋爱，是晴雯特征，结局却成了夫妻，逆反自己特征，带来戏剧性巨变。

会写戏，是会写行为。不会写戏，是只会交代内心情感。曹雪芹许多地方直接是剧本写法。

近年流量为王，热门网络小说成为影视 IP，经常举办"如何改编为影视"的研讨会。外行掌握电影界话语权，是全世界普遍现象。这种研讨会，大都以"视觉化"草草收场——视觉场面多的网文，方便改为剧本，视觉描述少的不利改编。

典型的外行想法。

希区柯克的电影缺乏大场面，没什么可看的，往往是几个室内，就拍完了一部电影。他的聪明，是把"没什么可看的"用构图、剪辑做了包装，让观众能看下去。

网文改为剧本，重点不在视觉，在于叙述。把没有时间限制的阅读，变为有限时间的现场感受。

还珠楼主、宫白羽、古龙、诸葛青云都是贫困潦倒时写的武侠小说，更传统的办法，是下茶馆讲评书，为读书人的最后一碗饭。

明清人中年落魄，嗓门差，不会表演，说书的童子功一点没练过，但学会叙述，光靠思路，也能有观众。二十世纪四十年代，京城读书人避战乱到四川，积蓄用完，即在茶馆里讲评书。有的拜师，得个身份，大部分没师承。怎么就会了？

一是京城有听评书的风气，看了《东汉演义》的书，还要到茶馆去听，自小熏陶，揣摩揣摩，大致能会。二是京剧艺人不能买票看同行演出，那是"窃技"行为，评书界无此忌讳，同行来了不收钱，还安排在台侧，供近距离看，让你学。

说评书的多是落魄读书人，读书人帮读书人。

文学作品如何改编成剧本？

拿明末清初的谢诏版、清远道人版《东汉演义》，跟民国评书艺人连阔如口述版做对比，就能知道看书和说书的区别。是连阔如女儿连丽如整理，功德无量，有了它，便不需要费劲研究什么好莱坞剧作法了，一遍看下来，还没分析总结，感性上就懂了这事。

叶问弟子梁绍鸿大半生在海外授徒，讲他成就最高的弟子是几位白人。我感慨，叶问毕竟年轻时上了洋学堂，他的咏春教学法，更适合白人学。老先生摆手，连说不，白人是能坚持练，说到学，还是华人弟子，领悟之快，常让他叹息，咏春毕竟是咱们祖宗发明的呀。

评书也一样，渗入血脉的东西，你以为是爷爷奶奶听的，跟你无缘，但感受感受，便大致会了。

我们这代人年少时流行连环画，叫小人书，图画下配简单文字，有《西游记》这样的名著，也有《黑三角》这样的热门电影。每条胡同里，都有"讲小人书"的老人，娱乐自己的孙辈，邻居家小孩也来听，是用评书技巧，把小人书的文字给变了，让小孩们爱听，往往是小孩爹妈也跟着听。

我们年少，茶馆听书早已退出京城生活，听过讲小人书，点滴残线，也算是听过评书吧。

学艺术，用理性总结便费劲了，总结出两百多条，让你改编

《战争与和平》，第一页便卡住，两百多技巧，你套用哪一个？会得选择焦虑症，送进医院。

没有总结，但有感觉，那么《战争与和平》你能改，《百年孤独》你也能改。学美术，老师不说什么，就是让你看他怎么画画，看久了，你也会了。学编剧也这样，老师很少讲技巧，把你写的改一遍，你受刺激，就会了些。

看连阔如女儿连丽如的说书视频吧，听几天，哎哟一声，你觉得你会改《战争与和平》了。

贾母看穿袭人人品后，预想日后是晴雯做宝玉的姨娘。王夫人来汇报晴雯死讯，掩盖自己驱赶晴雯，说晴雯得了痨病，痨病会传染，按规矩得搬离。贾母答复，宝玉未来，众多丫鬟里，唯有晴雯一人可以托付，直接挑明，否定王夫人提拔袭人。

将袭人从贾母编制改为自己编制，王夫人找个说法，圆了这事。晴雯已死，调查和追责都没用了，贾母顺坡下，表态错怪你和袭人，说了类似周星驰电影里的话"为什么不早说"，也是电影圈讲和的常用套话，让王夫人也顺坡下，维持和睦。

看到这儿，读者会有疑问，晴雯是贾母的人，她被驱逐，为何不给贾母通信？

贾母一直背后操盘，晴雯知道自己被驱逐，贾母第一时间会知道，不用报信。还是"平民讲义气、贵族不讲义气"的缘故，自己人受屈，贵族第一反应不是去搭救，而要等着看还有什么连带事件，再出二三件事，判断清楚了，一并处理。

晴雯短命，是意外。所以在贵族家讨生活，首先要身体好，撑过"等等看"的时段。贾母自信一句话便能把晴雯要回来，想看王夫人还有什么牌，谁想王夫人没牌，就是道德感爆棚，秀一下权威。

　　之后宝玉也看清楚了，于是报复，你发飙不如我发疯，装疯卖傻，和丫鬟们滥情，更甚于晴雯在时。怕宝玉发疯，王夫人不敢再管，听任宝玉性解放，说明她查抄大观园是个即兴行为，无布局无后续。

　　权威者一时即兴，玩坏了大观园，人心惶惶，再不复从前。

　　权威者都爱即兴，给《师父》找资金的过程中，曾遇一位策划，坚持徒弟跟师娘要有一场床戏，才会劝老板投资。我说电影后半部没法拍了，后半部是师父为徒弟报仇，徒弟要给师父戴了绿帽子，师父怎么为他报仇？

　　答复：我不管，你是编剧，你来圆。徒弟睡师娘，是影片唯一卖点，少什么都不能少了它。

　　谈崩了。

　　过了两年，又碰上他，他的策划思路变了，道德满满，认为我的新剧本中一角色临死时感叹命苦，当今年轻人推崇奋斗，会鄙夷这种态度。一角色被洋人杀死，当今年轻人刚强，不能允许在银幕上发生这样的事……总之将得罪年轻人，令资方挨骂。

　　又谈崩了。

　　策划们还有培训班，竟然会请导演去讲课。某导演即兴，说你们这职业就是迫害同行，不是说你们主观上是坏人，是你们的知识结构，决定了你们要干坏事。

　　评价一张画色彩好不好，背光谱是没用的，你得画过，用掉百斤颜料，才敢开口。没画过的人不敢评论画，凭什么你们没写过剧本，却敢决定剧本生死？

回答是，凭的是《故事》《故事写作大师班》《你的剧本逊毙了》《英雄之旅》等来自好莱坞的书。

令人恐惧，他们看书了！有了理论武装，迫害力度将加大……传闻那位导演拿了课时费后，就转行了。

他们升级了，我们该怎么办？一位师兄请教位前辈，前辈说，压根不开策划会，愤然离席，向资方申诉："人人平等，是我信奉的理想，人与人没尊卑，但专业有高下。"

听得师兄振奋，随后前辈告知，他已五年没片拍，请不要效仿他。

宝玉被父亲叫去，和门客们一起以女中豪杰林四娘为题作诗，宝玉做的是长篇叙事诗，白居易的《长恨歌》体例，明清之际，擅长此体例的是吴梅村，杰作为《圆圆曲》。也有学者因而推断曹雪芹真人是吴梅村，宝玉此诗等于是吴梅村亲笔签名，"除了我，当世谁还能做得出来？"的表态。

当然，也有不少人表态，我就行。所以不是铁证。

写林四娘为歌颂晴雯，评她是林四娘一般的女中豪杰。林四娘事迹，是一城遭贼军袭击，男人退缩，林四娘率女兵抵抗，壮烈牺牲。近十回，都在谈贾府的防盗隐患，后四十回终于遭了劫，晴雯像林四娘般死在那回，应是曹雪芹曾有的构思。

但想想，还是死在这回吧，批判王夫人蠢行，方有力度，光是宝玉性解放，还不够。

一直看不上宝玉诗才的贾政，一反常态，赞赏此诗。心有晴雯，宝玉水平顿然提升。贾政的诗学观，以恳切为第一位。笑着评点，说此诗还不够恳切。那是反话，当着门客，不好意思夸儿子。不够恳切 —— 已经很恳切了。

何为恳切？

与他人精神合一。

白居易与杨贵妃合一，有了《长恨歌》，吴梅村与陈圆圆合一，有了《圆圆曲》。托名岳飞亲笔的《满江红》亦是恳切代表，岳飞死后称王，不用等到乾隆御封，南宋末年民间就称王了。岳王的王，不是皇帝之下的亲王郡王，是秦始皇之前的商王、周王 —— 天下之主。

岳飞像不是现今杭州岳王庙里的将军装，在南宋木刻画中是皇帝冠冕。皇帝把你杀了，老百姓认你为皇帝。

张艺谋导演《满江红》结尾，雷佳音念《满江红》，按二十世纪五十年代朗诵苏俄诗歌的念法，情绪激烈、音调高昂。传统念词，是低吟浅唱，很高的情绪压成很低的嗓音，故意不唱高音，唱一句还歇一下，残花败叶的衰相。

但你明知雷佳音是高尔基的范儿，还是被他感动，第一句就落泪，好久没体会到"万众一心"的滋味。这就是恳切，恳切了，没有对不对。

《满江红》是后人伪作，但我高中书法老师说，作伪者在创作时心领神会，可以视为岳飞本人所作。我还买了一本岳飞书法碑拓《出师表》，老师说是明朝人伪作，不让照着练，甚至让我丢了。引起一位邻座女生愤慨，向老师抗议，说人家买书花钱了。

老师说你为他心疼这钱，将损失他大钱，练坏了手，日后没法卖字维生。怎么办？想把字帖送女生，回报她仗义执言，被拒绝。回家后，送了位老邻居，皆大欢喜。

同样是伪作，为什么词能当真，字帖不能当真？老师说，没有精神合一。

华人是爱字的民族，对晴雯的最高祭奠，不是筑高坟大墓，是写祭文。宝玉呕心沥血写完，对芙蓉念诵，召来了黛玉。

对芙蓉念诵，是美丽错误。宝玉听说晴雯死前只是叫娘，没提他，倍感失落。一丫鬟为哄他，瞥见池塘芙蓉花开，骗说晴雯要自己转告宝玉，她上天做芙蓉花神去了。

应急的谎话，却说出了晴雯品格最佳象征，给予她最好归宿。宝玉对晴雯情深，芙蓉花神如是他想出来，应当应分，也就没有戏剧性了。丫鬟谎话，宝玉当真，怎么想怎么合适，为"错入正题"，属于点题技巧，点题不能直接。

黛玉说宝玉祭文小有瑕疵，有个词用俗了，改来改去，改到自己身上，成了"茜纱窗下，我本无缘；黄土垄中，卿何薄命"。黛玉的窗是茜纱，改字改成了宝玉感慨与黛玉无缘，黛玉跟宝玉终于有了爱情，却早死。

黛玉心惊，顿感不祥。话赶话、词赶词地成了这样，不是两人本意，却是两人命运。也是"错入正题"。

写小说、做剧本如此，调动世风也如此，不能直接点题。直点生硬，伤害世人。之前谈到京剧和太极拳共同突破口，是练"犹如绳吊系"，儒家认为，还有更便捷的方法，做好事就行。

思想、肉体的根源，是自私心理。好事做多了，习惯成自然，不觉得自己施恩、他人获利，觉得帮人如帮己，人人平等，自私心理泯灭，便突破了。练太极拳达到的，你也达到了，甚至更快。

我们一代的小学教育，有儒家影子，一周七天至少要做五件好事，还要做了好事不留名，被帮者问："你叫什么名字？"要回答："红领巾。"

做好事多的同学，课堂上当众受表扬，还会荣升小队长、中队长，发给袖标，真令人嫉妒。向老师汇报做了好事，得有证据，不留名造成取证困难，容易取证的，是别人丢了东西，你捡了交老师。

但路上没那么多人丢东西，于是低年级同学放学后在操场玩搁在一边的书包、邻居家晾的被单、修理工修水管时放在一旁的螺丝刀、交警在岗亭外的雨靴……我们都神不知鬼不觉地抄走，交给老师。

有时老师会急，说："你给人家放回去！"

硬定标准，便会如此，鼓励高尚，却诱发了贼心。错入正题，是别做指标和奖惩，你觉得儒家文化停滞不前，不出人才，引入印度文化刺激一下，儒家便兴旺了，人才一个赛一个地涌现。

这是唐太宗做过的事，他表示自己信周公信孔子，不信印度文化，但为了社会的丰富性，引入印度文化，还亲自站台捧场，写下《圣教序》。

至七十九回上半，全书发展段落的第二层完成，七十九回后半进入第三层。

第五部分 八十回至九十八回

1 ⊙ 大师遗作、草稿做法

终于过了八十回，后四十回的精彩，是跟《参同契》处处能对上。宝玉遁世，不是直接走了，走前参加科举，高中第七名。我走，不是被生活打败，我能在"争当人上人"的游戏里胜出，但不玩了。

显一下本事，留作证明。

准备考试，宝玉收起平日嗜好的书，说可以烧掉，《庄子》之外举例了几本，《参同契》列第一。不是认为这些书误导了自己，是已读通，悟到言外之意，不用再看了。

因为宝玉看《参同契》，所以拿它对照《红楼梦》，至少二十世纪一十年代出生的一代华人仍如此。我有一位如此读的老师，我说，日后我把你告诉我的，再告诉别人，就不提你名字了。他笑，说可以，许多人都是孙悟空，你当孙悟空吧。

《西游记》中，孙悟空在方寸山学艺，下山后从不提。将老师未发表的学术据为己有，谎称个人创见，超越了老师，称为"叛"。为博业界认可，将自己意见冒充是老师学术，也是叛。好在不是叛徒，孙悟空是躲师名。

后四十回，文理精彩，文笔……不是定稿。

世界史为何糟烂？看大师遗作，便明白了。海明威、张爱玲的未完成稿，亦遭恶评，令人寒心，连他俩都不行。人类思维如此差劲，世界怎么能好？

1956年的纪录片《毕加索的秘密》，改名为《毕加索的笑话》，更合适吧？毕加索是老江湖，现场作画，用画得最熟的几个形象应付电影人。谁想，在油画布、石版、陶器上画了不知多少遍的，在摄影机前，摆弄半天也画不好。

那时是胶片拍摄，一盒胶片长度有限，几分钟得停机，换一盒再拍。纪录片导演制造悬念，赌毕加索能否在胶片用尽前画完，毕加索表态没问题。导演玩起蒙太奇，搞得像好莱坞俗套"最后一分钟营救"，镜头在毕加索、摄影机数字码、导演焦灼目光之间频繁对切。

毕加索越画越差，眼瞅着画不成，时间临近，索性大笔一涂，把之前所画覆盖，涂成张大脸，农村炕头装饰画样式，简单是简单，不能说没画完……导演和毕加索，不知谁耍谁。

毕加索很想画出让同行服气的手笔，画不成，只好搞怪，博外行喝彩。此片在今日，是美术爱好者的《圣经》，都说深受启发。职业画家看，不是作画，是演出。

名作，高在定稿。

艺术家需要改来改去地熬许久，才能把自己提升到那个高度。以"即兴创作"著称的毕加索其实玩不了即兴，何况是以"十年辛苦不寻常"著称的曹雪芹。

定稿精炼，草稿啰嗦。

人类思维是个低配电脑，用起来费劲，打草稿时，脑子刚够铺陈事件，没余力塑造性格，得二稿三稿时再往上加。事件稍复杂，脑力连讲事都不够，先拿容易想到的铺上，一遍铺完，再调换。

画家打草稿时，明明这个地方要用蓝色，但正用红笔，就拿红色先涂上吧，第二遍再改蓝色。八十一回后文笔差，不是没好词，是词重复，"先闷着，忽然噗嗤一笑，想起了别的，改了话题"的行为，王夫人、宝玉、袭人、黛玉丫鬟、周瑞家的都如此。是曹雪芹在"红笔充蓝笔"，这里情节要转，来不及细想，先用一招通吃，占上篇幅。

重复如此明显，能提示自己，是之后要改的地方。

黛玉在前八十回，是小霸王，很少写她哭，眼泪珍贵，每一次落泪都是大戏。八十一回后，黛玉骤然哭多，连续几个情绪点都是哭，无趣至极——也是红笔充蓝笔，留下的修改记号。

草稿啰嗦，因为不是给读者看的，是作者给自己写，先把思路捋清楚，不怕环节写多。多了，日后可删。

比如迎春遭家暴，宝玉同情，向自己母亲王夫人求帮忙。曹雪芹为自己方便，写宝玉说："并不为什么，只是昨儿听见二姐姐这种光景，我实在替他受不得。虽不敢告诉老太太，却这两夜只是睡不着。我想咱们这样人家的姑娘，那里受得这样的委屈。况且二姐姐是个最懦弱的人，向来不会和人拌嘴，偏偏儿的遇见这样没人心的东西……"

这种话，惜春也可说，袭人也可说，且是重复上一回信息，了无新意，实在啰嗦。

王夫人回话是："这也是没法儿的事，俗语说的，'嫁出去的女孩儿泼出去的水'，叫我能怎么样呢。"——这种话，谁都可以说。

王夫人是终结大观园气数的人，她在查夜那一回极为出彩，再次出场，读者对她的表现有期待，不料是句俗话，人物顿失光彩。

之后宝玉出主意，要把迎春接回大观园，如果家暴丈夫来要人，要一百回拒绝一百回——这话才是宝玉特色。

王夫人给宝玉讲了一番"嫁鸡随鸡、嫁狗随狗"的道理——俗不可耐，又是匆忙填空、先占上篇幅的做法。

之后，王夫人跟贾政说，宝玉的想法太逗了——这么写，是王夫人特色。

后四十回临近定稿，略作删减，即是好文笔。宝玉求情的戏，原文的起点不错，帮人向长辈求情，是宝玉的警戒红线，绝不干，你求他，他便没了。能为迎春求情，逆反一贯人设，有了戏剧性。

他来王夫人屋，呆呆不言语，诱使王夫人问他——如此起范儿，开口应是惊人语，"我想咱们这样人家的姑娘，那里受得这样的委屈"的常情话，便加不进来了，王夫人"嫁出去的女孩儿泼出去的水"的俗词也加不进。

宝玉直接说"要一百回拒绝一百回"的话，王夫人猝不及防，给逗笑，删除讲解嫁鸡随鸡的道理，笑过后不耐烦，赶他走。

定稿，应如此。

袭人在八十一回，失去特色。曹雪芹算计，该拿宝黛婚配做戏了，旁敲侧击，从袭人起范儿。

袭人做针线，扎了手。因为心思乱了，想到如果黛玉当了宝玉的夫人，自己作为妾，可别像王熙凤欺负尤二姐一样，把自己给欺负死。畏惧黛玉的霸道，一时心智失常，跑去黛玉处试探，跟黛玉丫鬟聊天，提起尤二姐，说王熙凤失德。

黛玉听了奇怪，袭人一贯严谨，跑到别人房里，评说当家人品行，不像她能做出的事。袭人疯了吗？

黛玉大将风度，虽然同情尤二姐，面对袭人玩口舌是非，还是为王熙凤站台，说出"但凡家庭之事，不是东风压了西风，就是西风压了东风"，不讨论王熙凤人品，说斗争是免不了的。

这句话出彩，定稿时会保留。

稿子现状，是曹雪芹图方便，为理清思路，先顺着写。晴雯之死的章回，袭人出彩，一贯稳重贤惠的她露了破绽，显出赖皮狠辣的一面。重新出场，心思却如此幼稚，还是袭人吗？

先把袭人心理动机交代清楚，再产生行为——是不成立的，完成不了她跑到黛玉跟前说坏话，与人物习惯、新揭示的性格，对不上。

以曹雪芹惯有技巧，再改稿，不会改人物心理，是改叙述。顺写不成，就倒着写。不交代袭人心理，写她做针线扎伤了手，不休息，却跑去黛玉房里说王熙凤坏话，黛玉硬话顶她，点她犯了忌讳。

袭人退走后，再交代心理——是近日从贾母、王熙凤言行，以为要将黛玉许配宝玉，一时慌了神。先写她行为失常，再交代心理，内容不变，颠倒过来，读者却认可，还会脑补：

晴雯五官和黛玉有七分相像，袭人的诬告令晴雯重病时被驱逐，病发而亡，是袭人间接害死。黛玉嫁宝玉，等于袭人要整日面对晴雯的脸，难怪会慌神。

晴雯有勇无谋，黛玉从小便要当家做主，跟王熙凤对脾气，平时俩人说相声般斗嘴玩，一样兵户气。王熙凤能整死尤二姐，黛玉不会也这样吧？袭人胆寒，来试探。

暗算晴雯，撒泼止住宝玉追究自己，袭人刚建立起赖皮狠辣形象，面对黛玉即崩溃，慌得言行失控——段位差的压迫感。如此写，构成新局面，两人都生动。

马道婆犯事，被官府缉拿，搜出她用巫术害人的证据。贾母推断之前宝玉、王熙凤发疯，也是马道婆所为，招来两人询问。宝玉和王熙凤发疯时均有幻觉，果然不是正常患病，坐实中了巫术。

二人自述，写得精彩，定稿会保留。

写到这儿，曹雪芹当天灵感用完，开始铺地板，将能想到的先写上。比如，贾母和王熙凤如福尔摩斯和华生般，推理出马道婆害人的幕后主使是赵姨娘。

这是之前已写，读者早知道的，还要等这么久，看你俩推理？知道读者会不耐烦，但草稿阶段，曹雪芹不管，先写个完整。

推理出了，怎么办？

不好办。

曹雪芹拿王夫人敷衍，为维护妻妾两房和睦，说不予追究。这是王夫人一贯态度，重复信息，读者看了泄气。还不如写成王夫人急了，要将赵姨娘绑去交官府，被王熙凤劝住。

也不是好方案，总算有点情节变化，避免一屋子人光谈论，不发生行为——没这么改，平庸结束，估计曹雪芹觉得，差方案和不太好的方案，区别不大，反正日后都不能用，都得改。

等他日改稿，曹雪芹恢复写作状态，发现不用另想主意，删减就行。不让王熙凤和贾母推理，王熙凤刚提赵姨娘，便遭贾母打断："罢了，过去的事，凤哥儿也不必提了。"安排陪自己吃饭，几人闷住，不敢多言，怎么安排怎么做。

生不出情节，便生悬念吧。老太太心底什么布局，赵姨娘和儿子贾环将遭遇什么？有得想，读者来了精神。

这样的处理，前八十回不少。该讲不讲，是妙法。

写不出好戏，就减戏。减了，惊觉好戏已在，不减不知道。宝玉钓鱼的情节也如此，他醒后无聊，翻书看到"放浪形骸"，若有所悟。

形骸，指身体。放浪，不是放纵身体玩性解放，是超越身体。身体的观念，束缚人类思维。

袭人见他发呆，赶他出去玩。探春等四女正钓鱼，宝玉来捣乱，后来自己也钓上了。写得生动，收尾时，曹雪芹又当日灵感用光，拿出讲评书的控场手段，没好主意，就讲笑话，写宝玉心急，拉崩渔竿。

笑话也没想好，是好莱坞闹剧档次。跌跟头、掉裤子露屁股、险些从高处掉下、飞蛋糕糊脸是好莱坞四大赚钱法宝，老板们掌握的大众心理，是见别人倒霉，人就高兴。

《卧虎藏龙》为好莱坞投资，拍清朝，没有蛋糕，中餐一样往脸上糊。成龙研究好莱坞默片喜剧，掉裤子露屁股，贯通他多部电影。崩断渔竿，属于"跌跟头"范围。

宝玉出糗，没出彩。

出来玩，缘于读了"放浪形骸"，收尾不能收得这么低俗，读者会觉得没收住。此语来自《兰亭集序》，王羲之此文，不是"对酒当歌，人生几何"般痛惜人生短暂，曹操质朴，还在"生当作人杰"的范围里，王羲之表达一种"不拿自己当人"的人生观。

说身体和寿命是假象，不同时代、不同事，其实无差别，都是"生而为人"的游戏，受的刺激一样。我提醒大家了啊，后世读此文者，别以为我在晋朝，你在二十一世纪，我就在你旁边。

《兰亭》天下第一行书的地位，是唐太宗捧出来的，内容如此骇人，不知他要干吗。二十世纪六十年代，有学者考证，王羲之原文质朴，只说天气不错、聚会的人不少，多出的奇怪文字，是唐太宗加的。

太宗有书法传世，功力差得手常转不过来，但笔尖能弹过来。在别人就写崩了，御用品确实精良。武则天、唐明皇也一样，一家子都仗着笔好。

他自称嗜好书法，打仗时也抽空苦练。说得厉害，其实没下过功夫，不信他那么爱书法，推广《兰亭》，居心叵测。不管有无阴谋，一千三百年来也没实现，大家只是照着练字，不受其文干扰。

宝玉钓鱼段落，删去崩断渔竿的糗事，会豁然开朗，余文出彩。宝玉在诸女面前，玩姜子牙"愿者上钩"的风度，久钓不来，向水求饶："好鱼儿，快来吧，你也成全成全我。"

如此幽默，足以收尾，比好莱坞闹剧好。

王夫人、袭人失去特色，谈马道婆、钓鱼收不住尾，难怪张爱玲吐槽：小时候看《红楼梦》看到八十回后，一个个面目可憎，言语无趣起来，我只抱怨"怎么后来不好看了？"

现存稿临近定稿，微调即好，唾手可得。民国的京城纨绔子弟以调后四十回为乐，有的地方撕下不要，有的地方撕下粘在别页，戏称"拆楼"。

拿《红楼梦》练手，拆上瘾，家中藏书遭殃。长辈心疼，说："将来你孩子骂你。"旧日书贵，当铺押钱，可应急。拆烂了书，万一家道中落，儿孙急死。

最后一次听到这词，已是十五年前。旁听一研讨会，主讲人自诩是怪杰，癖好旧京纨绔的"拆楼"读法，大学时将建立西方经济学骨架的几本名著都撕页重粘了一遍。没人教，自己要这样，难道上辈子是贵族？

线装书才能"拆楼"，因为是单面印刷，背面是空白，折叠成正反页。现代书籍双面印刷，撕下一条，背后页面便毁了。可能他大学班上有京城同学，说起过，他没细问。临时想起，吹吹牛。

线装书印经济学？

保准世上没这事，当时年轻，站出质疑。回答是，一买三本，随便撕。反应快，能圆谎，上辈子铁定是贵族。

2 ⊙ 噩梦、练琴——黛玉点题《参同契》

文笔，是纯文字技巧。文理，是文学与哲学结合。韩愈被誉为"百代文宗"，文笔简单，胜在文理，含孟子真传。《红楼梦》后四十回，也是胜在文理，含《参同契》。

嘉庆年间的《增补红楼梦》，写贾雨村等一众红楼人物面对世上流传的各种《红楼梦》续书，痛批全写歪了，惜春传来好消息，《参同契》作者的后人接手此事了，大家放心，正确的续书即将上市。

可见清朝不少人，认为懂《参同契》方能懂《红楼梦》，因此朱元育被怀疑是曹雪芹本人。他注《参同契》，八十天做成初稿，再改多次方定稿。自评为"剥尽皮肤，独留真实"，只要是个人，便没法一步到位，他也不行。

《参同契》主张君主无为，不是什么都不做，是不妄想。有妄想，奸臣外敌随之显现。社会发生灾患，百官无责，君主负全责，一切灾患均源于君主在想什么。

个人经历也是，一个妄想会造出几年经历，甚至几十年不休。每个人都是自己的君主，对一生事件负全责。水中鸟群，一只受惊腾飞，其他的莫名其妙，但立刻全都跟着飞起。你觉得只不过动了个小念头，无所谓，其实你的生活已重启，什么都变了。

黛玉做噩梦，自己要被嫁到湖北，一贯疼她的贾母变脸，撒手不管，宝玉傻了吧唧，还向她道喜，她骂宝玉，宝玉发癫，剖心自杀……

噩梦醒后，而妄念延续，听到屋外一个婆子骂孙女："你是个什么东西，来这园子里头混搅！"黛玉以为是骂自己，气晕过去。

"寄人篱下"的自我设定，是黛玉的妄念，同样丧父的史湘云便不这么想。自认悲惨，相当于君主没维持住"无为"，骂孙女的婆子相当于招惹来的奸臣外敌。

怎么办？

朱元育建议"心君翼翼，能持其志"，保持无为，别再演故事、玩心态了，你什么都不是，这样多好。《参同契》对政治、哲学、生理的划分，对化学实验、天文历法的参考，都是你不懂时的玩意。懂了，会像宝玉般，说此书可烧。

懂了，泯然一笑，即是对作者报恩，对所识之人、所历之事皆已报恩。百二十回，宝玉遁世后，在父亲贾政旅途现身，四拜一鞠躬，以报恩。是宝玉本人，还是宝玉一笑的化现？

曹雪芹写的是后者，宝玉不在那儿。贾政踏雪追赶宝玉，追不上，因为不是确有其人。在贾政的随从眼中，雪地里只有贾政一人。

跟朱元育言论完全吻合，并且转哲为文，作为小说，好得惊人！不愧是《红楼梦》结局。文学是造境界，有了新哲思，方能有前所未有的描写，造出新境界。

小说得久写长练，不是听听讲座就能会，哲学家很难是小说家，而顶级小说家一定是哲人。朱元育不见得是曹雪芹，估计他没时间，但后四十回一定是曹雪芹亲笔，贯通前八十回文理，作者没法换人。

黛玉有自省能力，警惕到妄念作怪，于是用孔子办法，弹琴调心。

1998年，我大学毕业的次年，有本大热书《毕竟是书生》。何为书生？两大特征，一是会打卦，二是会弹琴。打卦，因为孔子读《周易》，弹琴，因为孔子弹。孔门教授，不单口述文传，一半是玩卦玩琴玩会的。这两样未练上手，毕竟非书生。

北宋朱长文著《琴史》，记载孔门琴事：

子贡发现孔子有愁容，不知怎么劝慰，告诉了颜回。颜回跑到孔子屋外弹琴，说自己弹得乐天知命，单纯快乐着，从此没烦恼。

以教育老师，看看我，您还得提高修养啊。

孔子说，你没弹对，怎么弹成快乐啦？弹对了，是没有忧喜的无为状态。无为状态，才是真乐，你可以忧天下。

颜回领悟，像个京城小伙，说："我得着了。"——原文，回亦得之矣。

黛玉练琴，以"无为"为师，修正心态。宝玉发现，好奇询问，黛玉列了些古琴基础知识，没独特见解，不出彩——不是草稿填空，是定稿的正常铺垫，之后还会写琴，那时再出彩。

3 ⊙ 无为而治与电影表演

"无为"在拍电影时，有实效。

导演指导演员，往往是角色分析得越透、排练得越多、演得越糟。因为电影表演是神色，犹如写作的灵感，不是分析和积累。老电影厂往往有这样的导演，在别的片中虚假做作的演员，在他这儿，突然会演戏了，如鱼得水。

厂领导要他奉献秘诀，回答："我从不管表演。"

怕对领导不尊重，改得学术些，再答："想要表演有保障，就不要干扰演员。"领导还是怒了，认为敷衍，拿自己当外行。

大学毕业，没机会导电影，先导话剧，临近公演，越来越挑剔演技，眼瞅着达不到，气得发火。一位师兄来探班，说不是演员不上进，是你太紧张。

你不是学过画画吗，有没有这种经验？配上画框后，一张画会显得好一倍。话剧舞台等于画框，排练室演的，挪到舞台上会好一倍。这里是民用管灯的大平光，你别在这儿要求了。

果然，公演前的舞台彩排，服装、灯光上马，演技提升了不止一倍。许多时候不是演技不佳，是你眼里缺色彩。

强求演技，是妄念。演员没法演出灯光、服装的效果。

等拍上电影了，发现在调度复杂的长镜头中，演员们都自然准确，固定镜头拍，演员反而为难，容易虚假、夸张。

长镜头，需要演员走位和摄影机运动配合，眼光偷瞄地上记号和忽远忽近的摄影机，还要忍受推轨道、副导演喊口令的噪音。干扰如此之大，不妨碍情绪投入吗？

没有演员抗议"演不了"，轻松胜任，高兴这么演。首先，自己不是成败的焦点了，现场有三四十人分责。一条没拍好，导演骂摄影。

其次，分析角色、琢磨演法久了，大脑紧张，一味完成剧本任务，演技容易僵硬夸张。边演边留心摄影机位置，一分心，反而自然了。

导演跟演员别交朋友，尽量少谈。导演工作，杂念纷飞，经常不在状态，即兴乱说，容易把演员毁了，本来人家自己准备得挺好。演员跟你探讨演技，你得会躲，说："不用，你已经达到了。"

拍摄时，演员问你此刻人物内心该怎么想。千万别回答，那是歧途，你俩谈得热闹，就演不成了。你提供一两个多余动作，加一两句水词，演员就演顺了。做后期时，把多余动作和水词剪掉，便拿到了好表演。

演不出，不是不理解人物心理，是需要助跑。

经验多，不一一列举。面朝大海，春暖花开，从明天起，当一个从不管演员的导演。

4 ⊙ 黛玉夸八股——人物关系与言行出彩

宝玉学八股文，贾代儒、贾政轮番教，也是讲基础知识，很出彩。一问一答，如相声的捧哏逗哏，拿八股文开玩笑，还在理。

前八十回，宝钗、史湘云劝宝玉学八股文，惹得宝玉厌恶，说唯有黛玉是知己，从不讲这种混账话。八十一回，黛玉违反人设，说起八股文好话："内中也有近情近理的，也有清微淡远的。"

八股文肇始于北宋王安石，以写讨论儒家经义的文章来选取官员。经义和文学一起考，以排比对偶的方式写文。发展到清朝，讨论内容局限在四书，不能自由讨论，以朱熹注释为准，结构、格律严格，清朝乾隆以后增到七百字篇幅。

诗的七绝二十八字、七律五十六字，格律本是在这点字数里玩的，玩七百字 …… 张中行先生言："由技巧的讲究方面看，至少我认为，在我们国产的诸文体中，高居第一位的应该是八股文。"

唉，是太难了，苏东坡的文章都不达标，明朝侍郎汪伯玉批评苏东坡"一字不通""当以劣等处之"。《儒林外史》中言，学了八股文，会觉得诗词简单，丧失兴趣。汪伯玉认真，吴敬梓在反讽。

八股文的内容一定、样式一定，一定是"陈词滥调"，所以宝玉厌恶。唐伯虎、王阳明、归有光也做八股文，他们是画家、哲学家、散文家，照理他们做什么都是有才情的，却还是被八股文掩住。因为八股文思想单一，以朱熹为准，以一人为准，必成死水。

况且朱熹也没说对，毛奇龄的《四书改错》，指责朱熹对四书的误解多，八股文从根上便错了，这人脑子不好，把天下学子的脑子也带坏。

黛玉所言"也有清微淡远的"，是没有的，以朱熹为起点，无人能做到。文章要随感而发、应时而作，八股文不是文章，像考美术院校的素描，考试标准下，千篇一律，不是艺术，在比谁的手更巧点。

又难玩、又死性的东西，到一百一十八回，宝玉跟宝钗讲，它对我变简单了，可以应付了——太不容易。见识非凡，令晚清民国记者圈钦佩不已的蒲松龄，科举考到七十岁，他在《聊斋志异》中痛斥八股文，但真把他难住了，怎么都过不去这关。

黛玉赞八股，违反人设，因而被怀疑换了作者。查到后四十回责编之一高鹗，本是位八股文名家，因而认为他不是责编，是续写者，借黛玉之口，肯定下自己专长。俞平伯的意见具代表性，说："以高鹗底笨笔，来写八面玲珑的林黛玉，于是无处不失败。"

黛玉赞八股后，宝玉的反应是："听到这里，觉得不甚入耳，因想黛玉从来不是这样的人，怎么也这样势欲熏心起来！又不敢在他跟前驳回，只在鼻子眼里笑了一声。"——也被认为没写好，文字一般，宝玉应有更具个性的行为，不该仅是哼一声。

托尔斯泰文笔一般，才华在于会做人物关系。四十五回，黛玉决心疏远宝玉。七十回宝玉见黛玉新诗而落泪，是被疏远日久。八十一回，悲伤于迎春遭遇，宝玉奔去黛玉处，进门便大哭。从黛玉的应对，看出她明显长大，再无年少时的亲昵，不跟宝玉讨论，说两句便退开。

闯了一次门后，宝玉以为破冰，能恢复成小时候一般，很快再来，高兴拍手，说："我依旧回来了！"一进门，黛玉就赶他，让他别只看望自己，也去看看别的姐妹。宝玉赖椅子上，说上学累了，懒得动，黛玉说困乏就回去休息吧，宝玉忙说不累，赶紧聊上，批判八股文。

黛玉呛他，故意说八股文好话，引宝玉厌恶，贾母派人来寻宝玉，便趁机走了。以前俩人亲密时，不拘礼，宝玉说走就走，黛玉从不送。这次宝玉离开，黛玉送到门口，她丫鬟送下台阶，对宝玉行的是主客之礼。如此做，为让宝玉明白，不比从前了，别随便来。

听黛玉赞八股，宝玉忍了，没发飙，更显两人生分。亲密无间，就该骂了。

曹雪芹做出的示范是，人物关系独特，没有出彩台词和个性行为，整场戏一样精彩。黛玉是拿八股文赶人，并不是要讨论其好坏。

俞平伯否定后四十回的文章，写于二十三岁。李小龙活到三十二岁，古龙活到四十七岁，初中崇拜他俩，青春残酷物语的阶段，发誓活过三十二岁，体会下李小龙未经的人生。一不小心，活过了古龙的岁数。活超了的人生，有许多意外乐趣，比如，对后四十回拍大腿。

拍大腿，来自京剧。望文生义，以为是跟着打锣鼓点，有老人说不是，原本看戏不鼓掌，是叫好，晚清西化，学法国人鼓掌。旧时戏院是边吃边看，桌子上一堆零食，演员出彩时，持零食的一手油腻，不及擦拭，没法双手鼓掌，于是空着的一手拍大腿，也出掌声。

十余年前，报纸常报道过度医疗的事，未承想，我一位老师遇上，断了导演生涯。他的体力很难走出家门，以整理DVD为乐，图书馆般编号。同学们去看他，他说拍不成电影了，还可以拍大腿，别人的好，能看出来，就还是个导演。

5 ⊙ 后四十回在清朝——草书经典与《美国往事》

后四十回，接续之前情节，有时为打草稿方便，先以复制粘贴的方式摆上。比如贾芸和小红再出场，接续口是之前两人换手帕之事。过去几年了，两人早该成情人，还提"我那手帕是不是你捡着了？"便不对了。

怕不提，读者记不起他俩关系。等做二稿时，会发现不提手帕完全没问题，读者记得，想看他俩新状况。初稿时，作者往往过度操心，做定稿时，作者往往被自己逗笑，"嗨，我写它干吗？"

再如听到蒋玉菡回京的消息，宝玉的反应是"为何不来找我？"——也是初稿顺手写下的，会被"拆楼"的旧京纨绔撕了。当然不会找你，因为你出卖了他。

画龙点睛，添一笔能出彩。后四十回往往是减一笔即出彩，宝玉不用发此一问，不作反应，按现存文字，回自己宅子后，要找蒋玉菡之前送他的汗巾，读者看来，便有了丰富心理。

北静王生日，宝玉随长辈去看望，北静王见面便问，你那块玉还好吗？北静王久未露面，是接续之前两人初见，北静王因

"含玉出生"的传闻而提出见宝玉。重复话题，令读者厌恶："您以为我傻，忘了吗？"

北静王这句话，纯粹为给读者提醒，作为正常见面，这么说话，实在尴尬。你俩是不是哥们，没别的话吗？

定稿时，作者会删除。现存稿，是看望结束，北静王送给宝玉一块他佩玉的仿品，心存想念，才会做个仿品玩。结尾以仿玉点出两人友谊，开头见面就说玉，露了底，便垮了情节。

"拆楼"的旧京纨绔，能撕下的并不多，后四十回中，大比例是定稿。精修好的，比如贾芸给宝玉写信，只写宝玉反应，硬是不写信的内容，当日烧了，次日跟贾芸翻脸。当面冲突，总得透露内容了吧？

贾芸开口，说的却是贾政升迁，穷亲戚们必来贺喜讨赏，小心受扰。读者判断，信的内容肯定不是这个，上过很多次当了，作者一到关键就打岔。也不会是之前门客给宝玉说亲的事，贾政不认可、贾母直接否了，贾芸贼耳，听到了什么……难道，宝玉早知自己要娶宝钗？

疑心一起，再看下面宝玉和黛玉的戏，感受全然不同。

曹雪芹一贯如此，无风三尺浪，逗读者多想。想岔了不怕，岔得越远，亮底牌时，越有惊喜。

再如：

八十九回，学堂里冷，随从给宝玉加衣，宝玉不穿。不交代是什么衣服，读者怀疑是晴雯生前抱病给他补的雀金裘。你们怀疑就怀疑吧，我不管——曹雪芹写宝玉回宅后，吩咐把这件衣服存了别再拿出，又说要写诗，让腾空房子、放火盆，丫鬟说只有晴雯生前的房子空着。

都提到晴雯名字了，是不是雀金裘？

读者急死，曹雪芹不急，拖拖拉拉写宝玉跟丫鬟们一番闲话，等空房终于暖了，宝玉进去，写了祭奠晴雯的诗。

读者终于肯定是雀金裘了，感动得一塌糊涂，正如希区柯克给美国电影学院学子传授的秘诀，悬念可煽情。你们肯定吧，我不肯定 —— 曹雪芹不落一字。

这件衣是袭人交给随从的。宝玉得知晴雯是她间接害死，但采取不追究态度。晴雯抱病为宝玉补的这件裘，宝玉刻骨铭心。袭人拿它刺激一下，看宝玉的反应，果然，宝玉只是默默感伤，独自祭奠晴雯，并不迁恨袭人。

袭人心腹麝月向袭人挤眼笑，意思是"您安全了"。

初中读这段，惊心动魄，首次见识了"不交代"的震撼力。曾反复搜寻"雀金裘"三字，确定没有，暗叹"真敢不写呀"。二十年后，买新书，赫然发现，多了一句"却原是晴雯所补的那件雀金裘"，双眼发黑，吐血三吨。书商填笔，毁了构思。

初中所读版本，是住亲戚家过暑假，翻看的旧书。不是某长辈"拆楼"，是完整页面，本来没有。

又如：

八十一回的袭人，草稿程度，未出彩。八十五回，袭人去黛玉房，伏低做小，跟黛玉搞好关系后归来，到了自己地盘，显出一房领班大丫鬟的霸气，见院子进了外人，就止步不前。

　　原来是贾芸来给宝玉送信，正跟书童说话。袭人喊书童过来问话，贾芸趁机上来，因畏惧袭人地位，慢慢挪步，要等袭人先对他开口，才敢走近。他是有心接触，搭上袭人关系。

　　袭人根本不给他接触机会，吩咐书童接信，让送信人回去吧。贾芸悻悻不已，只得退下。何为文化？ 人为设定，改变生理和物理。

　　几步之遥的物理，面对面的生理，因为势力地位的差距，咫尺天涯。视而不见，袭人出彩。

　　彩上加彩，是袭人看贾芸走路的仪态，便知他心术不正。低段看高段，猜测不准，高段看低段，清可见底。袭人看黛玉，怎么也看不明白，看贾芸是一眼望穿。

　　说"我的朋友遍天下"的，是江湖流氓。宣称"我们两家没交往"的，是城市居民。胡同老人教自家小孩要选择玩伴："你怎么跟他玩？ 两家大人都不说话。"

　　以朋友少为高贵，以朋友多为市侩。听京城人讲："我这人没朋友。"—— 别以为他在吐苦水，他在夸自己。当代青年熟悉的，是郭德纲这么说自己。

　　怀素《自叙帖》为草书经典，董其昌临摹，嫌弃其"国"字没写好，引用王献之笔法，改写"国"字，仅比一字，确实怀素败笔轻率，董其昌的完成度更高，但董其昌写不出整篇《自叙帖》。

　　后四十回便是此性质，能挑出毛病，毕竟通篇杰作。认为写得差，是二十世纪二十年代胡适、俞平伯之后流传开的说法。清朝人王希廉评后四十回，"文心何灵妙如此""灵活关照，真雕龙手笔"之类的赞语密集。不是私人笔记，他的点评本《新评绣像红楼梦全传》是畅销书，后四十回为杰作，是那时大众共识。

一个清朝人穿越到当代，听说后四十回被贬，该很惊讶吧？

人类主观，最初的认同心理，会影响判断。我们一拨人初中时，《美国往事》以录像带方式传来，动刀子的街头群架、性开放的邻家姐、教唆小孩偷窃的老头、蹲监狱的发小……生活的重合度，令同学们觉得片子差，导演没拍对。

上了高中，男孩初次总结人生，萌发忏悔心。正逢北大校园放奥斯卡入围影片，看到《教父3》。抢票不易、北大环境、忏悔主题，令同学们觉得片子太棒了。

后学了电影专业，在青年的尾声，方才确定《美国往事》不错、《教父3》不佳，弹指耗去小二十年。

先听说后四十回没写好，再看，会满目疮痍。当代多认为“黛玉之死”写得糟糕，港台言情剧水准，俗不可耐，人物逻辑不对。清朝人不这么看，除了京城的祖辈口传，有王希廉文字为证，认为黛玉之死在写悟性，精彩绝伦。

6 ⊙ 妙玉走火入魔——眼即宇宙、凝神以成事

八十七回，妙玉和惜春下棋，宝玉来了，妙玉问他从哪儿来。宝玉不敢答话，以为妙玉是打机锋——考核你有无开悟。惜春嘲笑宝玉屃了，说这有什么难的，答“从来处来”就行了。

《指月录》记载的机锋多，惜春看了，知道答案。宝玉也看，但认为学了口头应付，并不真懂，所以羞于开口。

从何而来——你的身体、你的意识，怎么产生的？

惜春的答法"从来处来",是不回答,表示我知你知,咱俩都懂,就别问了。提问者不认可你懂,在耍花腔,会追问:"来处是何处?"

便得老实回答:"眼前即是。"

我们这个"看"的功能,便是全宇宙。原本一无所有,称为"无极",想看点什么,称为"太极",太极还是一无所有。因为想看,而出现了被看的一切,称为"宇宙"。

看的功能造出各色世界,同时造出看的主体——"我"在看。

宝玉从何而来?

看出来的。听觉、触觉、嗅觉都是看的延伸,你的个人意识和你的身体是随着"看"而诞生的。人眼的看,和造出全宇宙、等于全宇宙的"看",差别大了,但其实是同一个东西,所以"眼前即是"。

探讨宇宙的诞生,在西方属于哲学范畴,一代代哲学家都要做出解释,千奇百怪。同样是科学不发达的时期,应允许我们的古人也胡说两句。

惜春的标准答案,在《参同契》里有相应说法,为"凝神以成躯",身体是精神变出来的。按科幻小说的写法,太阳、木星、土星等气态星球里的气态生灵,一凝神,便进入地球成躯,纷纷成人。

地球这个大电子游戏,玩的是"发生、发展、高潮、结局"的程序,显现在人体上是"幼、青、壮、老",身体老化后,怎么办?

还是玩"凝神以成躯",重新想出一个人身,以"下辈子"的方式接着玩。朱元育认为下辈子费劲,浪费时间,这辈子就能再想出个新身,覆盖老身。

玩烦了，就哪儿来回哪儿去。华人对木星敏感，可能来自那儿，称木星为"太岁"，所谓"命犯太岁"，就是木星离地球近，华人容易猝死，魂归木星。

华人建筑喜欢木头，欧洲建筑爱石头。土星也是个气团，喜欢让石头围着，土星光环就是碎石冰块……白人来自土星？

凝神以成躯，也会凝神以成事。你的经历，是你想成的。你想看到的，都会发生。

宝玉陪妙玉回庵，经过黛玉住所，听到她在操琴。黛玉弹断了弦，妙玉认为是不祥之兆，回去后心神不安，于是静坐。

静坐本为超越头脑，她却被头脑捕获，如弗洛伊德考察的病人般，陷入性妄想，白日梦般真实，一会儿是王公贵族抢着娶她，一会儿是强盗玷污她，终于精神失常。

还好，明清静坐流行，不得法，坐出心理问题的人多，医案积累，总结出特效药，很快治愈。惜春就事论事，对妙玉不同情，评价她还恋着肉体，自诩我就不会出这样的事。

静坐本为摆脱大脑，怎么反而刺激大脑，出了心理问题？得像惜春一样对这个世界烦透了，对自己的脑子也烦透了，如此决绝，方能静坐。否则坐下后，大脑趁机想事，越想越多，越想越乱，便是曹雪芹写的"走火入魔"。

火，思维。思维必走偏。

决绝不了，传统文人的办法，是面壁。"想看"的一念，造出世界，造出烦恼。不看，便解决烦恼了吧？你的人身还在，便没法不看。还是看，看墙面，一片空白，没的可看，看久了，便不想看了。

既不想看了，也不想动了，便超越头脑，是静坐了。

编剧的"壁"，是电脑屏幕。写不下去时，对着屏幕发呆，不敢离座。要离了座，玩会儿别的，再回来，花三四个小时也续不上。不离屏幕，能等来灵感。

头脑如影随形，摆脱它很难，既然摆脱不了，那就尝试说服它吧。有人自认被头脑控制得深，静坐把握不了，以抄经代替静坐。《红楼梦》是自问自答，八十七回写走火入魔，八十八回写解决之道，贾母将八十一岁大寿，许愿抄三千六百五十一部印度哲学书《说服顽固头脑的话》（现代译名），当然不是她抄，花钱雇人替她抄。

钢铁顽固，金刚钻头可以打穿，而人的头脑，比金刚还顽固，打不穿，只能说服它。通过一遍遍抄写，让头脑认可这些话。其中最关键的话是"应无所住而生其心"，惜春慨叹妙玉走偏，言"云何是应住"，来源于此。

头脑要做对比，给万事万物下定义，然后再推理，得出结论。头脑忙活半天，其实是沙上建屋，最初的定义便不对，结论怎么能对？但头脑相信得出的结论，金刚般顽固。

心，是真相。你还在思维，便处在假象中。放弃定义、对比、结论，思维便泯灭了，心便呈现。劝头脑泯灭，等于与虎谋皮，头脑能干吗？

肯定不干。

所以你就一遍遍动笔，写在纸上，眼见为实。头脑热爱概念，虽然这概念是泯灭它的，重复多了，它就要执行。

《说服顽固头脑的话》字数多，抄写是累活儿。贾府女眷能承受的抄写，是二百多字的《真相》（现代译名），贾母要她们抄出三百六十五份。

《真相》关键的话是"无眼耳鼻舌身意"，这几字犹如水龙头，说服头脑认可这几个字，便扭开了水龙头，如水流出，真相呈现。武则天学习哲学，是从"无眼耳"开始。

她的老师以金狮子作比喻，说金狮子的耳朵，其实跟它的眼睛没有区别，都是金属。你如果认为金狮子有眼睛，那么它全身都是眼睛，你如果认为金狮子有耳朵，那么它全身都是耳朵。所以眼睛、耳朵是不存在的，一声大喝："武则天，你这个身体，跟金狮子是一样的，无眼无耳。"

武则天懂了，闭眼不听地灭了大唐。

惜春劝鸳鸯抄写，抄写对知识分子便利，对勉强识字的王熙凤、鸳鸯难，但天无绝人之路，鸳鸯介绍了自己的方法，念一声弥陀往罐子里存一粒米。写字、存米，都要动手，看来头脑信任手，有手参与的事，头脑容易被说服。

7 ⊙ 黛玉走火入魔——大落墨法

木匠拿蘸了墨水的线，拉直后在木面上方绷弹，得到一根直线，可以锯了——这便是落墨，比喻定下基本形。谢稚柳先生对"落墨"一词另有解释，发展为山水画泼墨技法，我高中曾反复揣摩，自愧迟钝，对先生高义，不得其解。

落墨，是打轮廓。大落墨，是将基本形加倍、夸大。在壁画上，加倍是拿一个菩萨的木片模版，落墨十几个，之后添加细节，再画出各菩萨的不同；夸大，是用光照，将模版在墙上投影放大。

八十九回，妙玉的走火入魔，在黛玉身上复现，并加倍夸大，为"大落墨法"，木匠活儿、绘画、小说的术语相同。能在黛玉身上复现，便会在我们每人身上复现。曹雪芹慈悲，点破大家的梦魇。

遵贾母指派，黛玉抄经，宝玉来了，她起身迎两步再坐下，说让宝玉等会儿——见人来了，再忙也得离座迎两步，为有礼。

二十世纪五十年代来京城的欧洲留学生们，便学了黛玉这套。你去欧洲参加电影节，休息室坐着，他们来了，会京腔京韵地说："您坐着，千万别起来。"你原本就坐着呢，他们是说反话，提醒你站起来。你要当真不起来，他们会不高兴。

宝玉嫌黛玉对他太客气，不亲近，待着没劲，一会儿便走了。这期间，说起他和妙玉遥听黛玉弹琴，询问黛玉为何突然变调，以致弹绷了弦。

黛玉答："这是人心自然之音，做到那里就到那里，原没有一定的。"妙玉觉得不自然，对于黛玉，没有不自然。认为他人不祥，结果不祥落于妙玉自身，他人本没事。

宝玉醒悟，自己的感受被妙玉误导，惭愧自己不是黛玉知音——此处，经过"两小无猜""小孩扮夫妇""模仿《西厢记》爱情""堂兄妹不伦恋""以礼克情"后，曹雪芹另立"知音"的新概念。

层次多，各层不同。人物情感要这样写。

宝黛情感，不是西方的爱情，是东方的知音。西方的爱情，是差距产生美，例如公主和马夫、霸道总裁和职场新人、流氓和淑女，不能相互理解，于是产生爱情，强力黏合剂性质。东方的知音，是精神契合，天然有便有，没有便没有，无法强求。

之后，书童、丫鬟妄传宝玉已定亲，对象是知府女儿，黛玉顿觉人生无趣，只想死。她夜里不盖被子，受寒生病，绝食绝水，迅速奄奄一息，到了贾府要准备给她办丧事的程度，却又听到下人闲话，原来宝玉定亲是误传，没此事。

黛玉心喜，由死返生，病愈了。

太平无事，庸人自扰，黛玉犯了妙玉同样的错误。

明明对宝玉疏远，却要为宝玉自杀——行为上不能自圆其说，他俩的感情因而"值得看"。是我大学一年级受到的训练，听怕了的词，常被它吓得夜半惊醒。容易理解的，就不值得看了。上课听明白了，写剧本一下笔还是俗态常情，得被老师骂两年。

黛玉病得迅速、好得迅速，引起贾母注意，判她是对宝玉有了男女之情，因而作怪，要隔离二人，将宝玉从大观园里迁出。宝黛是堂兄妹，原不能婚配，贾母定宝钗为婚配对象。

宁国府没人才，已走衰势，荣国府则形势大好，贾元春病一场，人健在，皇妃的后台依旧，贾政升迁，党羽贾雨村亦升迁。宝玉作为荣国府嫡长孙，婚配对象应在公、侯、伯上三等贵族里挑，难道贾母认为政局不稳，那些世交的贵族都危险，与其联姻，不但得不到助力，还会招祸？

不如娶个商家女，起码不出错。

　　之后事态急转直下，贾府遭抄家，证明贾母信息工作做得好。但对黛玉，显出贾母是个经验主义者。经验主义，恰恰是经验不足，以有限的个人阅历判断陌生事。黛玉速度过快的病危与康复，超出贾母阅历，认为黛玉性格乖僻、不是长寿相。

　　其实，黛玉心力强，能让自己速死，也能让自己长寿。性情乖张，平常小事不会做，偏能解决难事大事。贾母对黛玉的错判，令后人痛惜。

　　一是《红楼梦》在民俗的影响，二是清朝的新兴贵族到了晚清，经验累积够了，终于达到明朝人的见识，懂得善待黛玉这类孩子，容他们顺着自己秉性成长，称为"怪才"，日后家族遇难，往往是他们挺身而出，奇葩一招，救全家。

　　1997年港片《南海十三郎》开头，便描写这样的事，江家是清末大家族，出了个怪小孩，老爷有经验，知道不能按常情俗见规范他，任由他胡闹，走完顽童、叛逆青春的怪旅程，才华爆发，成了粤剧头牌编剧。

　　上一代艺术院校的老师，年轻时多未出过国，根据二手资料、前辈口传，了解西方艺术。能拷贝西方的艺术院校体系，拷贝不了西方艺术生态，老师们无法完成艺术人格，得求助本土文艺，其中一个重要滋养，是看《红楼梦》。

　　老师们从《红楼梦》得了"怪才"概念，对胡闹的学生宽容。书页上的黛玉之死，换来无数现实青年受益。

　　如果贾母见识够，会怎样对待黛玉？明朝的经验，是让黛玉当个"老姑奶奶"，姑奶奶是出嫁的，老姑奶奶不出嫁，老死家中。

识得黛玉是人才，能救全家，也识得她除了宝玉，看不上别的男生，家族长辈达成默契，就让她留在家里吧，培养她管钱管人，日后做当家人——不是王熙凤这种大当家的，是探春这种二当家的。

留家里的老姑奶奶们，我小时候的京城里还很多，她们不独身，会招男士入赘，没有夫家，名义上独身。或者，宝玉还是娶宝钗，一月在黛玉处住半月，黛玉和宝玉是知音，并非以肉体结合为目的，但人活着，需要亲近感。

长辈们大致这么劝："只要不有孩子，我们就看不见。"

不结婚、私通，做二当家的，能服众吗？

没问题，是明朝延续下来的旧俗，有习俗可循，有范例可鉴，底下人便没话了。民国时有名的例子，是大军阀阎锡山与一位堂妹便如此，她做阎家产业的二当家。二十世纪六十年代初还时有听闻，一个女士塞把红纸喜糖给最好闺蜜，说："我这辈子，不结婚、不要孩子了。"闺蜜便知道，她跟自己堂兄好了。

一过五十年，她来闺蜜家，首次说起堂兄，堂兄死了，她这五十年过得很快乐。她走后，闺蜜不会对儿女说什么，会对四五岁、肯定听不懂的孙子发发感慨："刚走的这位奶奶，这辈子不惨，没亏待自己。"

贾母见识广一点，黛玉便是这样的一辈子。

妙玉走火入魔，自己解不开，黛玉自己解开了，还有余力点化宝玉。宝玉向薛姨妈问安，薛姨妈回应冷淡，宝玉走火入魔，开始编故事——前一段宝钗病了，自己没去探望，薛姨妈是不是因此对自己不满？宝钗是否疏远自己？

黛玉抓住契机，一番敲打，先说宝姐姐肯定不会再理你了，激得宝玉悔得要自绝，又说出"天地间没有了我，倒也干净"的话。

用了杀人刀，再使活人剑，黛玉说薛姨妈正忧愁儿子薛蟠官司的事，找王夫人商量，没工夫跟你打趣聊天，遭一个冷脸，你就凭空生出这么多遐想，替每个人补上心理活动，编出完整故事，另造人生。

黛玉明确说，你这就是走火入魔。宝玉恍然悟到，每一人都在造他人，造出了无数人。

我们认为，我们的痛苦都来自他人，死亡来临才发现，过的这辈子，所识的众生都是自己编出来的。死亡来临，才发现没有他人，没有痛苦。朱元育讲，这是临终必有的发现，每人都是。所以，死亡是大喜乐。

不经死亡，生前就发现，为开悟。

黛玉验证宝玉是否真懂，问："宝姐姐和你好你怎么样？宝姐姐不和你好你怎么样？宝姐姐前儿和你好，如今不和你好你怎么样？今儿和你好，后来不和你好你怎么样？你和他好他偏不和你好你怎么样？你不和他好他偏要和你好你怎么样？"

随口拿宝钗作例，黛玉磊落，对宝钗无嫉妒心。

宝玉作答："任凭弱水三千，我只取一瓢饮。"——懂了，不编故事了。

黛玉说："瓢之漂水奈何？"——现在嘴硬，遇上事，你还会迷进去。

宝玉答："非瓢漂水，水自流，瓢自漂耳！"——放心，迷不了。再编故事，是我在玩。玩归玩，我是清醒的。

之后还有几句，都是从《指月录》上来的，之前宝玉看过，觉得自己没达到，说不出口，这时敢说了。

对话结束，黛玉沉默，对宝玉并不肯定。留下悬念，宝玉还差在哪儿？

宝玉此时开悟，后面的戏就没法写了。此时乌鸦叫，宝玉问："不知主何吉凶。"——这是常人心理，妙玉就是这么疯的，听到黛玉弹断了弦，而认为是不祥之兆。

其实与黛玉无关，黛玉兴之所至，弹崩了，心里才痛快。我们总是错解外界，胡乱摘取个信息，将自己的人生搞乱。

黛玉答："人有吉凶事，不在鸟音中。"

该给黛玉磕个头吧？

外界现象，决定不了你的凶吉，决定你凶吉的是你怎么想。编剧电视剧《镖门》时，男主刘安顺的台词："万事想来全在我。"便是拜黛玉所赐，从她此句化出。

大落墨，是批量复制。一个菩萨模版在墙上印十几个，对发型、首饰、胡须、手势作增删，小有不同，便是菩萨群像。

九十一回谈鸟音的凶吉，在九十四回复印了一下。宝玉院中，晴雯过世同枯萎的海棠复生，李纨认为预示宝玉有喜事，贾母认为预示全家有喜事。探春认为不在花季开花，违背常理，是不祥之兆。贾赦认为是妖物，要砍了，贾政认为"见怪不怪，其怪自败"，不理它就行。宝玉伤感晴雯不能像花一样死而复生。

一个外物，令众人展现出各情各态。

黛玉的反应，延伸她在九十一回的言论，表态：人不是随外物变化，外物是随人而变的，海棠开花，因为宝玉读了四书，外境随之而变。

四书因为朱熹，招人讨厌，讨厌的同时，老人们教育小孩，还是把四书说成吉祥物，嘴里重复圣贤言，即便不懂，与圣贤同声同口，也会好运降临。一旦患难，就读四书吧。

黛玉这套话，是我爷爷一辈人小时候听到的，也讲给了小时候的我。小时候的我不信，更信《飞碟的探索》，认为能改变个人处境的，是联系上外星人。

8 ⊙ 神瑛侍者是何人

以死亡的方式开悟，古代称为尸解。不是惨剧，是解脱。

黛玉死时，榻前丫鬟们听到鼓乐声，认真听，却听不见。这是尸解标志，传说天界仙子为之庆贺。认为黛玉之死写得俗，像港台言情电视剧，是理解成宝玉宝钗成婚的奏乐传过来。

那边办喜事，这边死人，一悲一喜的对比，港台剧里太多，玩俗了。但曹雪芹没玩这个，明确写贾府内为对黛玉隐瞒，婚礼场地距黛玉住所远，声音传不过来，鼓乐莫名出现，不知来源。

黛玉是以极强意志力，自己要死的，犹如一个沉迷电子游戏的人，突然想起三点半得去小学门口接孩子，离线了。那时没有电子游戏，相同概念的是"债"。绕了一大圈，演出复杂的人生故事，其实为还几块钱。

西部片经典《荒野大镖客》，英文原名是《为了几块钱》，续集《黄昏双镖客》，原名是《为了多几块钱》，牵扯一方生态的大事件，内涵丰富，爱情、亲情、阴谋、信仰，全镇民众忙活一场，结果是帮一个浑小子挣了几块钱。

导演莱昂内是黛玉知音。黛玉不想再演戏，直接还钱了。

什么债？

《红楼梦》首回，讲了两个神话，一、荒山中的顽石，孤寂无聊，投胎到人间；二、天界的神瑛侍者常浇灌一株仙草，当其投胎人间后，仙草也随后投胎，要用一生眼泪回报浇灌之水。

宝玉衔玉而生，通灵宝玉为顽石变化，所以宝玉为顽石，应上第一个神话。黛玉常被宝玉气哭，符合"还泪"设定，应上第二个神话，宝玉又是神瑛侍者。

两者之间不相容。

顽石被弃荒野，没的玩，什么都没经历过，因而苦苦哀求要去人间。神瑛侍者在比人间高档的天界，迫不得已才下人间。

如是顽石，便不可能是神瑛侍者，如是神瑛，便不可能是顽石。书商也知硬伤，有的《红楼梦》版本，篡改成顽石修炼成仙，曾升到天界任职，干烦了，又回到荒山当顽石——圆不过来，顽石是一张白纸，满心欢喜地来人间。神瑛侍者是受上级委派，不得不做，不太高兴地来人间。

曹雪芹没写错，书商理解错了。一见还泪，就往爱情上套，对标恋爱双方。其实与爱情无关，神瑛侍者是宝钗。

不知她喜欢什么，似乎什么也不能让她高兴，为宝钗特征。犹如一个美院高才生，工作分配到街道办事处，负责给黑板报画插图，确实高兴不起来。

神瑛侍者领的任务，是顽石开悟后，帮其善后，古代叫护法。仙草随神瑛侍者下凡，当了顽石开悟的催化剂。黛玉一生眼泪，哭给宝玉，其实是还宝钗的。

八十七回，宝钗给黛玉写信，以诗词诉说心境，满纸悲鸣，才华横溢。宝玉和妙玉隔墙听黛玉弹琴，是黛玉为宝钗而弹，应和她诗词。

明明可以见面，却不，转为以文字、琴音交流，是古人习惯。面谈，是人情方式，似近实远，乘兴而来，一句话不当，就扫兴而归了。艺术的方式，似远实近，纯粹无错，可直通心灵。

宝玉叹息，自己还达不到是黛玉知音，黛玉感慨，宝姐姐拿我当知音。

当然，九十八回标题"苦绛珠魂归离恨天，病神瑛泪洒相思地"，说半疯的宝玉是神瑛侍者。《红楼梦》标题俗不可耐，是书商所为，如是曹雪芹亲笔，至少得是梁羽生武侠小说标题的水准。

梁羽生报纸上写杂文专栏，曾谈自己编故事的天赋不如金庸，比金庸强的是诗词修养。写章回标题时，很用心，要显出长处。如《萍踪侠影录》楔子标题："牧马役胡边，孤臣血尽；扬鞭归故国，侠士心伤。"

差距鲜明，《红楼梦》标题既然与曹雪芹无关，理它干吗？

9 ⊙ 黛玉之死——积墨法、移干绘枝法

黛玉脱离自己的悲剧，对宝玉宝钗结婚，像看报纸新闻，他方他人的事。烧了模仿《西厢记》而在手帕上写的情话、平日作为

修养的诗稿，被前人杰作激发出来的情感和艺术才华，都不要了。

那些是衍生品，清空不可惜，她要回归原态。

黛玉临终说："宝玉，你好。"现在印书，加省略号，成为"宝玉你好……""好"字，为副词，"太"的意思。太狠心、太懦弱、太宝贵、太不舍等等，到底要说什么，不确定，而被评为"意蕴无穷"，艺术段位高。

彻悟的黛玉，要清零，哪儿还有"意蕴无穷"？所以不该是省略号。她说宝玉好，是形容词，"好坏"的好。像我们搬家，面对个老沙发，想起昔日时光，觉得它好，还是扔了它。

曹雪芹不承认有死亡这事，九十八回，宝玉惊闻黛玉死讯，陷入昏迷，走上通往阴间的路，要找黛玉。守路口的阴间司曹说，路的尽头一无所有，阴间是空的。所谓死后入阴间的说法，是为了吓唬世上的恶人。怕死，还能少干点坏事。

还说黛玉"生不同人，死不同鬼"。我们每个人都跟黛玉一样，既不是人也不是鬼，人和鬼都是虚假观念。我们误以为自己是人，所以限制在人的所作所为里，误以为有死亡，所以就给自己造出了死后的种种状况。

你设想自己死，便做起了阴间的种种梦。不管有多少人来做梦，在司曹看来，阴间还是空的。银幕上放多少电影，银幕还是块白布，放一万部战争片，也没法在银幕上留下一个弹孔。

曹雪芹的文笔，不是齐白石画虾般，一遍成形，他是龚贤积墨山水般，半句话、半句话地层层累加。九十八回以阴间司曹之口说了半句，一百〇四回以宝玉之口又说了半句，讲黛玉没死，病死的状况，是为了跟大家断缘分，把她装进棺材，她就遁形走了。不信，请开棺，里面一定没有尸身。

这种说法，我小时候还有听闻，二十世纪七十年代的京城外基本是坟地，扩充城区，盖楼房挖地基，大概率见棺材。京城小孩不怕死人，也不怕高空坠物的危险，喜欢在工地玩，捡废铁可卖钱，见到棺材，要扒开看看，万一有陪葬宝贝呢？

建筑工人诓小孩走，说很多棺材都是空的，最多留一只鞋。不见尸体，当然更不会有陪葬宝贝。工人这么说，京城小孩信，还显示自己见多识广，告诉工人，这是尸解。

小孩是听爷爷奶奶说的。棺里留一只鞋，《指月录》记载，是禅宗达摩祖师的遁走法。民众认为，有德之人、一行业的顶尖人物都不会死，也爱拿只鞋骗世人。

仅武术界，逝于1921年的李存义、逝于1933年的孙禄堂，在其家乡，都有空棺遁走的传说。1992年，大陆公映的港片《李小龙传奇》，何宗道主演，结尾对李小龙之死作出种种推测，最后一个推测，便是空棺遁走，宣布他将在十年后重现人间。

说明不是个别文人的遐想，是大众观念。

一百一十六回，曹雪芹最后一遍积墨，方将黛玉之死解释清楚。宝玉恍惚，进入太虚幻境，见到黛玉。好莱坞拍，会是黛米·摩尔主演的《人鬼情未了》，有情人超越生死，灵魂重逢，感人肺腑。

曹雪芹写的是，黛玉见了宝玉，垂下窗帘，回避了。

西方哪有这样的爱情片？曹雪芹写的不是爱情，是哲学。脱离人身后，再看人间的事，如同电影。对于现在的黛玉，宝玉是块银幕上的光斑。你崇敬《卡萨布兰卡》中的硬汉老板，但你不会跟他交谈。

一道光，怎么谈？

黛玉死状，写一半就不写了，转而写宝玉宝钗婚礼，宝玉被告诉新娘是黛玉，掀开盖头却是宝钗，于是发疯。宝钗一直读《指月录》，参考上面师父点化弟子的手段，以杀招救命，直言黛玉已死，接受现实吧。

所有人担心将刺激得宝玉疯病更重，谁想宝玉反而清醒了些。

宝玉接受宝钗后，曹雪芹时空跳跃，再回到黛玉逝世的那一天，详细交代怎么死的 —— 为"移干绘枝法"。主干事件不写完，转而写次要事件，次要事件交代完了，再回到主干，将主干写完。

《美国往事》便如此，事件主干是一个黑帮分子阻止不了几个发小哥们抢银行的必死计划，他于是向警局告秘，被捕总比被杀好，这是他挽救哥们性命的唯一方式。不料适得其反，警察将几个哥们击毙。

那天的捕杀，具体怎么发生的？莱昂内导演不讲了，移干绘枝，拍起哥儿个的成长史，直到片尾才讲那天的事。

10 ⊙ 贾母庸人——禹王金锁法、治道为丹道

神话层面，宝黛钗三人是圆满的，开悟、催化、护法，分别完成各自的事。缺憾，是人间特性。人间层面，三人是可悲的。

悲剧是贾母造成。高层情绪化，玩惨底下人。

海棠花开，宝玉丢失了玉，百般找不着。贾府中人称玉是宝玉的"命根子"，宝玉说他们迷信，自己不在乎，但日渐迟钝，终于傻得认不出人。

命根子的意思，是生命元气，俗称精力，虽然宝玉开悟，但走失生命元气，便神志不清，所悟不顶用了，说明之前所悟，还是思维的假象。常人也是，精力不济，脑子就不好使了。

朱元育讲解《参同契》，令后人钦佩，是他对生命元气和思维的关系，作出解答。曹雪芹在《红楼梦》一百一十六回亦作出了解答，跟朱元育一致，英雄所见略同，他俩不是一人，也是同为英雄。

贾母不懂两者关系，只知"冲喜"。古人观念，认为办婚礼可以转家运、治百病。选的对象是宝钗，薛姨妈高兴，宝钗嫁个傻子，不高兴。

宝钗一直对宝玉兴趣不大，既不是知音，也非爱情。商家女高攀贵族 —— 如此势利的事，宝钗是开悟者，已超越，不会被这个蛊惑。命运至此，当还债了，是宝钗观念。

宝玉娶宝钗，势在必行。势如潮水，有两人想拦潮。

一是贾政，之前多次交代，贾政年少时也是怪才，贾母和奶妈赖嬷嬷甚至认为比宝玉更怪，不知是何机缘，学会了应世之道，收敛锋芒，老成起来。贾母无才，理解不了，认为是贾政结婚造成，所以要宝玉也冲喜。

怪过的人，知道还怪着的人是怎么回事，贾政明白冲喜救不了宝玉，想拦，贾母一闹情绪，贾政也便没话了。

袭人是坏人，坏人对坏事敏感，知道宝玉倾心黛玉，娶宝钗，疯癫将更烈，搞不好伤性命。宝玉一死，她在贾府也没地位了，出于自私，要拦。谁想支持宝玉娶黛玉的，竟是害怕宝玉娶黛玉的袭人。

此技巧叫禹王金锁法，曹雪芹爱用。

禹王，是建立夏朝的大禹，发明了锁，将蛟龙锁在水底，不让其作怪。传说这套技术由明朝的刘伯温继承，建京城时，将一条龙锁在口井里，即北新桥的锁龙井，今日仍在。民俗里，鲁班也是锁的发明者，战国人，木匠业祖师。

禹王锁、鲁班锁，是汉末三国时即有的儿童益智玩具，比如一个圆环困在一团铁丝里，不断变换角度，才能挪出来。像袭人支持黛玉，读者初看不解，怎么是她帮黛玉？变个角度想，也便理解了。

贾母定下调包计的主意后，多数人就停止思维，旁观局势发展。饱受宠溺、人人关心的宝玉，落入了无人关心的局面，除了关系切身利益的袭人，谁也不会为他细想，之前的"人人关心"竟是假象。

不断否定之前的设定，为叙事艺术。

多想一下，为读书乐趣。

电影还不允许，资方和策划人会说自己看不懂，推论观众也不会懂，要曹雪芹改。曹雪芹吐血而亡，接手的编剧加上一段袭人内心独白："哎呀呀，我实在不喜欢黛玉，但宝玉喜欢呀。主子疯了，奴才倒霉，保黛玉，就是保我自己呀……"

救了导演，拿到投资。

这番话写出，观众只觉得袭人合理，感受不到局面的诡吊。以局部的疑点，引发对局面的思索——为叙事艺术。以小学三年级作文"写清楚"的标准要求电影剧本，是百年顽疾，全世界影人都与之斗争，胜例不多，十分惨烈。

袭人向王熙凤陈述，要她出面管。王熙凤赞同袭人的判断，也认为娶宝钗，是拿宝玉性命开玩笑，但她吃了贾母的瘪，不好管。

吃瘪，上当。

骗宝玉说娶的是黛玉，结婚亮相的却是宝钗——这个调包计，是王熙凤出的主意，顾头不顾尾，婚礼上终要露馅儿，没法收场呀。

一贯精明的王熙凤，怎么会出这种主意？

贾母不选黛玉选宝钗，又怕刺激宝玉，让大家帮忙出主意。王熙凤是贾母平日热聊的对象，为不冷场，她献调包计，抛砖引玉的作用，等着别人出主意。

不料没人再出主意，贾母一下肯定，王熙凤连反口的机会都没有。曹雪芹交代，王熙凤懊悔不已，王熙凤和宝玉一样，平日个性猖狂，一旦长辈发狠，他俩的猖狂便烟消云散。

平日的猖狂，是长辈特许，以保持府内活力。王熙凤是府内唯一敢批评贾母的人，但她的每次批评，都是经过贾母暗示，贾母自己想改主意了，借王熙凤之口下台阶。贾母不想改主意，王熙凤不敢开口。

王夫人查抄大观园、贾母定调包计，王熙凤都认为是蠢政，但都无条件顺从，还得当执行者。

李纨代理当家，由薛宝钗、探春、平儿做智囊团。贾母是孤单一人，不设智囊团，政策上必有偏差，等林黛玉死了，贾母才意识到自己的蠢政，说是我把这孩子玩死了。

没有智囊团，是衰相。一旦身边没有人才了，就要小心。你比周围人的才能强很多，觉得容易领导，其实危险，没有同级别的人切磋，思维容易简单，聪明人也会变得不聪明。

秘技，是江户时代日本围棋界传统。发明出一个绝招，在本门派内也保密，只有核心成员知道，藏到跟别的门派决战时才拿出。现代日本的名誉棋圣藤泽秀行，则把自己的发明跟青年棋手分享，舆论说他傻，在培养敌人。

其实他是培养智囊团，把身边人水平提高，他个人才能出更高水平，他同辈棋手被新生代淘汰了，他六十七岁还能拿冠军。

贾母一意孤行，陷入愚蠢。

智囊团，在天文上为太薇垣，满天星斗中划分出一块区域。北方正中区域为紫薇垣，旁侧为太薇垣，古人认为太薇垣对紫薇垣有纠正作用。纯粹视觉效果，有了太薇垣对比，紫薇垣才显得中正。

模仿夜空景象，古人设置行政机构，所谓"天理为政体"，说紫薇垣是皇家，太薇垣为政府，政府讽劝皇家，休止皇家的创意，或将其升华、精良化。这个过程，皇家不要管，《参同契》评为"辰极处正，优游任下"。

辰极是北极星，在紫薇垣中，指代皇家。优游，是游乐之意，创意出了后，就让智囊团完善吧，你乐观其成就行了。朱元育评为"即治道以为丹道"，这个政治原则就是我们锻炼身体的原则，决定静坐了，坐下来就别管了，让身体运作吧。总想着"应该怎么办、现在不对啦"，就锻炼不成身体了。

宝玉黛玉的悲剧，是贾府只有脑子，没有身体，贾母启动了个主意，这主意就粗糙地执行到底了，谁也不敢出力将其精良化，即便身为父亲、看出后果的贾政也不敢为宝玉多说一句。

一意孤行 —— 好主意不细化也会办砸，况且是需要喊停的坏主意。近年来，好莱坞投资亚洲题材，多是贾母行径。本要争取亚洲市场，却不让亚洲人才发挥，创意"长城、饕餮、火药"，也就只是"长城、饕餮、火药"，拿俗套填空，不让亚洲人编故事。

黑泽明是上一拨遭罪的亚洲人才，受聘导演珍珠港题材的《虎虎虎》，面对好莱坞制片人掣肘，稍抗议，即给开除。纳闷请我当导演，你们的打算，不是靠我来卖钱吗，为何又打压我？实在搞不懂这是个什么经济逻辑。

跟经济学无关，是缺乏政治素养。

现今的好莱坞，本土人才也容不下，逼得大家转行，去搞网剧。万一好莱坞要投资你，记得把"优游任下"四字签在合同里。告诉他们，东方文明由此发达，试试吧，有好处。

贾母政治水平的极限，是看出宝玉是人才，贾府未来，熬到宝玉长大便会好。力挽狂澜的事，交给小辈做，自己经验有限、聪明有限，不敢改现状，怕玩崩了，哪怕每况愈下，能让败家的速度慢点，便是功绩。

不管个人多么谨慎，因为没有纠错机制，一时想歪了，便将宝玉整成傻子。贾母临终，寄希望于宝玉的侄子贾兰，宝玉废了，贾家复兴要晚一代。

之前一直写贾母英明，会办事，读者等着她办大事出大招，不料经不起检验，碰上稍大的事，便控制不住情绪，任性胡来，把宝玉婚配办得不能再糟，更大的事，怎么能指望她？贾母不是贾府的定海神针，反而是祸根。

英明的底牌是平庸，方是文学人物。名著如此，小报也如此。

小报要爆料名人的种种不堪，满足市民求平衡的心理，解释名人们配不上得到的一切。比如《天才的阴暗面——希区柯克的一生》《堕落的希区柯克》，起这种名，有销路。所以明星出道，最好是坏小子，这样小报记者才会说你好。王朔营造痞子人设多年，再谈他痞，没有新闻价值，要说"他是我见过的最善良的人"。

格利高里·派克出道人设是正人君子，小报记者只能往"他其实不忠，有情人"里报道。他的大众形象一向体面，小报记者只能报道："你不知道他现在活得有多邋遢。"

对媒体，是当坏人有好报，当好人遭恶报。

贾母遗言，说在贾府享了六十多年福，这辈子值了。读者看着贾家坏事连连，以为老太太心里惨透了，不料却自夸幸福，死后满面笑容——也是禹王金锁法，逆反阅读感受，令读者不得不换角度，重新思考。

贾母无才，能服众，是地位造成。多是德不配位之人，但世事照样运行。自夸享福，这辈子值了，是贾母庸人实质的显现，庸人爱自我安慰，明明许多事没办好，还要嘴硬，自我肯定。

有才之人，想的是大局、未来、真理，不需要廉价的自我肯定，壮志未酬的范儿，临终要谈遗憾。不少欧洲作家认为获奖，是书商把戏，去领成小丑了，即便去了，也是去骂评委，狡猾点的，是自黑不配得奖，你们怎么给我了？

说明你们有问题。

领奥斯卡奖，白兰度派代表去骂，保罗·纽曼不出席，介怀于《虎虎虎》，黑泽明说自己不配，你们给奖给早了，我得拍片到九十岁，才能达到你们的要求——现场有人认为是东方人特有的谦虚，报以掌声，有人听懂，觉得他给脸不要脸，报以嘘声。

面对嘘声，主持人尴尬，黑泽明一脸乐呵。要的就是这效果，触发众怒，是导演该做的。费里尼拿了跟黑泽明一样的奖，自传里澄清，自己不想拿，是哄夫人开心才去的，领奖全程都无法投入，直到领奖结束碰上位老朋友，他称赞自己拍出了许多好电影，方觉得开心，跨洋来一趟值了。

台上金奖，不如街头口语。

身为导演，不能对奖项感冒，是全世界导演的道德底线。腕大的明星要随导演，莱昂纳多领奖，全程表情冷淡，最后说这个时代搞错了许多事，很可能给我奖也给错了——还有些前辈风范。

万众瞩目的奖项，领奖者却唱反调，如此方有戏剧性。现今流行千恩万谢、痛哭流涕地说："我终于拿到了这个奖！"

太给评委面子，奥斯卡收视率已严重下滑。

贾母死后满面笑容的写法，是民间接受了印度哲学观点，认为死的人都开悟，脱离肉体了，一下恍然大悟，哪儿有痛苦和幸福？

2023年年底郭宝昌导演过世，为悼念，重看其名作《大宅门》，发现主题歌"由来一声笑，情开两扇门"，便是此意。下棋输了很痛苦，但你在玩，惨败是你的乐趣。死后方知，原来人生是个电子游戏，我是来玩的，不由得哈哈一笑。

想玩过山车，得买过山车的票，想看水族馆，要买水族馆的票。你的性格是一张票，有这个性格，才会发生你进场前选中的事。选中一种性格，新的一生就开始了，所谓"情开两扇门"。

情，即是性格。这辈子选懦弱，下辈子选刚强，都是你。只是你入场了，拿懦弱玩得不亦乐乎，忘了你原本不懦弱。

贾母死时欢笑，是出了游乐场，发现贾府兴衰，跟自己没关系，搞死黛玉、搞傻宝玉，不用负责，电子游戏里杀一千人也无罪。比脱责更高兴的是，人死退票，性格没了。性格是个限定，没了限定，思路大开，庸人贾母有了才华，能不高兴？

陈寅恪考证，南北朝的梁武帝写有论文，说印度哲学的生命观跟孔门《中庸》一致，唐朝韩愈则认为，印度哲学荒诞混乱，其中有价值的部分，跟孔门《大学》一致，老祖宗早讲明白了，没必要推广印度哲学。

为尊重韩愈，得承认贾母死后笑容，是儒家范儿。

11 ⊙ 王阳明否定《故事》、《黑客帝国》注脚马一浮

贾母死后章回，聘请好莱坞编剧接手续写，会怎样？

该是《钢铁侠》模式吧。宝玉克服性格弱点，建立美式爱情观，对女方不是空口表白，将宝钗哥哥薛蟠从监狱捞出、补上薛家生意的亏空，以实力赢得了宝钗的心，之后迎来了真正的敌

人 —— 原来迫害贾家的幕后黑手，是自己的朋友北静王。

宝玉的权臣潜质爆发，揭露北静王害了贾家还要害皇帝的大阴谋。北静王事败，跟宝玉决斗，不料早年在贾珍以练射箭为名组织的酒色赌派对里，宝玉没玩，真练了箭……一箭射死北静王。

皇帝封宝玉当新一代北静王。宝玉拒绝，说家里大观园荒废已久，现在最想做的，是回家。因为宝钗在大观园等他。

甜蜜三月后，宝钗说："能力越大，责任越大。不要光想着咱们的小家，你要想着天下人。"此时皇帝诏书到了："不管你接不接受，在朕的心中，你都是新一代北静王。外敌正犯边关，你去不去？"

宝玉和宝钗的爱情升华为疆土大爱，洒泪吻别，踏上新的征程。

《钢铁侠》《蝙蝠侠》《蜘蛛侠》《绿巨人》《神奇女侠》《超人》大同小异，主人公善良之心和厉害手段结合，成为"善良的强者"。

曹雪芹却没这么做，把黛玉写死、把宝玉写走，并且贾家没敌人，只有点趁机使坏的小人，贾家败落是大势所趋，自己败的。

"敌人"在好莱坞编剧法里十分重要，敌人强，我更强 —— 各类型片的核心一致，都是比敌人大一号的自我升级故事。曹雪芹不写敌人，北静王没发展成终极大 boss，是一块不明晰的背景板。

他在洛杉矶，会失业饿死。他的经纪人怎么向贝弗利山的老板们解释？

估计会说，不是他的错，他生于明朝，是明朝便有的思潮。王阳明的《拔本塞源论》认为，只要想当强者，便错了。拔本塞

源 —— 拔掉树根、塞上泉眼，说历史发展错了，不能再这么走下去了，否则人类将如野兽相噬。

实话告诉你们，你们年少时学的儒家学术、成年后学的权术，两者是没法结合的。学术的本质是反权术的，两者怎么结合？

历史上所谓"学术和权术结合"的例子，都是骗人的，只有权术，学术是包装，没有学术。"善良的强者"是伪概念，是强者，就别说自己善良。

王阳明此论，把好莱坞的剧作核心给否了，《故事》一书的作者该多烦他，不好卖书了。在经纪人斡旋下，老板们原谅了曹雪芹，认为他本无辜，是受了不良影响，送进培训职业编剧的"故事写作大师班"，教他怎么把宝玉改成钢铁侠。

此论言，夏、商、西周之后，社会的运作方式由道义改为权术。权术运作的社会，早系统化。不玩权术，遭系统排斥，怎么可能成事？

马一浮说可以。

常人根据事情来思考，你根据它，它就会把你耍了。你要颠倒思维，想你自己的，事情将随你而变 —— 会物归己。是他讲学记录《宜山会语》上的词。

讲学时正值抗战，他向学子们保证，别看我说得简单，可是我多年读书读出来的，千万重视，会了这方法，"夷狄不能侵，患难不能入"。

抗战十四年，怎么信他？

现实里举例难，电影上有。

1999年的《黑客帝国》，男主被告知他活在电子游戏里，他的一切感受都是假的。既然是假的，那就可以改了。改起来难，他还是"提升个人水平、应付敌人"的旧思维，辛苦磨炼各种本领，连太极拳都练了。

等敌人来临，一切无效，太极拳也不管用，他被打死了。死后醒悟，是"水平"和"敌人"两个概念耽误了他，电子游戏的矩阵编码是一堆0和1的数字，哪儿有水平和敌人？死亡也是不存在的。

于是他死而复生，以前所未有的新方式，匪夷所思地灭了敌人。

符合"会物归己"一词。

王阳明既是大儒，又是重臣、军事家，后世风评中"学以致用"的典范。本人却说，学术和权术无法结合。令人怀疑，那你是怎么回事，难道你的军功，用的不是兵法？

……是匪夷所思？

宝玉有无情的一面、黛玉有铁腕的一面，他俩具备成长为权谋型人物的基因，耍智斗狠地复兴家业。历史上多，勾践卧薪尝胆、伍子胥掘墓鞭尸、韩信胯下之辱、司马懿装病拒曹……太多了。

曹雪芹懒得再写一个走向成功的故事，权术社会里，成功都是暂时的，不久便被大一号的人物灭了。成成败败，没出路。如果人类生活只是丛林法则，文化只是丛林法则的伪装，那么人类太没劲了。于是，他写出一个放弃成功的宝玉。

九十八回，以黛玉逝世为标志，全书发展段落完成，之后进入高潮，将畅所欲言，是曹雪芹真正想写的。

第六部分　九十九回至百十九回

1 ⊙ 宝玉黏宝钗——琴瑟间钟法、凯撒大奖《老枪》

九十九回，凤姐用手势比画宝玉婚后情景，宝玉黏人，搞得宝钗又羞又窘，逗乐贾母、薛姨妈。读者是另一番观感，觉得宝玉可怜，精神崩溃后智力下降，黏糊宝钗，不是男欢女爱，是变小孩了。宝钗亦可怜，丈夫不是正常交流对象，谈何婚姻幸福？

书中人物在逗乐，读者觉得是惨剧，传统小说技巧叫"琴瑟间钟"，琴瑟合奏时，响起钟声，弦乐里听出了打击乐，比喻书中人物的感受和读者感受不一致。

有学者认为黛玉尸骨未寒，宝玉绝不会亲近宝钗，是续书者高鹗乱来，后四十回不是曹雪芹亲笔，此为铁证。

学者幸福，自家、街坊都健康，所以不识曹雪芹所写，而发疯后变傻的人，是京城小孩生来就看到的现实，哪儿哪儿都是。京城，是机遇之城，也是颓废之城，精神垮掉的好多啊。

我上高中时，街心花园里总有，由家里老人领来晒太阳，一天就出这一次门，宝玉一般。花园还有卖唱青年，唱列侬、罗大佑，也有原创。宝玉般的人们爱听，给不出钱，坐歌手身后一棵树距离。

张楚的《姐姐》在1992年成名，传说曾在美术馆东侧的街心花园试唱，那就有两位宝玉先听过。后来辟谣了，不是张楚，是张广天。后来又辟谣了，说是杨一。

不管唱歌的是谁，听歌的宝玉总是那两位。精神垮掉后寿命不长，他们花园晒太阳，三四年，也就都死了。

查杨一访谈，1994年春天，一对总听他歌的老夫妇，老太太没了，老头多听了半年，也没了。老头正常，老太太是位宝玉，杨一厚道，不说她病状。那时的人显老，说是老夫妇，也就五十多岁。另一个宝玉是壮汉，衣着旧，自言自语的声很大，由老妈领来……

确定花园唱歌的，是杨一了。

琴瑟间钟法，我上一代人不知这词，也有这概念。

1976年首届凯撒奖最佳影片《老枪》，1981年在国内上映。情节是，妻子被德军小队杀害，丈夫拿祖父留下的一杆猎枪，杀光了德军小队，大仇得报后，丈夫邀请朋友回家吃饭，说妻子备下美食，将是无比快乐的聚会。

朋友怕他精神失常，提醒他，你妻子死了，丈夫清醒过来，说知道她死了，然后哭了。

八十年代初的译制片稀少，一旦公映，便是全社会讨论。我小学的手工课老师，嫌弃朋友多嘴，分析：不挑破，让丈夫自顾自说下去，影片便结束了。按她说的修改，第二年凯撒奖还会是它，虽然是同一部片子，艺术档次翻了一番，评委们不得不给奖。

那代人对国外评奖机制不了解，我们小孩也听不懂，继续练习缝扣子、扎纸花了。十一二年后，大学老师分析《老枪》：丈夫说自己的，观众感受自己的，两者平行，突然黑屏结束，观众的伤感将强烈得无以复加，故事方能发挥出最大力量。

现有版本，在朋友提醒下，丈夫哭了，原本情绪上扬、即将全面抒发的观众，见他哭了，就小心观察他了，瞬间感性变理性，他的眼泪把观众眼泪憋回去了。表演是好表演，但破坏了整体情境，就是坏表演。当然，不能怪演员，得怪导演……

电影专业的大学老师跟非专业的小学老师讲的一样，可想我当年的震惊，这种普遍的审美分寸哪儿来的？只能解释为血液里的，是文化基因。

法国导演里，特吕弗几乎是个华人，他的电影里一旦出现"琴瑟间钟"的平行情绪，就干净利索地结束，让人物与观众平行到底，绝不搞"观众哭，人物也哭"的两条平行线合一的事。

琴瑟间钟法，可算间离效果的一种，在这个领域，特吕弗总是令人满意。

《老枪》轰动法国，是一个善良人砸了圣母像，在敌人忏悔时，选择不宽恕。天主教普遍的国度，反了天主教道德观——这是电影该干的事，向世界提供反例。

对二十世纪八十年代华人的刺激，是丈夫深爱的妻子，竟然对婚姻不忠。她屡屡出轨，有时受伤有时幸福，丈夫表示同情或赞赏。妻子先锋，丈夫老派，老派的人爱上新女性，如何赢得她？

婚前得谈妥。

妻子的人生意义，是珍惜自己的冲动，即兴地活着。丈夫看戏一样看她，对一个戏剧角色，便没了好坏是非。

《老枪》中，妻子的情人是作家、演员、军官，酒会中最耀眼的男子。同时期的港台电视剧中，妻子偷情的对象，基本是家里司机，情事泄漏后，会双双被杀。

1998年电影《潘金莲的前世今生》，武松转世后，和成为富婆的潘金莲恋爱，也只能当个司机。杜琪峰名作《枪火》，便是个杀司机的故事。

京城在清末时即受法国文化熏陶，对法国电影里出现的事，跟我们本有道德差距再大，第一反应也是"可以学一下"。

二十世纪八十年代，一对青年夫妇，妻子向丈夫坦白，爱上了邻居老王。丈夫暗喜，妻子终于成了一个有趣的人，婚姻可以维持下去；一个女子告诉她男友，她同时还跟另一位男子交往，没有选择的痛苦，全喜欢。男友大喜，认为非常时髦，自己站在了新时代的风口浪尖上。

我们一代是历史见证者，身边有许多例子，大我们六岁十岁的哥哥姐姐们容易这样。京城，毕竟是官宦文化根据地，男人要有决定权。很快，说"全喜欢"的，由女方变成男方。1994年电影《永失我爱》、1992年电视剧《过把瘾》都是一个癌症男子，得到两位女士照顾，死前精神升华，同时爱她俩。

改由男方表达后，像古老的"妻妾成群"，癌症、濒死，取消肉体行为，容易被当成病人的胡思乱想，品不出先锋性。三十年过去，连这也没了，当今"一男一女，必须选择"是影视标配。

1998年法国两位七十年代巨星阿兰·德龙和贝尔蒙多出演双男主影片《二分之一的机会》，片子不佳，却是纯正的法国文化，故事起点，是一个女子公然爱着两位男子，在三人肉身旺盛的青春时。观后感叹，我们学过。

2 ⊙ 贾政当官、薛蟠伏法——公道的起源

贾政去外省任职，管理粮食，本是肥差，却要"一心只做好官"，严格查办、不受贿赂，结果日常开支还要京城家里送钱来，衙役们消极怠工，升堂、出行都难保证。随他而来的门客，见捞不到油水，弃他而去。

眼见难以维系，下人里有位李十儿，向贾政提议——您当清官，我当小人。您装不知道，我来收贿。贾政回复："我是要保性命的，你们闹出来不与我相干。"讲好出了事，由李十儿担责，贾政无罪，最多是对手下监管不严。

很快来钱，衙门正常运转了，贾政坐享其成，事事便利。

初中看此段，觉得贾政憋屈，世风如此，不得不同流合污。人到中年，惊觉贾政狡猾，会当官，段位高出贾雨村。

之前交代，贾政门客里有敌对势力的特务，趁他们不满待遇，正好下逐客令，说："要来也是你们，要去也是你们，既嫌这里不好，就都请便。"搞成清水衙门，原来为赶他们，在京城还不好清理。

门客里果然有特务，走后，在当地留有耳目，听到李十儿受贿，又来表忠心，写信向贾政告发。李十儿在可控范围里，贾政装糊涂，表示不信。当地人向贾政上司揭发，上司见贾政样子"古朴忠厚"，不信揭发，信贾政。

神态是练出来的，演员演戏般，得照着镜子练，京城老话叫"养样"。贾雨村是掩不住的枭雄相，令人不安，在长相上，贾政

的段位亦高出贾雨村。

贾政这类贵族子弟，来外地做官，不需要真打实干地刷政绩，刷日子就行了，有了地方工作履历，回京好升官。贾政大局观清楚，不作为，混年头，之后虽然被告发受贿而贬职，也很快查出罪在手下，不在他，贬后又升。

李十儿占贾政便宜，实则贾政占了李十儿便宜，下派期间有好日子过，还名誉清白。"迂腐低能"的口碑，是护身符。

之后，贾家被抄家，宁国府老大贾珍、荣国府老大贾赦入狱，贾政没事。宁国府失去国公封号，荣国府封号从大哥贾赦身上剥夺，改由二哥贾政继承。

被抄家了，还能成为受益者，确实会当官。

官场黑暗，没有公道了吗？

不尽然，时不时冒股正气。薛蟠的杀人案，贾家使贿赂、改口供，原是摆平了。不料复审官员看出问题，公正到来，判薛蟠死刑。贾政使不上劲，宝钗劝母亲别管了，放弃这儿子吧，也别悲伤，当是个来讨债的。

讨债的——来败坏咱们家业的。判他死刑，说明讨债讨够了，不该悲伤，该轻松，这人终于走了，债务结束。宝钗一番话，京城孩子熟悉，成长的不同时间段，都有兄弟姊妹遭爹妈放弃。

电视剧集《大宅门》里的七爷，瞧出长子不成器，仍委以重任，想激发出他的责任心，从此懂事。结果被长子搞破产，气得七爷打断他一条腿。

打断腿，不算狠，不培养他，才是狠。白家不是贵族，是富户，所以心软，还有"孝子贤孙"的观念，幻想每个孩子都成才。贵族对下一代，是对敌般警惕，意识到：往往来害你的，是你的子孙。

位高权重后，一是招小人，二是生败家子。小人和败家子，是社会平衡机制，你家败亡，别人家好崛起。贵族对付败家子有丰富经验，瞧着不对，就冷落，不给一点社会资源，怕他搞坏家业，及时止损。

不拿他当自己孩子，一念之间便决定了。这些败家孩子根本没有试错的机会，显不出坏来，瞅着都挺好。平民还以为是老爷偏心，对被冷落的少爷报以同情："你这人啥都好，就是命不好，跟父母缘分浅，命里不得宠。"

破落了的贵族后裔，不知原因，遗传基因使然，本能觉得放弃个孩子，似乎挺牛的。为人父母后，小孩调皮，会当着邻居面嚷嚷："滚吧你，走哪儿死哪儿。看清楚，咱们家还有俩孩子呢，不缺你这一个。"

权力财力都救不了薛蟠的命，贪赃枉法的大环境里，公道突然强硬地到来——不像真的，却是真的。汉朝花了四百年，完成了这套机制。

汉朝长期未能完成全国的郡县制，与分封制并存，中央官僚和地方诸侯对立，不能发生点矛盾就打仗，得说服。中央官僚用儒家理论，代表是董仲舒，诸侯用道家理论反击，代表是淮南王刘安。

汉武帝"罢黜百家，独尊儒术"，罢黜的主要是道家，没别的理了，只剩一个理，以保证官僚能说过诸侯 —— 这就是公道的起源，抵消诸侯的血统特权和军事威胁。

后世觉得好用，便沿袭下来，没了诸侯，还有世家、豪族、门阀、藩镇、军阀、学阀、封疆大吏 …… 总能用上，我们名为汉族，因为一直是汉制。以观念克制武力，成本低，确实好用。

庆幸二千年前，公道打败诸侯，今人仍分享此胜利果实。

后世批判董仲舒，认为他发明了不少新概念，偏离了孔子原意，但看孔子门生论文集《易传》，还是能照应上。朱元育注《参同契》，亦照应孔门《易传》，认为政治拷贝星象，人心拷贝天意。

《聊斋志异》讲，动物成精，是看月亮看出来的。民间说法，狐狸看四百年月亮变为人形，再看五百年成仙。黄鼠狼八百年变人，蟒一千年变人，之后都得再看五百年。猿特殊，不看月亮看太阳，看七百年朝霞，不需要变人，直接成仙。

七百年，太快了 …… 动物园简介牌上，告知动物寿命大多都短，十几二十年，野外生活辛苦。几百年怎么活，谁来保证？

猿看日，人看星。《易传》讲，人类文明，是看星星看出来的 —— 难道，人本是妖精？

君权首先是祭天权，商周君王以及秦始皇，均说只有自己能祭天，天意降于一人，这么说好处大，特权随之而来。汉武帝独尊儒术，用儒家理论克制诸侯，儒家坐大后，反过来限制君权，讲人人都可以跟天沟通。

汉儒们用《论语》的词，将皇帝定义为"学而知之者"，皇帝的身份在概念上代表了天意，而实际上，能不能沟通上，还得看每个皇帝的个人德行。学习吧，有的学。跟谁学？跟我们学。

祖师爷孔子被定义为"生而知之者"，说他可以直接与天沟通。北宋儒家的太极图，彻底否定君王的血统神话，讲所有人、所有物都是一个来源，造出人类心理和宇宙星辰的，是同一个东西。所谓"天心人心，同出一源"，只要是个人，就能和天沟通，这个渠道对每个人都是打开的，皇帝无法垄断。

太极，即平等。

战国时代的孟子便说过，民众代表天意，君王不代表。春秋时代的君王，一个个都不行，孔子改变了世人意识，他才是春秋的王者。同理，我老孟，是当今的王。

消灭特权，是儒家核心，所谓"王道乐土"，是实现了平等，人人都是王，讲理才是王，不讲理，王也是贼。影响到史学、美学，比如《史记》《文心雕龙》，最终形成大众共识，磁力般存在，"不能不讲理呀"是老百姓口头禅。

公道是中央集权的基石，官场再黑暗，也还有公道，哪怕像俄罗斯轮盘赌一般。装六颗的弹夹去掉五颗，旋转后对脑袋开枪，大概率碰不上，碰上了，必死无疑。让公道时不时显现一下，是统治的必须，各方势力得知趣回避。

于朝廷于民间，都有兑现公道的需求，薛蟠不走运，碰上公道兑现的时间段，贪赃枉法的惯用技巧失灵了。

3 ⊙ 宝玉赞金桂、金桂恋薛蟠——羯鼓解秽法

薛蟠夫人夏金桂，跟贾府里耍浑犯横的婆子一样素质。婆子

撒泼，丫鬟就管住了，主妇撒泼，没的管。她除了骂街，还抢木杠打人，薛姨妈、宝钗压不住，薛蟠遇上克星，离家避走。

她这身底层流氓气哪儿来的？按出身、教育，不该呀。古人会解释为"报应"，下代主子出浑人，薛家该衰了。

像老天设的骗局，婚前两面之缘，薛蟠对夏金桂印象极佳，经历了柳湘莲失踪的丧友之痛，薛蟠有点懂事了，迎娶正妻，有重新做人的心。一切在往好的方向发展，不料妻子入门，转眼成泼妇。

是你家往昔积恶，报应到了，老天已容不得你好。

撒泼，写得精彩。但一路撒泼，读者观感单一，精彩的也不精彩了。看曹雪芹妙笔，撒泼时语言粗俗、动作野蛮，读者主观认为夏金桂面目可憎，不料从宝玉视角，她是五官秀美之人，安静时还很有气质。

冲她的长相，宝玉甚至有些不信那些撒泼传闻——传统小说技巧，叫羯鼓解秽法。

羯族，是被匈奴打服归附的一个民族，羯鼓泛指西北地区民族的鼓。典故是，乐官新作了组曲，请唐明皇审定。庙堂音乐平缓肃穆，连听几组，唐明皇受不了，喊停，找个羯鼓，一通猛敲，终于破了心中压抑。

连写数场撒泼，快看腻了，突然写她样子秀美，惊诧之下，阅读能继续。宝玉观感，是小解秽，夏金桂求爱薛蟠的堂弟薛蝌，是大解秽。粗鲁至极的人，竟是恋爱脑，面对薛蝌，思前想后、万般小心。似换了个人，便看不腻读者。

好莱坞也会解秽法。

1945年的《疤面人》，汤姆是个心理变态、行为坏透的暴徒。作为黑帮片肇始之作，仅展示暴行，足以震慑观众。1983年重拍，黑帮片发展了近四十年，观众看多了变态和暴力，导演解秽，让汤姆的暴徒外观下，藏着个小学好学生，会突然是非观很正地斥责他人恶行。

好莱坞会解秽，做好的不太多。

解秽，要构成戏剧冲突，而不是多拍出一些事。马丁·斯科塞斯1995年导演的《赌场风云》，老奸巨猾的赌场主管，处理婚姻却头脑简单如初恋的中学生。为解秽，结果傻事拍多，解秽解大了，主角行为变得不可信，观众恶评，成导演生涯滑铁卢。

4 ⊙ 香菱招害、雪雁招嫌——无心显用心、《天堂电影院》

夏金桂硬拽薛蝌入屋，欲行情事，跟夏金桂一伙的宝蟾给望风，远见香菱走来，大叫"奶奶，香菱来了"。薛蝌趁机走脱。夏金桂记恨香菱，生了毒杀她之心。

香菱走自己的路，没注意，如果宝蟾不大叫，她也就什么也看不见地走过去了。宝蟾、夏金桂一直以香菱为敌，香菱走来，才会当个事，要大叫。如果平日正常对待香菱，没那么警惕，也就会发现她没往这儿瞧。

一人的无心，显出别人的用心。

宝玉宝钗婚礼上，实施调包计，安排黛玉的丫鬟扶蒙盖头的宝钗下轿，好让宝玉以为娶的是黛玉。紫鹃没去，雪雁去了。

　　黛玉过世后，丫鬟们重分配，紫鹃、雪雁归到宝玉房里。紫鹃不考虑宝玉疯傻期间不能自主，认为他娶宝钗，是辜负黛玉，来了后摆臭脸，不干活不理人。

　　宝钗不怪紫鹃无礼，反而觉得她忠于旧主，可信任，礼敬厚待之。雪雁在婚礼上为自己出过力，宝钗反而嫌弃，认为她不忠于黛玉，这种人不能留，迅速将她匹配给个下人成家，远远支开。

　　雪雁冤枉，原本扶宝钗下轿的人选是紫鹃，急唤她去，并不说做什么，如果不是黛玉病危，紫鹃也就去了，去了就得扶轿。雪雁作为低一级的丫鬟，是为紫鹃顶包，代她去的。

　　雪雁无心，而在宝钗眼中，成了不忠。

　　他人没时间了解你所有心思，也没机会了解事情所有原委。人看人，都是看表面。紫鹃没来，雪雁来了，两人就有了忠与不忠。所以，人生是场误会，人的命运不同，是被误会的程度不同。

　　被唤去，不知情，主子安排，不得不做。雪雁如果真的不忠于黛玉，讨好新主子宝钗，宝钗嫌弃她，依据充分，读者便不会多想了。

　　雪雁冤枉，宝钗错判，却显出宝钗"辨忠奸、整顿人"的主妇意识。小事错了，读者着急"宝钗怎么这样？"一动心思，便体会出宝钗大事上的用意。

　　1988年《天堂电影院》，放映员老头和儿童多多情同父子，教他放电影的手艺。青春的多多遭女友抛弃，伤感地去了大城市，三十年后衣锦还乡，揭露真相，当年的失恋是老头造成，老头拦截了两人情书，好让多多愤而离乡，去大城市打拼。

多多无心，显出老头的用心。

代表乡镇美好的一个人，却是这份美好的否定者，老头认为大城市才有价值，破坏了多多人生的自然流程。所以多多再不愿回来，回来后，也不愿打听老头的消息。

多多回乡，不是参加老头葬礼，是参加自己一位长辈亲戚的葬礼，不得不回，一脸不情愿。多多开始回忆，看了一二段，观众诧异，多么美好的回忆啊，该魂牵梦绕地渴求回来，为什么还摆臭脸？

构成悬念。

悬念建构得好，解得不好。成年多多遇上已嫁为人妻的初恋女友，女友天晚得回家，没时间，两人停车路边，车内做爱，补偿了年少遗憾。

非得做爱吗？

初恋女友不该有成年形象，多多的初恋遗憾，不能由初恋女友本人补偿，因为当年事件的性质，不是他少一场做爱，是他失去了一段人生。三十年过去，具体的人事已补偿不了他，得遗憾到底，不作补偿，才是剧作。

影片结尾，老头过世前留给多多一盒胶片，当年因审查制度，接吻镜头要剪掉，老头将剪下的接吻镜头连接在一起。多多在影院放映，超大规模的接吻镜头，是一个职业导演也没见过的，形成的震撼效果，让多多心理破防，终于释怀。

实的东西补偿不了，可以用虚的精神升华。当年未在电影院放映的吻，等于当年未经历的爱情，看到当年缺失的镜头，就像当年也经历了恋情 —— 该是这样的情绪。

被一场床戏破坏。

据说是导演亲身经历 …… 那就跟朋友讲讲，别拍进电影。电影除了需要真情实感，还需要剧作结构。

托纳托雷另一部电影《海上钢琴师》的结尾，钢琴师所在的轮船报废，即将炸毁，钢琴师拒绝上岸融入社会，独守空船，要一并毁灭。他的朋友上船劝他，两人展开人生观大讨论，没谈妥，朋友下船，钢琴师随船自尽。

永不上岸，是一种象征。对于象征，就不要阐述了，能把象征说小了、说歪了。应该是，钢琴师不现身，朋友上船寻找无果，仍执着相信他就在船上 —— 不谈，钢琴师的用心才能彰显到最大。

《天堂电影院》完成了象征，老头留给多多胶片盒，没解释用心。电影院留不住电影，档期过后即被发行公司收走，审查剪下的镜头，是遗弃的废料。老头做了一辈子放映员，唯一能留在手里的，便是这些废料，多多是放映助手，当纪念品送多多，属正常人情。

老头无心，而对多多意义重大，方能调动起观众情绪。如果两人思想一致，老头有特别用心，多多按老头用心，去思考这盒胶片的意义，终于完全理解 —— 你俩意思对了，观众就觉得没意思了。

事先定义，会限制视觉感受，破坏之后大规模接吻镜头的震撼。视觉本有的含义大于语言，被震撼后，观众浮想联翩，觉得老头送胶片盒大有深意，是老头对自己当年行为的忏悔，或者要以晚年智慧点化多多 ……

那属于观众的事了，导演不管。导演管的是，保证能发生震撼。

5 ⊙ 探春远嫁——抄家游戏

贾政外任期间，定下探春婚姻，夫君是镇海总制的公子，要远嫁海边。宝钗觉得家事颓败，急需整顿，探春是管理人才，正需要她出力，却将她抽走，不合时宜。

宝钗从大局考虑，认为贾政又办蠢事，不知贾政的大局大于她。贾家有个长期路线，被抄家时才显露出来。探春远嫁，为维护它。

百〇五回，贾家被抄家，罗列的罪行中，凑了些小事，如霸占他人资产、国丧期间纳妾、放高利贷、聚赌等，这些都是个人罪行，不至于抄家。

抄家的主罪，是"勾结外官"。外官，不是外地官、外国官，指边防军长官。抄家，不单没收财产，更要寻找罪证——往来信件、物件，所以要不动声色，突然发难，赶在贾府办宴会时抄家，打个措手不及。

贾家是战功家族，长期路线是维持军方渊源，迎春嫁给的孙家也是世袭将军，这位令贾家抄家的边防长官，不会是新搞的结盟，应是贾家旧关系。

抄家，雷声大雨点小。说明贾珍、贾赦所谓的"勾结外官"，并不是真搞政变，甚至连"结盟办大事"都没有，只因祖辈关系，天然熟络。果然，之后曹雪芹交底，皇帝下诏：我查明白了，告状的人搞错了，你们两家是老朋友呀！

明清官场，有权就有钱，贾家财力垮了，说明失去实权。皇室做空贵族，不会做死，空架子贵族还有用，通过惩罚他们，吓唬实权大臣。

抄贾家，是示范。皇帝用心，不会告诉锦衣军，他们是底下干活儿的，派贾家世交的西平王、北静王当监督，遏制锦衣军别过分。也不用跟两王爷交底，两王爷一看任命自己，便知要玩什么游戏。

锦衣军领班赵堂官，干活儿认真，很快被调走。荣国府被抄走的财务、剥夺的爵位，很快归还，皇帝说想念死去的元妃了，不忍看她娘家破败。轰动大罪，一句伤感话便给免了，说明勾结外官的另有其人，并非贾家。

不能刚敲锣便收场，总得演一段抄家戏，于是宁国府削爵，贾珍、贾赦充军发配。之前交代，贾政的门客里有亲王卧底，现在看来，还有皇帝卧底，明确告诉贾政，贾珍、贾赦受不了罪，是旅游度假性质。不好直说是皇帝安排，说您粗心了，也不查一下，充军部队的长官也是您家旧关系。

为安慰贾政，皇帝不惜暴露自己的卧底，看来不忘元春，真把贾政当老丈人。皇帝办事，是该使坏就使坏，该给好就给好，两者井水不犯河水，都到位。

看不明白事的是贾雨村，眼见皇帝要整治贾家，为撇清关系，揭发贾家罪状。他觉得自己机敏，不知是犯傻，日后职位一撸到底，成了平民，完全踢出官场。

贾雨村已是军方高官，高到何程度？《红楼梦》朝代不明，在明朝相当于入了内阁，在清朝相当于入了军机处。如此高职，却和特务头子赵堂官一样见识，对皇帝要灭贾家信以为真。

低水平，因带他混官场的大哥王子腾病亡。王子腾训练贾雨村办事手段，没教看事的眼光。贾政设计贾雨村为贾家外援，放到王子腾处培养，王子腾是贾政的妻兄。大哥带小弟，不需要跟小弟交心，小弟是忙事的，不需要知道事情内涵。

内涵由大哥掌握。小弟没法脱离大哥，觉得自己办成那么多事，本事大了，可以自立门户，结果脱离大哥没几日，便把自己玩死了。

不用大哥出手惩罚，行内共识，要联手剔除你，因为你不懂行，得罪人都不知怎么得罪的。官场如此，民间也是，1994年《新英雄本色》便是这样的江湖事。

王子腾一死，茫茫官场，贾雨村成睁眼瞎，跟风揭发贾家罪状，向皇帝表白——虽然贾家培养了我，但我可以不顾私情，只忠于您。

皇帝一见，会想："丧心病狂，此人不能用。"贾政一见，会想："怎么傻成这样？王子腾没教他真东西。"

皇帝和贾政不会沟通，但这事就像踢在白墙上的黑脚印，出了，便都知道该怎么办了。一致觉得你傻，你的命运便注定了。

贾雨村的正确做法，是在王子腾死后，找位新大哥，跟在大哥后面混，别自己拿主意。清朝官场风气，寒门子弟科举当上官，自觉以四品为极限，朝廷还升他，会坚定谢绝。四品官干的事，尚在世俗能理解的范围里，三品以上的事，就看不懂了，不知游戏规则，这个游戏怎么玩？

很可能把你升上去，不是让你担大任，是让你担大责，给某人背黑锅用的，到时候杀的是你全家。

百〇三回，贾雨村刚升高职，在一座破庙遇见成道的甄士隐，求指教。甄士隐说，就像这庙，你看着破败不堪，急需修缮，我看是风景正好，不必修缮。暗示，作为一个机会主义者，你眼光不行，找机会等于找灾祸。

仆人催促贾雨村渡河，河水涨了便渡不了啦。习惯找机会的脑子，听到没机会了，会慌。甄士隐见他慌样，也催他渡河，试一把，你要是留下，还能指点你。贾雨村不堪试，觉得机不可失，我先渡河，日后再接你来家里请教。

贾雨村刚走，甄士隐即放火烧庙，表示你选错了，日后没的请教，你的思维方式让你犯错。贾雨村不反省自身，往甄士隐身上想，认为他自焚升天，是修行成功了，渡口巧遇，为让老朋友作个见证。

倒是挺能想的。甄士隐会跟皇帝、贾政一样，感叹他太傻。

对于探春远嫁，宝玉的反应不出彩，依旧是"姐妹们都散了，我也不想活了"一套，已重复多次，读者看腻。宝钗的反应出彩，丫鬟们不要探春向宝玉辞行，怕宝玉难过，勾起疯癫。宝钗说没事，让探春来吧，大家要拿宝玉当正常人看待，让他有正常人的情感抒发。

壮哉宝钗！

宝钗的语气神态，我年少时在邻居大婶、小姑脸上见过。京城是颓废之城，精神出问题的男子多，二十世纪七八十年代街边仍常见，家人中午领出来晒太阳、黄昏领出来遛弯。吃药难根除，时好时坏，当病人哄着，什么事都不让碰，会愈疯愈烈。

患者的妻子、妹妹学宝钗，当他是正常人，总被说成正常，竟真会日渐正常。京城人读《红楼梦》读出的疗法。

宝玉反应不出彩，应是曹雪芹当日写作时间过长，失去灵感，先堆砌上老招数，待日后再改。会改成什么样？宝玉不哭反喜，说探春走得好，读者不知为什么了，宝玉因而出彩。

改稿不难，许多时候，反而一写便成，难在意识不到此处要改。

6 ⊙ 王熙凤遇鬼——《异形》套路、互换台词

探春远嫁，引出王熙凤遇鬼一事，其写法，令人怀疑《异形》的导演斯科特看过《红楼梦》。1979至2019年大赚特赚的好莱坞名牌系列《异形》，首部竟难找投资，老板们一致认为是赔钱货，勉强搭几间太空舱，低成本拍了。

场景简单，全靠剧作。宇航员以为异形来了，不料黑影里走出的是小猫，刚觉得是虚惊一场，不料异形出现。观众很吃这套，年度票房冠军，老板们被打脸。

贾母命王熙凤看望探春，王熙凤带两丫鬟，路上碰见婆子聚会，派一位留下，打探她们说什么，风大了，又派一位取衣服。越走人越少，剩下王熙凤一人，碰上个绿眼鬼影，却是只大狗，虚惊一场，转瞬虚惊变真惊，秦可卿鬼影出现。

《异形》写法与之一致，在西方是希区柯克套路，在东方是评

书技巧，东西方共识，形象吓不了人，误导才吓人。大狗小猫值几十亿美金。

秦可卿鬼影的出现方式巧，一说话，戏垮了。说的是，叫你买祭田转移资产，为何还不办？十三回写过，她过世时向王熙凤托梦说过的话，隔了八十多回，还是这话，让读者确认是秦可卿。

买祭田的旧事重提，只是信息链接，缺乏戏剧性。况且，同样内容，秦可卿先后说了两遍，实在无趣。现存稿非定稿，先铺上，等待日后重写。

如果曹雪芹是个当今编剧，制片方催稿，不给改稿天数，有个应急技巧，让角色互换台词，没准便有了戏剧性。改为：

王熙凤一见鬼影，忙说你让我办的事还未办，缓我些日子。鬼影不开口，就此消失，读者此时方反应过来是秦可卿。碰见鬼，不害怕，精神抖擞应对，等鬼走了再害怕——如此具戏剧性。

角色互换台词，不是正经写作技巧，有时能蒙上，有时蒙不对。演员精心准备台词，充满自信地来到拍摄现场，副导演发飞页（临时改稿），发现自己的词成了对手的词，之前努力白费，会有抗拒情绪。

此时导演要讲早年经历："我当演员的时候，不单背自己的词，对手的词也背。甚至一高兴，能把剧中所有人的词都背了。那时真年轻啊，不舍得睡觉，就爱背词。"

导演拿自己说事了，演员也就没话了。剧组发生争论，导演一说自己，往往能止住，没人能受得了导演掏心掏肺……善用此法，闲时多编一些自己的故事。

7 ⊙ 熙凤反常、鸳鸯失常——搭救法

王熙凤遇鬼后，绊脚跌地上，打探婆子闲话、取衣服的两丫鬟寻来，王熙凤的反应不是大叫"有鬼"，而是迅速站起，装作没事人一样。当时民俗，遇上鬼不是好事，说明你气衰败运，此处体现王熙凤自尊。

之后她多次遇鬼，总不对人说。

逼死尤二姐，读者对王熙凤观感大坏，之前富于个性风采的王熙凤只是成了个坏人，作为人物便毁了，故事未完，她还有戏要承担。此状况，作者急需搭救人物。看曹雪芹手段，搭救之法，不是写她好心，好心搭救不了坏人，要写出跟她之前性格反差大的侧面。

她的人设是力压下人阶层的狠主子，待一百一十回，办理贾母葬礼，她压不住阵，求着下人办事，没了气势的王熙凤，写得煞是好看。这是以重场大戏来搭救。

一百〇一回，以过场小事来搭救。王熙凤遇鬼后，回家便睡。古人认为，阳气不足，才会撞鬼，睡觉补阳气。女儿半夜哭，凤姐喊陪孩子的婆子，骂她睡太沉，婆子掐孩子报复。孩子疼得大哭，当母亲的听得准，王熙凤大怒，要叫人打婆子一顿，平儿劝，说您半夜打人，闹得动静大，有损名声，王熙凤便忍了。

为干事可以不讲情面、以"泼皮破落户（流氓）"自居的王熙凤，不言撞鬼、不惩婆子，连续两次爱面子，人物个性出新，读者对她重燃兴趣。曹雪芹搭救成功。

"搭救"一词是专业术语，影视界没有物理学的标准术语，一时用得多了，谁都那么说，便是咱们的术语。电影《南京，南京》的纪录片叫《地狱之旅 —— 一个电影人的长征》，起这名字，可想拍摄之苦闷。陆川的导演作风是边拍边写剧本，为创作空间大，拒绝跟演员讨论角色。

不能面见，女主高圆圆便写信，请求救一救她的角色。最终陆川为她设计出一个特别死法，高圆圆大喜，搭救成功。

运盛时，可以不顾脸面，盛气凌人更容易成事。运衰了，盛气凌人办不成事，得要脸面了。自尊，成了王熙凤运衰的转折点，曹雪芹妙笔。运衰时巨变的，还有鸳鸯。

王熙凤是狠人变尿人，鸳鸯是高人变混人。贾母健在时，鸳鸯高高在上，见识非凡，指点王熙凤、平儿做事，贾母过世，鸳鸯看不明白，也想不明白事了，对谁都急躁。贾母葬礼，王熙凤无钱无人，苦熬办理，还受鸳鸯怀疑，认为她刮不到油水，所以不用心。

大姐大的鸳鸯，成了没见识的人，只会哭闹，王熙凤、李纨对此不解，评为古怪。她俩不解，读者更不解，觉得"这还是鸳鸯吗？"悬念产生，追看下去，是鸳鸯上吊殉主的惨剧。

按鸳鸯的原有人设，该在贾母葬礼上大显身手，帮王熙凤渡过难关 —— 这样，是应该的，也是无趣的。像被抽干了智商、气质尽失的鸳鸯，才有戏剧性。

与之做对比的是平儿，王熙凤死后，平儿维持住原有人设，在贾琏遇到经济难关时，将自己多年私房钱尽数交出，全了夫妻之义，得贾琏感激，日后扶正为夫人。王熙凤女儿巧姐要被拐卖，她带巧姐出逃，挺身而出，全了跟王熙凤的主仆之义。

讲义气、有手段，令人感慨："不愧是平儿啊！"

仅仅"不愧是"，人设依旧，便不如鸳鸯出彩。

8 ⊙ 节奏大于细节、秦可卿讲《中庸》

葬礼中，鸳鸯撤走，回贾母房间殉死，不料遇鬼。看见一女先于她，搭汗巾准备上吊，她不惊怕，反而说你跟我一样心思。遇鬼，如遇好友 —— 妙笔，鸳鸯出彩。

小说，靠细节煽情。鸳鸯上吊前，取出几年前为抗婚剪下的头发，装入胸口衣襟。头发也属身体，鸳鸯求一个"全尸而亡"。这笔细节，令读者回忆起她誓死不嫁贾赦的烈性，因而感人。

如拍电影，遇鬼不惊后便要立即上吊，一拖延煽情，场面的冲击力便垮了，这缕头发加不进来了，本场戏力度足够，不需要观众回忆前戏。

鸳鸯死后，魂灵追随示范上吊的鬼魅，喊："蓉大奶奶。"鬼魅是秦可卿样子，她跟鸳鸯说自己，有"所以该当悬梁自尽的"一句，因而有学者判断，秦可卿不是病亡是自杀，曹雪芹于此处，揭示第十三回隐瞒的真相，脂砚斋批得没错，秦可卿跟公公贾珍私通，贾珍贾蓉父子曾共享尤二姐，能这么对尤二姐，贾珍也能与儿媳扒灰。

怎么想怎么对 …… 还是圆不上，尤二姐早有艳名，不断换包养金主，是其生活方式，秦可卿是宁国府当家人，掌着财权、人事权。尤二姐是贾珍的消费品，秦可卿是贾珍好日子的靠山，两人巨大不同，贾珍怎会无差别对待？

皇帝在皇宫内行走，身边是十三四名随侍的编制，再松懈，也不会少于八人。国公级贵族当家人在自家宅院行走，身边是四五名丫鬟、五六名婆子的编制，再随便，也得有两三名丫鬟，不可能出现某电视剧集中，秦可卿因被一名丫鬟撞见床戏而难堪自杀的事，不先料理好丫鬟婆子群体，根本没机会上床。

小说要修改多稿，因为人类思维单一，张爱玲拿新写成的小说请胡适指点，胡适指出"蒙在被窝里开手电看书"的细节错误，你写的人物买不起手电，于是张爱玲改成"蒙在被窝里点蜡烛"，想的是蜡烛便宜，符合人物，忘了蜡烛是火，会把被子烧了。

曹雪芹想让鸳鸯死后归入仙班，所以让已入仙班的秦可卿接引。在贾母房里自杀，自焚毁房子，自刎溅一墙血，都是对贾母不敬，自缢合适。秦可卿现身，得有事做，因此让她示范上吊。写到这儿，想她为什么能示范？那她也是死于上吊——逻辑如此顺延下来。

这场戏逻辑对了，十三回的逻辑就不对了。初稿时脑子绕不过弯来，定稿时才有自觉力，发现写了多余的话。所以写作的秘诀就是"不断地写"，因为肯定写不对，写多了，才能发现不对。

作家常被自己的初稿逗笑，人类思维如此不好使，所以宋明大儒办学，第一堂课便告诉年轻人，人生一定要开悟，别把自己局限在这套破玩意里。

去仙界的路上，秦可卿说鸳鸯情深，被任命为"痴情司司长"，接引天下有情人入仙界。鸳鸯诧异，说自己"是个最无情的，怎么能算个有情人呢？"

是啊，鸳鸯没谈过恋爱，此生拒绝男女事。秦可卿说，你这才是真情，含蓄在心里，保持着纯粹。发挥出来，人往往控制不好，自诩为至情至性，其实糟蹋了真情。

秦可卿一番话，来自儒家经典《中庸》的"喜怒哀乐之未发，谓之中"。喜怒哀乐，是大脑的产物，等于电影。看电影，人会投入，大哭大乐，但不会失控，因为知道自己在看电影，这个始终不动情的，为"中"，鸳鸯如此说自己。

现实如同电影，我们深陷痛苦、不能自拔时，也会有出戏的瞬间，"咦！我怎么哭成这样？"这个出戏的，便是"中"，秦可卿所说的真情。

《中庸》言，喜怒哀乐是人间的基本形态，生而为人，避免不了，一定在喜怒哀乐的形态里，但身陷其中，仍能保持着这份不动情、出戏感，称为"和"。能和，便能处理人生了，否则人生是场很累的游戏，一定把你玩残了。

不动情、出戏感是喜怒哀乐的创造者，也是宇宙的创造者，别以为只是造了你，天地万物都是它造的。原文是"中也者，天下之大本也""致中和，天地位焉，万物育焉"。

曹雪芹写的鸳鸯之死，由忠仆殉主，升华成悟了中庸之道，就像黛玉之死，不是为宝玉殉情，宝玉是她开悟的一个诱因。

俗人眼中，只看到忠仆殉主，发出"好孩子，不枉老太太疼你一场"的感叹。宝玉先愣神后大哭，等想明白了鸳鸯是悟道，于是一脸喜悦。吓坏了众人，怎么笑上了？ 肯定又发疯。宝钗赶来，一眼看明白宝玉，说："不碍事，他有他的意思。"

暗赞宝钗。

鸳鸯之死，令贾政显出真性情，让自己下一辈人都拜鸳鸯。主子拜下人，超越礼法，照应贾政"年少时坏礼纵情，比宝玉还过分"的设定。宝玉乐得跪拜，邢夫人拦着贾琏不让拜，其他人也就不拜了，宝钗不但跪拜，还故意哭很久，公然对抗。

宝钗出彩，也生出个疑问，宝钗骨子里跟宝玉一样性情、一样知识结构，并已开悟，看宝玉透彻，为何不提点宝玉，让他早开悟？

宝钗的任务是护法，帮开悟者料理世俗事，不介入开悟，开悟得自悟。《红楼梦》含着修真小说《情僧录》，有时违反现实逻辑，按修行概念写人物。

9 ⊙ 熙凤怼袭人、晴雯重现——咽住法

讲一百〇一回秦可卿鬼影，撸线索撸到了一百一十一回鸳鸯自尽，秦可卿鬼影第二次出现。《红楼梦》是交响乐写法，多股事件搅动前行，拣起一事单说，便会扯远。

回到一百〇一回，王熙凤遇鬼后急急睡下，看这一夜写的，婆子使坏、贾琏发飙、王熙凤服软、平儿仗义驳斥贾琏，吵闹中还装进了王熙凤哥哥王仁的新人物出场。文学才能之强大，单凭此夜写法，足以确认后四十回为曹雪芹亲笔。

天亮后，王熙凤来宝玉宝钗处，照顾他俩出门参加活动。女

人梳妆费时，王熙凤叫宝玉先走，不用等宝钗。古时男人走男人的、女人走女人的，到了地方，待客方分别接待男客女客，进的门都不一样，所以不必一起出发。

宝玉拖延，说还没找到合适衣服，都不如老太太给的雀金裘好，王熙凤问为什么不穿它，说完了又后悔，知道晴雯补雀金裘的事，怕引起宝玉发疯。

不料这一问，引出袭人多嘴，把晴雯补衣、宝玉在晴雯死后再不穿此衣的事完整说了一遍 —— 显然是初稿，曹雪芹还没来得及组织袭人语言，先整个摆上去。二稿时，大致会改成：

宝玉自己不会提起雀金裘，那是他的忌讳，他只说没找到合适衣服。袭人之前拿雀金裘刺激过宝玉，宝玉忍了，袭人觉得这是她可以欺负宝玉的点，王熙凤来了后拿宝玉开玩笑，搞得氛围轻松，袭人觉得自己也可以拿宝玉开玩笑，主动说起雀金裘："怎么没衣服？雀金裘放着呢，有人搭上半条命才补好了，却不穿，叫我给他收一辈子。"

说这一句就够了，不用提晴雯名字，不用重复整个事件。宝玉的反应，不用发疯，写他愣住就行，足以激起王熙凤为他出头。

众人都说袭人好，宝钗顺众口也这么说。京城生活经验，"好人"一词是隐语，心照不宣说他有问题。你到新单位就职，老职工说你的组长是个好人，就是提醒你小心。

王夫人整死晴雯，其中袭人起什么作用，王熙凤作为当家人，对人品大暴露的事，哪儿会放过眼？一定要搞清楚，搞不清楚，没法管人。

早知袭人是坏人，见她敢当着自己的面刺激宝玉，如此放肆，王熙凤使坏，说之前将宝玉丫鬟小红调到自己房，得还一个人补上，要将五官酷似晴雯的五儿调来。让袭人天天面对晴雯的脸，虽然你有糊涂虫王夫人撑腰，我治不了你，还不能给你添堵吗？

之前五儿想调进宝玉房，求人到顶是求到宝玉次等丫鬟芳官这个层次，现在好了，不用送礼，当家人主动调。典型的华人政治，给好处、表忠心都得不到升迁，有敌对作用，立刻升上去。

袭人杠上了，嘴硬，说自己愿意五儿来，但王夫人绝不会同意。王熙凤抬杠，硬碰硬，说王夫人会给我面子，五儿明天就调过来。

怼袭人，软弱了一夜的王熙凤显出辣劲，已开始写她性格转变，但也重温一下原有性格，为写作分寸——王熙凤变了，但不是变成别人，还是她。

房中人事安排，王熙凤便给说定了，宝钗作为一房主妇，竟没表态。宝钗明戏，正合心意。按宝钗水平，当然能降伏袭人，但何必费劲呢？

攻敌不如扰敌，令其局促不安，不敢进犯，效果一样，还成本小。将晴雯脸的五儿调来，天天面对，袭人心态大坏，将自行收敛。

激烈冲突之后，读者注意力会迅速转移，关心旁边人。发生这种阅读心理，因为觉得冲突双方不会再提供新信息，转而向旁边人寻找新信息。

王熙凤怼完袭人后，读者最感兴趣的是宝钗态度，作者却不写她，为"咽住法"——把话咽住了，该说不说。实写宝钗，读者觉得是个心机婊，不写，读者会多想，站到宝钗立场，赞她明智。

　　王熙凤遇鬼，毕竟心虚，抽签问凶吉，抽到"王熙凤衣锦还乡"，签上的王熙凤是汉朝男子。女王熙凤原籍南京，正巧贾府要去南京办事，可以顺道回趟南京，正符合"衣锦还乡"，解释为吉签。

　　宝钗跟宝玉私下言，怕是有别的解释，恰巧王夫人派人来请宝钗过去，话又咽住了。如果实写，宝钗会解释，衣锦还乡也叫回老家，人死了也叫回老家，是凶签。王熙凤一直病着，说过多次自己会短命，宝钗多一句嘴，没有意义，构不成悬念。

　　咽住不说，反而生悬念，还显出宝钗的杂学和预见。《文心雕龙》言，懂得避开无趣处不写，为才华。陆机便是无才之人，代表作《文赋》拾破烂般见东西就捡，什么都谈，一堆次要的。搞文学理论的人，自己文章写成这样，叫人怎么信他的理论？

　　陆机是晋代文豪，他都挨批。当导演须警醒，不想被观众骂，得学会咽住法。

　　但是商人们不允许咽住，什么都得吐出来。

　　二十世纪九十年代，"呼吸感"三字是画商的撒手锏，令勤工俭学的美术生苦不堪言。认为自己画得比美院老师还细致，画商仍说不够逼真，而少付钱。

　　抗议还要怎么逼真？画商说"呼吸感"，少女胸口得有起伏、苹果表皮得有水汽，不是我说的，是你们美术界的一尊神——赵无极说的。

　　赵无极是搞抽象画的，不需要逼真呀！

　　泡图书馆查询，发现是他1985年回国办讲习班所言，处处细致，等于只吸气不呼气，画面僵死，知道哪些地方不用再画，粗枝大叶就行，为呼吸感。

恰恰说的是不要细致，等于编剧的咽住法。立刻找画商理论。画商表示感谢，长学问了，从此知道出处，之前是参加某展览时听人闲聊听到的。感谢归感谢，少付的钱照样不付，画商还有道听途说的一万个词，都可以成为不付钱的理由。

对"咽住法"三字，看一眼就忘了吧，你一辈子都用不上它。

10 ⊙ 移情五儿、求欢紫鹃——书商添笔、名士思维

七十七回，王夫人驱赶晴雯时，提到过五儿，讲她不安分，也想调进宝玉房当丫鬟，但病死了。百〇一回，五儿又活了，线索对不上，证明后四十回并非定稿，曹雪芹写后面时，忘了前面。

但在不同版本的七十七回里，王夫人话里没提五儿，五儿不但没死，本回里还有大戏，晴雯嫂子性侵宝玉时，是五儿和五儿妈将宝玉带走。

《红楼梦》问题复杂，搞不清楚是没有定稿，还是书商添笔给搞坏了。我之前，为了方便讲解导演技巧，统一当作是初稿问题作的分析。也许是另一种情况：

曹雪芹已定稿，线索接续得精简恰当，书商看后怒了，这哪儿行！隔了七八回，甚至几十回才接续，于是添笔，凡接续处，就把以前的事完整写一遍。

极大可能是此情况。

同样情况，在影视界是活生生现实，看完导演定剪，资方请来的名士们会冷笑："看不懂。"后来他们有所改进，说："我能看

懂，观众看不懂。"

你抗议："这里没有观众，只有你们！"

资方为平息双方怒火，搞折中主义，让导演剪辑上可以少改点，在名士们看不懂的地方加上主人公的画外音解说。看不懂的地方多，电影变成了广播剧。

叙事电影的魅力在于现场感的局面冲突，不单是拍个事，你以电影理论据理力争，名士们冷笑："在电影学院是学不到电影的。"

你问，在哪儿能学到？

他们的人生经历。

同情曹雪芹，不单是后四十回给书商改了，他们是前八十回也改了。比如七十七回，晴雯被驱逐出宝玉房，因哥哥在府内任职，没回家乡，在外院的杂役住宅区养病。宝玉探望，遇上晴雯的嫂子，强拉宝玉行淫，恰巧五儿和五儿妈来看晴雯，宝玉得以脱身。

书商一看，这哪儿行？！

嫂子太没廉耻，我都受不了，读者一定更受不了。于是将五儿和五儿妈删除，改成嫂子自己觉悟，她把宝玉裹挟上床后，突然道德感爆棚，说宝玉和晴雯之间能保持清白无犯，把自己感动了，从此后宝玉想看晴雯，就随时来，请放心，我不会再骚扰你。

宝玉还感谢了嫂子，下床后再跟晴雯继续说话……嫂子人品好了，宝玉的戏就崩了。正是怕嫂子骚扰，宝玉才没有及时再看晴雯，听到晴雯死讯格外伤感。没这个障碍了，天天能去，却没再去，宝玉行为差劲。

书商不管，把嫂子改得有了性格变化，视为自己的得意之笔。

幸好还有其他版本存世。一场戏的次要人物要什么性格变化？写出特质就行，他们是故事背景，相当于地基。他们变来变去，地基不牢，就没法讲故事了。

剧本研讨会上，名士们特别爱次要人物、次要情节，非要做强做满，认为这样，作品才有深度。你抗议："这样观众就看不懂啦！"

回答："越有深度，观众越能看懂。"

咦？跟他们之前的说法不一样，之前他们认为两者是不能调和的矛盾……后来你发现，"深度"和"观众"两个词，对他们而言，是自定义的，为说服你，可以随时改换内涵。

1997年，我大学毕业，正逢翻拍《罗生门》的《迷雾》以录像带的方式传来。摄影技术进步，剧作大倒退，是性格乱变、次情节疯长的典范，看后庆幸：诞生黑泽明的地方也不会拍电影了，放眼天下，弱手如林，正是我辈大显身手的美好时代……

估计错误，在《迷雾》之前，业内已被迷雾笼罩，黑泽明再生，在各路名士指点下，也拍不出《罗生门》，只能拍《迷雾》。

百〇一回调五儿进宝玉房，百〇九回才有五儿的戏。隔了八回，这种大跨度跳跃是曹雪芹特点，敢于吊着读者，不怕你兴致消退，甚至你忘了都好，玩的是久别重逢，五儿不经意地现身，读者更为激动。

宝玉希望林黛玉给自己托梦，离了宝钗所在的内室，搬到外间屋睡，第一夜无梦，又睡了第二夜。为了心静，先在床上打坐，引得守外间屋的两个丫鬟笑他装和尚，一个是麝月，一个是五儿。

是"金针暗度法"，之前介绍过，好的针线活儿，不让人看见线头。情节接续也一样，不要重说前事，像街上无意间撞到人，直接就来了。

此时交代五儿心理："听见凤姐叫她进来服侍宝玉，竟比宝玉盼她进来的心还急。不想进来以后，见宝钗、袭人一般尊贵稳重，看着心里实在敬慕。又见宝玉疯疯傻傻，不似先前风致。又听见王夫人为女孩子们和宝玉玩笑，都撵了。所以把这件事搁在心上，倒无一毫的儿女私情了。"

书商添笔将五儿塑造成"无一毫的儿女私情"，扯上一堆理由。导演经验，罗列的理由越多，越不成立，说明编剧没有找到人物行为的真正动机。

真正动机是，五儿并不是无一毫儿女私情，将这段删减三分之二，拨云见日，曹雪芹的原笔是她盼着亲近宝玉，调进来后却见宝玉疯傻，失去风采，不是之前那个人了，有些喜欢不起来。

之后宝玉和五儿的戏，原笔和添笔参半，相互矛盾。部分文字写的是，宝玉看五儿想起晴雯，拿她当晴雯替代，当晚和五儿结合。

宝玉跟晴雯的最后一面，晴雯言，跟你清白，却背上淫乱骂名，与其受这冤枉，当初不如跟你做实了事。晴雯和宝玉互换内衣，穿宝玉内衣入葬，表明两人结为夫妻。未能肉体结合，是晴雯遗憾。宝玉疯傻状态，以五儿弥补，为晴雯还愿，符合他病中思维。

部分文字写的是，宝玉跟五儿讲，晴雯要跟自己做夫妻、曾被窝里揽着晴雯暖身，示意五儿模仿，拿自己衣服让五儿穿、让五儿上床聊天，五儿不接衣不上床，说你是调戏妇女，明日要向宝钗告状。

　　宝玉不耐烦，说五儿是"道学先生、酸文假醋"。书商自知把宝玉写得有些不堪，又圆场解释"五儿听了，句句都是宝玉调戏之意。那知这位呆爷却是实心实意的话儿"。

　　可确定是书商添笔，执意要将宝玉五儿写成纯洁无瑕的道德楷模。首先，宝玉不会跟五儿聊晴雯，他是移情心理，当五儿是晴雯，才要亲近她。如果聊晴雯，那五儿还是五儿，移不成情了。

　　在五儿不上床的僵持中，室外响起一声巨响，将内室的宝钗惊醒，咳了一声，宝玉立刻装睡，五儿趁机回自己床了。打断情事的这声巨响哪儿来的？现实里没依据，书商为圆上，写成是等了两夜的林黛玉魂灵降临，看不得宝玉和别人好，于是搞怪。

　　黛玉也太……

　　书商学"咽住法"没学会，咽死人了。

　　更咽人的是，宝玉没跟五儿肉体结合，跟宝钗肉体结合了。正经夫妻，道德无缺，应是书商权衡再三，万分痛苦下做的妥协。

　　第三晚，宝钗将宝玉调进内室。书商的洁癖，不能允许"宝钗也需要做爱"，写成为了给宝玉治心理疾病，以做爱转移他的胡思乱想，宝钗使的是"移花接木之计"。竟然是一计！

　　如能治病，为何不早治？

　　对当晚，书商沉痛写道：自过门至今日方才如鱼得水，恩爱缠绵，所谓二五之精妙合而凝的了。

　　天呀，宝钗嫁过来几个月，一直没跟宝玉同房，受宝玉跟丫鬟厮混的刺激，才毅然决然同房，并且在当晚怀孕。书商是多么不愿意宝钗做爱，好不容易有一次，还得承担这么多任务。

　　添笔好识别，实在不合理。删除添笔，剩下应是曹雪芹原文，虽有残缺，仍可看出宝玉和五儿成了情事，跟写次日的文字能契合上。次日清晨，五儿心虚，将麝月、宝钗、袭人随口的话，都误会是讽刺自己昨夜不老实。

如果昨晚情况是添笔所写，那是宝玉在调戏，五儿凛然不可侵犯，没一句话不当，何必心虚？

同样情况，在一百一十三回，宝玉想起紫鹃，她调来后对自己总冷眼，一时动情去找她。两人曾十分亲密，五十七回，宝玉发疯，扣下紫鹃照顾自己，治好后，仍装疯，多扣了紫鹃一段日子。紫鹃之前抗拒宝玉对自己动手动脚，照顾病人照顾得也不反感了，习惯了跟宝玉手拉手说话。

紫鹃鲁莽地撮合宝黛婚姻，也有私心，自己合家在京城，不愿随黛玉远嫁他方。随小姐嫁人的丫鬟，命差的跟小姐夫家的男佣匹配，离开小姐身边成为个外院杂役婆子，命好的不离开小姐，给小姐丈夫当姨娘，如平儿、宝蟾。

紫鹃把私心明确告诉宝玉，宝玉许诺："活着，咱们一处活着；不活着，咱们一处化灰化烟。"我娶黛玉、你当姨娘。

一处化灰化烟——指一世夫妻。清朝初期的满人贵族还是火葬，比如摄政王多尔衮墓穴里放的是骨灰罐，夫妻合葬是骨灰罐摆一起。

黛玉不跟宝玉订终身，紫鹃先跟宝玉订了终身。在宝玉的概念里，她不只是黛玉丫鬟，也是自己的女人，所以半夜寻上门来。

紫鹃不想跟宝玉再结情缘，放他进屋，免不了亲近举动，讨厌这样，于是不给宝玉开门。丫鬟没理由不给主子开门，情人才会不开门。紫鹃讽刺宝玉："已经怄死了一个，难道还要怄死一个么！"你对黛玉用情，把黛玉克死了，别对我用情，我怕被你克死。

这是拿自己跟黛玉等同，紫鹃明白，宝玉今晚来，不是看黛玉的丫鬟，是看口头许下的姨娘。宝玉冲她说情话，紫鹃怼回去，说这类话你跟黛玉讲过很多，我不吃这套。

麝月赶来带走宝玉，说话难听，让宝玉没脸再待下去。宝玉回去后，宝钗装睡不理，袭人说他"巴巴儿跑到那里去闹"，也是难听话，三女一致认为宝玉发情，骚扰紫鹃。

书商一看，这哪儿行！

宝玉向黛玉的丫鬟求欢，他跟黛玉的爱情就不纯粹了！于是添笔，写宝玉找紫鹃的动机，是为了解释不娶黛玉不是他本意，别误会他。在宝玉被麝月带走后，添笔紫鹃想明白了——宝玉那时傻了，所以众人弄神弄鬼办成了婚事，后来脑子明白了些，时常为黛玉哭，并非薄情寡义之徒——书商匆忙，写成"忘恩负义之徒"，词用错了。

拙笔为证，不是曹雪芹所写。

紫鹃调来几个月了，要想明白，早想明白了，还用今晚想？一头一尾的添笔，把人物动机改了，戏就崩了。

曹雪芹原意，宝玉不为述说对黛玉的情愫而来，就为紫鹃本人而来。紫鹃不理宝玉，不是误会他，是气他不成器。没有误会，知道你成婚身不由己，但搭上了林姑娘一条命。你情真，不顶事，对你这种衰人，我还是躲远点吧。

宝玉思念黛玉，是应该的，写小说要出奇，所以不能这么写。宝玉不为黛玉而来，言语中不提黛玉，今晚他就是一个求欢不成的海王，他走之后，由紫鹃思念黛玉，才是奇文。

不是我拿现代编剧技巧附会，现存稿可自证，将这些添加动机的文字删除，空白处上下连接，原构思呈现：

宝玉一通情话，惹紫鹃嘲讽。宝玉被麝月带走后，紫鹃承认，宝玉的情话还是很动听的，对他反感是硬做出来的，其实感动了自己，进而想黛玉得这么个男人是幸运的，可怜无命消受。由为黛玉哀伤，进而看破了情缘世事。

百十八回，紫鹃随惜春出家，一笔带过，只说了些场面话。所以百十三回，才是紫鹃真正结局，写她怎么萌生的出家之心。

百十六回也有紫鹃，她和五儿聊上天，曹雪芹故意的，她俩都是宝玉病态中的求欢对象，一样处境，有话谈。紫鹃问："你到底算宝玉的什么人哪？"知道五儿和宝玉有过情事。紫鹃想自己和宝玉的关系，是"前夜亏我想得开，不然几乎又上了他的当"。幸好没开门，开门就生情事了。

这一回简直为我而写，力证之前分析不是胡猜。

现存的添笔稿，宝玉太正经，对五儿说晴雯，对紫鹃说黛玉，跟五儿、紫鹃本人不发生行为。这样的剧作思路，会挨导演骂，温和些的导演会说："你不是喜欢梅艳芳吗，梅艳芳的名言是什么？"

"抱紧眼前人。"

"对啦。您得写眼前事呀。"

编剧如果不愿改，那就熬到资方找的名士们来审剧本，名士们会站在编剧一方。

一群人帮导演改人物动机，是剧本审稿会上常见状况。名士们不能容忍人物在现在时、现实困境里产生动机，要将动机推到童年阴影、青春回忆、历史大事、异域他乡，后来又加上变态心理，认为这样"有深度"或"观众能看懂"。

名士们哪儿来的？

并非源远流长，诞生在1916年，军阀时代的产物。一等名士——政界大佬退休后以文艺大佬身份存在，杨度成诗坛领袖、康有为操盘书画界、张勋成梨园后台。他们三人年轻时在诗歌、书法、京剧下过功夫，见过下大功夫的人，自知差距，尚且谦虚。仍遭嫌弃，总有人不受号召，退出他们仨组织的诗社、展览、演出。

次等名士——年轻时太辛苦，都耗在官场，没时间学艺，认为"走万里路"等于"读万卷书"。世上没有"半懂不懂"这事，半懂就是不懂。因为不懂，所以霸道，要求艺人在他们指导下出新，像官场伪造政绩，伪造文艺新潮。

再次一等，是刀笔吏出身，把写汇报、文件的技巧，视为普遍的艺术规律。等而下之的名士，是办案出身，认为一切艺术品都是罪证，艺人们不打自招。

民间欢迎名士，以为是君子，给的权力之大，让人不敢想。民间办事是"情"，抹不开情面，容易混淆是非，需要一位局外人当老大，就事论事，以理服人——这便是君子，制衡人情。

百姓质朴，认为权力高，人品自然高，人人敬重你，你也就自尊了，烂人也能变君子。明清制度，官员退休不让待在城市，要回故乡农村。有的贪官恶吏告老还乡后，便成了有德之人，表现出此生未有的最佳官员素质。

民国官员卸任，不回家乡，在城市某一行业当老大，是新的落脚方式。城市的名士，让民间失望了，不但没求来公道，还乱了风气，逼得人人没品格。民间从此不再捧退职官员，但请名士的风气遗传下来，仍固执认为，业外人士裁判专业人士，可以有公道。

11 ⊙ 甄宝玉——水中望月法、逆练《九阴真经》、留白法

九十三回，南京甄家被抄家后，遣散下人，送一个叫包勇的来贾家，带来甄宝玉消息。甄宝玉一场大病，改了性情，再不跟女孩玩耍，一心读书，遇上引诱，也全不动心。

贾政听后，反应奇怪，默想一会儿，不作评说。贾政现今古板，年少却是个比宝玉更过分的怪小孩，什么造成的突变？曹雪芹一直未解答。悬念不宜拖久，久了，读者期待值吊高，给什么答案都会不满意，不如不答。

完全不答，读者难受，此时便要用"水中望月法"，看不了天上的月亮，那就看水中月，不在本人身上给答案，在相似人身上给个相似答案。水中望月法，就是之前讲过的"补丁法"，只不过这个词更好听。

甄宝玉是贾政的月影，也是宝玉的克隆人。百一十五回，两个宝玉见面。宝玉从小便知，遥远南方有一个和自己名字、相貌、性情、行迹一样的人，期盼是知音，见面极失望，此人醉心于儒家的世间法——建功立业。听得宝玉不耐烦，直接打断，说咱俩还是谈点儒家的真东西——心性之学吧，甄宝玉却谈不出。

宝玉回来宝钗处，笑话甄宝玉是俗人，自己长了他一样的肉

身，因而厌恶自己，不想要这肉身了——奇笔，构思不出来，亲身经历方能有。曹雪芹是做过一段甄宝玉，甚至是做到退休，五六十岁了，回忆当初的改变，深恶痛绝。

本回的后半标题为"证同类宝玉失相知"，"证同类"一词源自《参同契》的"同类易施功兮，非种难为巧"，将语气词"兮"去掉后，成了后世道家屡屡引用的名言。

桃树的种子，含着未来的一整株桃树，顺着它本性，长成桃树是轻松的，如果你想让它长成椰子树，那可就费劲了，也办不到。《参同契》前两卷，举例了许多天体运转、化学反应，说任何物质都是台电脑，有程序设定，我们人身现在开启的是"生老病死"的程序，你想开启"青春常驻"的程序，得找对电钮。

这个电钮，晚清普遍称为"玄关一窍"，明清之际的朱元育还遵循旧词，称为"元窍"。按下它，人所能做的便结束了，另一套程序开启后，会自行运转，不需要人为操作。浇水、施肥、驱虫，并不能让一颗石子长成一棵树，种子的自身演变，令它长成树。

真省力，这么好？

迫切的问题是，玄关一窍在哪儿？《参同契》给的答案是，脑中央。两眼中间，向内深入你大拇指的长度，就是电钮所在。

怎么按？

没有下手处呀。关注那里、想象那里都没用，只会搞得头晕脑涨。朱元育讲解，以无法为有法，不作为就是最好的操作法，人能静下来，便启动了。静不下来，专注于一事，忙久了，也可启动，诗人的灵感、画家的神来之笔、音乐家演奏时发生的颅腔迷醉感，都是因不经意间触动电钮。

脑中央产生通畅美妙之感，不会只局限在脑内，同时大腿根、两脚心都有。三点同感，还不算敏感，敏感的人觉得所处房间都充满快感，更敏感的，登山一望，百里山河像自己神经，美成一片。不知此理论，也能活出这个经验，老北京人患上久治难愈的病，会出城爬山。民俗里，八大处是座治病的山。

这种通畅美妙的感觉，围棋界称为"华丽"，不是技术词汇，是观棋感受。吴清源以华丽著称，他一手棋摆上，棋迷不知好坏，大脑已经嗨了。他之后是藤泽秀行，所谓"华丽的秀行"，青年棋士等不及看报纸登棋谱，坐火车来看他下棋，为了大脑嗨感。

藤泽酗酒，常下出拙劣之局，年轻棋士会怒，发誓再不看他下棋，没嗨上，才会如此怒。可是大脑嗨上瘾，逢他下棋，还会来。

生活里暗合学理，能得一时之效，终因缺乏自觉，难坚持，按一会儿就松手了，通电时间不长。藤泽是赌博、酗酒、滥情，患上两种癌症，却能九死一生，六十七岁仍拿冠军，证明是个按过电钮的人。

看电影也能触动玄关一窍，剧本结构"发生、发展、高潮"，故事的高潮也是颅腔内的高潮，实在的生理反应。比我们高六至十岁的一拨人称为"眼睛吃了冰淇淋"，词太土，到我们这拨已不用，暗中佩服，老大哥们道出了奥妙。

大众看电影，不为主题思想，为获得嗨感。一部电影摄影优秀、情节曲折、思想深刻，结束前未能发生脑内高潮，观众会不满。

问过几位香港老影人，他们正青春的六七十年代，被电影魅力震撼得出现嗨感，是贝尔蒙多主演的《乱世冤家》、波兰斯基导演的《天师捉妖》。《乱世冤家》1987年在大陆译制公映，"老婆出轨，老公更爱她"的核心情节太法国范儿，我们这代老实孩子嗨不上，得再过十三四年等 VCD 横行，看多了白人这类事，终于破防，方看进去。

《天师捉妖》显然是港台译名，把吸血鬼的故事说成了茅山道士。此片嗨了斯皮尔伯格，《夺宝奇兵》成功后，第二部《魔域奇兵》即屡屡采用《天师捉妖》桥段，桥段一样，观众不嗨，差点毁了这系列。

1998年好莱坞重拍希区柯克1960年的《精神病患者》，除了黑白片变彩色片，近乎复制，构图和剪辑一样，就是无嗨感。震惊影坛，大家之前把希区柯克想简单了，他的奥秘看来不只是大学里镜头分析课上讲的那些。

能分析总结的，就不是奥秘了。希区柯克的奥秘，希区柯克自己也迷惑，1963年《鸟》的结尾，竟然前所未有地没做出嗨感，1964年《艳贼》后半部无嗨感，1976年最后一部电影《大巧局》全片无嗨感，难怪收山不再拍。

《红楼梦》遵循《参同契》，写宝玉按电钮，自治疯病，重获生机。清初大儒仇兆鳌将"同类易施功"另造意思，认为不是讲理，是操作法。

金庸的《射雕英雄传》中，西毒欧阳锋渴求《九阴真经》的武功，黄蓉错乱经文，练得欧阳锋走火入魔，精神崩溃。

人能想到的，现实里都会兑现。以为金庸是小说创造，不料仇兆鳌真这么做过，编造《参同契》功法，奉献康熙。仇兆鳌是明末大儒黄宗羲弟子，黄自己要反清复明，奔走江湖，策划起义，但文化传承的责任心使然，送弟子进清廷当官，接盘修《明史》等文化项目，以保证不走样。仇兆鳌是这样当的清官。

他假装看不懂字，对《参同契》横生歧义，说嗨点不在脑中，在别的地方，编造出一套作乱生理的练法，宣称可永葆青春。或许看到反清复明无望，条条路都堵死了，文人只剩下写文章的老本行，孤注一掷，以文为饵，把康熙搞疯。

康熙信人参鹿血，不信他，奖励了些钱，拒绝看。仇兆鳌杠上了，七十多岁又造出一套新的献上，并在京城展示，自己练了后恢复青春。皇帝有特务机构，查明他找了化妆师，黑发是染的、皮肤是抹的，并在民间爆料。

一代大儒，丢了大脸。

康熙警惕，人不好玩，如果真练了，成为西毒欧阳锋，历史该多有趣。仇氏著作仍在，大儒文笔，巨有说服力，令人不由得想照着练。二十世纪九十年代末传统文化热，此书得以重印，大批人看，也没练疯谁，因为很难坚持，试试可以，练不下去。

在仇兆鳌眼中，康熙毅力非凡，能坚持到底把自己练疯的，唯有他。此书面世，竟无害。

百〇六回，贾母月夜祈祷，愿献出自己寿命，换取后代福气。1983年电影《武林志》讲1918年的事，女主祈祷打擂台的丈夫平安，愿意自己少活几年。现今医院还这样，丈夫给推进手术室，妻子在走廊里等，没人教，自己就会想，我少活几年换丈夫多活几年。再次慨叹，《红楼梦》是本活书，里面的事，生活里一直有。

折寿祈福的理念，认为思维不是生命的产物，思维可以控制生命，生命像存款，可以取出来花，折换成任何东西；通灵宝玉象征生命力，失去了玉，生命力垮了，宝玉的精神也垮了，种种才华随之湮灭，跟贾母折寿祈福的理念相反，精神彻底依赖肉体。

两者到底谁是谁的产物？

百十六回，曹雪芹要解答这一问题。

甄家是贾家的搭档，两家未来，看两个宝玉的配合。宝玉对甄宝玉有恶感，坏了家族大计，作为贤内助的宝钗要悬崖勒马，扳宝玉思路，说甄宝玉好话："做了一个男人，原该要立身扬名的。"

天下女子压垮天下男子，只需这句话。刺激得宝玉又犯疯病，最终丧失意识，出现离世景象，医生不给开药了，要贾政准备后事。

却来个粗野和尚，送上丢失的通灵宝玉。宝玉见玉，道声"久违了"，恢复生机，活了过来。和尚要一万两赏钱，贾家正财务危机，宝钗要典当首饰，宝玉则要将玉还给和尚，说："我已经有了心，要那玉何用？"

生命不是思维的产物，思维也不是生命的产物，两者都是心的产物。看似两样，其实都是心，是心的不同呈现。生命力衰弱，思维力随之变差，而恢复生命力最快的方法，儒家和中医一致认为，不是锻炼身体，是打破思维，让心呈现。

针灸刺激穴位，可以康复身体，而最大的穴位，是人的思维。中医用三根手指触在病人腕子上，以血管脉搏判断内脏情况，称为诊脉。诊脉理论经典《三指禅》名言"一痕晓月东方露，穷取生身未有时"，生命出现了问题，要回到生命起点，在肉体还没诞生的阶段，寻求解决方案。

都没肉体了，还有医学吗？

有。

明清医生会这么说，对提问的你感到奇怪，你是文盲吗？

私塾讲孟子、书院讲王阳明，上过学的都知道，肉体诞生之前的东西叫良知，是孟子至王阳明的儒家心性之学基本词汇。良知就是心，"心"字被用烂了，往往跟"思维"搞混，为标示清楚，而称为良知。

明朝儒家经典《传习录》下卷七十四节，学生朱本思问，人有良知，草木瓦石呢？王阳明答，人的良知，就是草木瓦石的良知，也是天地的良知。人与天地万物共此一良知，自然串通，可惜人因为有肉体，误以为自己跟天地万物隔绝。

宝玉病愈，是"穷取生身未有时"，想起出生之前，自己是块荒山里的石头，突破了肉身观念，疾病也就没了。肉体都是假的，疾病就更假了，如放电影，影院亮灯后，银幕成了白布，危险和幸运全没了。

妙玉是宝玉的对照人物，以她的不悟，对照宝玉开悟。她做不到"穷取生身未有时"，因而还有疾病和灾祸，她是被贼人凌辱后愤而自杀，还是求死不得，被玩腻后卖掉？两者都可怕，躲不掉吗？

一位很俗气的尼姑跟惜春说，躲得掉，平时念观音菩萨名号消灾，便不会遭劫。贵族家孩子看似福气大，其实背着祖辈作恶的孽缘，出了家得先消灾，妙玉高冷，打坐参禅，忽略了这步骤。惜春认为这个俗人之见，很有道理。惜春的人物特色，是觉得自己处处比妙玉高明。

念观音消灾，属于京城人念弥陀的风俗范围里。遥远宇宙有个极乐世界，那里样样完美，就别在人间这苦地方计较事情好坏了，死后去那儿吧。怎么去？简单，念阿弥陀佛四个字就行。毕竟还活着，苦得受不了，怎么办？简单，念观音菩萨四个字就行，所谓"观音救急"，观音是弥陀的副手。

习俗至今，2004年王祖贤息影，宣布此后她将念观音，造福影迷。有位师兄，对此深信，觉得她念观音，我念她，是否更直接？遇到剧组打架，就默念王祖贤。他说很灵，打多久都没人受伤。

不知是嫌人类脑力不够，还是大道至简，八个字解决死后生前的一切问题。京城人小时候听爷爷奶奶这么说，长大了不以为然，老了后不知不觉也这么念叨上了，还教给孙辈。民俗延续，难躲开，岁数一大，就成了其中一员。

曹雪芹不再写妙玉，让她生死未卜，为留白。全然留白，就不是留白，是漏洞了。让俗尼和惜春聊出个说法，事上无结果，理上有交代，读者便接受了。

如果讲不出理来呢？

那就写景色。小说是来一段美文，电影是拍空镜头，一缕阳光洒在妙玉打坐的蒲团上、微风吹动窗帘、贼人撬坏的门在嘎嘎作响……观众一伤感，事便过去了。

留白，得留点什么。

百十七回，贾环听到个传闻，妙玉誓死不从，激怒贼人，给杀了。明显书商添笔，一是受不了曹雪芹留白，俗人万事求全，不填空不舒服；二是道德洁癖，受不了妙玉遭玷污，要她守贞操。

从生理角度，妙玉中了迷香，任人摆布，没法誓死不从。从文学角度，妙玉有性焦虑，曾因此精神失常，如此前史，贞烈便无趣了，失身方有戏剧性。

12 ⊙ 包勇——任侠片与剐刑、性格与命运、精神控场术

南京甄家来的包勇，在百十一回大显神威，打退偷贾母遗财的飞贼。这段描写，惹得些学者不满，认为飞贼该杀人放火，贾家应就此毁灭，方符合第五回判词里"白茫茫大地真干净"的设定。蹦出来一个抗贼的包勇，实在违背曹雪芹原意，证明后四十回为伪作。

"白茫茫大地真干净"不是讲现实，是讲哲学，家破人亡是真干净，回到"生身未有时"也是真干净。写家族衰败，人丁凋零、一贫如洗是衰败，由实权重臣变为皇帝用来敲打别人的玩物，也是衰败，这种更独特、更心酸。

觉得包勇突兀，是今日少见了这类人。曹雪芹写书的当年，还大批存在，百姓看惯了他们，不介绍其心理状态，直接写其行为，便觉得逼真。现实里见不着了，方觉得突兀。

包勇是个任侠，很任性，自以为侠义。二十世纪六十年代初的日本黑帮片称任侠片，高仓健是代表明星。黑帮世界尔虞我诈，被人算计了，得承认自己傻，高仓健扮演的角色一概不承认，拼命找平，跟骗他的人一律同归于尽。

够任性的。《教父》里的西西里人到了大阪，简直没活路。教

父出面找高仓健谈判，你这么看重诚实，去考警校吧，求你了，别留在黑道捣乱了。

高仓健会说，我来的时候，已决心跟你同归于尽。

没辙了。

二十世纪七十年代初，深作欣二重塑日本黑帮片，号称社会纪实，剧作前提是，全日本没有一个任侠了。谁要是敢露一点任侠风骨，立刻被小混混干掉，根本没有和敌方老大同归于尽的机会，如《现代黑社会：杀手与太》里的安藤升。

安藤升是任侠片末期明星，耍帅的好日子没几天，过渡到社会纪实黑帮片，成了新导演嘲笑老片种的符号，耍帅三秒后，便是各种被干掉。高仓健作为任侠片鼎盛期明星，比安藤升心理落差大，立志再不拍黑帮片，去演工人农民了。

"任侠"是司马迁时代的古词，我们早不用了，明清用的是"义侠"，昆曲里讲武松故事的剧目称为《义侠记》。京城人口中的义侠，专指敢骂皇帝的人，是逐代降爵为平民的皇帝远亲，落魄成勒索商铺的街头混混，逢到皇帝出行，大显神威，跟在马队后面指责皇帝政策不当、亏了德行。

仗着是老亲戚，皇帝不会较真惩罚，街头百姓看到，自己可是太长脸了。明朝后半出这类人，清朝是嘉庆年间又开始有。《红楼梦》六十八回，王熙凤大闹宁国府，吓唬贾珍，说尤二姐未婚夫张华是个"拼得一身剐，敢把皇上拉下马"的人。张华是欺软怕硬的无赖，他不敢，那是形容义侠的。

现实里有这类人，才会唬得贾珍掏钱免麻烦。

风气蔓延，平民也想学，不是皇帝亲戚，不敢追着皇上骂，可以追着大官骂，赌大官懒得理他。贾雨村揭发贾家罪状，包勇追轿子骂他忘恩负义。刚从甄家过来，还是贾家新人，他这么做，为给自己长脸，在贾家拔份。

"拼得一身剐"的剐，是正经刑法，下刀次序有规定。清朝最后一个受剐刑的，是飞贼康小八。不是罚偷窃，犯了忤逆罪。忤逆，指侮辱皇帝、杀害父母等严重违反人伦的行为，刑罚要起到对大众的示范作用，不得好死。

北京外城负责治安的都司王燮，任用民间武人尚云祥，捉住康小八。传奇人物落网，引得皇太妃们好奇，要看看其样子。见了先帝女人，康小八触动了"拼得一身剐，敢把皇帝拉下马"的神经，这辈子要长这个脸，出言调戏，求个剐刑。

传说他是挨一刀喊一声好，三日才断气，围观者三万，齐赞他好汉。是传到外省的说法，评书艺人们讲的，刑场所在的宣武区①老居民作证，没见着，半夜里一刀斩了，光绪皇帝判了剐刑，没实行。这一案后，谕旨废除了剐刑。

义侠们的信念，没人教，血液里的。

二十世纪九十年代的老师分析欧美名片，爱做小改动的试验，得学生钦佩，名片固然是名片、大导固然是大导，而在小处，老师的分寸感更好。疑问是，老师们没留过学，无西方生活质感，哪儿来的分寸感？

我们一代活到三四十岁，恶补古文，看到《文心雕龙》，依

---

① 今西城区。

稀仿佛当年课堂上听的，以为终于找到老师们隐瞒的秘籍。不料老师们不是研究《文心雕龙》所得，不研究，看到外国电影，涌现的感受却是《文心雕龙》式的审美判断。

包勇同理，不读书，却笃信自己是仁义礼智信的完美体现。孔孟之道熏陶社会久了，底层便出这种人，无需学习，心领神会了圣贤理念，所谓"下下人，有上上智"。

无独有偶，跟包勇一样，还有宁国府的焦大。百十五回，宁国府抄家，他不愿被拘，谎称是荣国府人，跑来向贾政一通哭诉。身为下人，却是主子情怀，恍然贾家先祖，痛惜贾家子孙堕落。

何谓人物性格？

一个人干了不符合他身份的事，为他的性格。

妙玉来看惜春，当夜闹了飞贼，包勇认为妙玉是贼人内应，见王熙凤来了，越级汇报，冲王熙凤待的屋子把这事嚷了出来。他不了解妙玉，想歪了，王熙凤没出屋，派手下训斥他。

惜春是专有一类的贵族子弟，聊文化敢言，现实里怕事。去郊外办贾母丧事，贾家主子们多去了，由惜春留守，她是小姐身份，名义上总负责。遭了贼，得担责，惜春崩溃，口口声声要寻死。

怕了这世界，一不小心就对不起这个那个，还不如退出，再不做事，出家算了 —— 贵族子弟容易发生这种心态。惜春在禅理上比妙玉透彻，自诩高人，此刻人设崩塌，是个怕事小人。

人设崩塌，产生性格。

等贾政来询问闹贼事件，惜春慌成渣，担心包勇还那么说。妙玉留宿，是惜春主意，妙玉被说成贼人内应，自己等于帮贼。

不料，包勇没再提妙玉。

孺子可教。包勇脑子没转过弯来，但遭王熙凤批了，先以王熙凤为准，住口不言了。并不是一味自大的莽撞人，有服从性，可培养。

为强调他是没想明白、先服从，曹雪芹特意在之后加戏。妙玉在尼姑庵被贼劫走后，姑子们不见了人，寻到贾家，抱着万一之心，想她来找惜春玩了。包勇观点复活，认为妙玉失踪，是跟贼人会合，享受打劫成果去了。

包勇立下大功，还比焦大有配合度，该得重用。生活里发生这样的事，激动人心，小说里发生，读者会觉得没劲。改编剧本，写包勇得到提拔，成为贾政或王熙凤心腹，巨大变化，导演会批编剧："写平了。"

阅读观感跟生活观感不同，地位上升，不算巨大变化，与出场方式相反，才是巨大变化。包勇在九十三回露面，说了几句，没有行为，只算亮相。追贾雨村轿子骂，才是他真正出场，骂的话是"怎么忘了我们贾家的恩了"。

他刚来贾家，具备的服从性使然，来了便认家，真诚地把自己视为贾家人。出场的第一句话，编剧术语是"开口音"，相当于婴儿出胎的第一声啼哭，是文学人物诞生的要点，开口说什么，什么就是他的命运。

不想把包勇写平了，得颠覆这句话。一心要当贾家人的包勇，终还是没成为贾家人 —— 如此，他有了命运。生活里没有命运这回事，活成什么样都是一辈子。命运是戏剧概念，把丰富人生窄化为单一设定，再颠覆之，一百八十度转折为命运。

包勇骂贾雨村，还有拔份的小心思，遭贼时挺身逞孤勇，拿命来拼，是全然把贾家当自己家。可惜贾政对他第一印象坏，他骂贾雨村时，贾政想不到他对贾家感情投入这么快，只会觉得：轮得到你出头吗？拔份媚主，此人不能用。

他服从王熙凤，贾琏是流氓真仗义，真诚感谢他冒死驱贼，照理该得这两口子提拔。也没有，贾琏是流氓爱忘事，赞过就忘了，王熙凤跟他没眼缘，瞅着他就讨厌。从古至今，颜值都重要，长得顺眼，办了错事，容易被原谅，大事化小。没能力办这事，他人也觉得你行，长得好，机遇好。

终是未能融入贾家，甄家平反后，包勇回了甄家。

包勇追着贾雨村轿子骂，遭贾政训斥，嫌他惹事，不许再上街，贬去内园守门。包勇自视甚高，瞧不起平日占便宜、遇事不出力的贾家下人们，拔份没拔成，更不愿理他们，孤僻活着，不是睡大觉便是练武术。

练的什么？

闹飞贼的夜，下人们吓得缩屋里，包勇要进女眷院子救援，没人开院门，便撞门而入。飞贼围着他打，他用的是棍子。据此两点分析，练的是锦身术和精神控场术。

《锦身术》是本明朝书，私印秘传。对习武人，传口诀更方便，三五句解决，书就传得少了，多数人没见过。二十世纪八九十年代传统文化热，竟有出版社搜到重印。书得配合口传看，光看书，以为是体操，令人惊喜的是明朝人也玩单杠！

对比奥运会的单双杠比赛，此书单杠简单了，因而认为价值不大。

"锦"是隐语，真义是"紧"字。人手吊在单杠上，双腿翘起，身子是全然绷紧的。单杠是举例，方便说明问题，掌握"紧"字诀，不必练单杠，任何姿势都可练。

浑身平均绷紧，犹如鼓面，敲鼓面上的任何一点，都能发出整个鼓身的共鸣。包勇撞破院门，棍子戳和脚踹都触点小，撞不开，得飞身用肩背砸上去，这一下，身体达不到平均绷紧的程度，无法减震，会伤内脏。

绷紧之后是崩弹，犹如拉圆弓弦，弦上产生反弹力，以此反弹力射箭。绷是紧，崩是松，人身比弓身复杂，绷紧时有反弹力、放松时有收缩力。先练绷后练崩，最终出来一种绷、崩混同的劲，不需要刻意搭配，练久了就会混同，人身优越，自然如此。

棍子打不了一人对多人的群架，用棍子等于自杀，装上刀头、枪头，回缩划拉也有杀伤性，才敢一人对多人。平常人用棍子，得抡圆了才有力度，受围攻下抡不圆，总是半途而废。完成不了该有的运动距离，棍子上乏力，抗不住敌人兵器，很容易破防，被打到身上。

减小运动幅度，以绷崩身体的办法，往棍子上加力，是唯一的求生之道。

明朝的锦身术，落在晚清立派的太极拳里，绷崩二字落于纸面，外人便看懂了，于是用个怪字，写成"掤"，念"朋"。在发声上，避免往"绷""崩"二字上联想。现代人费解，推测是"膨""捧""碰"，都写了论文，说是中央向周边蔓延的膨胀之力，或自下而上的捧劲，或与敌人肢体接触的瞬间时机。

太极拳基本八法"掤捋挤按，采挒肘靠"，掤是首席。拳谱言"万法都在一掤中"，掤是起点，无掤，另七法运用不了。一个掤字愁死人。

有些民国杭州国术馆学员，毕业后不以教拳为生，不用遵守保密行规，一直说的是"绷——捋挤按"，"绷"字拖长音，表示随着个"崩"字。南怀瑾便如此，看过他九十余岁一视频，听愣年轻人，认为老人家念错了音的表情。

杭州老学员教了你锦身术后，会给你改一遍太极拳谱，比如"意气君，骨肉臣"——精神指挥肉体，改为"意气均，骨肉沉"——平均绷起，紧上加紧。介绍是谐音隐语。

曾向一位咏春门长老说起锦身术，得到的反馈是，咏春的第一套拳小念头便是锦身术，并让一位拉丁裔弟子示范怎么紧。受了启发，继而观察洪拳的虎鹤双形、三皇炮捶的一路、空手道的三战，都是锦身术。

锦身术，一百天练成，人体机能如此，想多练也没的练。"万法都在一绷中"——有了绷，就可以生万法，练别的了。比如可以恢复"意气君，骨肉臣"字面，去练"用意不用力"。

包勇一人对一群贼人，毫不畏惧往上冲，给围住打，前后左右受袭，竟然打不着他。老镖局的人会说，是平日练精神控场术的效果，精神控场术是假想敌人是纸扎、气球，口诀是"有人如无人"。

如此想……能勇敢点，到底是打急了超水平发挥，还是控场术起作用，旁人无法取证，自己也糊涂。晚清镖局、民国武馆里口口相传，假不了，但怎么成真呢？

拳王泰森自传《永不后退》中，竟有西方控场术。泰森有位师兄，比赛时肩膀酸得抬不起拳，没法保护自己了，怕被打坏，要放弃比赛。教练达马托让他坚持，说后面不是你打，是我打。达马托在台下，师兄终于抢出一拳将对手KO。

达马托告诉泰森，是自己用意志遥控师兄身体打出的这一拳。泰森不信，达马托劝他信。达马托过世后，泰森自个发明控场术，假想自己是某剧集中的硬汉侦探，对手头骨脆弱，会给一拳打穿……

我跟泰森有一面之缘，没多聊。高中即从电视里看他拳赛，见到本尊，不舍得聊。那是2016年澳门电影节，我获最佳编剧，泰森获最佳新人。

13 ⊙ 巧姐儿——添彩法、京圈多蠢父、诗为政治始、惊悚片大忌

贩卖巧姐，是《红楼梦》结局的最后一件激烈事件，跟宝玉离家事件插着写。是现代电影编剧技巧，主体事件缺乏动作性，便插入一个动作性强的事，主体事件没变，观众错觉，主体事件变强。

传统小说技巧，叫添彩法。一幅水墨山水画，玩的是黑白灰的艺术，无奈买家不懂，于是染上点青绿，见到颜色，买家能欣赏了。还不够，就往画上贴黄金箔片，金光闪闪，肯定好。

西方也一样，画的圣母像神色微妙、姿态典雅，学画的人称赞，买家不满意。画家不纠结，碾碎十颗蓝宝石，把圣母袍子涂蓝。蓝汪汪的，买家看出了好，加价也要买。

宝玉离家，是情节高潮，整本书都为这一笔，但外在行为弱，只是家门口说几句。《教父》存在同样问题，新一代教父迈克亲自出马，跟妹夫当面对峙，诈出他是背叛家族的奸细——迈克由一个诚实大学生，变成了一个老练的骗子，完成性格蜕变，在剧情上是当然的高潮戏。

但只是在屋里说两句，情节的高潮，不是视觉高潮。导演将迈克诈妹夫和暗杀敌对黑帮老大的场面编织在一起，水涨船高，观众错觉，口水戏成了重头戏。

贾环、贾芸挥霍得没钱了，穷极生恶，想把王熙凤女儿巧姐卖到番邦，他们均受惠于王熙凤，但小人是恩将仇报的，王熙凤给予他们的好处不记得，提出非分之想，王熙凤没答应，便怀恨在心，贩卖她孩子，一为贪钱，二为泄恨。王熙凤哥哥王仁亦是只认钱的主，能得利，可以卖侄女。

藩王是买个丫鬟，二贾伙同王仁，骗邢夫人是给藩王作妾，因贾家获罪待查期间，不好明媒正娶，先把巧姐送过去，日后再补婚礼。

宝钗、平儿察觉不对，请王夫人拦阻。巧姐父亲贾琏现在外地，临走前落泪求王夫人照顾女儿，知道自己这个妈邢夫人是无德蠢人。王夫人出面，邢夫人认为王夫人嫉妒自己一房结亲藩王，要谎言破坏，坚决不信。毕竟邢夫人是奶奶、王仁是舅舅，王夫人、宝钗血缘隔着一层，无权处理巧姐事。

宝钗、平儿愁坏了，宝玉表态，就让巧姐给卖了吧，惨遭不幸也是一种人生。宝玉开悟，再看人事，是游戏了，诗情画意的划船是玩，吓得乱叫的过山车也是玩，都是游戏，还有好坏吗？没良心的二贾、没人性的舅舅、蠢货奶奶都是假象，真相是巧姐自己要玩这个，咱们就别拦了。

　　宝玉态度，在京城老辈人里常见。满城尽是开悟者，不是好事，孩子上错学、选错工作、爱错人，大人看出来也不管，一句"这是他的命"了事。

　　孩子长大后，婚姻痛苦、工作无前途、头脑还不好使，埋怨父亲在自己最关键的青春期失职："我那时候小，不懂事，您也不懂事吗？多给我一句话，我就不至于活成这样！"

　　孩子恨意浓，老爹很坦荡："这是你现在的想法，等死了，你就不这么想了。"

　　西方医学监测到人在临死前，大脑有强烈思维现象，并分泌大量令人产生快感的多巴胺。科研成果，刺激文艺创作。1999年《美国丽人》结尾，男主中弹濒死，完整人生在脑海中重现，五十年人生十秒走完，便超越了好坏概念，成为游戏。男主无辜被杀，却幸福死去，是玩了场游戏的快感。

　　看过《美国丽人》，也就理解了宝玉。幸好宝钗不是科研脑，没听宝玉的，平儿、刘姥姥带巧姐到乡下，躲过厄运。

　　我上两代的京城人，容易对父辈怨气大，家族聚会的年夜饭，往往是控诉会，发泄后愤然离席。受指责的老人无所谓，跟留下来的儿孙讲，自己在这年纪也不忿。年夜饭跟老爹翻脸，是京城固定节目，代代如此，年年如此。

　　大我们一拨六至十岁的哥哥姐姐，童年被年夜饭吓着了，从小立志，将来有孩子得管，无钱无势，也一定给孩子当智囊。京城这怪风气，终于遏制，给哥哥姐姐们点赞。

巧姐免了京城一风气，没躲过另一风气，到了乡下，由刘姥姥撮合，嫁给当地地主的儿子。地主不自信：您别瞎揽事，贵族小姐岂能下嫁？刘姥姥自信，说等着看。富商、三品以下官员家绝不可能的事，贵族反而有可能，贵族就这么怪。

刘姥姥是个假亲戚，跟王夫人、王熙凤并无血缘关系，是祖辈同姓攀亲，口头说说，没入族谱。对这种假亲戚、穷亲戚，王熙凤偏要认，王夫人就随了王熙凤，甚至贾母也凑热闹，亲自接待刘姥姥。刘姥姥的乡土话，固然有趣，听多了，贾母生厌，会打断刘姥姥。表面喜欢你，是哄你玩，不可能成闺蜜。

跟乡野村妇搞关系，是贵族给自己留退路，万一哪天获罪，城里近亲靠不住，他们为自保要落井下石，有个乡下远亲，是子孙投奔对象。刘姥姥不是最合适的投奔对象，广播种吧，先算一个。

王熙凤让巧姐认刘姥姥当干妈，病危托孤，是败家速度比预计的快，还没培养出更合适的子孙投奔对象，有一个先抓住。

我一代的京城小孩，总有几位乡下的姑奶奶、姨姥姥，是奶奶、姥姥的姐妹，两三年进京一次住半月，在乡下生活却不改当小姐时的端庄，只是一股郁郁不开心的神色，令小孩印象深。她们的使命，是为家族留退路、留血脉，家族拿她们当最坏的打算，她们怎么会好？

刘姥姥撮合巧姐嫁土豪，父亲贾琏遵从惯例，欣然同意。贾琏心态在二十世纪六七十年代复现，城里女孩下乡，市民阶层的父母劝女儿缓住别嫁，爹妈拼老命，一定日后把你调回城。贵族后裔的老爹则力劝女儿速嫁，这步棋走得妙，平民家姑娘懂什么，别受她们影响。

六七十年代嫁了的姑娘，在八十年代初多离婚，又是给京城旧习害了的例子。她们是我们这代人的姑姑、姨，以个人悲剧示范，老爹不值得信赖，别给家族当退路。

巧姐夫婿固然淳朴可靠，毕竟价值观不同、生活习惯有差异，过一二年便种种不适，会是不开心的一辈子。刘姥姥一直是好人，作为文学人物便单薄了，曹雪芹爱惜这角色，下狠笔，让她结局露了自私，为自己在当地有面子，捏准贵族心态，嫁了巧姐。

王熙凤向刘姥姥托孤时，痛哭流涕近乎求饶，要把自己可怜相深印刘姥姥脑海，万一她日后对巧姐使坏，想到这一幕，或许会心软收手。王熙凤判断准，刘姥姥并不配当干妈。如果是能放心托付之人，王熙凤不必演可怜。

王熙凤舍近求远，托孤宝钗，巧姐命运能好些。但贵族思维习惯就是舍近求远的，越近的越不放心，一定要开辟远方资源。

不信任亲戚，要把下人升级为亲戚，希望他们知恩图报，组成利益共同体。贾母葬礼，贾家钱难周转，因贾家得利的几个富户下人，怕主子借钱，都躲了不露面。贾琏对之抱怨，贾政还是主子脾气，说你不该有这想法，轮不到用他们的钱。

贾政送贾母、王熙凤、黛玉棺木回南京老家安葬，路费超支，终于低头向下人借钱。这时得贾家好处最厚的赖家，不但发财，还当上官。不料三代施恩打了水漂，贾政借五百两，赖家给五十两。

贾政让手下把五十两送回赖家，退款即是绝交，以后以你家为敌。很京城做派，我这代人小时候多给爷爷奶奶姥爷姥姥当过跑腿，上别人家退钱退礼，装得冷眼冷面，内心极难堪。

赖家执迷不悟，还是打发穷亲戚般，又增一百两，请贾政手下带回。贾政手下明戏，坚决不收。赖家十几天才反应过来惹了祸，补足五百没用，贾政要决裂，给多少也没用了，吓得赖家一面要脱离奴籍，一面要辞官。

早知如此，何必当初？户籍和官职都捏在人家手里，仍要试探，看看能否受恩不报，五十两混过去，能逃单就逃单。不敢再当官，是怕贾家势力仍在，趁你当职，设个圈套定罪。贾雨村便如此，以前贪污没事，犯傻揭发贾家后，便有事了，受弹劾免官，入狱服刑。

贾政会当官，当官秘诀，是只提要求不讲理，讲理讲不完，各有各的理，便办不成事了。贾政要南下，贾琏说无法成行，路费三千两，周转不出来。贾政不跟他讨论，说我一定南下，钱你解决。周转不出的钱，也就周转出来了。

对赖家也如此，赖家交五十两，附了封信，自述经济困难，凑不出五百。贾政不顺着对方的理讨论，不复一字，退款时把信也退回，对你说的完全不承认，因而能吓坏赖家。

贾政要了威风，反证了贵族施恩体系的失败。《红楼梦》反映现实的独特成就，是系统讲述，贵族大力培养的下人阶层，成为贵族阶层的蛀虫。

难道人性丑陋，人间出不了知恩图报的事吗？

利益之交，便不会知恩图报，永远有更大利益对比，一定背叛。

贵族巧取豪夺，下人参与操作，学了这个，也会巧取豪夺对待你。

下人败德，因主子就是无德之人。贾政伪善，能伪善都算稀罕人才，宁荣两府仅此一位。贾家子弟露骨作恶，所以不要埋怨下人是蛀虫，主子本是蛀虫。

四十三回，贾母开玩笑，让下人出钱给王熙凤过生日，是示范，提醒下人阶层回报的周期到了，贾母用心被负责收款的尤氏搞砸，她认为是自己收买人心的大好时机，对地位高的下人能免就免。她们才是有能力回报的，免了她们，事就没意义了。

贾母有变革意识，缺乏变革者素质，没有做不成再做的毅力，还粗心选错了承办人，如选李纨，便做成了。给尤氏混搅，性质成了老太太调皮，大家陪着玩。最终嘻嘻哈哈过生日，白闹一场，没有丝毫改进。到贾母葬礼，府内资金紧缺，之前厚待的下人们见没新好处，便不出力，令王熙凤倍感心寒。

大家族的公款叫"公中"，西周时代，一片土地横竖两道，划为九块，旁边八块为私田，所得归农户个人，中央一块为公田，周边农户义务种植，所得上缴国家。井田作为土地制度早废止，在大家族的财务制度上存个名。公中，井田中的公田。

二十世纪五十年代，土地国有、企业公私合营，大家族失去经济基础，普遍分裂为小家单过，没了这词。2001年在剧集《大宅门》重现，有观众以为是"宫中"，批评导演，你家是药铺，怎能僭越拿皇宫自比？词陌生，听错了。

中，即公款公用。中华，即有公德心的好地方。

贾琏一贯做假账贪公中，富户下人冲他也不会出钱，能用在公事上吗？我献出来，你贪一半。平儿作为半个主子，一贯办事秉持公道，她带巧姐出逃，护院下人自觉站在她一方，对抗贾芸追查，无一人泄漏去向。所以德行有实用，上行下效，主子是义人，下人才会知恩图报。

贵族的自救之道，叫"诗书传家"。传权传财没用，贾雨村有权不会使、赖家有钱不会使，最终被夺权夺财。文化高了，从人生观、历史观、艺术思维重新审视权财，方能驾驭权财。

打开思维，诗最便利。

二十世纪九十年代初的电影学子眼中，伯格曼已过时，米开朗基罗·安东尼奥尼还是尖端，他的《奇迹》《红色沙漠》讲述的是后期资本主义物化人类；物化后的人与人不可沟通的事。

资本主义抹杀诗意，德国小说《魔山》认为一战前还有，意大利小说《豹》认为1860年便没了，资本家是鬣狗，鬣狗哪有诗意？

诗意，首先是可沟通。马一浮言"开卷即亲见古人"，翻开诗集，古人坦诚相见。史料是外在痕迹，文艺是时代真情。上品诗词的标准是"有史有玄"，史是纪实，玄是艺术。了解一战，除了从帝国主义角度，还需看毕加索的立体主义。

诗不讲理，讲理的是文章。马一浮评北宋写文章的文豪们，写惯了手，在诗中讲理，所以北宋的诗拙劣。震惊，我们这代初中课本上苏东坡的"横看成岭侧成峰，远近高低各不同。不识庐山真面目，只缘身在此山中"是劣作？

我的联想，马一浮没举例。

诗，是学问的开始，也是政治的开始。孔子教学，由《诗经》开始，了解春秋各国风土人情，关键是人情。阶级壁垒，从经济关系上很难打破，但能从思想上打破。情感影响思想，而艺术是情感的最强方式，一出戏剧、一首歌可以让人叛变本阶级。写戏的加缪对于二战后法国、写歌的鲍勃·迪伦对于越战期美国，是政治家的存在。

政治是肮脏的、政治家是不择手段的，是西方人常识。但在曹雪芹的年代，东方人还是相信《论语》所言"政者，正也""为政以德"。大公无私为正，把自己利益分给别人为德。政治，就是奉献大众。

头脑难以接受，头脑是框定个体的设置，觉得有个能多吃多占、承受更多利益的自己。只要还是常人思维，便玩不了政治。诗不讲理，能打破头脑设置，因此诗是政治始。

《红楼梦》中大量作诗场面，是新生代在提高素质。贾母素质不足，而办不成事。贾家复兴契机，在于小孩们的诗社。王夫人搞道德审查，毁了孩子们的心劲，无意再作诗，纷纷搬出大观园。

毁了文艺，就该闹鬼了，诗社一散，鬼事连连，人间胜景的大观园成了阴惨之地，下人们都不敢进去。艺术自由，是上层自救之道。可惜王夫人无数，不要救生圈，只爱瞎扑腾，耍威风耍死自己，忘了会溺水而亡。

因为恐惧藩王，平儿、刘姥姥带巧姐逃到乡下。宝钗如何应对藩王，成最大悬念。曹雪芹原意，宝钗一筹莫展时，探春回京，解除危机。

探春远嫁，是家族策略走对的一步棋，她的公公是军政一手抓的边防军长官，功劳累积够了，得以入主中央，回京高就。探春丈夫未调回，职称还在边疆，但探春得以随公公入京探亲。搞边防的，了解外藩，由探春出主意，解决藩王问题。

如此探春出彩，作为主要角色，有了结局。

书商一看，这哪儿行？不能说外国人坏话！

将探春该说的话给了藩王。藩王被改成个瞎操心的细碎人，脱离身份，亲自询问买丫鬟事，批评手下糊涂，怎么把贵族小姐当平民家姑娘了？你们去她家看长相，只看人，不看房子吗，看不出是官宦府邸吗？贵族子弟属于不能贩卖的人口，买了她，我们犯法。

不买了。于是，没事了。

宝钗、平儿、刘姥姥成了没必要的瞎忙活，根本不用逃到乡下，巧姐给送到藩王驻京公馆，立刻会被退回来。

现存稿，探春没事可做，只能写她穿得好、气色好，看起来过得不错。作为主要人物，完结不了呀。白回来一趟，还不如不回来呢，留白也是结局，亮了个相，反而没了结局。

希区柯克看这段，会笑："噢，特吕弗的味道。"

1967年，《希区柯克论电影》一书面世，是特吕弗对希区柯克的采访，说是采访，更像对特吕弗的私人授课。实质是，特吕弗代替后世电影学子们去上课，拿回笔记，而他自己不会用。

对于创作，希区柯克首次说那么多话，难免令特吕弗产生"尽得真传"的幻觉，1968年拍了模仿希区柯克风格的《黑衣新娘》，商业片失败，恶评如潮。觉得"明明会了，哪儿不对？"快马加鞭，在次年拍了《骗婚记》。

《骗婚记》男主爱上个女贼，被坑惨，丢了祖传产业，还成了杀人在逃犯。逃亡路上，男主病了，吃药后不见好，怀疑女贼给自己吃的是毒药，于是告白，我知道是毒药，情愿被你杀死。感动得女贼爱上他。

下毒的悬念需要解扣，女主说你就是病重了，我没下毒。再吃药，男主的病便好了，和女贼继续逃亡，走入冰天雪地。冰天雪地的画面，很爱情片。但您拍的是惊悚片，悬念的解法，竟然是悬念并不存在。

《骗婚记》有当红商业明星保驾，尚且赚钱，恶评如潮。电视访谈中，特吕弗承认新片震惊了世界，字幕翻译不佳，应是"雷着了大家"。

二十一世纪初，有一档以惊悚片叙述方式拍专题片的栏目，因观众抗议而停播。比如，那时手机视频功能不发达，流行家用摄像机，在故宫拍摄时，发现空中狭长飞虫，人眼看不见，镜头里才显形。家庭摄像机竟然发现了故宫神秘生物！

经过一番主持人主观推理和对故宫人员的采访，最后揭秘是家庭摄像机画面像素密度低，摇拍时，发生残影拖尾现象。都扯上故宫安保系统了，却是没看产品说明书造成。煞有介事地设置悬念，最终告诉观众，是你们想错了！

烧脑变无脑，会激怒观众。这是节目停播的原因，也是看《骗婚记》的感受。

1983年，特吕弗查出脑癌，临近命终，忽起一念，要不要再学一把希区柯克？拍了《激烈的周日》，港台译名为《情杀案中案》。

作为研究希区柯克的首席专家，一模仿希区柯克便失败，最后一部亦不例外，还是悬念解扣解不好的老毛病，令人愕叹，真是他思维短板。曾是特吕弗访美的私人翻译、哥伦比亚大学电影教授安内特·因斯多夫在著作《弗朗索瓦·特吕弗》中写道:"对许多观众来说,此片是特吕弗自新浪潮走红以来,江郎才尽的一个证据。"

身为教授,不好下断语,于是又写道:"而对另一些人来说,带来截然不同的趣味。"

我这一代,属于"另一些人"。二十世纪九十年代的京城,还有多个非公映影片的放映点,《激烈的周日》深得京城青年喜爱。估计他导到一半认命了,明白自己拍不成惊悚片,于是加入搞笑,不是成年人的幽默,是马戏团里逗小孩的档次。

犹如一个平日娱乐只有看马戏团表演的孩子,突然看了一部希区柯克电影,晚上睡觉,梦里回想这部电影,混上了马戏团记忆。

特吕弗当自己是小孩,逗自己玩了。

二十世纪九十年代初的京城氛围还古板,老师盛赞,评这是"玩电影"。令我们乐疯了的愉悦,对欧美人远不够,经历了VCD、DVD两次洗礼,观片量扩大后,我这一代方与四十年前的巴黎同步,承认《激烈的周日》非杰作。

悬念不能自行消解,书商添笔,令《红楼梦》巧姐出逃事件变味,是犯了这个惊悚片大忌。

《妙法红楼》一书,王迪老师从编剧角度,将36集的87央视版《红楼梦》电视剧和八部曲的89北影厂版电影,逐集逐部地点评一遍。他是我一课之师,大学一年级听过他的讲座。

面对刚入学的小孩,为活跃课堂气氛,王迪老师讲起自己一次学术交流。某日本电影评论家说黑泽明是"站在云端上看世界"的大师,王迪老师回复,有一位作家是"在另一个星球上看我们居住的世界"。

评论家询问是谁。回答，艾特马托夫。

没听过。评论家惭愧，不再谈黑泽明。

王迪老师课堂解扣，艾特马托夫是苏联作家，写的是儿童文学，"在另一个星球上"指的是人造卫星。哄堂大笑，同学们觉得评论家很冤，见王迪老师学者气派，多谈招耻，没实质讨论，被个地点副词打败。

"在外星"灭了"在云端"，到此为止，是个偷换概念的笑话。

王迪老师第二次解扣，你们以为是笑话，其实我说的是真话。艾特马托夫将儿童文学写到震撼成年人的高度，他的《白轮船》1973年以内部参考书方式大量印行，影响第四代、第五代导演。路遥名作《平凡的世界》里，农村青年恋爱，是一起读艾特马托夫。

悬念不能自行消解，但可以悬而不解，如《杀人回忆》《三块广告牌》，随着办案深入，观众更关注执法制度、小镇生态，思考上社会结构问题，不再是"谁杀的"，开篇悬念成了噱头，随手可抛。

如果剧作未达到注意力转移，观众还关注悬念，就得像王迪老师般，噱头过后，要给猛料。从笑话里拎出位货真价实的大师，学生听这堂课才满足。

做悬念就是做期待，人的期待被勾起来，会胡猜，胡猜哪儿有边际？胃口是无限的，所以悬念好建，扣难解，对作案现场的疑点，侦破得再有理有据，读者仍感不满。

理科不行，就改文科，《福尔摩斯探案集》是典型，破案后，凶手会拽着福尔摩斯讲述自己凄惨的爱情故事，不是凶手本人，也是从犯、未被杀死的受害人、间接受害人、证人、华生……避不开，总有人讲。听多了，听出心理阴影，福尔摩斯成为独身主义者，但读者满足了。

曹雪芹深谙此道。百〇三回夏金桂中毒死了，悬念解扣，是夏金桂下毒要杀香菱，摆出"你喝我也喝"的姿态，端来一有毒一无毒的两碗，结果丫鬟上错，夏金桂拿了有毒的。

"喝错了"的桥段，二十世纪六七十年代已被美国侦探惊悚类的B级片玩滥。所谓B级，是一部大明星、大导演、大投资的片子火爆后，各制片厂迅速大量低成本复制，明目张胆地剽窃，保持成功桥段，掩耳盗铃地变换点前后情节，找末流演员、导演，美术置景粗糙，工期是难以拍完的短，穷忙活的结果是大多赔钱，几十部里有一部小赚，制片厂会惊喜，玩的是爆冷率。

百分百赔了都行，B级片不用赚钱，存在的意义是填补影院垃圾时间，后来是填补电视垃圾时间、录像带租赁的垃圾量。大赚的精品一年没几部，整个行业一年就靠这几位爷了，不能在它们上映前把观众耗没了，影院、电视台、租片店赔钱填空，等于赚钱。

现今影视作品里拍"喝错了"，观众会觉得导演没招，拿老掉牙的东西凑片长，因而有学者批评曹雪芹写得低级。那是二百多年前想出来的，最早的俗套还不是俗套。

当代读者看，毕竟已是俗套，但阅读感受，并没有因此而看不下去。曹雪芹不是只给个答案，而是像《福尔摩斯探案集》般，附加了戏。

得知女儿死了，夏金桂母亲跑来大闹，贾琏应付不了，宝钗大显身手，采取和贾琏迥然不同的处理方式，查出死亡真相，折服得夏妈不闹了，赞贾家宽大。不仅如此，还有层次，贾琏水平不行，脑子聪明，看明白宝钗思路，主动配合。宝钗不但折服夏妈，还折服了贾琏，可以预想宝钗日后做当家人景象。

"喝错了"的烂梗，影响不大，因为读者在看宝钗。

14 ⊙ 莺儿——开悟即无悟、《超体》谬论、曹雪芹作局

初知马一浮，是2003年诊牙，等待时逛书店，有本他的文选。周末去老师家，说买了本看不懂的书，老师年轻时在马家住过，以此契机要讲儒家。我说我来为跟您学别的，这个算了。老师哄小孩，不要你看书，我给你讲，不要你理解，你只要听。

赶紧听过去。牙医诊所外买的书，再翻，已是老师辞世后。

马一浮研究《参同契》，未有著述。并不遗憾，他有诗。《旷怡亭口占》后半："已识乾坤大，犹怜草木青。长空送鸟印，留幻与人灵。"

口占是即兴之作，一遍而成，不做修改。大意是：突破肉体观念后，我与宇宙等同了，但像留着张旧船票当纪念一样，仍留着这肉体。鸟飞过，天空是没有痕迹的，我与众生的关系，也如此，我对他们起的作用，他们察觉不到。

宝玉出走，是此境界。

离家遁世、销声匿迹，在常人观念里，总是悲剧。二十世纪三十年代至六十年代西部片结尾，牛仔英雄离开小镇，走入荒野，

虽然台词是"他去干下一件好事了",观众仍感悲凉。

"剧终主人公离开城市"的画面,在七十年代成为"否定"符号,一走了之等于批判,司法题材结尾走人,是否司法,政治题材结尾走人,是否政治……《红楼梦》影视作品多是否定派,拍成封建帝制的末路,或是爱情末路,因黛玉玉殒,宝玉遁世。

原著境界,1992年的法国片《野兽之夜》近似。患艾滋病的主人公说,身体不是生命,只是生命的一部分,而我已等同于生命本身了。结尾主人公迎着日出而死,融入万物中。当年电脑特效差劲而昂贵,"融万物"是剪辑效果,次年获凯撒奖最佳剪辑。

商业片领域,2014年出现近似例子《超体》,也是法国导演,法国像中国,都是诗国,容易想法像。《超体》讲人的大脑只开发了百分之十,开发到百分之百时,肉体便不存在了,不存在却有作用,可以凭空给你的手机发短信,成为"无处不在"。

华人看《超体》,会觉得"不对,亦可喜"——想错了,但接近了,夸导演聪明,孺子可教。《超体》以药物刺激改变大脑,需要一个痛苦的再造过程。《参同契》认为不需要,大脑本就是百分之百的存在,不是刺激成百分之百,没有再造过程,是现成的。

走上好莱坞黄金大道,需要艰苦奋斗二十年、付出巨大代价——是你把自己设定成演员,造出的价值观和因果关系,一旦你放弃这个设定,会发现黄金大道就是洛杉矶一段普通路面,作为路人,你随便走。

《参同契》承袭孔子学生论文集《易传》,所以《参同契》这一思想,不是此书独有,是儒家基本论点,看《论语》、《孟子》、汉朝经学、魏晋玄谈、宋朝理学、明朝心学都会看到。

　　明清书院开课，先说人生需要开悟，最后交底，没有开悟这回事。我最早接触"无悟"概念在1997年，临近大学毕业，忽然觉得青春贫乏，没条件学乐器，就学围棋吧，买了本江铸久、芮乃伟夫妇翻译的《藤泽秀行对局集》。

　　1976年五十一岁的秀行打入首届棋圣战决赛，即将创造奠定他棋史地位的六连霸，以"无悟"二字自勉。报纸棋评人三好彻解释为——他认为自己无论怎么反省都难以醒悟，倒不如索性以"无悟无悔"的心情投入战斗。

　　年轻的我，直觉三好彻没说对，应是哲学概念，不该是励志语。但究竟何意？得等到2003年，才有人告诉我，等能理解了，我也将五十一岁。

　　人类大脑开发了百分之十、海豚开发到百分之二十，是二十世纪三十年代开始流传的说法，生物学实验测定的数据。1988年，年轻的吕克·贝松导演《碧海情》，以此作为主人公离经叛道行为的依据，批评当代文明走错方向。

　　此说法已被科学界推翻，说之前检测方法错了。就像今日电影业的大数据，让导演按此创作，其实换一个统计方式，便是不同的数据。比如，两部大卖电影，一部战争片一部伦理片，数据显示看战争片的观众多喝热饮、看伦理片的观众多喝冷饮。

　　明显的生理差异，资方认为隐藏着观影心理的奥秘，召集专家，总结出审美新原则，要求导演据此修改剧本，以便迎合观众能迎合到观众心眼里，票房增加几十倍。愁死导演，回到家里，两部电影都看了的孩子说，战争片公映在冬天、伦理片公映在夏天。

二十六年过去，吕克·贝松在《超体》中仍坚持人脑只开发了百分之十，应是他痛彻心扉的人生体验，科学界放弃的，他认为是真理。

宝玉开悟，封起《参同契》等书，闭门备考科举。宝钗和袭人商量选哪位丫鬟进屋伺候他饮食茶水，五儿首当其冲，被否定。她俩一聊，读者才知，跟宝玉无染的，仅剩宝钗的随身丫鬟莺儿。

唉。宝玉，说你什么好……

三十五回，宝玉听说莺儿是打络子能手，请来做活儿，被她迷住，有心调情，不巧宝钗来了，宝玉藏下妄动。并不是宝玉对莺儿无感，是宝钗没看见。

以现代观念衡量，宝玉人格分裂，爱黛玉，也对黛玉丫鬟动手动脚，欣赏宝钗，同时觊觎她丫鬟。帝制时代，小姐不是公子的性对象，小姐的丫鬟负责性。晚清民国的妓院模仿贵族，仍这范儿，名妓是聊天对象，客人留宿是跟名妓的丫鬟睡。

赖声川话剧《如梦之梦》便如此，客人写诗文表现文化水平，送礼物表示财力品味，往往耗去二三月，还没跟名妓见上面，等见了面，仅限于喝茶吃饭。是商贾阶层嗨贵族文化，宁可苦自己，也要这么玩。不料来了洋人，风雅尽失，来了就上床。

男人的心思，瞒不住女人，对宝玉没表现出来的，莺儿一清二楚，由她照顾宝玉，两人续前缘，似没有岁月隔阂，接上了当年因宝钗突至而打断的话，继续说……书商洁癖，将两人情事改没了。

现存稿，宝玉对莺儿动情，转念一想，我都开悟了，还玩这个吗？莺儿被宝玉勾起情愫，但觉得有违宝钗信任，找借口撤身离去。两人都转了念，曹雪芹哭晕在九泉之下。你俩这么能想，我又何必写这场戏？

曹雪芹是设计局面的大师，不是做角色怎么想，做的是读者怎么想。"作局"二字，生活里是下套、设骗局。

宝玉开悟后，还有温习、辞行、考试、走失的多个环节，如果全是一副重新做人的平静样子，离家遁世的迹象太明显，毫无悬念，故事便讲不动了。

于是曹雪芹作局，安排宝玉和莺儿再聚首。宝钗笃定不会出事的莺儿出了事，如此方有戏剧性。宝玉莺儿生情，搞乱一切，他到底有没有开悟？还要不要了却尘缘？读者糊涂了，等宝玉科举后走失的消息传来，才会震撼。

现在是震撼了宝钗和王夫人，读者不震撼，早知他会这样。

如此，俩人没必要重聚，多这场戏，仅是给读者一个交代，放心啊，三十五回有过的这人，她一直跟着宝钗。

宝玉跟送玉和尚聊"大荒山、青梗峰"，宝钗听了，反应是"唬得两眼直瞪，半句话都没有了"。之后，宝玉神志完全康复，宝钗没有喜悦，为"仍是发怔"。

作为护法，冥冥中知道自己的使命到了。人无法自知潜意识，看到宝玉准备科举考试，宝钗不再发愣，倍感欣慰，待宝玉走失，照样常人般哭得人事不知。人是个被锁死了许多使用功能的手机，忘了使命，仍会糊里糊涂地完成它。

百十九回，宝玉中举人后遁世，高潮段落完成，曹雪芹文笔利落，再一回便收了尾。

第七部分　百二十回

1 ⊙ 袭人大恩

宝玉出走，宝钗守寡，袭人无姨娘名分，没理由守，贾家安排她嫁人。袭人没名分，而有姨娘之实，决心以死明志。但见贾家费心安排，死在这儿给熟人们添堵，转而想死在娘家。回家后，觉得死这儿给哥嫂添堵，不如死在新郎家。

出嫁后，得殷勤厚待，又不好死了，怕给这家添堵。死不成的袭人，发现新郎是宝玉曾经的好友蒋玉菡，两人之前虽未谋面，但知道彼此，既然是故人，便安心做了夫妻。

袭人在晴雯事上对不起宝玉，宝玉在忠顺亲王事上对不起蒋玉菡，蒋玉菡历劫后与宝玉再见，是冷言相讽，形同陌路。一个伤宝玉，一个被宝玉伤，他俩结为夫妻，是负负得正，还是正负抵消？读者搞不清其中的因果关系了，因而慨叹唏嘘。

曹雪芹偷着乐，我是做局面，不是做因果，因果不明，你们才会唏嘘。

袭人求死不成，反得善缘。是曹雪芹教了个生活诀窍，觉得一个事应该做，但懒得做时，千万要偷懒，会等来一个意想不到的发展。京城人对此特别有感，我一代孩子从小听大人们举例。

比如，下午约好去谈事，吃过午饭就犯懒，各种拖延，等来有人报信，别去，下午那约，是人家要打你。再如，晚上去跳舞，到舞厅门口了，犯懒不进去，先路边买根冰棍吃，一会儿望见公安封舞厅抓流氓。

总之，大人的生活很危险，长大了能懒就懒。

袭人心理写得生动，影响现实，让人不那么功利，能容忍自己状态不好，万一避祸了呢？所以袭人这个坏人，做了件有恩于世的事。

2 ⊙ 薛蟠多余、空空道人多事

皇帝因海疆打了胜仗，大赦天下，贾珍继续承袭宁国府爵位，贾赦免罪还家。至此叙事分寸尚好，贾家复兴，而宝玉不在了，以喜事反衬悲剧，悲剧更悲。

但皇帝封宝玉为"文妙真人"，宝玉成了武当山张三丰一样国家级神仙，就有点过了。这个突如其来的新概念，打破了悲剧氛围。书商添笔，是添堵。

薛蟠趁天下大赦，也回了家，表示痛改前非，还把香菱扶正——这很闹心，扰乱宝玉戏份。确定为书商添笔，从司法制度上讲，明清的大赦是赦轻犯，不包括重刑犯，薛蟠是死囚，没他的份儿。边疆一打胜仗，城市就释放杀人犯，治安大乱，老百姓会抗议。大赦为得民心，不是扰民。

从故事角度，判薛蟠死刑，为说明政治的复杂性，辩证地看贵族权势，所以薛蟠不能活。不能出现在结尾段落，他的事早讲完，应像湘云一样，由主要角色变为背景角色，默默消失。

《红楼梦》开局，是石头经历人间后，回归原地、恢复原形，一生经历化为字迹，空空道人游逛至此，发现石上之字，抄录下来，流传于世。结局要对应开局，要依旧这么写，延出一笔"书稿传给曹雪芹"，便是首尾呼应，完成了故事。

书商得意于自己的系列添笔，觉得令许多情节线索有了结果，为自我表彰，改为空空道人将书稿抄了一遍传世后，又游逛至此地，惊讶地发现石头上多了不少字，把事交代清楚了，比上一稿强！

赞叹几年不见，石头坚持练笔，文学水平得到了提高。空空道人再次抄录，觉得自己这趟来着了。抄了两遍……不嫌事多，"找挨打"的人格类型。

3 ⊙ 曹公雪芹是何人

跳过书商自嗨的篡改，之后是大师级文字游戏。空空道人把文稿传给贾雨村，贾雨村不要，说你还是找未来世纪的曹雪芹吧，提我名字，他就给你印书。空空道人熬到未来，曹雪芹欣然接活儿，空空道人奇怪，问，隔着时空，你俩怎么有默契？

曹雪芹玩谐音，贾雨村言不是假语村言吗？既然低俗荒诞，不说正经事，当然可以印行。千古文人共此一叹。

贾雨村说的"悼红轩中曹雪芹"，地名和人名皆化名。雪为白色，芹宫为学校，北宋学子穿白衣，借此典故，未考取功名称为白丁。一员为曹，曹雪芹三字可解释为一白丁。

参加科举，不上仕途，是宝玉结局。确定"曹雪芹"含义为考生，据此推理"悼红轩"，官方文件盖红戳，科举入场券亦盖红戳，不中第，学子一生能拥有的官方印戳，只是这个了。悼红轩，留着个准考证。悼是怜惜之意。

每年艺术院校落榜考生，都是悼红轩中曹雪芹。

4 ⊙ 真事隐

皇帝大赦，贾雨村是受益者，得以出狱，渡口又遇甄士隐。贾雨村询问他修行过程，甄士隐跟《参同契》一致，说没有过程，是"一念之间，凡尘顿易"。换个角度看，一切就全变了。

贾雨村说起宝玉，甄士隐说当年我家未烧、你住葫芦庙时，我已经见过他了。震惊贾雨村，问，宝玉投胎的京城、你我所在的姑苏相隔遥远，你和他怎能相见？

甄士隐答是神交。

神交，是特吕弗的主题。早年名作《祖与占》，祖与占是好哥们，爱上同一女子，占避让，祖与她结婚生子。数年后，占看望他俩，女子向占坦白，祖的心灵成长不足，以致和自己始终达不到精神融为一体的程度，她要和占实验。

在祖的默许下，占和她同居。实验失败，占选择逃离。祖和女子仍生活在一起，又数年，占以为时过境迁，来看望他们。不料对于女子，实验还未结束，这次，女子以死亡的方式，实验能否和占精神融为一体，她开车带占坠河而亡。

二十年后，特吕弗在《隔墙花》中，重复此主题。一对昔日恋人，意外成了邻居，他们已各组家庭。旧情复燃后，为了让精神融合的状态持续，肉体成为障碍，女子枪杀男子后自杀。

可能影响了波兰斯基，1992年的《苦月亮》，讲肉体激情合久必分，蜜月之后必是苦月，影片结尾《隔墙花》一般，为精神融合，丈夫枪杀妻子后自杀。

电影是人生的比喻，导演们不是教观众寻死，是告诉大家精神融合的重要，不摆上两条人命，你不会思考这问题。

贾雨村疑惑，宝玉本来聪灵，生而为人后为何会迷，又为何会悟？

甄士隐解答，太虚幻境即是真如福地，迷惘是聪灵所造，是自造的，所以能自悟。比如当代常见话题，AI不出错，是否会取代爱犯错的人类？甄士隐会回答，等AI发展到下一阶段，便觉得准确无误很低级，人类的错误更复杂。AI发展的极致，是发现人类为更高级的AI。

你以为自己一生，是各种机缘巧合造成，其实是你降生的一刻，即兴想出来的。这个完整剧本，像插在手机里的芯片，插在你脑海里，指挥你所有事。宝玉回到太虚幻境查阅命册，是潜入思维深处，找到这个剧本，一看之后，哈哈大笑："胡编乱造，我怎么这样写？"

不知有剧本，才有人生。看到剧本了，便演不下去，宝玉因而开悟。物理世界里，闪电力度大，滴水力度小，但在梦中，闪电和水滴力度一样，不存在力度差，它们都是你的想法。红楼之梦，概念如此，物理世界是人类错觉，现实的真相是梦境。

与苏联、德国、日本电影新浪潮的政治觉醒、民族觉醒相比，1959年发生的法国新浪潮显得更弱，是哲学觉醒。没有哲学素养的一群法国新导演完成了大众哲学观的转变，傻小伙儿般的大师们如同宝钗，不自知地完成冥冥中的使命，先是发现电影可以脱离现实，彻底臆造，所谓"电影就是电影"，进而懵懂地觉得，现实跟电影一样，也是臆造物。

我们被自己臆造，既然是臆造，那么现实可以自心而改变——这是甄士隐告诉贾雨村的，没人告诉特吕弗，他自己猜到了八分。

我的父亲，年少是学习尖子，青春是业务骨干，所受教育，相信人心美好、未来美好，"大公无私、人人为人人"的理想，在2000年便会实现。他给自己设想的晚年，是作为义务教导员，每月去幼儿园一次，讲讲这一切的来之不易，他这一代人都做出过哪些努力，让小朋友们珍惜。

他事业的起点，是上海虹桥机场的一名飞机机械师，因演小品、诗朗诵，由机场推荐当记者，帅气十足地来到北方。他的中年，福尔摩斯一样想事，有些苦，晚年像宝玉，爱发呆。

他和《红楼梦》有一次交集，二十世纪七十年代，邻居舒大伯在城里住不成，迁去香山脚下的祖屋，墙皮脱落，发现里层有墨迹，听闻红学家曾来附近考察，于是判断是曹雪芹亲笔，写《红楼梦》的地方就在他家。

舒大伯回城找邻居们商量。父亲听闻墨迹里有旋转藏头诗，受《羊城暗哨》《秘密图纸》等反特电影影响，劝大伯别联系社科院，报警吧。

邻居们开会，再没找他。

十余年过去，舒大伯家成了曹雪芹纪念馆，出力的几位邻居在建馆简介上留名。八九十年代的初中、高中生毕业时，流行班主任带全体学生郊游一趟，作为圆满结束。我的初中、高中都是去那儿，两度妄想，如果简介上有父亲名字，我该多么有面儿。

父亲离开四年了。谨以此稿，告慰他，和老邻居们一样，咱家也和《红楼梦》搭上了关系。为学术严谨，香山下的舒大伯家没叫"曹雪芹故居"，但京城人口头上还是将其称为故居，很少称纪念馆。

假作真时真亦假，英雄豪杰有归处，令人心安。

2024年1月16日
星期二

代后记 *
朋友，朋友，说真的吧

李悃忠

* 文中对旧时代官宦人家的感性认识，来自我母系，便以我母亲一文作为后记吧。

香山正白旗38号院，是舒成勋先生祖产，现今的曹雪芹纪念馆。他是位中学老师，原住西城区安福胡同一所两进院中，院不大，台阶高，夏天金银花攀到屋檐。

外院三间北房住着一对夫妇，男人是大学老师，里院北房及东西房共九间，是我亲戚家，三间南房是舒家老两口。1970年，舒家迁去香山。

舒大妈爱干净，1971年4月4日家里搞卫生时墙皮脱离，露出里面的题壁墨迹，对联两副、一段散文、古诗七首，其中一首被认为是曹雪芹本人诗作。1972年，我那位亲戚看望老邻居，带我去香山见过，室内的雕花木隔断为深棕色，一看就是老东西、讲究东西，家境不佳，仍存一份气派。

当年社会号召把《红楼梦》当历史书看，不看三遍没有发言权，所以我们一代人青年都努力看到三遍。年少时，家里老人给讲红楼故事，宝黛爱情回避不讲，主要讲下人阶层，贾家笨蛋，搞得满院下人奸佞，他家差劲，官宦人家有好的，得重德行。新社会人人平等，早没了下人阶层，像是听外国故事。

我奶奶是芦台王家小姐，王家因王锡朋于鸦片战争阵亡，谥号"刚节"，而有了爵位，她父亲王燮为长房长子，跟贾政一样，本意要科举，因直接当官而未参加，入京承爵云骑尉，就职右营都司。云骑尉多授予烈士子孙，爵位不高，声誉好，民间听你是云骑尉，便知大概祖辈出过忠烈。右营都司掌兵权，负责京城民区治安，为正四品，贾政入仕之初为从五品。

能高于贾政，因贾政不是袭爵补官，属于"荫叙"制度中的"特恩"，荫叙是不按爵位按官品，非贵族的高官子女也可以不经科举而当官，上个内部培训班后即可。贾政是次子，没有袭爵名分，走不了贵族子弟路线，皇帝特批，混进高官子弟路线，所以为特恩。拐着弯占到的便宜，不好意思定的起点太高。

我的父系是芦台大户，和王家多次婚姻，民间有"李王一家"之说，王锡朋母亲为李家女，王燮女儿嫁给李家，二十世纪十年代，王家将王锡朋祠堂分给我二叔李仲轩住，他加炕加灶，办成拳社，引发王家不满，为平息矛盾，被从李家家谱上除名，王锡朋祠堂归还了王家。

二十世纪七十年代，我父亲李捷轩南下江西五七干校学习，后来干校迁到茶淀农场，父亲随之回到北方，休息日就近返乡芦台，无心见亲戚，望了望老宅故貌，多年后跟家人形容"谁也不找，干净利索"。

　　2023年10月，我在《入型入格》剧组，旁观拍一场六十位小孩的群戏，一个小孩一开机就做鬼脸，副导演调教多次后无效，只得将他抱出现场。小孩父母们都候在大门外，他见妈妈后呵呵笑，说"我给轰出来了"，一点没负担、没一点不开心，妈妈也不给他压力，还逗他，问做的鬼脸什么样，见了还笑。

　　我这代人童年，参加集体活动是不能出错的，敢胡搅，家长早一巴掌抽过去。这位年轻母亲，拿小孩当小孩，我觉得她好。

　　我奶奶的二叔王照，是位做儿童教育的人，他官至礼部主事，1897年在芦台出资建小学，之前上海有小学课程，附属于青年人上的书院、公学，不是独立小学学校，因而《宁河县志》《近代天津教育图志》称其为"中国第一所地方小学"。

　　一百二十七年中，小学改了十三次命名，现今当地人口称为"芦台一小"，校园里立王照石像，墙上铭字"朋友，朋友，说真的吧"，摘自王照文章《贤者之责》结尾段落。

　　说真的，小时候还容易些。长大了，要硬说。